全新譯校 經典新版世界名著 19

Le Rouge et le Noir

紅與黑

〔法〕司湯達爾 著
楊平 譯

經典新版　世界名著

閱讀經典名著確實是不一樣的宴饗。人們對於經典名著，不會只說「我讀過」，而是說「我又讀了」。事實上，我每次去讀它，都會讀出新的東西，新的精神。

——當代義大利名作家、後設小說大師卡爾維諾（Italo Calvino）

真正的光明，絕不是永遠沒有黑暗的時候，只是永不被黑暗掩沒罷了。真正的英雄，絕不是永遠沒有卑下的情欲，只是永不被卑下的情欲所征服罷了。閱讀經典名著，永遠可以使人自我昇華，不陷於猥瑣。

——法國名作家、諾貝爾文學獎得主羅曼羅蘭（Romain Rolland）

閱讀文學經典、世界名著，能夠滋潤現代人的心靈，使人對世事、愛情與人性重新有一番體悟。

——美國現代名作家、諾貝爾文學獎得主海明威（Ernest Hemingway）

台灣曾出版的世界名著與文學經典可謂汗牛充棟，然而，細察譯文品質與內容，大多是三十至五十年代大陸譯者的手筆，其行文用語的方式與風格，早已與當代讀者的閱讀習慣、閱讀趣味脫節，以致不再能喚起讀者的關注。這一套「經典新版　世界名著」是全新譯本，行文清晰、流暢、優雅，用語力求充分符合當代人的品味。故而，是「後真相時代」中尋求心靈滋養者最適切的選擇。

譯者序

《紅與黑》是法國著名作家司湯達爾的代表作。說準確些，司湯達爾實際上只是個筆名，他本人名叫斯丹達爾，原名亨利·貝爾，是十九世紀法國傑出的批判現實主義作家。他的一生不到六十年，並且在文學上的起步很晚，三十幾歲才開始發表作品。然而，司湯達爾卻給人類留下了巨大的精神遺產，包括數部長篇，數十個短篇故事，數百萬字的文論、隨筆和散文、遊記。他以準確的人物心理分析和凝練的筆法而聞名，被譽為最重要和最早的現實主義實踐者之一。

法國人似乎總與浪漫掛鈎，就連司湯達爾也不能免俗。在他的筆下，《紅與黑》中的一段段故事和糾葛是圍繞一個年輕英俊、精明能幹的木匠之子于連展開的。起初，于連由於精通拉丁文，被選作市長家的家庭教師。他十八九歲，長得文弱清秀，又大又黑的眼睛，在寧靜時，眼中射出火一般的光輝，像是熟思和探尋的樣子，但一瞬間，又流露出可怕的仇恨。由於他整天抱著書本不放，不願做力氣活，因而遭到全家的嫌棄與怨恨，經常被父親和兩個哥哥毒打。

和一般只知道憑著帥氣臉蛋四處混日子的年輕人不同，于連自幼就瘋狂地崇拜拿破崙，渴望像拿破崙那樣身佩長劍，做世界的主人。他認為拿破崙「由一個既卑微又窮困的下級軍官，只靠他身佩的長劍，便做了世界的主人」。但後來他又想當神父，因為「如今我們眼見四十歲左右的神父能拿到十萬法郎的薪俸。這就是說他們能拿到十萬法郎，三倍於拿破崙當時手下的著名大將的收入」。於是，他投拜在神父謝朗門下，鑽研起神學來。他仗著驚人的好記性把一本拉丁文《聖經》全背下來，這事轟動了全城。

于連出色的外貌自然為他贏來了不少女士的青睞，其中甚至包括于連的雇主市長先生的夫人——年輕漂亮的雷納夫人。在雷納夫人意識到自己被于連深深吸引時，已為人婦的她被愛情與道德責任折騰得一夜未合眼。她決定用冷淡的態度去對待于連。可是當于連不在家時，她又忍不住對他的思念。

不同階級之間的愛情總是最有戲劇性最吸引人的，但並非所有深陷其中的人都是相愛的羅密歐和朱麗葉。試探過雷納夫人的于連變得大膽起來，他在心裡暗想：「我應該再進一步，務必要在這個女人身上達到目的才好。如果我以後發了財，有人恥笑我當家庭教師低賤，我就讓大家了解，是愛情使我接受這個位置的。」在于連的心裡，他的愛完全是出於一種野心，一種因占有慾而產生的狂熱。他那樣貧窮，能夠得到這麼高貴、這麼美麗的婦人，已經是上天的恩賜了。

不久，事情敗露了。于連趕忙離開市長家，到巴黎給極端保王黨中堅人物拉摩爾侯爵當私人秘書，並很快得到侯爵的賞識和重用。與此同時，于連又與侯爵的女兒瑪蒂爾德有了私情。和上一段戀愛一樣，于連並非是被女方所陶醉，而是沉溺於對方能給他帶來不同生活的美好幻想中。起初，于連並不愛瑪蒂爾德那清高傲慢的性格，但想到「她卻能夠把社會上的好地位帶給她丈夫」時，便熱烈地追求起她來。

在當時那種階級思想作祟的大環境影響下，那位侯爵的千金顯然也有些怪異極端之處。瑪蒂爾德知道于連出身低微，但她懷著一種「我敢於戀愛一個社會地位離我那樣遙遠的人，已算是偉大和勇敢了」的浪漫主義感情，因此，她在花園裡主動挽著于連的胳膊，還主動寫信給他宣布愛情。一次，他們在圖書室相遇，她邊哭邊對于連說：「我恨我委身於第一個來到的人。」于連感到痛苦，他摘下掛在牆上的一把古劍要殺死她，瑪蒂爾德卻一點都不害怕反而驕傲地走到于連面前，她認為于連愛她已經愛到要殺了她的程度，便又與他好起來。

最後，在情場老手科拉索夫親王的幫助下，于連終於收獲了瑪蒂爾德的愛情，還因此獲得了侯爵本人的認同，先是有了一份田產，又被授予貴族稱號。興奮的于連在驃騎兵駐地穿上軍官制服，陶醉在個人野心滿足的快樂中，「由於恩寵，才做了兩天的中尉，他已經盤算像過去的大將軍一樣，在三十歲上，就能做到司令，那麼到二十三歲，就應該在中尉以上。他只想到他的榮譽和他的兒子。」

好景不長，他突然收到了瑪蒂爾德寄來的急信。信中說：一切都完了。于連急忙回去，原來雷納夫人給拉摩爾侯爵寫信揭露了他們原先的關係。這時惱羞成怒的于連立即跳上去維里埃的馬車，買了一支手槍，隨即趕到教堂，向正在禱告的雷納夫人連發兩槍，夫人當場中槍倒地。于連因開槍殺人被捕了。

入獄後，他頭腦冷靜下來，對自己的行為感到悔恨和恥辱。他意識到野心已經破滅，但死對他並不可怕。雷納夫人受了槍傷並沒有死，稍癒後，她買通獄吏，免得于連受虐待，于連知道後痛哭流涕。瑪蒂爾德也從巴黎趕來探監，為營救于連四處奔走，于連對此並不感動，只覺得憤怒。公審的時候，于連當眾宣稱他不祈求任何人的恩賜，他說：「我決不是被我同階段的人審判，我在陪審員的席上，沒有看見一個富有的農民，而只是一些令人氣憤的資產階級的人。」結果法庭宣布于連犯了蓄謀殺人罪，判處死刑。

實際上，作為一種社會典型，于連屬於法國大革命以後成長起來的一代知識青年，被排斥在政權之外的中小資產階級的「才智之士」的代表。這類人受過資產階級革命的熏陶，為拿破崙的豐功偉業所鼓舞，早在心目中粉碎了封建等級的權威，而將個人才智視為分配社會權力的唯一依據，他們大都雄心勃勃，精力旺盛，在智力與毅力上大大優越於在惰怠虛榮的環境中長大的貴族青年，只是由於出身低微，便處在受人輕視的僕役地位。對自身地位的不滿，激起這個階層對社會的憎恨；對榮譽和財富的渴望，又引誘他們投入上流社會的角鬥場。

因此，雖然小說以于連的愛情生活為主線，但並不是純粹的愛情小說，而是一部「政治小說」。作為司湯達爾的代表作，《紅與黑》於一九八六年被法國《讀書》雜誌推薦為個人理想藏書之一。

目錄
Contents

chapter

目錄
Contents

上卷

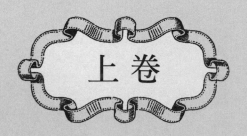

chapter 1
小城

維里埃稱得上是弗朗神—孔泰地區[1]風光最美麗的城市了。白色的房子，尖頂紅瓦，散落在一個小山坡上。茁壯的栗樹鬱鬱蒼蒼，隨地形而逶迤起伏，畫出了小山最細微的凹凸。城堡下約數百步遠的地方，一條被稱為杜河[2]的河流流淌著，這個城堡是昔時西班牙人修建的，雄偉壯觀，但現今只剩下斷壁殘垣。

維里埃北有高山屏障，該山為汝拉山脈的一支分支。每當十月寒流襲來時，高大蜿蜒的韋拉山峰便白雪皚皚。一條急流從山上飛瀉而下，穿過維里埃，注入杜河，驅動著許多台木鋸。鋸木這種行當雖然原始，但在一定程度上，使農民色彩較為濃厚的大部分小城居民衣食無憂。但這座城市的富裕絕不是僅僅靠這些簡單的鋸木廠，小城的富裕應該歸因於當地所織的一種叫做繆盧茲的印花布。自從拿破崙倒台以後，幾乎家家戶戶的門面都翻修得煥然一新了。

外地人一走進維里埃，就能聽到一陣陣震耳欲聾的機器聲，讓人感到一陣暈眩。順著聲音望

1. 作者虛構的城市，位於法國東部，杜河及汝拉山脈的發源地。
2. 杜河，發源於汝拉山，流經法國、瑞士，注入索恩河。

去，河邊一架可怕的機器正在運轉。在急流的衝擊下，二十個沉重的鐵錘，先高高地舉起來，繼而又重重地落下去，直砸的天搖地動。每個大錘一天能製造出千千萬萬顆鐵釘。起落之間一群美貌的妙齡女子把小鐵塊送到巨大的鐵錘下面，轉瞬間，鐵塊變成了釘子。這種活看起來相當艱苦，卻往往讓初來乍到的法蘭西和瑞士毗連山區的外地人感到最為驚奇。如果想知道這簡單粗重的製釘廠是誰的，人們會用慢吞吞的語氣告訴他：「那個嘛，是市長先生的！」

在維里埃，一條大街從杜河河岸一直綿延到小山山頂。旅人只要稍作停留，十有八九會遇見一個身材高大的人，神氣活現，一臉忙碌的樣子。

此人一露面，大家立即脫帽致敬。他頭髮斑白，灰色裝束，得過好幾個騎士勳章。寬寬的額頭，鷹鉤鼻子。總的來說，五官還算端正。乍一看，臉上既有小城鎮長的尊嚴，也有四十八歲至五十歲男人身上的那種吸引力。然而，巴黎來的旅人轉眼間便會感到不快，他那種志得意滿的神氣中還混雜有一種說不上來的狹隘和創造力的匱乏。這位旅人終於意識到，此人的才幹僅止於讓欠帳的人如期償還，而若是他欠了賬，則要拖得不能再拖。

這就是維里埃的市長——德．雷納先生。他邁著莊嚴的步伐走過街心，來到市政廳，在過路人眼前消失了。這位旅人若繼續閒逛，再往上走一百步，他會瞥見一幢外觀相當漂亮的房子，透過房前的鐵柵欄，可以看見一片極美的花園。遠處，一條由勃艮第[3]群山構成的地平線作了花園的背景，非常壯觀。似乎天造地設，使人大飽眼福。面對如此美景，遊客倒把進城時的壞心情一掃而光了。

3. 勃艮第，法國東部地區。曾分屬羅馬、義大利和奧地利，路易十四劃歸法國領土。

有人會告訴你，這座房子是德．雷納先生的，是他用經營巨大的製釘廠所獲得的利潤修建的。房子很漂亮，全部用石塊砌成。據說，他祖上是西班牙人，是個古老的家族，似乎早在路易十四征服此地之前便已遷來此地。

但他當上維里埃的市長後，他便覺得當工業主有點不光彩。市長先生家裡這座華麗的花園一層接一層，直伸到杜河岸邊，這就是德．雷納先生苦心經營生鐵生意所得到的報酬，也是市長先生在城裡地位的象徵。

在法國，千萬別指望能看見那種景色迷人的花園。在弗朗神－孔泰，哪戶人家的圍牆越高，用料越好，就越能獲得人們的尊敬。德．雷納先生的花園裡便是高牆縱橫，尤其是裡面那幾小塊地，是他花了大價錢才買下的，這就更加令人讚賞了。例如杜河邊上的那鋸木廠佔據了突出的位置，當你走進維里埃時，它就會引起你的注意。但是這裡於六年前已經換主人了，現在它正是德．雷納先生的第四座平台花園的護土牆。

市長雖然架子大，為了花園，也不得不低三下四地央求那個脾氣倔強，很難說話的農民索海爾老頭。他費盡了口舌，花了不少明晃晃的金路易[4]錢幣，老索海爾才同意把他的廠房搬走。而那條使大多居民過上好日子的杜河，德．雷納先生也想盡辦法，使它改了道。不過，這是幾年後大選時發生的事。

他用位於杜河下游五百米處的四阿爾邦[5]土地去換取索海爾那塊只有一阿爾邦的土地。雖然從

4. 法國古代貨幣，一路易相當於十二法郎。
5. 相當於十五至五十公畝。

松木板生意的角度看，這個位置有利得多，但索海爾老爹——自從他發跡後，大家就這樣稱呼他了——仍然利用這位鄰居的急性子和對土地的佔有欲，敲了他六七法郎。

說實話，這種做法遭到了當地一些有識之士的非議。四年後的一個星期天，德・雷納先生穿著市長禮服從教堂回來，遠遠看見索海爾老頭帶著三個兒子，看著他直笑。這一笑使市長恍然大悟，知道自己吃了虧，此後，他就經常琢磨也許不需要花那麼多錢這筆交易也能成功。

在維里埃，如果想獲得大家的尊敬，要緊的是，護士牆盡可以多建，但切不可採用泥瓦匠從義大利帶來的建築圖紙。因為這樣的標新立異會使魯莽的工業主被左右弗朗神－孔泰地區民意的那些聰明而保守的人視為別有用心，一輩子也甩不掉這種壞名聲。使作為市長的雷納永遠得不到當地那些有薦舉權的溫和穩健人士的支持。

事實上，這些明智之士在當地施行非常討厭的專制；正因如此，對於那些在世稱偉大的共和國的巴黎生活過的人來說，小城市裡的日子簡直不堪忍受。那種所謂的輿論，專橫跋扈，無論在法國的小城鎮還是美利堅合眾國，都一樣愚不可及。

chapter 2

市長

在距離杜河數百尺之上，沿山坡有一條公眾散步的林蔭大道，位置極佳，是全法最美的景點之一。然而，每年春節，大雨滂沱，把這裡沖的坑坑窪窪的，行走倍感不便，所以迫切地需要修一座高大而堅固的堤牆。這對愛慕虛榮的德．雷納先生來說，提高聲譽的機會來了。他認為，有必要修一道高二十二尺、長三十或四十特瓦茲的護士牆，使自己的德政萬世流芳。

為了修建牆的欄杆，德．雷納先生不得不三赴巴黎，因為前任內政部長一直極力反對維里埃這項工程。眼下，牆的欄杆已經修好，離地四尺高。同時，彷彿是向一切現任和前任的部長們示威似的，眼下有人正在往上裝方石板。

有多少次，我靠著那一塊塊灰得發藍的石頭，一面懷念五光十色的巴黎舞場，一面注視著杜河沿岸！遠處，在河左岸，五六條山谷蜿蜒曲折，目之所及，其深處有數條小溪，一路奔瀉跳蕩，急匆匆跌進杜河。此地山間，陽光炎熱。每當太陽直射，旅人可在這方平台上享受枝葉婆娑的懸鈴木的蔭護，任遐想馳騁。由於土質優良，這些樹生長迅速，美麗的綠色微含藍意，這些栽種梧桐樹的土壤是市長叫人從其他地方運來壘他的護土牆的，這些土壤都比較好。儘管市議會反對，還是把散步場所的面積加寬了六尺。故而在他和維里埃幸運的貧民收容所所長華勒諾先生的眼裡，這座平台足可以和聖日耳曼－昂－萊伊[6]的平台媲美。

這條林蔭道的官名是「忠誠大道」，刻在一二十塊大理石碑上，放在不同的地方。這樣一來，德．雷納先生又用這些石碑不費吹灰之力地換取了個人的一枚勳章。關於忠義大道，我認為只要一個缺點或美中不足，就是政府採用那種毫無人性的方式去修剪樹枝，竟砍光了許多長勢旺盛的梧桐樹枝頭。結果，樹冠矮墩墩的，又圓又平，猶如菜園裡的蔬菜，其實，這些樹倒可以像英國的梧桐那樣婷婷華蓋的。但市長的意志決定一切，因此，凡是他管轄的這個區域的樹木，每年必定遭到兩次無情的野蠻砍伐。本地的自由派人士不無誇大的說，自從助理司澤馬斯隆把修樹所得據為己有已成慣例之後，官方的這位園丁就更不肯手下留情了。

幾年前，從貝藏松[7]來了一位年輕的神父，他來這裡目的就是監視謝朗神父和附近幾個教士的活動。有一位曾經隨軍遠征義大利的老外科軍醫，退役後來了維里埃。據市長說，此人既是雅各賓派，又是波拿巴分子[8]。有一天這位年輕的神父竟然向市長發牢騷，說什麼不應該定期將這些美麗的樹木大修大剪。

「我喜歡蔭涼。」由於對方是外科醫生，又是榮譽勳章獲得者，因此德．雷納先生以略帶高傲又不失分寸的口吻回答道，他繼續用一種傲慢的態度說：「我喜歡蔭涼，為了得到更多蔭涼，我必

---

6. 塞納河畔的小城，風景優美，有宮殿、園林。
7. 孔泰地區的首府。
8. 支持拿破崙的人。

須修剪我的樹枝。我認為它除此之外沒有其他用途，除非它像胡桃樹那樣有利可圖。」

在維里埃，「有利可圖」就是決定一切的座右銘。單單這個詞就代表了四分之三的居民的習慣性思想。

陌生人第一次來到這裡，會覺得這個小城很漂亮，但這裡的一切都取決於是否能夠帶來收益。他們首先會想到本地居民對美感的定義一定很嚴格。對家鄉的美麗景色，他們也會大加讚揚，讓人感覺家鄉對他們很重要，但只是為了吸引外地人。維里埃用高山美景把遊客吸引到這裡，讓旅館老闆們發了一筆橫財，然後再通過稅收，給小城帶來收益。

一個晴朗的秋日，德．雷納先生挽著妻子的胳膊，在忠義大道上散步。德．雷納夫人一面認真傾聽丈夫神態嚴肅的談話，一面不放心地用目光盯著他那三個孩子。十一歲的大孩子接連幾次走到欄杆旁，試圖要爬上去。「阿道夫。」一個溫柔的聲音響起，孩子便只好放棄了他大膽的念頭。德．雷納夫人看上去有三十歲，但仍然相當漂亮。

「這位來自巴黎的先生，他將來一定會懊悔的！」德．雷納先生有些咬牙切齒地說道，臉色顯得比平時更蒼白：「我在宮中並非沒有朋友……。」

關於外省，我真想給諸位寫上兩百頁。外省人談話所具有的那種冗長和那種巧妙的轉彎抹角，吞吞吐吐，很不痛快，我不忍心讓諸位受這個罪，所以就免了吧。

讓維里埃市長如此深惡痛絕但又有點害怕的巴黎先生不是旁人，正是阿佩爾先生。兩天前，他不但想方設法參觀維里埃的貧民收容所和監獄，而且深入瞭解了市長與本城大地主管理的濟貧院。

「可是，」雷納夫人怯生生地問道：「既然您一絲不苟地管理窮人們的福利，那位來自巴黎的先生對您又能怎樣呢？」

「他來此不過是挑毛病，然後就在自由黨的報紙上寫文章。發表在自由黨的報紙上！」

「親愛的，可是這些報紙你從來都不看啊。」

「但是這些專門散佈謠言的雅各賓派的文章，我也必須慎重對待，它會使我們分心，什麼正經事也幹不了。我永遠不能原諒那個教士。」

chapter 3

窮人的財產

擁有一位有道德且不耍陰謀的本堂神父實在是全村之福。

維里埃的神父已是一位八十歲的老人，然而山裡的新鮮空氣給了他一副鐵鑄的體魄和性格。應該知道，他有權隨時參觀監獄、醫院，甚至乞丐收容所。一天早晨六點，阿佩爾先生就來到了這座怪異的城市，他很聰明，直接去了教士家裡。

謝朗神父讀著阿佩爾先生帶來的德．拉摩爾侯爵給他寫的推薦信，臉上顯出一副若有所思的樣子。德．拉摩爾侯爵是法國貴族院的一名議員，也是本省最大的地主，極具影響力。

「我年事已高，又得到此地老百姓的愛戴，」他低聲自言自語道，「諒他們也不敢！」他立刻朝巴黎來的先生轉過身。他雖然年事已高，兩眼仍閃爍著聖潔的光芒，似乎在說，儘管自己年紀大，仍樂於從事一樁多少有些危險的高尚行動。

「先生，請跟我來！但在獄卒面前，特別在貧民收容所的看守人面前，您必須保持冷靜，無論我們看到什麼，您也不要隨便講話。」阿佩爾先生聽到這句話，已經知道他遇到了一個好人。於是便跟著德高望重的神父巡視了維里埃的監獄、醫院和收容所。他還問了許多問題，儘管回答有點奇怪，也絲毫沒有露出責備的神情。

巡視了好幾個小時以後，神父邀請阿佩爾先生共進午餐。阿佩爾先生不願意再連累這位好心的朋友，就推說有幾封信要寫。三點鐘左右，兩位先生結束了對乞丐收容所的視察又回到監獄。他們在門口遇見了看守，這是一個巨人般的傢伙，身高六尺，羅圈腿，一張極難看的臉因恐懼而變得極可憎。

「你好，先生，」他一看見教士，便馬上問道：「這位和您一起來的，應該就是阿佩爾先生吧？」

「那又怎樣呢？」教士問道。

「是這樣的，昨天我接到最明確的命令，不准阿佩爾先生進入監獄，命令是省長派一名憲兵送來的，他大概騎著馬跑了一整夜呢。」

「諾瓦魯先生，我告訴您，」教士說道：「和我來的這位客人正是阿佩爾先生。您是否承認，任何時候，無論白天還是夜裡，只要我願意，我有權隨時到監獄來！而且只要我允許，誰都可以陪我來。」

「我承認，教士先生。」獄卒低聲說道，無可奈何地垂下頭來，像只怕挨棍子而不得不服從的狗。「不過，我有老婆孩子，如果有人告發，便會被撤職，飯碗也就砸了。」

「我同樣也不想丟掉自己的飯碗。」善良的教士說道，他的聲音越來越激動了。

「那可不一樣！」獄卒繼續說道，「教士先生，大家都知道，您每年拿著八百法郎的年金，又有田地和房屋，而我是多麼可憐啊……」

兩天以來，就是這麼點小事，維里埃的人們卻用了數不清的方式傳來傳去，添枝加葉，說法各有不同，使小小的維里埃沸沸揚揚，人人憤憤不平。兩天以來它竟把維里埃小城的一切仇恨情緒都帶動了起來。此刻，德．雷納先生與妻子討論的也正是此事。早晨，他帶著乞丐收容所所長華勒諾先生去過本堂神父家，向他表示最強烈的不滿。謝朗先生沒有任何後台，完全體會到他們的話的分量。謝朗先生孤身一人，沒有依靠，他意識到這件事產生的嚴重後果。

「那好，先生們！我已經八十歲了，就做這一帶第三個被撤職的本堂神父好了。我在此地已經五十六年，剛來的時候，這裡還是個小鎮，我為本城差不多全部居民行過洗禮，我每天都為年輕人主持婚禮，他們老一輩的婚禮也是我主持的。維里埃就是我的家，但是我不會因為害怕離職而拿自己的良心去做交易，害怕也不會迫使我去做非正義的行動。當我看到這名外鄉人時，心裡便想：這位來自巴黎的旅客，可能真是一個自由派。現在，到處都是自由黨人。但是，自由黨人對我們的窮人和囚犯又有什麼壞處呢？」

這話一出，德．雷納先生的指責，特別是對貧民收容所所長華勒諾先生的批判，變得越來越厲害了。

「好吧，先生們，你們叫人撤我的職好了，」老神父聲音顫抖的喊道：「可是，我還是要照樣住在這裡。大家都知道，我四十八年前繼承了一份田產，每年還有八百法郎年金。我將來就以此為生。所以，我任職期間，先生們，我不必攢錢，也正因為如此，當你們說起要革我的職務時，我並不害怕。」

德．雷納先生與妻子相處極好，但當妻子怯生生地反覆提出下面的問題，他卻不知道如何回答。妻子問：「巴黎來的這位先生能對囚犯有什麼害處呢？」他簡直要發火了，正在這時，妻子驚叫了一聲。原來她的第二個兒子爬上了擋土牆的胸牆，還在上面跑，儘管這擋土牆高出牆外葡萄園有二十尺，德·雷納夫人生怕把孩子嚇得摔下來，於是呆呆地看著，也不敢喊他。那孩子卻笑得很開心，為自己的勇敢行為顯出一副得意的樣子，後來，發現他的母親被嚇得臉色慘白，才急忙跳了下來，立即挨了好一頓說。

這個小小的意外改變了夫妻談話的內容。

「我一定要把索海爾請到家裡來，那個鋸木匠的兒子，」德·雷納先生說道：「讓他照看孩子，孩子太淘氣，我們管不住了。他是個年輕的教士，或者說，跟教士差不多，還精通拉丁文，他會讓孩子們有長進的，因為神父說，他性格堅強。我給他三百法郎，管他吃。我過去對他的品行一直有些懷疑，他是那個老外科醫生的心肝寶貝，榮譽團騎士的寵兒，醫生藉口是親戚，就住在他們家裡。我覺得，這人很肯定是自由黨派的一個特務，他藉口說咱們山區的新鮮空氣對他的哮喘病很有幫助，但這點卻無人能證實。他參加過拿破崙在義大利的所有戰役，據說當年還曾簽名反帝國。這個自由黨教小索海爾拉丁文，還把帶來的大量書籍留給他。所以，我本來不打算讓木工的兒子和我們的孩子在一起的，但是，恰好在那件使我和謝朗教士徹底鬧翻了的事發生前的一天，那位教士告訴我，索海爾研究神學已有三年了，將來還打算進修道院。這樣看來，他就不是自由派人了，而是一位正派的拉丁語學者。」

「這樣的安排還有許多其他的好處，」德·雷納先生得意地看著妻子，繼續說道：「華勒諾買了兩匹漂亮的諾曼第駿馬拉車，非常神氣，可是他家的孩子卻沒有家庭教師！」

「如果我們不快點，他很可能把我們的這一位家庭教師搶走呀！」

「這樣說，你同意我的計畫了？」德．雷納先生對著夫人笑了一下，表示感謝他妻子剛才提出的那個絕妙的主意：「好吧，就這麼決定了！」

「啊！天哪！親愛的，你這麼快就定下主意了！」

「因為我有魄力，這一點本堂神父看得很清楚。我們不必隱瞞什麼，我們在此地是被自由派的人包圍著的。所有那些布商都嫉妒我，我對此深信不疑；有兩三個人發了財，他們中的個別人要成為富翁了！隨他們去吧，我會讓他們看見我德．雷納先生家的孩子有自己的家庭教師領著散步。這樣有氣派，別人會因此更加尊敬我們的！我的祖父年輕時就曾有過家庭教師。這事所花的一百個埃居[9]，不過應該看做必要的開支，對於保持我們尊貴的身分絕對是值得的。」

這一突然的決定讓德．雷納夫人陷入沉思。德．雷納夫人身材高而苗條，曾經是當地有名的美人兒，山裡人都這麼說。她具有某種純樸的神態，舉手投足仍透出一股青春的活力；在巴黎人眼裡，這種天真活潑的自然風韻，甚至會喚起溫柔的快感，讓人想入非非。假如德．雷納夫人真的知道她有這些令人傾倒的優點的話，她一定會羞愧得無地自容。她心裡從未有過風流浪漫的想法。過去富有的乞丐收容所所長華勒諾先生曾追求過她，但並未獲得她的芳心。這一來使她的貞潔更加大放異彩。因為，這位華勒諾先生是一個高大魁梧的年輕男人，體格強壯，渾身是勁，面色紅潤，一張棕紅色的臉，兩片黑而粗的頰髭。頗得年輕女士的喜歡，他粗野、臉皮厚、嗓門大，像他這樣的人，在外省就可稱為有丈夫氣概的男子了。

9. 埃居，法國古金幣，一埃居相當於三法朗。

德・雷納夫人十分靦腆，看上去性格有點孤僻。特別討厭華勒諾先生不住地動和他的大嗓門。她遠離維里埃人所謂的歡樂。人們則把這種態度說成是她對自己出身門第優越感的表現。對此，她根本沒放在心上，她毫不在意這些評價，看到城裡的居民不常來家裡拜訪，這讓她反而感到十分高興。我們不想諱言，在那些太太們心中，她簡直就是個傻瓜，因為她從未想過在丈夫面前耍手段。白白錯過了讓丈夫從巴黎或貝藏松給自己捎帶幾頂漂亮帽子的大好機會。對於她來說，只要別人不打擾她，能讓她獨自在美麗的花園裡散散步，她便永遠不會有意見。

她頭腦簡單，是一個天真幼稚的女人，甚至從未想到對丈夫品頭論足，也從未承認丈夫使她感到厭煩。她口雖不言，心裡卻覺得夫妻之間溫馨的感情也不過如此罷了，不會有更親密的關係。她尤其喜歡德・雷納先生，尤其是在他談起有關孩子未來的打算時：在家裡的三個孩子當中，他希望大兒子當軍官，二兒子當法官，三兒子當神父。總之，她覺得在她所認識的男人中，都很討厭，相比之下德・雷納先生還湊合。

他妻子的這種判斷是有道理的。德・雷納先生獲得「聰慧」和「紳士風度」的聲譽，那是因為他從自己叔父那裡學來了許多詼諧故事。在法國大革命前，他這位當上上尉的叔叔曾經在奧爾良公爵[10]的步兵團裡服役，後來到了巴黎，又有機會參加這位親王的沙龍活動。在那裡遇見過蒙戴松侯爵

10. 奧爾良公爵（一七四七至一七三九），英國政治制度的崇拜者，一七八九年當選為三級會議的代表，一七九二年當選為國民公會議員，號稱菲利浦・平等，曾投票贊成處死國王路易十六。一七九三年因涉嫌反對革命被處決。其子路易至菲利浦是一八三〇年至一八四八年七月王朝時的國王。

夫人[11]、赫赫有名的德．冉利斯夫人[12]和負責建造王宮的毒克雷茲先生等社會名流。在德．雷納先生津津樂道的故事中，總是自豪地多次提到上面那些人物。而隨著年齡的不斷增長，他生活中的一項主要工作就是對那些豪門望族生活的回憶。不過，這些事情錯綜複雜，講來不易，所以，近來他只在重大場合才重複這些與奧爾良家族有關的奇聞軼事。除了談論金錢的時候他都很有禮貌，所以這位先生便自然而然被視為維里埃最有貴族風度的人物了。

11. 蒙戴松夫人，奧爾良公爵之秘密夫人。
12. 冉利斯夫人，蒙戴松夫人之侄女，杜克雷斯侯爵之妹，曾負責教育路易．菲利浦。

chapter 4 父與子

第二天早上六點，維里埃市長動身到索海爾老頭的鋸木廠去。路上，他心裡暗想：「我的妻子的確很有頭腦。儘管事情是我向她提的，想顯得自己比她高明，但是說一千道一萬，我畢竟沒有想到，倘若我不把索海爾這個拉丁文好得不得了的小神父弄到手，收容所所長那個無時不動腦子的傢伙很可能和我打一樣的主意，會捷足先登，把他搶了過去。那時候，他將以多麼自負的口吻談論他的孩子的家庭教師啊……這位家庭教師一旦屬於我，要不要穿神父的黑袍子呢？」

當德・雷納先生正在深思這個看似複雜的問題時，遠遠看到了一個身高將近六尺的鄉下人。似乎剛剛天亮，他就忙著量他那些在杜河沿岸拉縴道上放著的木材。看到市長走到他身旁時，神情有點不太樂意，因為這些木材的放置會妨礙交通，是違章的。

此人正是索海爾老爹。德・雷納先生關於他的兒子于連的提議後，使他大感意外，繼而，大喜過望。不過他聽的時候仍然帶著那種愁苦不樂和不感興趣的神情，這山區的居民很善於這樣來掩飾他們的精明。他們在西班牙人統治時期當過奴隸，如今仍保留著埃及小農的這種特點。

索海爾的開場白只不過是大段背得滾瓜爛熟的客套話。說這些客套話時，他笨拙地做出微笑的樣子，卻更暴露出神情的虛假；他本就一副無賴相，這下反而欲蓋彌彰。他一邊重複著那些廢話，一邊腦子裡不停地思索著，試圖弄明白是什麼原因能使一個如此有權勢的人想把他那個沒出息的孩子聘請到家裡去。他很不喜歡于連，卻讓德．雷納先生情願出三百法郎的高額年薪送給他，還管他吃管他穿。這最後一個條件是索海爾老爹突然想到提出來的，誰知德．雷納竟然無奈地答應了。

這個要求引起了德．雷納先生的注意。他自己琢磨：「對我的提議，索海爾竟沒有理所當然地感到高興和滿意，顯然已另外有人向他提出過什麼，除了華勒諾先生之外，還能是誰呢？」於是德．雷納先生趕緊催促索海爾立刻把事情定下來，但毫無結果，狡詐的鄉下佬就是不同意。他說必須徵求兒子的意見。其實，在外省，一個有錢的父親徵求窮光蛋兒子的意見，不過是走走形式而已。

索海爾的水力鋸木廠設在河邊，只有一個棚架。四根粗大的木柱支起屋架，上面覆蓋著棚頂。棚子中央八、九尺高處有一把鋸上上下下，一種十分簡單的機器把木頭對著鋸推過去。溪水推動一個輪子，產生兩種機械作用：一個使鋸的上下運動，另一個把木頭緩緩推向鋸子，然後破成板子。

索海爾老爹一面向工廠走去，一面大聲喊著于連，但沒有人答應。只見他的兩個大兒子在那裡忙碌地工作。他們生得膀大腰圓，這兩個壯壯的漢子，用笨重的斧頭，剖開松樹幹把它送到廠棚去。他們聚精會神的工作，嚴格按木頭上劃的墨線砍，大塊的木屑隨著落下的斧頭而濺起。巨大的噪音使他們沒聽見父親的喊聲。索海爾老爹走到工棚裡，在鋸子旁，這是于連平時待著的地方，也找不到于連。抬頭一看，只見于連在離鋸子五六尺高的房樑上，于連沒有看管機器操作，而是騎在屋頂的橫樑上，在那裡專心看書。

老索海爾對此最反感不過了。他可以原諒于連身材瘦削，跟他的兩個哥哥不一樣，不適合幹力氣活兒，但他不能容忍于連的這種讀書癖，因為他自己不識字。

他朝于連喊了兩三聲，于連都沒有聽到。他完全被書本的內容所吸引，加上木鋸的噪音，根本沒有聽到索海爾老爹的厲聲呼喊。隨後，老索海爾不顧自己一大把年紀，躍身跳上將被鋸開的那根大木頭，又從那裡一步躍上了那根橫樑。他一拳將于連手裡捧著的書打到河裡。凶猛的第二拳像實心球似的打在于連頭上，于連的身子頓時失去平衡向下跌落。眼看就要跌落到十四五尺下面正在運轉的機器手柄上，摔個筋斷骨折。但父親在他正要跌下去的時候，伸出左手拉住了他。否則他早跌出十四五尺遠，掉進轉動的機器鐵軸中碾得血肉模糊了。

「哼！懶東西！你在值班的時候總看你那些混帳書，要看等晚上到教士家鬼混時去看好了！」

于連雖然被打得暈頭轉向，滿臉是血，但仍然還得回到鋸子旁自己的崗位上去。他的眼裡含著淚，肉體的痛苦自不待言，更重要的原因是他失去了那本心愛的書。

「下來，畜生，我有話跟你說。」

這回，工棚的喧雜聲又讓于連沒聽見命令。他父親已經下來，又懶得再爬到機器上去，便撿起一根打核桃用的長棍子，猛擊于連的肩膀上。于連剛一下來，老索海爾便往回家的路上攆他。「天曉得他要把我怎麼樣！」年輕人暗自思量著。他邊往回走邊悲傷地回頭朝河裡望，剛才他的書就掉在這條小河裡。掉的書是《聖赫勒拿島回憶錄》[13]，是他最珍愛的一本書。

于連雙頰緋紅，兩眼低垂，他是個十八、九歲的瘦小青年，看起來羸弱，面部的輪廓雖不端

13.《聖赫勒拿島回憶錄》，拿破崙的侍從拉斯．卡薩斯公爵一八二三年發表的回憶錄，記錄拿破崙流放到聖赫勒拿島上的生活與言行，其中包括拿破崙口述的個人一生事蹟。全書共八卷。

正，但頗清秀，還有一個鷹勾鼻子。一雙大而黑的眼睛，安靜時目光顯露出沉思和熱情。此刻卻閃爍著最凶惡的憎恨表情。他那深褐色的頭髮垂得很低，蓋住了大半個額頭，發怒的時候有股子狠勁，人的相貌無數，然而更具驚人的特性者怕是沒有了。在無數形形色色的人類臉龐中，如此特別，如此與眾不同的，恐怕找不出第二個來了。他身材瘦弱，勻稱，瀟灑有餘，看起來不是那麼強壯有力，卻是個行動敏捷的人。他小時候那呆呆的神態和蒼白的臉色，曾一度使他父親認為他是個養不大的孩子，即便養大了，也不過是家庭的負累而已。在家裡，大家都瞧不起他。因此，他非常痛恨他的父親和兩個哥哥，每逢星期天，在公共場所玩遊戲的時候，他總是輸家。

不到一年以前，他那張漂亮的臉才開始博得年輕女孩們的嘖嘖讚賞。大家都看不起他，于連被當作弱者受到眾人的輕蔑，然而他崇拜那位敢於和市長談論懸鈴木的老外科軍醫。因為畢竟只有這個軍醫竟敢向市長反對修剪梧桐樹的問題。

為了讓于連跟他學拉丁語和歷史，這個外科醫生常把雇他做零工的工資付給索海爾老爹，他所知道的歷史，也只是一七九六年的義大利戰役臨終前，他把自己的榮譽團十字勳章和三、四十本書都贈給了于連。在這些書當中，最珍貴的那本已經掉進市長先生利用其影響使之改道的那條公家小河裡了，而漂走最珍貴的那本書的這條公共溪流，是市長先生用他的權勢託人情私自改變的河道。

于連一走進家門，就被父親那隻有力的大手抓住了肩頭。他渾身顫抖，準備挨揍。

「你要原原本本地告訴我，不許撒謊。」鄉下佬粗暴地在他耳旁大聲說道。同時，將于連一把扭過來，就像小孩在玩弄玩具小鉛兵一樣。于連的大黑眼睛閃閃發亮，裡面滿含著淚水。他望著老木匠那雙灰色的、凶惡的小眼睛，這老木匠似乎想把他的靈魂深處看個一清二楚。

chapter 5

談判

「老實告訴我，不要撒謊，只會看書的狗東西。你是怎樣認識德・雷納夫人的，又是啥時候和她說過話的？」

「我從沒和她說過話，」于連回答說：「除了在教堂裡，我在別的地方從來沒見過這位夫人。」

「但你一定看過她來著，不要臉的東西！」

「從來沒有！您是知道的，在教堂，我只看上帝。」于連繼續說，一副一本正經的樣子，他有點不老實，根據他的經驗，這是避免再遭一頓打罵的最好辦法了。

「這裡面一定有鬼。」狡詐的鄉下佬回答說，他又停頓了一會兒。「我知道你是什麼都不會告訴我的，不過該死的小子，今後你的事，我一點都不用管了。反正我終於可以擺脫你這個累贅了。沒有你，我的鋸木廠會變得更好。你博得了本堂神父先生或其他什麼人的歡心，他們給你找了個你做夢都想不到的好工作，趕緊收拾你的東西滾蛋吧。我要送你到德・雷納先生家去，去給他的孩子做家庭教師。」

「當家庭教師？待遇怎樣？」

「管吃，管穿，給三百法郎的薪水。」

「我可不願當他家裡的僕人。」

「你這個小畜生，誰說讓你當僕人啦？難道我願意我的兒子當僕人嗎？」

「那以後我和誰一桌吃飯呢？」

這個問題把老索海爾問住了，他覺得不能再談下去，言多語失啊；於是他大發雷霆，劈頭蓋臉的罵于連，說他就知道吃，然後撇下他，去徵求另外兩個兒子的意見了。

過了一會兒，于連看見他們各自拄著一把斧子，正在商量什麼事情的樣子。他在遠處看了很長時間，也弄不清楚是怎樣一回事。便躡手躡腳地走到鋸木機的另一側坐下，免得被他們發現。父親這一通知突如其來，改變了他的命運，他想仔細琢磨一下，但他又覺得自己無法慎重考慮，於是他一個勁地憧憬在德．雷納先生那座漂亮的住宅裡可能看到的壯觀的一切了。

他心想：「寧可放棄這一切，也不能淪落到和僕人一起吃飯的地步。我父親想強迫我，那我就去死。我有十五個法郎八個蘇[14]的積蓄，今夜就逃走；走小路不必擔心碰見員警，兩天就到了貝藏松；我在那兒當兵，需要的話，就去瑞士。不過，這樣一來，我的將來就會完了，便沒有出人頭地，實現雄心壯志的希望，神父這個可以使我通往一切的捷徑也就毀了。」

于連厭惡跟僕人一起吃飯，並非天生如此，其實，如果能夠飛黃騰達，他可以做令人痛苦得多的事情，他的這種厭惡得之於盧梭的《懺悔錄》[15]。他全靠這本書來想像世界是一副什麼樣子。還有

14. 蘇，法國古錢幣名，二十蘇為一法朗。
15. 《懺悔錄》，十八世紀法國著名作家盧梭（一七一二至一七七八）的自傳體小說。

如《大軍公報彙編》和《聖赫勒拿島回憶錄》，也是他崇拜的經典之作。他甚至可以用自己的生命來換取這三本書。別的書他一概不信。他從老外科軍醫那裡繼承來的思想，認為世界上其他的書都是騙人的把戲，都是流氓騙子為了升官發財才杜撰出來的，這些書最多起個嘩眾取寵的效果。

于連有一顆火熱的心，還有一種往往書呆子才有的驚人記憶力，他看出他的前途取決於年老的本堂神父謝朗，便刻意博得他的歡心，竟把一部拉丁文的《新約全書》背下。德·邁斯特[16]先生的《教皇論》他也能全文背誦下來，但他對這兩本書都沒有好感，其實他哪一本都不相信。

那一天，像約定好了一樣，索海爾老頭和他兒子，彼此都不再交談做家庭教師的事。傍晚時，于連照例去教士家裡學習了。他認為還是穩定些，不把別人向他父親提出的奇怪建議告訴神父為妙。「也許那是個騙人的把戲而已吧，」他暗自說道：「我應該裝作已把它忘記的樣子。」

第二天一大清早，德·雷納先生就趕緊派人去請老索海爾老頭。老頭讓他等了一兩個鐘頭後才姍姍而來。他一走進門便又是道歉，又是鞠躬。經過多方試探，老頭終於弄明白，他的兒子將和男主人女主人同桌吃飯，如有客人，則獨自在另一個房間和孩子們一起吃，他發現市長先生真的著急，益發節外生枝，便提出越來越多的附加條件，再說他心裡還充滿了懷疑和驚奇，便趁機提出要看看他兒子以後住的房間。這是一個十分寬敞的房間，收拾得非常乾淨，僕人們正往裡搬三個孩子的小床呢。

看見這種情形，老農民心裡有了底，立即相信能給他兒子準備的衣服。德·雷納先生從他的辦

16. 德·邁斯特（一七五三至一八二一），法國作家、哲學家，反對法國大革命，擁護國王和教皇的權威。

公桌抽屜裡拿出一百法郎。

「用這筆錢，讓您兒子到杜朗先生的呢絨店裡定做一套黑禮服。」

「但如果于連哪天要是離開這裡的話，這套衣服還歸他嗎？」鄉下佬說話時由於太過急切，頓時把他應有的禮貌全忘了。

「沒問題。」

「嗯，很好！」索海爾拿著一種慢悠悠的腔調說，「那麼，現在我們要商量的就只是您給他的工錢這一件事了。」

「什麼？」德．雷納先生火力，大聲叫道：「我給他三百法郎，我們昨天就說好了。我想這已經不少了，也許還太多了哩！」

「這只是您出的價錢，我不否認。」索海爾老頭說話的語速越來越慢了。他緊緊地盯著德．雷納先生，使出只有不瞭解弗郎什．孔泰的農民的人才會感到驚訝的那種天才，補了一句：「我們找得到更好的地方。在別的地方，別人給我們的價更高。」

聽了這句話，市長一下變了臉色，但很快便鎮定下來。他知道，他必須要安撫好這個鄉下老頭，他穩住他，他們慎重地談了兩個多小時，沒有說一句隨意的話。最後，狡猾的鄉下佬終於戰勝了並不需靠狡猾為生的有錢人，因為後者不需要在這個問題上過分地重視。所有關於于連新生活的各項細節都談好了：每年的薪俸是四百法郎，而且採用預付的方式，每月一號就付當月的錢。

「這樣吧——我每月給他三十五法郎。」德．雷納先生說。

「湊個雙數吧，」鄉巴佬用討好聲調說，「像我們市長先生這樣有錢又慷慨的人，一定會加到三十六法郎的。」

「好吧！」德・雷納先生說道，「不過，咱們就到處為止。」

這時，德・雷納先生已經非常生氣了，態度變得強硬起來。鄉下佬明白這時他不能再得寸進尺了。這樣一來，德・雷納先生現在倒步步緊逼，老索海爾很想把第一個月薪俸領走，但德・雷納先生堅決不同意。德・雷納先生突然意識到，必須讓他的妻子知道他在這次談判中的出色表現。

「請您把剛才我交給你的那一百法郎還給我。」他有點生氣地說道，「杜朗先生還欠我錢呢。一會兒我跟您的兒子一塊去拿黑呢料子。」

他這樣一硬，這次進攻過後，索海爾又不得不講起他那些客套話來了，恭維的話大約說了一刻多鐘。最後，他看出確實再撈不到什麼了，便起身告辭。他最後深深鞠了一躬，以下面這句話結束：「我回頭就把兒子送到您的府上裡來。」

市長先生的部下都想討好市長，將他的住宅稱為府上。

索海爾到鋸工廠找于連，卻怎麼也沒有找到。原來于連害怕要有大禍，便半夜就出門了。他想把他的書和榮譽團十字勳章放到一個保險的地方藏好。他把這些東西都送到一個年輕的木材商那裡，這個年輕人叫富凱，是他的朋友，就住在維里埃城外的高山上。

當他見到父親時，他父親向他罵道：「該死的懶東西，我養了你那麼多年，天曉得你會不會還我的飯錢！現在趕快收起你的破爛衣服，到市長先生家報到去吧。」

于連覺得很奇怪，自己居然沒有挨揍，巴不得趕快就走。越走越遠，當走到看不見他那可怕的父親的地方，他便放慢腳步，他覺得該到教堂裡去做一次祈禱，就算是裝裝樣子也是好的。

「裝樣子」這個詞讀者會感到奇怪吧？但是，在採用這個可惡的詞以前，這個年輕鄉下人的心靈已經發生了許多變化了。

還在于連很小的時候，他看見第六團的幾個龍騎兵，身披白色大氅，頭戴飾有黑色鬃毛的頭盔，從義大利回來。他們的馬就繫在他家窗前的鐵柵欄上，從此以後，他便瘋了似的想當兵。稍後，他又非常憧憬地聽老外科軍醫給他講述洛迪橋、阿爾科和里沃利等戰役的驚心動魄的場面。他發現這位老人的眼睛裡流露出火一樣燃燒的目光，注視著自己的十字勳章。

但是，在于連十四歲那年，維里埃建造了自己的教堂，對這樣一座小城來說，這教堂可以說太過奢華了，尤其是那四根大理石柱，引起了于連的注意；這四根柱子曾在治安法官和年輕的副本堂神父之間挑起了不共戴天的仇恨，正因為此，這四根柱子也變得更加出名了。那位助理神父是從貝藏松省來的，據說他的任務是為聖會打探情報。治安法官險些丟了位置，至少輿論是這麼說的。他怎麼敢與一位教士鬧意見？他竟膽大到同神父鬧糾紛？這位神父，據說每兩周都要接受貝藏松的主教大人的接見。

就在這個時候，拖家帶口的治安官宣判了幾宗案子，似乎沒有哪件是公平的，所有這些案子都是告發居民中那些經常閱讀《立憲主義者報》的人士。事實上，這只不過是幾個小錢的問題而已。但是，就是這樣一筆小小的罰款，于連的教父——一個鐵釘商人也竟然能遇上，也交了一筆罰款。這人惱羞成怒，大叫大嚷道：「世道真是變了！還說二十多年來治安法官一直被看做正直的人呢！」外科軍醫，于連的朋友，此時已經去世。

轉眼間，于連不再談論拿破崙，他宣佈打算要當教士，人們總看見他在父親的鋸木廠裡孜孜不倦地背誦那本神父借給他的拉丁文聖經。于連的進步神速讓這位善良的教士感到十分驚喜，便整夜整夜的給他講授神學。于連在他面前總是裝得十分虔誠，有意無意地流露出對宗教的熱愛。他那像女子般嫩嫩的臉，是那樣的蒼白，是那樣的溫柔。但是誰又知道他心底裡隱藏著怎麼樣一股百折不撓、寧冒萬死也要出人頭地的決心呢？他寧可犧牲自己的生命也要出人頭地。

于連認為，要想出人頭地，首先必須得離開維里埃，他討厭自己的家鄉。這裡他舉目所見都使他心灰意冷，這裡的一切只會使他豐富的想像力變得僵化。

兒時，他也曾有過一段憧憬美好的快樂時期。在異常興奮的時刻裡。他曾美滋滋地夢想過，有一天，他會被引薦給巴黎的美貌女子，並會用自己的驚人事蹟博得她們的芳心。他為什麼不能得到她們中的一人的愛情呢？當拿破崙落魄還是個窮小子的時候，不是也得到那著名的博阿爾內夫人[17]的愛情了嗎？他又為什麼不能贏得其中一位佳麗的芳心呢？多年以來，他在平日的生活裡，一直都在思考，拿破崙也只是一個寂寂無聞，一無所有的軍官，但他靠著自己的一柄寶劍就馳騁天下，主宰了天下。這個想法給自認為極不幸的他帶來安慰，又使他在快樂的時候更加的快樂。

維里埃教堂的修建和治安官的不公正的判決，使他突然醒悟。這個突然萌發的思想，使他長時間以來好像發狂了一樣，最後把他的頭髮揪住了。彷彿一個容易衝動的人想出了前所未有的主意，魂牽夢縈，無法擺脫。

17. 即約瑟芬・博阿爾內夫人（一七六三至一八一四），後來成為拿破崙的妻子。

「當拿破崙被人讚頌時，正是法國擔心外侮之時，所以軍事上的絕對地位在那個時代不僅是必須的，而且是推崇的。但如今的世界已經發生了重大變化。可如今一些四十歲的教士就有十萬法郎的年薪，相當拿破崙的那些著名將領收入的三倍。一定有人支援他們，這些名將前後還有很多人幫助。連那位心地善良、一貫為官清正而又德高望重的治安法官也害怕得罪年僅三十歲的助理神父，竟不得不犧牲自己多年的良好榮譽。看來，神父非當不可！」

他學習神學已經兩年，儘管新的虔誠正當盛時，那股噬咬著他的靈魂的火突然迸發出來，揭去了他的假面。那是在謝朗先生家裡有許多教士參加的一次晚餐上，善良的本堂神父把他當作神童介紹給大家，不料，他卻瘋狂地頌揚起拿破崙來了。後來，他把自己的右手吊在胸前，對外人稱是移動松樹使手臂脫臼。這個不舒服的姿勢整整保持了兩個月。讓自己受了如此的懲罰之後，他才寬容了自己。這個十九歲的年輕人，因為身體瘦弱，看起來至多不過十七歲。就這樣，他胳膊下夾著個小包裹，進了維里埃的教堂。

他覺得這教堂陰暗、僻靜，每逢節日，教堂的窗戶都掛上深紅色的帷幔，在陽光照射下，使人雙目難睜，產生出一種最富莊嚴和宗教性的眩目的光線效果。于連不禁一陣戰慄，他坐在一條漂亮的凳子上，教堂裡只有他一個人。長凳上刻有德．雷納先生家的爵徽。

在祈禱桌上，于連發現了一張印著字的小碎紙片，攤開在那兒，像是為了讓人讀到。他拾起湊近眼睛，上面寫道：

某年某月某日，路易．冉海爾在貝藏松被處決，其臨刑前的詳細情況如下……

這張紙已經破爛不堪了。在它背面，還可以看到那第一句話開頭的幾個字：「第一步。」

「這張紙會是誰放在這的呢？」于連說了一句，「可憐的不幸的人啊，」他歎了一口氣，接著又說道「他的姓的結尾和我的一樣[18]……」說罷，他把紙揉成一團。

從教堂裡走出時，于連看見聖水缽旁似乎有許多鮮血。這本來是人們濺在地上的聖水，在窗上紅色帷幔的反光照射下，就像鮮紅的血一樣。

從教堂走出，于連對自己竟產生恐懼心理一事，感到很羞愧。

「我難道是個膽小鬼？」他對自己鼓勵道：「拿起武器來！」

這句話，在老外科軍醫的戰爭故事中經常出現，對于連來說充滿了英雄氣概。他立刻感覺精神抖擻，邁開步子，向德・雷納先生的房子迅速走去。

儘管他決心已定，但離那個屋子還有二十步時，一種驚慌感又驀然地闖入他的心中，這種不可名狀的恐慌讓他對那所屋子望而卻步。房子靠外的鐵柵欄已經打開，顯得十分雄偉，裡面看起來很華麗，一定要硬著頭皮走進去。

來到這幢房子裡而感到心慌意亂的，不止于連一個人。德・雷納夫人更害怕。她本來就極為膽小，一想起這個不認識的人要來家裡，而且他的工作還要不停地圍繞在她和她的孩子們之間，便覺得不知如何是好。她已經習慣於讓孩子睡在她的房間裡。早晨，她看見他們的小床被搬進指定給家庭教師的房間裡，她已控制不住自己的眼淚了。她請求丈夫把小兒子斯塔尼斯拉斯・格札維埃的床

18.于連的姓是「索海爾」，和「冉海爾」的結尾一樣。

搬回她房間，但她的丈夫沒有答應。

女人敏感的心理在德．雷納夫人身上已昇華到了極端的程度。在她的想像中，家庭教師一定是一個最令人厭惡的傢伙，粗魯、蓬頭垢面，只是因為會拉丁文就被雇來訓斥她的孩子，為了這種野蠻的語言，她的兒子們學不好還可能挨鞭子呢。

chapter 6 苦悶

當男人們不在身旁的時候，德．雷納夫人便恢復天生的活潑和朝氣，她總是充滿朝氣而又富有風韻。此刻，她從客廳開向花園的落地長窗走出來，活潑而優雅，沒有絲毫的做作，像她平常遠離男人的目光時一樣。突然，她發現門外有個年輕的鄉下人。他年紀不大，蒼白的臉上還帶有淚痕，穿著一件雪白的襯衫，胳膊下夾著一件紫紅色平紋結子花呢做的上衣，乾乾淨淨的。

這個年輕的鄉下人面色那麼白，眼睛那麼溫柔，有點兒浪漫精神的德．雷納夫人開始還以為可能是一個女扮男裝的女子，來向市長先生求什麼恩典的。她同情這個可憐的小傢伙，只見他站在門口不動，顯然是不敢抬手按門鈴。她走過去，暫時排解了家庭教師的到來所引起的悲傷和憂愁。于連背對著大門，沒有看見她走過來。他聽見耳畔有溫柔的話音響起，不禁嚇了一跳。

「孩子，你有什麼事呀？」

他順著說話的方向回過頭來，瞬間便被德．雷納夫人那溫柔的目光迷住了，他竟然不那麼害羞了。夫人美麗、溫柔的樣子使他驚訝莫名，忘記了一切，一時也不知道自己竟為何來到這裡。德．雷納夫人又問了一次。

「夫人，我來這兒是當家庭教師的。」他終於開口了，未乾的眼淚使他感到羞愧，他急忙用手擦掉。

德．雷納夫人聽罷愣住了。他們互相望著，離得很近。于連從未見過穿得這麼整齊的人，尤其是一個如此光豔照人的女人，而且還用一種溫柔的口吻跟他說話。德．雷納夫人看到年輕人的臉上有兩顆淚珠，這時他蒼白的臉色泛起了紅暈。很快，她禁不住笑了出來，充滿了年輕女子才有的瘋狂的歡樂。她笑話自己，同時也不敢相信自己居然這樣快樂。什麼，這一位就是家庭教師？眼前的這個家庭教師，怎麼可能是想像的那個髒亂不堪，愛打孩子的教士？

「什麼？先生，您懂拉丁文嗎？」她終於問道。

于連沒想到她會這麼稱呼自己。

「先生」這個詞使于連大為驚訝，他想了片刻。「是的……夫人。」他靦腆地說道。

德．雷納夫人現在非常高興，就大著膽子向于連問道：「您不會經常打罵我的小孩吧？」

「我怎會打罵您的孩子？」于連詫異地說，「怎麼會呢？」

「不會嗎？先生……」她停頓了一會兒，繼續說道，她的聲音越來越增添了更多的情感，「您一定會好好地對待他們，對嗎，先生？您答應我了？」

聽見又一次被鄭重其事地稱作先生，而且出自一位穿得如此講究的夫人之口，這是于連萬萬沒有想到的，在他小時候的幻想中，他認為，只有穿上漂亮的軍裝，體面的太太才肯跟他說話。而德．雷納夫人卻完全被于連的美麗容貌和一雙炯炯有神的眼睛深深地吸引了，尤其是他那漂亮的頭髮，這時，比平時蜷曲時更討人喜愛。由於天氣很熱，他想要涼快一下，就在公共的水池裡沖了一下。她高興極了，現在看到的這位家庭教師居然神情羞怯如年輕的女子，而她卻曾經為孩子們那樣地擔驚受怕，以為他必是心腸冷酷，面目可憎。著實讓她替自己的孩子們暗暗地緊張。對於德·雷納夫人來說，先前的恐懼心理和現在所見到的事實之間的對照，無疑就是一件引起心理震撼的大事。她忽然從自己的喜悅中醒悟過來，自己也覺得奇怪——她為什麼會來到了大門前呢？還和一個可憐的只穿了一件襯衫的年輕人待在一起，特別是彼此還挨得那麼近。

「請進吧，先生。」她不好意思地對于連說道。

從來沒有哪種喜悅深深地把德·雷納夫人打動過，同樣也沒有這樣嚮往的情景，在焦慮和驚恐過後，一個如此優秀的青年立刻浮現在她眼前。

這樣說來，她精心照料的這些漂亮孩子不會落入一個骯髒陰鬱的教士之手了。在客廳過道上，她回過身看了看于連，他既害羞又膽怯地跟著她。他走進不可想像的房子，顯露驚慌的表情。這在德·雷納夫人眼裡又是一絕，她簡直不能相信自己的眼睛了，她特別覺得一個家庭教師應該有一套黑色的禮服才對。

「可是，這是真的嗎，先生，」她停下來問他，「您真的會拉丁文嗎？」她若是確信無疑，會使她多麼地幸福啊，她真怕自己弄錯了。

德·雷納夫人的這句話，傷了于連的自尊心，使他十五分鐘中所享受的快樂頓時消失。

「不錯，夫人！」他冷淡地說道，「我會拉丁文，應該和教士先生差不多水準，甚至有時他還說我比他強。」

德·雷納夫人突然發現于連此刻的樣子很讓人感到恐怖，她不由自主地往後退了兩步。而後，她靠近他，並小聲對他說：「開頭的幾天，您是不是不用鞭子抽我的孩子，哪怕他們的功課不好，對嗎？」

這樣溫柔的聲調，差不多近於懇求，德·雷納夫人的聲調，都快變成請求了。這樣一位美麗的婦女說出這樣溫柔的話，使于連忘記了自己必須捍衛自己拉丁語學習者的聲譽。此時，德·雷納夫人的臉緊靠著他的臉，他嗅到了女人夏天衣服的芬芳，這對他這樣一個窮苦鄉下人來說，簡直是不能想像的事。于連的臉立刻紅了起來，就像紅透的蘋果一樣，他努力平靜下來，稍稍歎了口氣，有氣無力地說道：

「放心吧！夫人，我全聽您的。」

此刻，德·雷納夫人不再為孩子們而擔心。此時，她看到于連真的很漂亮。面容姣好如初升的新月，眼波流轉間閃現出小女孩才有的羞怯，但對一個本身也是害羞膽怯的婦女來說，絲毫沒有可笑之處。而那種大多數人所欣賞的男性美所具備的陽光之氣，反而使她感到害怕。

「先生，您今年多大了？」她問于連。

「快十九歲了。」

「我最大的孩子十一歲。」德·雷納夫人說道，這時她完全恢復了平靜：「差不多可以做您的朋友呢，您可以跟他講道理。有一次他父親要打他，他就足足病了一個星期，其實只是輕輕的一下。」

「和我相比，這真是天壤之別啊！」于連暗自想道：「我父親昨天還打了我一頓。這些有錢人真幸福啊！」

現在，德·雷納夫人已經留意到這個家庭教師心裡發生的變化，她把于連的太過感傷當作羞怯，她很想鼓勵他一下。

「先生，您叫什麼名字？」她問道。

她的語調優美動聽，于連不禁為之傾倒。

「夫人，大家都叫我于連·索海爾。我生平第一次進入陌生人的家，心裡害怕，我需要您的關照，開頭幾天我不習慣，還請您海涵。我從未進過學校，因為家裡太窮了；除了我的表親外科軍醫，他是榮譽團成員，和謝朗神父先生之外，我沒跟任何人說過話。我的人品絕對可靠，這點謝朗教士可以擔保。我的兩個哥哥非常恨我，還經常打我，所以您不必相信他們對我的評論。夫人，我若有不當之處，請您原諒，我絕無惡意。」

說完這一大段話後，于連慢慢恢復了平靜。他偷偷觀察了一下德·雷納夫人。她的風韻非常自然，絕不是故意做作——這樣自然的風韻更會讓人感到少有。于連對女性頗有研究，他這時甚至可以保證，說德·雷納夫人最多二十歲。他突然間產生了一個大膽的想法——想去親吻她的手，但突然他又擔心起來。過了一會兒，他暗自想道：「明知這樣做可能對我有利，也可能減少這位美婦人對我這個剛剛離開鋸木廠的窮工人的蔑視，但我卻不敢行動，豈不是懦夫的表現。」

也許于連或多或少對「美男子」這個詞感到沾沾自喜。這六個月以來的每個星期天，他都能聽到幾個年輕女子這樣誇獎自己。就在他內心發生鬥爭的時候，德·雷納夫人向他提起如何對孩子們進行教育的一些事。于連竭力克制著自己，此時他的臉色又變得蒼白，他勉強地說道：

「夫人，我向上帝發誓，我永遠也不會打您的孩子！」

他一邊說，一邊大著膽子拿起德．雷納夫人的手，送到唇邊。她對這舉動吃了一驚，想了想，又覺得受到了冒犯。她頓了一下，心裡更是感到不快。這天天氣極熱，她裸露著胳膊，只搭著塊紗披巾。當于連將她的手放到自己唇邊時，她的胳膊已經完全露在了外面。片刻後，她開始責備自己，她覺得自己生氣生得太慢了，對這件事沒有及時制止。

德．雷納先生聽見有人說話，從工作室裡走出來。他用在市政廳主持婚禮時的那種嚴肅但和藹的態度對于連說道：

「我必須在孩子們見到您之前跟您談一談。」

他和于連一起走進工作室，他的夫人本想他們單獨去談，卻被她的丈夫留下了。德．雷納先生關上門後，一本正經的坐下，態度嚴肅地說道：

「教士先生曾告訴我，您是一個正派的人，您在這會受到大家的尊重。假如您能把我的孩子們教育好的話，如果我感到滿意，我會幫助您謀個小小的前程。我希望您今後不要再和您的父母和以前的朋友見面，因為他們的言談舉止會影響到您，而您也會影響到我的孩子們，這是您第一個月的工資，三十六個法郎，我要求你保證一分錢也不交給您父親。」

德．雷納先生很反感那個老頭子，因為在之前聘請家庭教師的交談中，老傢伙比他更精明。

「現在，先生，我已下令，這裡的人都要這樣稱呼您，您將感到進入一個體面人家的好處。現在，先生，您還穿著短上衣，這讓孩子們看見是很不合適的。僕人們看見他了嗎？」德．雷納先生轉過頭向他的夫人問道。

「……親愛的，還沒有見過。」她帶著顧慮的神情回答，看樣子，她心裡正想著什麼。

「好極了，那就請您把這個穿上。」他對感到驚訝的年輕人說，並且送給了他一件自己的燕尾服，「現在我就帶你到呢絨商人杜朗先生家去。」

一個多小時過後，德．雷納先生和這位全身穿著黑衣服的新家庭教師一同回來了。夫人還坐在原來的地方等他們。看見于連回來，她倒是放心裡。她仔細地端詳著他，忘記了當初不敢看他了。于連可壓根兒沒想到她，儘管他對命運和人都不信任，此刻他的心情究竟還只是一個孩子的心情，他覺得自從他在教堂裡發抖那一刻起，三個鐘頭以來，似乎已經過去好幾年了。德．雷納夫人面無表情，他知道她還在為自己剛才大膽地吻了她的手而生氣。由於穿了一身平時不可能穿到的衣服，于連感到非常興奮。而他努力地壓制自己的好心情，免得被看出，這就使得他的舉動不免有些笨拙，像失去了自我一樣。德．雷納夫人用驚異的眼神望著他，臉上也流露出不能理解的神情。

「穩重一些，先生，假如您想要孩子和僕人都尊重您的話。」德．雷納先生向他說道。

「先生，」于連答道，「我穿著這身新衣服很不習慣；我是個貧窮的鄉下人，一輩子只穿過短上衣；如果您允許，我想到房間裡單獨待一會。」

「你覺得這個新雇來的人怎麼樣？」德．雷納先生向他的夫人問道。

一種她自己也無法理解的，出於內心深處本能的動機讓她向丈夫這樣說道：「對這個年輕鄉下人，我並不像您那樣感到滿意。你處處優待他，會使他肆無忌憚，他會因我們的關心變得更加傲慢無禮，妄自尊大。我看用不了一個月，您就會把他辭掉。」

「那也沒什麼大不了！如果他要是出現什麼紕漏的話，就把他辭掉好了，無非是多花我幾百法郎而已。至少會讓人們知道德．雷納先生家裡的孩子曾有過家庭教師，那也是值得讓人尊敬的！不過，如果讓他老穿著過去那種短褂式的衣服，這個目標就不能達到。如果打發他走的時候，我當然要留下我剛剛在呢絨商那兒做的那套黑衣服。他只能拿走我剛剛在裁縫那兒買的成衣，就是我讓他穿的那一套。」

在于連單獨待在房間的一段時間裡，德．雷納夫人覺得不過是片刻功夫。一聽說新教師來了，孩子們便追著母親問這問那。

最後，于連出場了。和以前相比，于連簡直是另一個人。他態度嚴肅，神情端莊。當德．雷納先生向孩子們介紹于連時，他給孩子們講話的樣子，連德．雷納先生也感到驚訝。

「先生們，我來到這裡是教你們拉丁文，」他結束談話時對他們說道，「我想，在你們這個年齡的孩子，應該知道背書是怎麼回事。這本是《聖經》，」說著，他拿出一本三十二開、黑色封面的精裝書給他們，「這一本書是關於我們的救世主耶穌基督的故事，也被稱為《新約全書》。以後你們就要背誦這本書，也許你們會認為很困難，不過沒關係，現在你們可以先考考我。」

他們之中的大孩子阿道爾夫接過了書。

「請您隨便找個地方。」于連繼續說道，「找一段，把第一個字告訴我。我就把這本聖書，我們的行為準則一直背下去，直到您讓我停下為止。」

阿道爾夫打開書，讀出一個字，于連立即將那一整頁內容全背了出來，就像說法語一樣流利。當德．雷納先生得意地看著他的夫人。孩子們看到他們父母的驚訝表情，也都一個個瞪大了眼睛。當于連背誦拉丁文時，客廳的門口處一位僕人正靜靜地站著，一會兒就不見了。之後，德．雷納夫人的侍女和廚娘也來到了門邊，這時于連已經輕鬆地背出了大孩子找出的七八個不同地方的內容了。

「噢，我的上帝！這小教士好漂亮，」女廚子高聲說道，她是個善良虔誠的好女人。

德．雷納先生的自尊心受到了觸動。他不再想如何考察家庭教師，而是一門心思在記憶中翻騰，想找出幾句拉丁文來；終於，他絞盡腦汁終於念出了一句賀拉斯的詩。其實在拉丁語方面于連僅僅念過一本《聖經》而已。所以，他只好皺著眉頭回答道：

「我所獻身的聖職禁止我讀一位如此世俗的詩人。」

德．雷納先生背了不少所謂賀拉斯[19]的詩。他向孩子們解釋誰是賀拉斯，但是孩子們已對于連佩服得要命，對父親的話沒聽進幾句。他們只看著于連。

僕人們仍然站在門口，于連想在僕人們面前顯示一番，便決定把考驗的時間延長，便向最小的孩子說道：

「斯塔尼斯拉斯．格札維埃先生，你也指一段內容試試我能否背下。」

小斯塔尼斯拉斯覺得很自豪，終於也湊湊合合念出一個認識的詞。接著于連就背出了整頁經文。使德．雷納先生得意洋洋，躊躇滿志的是，正當于連沉浸在背誦聖書的自豪時，進來了兩位客人，華勒諾先生和專區區長沙爾科．德．莫吉隆先生來到家裡。這一來，于連便獲得了先生的稱號，從此之後，僕人們都管于連叫先生了。

19. 賀拉斯（前六五至前八），古羅馬詩人。

當晚，小城的居民就都蜂擁到德．雷納先生家裡來欣賞奇蹟。于連輕鬆自如地一一應對。從此以後，于連的名聲迅速在小城傳開，以至於幾天後，德．雷納先生由於害怕于連被人搶走，急忙要求簽訂兩年的家庭教師合同。

「不，先生，」于連冷冷地回答道，「如果您要辭退我，我不得不走。一張困住我的手腳而對您毫無約束力的合同是不公平的，我不能接受。」

于連工作得很好，因而來到府裡不到一個月的時間，全家都十分尊敬他了，幸好謝朗教士已同德．雷納先生與華勒諾先生斷交了，再沒有人會知道于連對拿破崙的敬仰了。至於于連本人，記取了上次的教訓，總是故意流露出對拿破崙的厭惡。

chapter 7

情緣

孩子們都十分崇拜他，可他卻不喜歡他們，因為他的心思都用到別的地方去了。小傢伙們做什麼他都不著急，他冷漠、正直、喜怒不形於色，但大家都喜歡他。因為他的到來多少驅除了府中的沉悶氣氛，他確實是個盡職的家庭教師。至於于連自己呢，只對這個已將他接納進來的上流社會感到痛恨和反感。

說實在的，在這個社會中，他只能每天居末座，吃飯時，他只坐餐桌的下座，這也許是他痛恨反感這一切的原因所在了。在幾次盛大的宴會上，他好不容易才克制住對周圍的一切所懷有的仇恨。尤其是在聖路易節那天，華勒諾先生同德・雷納先生在家玩擲骰子遊戲，于連險些控制不住自己的不滿。趕緊藉口去看管孩子們，獨自一人跑到花園去了。「滿嘴廉潔奉公」他生氣地說道：「他們幾乎要說這是世上僅存的美德了，可是自從掌管管理窮人的財產大權以後，自己的財富卻翻了三四倍的人，簡直太無恥了！對這樣的人，又何來崇敬與尊重？我敢保證，他一定在孤兒救濟金上掙了一把，這些孤兒的痛苦要比其他的窮人深重得多呀！這群吸血鬼啊！這群吸血鬼！唉！而我也和撿來的孩子差不多，父親、哥哥，全家人都對我恨之入骨。」

聖路易節前幾天，于連獨自在一片小樹林裡念著日課經。這片小樹林可以俯瞰忠誠大道，人稱「觀景台」。忽然，他那兩個哥哥從一條偏僻的小徑走過來，等到于連發現時，他已躲閃不及。這兩個野蠻的工人嫉妒弟弟漂亮的黑衣服和乾淨整潔的外表，也受不了弟弟那種對他倆真正的蔑視，他們上去揪住于連就一頓暴打，把他打得渾身是血，昏倒在地。

這時，德・雷納夫人同華勒諾先生和專區區長先生正巧一同來到小樹林裡散步，德・雷納夫人發現于連躺在地上一動不動，還以為他已死去，不禁驚恐萬狀，華勒諾先生對此嫉妒不已。

華勒諾先生未免多慮了。德・雷納夫人很美麗，然正是因為這美，于連反倒恨她；因為她是阻止他發跡的第一塊礁石，他險些撞上。他儘量少跟她談話，意圖忘掉頭一天情不自禁吻她的手的那種衝動。

德・雷納夫人的女僕艾麗莎，對於于連一見鍾情，她經常向她的女主人說起他。艾麗莎對于連的愛情卻給于連招來一個男僕的仇恨。于連曾聽到這個男僕向艾麗莎說：「自從那個可惡的家庭教師來了以後，您就再也不願跟我說話了。」

真是冤枉呀，不過，出於年輕人愛美的天性和對污辱的抗議，他倒是更加注意自己的儀表了。這樣一來，華勒諾先生更是又嫉又恨。並且公開地說，一個年輕的教士不應該這樣愛打扮。事實上，于連那身衣服，幾乎和道袍相差無幾

德・雷納夫人發現于連和艾麗莎的談話越來越多了。她又瞭解到這些交談是于連的衣服不夠穿引起的。因為他只有一件衣服，所以他不得不常常把它送到外面去漿洗，而辦理這些生活瑣事都是艾麗莎去做。于連的難處，艾麗莎並沒有用心留意，這倒觸動了德・雷納夫人的憐憫之心。真想送

他些東西，但是不敢，這種內心的矛盾是于連帶給她的第一個痛苦的感覺，在這之前，于連這個名字，對德・雷納夫人來說，僅是一種最最純潔的快樂。她一想到于連的貧窮，便心中焦慮不安，於是向她的丈夫說，想要送于連一些內衣。

「簡直是開玩笑！」德・雷納先生馬上回答道：「什麼？他給我們幹活幹得很好，我們對他也非常滿意，還有賞他什麼東西嗎？只有在他不好好幹的情況下，才需要給點物質刺激他的熱情。」

德・雷納夫人對丈夫這種看問題的方式感到丟臉，于連到來之前，她從來沒有這種感覺，每當看到于連衣著雖然十分樸素，卻極為整齊時，心中就會更加難過：「可憐的孩子，真是難為他了。」慢慢地，她對于連捉襟見肘的情況，不僅不以為忤，反而產生了憐憫。

德・雷納夫人是外省女人，人們在和她相識的頭半個月裡，很有可能以為她傻乎乎的，因為她沒有任何生活經驗，也不喜歡聊天。她生性優雅且心氣很高。命運將她拋進一群粗俗的人中間，然而她天生一顆敏感而倨傲的心，人人生而有之的那種追求幸福的本能使她大部分時間裡對那些人的行為多半不予理會。

如果她接受過極少一點的教育，她的天性和敏銳的思想本可脫穎而出，但是，她是一個被修女養大的女繼承人，卻失去了這些機會，同那些修女一樣，是「耶穌聖心」[20]的狂熱追求者，法國人因反對耶穌會教士而受到她們的極端仇視。德・雷納夫人心知肚明，覺得自己在修道院學到的東西荒謬絕倫，很快便把它們拋之腦後。但是，她沒有任何東西來補充，結果變得什麼也不知道了。她作

20. 聖心，耶穌熱愛世人的象徵，天主教信徒的崇拜對象，巴黎有聖心教堂。

為一筆巨大財產的繼承人，過早地成為阿諛奉承的對象，還有她堅決地傾向於宗教的虔誠，這都使她具有一種完全內向的生活方式。她有賢淑的外表，事事遷就從不堅持己見，在維里埃小城裡的那些丈夫，都以她為榜樣要求妻子。這更讓德．雷納先生感到驕傲。但是她這樣的生活，實際上只不過是她的極端孤傲性格的外在表現罷了。任何一位因驕傲而被稱道的公主，對周圍富家子弟圍繞著她的所作所為所給予的關注，都要比這位表面溫柔謙遜的女人對自己丈夫的關注多了很多。在于連到來之前，她實際上關心的只是她的那些孩子。他們的頭疼腦熱，他們的痛苦，他們的小小歡樂，佔據了這顆心的全部感覺。而當年她在貝藏松的聖心修道院時，她只崇拜上帝。

如果她的一個孩子發燒，幾乎能讓她急得如同這個孩子已經死了一樣。只不過不肯告訴別人而已。在他們結婚後的前幾年，她經常把這類不快的事向丈夫訴說，這本是和親人傾訴的最自然的事。可是，回應她的不是粗俗的笑聲，就是肩頭一聳，還會習慣性的嘲笑她的癡情，隨口說一句女人總是喜歡大驚小怪的陳詞濫調。這樣的玩笑話，特別是在孩子們生病時，這種態度對德．雷納夫人來說，真的是心如刀割，疼痛難忍。

與年輕時在修道院聽到的吹捧之詞相比，現在只有嘲弄和戲謔。她的成熟是用痛苦與折磨換來的。她自尊心很強，更不願將這類不愉快的事向女友戴維爾夫人提起。在她的大腦裡，世上所有男人像華勒諾先生和專區區長沙爾科．德．莫吉隆等人，都跟她丈夫一樣粗魯。除了金錢、權力和榮譽之外，對一切都漠不關心，而且，極端痛恨與自己抵觸的事。在德．雷納夫人看來，這些東西對男人這個性別來說都是與生俱來的品質，就像穿靴子戴氊帽一樣天經地義。

經過多年來，德．雷納夫人仍然討厭和這種追求名利的人交往，但她又不得不和他們一起生活下去。

于連這個小鄉下人獲得她的青睞，原因就在於此。德・雷納夫人對這顆高尚而驕傲的心靈充滿了同情，從中得到了美妙的、洋溢著新鮮事物的魅力的快樂。時間不長，德・雷納夫人對于連的幼稚無知，已經完全能夠諒解，而且覺得這正是他倍加可愛的地方。也原諒了于連的粗魯舉止，而且幫助他改正。她覺得于連講的話也值得一聽的，雖然講的是再普通不過的事，比如一輛飛馳的農用貨車壓死一條可憐小狗的事。這樣的淒涼故事，只會引得德・雷納先生大笑一聲，而德・雷納夫人那時卻因為看到于連緊鎖住那兩道彎弓似的黑眉神色黯然。逐漸的，她覺得只有在這個年輕的教士身上才可以找到那些所謂的慷慨、仁義。正是這些美德才激發出了她對他的極大好感和欽佩之情。

要是在巴黎，于連對待德・雷納夫人的態度會單純一些。不過，巴黎的愛情是小說的產物。這位年輕的家庭教師和他膽小的女主人都能從兩三本小說中，甚或從劇院演唱的情歌裡找到他們影子。小說可以勾畫出要他們扮演的角色，提出可供他們模仿的榜樣，而這榜樣，雖然不能給于連帶來絲毫的樂趣，甚至還會使他感到厭惡，但出於虛榮，他遲早也不得不照樣行事。

假如在阿韋龍或比利牛斯這樣的小城裡，由於天氣燥熱，一件極小的事也會迅速傳成一件了不起的大事。而在我們這裡，天空陰沉沉的，一個貧家少年之所以不安本分，只不過因為有點講究，想享受一下金錢所能帶來的本能的歡樂而已。他每天都與一個年方三十，胸無雜念的少婦接觸。這位少婦心思都放在孩子身上，根本不想去效法小說裡的人物，所以，在外省一切都進行地很慢，水到才能渠成，這樣倒比較自然。

有時，德・雷納夫人常因年輕教師的艱苦處境而難過流淚。有一次，于連走到德・雷納夫人身邊時，發現她正在哭泣。

「唉？夫人，您有什麼難過的事嗎？」

「沒有，我的朋友……」她說道：「我們去散步吧，您叫孩子們也來吧。」

她挽起于連的胳膊，靠著他，那方式讓于連覺得異樣。她這是第一次稱他「我的朋友」。散步快結束時，于連看到她的臉有些緋紅。夫人放慢了腳步。

「您一定聽說了，」她低下頭慢慢地說道：「我的姑母是貝藏松一個非常富有的人，而我是姑母的唯一繼承人，我從她那兒得到許多錢……自從您來到我家後，我的孩子們的功課都進步很大……進步的速度都讓人吃驚……為了感謝您……我想送您一件小小的禮物。不過是幾個路易罷了，您好買些襯衣……不過……」她的臉更紅，並且打住不說了。

「怎麼了，夫人？」于連問道。

「不必讓我丈夫知道這件事……」她繼續說道，頭也垂得更低了。

「夫人，我人窮但志不短。」于連停住了，沒往下說，兩眼閃爍著怒火，接著又挺直了腰：「我覺得，這一點，您有欠考慮，假如我對德．雷納先生隱瞞任何關於錢的事，那我連一個僕人也不如了！」

聽了這些話，德．雷納夫人驚呆了。

于連繼續往下說：「自從我住到這個家裡來，市長先生一共給了我五次錢，每次付給我三十六法郎，我隨時準備好將我的支出帳簿交給德．雷納先生看。誰都可以看，甚至是恨我的華勒諾先生。」

聽了這一番不客氣的話，德．雷納夫人面如土色，渾身發抖，直到散步結束，兩個人誰也未能找出個話題來恢復中斷了的談話。因為他們再沒有共同的話題繼續下去。于連自尊心很強，愛上德．雷納夫人已逐漸成為虛無縹緲的事了。至於她呢，她敬重他，崇拜他，同情他，憐憫他，哪怕因此受到了斥責她也不會後悔。為了彌補她無意造成的對他的傷害，她盡可能的對他周到體貼，細心關懷。這種新的處理方法讓德．雷納夫人足足高興了七八天，于連也不那麼生氣了。結果，于連的憤怒得到部分的平復，但是他一點也沒有看到其中與個人之間的好感有什麼相似的地方。

「唉！這就是這些有錢人的做法，」他暗暗地想：「他們侮辱了一個人，接著以為裝裝樣子便萬事大吉！」

德．雷納夫人太激動，也太天真，忘記自己原先的考慮，便告訴她丈夫她想贈送禮物給于連以及遭到拒絕這些事。

「什麼？」德．雷納怒氣沖沖地叫道，「下人拒絕你，你倒受得了？」

德．雷納夫人不同意使用「下人」這個字眼，他又說道：

「夫人，您還記得已故的孔代親王給他的親娘介紹他的全體侍從時是怎麼樣說的嗎？他這樣講道：『所有這些人，』他向她說道，『這一干人等都是咱們的下人。』我給您讀過博桑瓦爾的《回憶錄》中的這一段，這對我們的特權來說至關重要。『那些不是貴族還在您家裡生活，卻拿著一份工錢的人，都是您的奴僕。』我這就去找那位于連先生談談，還要給他一百法郎。」

「啊！親愛的，」德．雷納夫人顫抖著說，「至少別當著眾人的面！」

「當然，他們會眼紅的，這也難怪，」她的丈夫邊說邊走了，心裡想著如何給于連這一百法郎。

德．雷納爾夫人癱倒在一張椅子上，痛苦的幾乎暈了過去。「可憐的于連，他又要蒙受屈辱了，而且……而且這侮辱還是我造成的！」她討厭自己的丈夫，接著，用雙手捂住了臉。她發誓今後絕不再把心事告訴別人。

她再見到于連的時候，渾身哆哆嗦嗦，感到胸口發悶，連一句最簡單的話都說不出來。惶恐中，她抓住于連的雙手，緊緊地握住。

「唉？我的朋友，」她平靜了一下最後向他說道：「您滿意我的丈夫嗎？」

「我怎會不滿意？我得到一百法郎。」于連面帶苦笑無可奈何地回答。

德．雷納夫人不太相信的靜靜地看看他。

「讓我挎著您的胳膊。」她鼓足了勇氣說道，于連從未見過她這樣。

她大著膽子一直走到維里埃書店，根本不介意該店以自由思想著稱。在那裡，她為孩子們選購了十個路易的書，而且這些書全是根據于連的愛好選的。她在書店裡讓她的孩子們把名字寫在自己分到的書上。

正當德．雷納夫人為自己敢於用這樣的方式向于連做出補償而感到高興時，于連卻正驚訝於書店裡各種各樣名目繁多的書，他從來不敢涉足於世俗味如此濃厚的地方，一顆心不禁怦怦直跳。這時候，他絲毫沒有注意到德．雷納夫人。他拚命地思索，自己怎樣才能弄到這樣的一些書呢。終於，他想到了一個辦法，只要略施小計，也許不難說服德．雷納先生，使他認為應該把出生在本省的著名貴族的歷史拿來給他的兒子們作法文譯拉丁文的練習材料。

經過一個月的細緻安排，于連的這個計畫終於實現了。沒有多久，他居然敢提到一個對高貴的市長來說困難得多的行動，即在書店裡訂閱書籍，這無異於幫助一個自由黨人去賺錢。德·雷納先生也贊同讓他的大兒子讀些名著，覺得這是一個非常好的主意。因為他的大兒子將來上軍校時，聽見別人談論某些著作時，可以同別人談這些名著。但是市長先生只談到這裡就停住了，不肯再滿足他進一步的要求。他懷疑其中必有秘密，但也一時猜不透那到底是什麼。

「先生，我想，」一天，于連向德·雷納先生建議道：「讓一位可敬的貴族，例如萊納家的人，其名字出現在書商的骯髒的登記簿上，實在是不太合適。」

德·雷納先生聞言，臉上驟然一亮。

于連更加謙卑說道：「即使是一個學神學的窮學生，如果人們有朝一日發現他的名字寫在一個出租書籍的書商的登記簿上，這也會是一個很大的汙點。自由黨人定會趁機攻擊我說我租借了許多最壞的書。誰敢保證他們不會來這麼一手呢？誰知道他們會不會在我的名下寫上這些邪惡的書的書名呢。」

于連說著說著離了題，看見市長先生又顯出了為難的表情，而且有些生氣。他馬上住嘴。

「我已經抓住此人的心理了。」他暗自想道。

幾天之後，最大的那個孩子當著德·雷納先生的面，向于連問起《每日新聞》預告過的一本書。

「為了避免使雅各賓黨有任何勝利的口實，」年輕的家庭教師說道：「同時又能為阿道爾先生解決問題，——我看，我們完全可以用您家僕人的名字去租借書籍。」

「這個主意倒不錯！」德·雷納先生興奮地說道。

「不過，必須明確規定，」于連像某些眼看久已企望的事情終於成功的人那樣，裝出一副莊重而又無可奈何的神情說道：「必須明確規定，僕人禁止租借任何小說。倘若這些危險的書籍，來到家裡，就會把夫人的女僕們教唆壞，而且還會教唆壞男傭人。」

「不過您卻忘記了還有那些政治小冊子。」德．雷納先生高傲地說道。他孩子的家庭教師想出的這個巧妙的辦法博得了他的讚賞，不過他不想表露出來。

這樣，一連串小小的交涉是于連這一時期生活的全部。交涉成功讓于連太興奮了，以至於沒有在意夫人表現出對他的明顯偏愛。其實只需稍微注意一下，便不難看出夫人的感情。

他過去那種精神狀態又重新出現在德．雷納市長先生的家裡。就像在他父親的鋸木廠裡一樣，他打心眼兒裡蔑視周圍的人，而自己也遭到他們的憎恨。每天他都可以從專區區長、華勒諾先生以及家裡其他人的高談闊論中，發現他們的言行是多麼的不一致。一個行動，他覺得可以稱讚，卻恰恰要受到他周圍那些人的譴責。他一直堅持認為：「這些人不是怪物，就是傻瓜！」有趣的是他根本無法理解他們的談話。

在他的人生中，推心置腹地談過話的只老外科軍醫一人而已；他僅有的那一點點見解，不是與波拿巴在義大利的戰役有關，就是與外科手術有關。他年輕，勇敢，喜歡聽關於最痛苦的手術的詳盡敘述，他心想：「我連眉頭都不皺一皺。」

德．雷納夫人第一次想和他進行過一次不牽涉孩子的教育問題的談話。他反而大談外科手術，德．雷納夫人當時嚇得臉色蒼白，一個勁兒地哀求他不要再往下講了。

除此之外，于連什麼也不懂。這樣，他跟德．雷納夫人，遇到兩人獨處的時候，就會出現一種很尷尬的沉默。在客廳裡，雖然他態度謙遜，但她總發覺他有一種智力上的優越感，看不起所有到她家裡來的人。她若單獨和他在一起，哪怕短短的一刻，她也會看到他明顯地尷尬。她感到不安，因為女人的本能告訴她，這種尷尬絕非出自柔情。

可能是受了老外科軍醫的某些故事的影響。于連每一次和女人在一起時，如果出現了沉默，他便覺得受到了污染，彷彿這種沉默全是他的過錯，他私下裡就會因此感到十分委屈。似乎這種沉默是他的某種特殊的過失一樣。

這樣的感覺，當他和女人單獨相處時讓他很難受，至於一個男人和一個女人單獨相處時該說些什麼，他腦子裡充滿了胡思亂想和誇張的觀念，所以，在情緒緊張的時候，他便產生一些令人無法接受的想法，想入非非，然而于連始終也擺脫不了那種最讓人難堪的沉默。因此，當他陪德・雷納夫人和她的孩子們長時間散步的時候，這種非常殘酷的痛苦使他的面色變得更加陰森可怕。

他蔑視他自己，有時不得不勉強找話說，但他所說的不過都是些滑稽可笑的事情。他一緊張，臉就會繃得很緊，一個勁地自怨自艾，更不幸的是，如果勉強說話，往往也是語無倫次。他看到自己的缺點，卻又明知故犯，還變本加厲。

但是有一點是他沒有看到的，那就是他的眼神。他的兩隻眼睛真美，流露出火一般的熱情，它們就像優秀的演員一樣，能使一些不迷人的事物給人以迷人之感。德・雷納夫人發覺，每當她和于連單獨相處時，他永遠也說不出什麼正經的事情來，除非有一件突如其來的事情分散了他的注意力，他不再去想如何把一句恭維話說得漂亮。因為德・雷納的朋友怕把德・雷納夫人引誘壞了，所以就不跟她講新的和引人注目的思想。因此，于連智慧的閃光便成了她一種甜美的享受。

自拿破崙倒台以後，向女人獻殷勤被從外省的風俗中清除出去，嚴厲得不留一絲痕跡。人人都擔心被罷官，騙子會到聖會裡尋找靠山，虛偽的作風即使在自由派人士中也大行其道。沉悶的氛圍加重了，除了讀書和種田外，簡直沒有任何其他尋樂的方法。

德．雷納夫人從一位虔誠的姑母那裡繼承了一大筆遺產，十六歲時嫁給一位可敬的紳士，一生之中，連與愛情多少有點相似的感情都從未體驗過，也從未見過。只是聽她懺悔的善良的本堂神父謝朗曾經針對華勒諾先生的追求跟她談過愛情，而且向她描繪出一種令人作嘔的景象，以至於愛情這個字眼在她的心目中就意味著最下流的淫蕩。她在偶爾翻閱的幾部小說裡讀到過愛情，但她都認為那是例外甚至是反常的現象。由於對愛情的無知，德．雷納夫人倒也過得很幸福。她把全部的心思都放在于連身上，絲毫感覺不到自己有什麼負疚之感。

chapter 8 紛紜世事

德．雷納夫人天性淳厚，生活美滿，于連的到來更是給她眼前的幸福增加了幾分溫柔意興，但當她一想到女僕艾麗莎時，這快樂便打了折扣。這女子繼承了一份遺產，去向謝朗神父作懺悔，說她打算和于連結婚。謝朗教士真心誠意的為她的幸福而感到高興。但是當于連表示堅決不接受艾麗莎小姐時，他簡直驚訝極了。

「孩子，你自己心裡怎麼想的可要注意。」教士皺著眉頭說，「如果你是一心向神而置這筆財產不顧的話，那倒是虔誠可嘉，我當然要向你表示祝賀。我在維里埃當教士已經有五十六年了，但從各種跡象看，我的職位快保不住了。這令我很難過，但我總算還有八百里法郎的收入。我告訴你這些事情，是要使你對教士這一行不存任何幻想。如果你想投靠有權力的人，那你肯定是要萬劫不復的，你永遠也進不了天國。您可能發跡，但那樣就要損害窮苦人的利益，奉承專區區長、市長、有權有勢的人，為其欲望效勞。這樣的行為，就是現今所謂的生活藝術。對於世俗人來說，這種生活藝術倒不一定和個人幸福水火不容。不過，就我們的身分來講，就必須作出選擇，要麼追尋人間的富貴，要麼嚮往天國的幸福——在這兒沒有中間道路！

「親愛的朋友，三思吧，三天後你再回來給我個肯定的答覆。我難過的看到，在你的靈魂深處，隱約燃燒著一股熱情，說明你凡心未盡，難捨人間的富貴，做教士絕對不能如此，要想成為一個神父，你必須要有對人間享樂的克制力和隱忍精神。我對你內心的揣測是不會錯的，不過還是讓我把話說完吧。」善良的教士繼續熱淚盈眶地說道，「作為一位神父，我確實為你的靈魂能否得救而擔憂。」

看到神父如此動情，于連大為感動，心中不免慚愧；有生以來，他第一次看到有人愛他；他高興得哭了，為了不讓人看見，他跑到山上的大樹林裡哭了個痛快。

「我為什麼要這樣？」最後，他終於捫心自問，「我想我會心甘情願為這位善良的教士犧牲一百次，可他剛剛卻向我證明我不過是個傻瓜。我本來想騙過他，可他卻輕而易舉就看透了我的心思。他向我說起的那隱隱燃燒的熱情，正是我想出人頭地的打算。他認為我不配做神父，而他提出這種看法又恰恰是在我以為放棄五十路易的年金會使他對我的虔誠和志向給予最高評價的時候。」

「今後，」于連繼續想著：「我只能依靠我這經受過挫折的性格行事。看誰會對我說，我能在眼淚中找到快樂！我愛這個證明我不過是個傻瓜的人！」

三天以後，于連去見神父。他已經找到藉口，其實他本該第一天就準備好的。這托詞乃是一種造謠，不過，這又有什麼關係呢？他吞吞吐吐地向神父承認，有一個不便言明的理由使他一開始就不能考慮這樁擬議中的婚事，說出來會損害一個第三者。這是譴責艾麗莎行為不端啊。謝朗先生發現他的態度中有一種全然世俗的熱情，與那種激勵著一個年輕教士的熱情格格不入。

「我親愛的朋友……」他又說道：「我看你，與其當一個沒有信仰的神父，倒不如做一個有教養、令人尊敬的鄉紳為好。」

就言辭論，于連對這些新的告誡回答得非常巧妙，他找到了一個熱忱的年輕神學院學生能夠用的那些詞兒。只不過他說話的腔調和他眼中藏不住的激情，不免使謝朗先生感到非常不安。

我們也不應該對于連的前途妄加推斷。因為他能就一種圓滑謹慎的偽善編造出一套得體的話來，這在他這個年紀已很不錯。然而，後來他只要一有機會和那些大人、先生們接觸，他的談吐舉止就會很快博得人們的讚賞。

德．雷納夫人感到很奇怪，她的女僕雖然最近得到了一筆遺產，卻不比以前快活，她見她不斷地去本堂神父那兒，回來時眼裡總噙著淚。最後艾麗莎同她談起了婚姻大事。

德．雷納夫人覺得自己病了，像是發高燒，睡不著覺。只有當艾麗莎或者于連在眼前時，她才有點生氣。她日日夜夜想著她和于連以及他們結婚後的幸福生活。一座小房子雖然看上去有點簡陋，因為屋子的主人只能靠著五十路易的年金過日子。然而這卻是她嚮往的生活。于連大可以在專區首府博萊做律師，離維里埃只有二里地，這樣一來，她或許不時地還能看見他。真的認為自己就要發瘋了，於是她告訴了丈夫，最後果然病倒了，當天晚上，她的女僕照常侍候她，德．雷納夫人卻發現艾麗莎正在哭泣。最近，她非常厭惡艾麗莎，剛剛她還訓過她，但馬上又請求她的原諒。這時，艾麗莎反而哭得更厲害了，她說女主人如果允許的話，她便把自己的不幸全都說出來。

「那你就說吧。」德．雷納夫人回答。

「唉，夫人，他拒絕我了！一定是有壞人在他面前說了我的壞話，他卻相信了。」

「是誰拒絕你了呀？」德．雷納夫人連氣也透不過來了。

「夫人，不是于連先生，又是誰呢？」女僕嗚咽著回答，「神父先生也沒能說動他，神父先生認為他不應該拒絕一個好女孩，就因為她是個女僕。說到底，于連先生的父親也不過是個木匠罷了，他自己來夫人家之前，又是靠什麼生活的呢？」

德．雷納夫人再也聽不下去了，過分的幸福幾乎令她失去了理智。德．雷納夫人讓艾麗莎再三向她重複于連確實拒絕了她，直到她認為是千真萬確為止。

「我想做最後一次努力，」她對女僕說，「我去跟于連先生談談……」

第二天午飯後，德．雷納夫人花了整整一小時，帶著無限的柔情一邊為她的情敵說好話，一邊又看到其婚事和財產不斷地遭到拒絕，心裡覺得美滋滋的。

漸漸地，于連拋棄了拘謹的語言，風趣地回應了德．雷納夫人的一番賢良規勸。在過了這麼多失望的日子以後，她的靈魂已經完全被這股激流所淹沒，她再也無法抵擋這幸福的激流，真的支持不住了。待她緩過來，在臥室裡坐定之後，就摒退左右，定下心來一想，不禁驚慌起來。

「難道我真的愛上了于連？」她終於給自己提出了這個問題。

這個想法，若在平時，一定會令她悔恨慚愧，心情無法平靜。但此時此刻她雖然感到奇怪，但卻懶得去想，好像這一切與她毫不相關。她的精神，已被她剛才經歷的事情消耗殆盡，對任何激情都不堪負荷了。

德．雷納夫人突然很想找點活兒幹，不料卻酣然睡著了。她度過了多少個絕望的日子啊，終於抵擋不住這股幸福的激流，她的靈魂被淹沒了。她的頭真的暈了。當她清醒過來驚恐的心情鎮定了下來，她畢竟是身在福中，對什麼事都很難從壞處去想。這位善良的外省婦女天真無邪，對任何感情上的事都不會苦苦思索，去尋求個究竟。在于連出現以前，她只知道一心一意地料理家務，而在這個遠離巴黎的地方，這恰恰是一位賢妻良母的份內之事。當她想到兒女情長時，就如同我們想到人人都可以中彩票一樣，上當是肯定的，是只有瘋子才會去追求的幸福。

晚餐的鐘聲響起了，于連帶著孩子們走了進來。德·雷納夫人一聽見于連的聲音，頓時臉頰緋紅。而自從心中產生了愛情之後，人也變得機靈些了，她為了解釋臉紅，就推說是頭疼得厲害的緣故。

「女人啊！就是這樣，」德·雷納先生說著，爆發出粗魯的笑聲，「女人這台機器，總是有零件需要修理。」

德·雷納夫人儘管已習慣了這樣的俏皮話，但是那語調仍使她感到不快。為了轉移自己的注意力，她仔細看了看于連的臉，即使這張臉是世界上最醜的，此時此刻也會博得她的歡心。

德·雷納先生非常注意模仿宮廷中人的生活習慣。每到春天的晴好日子一到，就舉家住進維爾基，這個村子因加布里埃爾[21]的悲慘遭遇而聞名的村子。在距古代哥德式教堂的美麗遺址大約一百步遠的地方，德·雷納先生購置了一座古老的城堡，那裡有四個塔樓和一個仿造杜伊勒里宮[22]公園的花

21. 加布里埃爾，十三世紀法國一首長篇詩裡的女主人公，即維爾基的領主的夫人暗中與一騎士相戀，偷情事敗後，夫人疑為騎士所出賣，憤而自殺，騎士聞訊亦殉情而死。

22. 巴黎舊王宮，一八七一年巴黎公社時期被毀。

園。在花園周圍，種了許多黃楊樹，小徑蜿蜒其中，園內小路的兩旁種有栗樹，每年都會修剪兩次。附近還有一塊園地，種滿了蘋果樹，綠蔭濃密，可供遊人憩息。果園盡頭有八棵到十棵雄偉的胡桃樹，枝葉扶疏如巨蓋，可能高達八、九十尺。

「討厭的胡桃樹，」當他夫人欣賞地看著胡桃樹時，德．雷納先生這樣說道，「這些該死的胡桃樹，每一株都毀了我半阿爾邦地的收成，因為樹蔭下種不了麥子。」

德．雷納爾夫人這一次對鄉村的景物感到格外新鮮，她的欣賞之情幾乎發展成了狂熱的喜愛。這種激動的情感使她擁有了智慧，同時也有了決心。來到維爾基的第三天，德．雷納先生就因公務回城裡去了。於是德．雷納夫人自己拿錢雇了些工人。原來是于連給她出的主意，在果園裡和那些大胡桃樹下修一條小路，鋪上沙子，這樣，孩子們大清早出去散步，鞋子就不會被露水打濕了。這意見一提出，不到二十四小時就付諸實踐了。德．雷納夫人整天歡樂地和于連一起指揮著工人們幹活。

德．雷納先生從城裡回來後看到一條新修的小路，十分驚訝，發現他這次突然歸來，也令德．雷納夫人嚇了一跳，因為她完全忘記了丈夫的存在。一連兩個月，他都氣憤地談到她的膽大妄為，居然不跟他商量就進行如此重大的維修工程。不過有一點可以讓他稍感安慰，那就是這項工程的費用是德．雷納夫人自己出的。

她整日和孩子們在果園裡奔跑，撲蝴蝶。他們用淺色的薄紗做了幾個大網，用來捕捉可憐的鱗翅目昆蟲。昆蟲這個名詞，是于連教給她的。德．雷納夫人從貝藏松買來了戈達爾先生[23]的名著，于

23.戈達爾，十九世紀初法國生物學家，著有《法國鱗翅目自然史》。

連就給她講授書中所寫的這些昆蟲奇特的生活習性。

他們毫不留情地把捕到的蝴蝶用別針插在紙板做的大框架裡，這框架也是由于連設計的。于連以前和德·雷納夫人在一起往往相對無言，簡直像受罪，現在兩個人總算找到了話題。他們說個不停，而且興趣極濃，雖則所談都是些無謂的事情。這種活躍、忙碌而愉快的生活，正合大家的口味，除了艾麗莎，她活兒太多，實在忙不過來。「就連是狂歡節在維里埃舉行舞會，」艾麗莎說道：「夫人都沒這麼用心打扮過自己，她現在一天就得換兩三次衣服。」

我們並不想討好任何人，但我們得承認，德·雷納夫人的皮膚極好，她讓人做的連衣裙胳膊和胸脯都很暴露。她有一副好腰身，這樣的穿著倒也非常合適。

「夫人，您從沒顯得這麼年輕過！」在維里埃的朋友們到維爾基來赴宴時，總對她這樣說道。有一件事很奇怪，我們中間肯定沒多少人會相信，就是德·雷納夫人並不是有意如此注重她的裝扮。她只是覺得快樂，並無別的想法，她除了和孩子及于連一起捉蝴蝶外，剩下的時間都用來跟艾麗莎一起做連衣裙。她只回過維里埃一次，原因是想買從繆盧茲運過來的夏季時裝。

回維爾基時，她帶來了一位年輕女子，是她的表親戴維爾夫人。結婚以後，她和戴維爾夫人的關係就逐漸密切起來，她們曾經是聖心修道院時的夥伴。

戴維爾夫人聽了她表妹那些荒唐的想法以後，感到很可笑。

「我要是一個人永遠也不會這樣想。」她說。這些心血來潮的想法在巴黎很可能被認為頗有風趣，德·雷納夫人卻覺得在丈夫面前，生怕鬧出笑話來，不敢說出來，這不免令她慚愧，不過戴維爾夫人來了之後，給她增加了吐露心事的勇氣。她最初只是用羞答答的語氣向她敘述自己的心事，後來當她們長時間單獨相處時，德・雷納夫人便活躍起來。一個長長的寂寞的早晨轉眼間就過去，兩個朋友的心情都非常愉快。這次來維爾基，讓這位很有理性的戴維爾夫人發覺她表妹從沒有這樣愉快，但卻比以前幸福多了。

至於于連，自打到了鄉下，真的變成了一個孩子，跟他的學生們一樣興高采烈地追捕蝴蝶。他和他的學生們一樣，對捉蝴蝶樂此不疲，他們從其中找到了無限的歡樂。以前，他要事事克制，步步為營，他如今離開了人們的監視。出於本能，他並不懼怕德・雷納夫人，何況這快樂在他那個年紀是如此的強烈，又是在世界上最美麗的群山之中。

自從戴維爾夫人來到維爾基以後，于連便覺得她是自己的朋友。他給她指出人們對橡樹下那條新修的小路前面那片風景的感覺。事實上，那景致不說勝過瑞士和義大利湖泊中最令人讚歎的美景，至少也是不相上下。如果爬幾步陡峭的山坡，立刻就能走到巨大的懸崖，崖邊密佈著茂盛的橡樹林，一直延續到河邊。于連幸福、自由，儼然一家之主，常帶兩位女友登上斧劈般高聳的絕頂，她們對這壯麗的風光的讚歎使他心花怒放。

「這簡直像是莫札特的樂曲！」戴維爾夫人說道。

哥哥們的嫉妒，父親的專橫，令于連欣賞維里埃郊外景色的心情大為折扣。在維爾基，他全然忘記了這些辛酸的往事，這是他生平第一次感到身邊沒有仇恨他的人。德・雷納先生一回城，他就能大膽地看書了。過去，他只能在夜裡偷偷看書，而且還得小心翼翼地用花盆遮住燈光，但不久他便能在夜裡睡覺，白天看書了，現在白日在孩子們做功課的間歇中，他帶著那本書來到懸崖上，那可是他唯一的行為準則和陶醉的對象啊。他在那裡同時找到了幸福、狂喜和沮喪時刻的慰藉。

拿破崙對於婦女的評論，以及拿破崙在位時對一些流行小說所發表的許多議論，使于連茅塞頓開。其實，那些見解，對與他年齡相近的年輕人來說，已不是什麼新鮮的事情了。

炎熱的夏季到了，晚上大家都會在一棵距住宅僅幾步之遙的菩提樹下乘涼。那裡光線很暗。一天晚上，于連對著年輕女人侃侃而談，心裡美滋滋地。他感覺這樣的談話有無限樂趣，自然口若懸河，眉飛色舞，誰知不小心碰到了德．雷納夫人的手，她的手是放在一張剛漆過的木椅靠背上面。

夫人立刻把手抽了回去，但是于連想，既然他碰到了這隻手，他便有責任，讓被他碰著的這隻手不縮回去。可是，想到是自己的責任，怕鬧出笑話，或者達不到目的要承受自卑感，他的滿腔歡喜頓時煙消雲散。

chapter 9

鄉村之夜

第二天，于連看到德・雷納夫人時，他的眼光很古怪；他定睛打量她，彷彿面前是不共戴天的仇敵，他就要與之搏鬥。這目光和昨晚火熱癡情的目光大不相同，德・雷納夫人根本摸不著一點兒頭腦。她一向待他很好，可是他好像不高興。於是，她只好也注視著他了。

還好戴維爾夫人也在場，可以和她說話，這樣于連可以少開口，多琢磨一下自己腦子裡的問題。整個白天，他唯一的事情就是閱讀那本有如田鼠秘笈的書，使自己的靈魂再一次得到錘煉，變得堅強。

他把孩子們的課時大大縮短了。後來，當德・雷納夫人再次來到他跟前時，他想起要竭盡全力捍衛自己的尊嚴，他下定決心，當晚無論如何要握住她的手，並且留下。

夕陽西下，關鍵時刻慢慢到來了，于連心跳得異常厲害。「咚咚」的像有只鼓一直在敲打他脆弱的心臟。他努力讓自己安靜下來。當夜色籠罩大地的時候，他的心也如這漫天的黑色一樣，他感到今晚是最黝黑的一夜，但同時他也感覺到一種歡樂，就如同從胸口移開了一塊沉重的大石，砰然落地，呼吸都順暢起來了。黑色的天空中籠罩著巨大的烏雲，跟隨悶熱的風飄蕩不定，似乎預示著將有暴風雨來臨。兩位女士出去散步的時間很長。她們這一晚的所有行動，于連都覺得同平日不一樣。她們喜歡這樣的天氣，對某些感覺細膩的人來說，這樣的天氣似乎增加了愛的歡樂。

大家終於坐了下來，德．雷納夫人坐在于連身旁。戴維爾夫人則坐在她的身旁。于連一心一意計畫著怎麼樣實現他的企圖，此時他幾乎找不出半句話來說。他們的交談漸漸陷入了僵局。

「難道我的第一次決鬥就這樣夭折嗎？難道我就是這樣的怯懦和不幸嗎？」于連心裡說道。他看不清自己的精神狀態，對自己和別人都沒有信心。

這種焦慮真是要命啊，覺得無論遭遇什麼危險都要好受些。有許多次，他希望德．雷納夫人由於別的事不得不離開花園回屋裡去。于連拚命地克制著自己，以至於講話的聲音都變了。過一會兒，德．雷納夫人的聲音也顫抖了起來，但是于連並沒有發現。責任向膽怯發起的戰鬥太令人痛苦了，除了他自己，什麼也引不起他的注意。城堡的鐘樓已經敲過了九點三刻，可是于連仍然不敢採取行動。他對自己的這種怯懦感到憤怒，他暗自想道：「十點的鐘聲響過，我就要執行我一整天裡想在晚上做的事，否則我就回到房間裡開槍打碎自己的腦袋。」

于連太激動了，幾乎六神無主。終於，他頭頂上的鐘敲了十點，這等待和焦灼的時刻總算過去了。鐘聲，要命的鐘聲，一記記在他的腦中迴盪，使得他心驚肉跳。

就在最後一記鐘聲餘音未了之際，于連終於伸出手握住德．雷納夫人的手，但夫人忙把手縮了回去。這時候于連不知該如何是好了，又把她的手抓住。雖然他已昏了頭，仍不禁吃了一驚，他握住的那隻手冰也似的涼；他拚命地握著，手也戰戰地抖；她最後一次，想把手縮回去，但結果卻沒能成功。於是這隻掙扎了一會兒的手就留在于連手裡了。

于連的心被幸福的洪流淹沒了，不是他愛德．雷納夫人，而是一次可怕的折磨終於結束了。為了使戴維爾夫人不發現任何蛛絲馬跡，于連知道他必須開口說話了，他的聲音響亮而有力。德．雷納夫人則剛好相反，因為情緒緊張，她的聲音顫抖得很厲害。她的女友以為她生病了，建議她回到屋子裡去。于連感覺情況不妙，如果德．雷納夫人回到客廳，我就又陷入白天那種可怕的境地了。這隻手我握的時間還太短，還不能算是我的一次勝利。

戴維爾夫人再次建議她回客廳去時，于連便使勁地握住她的手，而這時，德．雷納夫人已把手完全交付給他了，她的手也不再像先前那樣的冰冷，漸漸地有了些暖意。

德．雷納夫人已經站了起來，結果只好又坐下，她有氣無力地說道：

「我是覺得有些不舒服，不過，外面的新鮮空氣對我有好處。」

這句話使于連滿心歡喜，此刻這幸福已經達到頂點。他口若懸河，忘記了自己是在弄虛作假。兩個女友聽著，簡直覺得他是世間最可愛的男人。然而，這突如其來的雄辯仍嫌不足。起風了，暴風雨要來了，戴維爾夫人被風吹得疲倦了。于連很擔心她要先回客廳裡去，如果這樣，他就要和德．雷納夫人單獨相處了。剛才的舉動只不過是一時盲目的行為，可一而不可再，但是此刻，他覺得要他現在在德．雷納夫人面前說一句最簡單的話，也會超出他的能力範圍。無論她的責備多麼輕微，他也會一觸即潰，剛剛獲得的勝利也將化為烏有。

對于連來說，令人高興的是在今晚，他那動人但實際上卻無比誇張的言論，沒有絲毫意外地得到了戴維爾夫人的讚賞。而她平日總覺得于連不過是個笨拙的孩子，也並不怎麼討人喜歡。至於德．雷納夫人，她把手留在于連手中，什麼也不去想，順其自然地這樣發展下去。在這棵菩提樹下所度過的幾個小時，應該說是德．雷納夫人最幸福的時刻，風在椴樹濃密的枝葉間低吟，稀疏的雨點滴滴答答落在最低的葉子上，她聽得好開心啊。于連沒有注意到一個本可以使他放心的情況：原來狂風吹倒了她們腳下的一個花瓶，德．雷納夫人因為要起身去扶她們腳邊被風吹倒在地的花盆，不得不從于連那裡把手抽回。但是當她剛重新坐下，她又下意識地把手送了過去，彷彿他們之間已達成了默契。

午夜的鐘聲已經敲了很久，該離開花園了，這就是說，要分手了。德．雷納夫人還沉浸在愛情的幸福中，她天真質樸，一點也不怪自己。幸福令她失眠，于連則沉沉睡去。因為一整天驕傲與怯懦的鬥爭在他心裡激烈地爭鬥著，使得他非常的疲倦。

第二天早上五點，僕人把他叫醒了，他幾乎沒有想起德．雷納夫人。她若是知道，那對她可是太殘酷了。他履行了他的責任，而且是一個英雄的責任。這種感覺使他非常得意，他把自己反鎖在房間裡，懷著一種全新的樂趣重溫他的英雄的豐功偉績，覺得另有一番滋味。

午餐的鐘聲響起，他還在閱讀拿破崙的大軍戰役，他把昨晚取勝的事忘了個一乾二淨。他下樓朝餐廳走去，輕聲自言自語道：「必須對這個女人說，我愛她。」

他正期盼著遇到一雙柔情的眼睛，不料卻看到了德．雷納先生那張嚴厲的臉孔。德．雷納先生從維里埃回來已經有兩個鐘頭了，他並不掩飾對于連的不滿，他居然整整一上午扔下孩子不管。當這個有權有勢的人不高興並且認為可以發脾氣的時候，其臉之醜，簡直無與倫比。

丈夫的每句尖刻的話都令德．雷納夫人心如刀絞。至於于連，他還沉浸在狂喜之中，還在回味剛剛在他眼前發生的持續了數小時的一件件大事，以至於一開始他並沒留意德．雷納先生對他的指責。最後他才頗為生硬地回答說：

「我剛才不舒服。」

聽到這種回答的腔調，即使是一個比維里埃市長脾氣更好的人聽了也都會生氣。他對于連的回答，真想立即將他趕出去，給他點顏色看看。不過他忍住了，他想起了自己的座右銘：凡事切勿操之過急。

「這個傻小子！」他心裡罵道：「在我家裡已經搞出點名堂來了，他可能會被華勒諾請去，或者和艾麗莎結婚，不管哪種情況，他都會從心裡瞧不起我！」

儘管他有這些顧慮，但不滿的情緒仍然積壓在他的心頭，根本無法消除，張口說出了一連串的粗話，于連越聽越生氣。德・雷納夫人幾乎要哭出來了。她剛吃過午飯，就讓于連挽著她的胳膊去散步。她很親熱地倚靠著于連的胳膊，向于連說了許多話，無論德・雷納夫人說什麼，于連都只是低聲說：

「有錢人嘛，就是這樣！」

德・雷納先生緊跟他們，他的露面使于連更加生氣。于連忽然發現德・雷納夫人倚著他的胳膊，樣子十分曖昧，這個動作使他感到厭惡，便將她猛地一推，把胳膊抽回來。

幸好德・雷納先生沒看見這無禮的舉動，戴維爾夫人卻注意到德・雷納夫人的眼淚霎時間奪眶而出。

「于連先生，求您了，消消氣吧，您想想，誰都有對某件事情不滿發火的時候。」戴維爾夫人趕緊說道。

于連冷冷地看了她一眼，眼裡流露出高度的輕蔑。

這眼神使戴維爾夫人感到十分驚訝，如果她猜得出這目光的真正含義，她還要更吃驚呢；她會更加驚異地從中看到一種最殘酷的復仇想法。世間有許多羅伯斯比爾[24]，也許就是由這樣屈辱的經歷所造就的。

「你的這位于連性情真暴躁，真叫我害怕。」戴維爾夫人輕聲對她的朋友說。

「他生氣也是有道理的。」德．雷納夫人回答。「在他的教導下，孩子們取得了驚人的進步，一個早上不給他們上課有什麼關係，又有什麼大不了呢？我看這世界上的男人都很不近情理。」

德．雷納夫人生平第一次感到一種欲望，要對她的丈夫報復。于連對有錢人的痛恨已經達到一觸即發的程度，慢慢的，隨著時間的流逝，在散步接近尾聲時，于連成為被殷勤照顧的對象，卻一言不發。德．雷納先生剛剛走開，兩位女友就都說累了，要求于連挽著她們的胳膊走。

于連夾在兩個女人中間，她們因內心的慌亂而雙頰飛上紅暈，露出窘色，而于連卻臉色蒼白，神情陰沉而果決，兩者成為奇怪的對比。他蔑視這兩個女人，也蔑視一切溫柔的感情。

他暗自想道：「為了完成學業我需要一大筆錢，可我現在連五百法郎的存款都沒有！真希望這些渾球都滾開！」

他全神貫注於這些嚴肅的思想，她們倆的殷勤話只是偶爾屈尊聽進幾句，也覺得很不入耳，毫無意義，愚蠢，軟弱，一言以蔽之，婦人之見。

24. 羅伯斯比爾（一七五八至一七九四），法國大革命中激進的雅各賓黨人，主張對敵人無情鎮壓。

德．雷納夫人盡力找話說，想令談話的氣氛活躍一些。她於是說起她丈夫之所以從維里埃回來，是因為他從佃戶那裡買到了一些玉米皮。當地人習慣用玉米皮做床上的墊子。

她說：「我丈夫不會回來了，我的丈夫跟園丁和男傭人一起，正忙著更換家裡所有的床墊。早上，他已把二樓的床墊都換過了，現在他們正在換三樓的。」

于連的臉色驟變，神情古怪地看了看德．雷納夫人一眼，然後一下子把她拉到一邊去了。戴維爾夫人向旁邊退開。讓他們倆走開了。

「請救救我吧！」于連對德．雷納夫人說道：「只有您能救我了……您知道，那些傭人都恨死我了。夫人，到了現在這個時候，我必須跟您說實話，我有一張肖像，藏在我床上的墊子裡。」

聽到這裡，德．雷納夫人的臉也嚇白了。

「夫人，這個時候只有您現在能進我房裡去，請您裝作若無其事地走到我房裡，在靠窗的那頭床墊的角落裡找一下。千萬不要讓別人看到，您會找到一個光滑的黑色小紙盒。」

「裡面就藏著那張肖像！」德．雷納夫人說這句話的時候，她的身子幾乎站不住了。

于連發現了她驚慌的神色，立刻利用這個機會說：「我求您第二件事，請千萬別去看這張肖像，那是我的秘密。」

「你的秘密。」德．雷納夫人重複著，聲音十分微弱。

雖然她成長在炫耀財富，利慾薰心的有錢人中間長大，但在她的心裡，愛情已播撒下了慷慨的種子。嚴重受損的自尊心亦未能阻止她以赤子之心天真的向于連提出必須明確的問題。

「就這樣……」她一面走開，一面對于連說，「那是一個烏黑、光滑的小圓紙盒子。」

「是的，夫人！」于連答道，帶著男人遇到危險時所具有的那種冷酷的神情。

她爬上三樓，臉色蒼白，猶如赴死一樣。更為不幸的是，她覺得自己馬上就要昏倒，可是她必須幫助于連啊，這又給了她力量。

「我必須拿到那盒子！」她暗自想道，一面加快了腳步。

她聽見丈夫正跟男僕說話，就在于連的房間裡。幸運的是，他們又到孩子們的房間裡去了。她走進去迅速掀起床褥，把手伸進草墊子裡去，由於用力過猛，她手指的皮膚都被擦傷了。儘管平時她連這最輕微的疼痛也忍受不了，但此時卻沒有感到疼痛，因為幾乎就在同時，她摸到了一個光滑的小紙盒。她抓住這個紙盒子，轉身便走。

擔心被丈夫發現的恐懼才剛消除，這個盒子引起的新的恐懼又籠上了她的心頭，這回可真要叫她病倒了。

「于連肯定有了意中人，我這裡拿著的是他愛的那個女人的肖像！」

德・雷納夫人癱在房間裡的一張椅子上，完全陷入了由嫉妒而引起的恐懼之中。她的極端無知這時倒有用了，驚奇減輕了痛苦。

這時于連突然來了，一把搶過盒子，不道謝，話也不說，一溜煙跑回房間，立刻點火焚燒。他臉色蒼白，四肢癱軟，他誇大了剛才所遇到的危險。

「拿破崙的畫像！」他搖著頭暗自想道：「居然被發現藏在一個對篡位者[25]懷有深仇大恨的人的

25. 篡位者，保王黨人對拿破崙的蔑稱。

房間裡！要是被德・雷納先生那個頑固暴戾的人發現的話……」

「最糟糕的就是在肖像後面的白紙板上，我還親手寫了幾行小字，這無疑證明了我對拿破崙崇拜得五體投地！而且每行字後面都標明了日期！前天我還剛寫過一行呢。」

「我的名譽將一落千丈，毀於一旦！」于連一邊說，一邊看著盒子在燃燒。

「名譽就是我的全部財富，我只能靠它來生活……而且，那是怎樣的一種生活啊，我的上帝！」

一個鐘頭以後，他累了，而且覺得自己也太可憐了，這使他的心軟下來。看見德・雷納夫人，拿起她的手，懷著從未有過的那份真誠吻著。她幸福地臉紅了，但幾乎同時又懷著嫉妒的怒火推開了于連。于連早上被刺傷的自傲使他此時此刻成了一個大傻瓜。

于連的自尊受到如此直接的傷害，他此時愣住了。他看出德・雷納夫人也不過是個有錢女人，於是他厭惡地扔下她的手，揚長而去。他去花園，散步、沉思，他的嘴角很快露出一絲苦笑：

「我在這裡安靜地散步，彷彿時間能夠支配我的自由似的。我也不去管孩子們的功課，我應當承受德・雷納先生罵我的話，他說得沒錯。」於是他急忙跑到孩子們的屋子去了。

他非常喜歡的那個最小的孩子，果真，那個小孩子一看見他就立即上來和他親熱，這使于連心中的痛苦稍稍減輕了一些。

「孩子們還沒有輕視我，」于連心裡想著：然而，他很快自責起來，將這痛苦的緩解視為新的軟弱。「這些孩子親近我就像他們親近昨天買來的小獵狗一樣罷了。」

chapter 10

人窮志大

德．雷納先生走遍了城堡裡所有的臥室，最後又回到了孩子們的臥室，僕人們抱著床墊跟在後面。他的突然返回，對于連來說，猶如火上澆油。

于連的臉比平時更加蒼白，更加陰鬱，他一個箭步衝上前去。德．雷納先生停住了腳步，眼睛看著僕人們。

「先生！」于連對他說道：「您認為，您的孩子如果跟其他任何一位教師，學業會和我教他們的一樣好嗎？如果您的回答是否定的，」于連不讓德．雷納先生有喘息的機會，繼續說道：「那麼，您怎能責備我，說我耽誤了孩子們的功課呢？」

德．雷納先生嚇了一跳，驚魂稍定，立刻從這個小鄉下人的奇怪口吻中得出結論，他的口袋裡肯定裝著什麼條件更好的建議，他要棄他而去了。于連越說越有氣。

「先生，我不是沒有您的雇用就活不下去了。」于連又加了一句。

「看見您如此激動，我深表遺憾。」德．雷納先生結結巴巴的回答道。僕人離他們只有幾步之遙，正在收拾孩子們的床鋪。

「先生，我需要的不是這個！」于連怒不可遏地又說道，「您應該想想自己剛才說的那些話，那些破壞我的名譽的話吧，對我來說是多大的侮辱，而且還是當著女人的面講的！」

德·雷納先生當然知道于連要的是什麼。這時，一場痛苦的鬥爭撕扯著他的心。于連實在是氣瘋了，竟大聲嚷道，

「先生，離開您家，我知道該往哪去！」

聽到這兒，德·雷納先生彷彿看見于連已經在華勒諾先生家住下來了。

「好吧！先生，」終於，他歎了口氣說，那神情就像請求外科醫生給他做一個最令人痛苦的手術，「我同意您的要求。後天是一號，我從後天起每月給您五十法郎。」

于連簡直要笑出來了，他感到有些莫名其妙，但此刻他的憤怒已經煙消雲散。

「我對這混蛋還蔑視的不夠！」他對自己說，「不過，一個如此卑鄙的人能夠這樣道歉也就算到頭了。」

孩子們聽見了這場爭吵，驚得嘴都合不上。他們跑到花園裡，告訴他們的媽媽于連先生很生氣，不過他每個月就要有五十法郎了。

于連像平時一樣，跟孩子們走開了，他不屑去看德·雷納先生一眼，讓他一個人在那裡生氣。

「這樣一來，華勒諾先生讓我又多花了一百六十八法郎。」他暗自想道，「他要管棄兒的供應，我一定得給他來兩句硬的。」

過了一會兒，于連又碰上了德·雷納先生

「我心裡有點事，要去找謝朗先生聊聊，請您恩准幾個小時的假。」

「好的，親愛的于連！」德．雷納先生說著，臉上露出最虛偽的笑容，「一整天都行，您願意的話，明天再加一天也無妨，我的好朋友。您可以騎園丁的馬去維里埃。」

「很顯然，」德．雷納先生想道，「他是去給華勒諾家送回信。他什麼諾言也沒有留給我，不過年輕人火氣太盛，讓他的頭腦先冷靜下來好了。」

于連說走就走，他跑到了山上的大樹林裡。這座大樹林是從維爾基去維里埃的必經之路。他並不忙著直接去找謝朗先生，他不想再逼迫自己去扮演偽善的角色。他需要審視一下自己的靈魂，研究研究使他內心激動的種種感情。

「我打了一個勝仗，」他一進入樹林，遠離了眾人的目光，就立刻對自己說，「我這是打了一個勝仗呀！」

這句話給他的整個處境塗上了一重美麗的色彩，使他的心踏實了一些。

「我現在每月能拿到五十法郎的薪水了。德．雷納先生心裡一定很害怕。可是他怕什麼呢？」

「一個既有財富又有權勢的人，在一小時前，我對他大發脾氣，到底有什麼東西讓他感到害怕呢？」于連絞盡腦汁思索著這個問題，心裡久久不能平靜。他在樹林裡漫步著，一時間，他真的被四周賞心悅目的自然景色迷住了。大塊光滑的岩石從山上滾落到林中。在岩石的陰影下，涼爽舒適，但在離樹不到幾步遠的地方，則是太陽直射，暑熱如蒸，使人難以駐足。

于連在這些巨石的陰影中喘了口氣，然後繼續往上走。他沿一條很不明顯的、只供放山羊的人走的狹窄小路走著，很快發現自己站在一塊巨大的懸崖上，並且確信已經遠離了所有的人。這種肉體的位置使他露出了微笑，為他描繪出他渴望達到的精神境界。高山上純淨的空氣給他的心靈送來了平靜，甚至快樂。在他看來，德・雷納先生代表著世上所有有錢而專橫的人。但他此刻覺得剛才使他激憤的仇恨雖然來勢洶洶，卻絲毫沒有牽涉到個人恩怨。如果他不再見德・雷納先生，七八天後，就會把他完全忘記，包括他和他的城堡，他的狗，他的孩子們和他的整個家庭。

「我不知怎麼搞的，就迫使他做出了最大的犧牲。怎麼！每年五十多個埃居！而且我剛剛擺脫了最大的危險。一天裡竟獲得了兩個勝利；但是現在也該考慮一下他為什麼會來這一手了。唉，這個傷腦筋的問題，還是等明天再絞盡腦汁吧。」

于連站在大岩石上，雙眼仰視著天空，八月的太陽正在熾熱地燃燒著。岩石下方的田野裡有無數的秋蟬在鳴叫。當牠們停止叫聲時，于連的四周頓時萬籟俱寂。于連低下頭，看到在自己腳下展開了面積有二十里的一片田野。一隻鷹從他頭頂的絕壁間飛出來，他看到牠在空中靜悄悄地滑翔著，畫出許多大圓圈。于連的眼球機械性地跟隨著鷹，看著他在天空中盤旋。牠那蒼勁有力的動作，于連不禁怦然心動。他羨慕這樣的力量、這種遺世獨立的境界。

「這就是拿破崙的命運。有朝一日，他的命運會不會也一樣呢？」

chapter 11 如此良宵

但是，總該在維里埃露露面才對。他最終還是去維里埃走了一趟。從教士的住所走出來時他遇見了華勒諾先生，真是巧得很，他趕緊告訴他加薪的事情。

回到維爾基之後，直到天完全黑下來了，于連才下樓到花園裡來。他疲憊不堪，在這普通的一天裡，他卻經歷了許多許多強烈的情感，這些情感纏繞著他，讓他的心情激動不已。他一想起兩位夫人，不禁發起愁了：「我該對她們說點什麼呢？」

他還不清楚自己只有那麼一點思想境界，他所關心的瑣事，通常也就是夫人們全部的興趣所在。有時，于連會顯得頑固而遲鈍，不但戴維爾夫人不能理解他，就連德．雷納夫人也無法理解。她們說的話，有時他也只能聽懂一半。這就是激情的力量，或者說這就是種種強烈而偉大的感情衝動在這個雄心勃勃的年輕人心裡產生的效果。在這位與眾不同的年輕人的靈魂裡，幾乎每天都要掀起一場暴風驟雨。

這天晚上，于連走進花園，打算好好瞭解一下這一對表姐妹的想法，她們正焦急地等著他呢。他在平日裡常坐的那個位子上坐下來，依舊挨著德．雷納夫人。過了一會兒，天便全黑了。他想去握那隻白嫩的手，他早就看見那隻手擱在一張座椅的靠背上已經很久了，他想把這隻手抓住，但她猶豫了一下，還是從他手裡把手抽了回去，像是生氣了。于連準備就這樣算了，繼續愉快的談話，他自以為這是一件已有默契的事了，並繼續他那興致勃勃的談話。忽然間，他聽見德・雷納先生的腳步聲了。

于連耳邊迴響起早晨那些粗魯的話。

「這個混蛋，」他暗自想道，「這傢伙享盡了財富帶來的種種好處，」他心想，「若正好當著他的面佔有他妻子的手，不是諷刺他的一種方式嗎？對，我一定要這樣做！我曾經忍受過他多少侮辱啊！」

于連生來就是急脾氣，此時更是沉不住氣。他憂心忡忡，急著想要知道德・雷納夫人是否願意把手留在他手裡，就顧不得其他任何事了。

德・雷納先生怒氣沖沖地評論著他的那些政治問題，在維里埃有兩三個工業家比他更富有，他們正預備在選舉中對抗他。戴維爾夫人仔細地聽著。于連則聽得很不耐煩，索性把椅子挪到德・雷納夫人身邊。夜色漆黑，什麼動作都看不清。他大著膽子，把手放在離那隻衣服沒有掩住的美麗的胳膊很近的地方。他心慌意亂，腦子已不聽使喚，竟把臉頰挨近這隻美麗的胳膊，在上面印上他的嘴唇。

德・雷納夫人戰慄了一下。她的丈夫離他們只有四步遠，她趕緊把手給了于連，同時把他稍稍推開一點。德・雷納先生還在不停地咒罵那些無賴和發達的雅各賓派。于連則在那隻送上門來的手上熱情的親吻著。至少在德・雷納夫人心中，他的吻充滿了熱情。不過這可憐的女人，她以為自己愛的男人另有所愛，也想著要離他遠點，教他嘗嘗苦頭。可是當于連一整天不在家裡時，她卻被一種強烈的叫做思念的痛苦折磨著，為此，她不得不認真深思起來。

「我是怎麼了？」她自言自語，「難道我戀愛了？我動心了？我，一個有夫之婦，居然愛上了另一個男人？但是……」她繼續想道，「但歸根究柢，他不過是個對我充滿敬意的孩子呀！這種瘋狂很快就會過去的。我對這個年輕人就算有感情關我丈夫什麼事！我跟于連淨聊些空想的事情，德·菜納先生還可能會感到厭煩呢。他嘛，他想的是他的事務。我並沒有從他那裡拿走什麼送給于連。」

這個天真的女人已經被一種從未感受過的感情弄得昏了頭，但是並沒有任何的虛偽來玷污她那天真無邪的心靈的純潔。她上當了，但她並沒有意識到，不過道德本能卻因此而受到了驚擾。這便是于連走進花園時她內心的掙扎。她聽見他說話，幾乎就在同時，她看見他坐在了身旁。他頓時感到幸福無邊，魂為之奪。此刻她的心靈簡直被他捲走了。十五天以來，這種幸福與其說在誘惑她，不如說在驚嚇她。對她來說，一切都太令她出乎意料了。

然而，幾分鐘後，她又暗自想道：「那麼，只要于連在我面前，他的一切過失就都可以不存在了嗎？」想到這裡，她害怕起來，這才把被他握著的手抽了回來。

這些充滿愛情的吻是她從未接受過的，使她頓時忘掉了于連可能愛的是別的女人。很快的，在她眼裡，于連不再是有罪之人，一種由懷疑產生的剜心的痛苦戛然而止，一個她做夢都想不到的男人就在眼前。這使她內心充滿了戀愛的激情和瘋狂的歡悅。多麼美好的一夜啊！所有人都感到心情舒暢，除了維里埃的市長之外，因為他總對那幾個發了財的工業家耿耿於懷。于連的心裡也沒有去想實現他的雄心壯志，也再沒去想他那套不甚現實的計畫了。這是他生平第一次被美的力量所征服，沉醉在那對他來說完全陌生的溫柔縹緲的夢境之中——輕輕握著他所喜愛的那隻溫柔美麗的手。恍恍惚惚的聽著，那棵椴樹的葉子在夜晚的微風中沙沙作響，遠處杜河磨房中有幾條狗在吠叫。那聲音，也是美的。

于連這種心緒，只是一時的快樂，而不是熱烈的愛。他一回到臥房，就只想到一種幸福了，即拿起他心愛的書。他在二十歲時，對世界要有一種憧憬，而且要做出一番成就，這才是最重要的。

過了一會兒他又放下書。由於揣思著拿破崙的勝利，他在自己的勝利中又看到了新的東西。

「不錯！我打了一場勝仗。」他自言自語，「但我必須趁勝追擊，應該把握這個機會，在這個貴族退卻的時候徹底打掉他的傲氣，這便是拿破崙的作風。他指責我荒廢了孩子們的功課！我現在就向他請三天假，去看望我的老朋友富凱。如果他拒絕不准我假，我就再次逼他立即做出抉擇，不過他會讓步的。」

然而可憐的德．雷納夫人卻是一夜沒有合眼。她深深地沉浸在這美好的夜晚中了，她覺得在這之前她還未真正地活過。當于連熾熱地親吻她的手，她著實無法抵抗這種幸福的感覺。這種感覺此刻仍縈迴在她的腦際，揮之不去。

突然間，一個可怕的詞出現在她的腦子裡：通姦。最下流的放蕩能夠加在感官之愛這觀念上的形形色色令人作嘔的東西紛紛湧進她的想像之中。這些想法竭力要玷污她為于連、為愛他的幸福勾畫出的那個溫馨而神聖的形象。**未來被用可怕的色彩畫了出來。她看見自己成了一個令人鄙視的女人。**

這種時刻實在難熬，她的靈魂連自己也陌生了。剛才她還嘗到一種未曾體驗過的幸福，現在一下子就跌落到痛苦的深淵。她從未經歷過這樣的痛苦，她的理智被攪亂了，感到茫然不知所措。她有一陣想向丈夫承認她怕是愛上了于連。可這就等於丟他的臉。幸虧她突然想起在結婚前一晚，姑母告訴她的一句箴言：男人總是一家之主，而妻子向丈夫坦白自己的秘密是非常危險的！

她痛苦不已，不住地絞扭著雙手。

此時，她完全被矛盾的痛苦糾纏著。一會兒害怕于連不再愛她，一會兒又被犯罪感所恐嚇。彷佛她明天就要被綁上示眾柱，有人在維里埃的廣場當眾宣佈她的通姦行為一樣任老百姓羞辱。

德·雷納夫人沒有任何生活經驗，即使在完全清醒和神智正常的時候，她也看不出在天主眼中的罪人與在公眾面前慘遭呵斥和辱罵的罪人之間有何區別。

即使暫時不去想「姦淫」這個醜惡的字眼，不去想她心目中這種罪惡所帶來的羞辱，只回味與于連純潔相處的溫馨時刻，她也難得安寧，于連另有所愛這個可怕的想法又像過去一樣，纏住了她。她還能夠清晰地回想起于連那副蒼白的臉，他當時有多麼擔心會丟失這張肖像，或者被她看見後會帶來的後果。他從來也不曾為了她或她的孩子們表現出如此的激動。這新增痛苦的強烈程度已達到她所能忍受的極限。德·雷納夫人不禁大叫了一聲，叫聲讓她的女僕從夢中驚醒了。忽然，她看見床邊亮起了一盞燈，原來是艾麗莎。

「難道他愛的是你嗎？」在狂亂之中她喊了出來。

女僕沒想到女主人會陷入這樣可怕的慌亂之中，大吃一驚，幸好她根本就沒注意這句怪異的話。德·雷納夫人自知失言，便對她說道：「我在發燒，大概說胡話了，您就留在我身邊吧。」她必須克制，也就完全清醒了，她覺得自己的不幸減輕了些；剛才半睡半醒的狀態使她失去了的理智現在又恢復了。為了避免艾麗莎看出什麼端倪，她讓她念報紙。正當這女孩用單調的聲音的讀《每日新聞》的時候，德·雷納夫人下定決心維護她的貞潔，決定再見到于連時，儘量以冷淡的態度對待。

chapter 12 一次出門

第二天清晨，剛到五點鐘，在德．雷納夫人還沒露面時，于連已從她丈夫那裡請了三天假。出乎她意料之外，于連還想見她一面，他始終惦記著她那隻溫存美麗的手。

他來到花園，等了許久，德．雷納夫人還沒有出現。但是，于連若是愛她，一定會發現她站在二層樓上半開的百葉窗後面，額頭抵著玻璃凝望著他。最後，她雖然下定決心，但仍然打定主意到花園裡去。平時的一張粉臉變而為最鮮豔的緋紅。這個那麼天真的女人顯然很激動，一種克制、甚至憤怒的感情使她的表情變了樣，這表情平時流露出一種深沉的寧靜，彷彿超脫於世間一切庸俗的利益之上，給這張天使般的臉帶來如此巨大的魅力。

于連迅速地走近她身邊，欣賞她露在匆匆搭上的披肩下的一雙美麗的胳膊，早晨清新的空氣，似乎又增添了她的秀美。而昨夜內心的困擾，只令這容顏對所有外界的回應更加敏感。這種端莊、動人和那籠罩在沉思中的美，在下層階級中是根本沒有的，似乎向于連揭示出她的心靈具有一種他從未感覺到的能力。對于連來說，這種美既含蓄又動人，蘊藏著下層階級所缺乏的思想，彷彿一種從未體驗過的精神啟示力量。他正全神貫注地欣賞著自己貪婪的眼睛驟然發覺的美。他一點兒也沒有想到他應該得到原來期望的那種熱情接待。因此，她試圖向他表示的那種冰一樣的冷淡就更使他感到驚訝了，他甚至還認為他從中看出一種要他勿作非分之想的意圖。

愉快的微笑從他的嘴唇上消失，他想起了他在上流社會、特別是在一個高貴而富有的女繼承人眼中所處的地位。頓時，他臉上只剩下高傲和恨自己不爭氣的表情，他十分生氣，為了她，把出發的時間延遲了一個多鐘頭，而換來的是如此屈辱的接待。

「世上只有傻瓜，」他暗自說道：「才會對別人生氣。石子落地是因為它本身是有重量的。難道我永遠是個孩子嗎？什麼時候我才能養成這個好習慣，我向這些人出賣靈魂僅僅是為了他們的金錢？如果我想受人尊重、也受自己尊重，就一定要向他們表明，我和他們之間只是貧窮和富有的差別。然而，我比他們的靈魂要高潔得多！而我的心和他們的蠻橫無禮相距何止萬里，它高高在上，他們那些輕蔑或寵信的小小表示豈能達到。」

當這些想法在這位家庭教師心頭亂作一團時，他那善變的面部表情顯現出了痛苦傲慢和凶狠的神情。

德．雷納夫人此時心裡十分慌亂。她原本想在見面時表現出冷漠、疏遠，然而，她的心彷彿不受控制，她原來想賦予她接待時的那種貞潔的冷淡被代之以關切的表情，她剛剛看到的突然變化使她感到十分驚訝，而驚訝激起了關切。早晨見面時所說的身體好天氣好之類的廢話，他們倆一下子誰都說不出來了。對於于連，什麼樣的熱情也擾亂不了他的判斷，這神情是她剛發覺的那種突然的變化所引起的。于連則因為他的理智還沒有受到情感的干擾，很快就想到辦法使德．雷納夫人覺得他是多麼不信任他們之間的這份友誼。他對這次小小旅行隻字未提，只向她行了個禮，然後轉身就走了。

她眼睜睜地看著他走了，她在他頭天晚上還那麼可愛的目光中看到的那種陰鬱的高傲把她嚇呆了，而這雙眼睛昨晚還是那麼溫柔，她被嚇壞了。恰好，這時她的大孩子從花園深處跑過來，一邊來擁抱她，一邊說道：「我們放假了，于連先生出門了……」

一聽到這句話，德．雷納夫人全身冰冷。

若論她的品德，她是不幸的，若論她的軟弱的意志，她更是不幸。

這件事佔據了她的整個心靈，一夜的煩惱剛剛過去，理智的決心又被拋到腦後，現在的問題不再是如何抗拒這可愛的情人，而是怕她會永遠失去他了。

早餐的時間到了，她必須到場。她覺得最痛苦的是她丈夫和戴維爾夫人一直說著于連去旅行的事。德．雷納先生注意到，他請假時的強硬口吻中有一種不尋常的東西。「這年輕人手裡一定有什麼人給他的聘約。不過華勒諾先生知道要拿出六百法郎請他，定會知難而退！因為這些錢是需要每年都支付的啊！看來昨天在維里埃，有人要他花三天的時間來考慮這件事。今天早晨，為了避免非得給我一個答覆不可，這位小先生就溜到山裡去。不得不認真對待一個傲慢的臭工人，瞧瞧我們落地什麼地步了！」

德．雷納夫人暗自想道：「我丈夫還不明白他是多麼嚴重地傷害了于連的自尊，卻還自以為是地以為是他自己要離開我們的，唉，我還有什麼法子可想呢，一切都已成定局了！」

為了能夠痛快地哭一場，也省得戴維爾夫人問個沒完，她稱自己頭痛得厲害，想上床睡一會兒。

「女人就是這樣，」德．雷納先生又開始老調重彈地說道：「這些複雜的機器總是有什麼地方出毛病。」他嘟嘟囔囔地走了。

當德．雷納夫人正受著最殘酷的折磨時，于連正在山區所能呈現的最美的景色中趕路。他必須穿越韋爾吉北面的大山脈。一座高山畫出了杜河的谷地，他走的那條小路穿過大片大片的山毛櫸林，就在這座高山的斜坡上無窮盡地蜿蜒曲折，逐漸上升。不久，旅人的目光越過攔住南下的杜河河道的那些不那麼高的山丘，直達勃民第和博若萊[26]的沃野。這位年輕人儘管胸懷大志，另有所圖，對大自然的感受力也多麼遲鈍，此時也不得不時時駐足，欣賞這廣闊壯麗的景色。

他終於登上了高山之巔，但到達那個清幽的山谷，還要繞過山頂，穿過一條小路。他的老朋友富凱是一個年輕的木柴商，就住在那裡。于連並不急著見富凱。他如同一隻鷙鳥，藏在山中央光禿的岩石間，他可以看見很遠的地方向他走來的人。他發現在一座幾乎垂直於地面的岩壁中央有個小岩洞。他跑過去一看，立即決定在這個隱秘的地方安頓下來。

「在這兒，」他說，眼睛裡閃爍著快樂的光芒，「誰也不能傷害我了。」他忽然心生一念，何不盡情享受一下把自己的想法寫下來的樂趣，既然別的地方對他都是那樣地危險。但是，這裡卻不會。一塊方形的石板成了他的寫字台。他飛快地寫著，對四周的一切都視而不見。終於，他注意到太陽漸漸隱沒在遠處的博若萊群山後。

「我為什麼不在這裡過夜呢？」他自言自語，「**我有麵包，而且我是自由的！**」隨著這個偉大的字眼的聲音，他的心靈興奮起來，他的虛偽弄得他即使在富凱家裡也感到不自由。于連的頭靠在

---

26. 博若萊，法國中央高原的東部地區，在盧瓦爾河與索恩河之間。

兩隻手上，遠遠地望著田野，在岩洞裡，感覺自己有生以來都沒像這樣幸運，他簡直為夢想和自由的幸福而飄飄然了。

不知不覺，他瞥見落日餘暉一道道地在消失殆盡。在這無邊的夜色之中，他憧憬著有朝一日在巴黎能夠見到的一切，他沉浸在未來他在巴黎的奇遇幻想中。他首先要遇見一個美麗的女人，容貌與才華兩方面，都要超過以往遇見的其他所有女人。他瘋狂地愛著她，也被她所寵愛。如果他暫時離開她，那是為了去獲取榮譽，為了更值得她愛。

一個在巴黎上流社會的可悲現實中被教養成人的青年，假設他有于連的想像力，當他的幻想發展到這種地步時也會被冷酷的諷刺喚醒；偉大的行動告吹，實現的希望成空，取代它的是那句人們如此熟悉的格言：如果一個人離開了他的情婦，那他就難免一天受騙兩三次。但這個年輕的鄉下人覺得，他要做一番驚天動地的事業，現在萬事俱備，缺少的只是一點機緣罷了。

但是黑夜取代了白晝，要下到富凱居住的小村莊，他還有兩法里的路要走。在離開那個小岩洞前，于連點起火來，將他所寫的東西全都焚毀了。

凌晨一點，他叩響了富凱的家門，當看到他時，他的朋友十分驚訝。他看到富凱正在忙著抄寫帳目。

這是一個高個子年輕人，身材相當不勻稱，臉上線條粗硬，鼻子極大，但是很醜陋的外貌下藏著一顆很善良的心。「你來得很突然，你和德·雷納先生鬧翻了嗎？」

于連把這些天發生的事原原本本地給他講述了一遍。

「你就留在這兒，跟我一起幹吧，」富凱對他說道，「我知道你認識市長先生、華勒諾先生、莫吉隆專區區長和謝朗教士這些人。你已經見識了這些人的狡猾性格。我認為你現在完全可以去做拍賣的工作了。你的數學比我強，可以替我管賬，我的買賣很賺錢。我一個人顧不過來，要是找一個合夥人，又怕遇上騙子，所以每天都有些好買賣不能做。將近一個月之前，我讓米肖·德·聖達芒賺了六千法郎，我和他已經六年沒見過面，那一天我在蓬塔利埃[27]的拍賣行偶然遇到了他。朋友，那六千法郎，為什麼你不去賺呢，至少也可以賺三千嘛。那一天，如果那天有你和我在一起，我會出高價承包採伐那片樹林的，所有的人都會讓給我。和我合夥人幹吧。」

富凱的建議讓于連很不高興，因為這打亂了他瘋狂的夢想。這兩個朋友正如詩人荷馬所描繪的英雄那樣，一起準備宵夜。吃飯的時候，富凱給他看帳本，向他證明自己的木材生意多麼有利可圖。富凱對于連的智慧和性格評價極高。

後來，于連獨自一人在他那間用松木蓋的小屋子裡時，才暗自想道：「倒也還不錯！我可以留在這兒先賺上幾千法郎，然後再找時機出去找份工作，當兵或者當神父，看到時候法國的社會風氣吧。其他枝節問題，我這點微薄的積蓄，都可以解決。沙龍裡那些先生們知道的事情，很多我都不懂，真要命。如果一個人在這大山裡，我還可以補救補救。但是富凱不願意結婚，而他又再三告訴我說孤獨的生活令他苦惱。他的意思很清楚，如果他想找一個不出資金的人和他一起做生意，那麼他就是希望這個人做他的永久夥伴，一直不離開他。」

「我能欺騙我的朋友嗎？」于連憤怒地嚷道。這個人把虛偽和泯除一切同情心作為獲得安全的

27. 蓬塔利埃，法國東部城市。

通常的手段，這一次卻不能容忍自己對一個愛他的人有任何不仗義的念頭。于連忽然又感覺很高興，因為他想到了拒絕的理由。

「什麼！我將渾渾噩噩地度過七、八年的時間！就這樣活到二十八歲；而在這個年紀，拿破崙已經幹出了他那些最偉大的事業了，當我為了賣木頭而四處奔波，還要討得幾個卑賤的騙子的歡心、終於無聲無息地賺了幾個錢的時候，誰能保證我還有成就功名所必須的勃勃雄心呢？」

第二天一早，他用很冷靜的態度回覆富凱說，他想現身神職的志向不允許自己接受他的建議。富凱聽了感覺莫名其妙，他本以為合夥做生意的事情已經說定了。

「你考慮過沒有，」富凱反覆對他說，「我要你做合夥人，或者，如果你同意，我每年給你四千法郎，而你卻想回到你的雷納先生那裡去，他輕視你就似他鞋上的泥！等你有了二百個路易時，有什麼能阻止你進神學院呢？我還有呢，我負責給你弄到本地最好的本堂區。因為……」說到這兒，他把聲音放低了，「像某某先生……某某先生……他們都買我的木柴。我把品質最好的橡木賣給他們，卻只收一般的白木價格，在這種地方『投資』再好不過了。」

但什麼也動搖不了于連的志向。最後，富凱認為他是有點兒瘋了，第三天一大早，于連離開他的朋友，他想在大山的懸岩峭壁間度過白天。他又回到他那個小岩洞，可是他心中的平靜已經不復存在，因為富凱的建議把它打破了。

他像赫丘利[28]一樣，但不是身處罪孽與美德之間，而是身處衣食無虞的平庸和青年時代的英雄

28. 赫丘利，羅馬神話中力大無窮的天神，是正能克邪的象徵。

夢之間。「由此看來，我的意志並非真正的堅定。」他對自己說，最令他痛苦的就是他對自己的懷疑：「看來我還不是做偉人的材料。因為我害怕用來賺錢糊口的八年時間從我這兒奪走使人做出非凡事業的那種崇高的力量。」

chapter 13

鏤花長襪

當于連望見維爾基古老教堂裡明媚如畫的遺跡時，竟然發現從前天晚上到現在，他一次也沒有想念過德・雷納夫人。「那天臨走時，這個女人提醒我，我們之間的距離不啻天壤，她像對待一個工人的兒子那樣對待我。毫無疑問，她要對我表明她後悔那晚不該把手交給我……不過，這隻手真是溫存而美麗！多麼動人的儀態啊！多麼高貴的神情啊！」

和富凱共同經商致富的可能性，對于連思考問題頗有幫助。他不用像往常那樣，常常因自己的貧窮和低微的社會地位而憤憤不平，並且覺得自己家道貧寒，在別人眼裡低人一等，因而往往不能理直氣壯。現在，他彷彿站在高高的海峽上，放眼世界，居高臨下，評論富貴，能夠超越極度貧困和舒適富有的生活。他還遠不能以哲人的姿態評判他的地位，但是，他有足夠的洞察力感到，這次山間小住之後，他跟以前不同了。

德・雷納夫人不但讓于連把旅行的經過詳細地講述給她聽，而且她聽時心亂如麻，使于連十分詫異。

富凱曾經好幾次有過結婚的計畫，但最後都落了空。他大段大段的心裡話便成了他與于連傾談的內容，對這個問題的暢談，使得兩位朋友的談話一點也不會枯燥。富凱過早地得到幸福，但他發現事實上自己並不是唯一被愛的人。這些事情都使于連十分驚訝，同時也學到許多新的知識。他的離群索居的生活，完全由想像和狐疑構成的生活，使他遠離了一切可以使他明瞭事理的東西。

于連不在時，德．雷納夫人的生活不過是一連串各種各樣的折磨，這些通通令她無法忍受。這回，她真的病倒了。

「千萬要注意……」戴維爾夫人見于連回來，便對她的女友說道，「你現在身體不舒服，今晚就不要到花園去了。濕氣會加重你的病情的。」

德．雷納夫人經常因為疏忽於打扮而受到丈夫的責備，現在她卻把鏤空的長襪和從巴黎買的靈巧秀氣的鞋子都穿上了，戴維爾夫人見此一幕，心中一驚，她的朋友一向穿著極樸素，三天當中，她唯一的消遣，就是用一塊非常時髦漂亮的細料子，做了一件夏天的衣服，並且催艾麗莎趕快縫好衣服。于連到家幾分鐘之後，衣服就縫好了，德．雷納夫人立刻把它穿了起來。她的朋友恍然大悟。「她戀愛了，不幸的女人！」戴維爾夫人想道。想到德．雷納夫人病重種種奇特的症狀也就不言自明瞭。

她看到德．雷納夫人和于連講話，緋紅的臉色逐漸發白。她滿心焦慮，她的目光緊緊盯住年輕家庭教師的雙眼。德．雷納夫人一直期待著于連明確地表示，他是要離開她家呢，還是要繼續待下去。對於這個問題于連不準備說什麼，于連沒有想到這一層，根本不曾談及。經過激烈的內心鬥爭後，德．雷納夫人終於大著膽子問他，顫抖的聲音中充滿了激情：

「您要離開孩子們到別處高就嗎？」

德．雷納夫人那猶豫的聲音和含情脈脈的眼神引起了他的注意。「這個女人愛上我了，」他暗自說道，「但是，只要她出於自尊，克制這種暫時的軟弱，一定會令她自尊心受到責備。一旦她知道我不離開，又會對我驕傲起來了。」這種身分不同的觀點，在于連心裡，像電光般一閃而過。他猶豫地答道：

「離開這些出身如此高貴、如此可愛的孩子，我會感到非常難過的，可是，也不得不如此啊，一個人對他自己也是有責任的。」

出身又這麼高貴是于連最近剛學會的一句貴族用語。其實他心裡充滿了強烈的反感。

「在她的眼裡，我呢……」他暗想，「我並非出身高貴。」

德．雷納夫人在聽他回答時，強烈地感覺到自己欣賞他的才能和英俊的外貌，他隱約讓她看見離去的可能性，這又刺痛了她的心。于連不在的那段時間裡，維里埃的朋友們到維爾基來聚餐時都爭先恐後向她道賀，說她的丈夫真是有福——聘到了一位奇才。

這倒不是說他們對孩子們的進步有什麼瞭解。只知道于連會背誦拉丁語的《聖經》，單是這一點，就足以令維里埃城的居民驚歎不已了。這種驚歎可能會延續百年而不衰。

于連完全不知道這些，因為他不跟任何人說話。如果德．雷納夫人頭腦能稍稍冷靜一些，她也會為他最近日漸高漲的聲譽而向他表示祝賀的。而于連也會因為自尊心得到滿足而對她變得更加溫柔、和善。何況她那件新衣服在他眼裡實在迷人，德．雷納夫人本來就對自己那件漂亮衣服非常滿意，加上聽了于連幾句讚賞的言辭，她早想在花園裡轉一轉，而且很快就說她走不動了，她挽著于連的胳膊，然而，接觸到他的胳膊，她的力氣非但沒有增加，反而一點也沒有了。

天黑以後，他們剛坐下，于連又擺出他一貫的作風——大膽地將嘴唇貼近德．雷納夫人的胳膊，還握著她的手。這一刻他並沒有想著德．雷納夫人，而是想著富凱對他的情婦所做的大膽行為。「出身高貴」這個詞還沉重地壓在他的心上，讓他耿耿於懷。德．雷納夫人緊握著他的手，他卻一點也不覺得快樂。他對德．雷納夫人這個晚上對他作出的含情脈脈的露骨表示，絲毫不感到自豪，也沒有一點感激之意。面對夫人的美貌、優雅和嬌豔，他幾乎無動於衷，心地純潔，不存任何仇恨的感情，無疑會延長青春的期限。但世間佳麗卻往往未老先衰。

整整一個晚上，于連都悶悶不樂，先前他還只是衝著社會的偶然性發怒，自打富凱向他提供了一條致富的骯髒途徑之後，他又對著自己生氣了。他全神貫注地思考，偶爾也對夫人們說幾句敷衍的話，但他最終還是不知不覺地把德．雷納夫人的手放開了。這動作令這個可憐的女人心緒不寧，她從這彷彿看到了自己命運的不祥之兆。

如果她能確定于連真的愛她的話，也許她還可以依靠自己的道德力量去抵抗他。不幸的是她現在戰戰兢兢，時刻擔心會永遠失去他，於是她情迷心竅，竟主動地抓起了于連放在椅子上的手，這個動作將年輕的野心家驚醒了，他希望她這一動作被所有傲慢異常的貴族們親眼看到。吃飯時，他同孩子們坐在桌子末端，他們微笑著望著他，可那是怎樣一種恩主的微笑啊。

「這女人不會再看不起我了，在這種情況下，」他暗想，「我應當對她的姿色表現出傾慕，我有責任成為她的情人！」富凱沒有向他傾吐隱情之前，于連並沒有這種想法。

他突然作出的這個決定使他的心中美滋滋的，他對自己說道：「在這兩個女人之中，我一定要得到一個。」他覺得自己更願意追求戴維爾夫人，並不是因為她的可愛，而是因為在她眼裡，他始終是一個因有學問而受人尊重的家庭教師，而非像德・雷納夫人曾經看到的那樣，是木工的兒子，胳膊下夾著一件疊好的平紋結子花呢的短上衣。

而在德・雷納夫人心中，他最有魅力的恰恰就是那個羞得滿臉通紅，站立在府第門外，不敢伸手去按門鈴的年輕工人形象。

德・雷納夫人現在想起來還覺得他格外可愛。在那些聖城的資產家嘴裡，德・雷納夫人是一個非常驕傲的人，但是，他們卻不知道，實際上她很少想到階級地位的問題。在她眼裡，一點最基本的道德信念，要比一個人的身分地位更能展示她的性格；一個具有勇敢精神的車夫要比一個留鬍鬚、銜煙斗、作威作福的輕騎兵上尉更有英雄氣概。她覺得于連的靈魂比她所有的表親們都要高貴。雖然這些名門貴族的後裔，其中許多人已經封官晉爵了。

于連將自己的情況考慮一番之後，認為自己不應該有追求戴維爾夫人的念頭。她一定早就發覺德・雷納夫人對他有好感了。只好重新考慮德・雷納夫人，他暗想：「我對這女人的性格知道些什麼呢？我只知道，在我出行之前，我握她的手，她把手抽了回去，而今天，剛才我把我的手縮回來，她卻又握著它，而且攥得很緊。真是一個千載良機，讓我把她曾對我表示的輕蔑全都回報給她。天曉得她曾經有過多少個情人！她現在看上我，也許只是因為我們見面容易罷了。」

哎，這就是過分發展的文化造成的不幸！一個不到二十歲的青年，只要他受過一點教育，就會故作冷靜，拒放蕩於千里之外，其心靈便與順乎自然相距千里，而沒有順乎自然，愛情就常常不過是一種最令人厭煩的責任罷了。

「我一定得在這女人身上獲得成功，」虛榮心促使于連繼續思考，萬一我發了跡，若有人指責我當過低賤的家庭教師，我可以說是完全出於愛情，我才屈尊俯就。

于連的手和德・雷納夫人的手分開之後，他又再次去握她的手，用力地握著。他們回到客廳的時候，已經是半夜了。德・雷納夫人輕聲問他道：「您會離開我嗎？您會走嗎？」

于連歎了口氣回答說：

「我不得不走呀，因為我熱愛您，這是一個錯誤……對一個年輕的教士來說，這錯誤太大了！」

這時德・雷納夫人斜靠在他的胳膊上靠得那麼近，以致她可以感覺到于連臉頰的溫熱。

這一夜，兩個人過得很不一樣。德・雷納夫人精神激蕩，陶醉在完全的心靈歡樂裡。一個風流的花季女孩，很早就開始戀愛，對愛情的困擾已經習以為常了。當她到了真正應該沉湎於愛情的年紀，那種對愛情的新鮮感卻喪失了。德・雷納夫人從沒讀過愛情小說，所以，各種不同程度的幸福對她來說都是初次經歷的，任何殘酷的現實，甚至是可怕的將來都難以使她的熱情冷卻下來，她認為自己十年之後仍然和此時一樣幸福。對德・雷納先生必須要絕對忠誠的道德觀念，在幾天前曾使她苦惱過。但它此時已經毫無效果了，它如同一個令人討厭的客人，剛來就被主人打發走了。

「我永遠也不會答應于連什麼的，」她對自己說，「我們將像一個月以來那樣過下去。他永遠是我的朋友而已。」

chapter 14 英國剪刀

對於于連，富凱的建議已經使他心亂如麻，無所適從。

「唉，也許我缺乏魅力，我若是在拿破崙手下，一定是個很糟糕的士兵，至少，」他又想，「我與這家女主人之間逢場作戲一番將給我帶來片刻的歡娛。」

對他來說，可喜的是即便在這種雞毛蒜皮的小事上，他的內心想法和他那套輕狂的言論也是不相符的。他害怕她，因為她的衣服太美了。在他看來，這條裙子就是巴黎也算是新潮。他的驕傲不想給偶然和一時的靈感留下任何機會。根據富凱對他講的那些心裡話和他以前從《聖經》裡學到的那些關於愛情的知識，他制訂了一整套十分詳細的作戰計畫。因為擔心自己會緊張，所以他把這計畫全部寫下來了。

第二天早晨，德·雷納夫人趁周圍沒有人，對于連說：

「您除了于連這個名字以外，沒有其他的名字了嗎？」

對於這一如此討好的問話，我們的主人公竟不知如何回答。這個情況是他的計畫不曾料到的。如果沒有制訂計畫這種蠢事的話，于連靈活的頭腦本可以派上用場，意外的情況只會使他的觀察變得更加敏捷。

他的樣子愈見狼狽。然而德．雷納夫人很快就諒解了他。在她看來，這個大家都認為才華橫溢的人所缺少的，恰恰是天真的神態。

「你的那位小家庭教師讓我覺得很不放心，」戴維爾夫人偶爾會這樣對她說。「我覺得他每時每刻都在思索，他總是在用心機，行動很講策略，是個居心叵測的人。」

于連不知道如何回應他的女主人，他覺得十分丟臉。

「像我這種人，應該依靠自己的努力去彌補這樣的失敗。」他抓住從一間屋子進到另一間屋子的當兒，他認為他應當給德．雷納夫人一個吻，這是自己的責任。

無論對他還是對她，沒有比這更意外、更令人不快的了，也沒有比這更冒失的了。他們險些被人撞見。德．雷納夫人以為他瘋了。她嚇壞了，尤其是感到受了冒犯。這樁蠢舉讓她想到了華勒諾先生。

「如果我跟他單獨相處，」她暗自想道：「那樣會發生什麼事呢？」

她的種種貞操觀念又全都回來了，愛情已然消失。

於是她設法總是讓一個孩子留在身邊。

這一天，于連感覺度日如年，他把所有時間都花在執行他那個愚蠢的征服計畫上。他每每帶著尋根究底的目光凝視德．雷納夫人。當然，他不是傻瓜，並非蠢到看不出他並沒有討她的喜歡，更不要說吸引她了。

于連笨拙卻大膽的舉動，令德．雷納夫人的驚悸一時難以平復下來。

「有才華的人表示愛情總是那麼羞羞答答的！」她終於對自己說，快樂得無法形容，「從沒有女人愛過他，這可能嗎？」

午餐以後，為了招待博萊專區的區長莫吉隆先生，她又來到了客廳。她正做著一件精緻的彩繡活兒。戴維爾夫人坐在她旁邊。就在這樣的位置，而且是光天化日之下，我們的男主人公竟然伸出長靴去壓德・雷納夫人的腳，那網眼長襪和巴黎來的美麗的鞋子顯然吸引住了風流區長的目光。

德・雷納夫人十分害怕，她故意把剪刀、絨線團和針掉到地上。這樣一來，于連的動作會被看成是眼見剪刀掉下來，笨手笨腳地擋住，恰巧這把英國鋼剪刀又跌斷了，所以德・雷納夫人就連聲抱怨于連沒能再靠近她一些。

「您比我先看見剪子掉了，您本該擋住的，可您的熱心沒擋住剪子，卻給了我狠狠的一腳。」

這一切都騙過了區長先生，卻騙不過她的女友。

「年紀輕輕就學會搞這一套把戲！」她暗想：「根據省城裡的規矩，是不能原諒這種錯誤的。」

德・雷納夫人於是抓住這個機會說：「你要謹慎點，我命令你！」

于連看見自己弄巧成拙，心裡很生氣，捉摸了半天，想知道應否對「我命令您」這句話發火，他是夠蠢的，居然想：「如果事關孩子們的教育，她可說我命令；但要回答我的愛情，她該認為我們是平等的。沒有平等就不能愛……」他的全部心思都用來翻騰那些關於平等的陳詞濫調。他生氣地朗誦著高乃依[29]的詩，這還是戴維爾夫人幾天前教他的：

29. 高乃依（一六〇六至一六八四），十七世紀法國古典主義對劇詩人。

……愛情
創造平等而不強求平等。

于連執意扮演一個唐璜的角色，雖然他此生還不曾有過情婦，這一整天他真是蠢透了。他只有一個正確的想法，就是厭惡自己，又厭惡德．雷納夫人。他滿懷恐懼的看到夜幕降臨。他又要在花園裡坐在她身邊，而且是在那樣深沉的黑夜裡。他跟德．雷納先生說他要去維里埃去看望謝朗教士。吃過晚飯，他就出發了，直到深夜才回來。

他到維里埃時碰上謝朗先生正在搬家。謝朗先生最後還是被撤職了，馬斯隆助理神父頂替他的職務。于連幫謝朗搬完了家。他決定要寫信給富凱，說明他不可動搖的宗教傾向，阻擋自己接受他的誠摯的贈予。但是他剛剛目睹上述那件不公平的事情，覺得不進教會供職可能對靈魂得救更有利。

于連慶幸自己的機靈，能夠利用維里埃本堂神父的撤職為自己留一條後路。如果在他的頭腦裡，可悲的謹慎終於戰勝了英雄主義的話，他便可以回到從商這條路上。

chapter 15 雞鳴

于連常常自詡聰明，果真如此，第二天就會慶幸維里埃之行所產生的效果了。他的不在使人忘記了他的笨拙。這一天他依然相當的不快。快到晚上的時候，他突然萌生了個可笑的念頭，他要立即告訴德．雷納夫人，他很少有這麼大的膽量。

大家剛在花園裡坐定，于連不等天完全黑下來，就把嘴湊近德．雷納夫人的耳朵，冒著使她的名譽大受損害的風險，對她說：

「夫人，今晚兩點鐘，我要到您房間，我有點事要告訴您。」

于連渾身發抖，生怕她答應他的請求，誘惑女人這件事對他來說壓力實在是太大了，按他的脾氣，他可能會跑到自己屋裡躲上好幾天，不願再見這些夫人們。他知道，他昨天精心謀劃的舉動已將前一天的美好形象破壞殆盡，現在真不知如何是好了。

德．雷納夫人在聽到他這個無禮的要求時，確實非常生氣，這一點不言過其實。他聽出了她那短短的回答中的蔑視的意思，他確信在她的聲音很低的回答中出現了「呸」這個字。

于連藉口有事對孩子們說，就到他們的房間去了。回來之後，他故意去坐在了戴維爾夫人身邊，離德・雷納夫人很遠，這樣他就不必再去握她的手了。這一晚，談話一本正經，于連將場面應付得很好，除了有很短的一段時間出現了沉默，但他當時也是絞盡了腦汁。

「我就不能想出什麼好辦法，」他心裡說，「使德・雷納夫人不得不向我做幾個毫不含糊的溫柔表示！三天以前，正是那些表示讓我相信她是屬於我的。」

于連對他的計畫幾乎陷入絕境，感到驚慌失措。但或許沒有比約會失敗更讓他感到狼狽的了。半夜分手時，他的悲觀使他相信，他從戴爾維夫人那裡得到的是輕蔑，大概德・雷納夫人對他也好不了多少。

于連的心情極其不好，還感到很委屈，這些憂愁讓他完全不能入睡。儘管這樣，他也沒有放棄這個計畫和幻想的打算，就這樣得過且過，同德・雷納夫人繼續混下去，像個小孩一樣，每天能獲得一點平淡的幸福就心滿意足了。

他絞盡腦汁，想出種種巧妙的伎倆，轉眼間又覺得全都荒唐可笑；總而言之，他非常心煩，這時，城堡的鐘敲了兩下。

鐘聲將他驚醒了，如同雄雞一鳴驚醒了聖彼得[30]一般。他明白，完成那最艱巨任務的時刻到了。自從他提出那個無禮的請求之後，他就沒有再去考慮過它，它受到了那樣壞的對待！

「我已經告訴她，我今晚兩點鐘要到她臥室去。」他一面站起來，一面想，「我可以沒有經驗，粗魯，一個農民的兒子本該如此，戴爾維夫人已經讓我聽出這意思了，但是至少我並非弱者。」

30.典出《聖經・約翰福音》第十三章。此處作者以鐘聲喻雞鳴，鐘聲驚醒于連，好比雞鳴使聖彼得想起耶穌的預言。

于連應當對自己的勇氣感到驕傲，他給自己制定過這樣艱難的任務。當他推開自己的房門時，顫抖得如此厲害，他的兩條腿彷彿失去了支點，站都站不住，他不得不倚在牆上。

他沒穿鞋子，躡手躡腳地走到德．雷納先生門前，聽了聽，鼾聲依稀可聞。他大失所望。因為這樣便沒有藉口了，不得不到她那裡去了。可是，天哪，到那兒幹什麼？他什麼計畫也沒有，即便有，他覺得心緒這樣慌亂，也無法依計而行。

他帶著比邁向死亡還要痛苦千百倍的心情，終於邁出雙腿走進通向德．雷納夫人臥室的那條小走廊。他打開門，抖得厲害，兩腿直發軟；他強使自己靠在牆上。

室內還有光亮，一盞小燈在壁爐下亮著，他沒料到會是這樣的情景。德．雷納夫人一看到于連走進來，立即從床上蹦了下來。

「您瘋了！」她大聲斥道。

屋內的氣氛有點混亂。于連完全忘記了他那不切合實際的計畫，重新回到了自然的本色。他認為，不能博取一個如此美麗的女人的歡心，對他而言就是一生最大的不幸。他對她的指責的回答，只是跪在她腳下，抱住她的雙膝。因為她的態度異常嚴厲，于連悲傷地哭了。

幾個鐘頭後，當他從德．雷納夫人臥室裡走出來時，可以說——他已經心滿意足，別無所求了。事實上，靠他那一套拙劣的機巧得不到的勝利，他卻靠他所激起的愛情和迷人的魅力在他身上引起的意想不到的影響而得到了。

但即使在最銷魂蝕骨的時刻，他出於一種奇特的驕傲心裡，還想把自己打扮成一個談情聖手，努力裝出難以想像的溫柔體貼，但他運用了驚人的觀察力，這令他天性中的可愛之處都遭到破壞。

他沒有注意自己造成的歡情，也沒注意使這歡情得以增加的悔恨，只有責任感時刻呈現在眼前。如果背離他為自己規定的理想框架，他就會受到沉痛的悔恨和長久的嘲笑所造成的雙重折磨。

總而言之，凡是使于連成為一個優異人物的原因，也恰恰就是阻礙他去享受這些幸福的因素。

譬如一位十六歲的少女，顏色本來嬌豔可人，為了去參加舞會，卻愚蠢地搽上了胭脂。

德．雷納夫人被于連的突然出現嚇得六神無主，緊接著又陷入最煎熬的痛苦之中。于連傷心欲絕地哭泣使她心煩意亂，不知所措。

甚至在她已沒有什麼可以拒絕于連的時候，她仍懷著真正的憤怒把他推得遠遠地，然後又投入他的懷抱。這中間並沒有任何的做作。她相信自己已被罰入地獄，萬劫不復，她試圖迴避地獄的景象，就百般地溫存愛撫于連。一句話，只要我們的主人公知道如何享用，他的幸福是不缺什麼了，甚至他剛剛征服的女人身上的那種灼人的感覺。于連走了，可那股狂喜還使她興奮得不能自己，悔恨與搏鬥還在撕扯著她的心。

「我的上帝，幸福，被愛，難道僅此而已？」這是于連回到房間後的第一個想法。他現在剛獲得自己長久以來追求的東西，那種狀態既驚恐，又憂慮。平日習慣於追尋幸福，現在他別無所求，卻還沒有足夠的甜蜜往事值得回憶。于連像一個參加檢閱歸來的士兵，聚精會神地把他的行為細細地檢查一遍。

「我該做的全做了嗎？我這個角色扮演得是不是足夠好了呢？」

那是什麼樣的角色呢？一貫在女人身上獲得勝利的男人角色！

chapter

16

翌日

于連幸運地保住了名譽，德·雷納夫人太激動、太驚喜了，看不到這個轉眼間成為她全部生命的男人的笨拙。

夫人看見天將破曉，就催他趕快走。

說道：「哦！天哪，假如我丈夫聽到一點聲音，我們就完了。」

于連居然還有工夫咬文嚼字，他想起這麼一句：「您今後會後悔嗎？」

「啊，現在我的確很後悔！但是我一點也不後悔認識了你。」

于連故意在天大亮時大模大樣的回去，他感到了他的尊嚴。

他仍然經心地策劃著自己的每一個動作，天真的要表示自己是個很有經驗的男人。他非常注意研究自己最細微的動作，這對他的確大有益處。早飯期間再看到德·雷納夫人時，他在謹慎小心這一點上做得很到位。

而她呢，她一看他臉就通紅，可不看他又一刻也過不下去；她覺察到自己的慌亂，竭力掩飾卻又適得其反，于連只抬眼望過她一次。起初，德·雷納夫人非常認同他的謹慎。後來，當她發現這唯一的凝視不再出現，她又開始驚恐：「難道他不再愛我了嗎？」她暗想：「唉！對他而言，我太老了，我足足比他要大上十歲呢。」

從飯廳到花園的路上，她握住了于連的手。這一如此不尋常的愛情表示使他驚訝，他望著她，目光中充滿了熱情，因為吃午飯的時候他覺得她很漂亮，當時他把時間都用來細細地品味她的魅力了。此時他這凝視真夠德．雷納夫人消受的！它雖然沒有完全消卻她對于連的憂慮，然而她幾乎完全消除了她對自己丈夫感到的愧疚。

午飯時，她丈夫什麼也沒發現，但是戴維爾夫人則不然。她確信德．雷納夫人已經快把持不住自己。出於勇敢而果斷的友情，這一整天她那勇敢而果斷的友誼讓她毫不留情地用含蓄的詞語將她表妹所冒的危險描述得極度陰森恐怖！

德．雷納夫人想問問于連是不是還愛著她，所以她急於要和于連獨處。儘管她的性格極其溫柔，她還是好幾次幾乎要告訴她的女友，她是多麼地纏人。

這天晚上，在花園裡乘涼，戴維爾夫人把一切安排得很巧妙。她自己坐在了德．雷納夫人和于連中間。德．雷納夫人本來設想了一幅幸福的景象：她緊緊地握著于連的手，湊近自己的嘴唇，可現在連一句話也不能跟他說了。

這種意外使她更加躁動不安。悔恨噬咬著她的心。她曾經那樣地責備于連不謹慎，頭天夜裡到她那裡去，現在卻擔心他今夜不再去了。她早早地離開花園，在她的臥室裡安頓下來。可是她再也熬不下去了，於是走過去把耳朵貼在于連的房門上探聽著。但儘管狐疑不定與慾火如焚，她仍然不敢貿然進去，她覺得這樣做未免太下賤了，這一切會成為這一句諺語的最好驗證品。

家裡的僕人還沒有全睡下。謹慎終於讓她又回到自己的臥室。兩個多鐘頭的等待，彷彿使她遭受了兩個世紀的苦刑一般。

不過，于連是太忠於他所謂的責任了，他不會不逐項地完成他為自己規定的事情。

凌晨一點的鐘聲剛剛敲過，他便悄悄溜出房間，當他確定府中的主人已經沉沉入睡，便走到德・雷納夫人臥室去了。這一次，和他的情人在一起，他享受了更多的幸福和歡樂，因為他不再總想著自己扮演的角色，而是可以盡情地用雙眼去看，用耳朵去傾聽。德・雷納夫人跟他說起他們之間年齡的差別，這使于連有了點信心。

「唉——我比你大了十歲！你怎麼會愛上我呢？」她無精打采地對于連重複著，因為這個想法一直折磨著她。

于連倒沒有想過這種不幸，不過他也看出這不幸確是實實在在的，他也就把害怕成為笑柄的心理忘得差不多了。

他原以為自己出身微賤，會被她看做是一個地位低下的情夫，但現在，這種愚蠢的念頭也消失了。于連的狂熱使他那膽怯的情婦漸漸放下心來，她又感到了一點點幸福，並且又有了評判她的情夫的能力。幸好他這一次幾乎沒有那種做作的神情，那可是把昨夜的約會變成了一次勝利，而不是一次歡情。假使她覺察到他在用心扮演一個角色，這種可悲的發現將會把她的幸福剝奪淨盡。她只能看到年齡的不配所造成的一種可悲的後果。

雖然德・雷納夫人從未思考過愛情理論，但在外省，一談到愛情，年齡的差別總是在財產之後成為人們最愛開玩笑的另一大老話題。

幾天之後，于連便迸發出他這個年齡所具有的全部激情，瘋狂地墜入了愛河。

「應當承認……」他心想，「她心地善良得像天使，而且沒有人比她更漂亮了。」

他幾乎已完全忘記了扮演角色的意圖，完全忘記了自己的目的。在情難自抑的時刻，他甚至向她承認了他全部的憂慮。這番傾訴把他所激起的熱情推向極點。

「那麼，我肯定沒有情敵了！」德．雷納夫人開心地猜測著。於是她大膽問起他如此關心的那一張肖像的事，他對她發誓——那其實是一張男人的肖像。

當德．雷納夫人可以冷靜思考的時候，不禁大為驚奇，世上居然還有這樣的幸福存在，她居然連想都沒想過。

「啊！」她暗自想道，「如果十年前我便認識他就好了，那時我還能算得上美麗！」

于連則絲毫沒想過這些問題。**他的「愛情」是一份野心，一種佔有的快感**，一個像他一樣遭人唾棄的可憐蟲竟然能佔有一位如此高貴而又如此美好的女人！他的千般疼愛和面對迷人的女友而迸發的激情，終於使德．雷納夫人在年齡差距的問題上略微放心了，如果德．雷納夫人略具一些此種經驗——一個三十歲的女人在文化比較高級的城市裡長期享有的生活藝術的話，她會擔心一種只靠驚奇和自尊心的滿足來維持的愛情能否長久。

當他忘記自己的野心時，于連就用滿腔的熱情去欣賞他的情人，包括欣賞她的帽子和衣著。他貪婪地嗅著它們的香氣，甚至無法感到滿足。

他打開她的帶鏡衣櫥，幾個小時地站在那裡，欣賞著他在裡面發現的那些東西的美和整潔。他的女友依偎著他，望著他；他呢，他望著這些彷彿新郎送的結婚禮物一樣的首飾和衣物。

「我真應該嫁給他這樣的一個男人！」德．雷納夫人偶爾這樣思索著，「一顆如此火熱的心啊！跟他在一起會過上一種多麼快樂的生活啊！」

對于連而言，他從未這樣近距離地接觸過女人貯藏室裡的這些可怕又可愛的玩意兒。他暗自想道：「在巴黎，也不會有比這些更美麗的東西了！」於是他對自己的幸福也就沒有什麼可非議的了，他放下一切包袱，盡情快樂起來。他的情人誠摯的讚美和歡樂，常令他忘記了自己那套空論的理論。這理論在這場私情的最初時刻使他變得那麼刻板，甚至可笑。他雖然還擺脫不了那些虛偽的習慣，但有時候，他覺得向這位欽佩他的高貴夫人承認他對一大堆細小習俗一竅不通是一種極大的快樂。

他情人的地位似乎使他也高人一等。至於德．雷納夫人，則覺得在一大堆小事情上開導這位才華橫溢、人人都認為前程遠大的年輕人，是一種最甜蜜的精神快樂。連莫吉隆區長和華勒諾先生也忍不住要稱讚他，在這點上他們似乎並不愚蠢。

而戴維爾夫人則絕對不會表示同樣的稱讚，同時，她也覺得完全沒有必要這麼做。她對她自己已經猜中的事情感到絕望，眼見明智的勸告被一個實實在在昏了頭的女人視為可憎，她只好沒說任何原因就離開了維爾基，也避免別人去問她。德．雷納夫人為此事還掉了一些眼淚，但不久之後，她似乎又更加感到快樂了。由於戴維爾夫人的離去，從此，德．雷納夫人幾乎整天都和她的情人形影不離地待在一塊兒。

于連也很願意沉湎在他的情人的溫柔陪伴之中，因為他若獨處的時間太長，富凱的那個要命的建議就會來煩他。新生活的最初幾天，從未愛過也從未被愛過的于連覺得做個真誠的人是那麼甜蜜愉快，好幾次他想要對德·雷納夫人坦白他那狂妄的野心，到目前為止，那份野心就是他生命的主宰。他很想將富凱的建議對他產生的巨大誘惑告訴她，徵求一下她的意見，可是有一件小事，又令這一片誠摯的願望受到了阻礙。

chapter 17 第一副市長

一天，日落時分，在果園深處，他坐在女友身旁，沒有人來打擾，他陷入了深深地沉思。

「這樣甜蜜的時光……」他暗想，「會永遠持續下去嗎？」

他一心想著創業的困難，慨歎這巨大的不幸，它結束了一個窮人的童年，又斷送了他青年時代的最初幾年。

「啊！」他失聲喊道：「拿破崙的確是天主給法國青年派來的人，誰能代替他？沒有他，那些不幸的人，即使比我富有，剛好有幾個埃居受到良好教育，但是不能在二十歲上買一個人替他服兵役，不能從事一種事業，他們又能怎麼樣呢？無論怎麼做，」他深深地歎了口氣，「**這擺脫不掉的回憶使我們永遠不能幸福！**」

忽然間，于連看到德·雷納夫人雙眉緊鎖，顯示出一副冷淡輕蔑的神情，她覺得于連的這種想法，不過是下人之見。她從小到大一直知道自己很富有，所以覺得于連也理所當然地應和她一樣。她愛他勝過於愛自己的生命千百倍。即便他寡情負義，她也愛他，從來沒有考慮錢的問題。

于連根本猜不到她會有這些念頭。她的皺眉頭一下子使他如夢方醒。他的腦子夠靈活的，話頭一轉，告訴這位挨著他坐在青草墩上的高貴夫人，他剛才說的話是他這次出門在那位木材商朋友家裡聽到的。這是那些褻瀆宗教的人的說法。

「那好！你不要再跟這種人混在一塊兒了！」德・雷納夫人說，她的表情從無限的溫柔已經變成剛才的冷若冰霜，此刻仍然還有點冷冰冰的。

這顰蹙的眉頭，可以說讓他對自己不謹慎行為十分懊悔，也使于連的幻想第一次受到打擊。他心想：「她善良，溫柔，對我有強烈的興趣，但她是在敵對陣營中被教養長大的。他們特別害怕我們這個有膽量的階級。我們這個階級，受過良好的教育，卻缺乏足夠的金錢去創立一番偉大的事業。如果我們拿同樣的武器和他們對抗，他們會變成怎樣呢？比如說，如果我當上維里埃的市長，我一定全心全意公正廉明，我心地很善良，在誠信方面不見得比德・雷納先生差！什麼助理神父，什麼華勒諾先生，還有他們一切的陰謀詭計，我都不費吹灰之力就能一掃而光！那時候，正義將在維里埃市取得多麼榮耀的勝利！他們並沒有可以給我製造困難的能力，那些人只會在暗中尋找機會而已。」

這一天，于連本可順順當當，快樂無邊。但我們的主人公缺的是敢於真誠。必須要有投入戰鬥的勇氣，而且要說幹就幹。于連剛才那番話，使德・雷納夫人不禁一驚，因為她在她那個交際圈裡經常聽人說，羅伯斯比爾會捲土重來，特別是有下層階級那些受過良好教育的年輕人的支持，這是完全有可能的。德・雷納夫人冷漠的神態持續了相當一段時間，而且于連覺得很明顯。這是因為她先是對于連的錯話表示厭惡，接著又擔心間接地對他說了一件令人不快的事情。這種矛盾的心情充分地反映在她的臉上，當她感到幸福和遠離那些討厭的人的時候，這張臉是多麼的純潔、多麼的天真啊。

然而這種安排也有不便之處。于連從富凱那裡拿來的那些書籍，是一個研究神學的學生在書店裡絕對無法買到的。他只有在晚上才敢看那些書。他常想安安靜靜地讀書而不被一次來訪打斷，就說果園裡的那一次吧，他因等得心焦而無心讀書。

于連會用一種新方法去理解這些書，這應當歸功於德·雷納夫人。于連大膽地跟她提及了許多有關生活瑣事的問題。一個出生在上流社會之外的青年，如果不知道這些小事情，理解便立刻停滯不前，不管別人認為他多麼聰明。

能夠從一個極端無知的女人那裡獲得愛情的教育是非常幸福的，這樣，于連就直接看到了當今社會的真面目。他的精神沒有受到關於兩千年前、或者僅僅六十年前伏爾泰和路易十五時代的上流社會的描述所蒙蔽。最令他感到高興的是，一幅帷幕在他面前拉開了，他終於看清了現在維里埃發生的許多事，心中真有說不出來的高興。

最先暴露在他眼前的就是兩年來在貝藏松省府官員身邊謀劃並實施的一個非常複雜的陰謀。這個陰謀，有巴黎最險要的人物的信件為後盾，而支持這一陰謀的信件則是由一個最具名望的人寫的。其目的是想讓本地對宗教最虔誠的莫瓦羅先生作維里埃的第一副市長，而非第二副市長。

他的競爭者是一位很有錢的製造商，必須把他降到第二助理的位置上去。

于連終於明白之前本地上流社會的人來德·雷納先生家吃晚餐時，他無意間聽到的那些吞吞吐吐的言語的意思。

這個特權階段正忙著推舉出他們的第一副市長，而城裡其他人特別是自由派的人則根本沒有想到這種可能。這種選擇的重要性在於，眾所周知，是因為維里埃大街東邊的路面要擴寬九尺多，這條街已變成官道了。

而莫瓦羅先生有三座房子應該因道路的拓寬而縮進。在這種情形下，若是莫瓦羅先生當了第一副市長，同時德・雷納先生當選為議員後他又理所當然的繼任市長，那麼他就會睜隻眼閉隻眼，讓人們對那些占了公共道路的房子進行些不顯眼的小修補，如此這些房子就可以歷百年而不動。

雖然莫瓦羅先生是個眾所周知的正直而虔誠的人，但是大家認為他仍會見機行事的，因為他也是許多小孩的爸爸。在應該縮進的房屋裡，有九座是屬於維里埃市中富貴人家的。

在于連心目中，這個陰謀遠比封特努瓦[31]戰役的歷史更為重要。在富凱寄來的一本書裡，他第一次讀到了這次戰役。這五年來，從他每晚去教士家開始，就有許多事讓于連非常吃驚，然而謹慎和謙遜乃是學神學者之首要品質，所以他一直不能就此詢問。

一天，德・雷納夫人命令專門服侍她丈夫的那名僕人去做一件事，這個人就是于連的死對頭。

「但是……夫人，今天是這個月的最後一個星期五。」僕人神情古怪地回答道。

「那算了。」德・雷納夫人冷冰冰地答道。

「這倒好，」于連說，「他肯定是要去那個堆甘草的倉庫去，過去那裡是個教堂，最近又還給教會了。可是他們去那兒幹什麼呢？這個秘密，我一直都不知道。」

「這是個很正派的組織，但是他們也有點奇怪。」德・雷納夫人回答道，「婦女絕對不允許進

31. 封特努瓦，比利時小鎮，一七四五年五月十一日法國薩克斯元帥在路易十五親自督戰下大敗英國和荷蘭的軍隊於此。

人。據我所知，就在那裡大家可以互相親昵稱呼，不需客氣。比如說，這個僕人在那裡見到華勒諾先生，儘管此人架子大，又很傲慢，但他對聖約翰跟他這樣你你我我地稱呼是不會生氣的。並且他回答他也會用同樣的腔調。如果你想知道他們在那裡做些什麼，我可以向莫吉隆先生和華勒諾先生詳細先問一下。我們給每名僕人二十法郎，就是希望，將來如果九三年暴政再度發生時，他們不來割斷我們的脖子。」

時間飛逝。回味著情婦的魅力，于連忘記了陰暗的野心。因為他們分屬敵對雙方，所以他不能對她說令人不快的事情，也不能說合乎情理的事情，這無形中使于連覺得和她在一起更加幸福，而她對于連也更有吸引力。

孩子們太懂事了，他們在場的時候，德．雷納夫人與于連只能用平靜理智的話語交談，這時，于連便含情脈脈地望著她，規規矩矩的聽她解釋交際場中的情況。往往是正說著某個涉及道路或供貨的巧妙騙局時，德．雷納夫人會顯得有點恍惚，講不清楚。于連不免要埋怨她，她便會對他做出親昵的表情，就像對待她的孩子一樣。因為她常常有這樣的幻想，要把他當作自己的孩子一般疼愛。難道她不是要不斷回答他許多幼稚的問題嗎？這些簡單的事情，大戶人家連一個十五歲的出身高貴的孩子也懂得啊。但過一會兒，她又對他佩服得五體投地。她相信他在這位年輕教士身上一天比一天清楚地看見了未來的一位偉人。她彷彿看到他已經當上了教皇，當上了首相，就像黎塞留[32]那樣。

32. 黎塞留（一五八五至一六四二），法王路易十三時代首相、紅衣主教。主張中央集權，建立絕對王權及進行軍事、賭政和法制改革。曾創辦法蘭西學院。

「我會活到親眼看見你功成名就的時候嗎？」她問于連，「位置是給偉人預備的，朝廷和教會都需要新一代的偉人。一個偉人自有其位置，王國和教會需要他。」那些先生們經常這樣說：「若沒有黎塞留起到中流砥柱的作用，那麼，一切全完了。」

chapter 18

王駕親臨維里埃

九月三日的晚上八點鐘，一個憲兵騎著高頭大馬從大道飛馳而來，馬蹄聲迴盪在全程的每一個角落，把全城的居民都驚醒了。這位憲兵送來的消息是國王陛下將在下星期日駕臨，而今天已是星期二了！省長命令本市組織儀仗隊，必須把歡迎場面做到極度豪華！一個驛使已被派遣到維爾基了。德．雷納先生當晚就趕到了。他看到全城的居民興高采烈、激動萬分的樣子，心情不禁也激動起來，人人都有自己的計畫，那些平日不太忙的人都在忙著租借陽台，準備用來觀賞國王入城的儀式。

由誰來率領儀仗隊呢？德．雷納先生立刻就想到這個問題，他還考慮到縮進房屋應該怎麼處理，由莫瓦羅先生來率領儀仗隊是很必要的。這樣他要作第一副市長也就名正言順了！莫瓦羅先生的虔誠無懈可擊，誰也比不了，可是他從來沒有騎過馬。此人三十六歲，膽子極小，既怕從馬上摔下來，又怕惹人笑話。

清晨五點鐘，市長就派人把他請來。

「您看，先生，我現在想徵求您的意見，就算對那個所謂誠實者獻給您的官職您已經勝券在握。在這座不幸的城市裡，製造業繁榮興旺，自由黨成了百萬富翁，並且渴望著權力，他們是什麼都可以拿來作武器的。想想國王的利益、王朝的利益和我們神聖的教會的利益吧。先生，您想我們能把指揮儀仗隊的重任交給誰呢？」

莫瓦羅先生雖然很害怕騎馬，最終還是像殉道者一樣擔任了這個光榮的職務。

「我會辦得很妥當的。」他對市長說道。

時間不多了，他剛來得及讓人把制服整理好，那還是七年前一位親王路經時用過的。

七點，德．雷納夫人同于連帶著孩子們從維爾基回來，她看見客廳裡擠滿了自由黨人的太太們。她們主張各黨派聯合一致，求她讓丈夫把儀仗隊裡的位置給她們各自的丈夫一個。其中有的太太還說：「如果我丈夫沒有被選上，就一定會因傷心而破產。」德．雷納夫人迅速地把這些人一一打發走。看上去，她似乎很忙。

于連感到驚奇，更感到惱火，她竟神秘兮兮地，不告訴他是什麼使她這樣激動。「我早料到了，當她家有迎接國王的光榮使命時，她便顧不上愛情了。這一番喧鬧搞得她頭昏眼花。要等到她那些等級觀念不再攪亂她的頭腦時，她才會再愛我。」

說起來也怪，他卻因此而更加深愛她了。

安裝工人擠滿了整個府第，于連等候了許久，也沒找到機會跟她說一句話。終於，他看見她從他的房間裡出來，拿著他的一件禮服。

現在他倆單獨在一起了。他正要和她說話，可是她又跑開了，沒有聽他說話。

「我真傻，竟愛上這樣一個女人，野心使她變得和她的丈夫一樣瘋狂。」

事實上她更瘋狂，她有一個最大的願望，從未向于連說起過，因為怕引起他的厭惡，那就是：要看于連脫掉他那件陰沉的黑禮服，哪怕只有一天也好！

這個如此天真樸實的女人使出的手段還真叫人佩服，——她先去了莫瓦羅先生那兒，然後又從區長莫吉隆先生那裡得到許可，聘請于連作為儀仗隊的隊員，而不去從其他五六個年輕人裡挑選。他們都是很富有的製造商的子弟，其中兩個在信教虔誠方面還堪稱表率，華勒諾先生原打算將他的四輪輕馬車借給全城最漂亮的女人，以此顯示一下自己的諾曼第駿馬。而現在他卻答應把一匹馬借給于連，雖然此人是他最為討厭的。

所有的儀仗隊員都有自己的或借來的漂亮的天藍色制服，這種有著銀質上校肩章的制服七年前曾經風光過一回。

德·雷納夫人堅持要給于連做一套嶄新的衣服，但只剩四天的時間了，還要到貝藏松去定做，並從那再取回來——包括制服、徽章和帽子——一個儀仗隊員應該有的一切。

最有意思的是，德·雷納夫人感到在維里埃為于連趕製新衣是很不妥的。她想令于連本人和全維里埃城的人都大吃一驚。

組織儀仗隊和鼓動人心的工作結束以後，市長就忙於籌備盛大的宗教儀式，國王肯定不會路過維里埃而不去拜祭著名的聖徒克萊芒遺骸，這遺骸現保存在離城約一里的博萊—勒奧。當局希望有眾多的神職人員去參加這個宗教儀式，雖然這是一件很棘手的事。剛上任的教士馬斯隆先生卻表示，無論如何他都不會讓謝朗先生出席。德·雷納先生花費很大氣力跟他解釋了這樣做會帶來諸多麻煩，但很可惜，沒有奏效。德·拉摩爾侯爵的祖先們都曾長期擔任本省省長，這次他被指定陪同國王。他認識謝朗神父已有三十年。他到維里埃時肯定會打聽他的消息，如果發現他已失寵，如果他發現謝朗已被撤職，德・拉摩爾侯爵則會帶著他能夠支配的全體隨行人員，去他隱居的小屋看望他。那將是多麼令人難堪呀！

「假如他在我的神職人員當中出現，」馬斯隆神父回答，「我在這裡、在整個貝藏松都會很沒面子。啊，天哪！」

「不管怎樣，親愛的神父，」德・雷納先生反駁道，「我不能使維里埃的官府受到德・拉摩爾先生的侮辱。您還不瞭解他，他在宮裡風度不錯，可在這裡，在外省，卻是個惡作劇者，喜歡挖苦諷刺，一心想使人難堪。他會為了給自己取樂，就當著自由黨人的面大開我們的玩笑。」

經過三天談判，到了星期六的夜裡，馬斯隆神父的傲慢才在市長那已然變成勇氣的恐懼面前屈服，還得給謝朗神父寫一封甜言蜜語的信，請求他在高齡和體弱允許的情況下出席博萊－勒歐的遺骨瞻仰儀式。謝朗先生為于連求得一份請柬，于連將作為助祭陪伴他。

星期日天一亮，成千上萬來自鄰近山村的農民，將維里埃的街道擠得水泄不通。這天天氣格外晴朗。下午三點，擁擠的人群突然騷動了起來，因為人們看到了離維里埃兩里外的一座大岩石上，燃起了熊熊火焰。

這火焰告訴城裡的人，國王已經進入本區的轄地了！頓時，整個教堂鐘聲齊鳴，城裡一尊古老的西班牙大炮也連珠般響起來了，全城沸沸揚揚，迎接這一盛事。城裡一半的居民都爬上了房頂。女人們都擠在陽台上。儀仗隊出發了，大家都在稱讚他們光彩奪目的制服，每個人都可以在隊伍裡找到自己的一個親戚或朋友。大家都在嘲笑莫瓦羅先生的膽小，他那謹慎的雙手，時刻準備著去抓住馬鞍。可是他們突然注意到一件事，其餘的都不顧了：第九排的第一名騎士是個很漂亮的小夥子，身材瘦削，開始大家沒認出他是誰。不久，一些人發出了憤怒的叫喊，而另一些人的反映則是由驚訝導致的沉默。大家認出了那個騎著華勒諾先生家那匹諾曼第馬的小夥子，就是鋸木工的兒子于連。於是，現在只有一片責備市長的抱怨聲了，尤其在自由派的人士。怎麼，這個裝扮成神父的小工人做了他的孩子們的家庭教師，他就敢把他選作儀仗隊員，而把某某先生和某某先生刷掉，這些人可都是有錢的製造商啊！

「這個從污泥裡鑽出來的放肆的小奴才，」一個銀行老闆的太太說，「應該讓這些先生們狠狠地懲罰他才對。」

「他很陰險，而且帶著刀，」旁邊一個男人說，「得提防著點，他會拿刀砍他們的臉的。」

貴族們的話更是可怕，貴婦們紛紛猜想這極不妥的安排是不是市長本人的主意。一般來說，市長鄙視出身卑微的人這一點，大家都是有所耳聞的。

于連引起紛紛議論之際，正是他感到最為幸福之時。他天性果敢，騎在馬上比這座山城大部分年輕人都來得好。他從女人們的眼睛裡看出她們正在談論他。

他那嶄新的銀質肩章比其他人的都漂亮。他的馬不停地跳躍著，他的快樂也到達了頂點。

他的幸福簡直沒有邊際，他的心忽上忽下，像落在雲端裡一樣。當隊伍路過古老的城牆邊時，一座小炮的聲響令他的馬驚得躍出了行列，邀天之幸，他並沒有摔下來。他從此覺得自己是個英雄。他是拿破崙的副官，正向敵人的炮兵陣地衝鋒。

然而有一個人比他更加幸福，那就是她——德．雷納夫人。她先是從市政廳的一個窗口看見他經過，然後登上敞篷四輪馬車，飛快地繞個大彎兒，于連的馬出列時，她正趕到，嚇得一陣哆嗦。最後，她的馬車出另一座城門，一路飛奔，趕到國王要經過的大路上，在二十步外，裹在一片高貴的塵土中，跟著儀仗隊。市長榮幸地向陛下致詞，上萬農民高呼：「國王萬歲！」一小時之後，國王聽完所有的致詞要進城了，那門小炮又開始急速發射。這時一個意外發生了，不是發生在炮手的身上，因為他們都曾在萊比錫[33]和蒙米雷伊[34]戰場上練過身手，而是發生在未來的第一副市長莫瓦羅先生身上。他的馬把他輕輕地摔在了大路上僅有的一個泥坑裡，一片混亂由此而起，因為必須把他從泥坑裡拉出來，好讓國王的車子通過。

國王的車隊停在漂亮的新教堂前面，當天，教堂掛滿了深紅色的帷幔。國王要用晚餐，餐畢立即登車去瞻仰聖克雷芒的遺骨，國王剛走入教堂，于連就快馬加鞭地回德．雷納先生的家裡去了。在那兒，他一面歎氣，一面脫下那件天藍色的美麗制服，解下軍刀和肩章，重新穿上那件舊的小黑衣服。然後他重新跨上馬，迅速趕到座落在一座風景秀麗的山丘上的博萊—勒奧修道院。

「熱情引來了這麼多的農民。」于連暗想。維里埃已水泄不通，現在，這古老的修道院又圍了一萬多人。修道院有一半毀於革命時期對文物的破壞，復辟後重新修復，顯得更加壯麗，而且人們已經開始談論奇蹟了。而修道院會出現聖蹟的事才又開始流傳了。這時于連看到了謝朗教士，教士責備了他一會兒，然後遞給他一件會衣和一件白色法衣。于連很快就裝扮好，跟著謝朗先生一同去拜見年輕的德．阿格德主教。他是德．拉摩爾先生的侄子，新近才任命，負責帶領國王瞻仰遺骨。

33. 德國城市，一八一三年拿破崙軍曾在此與普俄聯軍開戰。
34. 法國東部城市，一八一四年二月拿破崙在此擊敗普俄聯軍。

可是到處也找不到這位主教。

教士們等得不耐煩了。他們在舊修道院陰暗的、哥德式的迴廊裡等著他們的首領。這次一共召集來了二十四名教士，他們將代表博萊—勒奧的舊教會，它是一七八九年以前由二十四名議事司鐸組成的。教士們都感覺主教太年輕，為了這個，他們足足嘆惜了三刻鐘。然後他們想應該讓教長先生先去找主教大人，提醒他國王即將駕到，是到祭壇去的時候了。謝朗先生年紀最長，被選為教士長。雖然他對于連很生氣，但還是做了個手勢，讓于連跟他去。于連穿著白法衣，十分合身。可能是因為採用了教士的一種特殊裝扮手法，他把一頭美麗的鬈髮弄得平平整整。可是由於一時疏忽，他那道袍的長裙下面露出了儀仗隊員的馬刺，這使謝朗先生更加生氣。

到了主教的套房，幾個身材高大、打扮得花俏的僕人愛理不理地回答老本堂神父，主教大人不見客。他對這些僕人解釋說，他是博萊—勒奧神聖的教士團的教士長，以他的身分，他隨時可以謁見主教。僕人們聽了，也只對他笑笑而已。

僕從的無禮激起了于連的傲氣。他開始沿老修道院的宿舍一間間地跑，遇門便推。有一扇很小的門，他一使勁，開了。他進了一個小房間，裡面有幾位身著黑衣、脖子上掛著鏈子的主教大人的隨身僕人，這些先生們見他神色匆匆，以為是主教叫來的，就放他過去。他再往前走幾步就進入一間很寬敞的哥德式大廳，裡面十分陰沉，所有的板壁都是用黑橡木做成的。除了一個窗子以外，其餘的弓形窗口都用磚塊封鎖起來了。這個粗糙的、毫無修飾的水泥工程和周圍古典華麗的板壁裝修技術，形成了一個鮮明的對比。在大廳的兩側佈滿雕刻精細的木質神職禱告席。頗受勃艮第流派古董研究學家們的贊許。人們可以看見在這些木椅上用不同顏色的木材鑲嵌出來的啟示錄中所記錄的各種神奇事蹟[35]。

這種淒美的華麗，卻因為與簡陋的磚塊和慘白的石灰在一塊，而大為減色。于連對此不免頗有感觸。他靜靜地停下了腳步。在大廳的另一側，靠近日光唯一能夠透入的窗戶，他看著一面用桃木做的活動式穿衣鏡。一個年輕人，身著紫袍和鑲花邊的白法衣，但光著頭，站在離鏡子三步遠的地方。這面鏡子，在這樣的場所出現，未免太奇怪——無疑，它是從城裡搬過來的。于連發現這個年輕人神情惱怒，他用右手朝著鏡子的方向莊嚴地做著祝福的動作。

「這能說明什麼？」于連想，「這年輕人是在為儀式作準備嗎？也許是主教的秘書……他會像那些僕從一樣無禮的……我的天，管它呢，讓我來試試。」

他向前走去，從這頭到那頭，走得相當慢，眼睛盯著那扇唯一的窗戶，同時望著那個年輕人。那年輕人繼續慢慢地、無數次地、一刻也不停的擺出祝福的動作。

當他走近那個人身邊時，年輕人不高興的神色就看得更清楚了，鑲有花邊的白法衣的華美景象使于連不自覺地在離穿衣鏡幾步遠時就停住了。

「我必須和他說話！」他心想。然而這間華麗的大廳已讓他發怵，他已經事先對人家將對他說的粗暴的話感到氣憤了。

那年輕人在穿衣鏡中看到他了，轉過身子，立刻改變怒容，用最溫柔的聲音對于連說：「我

35.《新約》的最後一卷，其中描寫均是世界末日種種可怕的景象。

說，先生，最後的儀式安排好了嗎？」

于連大吃一驚。這年輕人朝他轉過身的那當兒，于連看見了掛在他胸前的十字架：原來他就是德．阿格德主教。

「如此年輕，」于連心想，「至多比我大七八歲而已了！」他對鞋上的刺馬距感到有點慚愧。

「主教大人，」他怯生生地回答道，「我是教務會的教長謝朗先生派來的。」

「噢！已經有人正式把他介紹給我了。」主教用很有禮貌的語氣應道，這讓于連更加高興。

「可是，先生，請原諒，剛才我把您當作給我送主教帽來的。在巴黎時沒有包裝好，上面的銀絲紗網損壞得很厲害。那會給人留下極糟糕的印象，」年輕的主教臉帶憂容地補充道，「而且還要讓我一直等著！」

「主教大人，我去幫您取主教帽吧，如果您允許的話。」

于連那美麗的雙眼立刻產生了效果。

「去吧，先生，」主教彬彬有禮地答道，「我立刻就要。讓教務會的先生們久等，我心不安。」

于連走到大廳的中央，回過頭看見主教還在做著祝福的動作。

「這到底是怎麼回事？」于連心想，「這大概是教士在將要開始的儀式前的一種必要的準備吧。」當他走到僕人聚集的密室時，他看到主教帽已在他們手中。雖然這些先生們不太願意，但被于連那種威嚴的目光震撼住了，還是將主教帽交給了他。

他能送主教冠，頗感自豪，穿越大廳時，他放慢了腳步，畢恭畢敬地捧著。他看到主教坐在鏡子前，而他的右手仍然不時擺出祝福的動作，雖然這手確實已經很累了。于連幫助主教把帽子戴上，主教搖了搖戴好的主教帽。

「啊，很穩，」他對于連說，看來很滿意。「您站得稍遠一點，好嗎？」

於是主教迅速走到大廳中央，然後緩緩向鏡子走來，恢復了不高興的神情，表情嚴肅地做著祝福的動作。

于連驚奇得一動不動，他真想弄明白，可是不敢。主教站住了，望著他，神情很快緩和下來：

「您覺得我的帽子怎麼樣，可以嗎？」

「很好，大人！」

「不太朝後嗎？太朝後會顯得有點呆板；不過也不應該太低，壓在眼睛上，像軍官的筒帽。」

「我覺得您這樣戴非常合適！」

「國王見慣了德高望重當然也是非常嚴肅的教士。我不想，特別是由於我的年齡，顯得過於輕浮。」

主教又開始一邊走，一邊祝福。

「毫無疑問——他正練習祝福呢。」于連暗想——這回他總算把事情弄清楚了。

幾分鐘之後，主教說：「我準備好了，先生。您去回覆教士長和教士團的先生們吧。」

不久，謝朗先生帶著兩位最年長的本堂神父從一扇雕刻華美的很大的門進來，這扇門于連以前從未見過。這一回，于連待在他的位置上，即最後一個；教士們擠在門口，他只能越過他們的肩膀看見主教。

主教緩緩穿過大廳，當他經過門檻時，教士們已經排成行列。短時間的混亂之後，隊伍一邊唱著讚美詩，一邊向前移動。主教走在最後，夾在謝朗先生和一位很老的本堂神父中間。于連作為謝朗神父的助手，緊挨著主教大人。佇列沿著博萊—勒奧修道院的長廊向前移動。雖然說天氣晴朗，但長廊裡還是陰冷潮濕。大家總算走到了修道院迴廊前端。看到如此隆重的典禮，主教少年得志喚起了于連的野心，而作為高級神職人員的善良和彬彬有禮的態度又與德·雷納先生的禮貌截然不同，即使在德·雷納先生心情好的日子。

「人越是深入上層社會，」于連心裡想道，「越是容易接觸這種文雅的舉止。」

隊伍從邊門進入教堂，突然，一聲可怕的巨響震得古老的拱頂發出回聲；于連以為拱頂要塌下來了。原來是那門小炮，八匹奔馬拖著，剛剛到達，萊比錫的炮手們迅即架好，每分鐘五響，彷彿前面是普魯士人。

不過，這令人讚歎的巨響對于連已不再起作用，他不再想拿破崙，不再想從軍的榮耀了。「這麼年輕，」于連想道，「就成為阿格德的主教！可是阿格德在哪兒呢？做主教有多少薪俸呢？或許能拿二三十萬法郎吧。」

主教大人的僕從們帶著一頂富麗堂皇的華蓋來了，謝朗先生舉著其中的一根竿子，實際上是于連替他舉著。主教置身於華蓋之下。他竟然成功地扮出了老邁的儀態，我們的主人公對他的讚賞之情簡直無法形容。

「只要靈巧，又何時不能呢！」他想。

國王駕到了，于連有幸在最靠近的地方瞻仰他。主教滿懷熱忱地向國王致詞，同時沒有忘記帶點兒面對陛下的那種極為得體的誠惶誠恐。在典禮盛況之後的十五天裡，本地所有報刊的篇幅都被這件事的消息占滿了。于連從主教的祝詞中瞭解到國王就是威猛的查理的後裔。

事後，于連接受了核對這次典禮中各項費用帳目的工作。德·拉摩爾先生為他侄子爭取了主教的職位，為了表示大方，就承擔了全部費用。僅僅博萊—勒奧一處的典禮就花銷了三千八百法郎。

在主教的祝詞和國王的答詞結束以後，國王便退入華蓋之下，然後虔誠地跪在祭台旁的拜墊上。祭台周圍是高出地面兩個台階的神職禱告席。合唱隊被木椅座圍在中間，這些木椅座距地面有兩層台階之高。于連坐在台階的最後一層，緊挨著謝朗先生的腳邊。他彷彿羅馬西斯廷教堂[36]裡樞機主教身旁的一個捧持衣裾的人。此時香煙繚繞，歌聲迴盪，外面的槍聲炮聲，更是接連不斷，農民們的心全都陶醉在歡樂和虔誠裡。這樣的一天足以抵消雅各賓派報刊一百期的宣傳工作。

于連離國王只有六步遠，國王確實全心全意地祈禱。他第一次發現一個身材矮小、目光敏銳的人，身穿一套幾乎毫無繡花的禮服。不過這件很樸素的衣服上有一枚天藍色綬帶。他比許多貴人離國王都近，而那些貴人的衣服上繡了那麼多金線，按于連的想法，就是繡得認不出布料了。後來于連才知道此人就是德·拉摩爾先生。于連覺得他不但傲慢，而且目中無人。

「這個侯爵看起來不會像年輕主教那樣彬彬有禮，」于連暗想，「唉！教士的身分使人看起來文雅而又聰明。國王是特地來朝拜聖骸的，而我卻根本沒有看見聖骸。聖克萊芒到底在哪裡呢？」

身邊的一個小執事跟他說：「那令人崇敬的聖骸安放在大廈頂上的一個靈堂裡面。」

「什麼叫做靈堂呢？」于連想道。

36. 梵蒂岡宮內聖堂，建於一四七三年教皇西克斯特四世在位時。

然而他不願意打聽這個名詞的意思，只是加倍注意。

在君王參拜的時候，按照禮節規定，議事司烽不陪伴主教。但德．阿格德大人邁步走向靈堂時，卻讓謝朗神父相陪，于連便也大膽地跟著去了。

爬上很長的一段樓梯後，來到一扇狹窄的小門前，哥德式的鍍金門框，金碧輝煌，彷彿前一天才竣工。

小門前面已經跪了二十四個年輕女子，都是維里埃名門望族的小姐。在這扇門沒有被打開前，主教也跪在這一群相貌姣好的年輕女子當中。他高聲禱告的時候，她們欣賞著他的美麗的花邊、溫文爾雅的風采、如此年輕又如此溫和的面孔，好像沒個夠。這番景象，使得我們的男主人公喪失了他僅有的那點理智。在這一刻，他簡直能為捍衛宗教裁判而戰鬥，而且是真心實意的。

小門突然打開了，小小的殿堂一片光明，如在火中。祭台上可以看見一千多枝蠟燭，分成八排，中間用花束隔開。質地最純的乳香散發出好聞的香氣，一團團從聖殿的門口湧出。新塗了金的殿堂極小，但是位置很高。于連注意到了祭台上的大蠟燭，有的甚至高達一丈五尺。年輕女子們不禁發出驚歎聲。但是只有那二十四個女子，兩個教士還有于連，被允許進入靈堂小過道。

不久國王到了，只有德．拉摩爾先生一人當作侍從長相隨。衛隊都停在外面，全部跪在地下，舉槍致敬。

國王陛下快步上前，簡直是撲倒在跪凳上。就在這時，于連緊靠在鍍金的門上，才在一位年輕女子赤裸的胳膊下看到聖克萊芒動人的塑像。

這塑像藏在祭台底下，身著年輕的羅馬士兵的服裝。脖子上有一道很大的傷口，好像在流血。

垂死的眼睛半閉著，但是很美。藝術家在這兒發揮了最大的才能——臨終時雙眼半閉，然而他那雙眼卻充滿了溫柔高雅的表情。一撮新生的短鬚，裝點著小巧的嘴，那嘴微閉著，好像還在祈禱。看到這種情景，于連身邊的一位年輕女子感動地熱淚盈眶，一滴眼淚恰好落在他手背上。

大家默默的祈禱，萬籟俱寂，無比深沉，只有遙遠的鐘聲從方圓十法里內的村莊傳來。祈禱了一陣之後，德·阿格德主教請求致詞。主教宣讀了一篇言辭動人的短小演說，語句簡單而效果反而更好。

「基督的信女們，上帝無所不能，他無比威嚴，你們看見了塵世上最偉大的國王跪倒在萬能而可怕的天主的這些僕人面前。正如你們從聖克雷芒的還在流血的傷口中看到的那樣，這些僕人是弱小的，在塵世間受到折磨和殺害，然而他們在天上得到了勝利。年輕的女基督徒們，你們將永遠記住這一天，是不是？你們要憎恨褻瀆宗教的人。你們要永遠忠於天主，天主是這樣的偉大、威嚴，然而又是這樣的和善。」

讀到這幾句時，主教威嚴地站了起來。

「你們能答應我嗎？」他說道，一邊向她們伸出手臂，表現出深受感動的樣子。

「我們答應！」年輕女子們齊聲說道，一個個淚如雨下。

「我就用令人敬畏的上帝的名義，接受你們的承諾！」主教用雷鳴般的聲音接著說。典禮至此宣告完成。

國王本人也流淚了。過了許久，于連才冷靜下來，打聽從羅馬送來給勃民第公爵的好人菲力浦的聖人遺骨放在什麼地方。人家告訴他遺骨藏在那個迷人的蠟像裡。

國王格外施恩，允許那些跟隨他進入靈堂的年輕女子們每人佩戴一條紅緞巾，上面繡著兩句話：憎恨瀆神，永遠敬神。

德．拉摩爾先生命人發給農民一萬瓶葡萄酒。當晚，在維里埃城，自由黨人可以找到理由張燈結綵，表示慶祝。比保王黨人更熱鬧百倍。國王在離開之前，還去拜訪了莫瓦羅先生一次。

chapter 19

痛定思痛

在把原來的傢俱重新安放在德．拉摩爾先生住過的房裡時，于連發現了一張很厚的、折成四折的紙。第一頁下面寫著：

送呈王室勳章獲得者，法蘭西貴族德．拉摩爾侯爵閣下。

原來是一份筆跡拙劣的求職書。

侯爵先生：

小人畢生恪守宗教原則，不堪回首的九三年，我在里昂，圍困時期飽嘗炸彈之苦，這是個恐怖的記憶。我領聖體，每個禮拜日，我都要去教區的教堂裡彌撒。我亦不曾忘記復活節的職責。我的廚娘，革命前我有過一些傭人，我的廚娘禮拜五齋戒。

我在維里埃得到大家的尊重，而我也有資格得到這樣的尊重。在宗教典禮中，我同教士和市長在一塊，在華蓋下行進。在一些重要場合，我總是舉著一支自己買的大蠟燭。這一切的證明書，都存放在巴黎財政部門裡。因此我懇求侯爵先生將維里埃城的彩票局交與我管理。該局無論如何將很快成為空缺，因為主持人病得很重，而且在選舉中投錯了票。小人冒昧，欲申請該職，望侯爵大人俯允。

德．肖蘭謹呈

在這呈文旁邊的空白處，有一行由莫瓦羅署名的批註是這樣開頭的：

「我昨日有幸談及提出此項請求的這位好人……。」

「這樣看來，就連肖蘭這個蠢貨，也給我指出應當走什麼道路了。」于連暗想。

在國王來過維里埃的八天後，城裡沸沸揚揚，數不清無稽的傳聞，還有各種自以為是的說法，荒謬的議論等等。那就是極其卑鄙地把于連．索海爾，一個木匠的兒子，突然塞進儀仗隊。關於這件事，應該聽聽那些富有的印花布製造商們說些什麼，他們可是晚上早晨都在咖啡館裡喊破了嗓子鼓吹平等。這個高傲的女人，德．雷納夫人，這件可惡的事就是她幹的。原因嗎？小索海爾神父那一雙美麗的眼睛和如此嬌嫩的臉蛋兒就足夠了。

回到維爾基不多久，斯塔尼斯拉斯－格札維埃，她最小的一個孩子發高燒了。德．雷納夫人心裡頓時感到一陣可怕的悔恨。她第一次對自己的愛情進行接連不斷的斥責，她似乎大徹大悟，明白了自己已被拖進罪惡的深淵。雖說她生來就信仰宗教，但是一直到目前為止，她還沒有想過，在天主的心裡，她的罪孽竟如此深重。

過去在聖心修道院時，她狂熱地愛過上帝；眼下，她又狂熱地懼怕他。在她的恐懼中沒有任何理性的東西，這就使撕裂著她的靈魂的鬥爭變得更加可怕。于連發現，跟她稍微講點道理，非但不能使她平靜，反而使她發怒；她從中看見的是魔鬼的語言。因為于連很喜歡小斯塔尼斯拉斯，談談這孩子的病，她倒比較歡迎。但孩子的病情很快就變得嚴重了。悔恨不停在她的心頭糾纏，竟使德．雷納夫人整夜失眠，她整天鐵著臉不說話，倘若她一開口，那肯定是向天主和世人坦白她的罪孽。

「我請求您，」當他們單獨相處時，于連對她說道，「千萬不要向其他人說起，您心裡的痛苦告訴我一個人就好了。如果您還愛著我的話，就別聲張，因為即使您說出來也不能讓孩子退燒的。」

然而他的安慰毫無效果；他完全不知曉德．雷納夫人的想法：為了平息天主的怒氣，她必須厭惡于連，否則只能眼看著兒子死掉。因為她覺得她不能恨她的情夫，所以她才這樣地痛苦。

「離我而去吧，」有一天她對于連說道，「看在上帝的份上，離開這個家！您待在這兒，等於要我兒子的命。」

「天主開始懲罰我了，」她輕聲說道，「他是公正的，我崇拜他的公平。我的罪孽是深重的，還不知悔恨！那就是背棄上帝的第一個跡象：我應該加倍地受到懲罰。」

于連被深深地打動了，他從中既看不到虛偽，也看不到誇張。「她認為愛我就要了她兒子的命，然而這可憐的女人愛我勝過愛她的兒子。我不能再懷疑了，她會因悔恨而死。這就是高尚的感情啊。可是我這樣窮，這樣沒有教養，這樣無知，有時舉止這樣粗魯，怎麼會激起這樣一種愛情呢？」

一天晚上，孩子的病情突然惡化，凌晨兩點，德．雷納先生也過來看孩子。孩子在高燒的折磨下，滿臉通紅，已經不認識他的爸爸了。這時，德・雷納夫人忽然跪在她丈夫的腳下，于連眼看著她就要全部說出來了——永遠毀了她自己。

幸好這個奇怪的舉動，令德・雷納先生感到不耐煩。

「我走了！我走了！」他一邊說，一邊起身就走。

「不要走，你聽我說下去。」他的妻子跪在他面前大聲說道，想把他拉住，「我告訴你全部事實真相。是我殺了我的兒子。我給了他生命，我又要了回來。天主在懲罰我！在他眼裡，我是殺人犯。我應該遭到天主的懲罰，我應該遭到侮辱，也許這樣的犧牲會使上帝息怒……」

如果德・雷納先生是個愛動腦子的人，他一定全明白了。

「胡思亂想。」他推開想要抱住他的雙膝的妻子，大聲說，「全是胡思亂想！于連，天一亮就派人去叫醫生。」

他說完就自己回房裡睡覺去了。德・雷納夫人跪倒在地上，她神志不清，用一種類似痙攣的動作，把正要扶她起來的于連推開了。

于連目瞪口呆，不知所措。

「這就是通姦……」他心裡想道，「難道那些如此狡猾的教士們可能……是對的嗎？他們犯了那麼多罪倒有了特權通曉真正的犯罪理論？多奇怪啊！……」

德・雷納先生離開已有二十分鐘了。于連一直望著他心愛的女人，她的頭倚在孩子的小床上，淚水已經浸濕了床單，她一動不動，幾乎完全失去了知覺。

他心想：「天哪，一個出類拔萃的女人，因為認識了我，就不幸到了極點。」

「時間過得真快。我能為她做些什麼呢？該打定主意了！現在已經不是我一個人的問題了。世人和他們乏味的裝腔作勢又能把我怎麼樣呢？我能為她做些什麼呢？……離她而去嗎？那就要讓她獨自去承受這最可怕的痛苦煎熬。這個木頭丈夫不但幫不了她，還會害她。他會因為粗魯而對她說出沒心肝的話；她非發瘋，非從窗口跳下去不可。」

「如果我撇下她，如果我不守著她，她會向他坦白一切的。誰知道呢，也許他會不顧她帶來的遺產，大鬧一場。偉大的上帝啊！她會把一切都告訴馬斯隆神父這個偽君子，而他就會以一個六歲孩子的病為藉口不再離開這座房子，而且居心叵測。她在痛苦和對天主的恐懼中，會忘掉她對男人的瞭解；她只看見教士。」

「你走開。」德．雷納夫人突然睜開眼睛，對他說道。

「我可以犧牲一千次自己的生命，也要知道怎麼做對你才最有益，」于連回答，「我從來沒有這樣愛過你，我親愛的天使，或不如說，僅僅從此刻起，我才開始像你理應得到的那樣熱愛你。就像你值得我傾慕那樣。離開了你，我將變成什麼樣子呢？雖然我明知道你的不幸都是因為我！現在，對我來說，我的痛苦根本不值得一提，最重要的是夫人您的幸福和快樂，如果您要我離開，我一定離開，是的，我的愛人。不過，如果我現在離開了你，如果我不繼續守著你，不繼續處在你和你丈夫之間，你會將一切都告訴他，你會毀了自己的。你要知道，他會採取卑劣的手段把你攆走，到那時候，整個維里埃，整個貝藏松，都會議論這件醜事。大家都要唾棄你，一切不是都會落到你身上；你將永遠不能從這恥辱中振作起來……」

「我要的就是這個！」她大聲說道，同時站起來，「我受苦，那是最好的。」

「可是，事情鬧了出去，也會令你的丈夫不幸的！」

「可我是自作自受，我自己跳進泥坑裡去；也許這樣我會救了我的兒子。在眾人的眼中，這種自輕自賤也許是一種公開的贖罪吧？就軟弱的我看來，這不是我能對天主做出的最大犧牲嗎？也許他肯接受我的自輕自賤而把我的兒子留給我！告訴我另外一種更加痛苦的做法，我立刻就去。」

「讓我懲罰我自己吧！我也是個罪人。你要我去特拉伯苦修會嗎？那地方嚴格的苦修生活，或許會使你的天主息怒……唉！天啊！為什麼我不能代替斯塔尼斯拉斯生病呢……」

「噢！你愛他，你……」德．雷納夫人說著，同時站起身來，投入于連的懷裡。

但她立刻又把他推開，表現出恐怖的樣子。

「我相信你！我相信你！」她又跪下說道，「唉，我唯一的朋友！為什麼你不是斯塔尼斯拉斯的父親呢！那麼這就不是一樁可怕的罪孽了，那樣的話，愛你勝過愛你的兒子就不是一樁可怕的罪過了。」

「你允許我留下嗎？從今往後，我就像弟弟一樣愛你，好嗎？這是唯一一個合理的贖罪方法，它能夠平息你那上蒼的怒火。」

「我呢？」她大聲說道，並且站起來，雙手抱住于連的頭，兩眼瞪著他，「我呢？我愛你像愛我的兄弟一樣？我能夠做到愛你像愛我的兄弟一樣嗎？要我愛你像愛我的兄弟一樣？」

于連聽後，淚如雨下。

「我聽你的，」他說著，在她面前跪下，「不管你命令我做什麼，我都服從你；我能做的就只這些了。我的腦子已經麻木，不知道怎麼辦才好。如果我離開你，你會向你丈夫說出一切，你毀了，你的兒子也跟著毀了。出了這樁醜事，他永遠不會被任命為議員。如果我留下，你會以為我是你兒子的死因，你也會痛苦而死。你願意試一試我離開的效果嗎？如果你願意，我就離開你一周，為了我們的過失去懲罰我自己。我可以在你指定的隱居之地，度過這八天的生活。比如，在博萊─勒奧修道院裡。但是你得向我起誓，在我離開這段期間，你什麼也不向你丈夫承認。你要想到，如果你承認了，我就再也不能回到你身邊了。」

她答應他，於是他走了，但是兩天後，他又被叫了回來。

「沒有你，我不可能遵守我的誓言。如果你不在這裡不斷地用你的目光命令我沉默，我會說給我丈夫聽的。這種非人的生活使我度日如年。」

最後上帝還是對這位不幸的母親發了慈悲心。斯塔尼斯拉斯的病慢慢過了危險期。然而愛情的明鏡已被打破，她的理智已經認識到她的罪孽的廣度；她再不能找到平衡了。懊悔仍然深深地留在她脆弱的心裡，的確，像她這樣虔誠的人，必然是會產生懊悔的。她的生活時而像在天堂，時而又像在地獄。當她看不見于連時，她就生活在地獄裡，當她伏在于連腳下時，她的生活又像在天堂。

「我再也不作任何幻想了，」她對于連說道，即使那時她是在縱情歡娛的時刻，「我要下地獄了，無可挽回地下地獄了。你還年輕，你是屈服於我的誘惑。上天能夠饒恕你；而我，我要下地獄了。我從一個確定無疑的跡象中看出來了。我害怕：誰看見地獄能不害怕？可說到底，我一點兒也不後悔。如果這過失需要重犯的話，我會重犯的。只求上天不在人世間和我的孩子們身上懲罰我。而你，至少，我的于連，」有時她又嚷道，「你幸福嗎？你覺得我愛你愛得夠嗎？」

于連傲慢成性，自尊心又強，他正需要有一種對他完全犧牲的愛情。可是在這樣偉大的、無需置疑的、時刻都準備好的犧牲面前，他卻支撐不下去了。他對德．雷納夫人百般仰慕。

他熱愛德．雷納夫人，「儘管她出身高貴，我是工人的兒子，但她卻愛我……我在她的身邊，並非一個履行情人任務的僕人。」這種擔心消除之後，于連就陷入愛情的種種瘋狂之中，也陷入愛情的難以忍受的變化無端之中。

「起碼在我們一起度過的短暫時光裡，我要讓你非常幸福呵！」她看到于連懷疑她的愛時，興奮地說，「我們趕快吧！」

艾麗莎只是到了鄉間以後才確信不疑，然而她相信他們的私通很早就開始了。

「毫無疑問就是為了這一件事，」她憤憤地補充說，「他那時拒絕娶我。而我真傻，還去和德．雷納夫人討論！還求她在于連面前為我說好話！」

就在當晚，德．雷納先生收到了城裡寄來的報刊和一封很長的匿名信，信中非常詳細地描述了家裡發生的一切。于連看見德．雷納先生在讀那封淺藍色信紙寫的信時臉色頓時慘白，還抬頭惡狠狠地瞪了他一眼。整個晚上市長都煩躁不安，于連為了諂媚他，問了他一些有關勃艮第有名望家族的譜系問題，最終也是枉然。

chapter 20

匿名信

當夜裡他們離開客廳後，于連告訴他的情婦，「今晚我們別見面了，您的丈夫起了疑心；我發誓，他歎著氣讀的那封長信是一封匿名信。」

驚慌的于連回到臥室就把門鎖了起來。德．雷納夫人卻有一個熱戀中的女人都會有的愚蠢的想法——認為于連的警告，只不過是不想和她見面的藉口罷了。她已完全無法控制自己，到了平日約會的時間，她又像往常一樣來到于連的臥室門前。于連聽見過道裡有腳步聲，立即就把燈吹熄了。有人在用力敲打他的門，是德．雷納夫人，還是那個嫉妒的丈夫呢？

第二天一大早，那個日常保護于連的廚娘帶給他一本書，他在封面上讀到用義大利文寫的幾個字：看第一百三十頁。

于連見到這一輕率的舉動，不禁嚇得發抖。他翻到第一百三十頁，在那裡看見下面這封用別針別住的信。信寫得匆忙，滿紙傷痛，而且根本不顧拼法。平常，德．雷納夫人寫信，書法都是十分工整的。這個細節，讓于連深受感動，他幾乎完全忘記了她那可怕的不謹慎的行為。

昨夜你真的不願意見我嗎？有時候，我覺得我從未看清楚你的靈魂。你的雙眼使我驚駭，我怕你。天啊！難道你從未愛過我嗎？如果真是這樣的話，就讓我丈夫發現咱們的私情好了，讓他把我關在一座永久的監牢裡吧，在鄉下，遠離我的孩子。也許天主願意如此。我將很快死去。而你將是一個惡魔。

你不愛我？你對我的瘋狂、我的悔恨厭倦了嗎，褻瀆宗教的人？你想毀了我嗎？我告訴你一個容易的辦法。去吧，拿這封信去維里埃當眾宣佈，或者更痛快點，送給華勒諾先生也行。你跟他說我愛你。不，不要使用這樣褻瀆的言語。你還是告訴他我崇敬你、我仰慕你，這些炙熱而不被允許的情感是從我認識你那天就開始的；跟他說在我青年時期最瘋狂的時刻裡，也沒有夢到過現在你給我的幸福；告訴他，我寧願為了你而犧牲我的一切，我還要為你犧牲我的靈魂。你知道我為你犧牲的還要多得多。

然而這個人知道什麼叫犧牲嗎？告訴他，好氣氣他，告訴他我不怕這些壞人，我在這世上只有一個不幸。那就是見到使我重獲生命的那個唯一的愛人變了心！若是我失去生命，把它作為犧牲品獻出去，不再為我的孩子們擔驚受怕，這對我是怎樣的幸福啊！

請不要懷疑！親愛的朋友，如果有一封匿名信的話，那一定是從這個討厭的傢伙那裡寄來的。六年來，他一直用他的大嗓門、用他如何躍馬飛奔、用他的自命不凡、用無窮無盡地舉例他的長處來糾纏我。可是，請相信我，我從來都沒有把他放在我的心裡。

究竟是不是有一封匿名信呢？狠心的人，這正是我要和你商量的事！算了，還是你做得對。將你緊抱在我懷裡，或許這是最後一次了。我怎麼也不能像一個人獨處時那樣清醒地思考問題，從今往後，我們的幸福就無法來得那麼容易了。你可能會感到些許不愉快，是的，在您不能從富凱先生那兒收到有趣的書的日子裡是這樣的。犧牲已經做出，明天，有或沒有匿名信，我都會跟我丈夫說我收到了一封匿名信，好立刻為你搭起一座方便之橋，找個合適的藉口，毫不延遲地把你送回家去。

唉！我親愛的朋友，我們就要分開十五天，或者一個月了！去吧，我相信你，你將像我一樣感到痛苦。不過為了避免匿名信引起的風波，只能採取這一辦法。這也不是我丈夫收到的第一封，也是關於我的。唉！我曾是怎樣地一笑置之啊！

我這麼做的目的，就是要讓我的丈夫知道那封信是華勒諾先生寫的。我肯定那封信一定是他搞的名堂。如果你離開這裡，你必須到維里埃去安頓下來。我將讓我丈夫也想去那兒住上半個月，向那些笨蛋表明他和我的關係並未冷淡。你到了維里埃以後，要和大家交朋友，甚至結交自由黨人，我想城裡所有的夫人都會追求你的。

你不要讓華勒諾先生生氣，就像你有一天對我說的一樣，要割掉他的耳朵，與此相反，你要儘量裝作討好他。主要是讓維里埃的人知道，你將去華勒諾家或別的什麼人家裡教育孩子。

這是我丈夫絕不能忍受的。即使他決心忍受了，那也好嘛！至少你還可以留在維里埃，我們偶爾還可以見面。我的孩子們個個都是如此的喜歡你，他們也都會去看望你的。偉大的天主！我感到我更愛我的孩子們了，因為他們愛你。我多麼後悔啊，這一切將如何結束……我扯遠了……總之，你的一舉一動，都是十分重要的。你要溫柔一些，客氣一些，對這些粗魯的人，不要動不動就顯出輕蔑的樣子。我跪下來懇求你，要知道：他們將成為我們命運的遮蓋。

一刻也不要懷疑，我丈夫將按照公眾輿論規定給他的那樣對待你。

現在輪到你幫我準備匿名信了。拿出一些耐心和一把剪刀來，把下面你所看到的詞，從這本書裡剪下來。然後用口膠把這些字貼在我寄給你的一張發藍的紙上，這封信就當是華勒諾先生寫給我的。等著有人搜查你的房間，把你剪過的書燒掉。如果找不到現成的字，耐著性子一個個字母拼吧。為了減輕你的負擔，我把這封信寫得很短。天哪！如果你真的不再愛我了，唉！如果你像我擔心地那樣不再愛我了，你會覺得我的信多麼長啊！

匿名信

夫人：

您的那些小伎倆均已被人識破；但是那些想制止它們的人已被告知。出於我對您尚存的些許友誼，我要求您徹底擺脫那個小鄉下人。如果您能聰明，聽了我的警告，您的丈夫就會相信他所接到的那封告密信是一個騙局，而別人也就不會去責備他了。要知道，您的秘密全都掌握在我手裡。想想吧，我掌握著您的秘密；發抖吧，倒楣的女人；務必從現在開始在我面前循規蹈矩。

你已經看出這是所長先生講話的方式了嗎？當你貼好這封信的字句以後，你就從房間裡出來，我會碰上你的。

我將到村裡去，回來時神色慌亂，我將確實很慌亂。偉大的天主！我冒的是怎樣的風險啊，而這一切都是因為你認為猜到有一封匿名信。總之，我會神色大變地把這封信遞給我的丈夫，說那是個不相識的人寫給我的。你呢，你就帶著孩子們到樹林裡的大道上散步，一直到吃晚飯的時候再回來。

站在岩石頂上，你可以望到閣樓。如果我們的事進展得順利，我就會在那上面放一塊白手帕。如果恰恰相反，那裡就什麼也沒有了。

負心郎啊，難道你不會在出去散步之前找到辦法對我說你愛我嗎？無論發生什麼事，你對一件事可以肯定：在我們永遠分離之後，我不會多活一天。

唉！可惡的母親！

這是我剛剛寫下的對我毫無意義的三個字，親愛的于連。我沒感到這兩個詞有什麼意義。此時此刻我能想到的就是你，我寫下它們是為了不讓你譴責我。既然已經到了我快要失去你的時候，弄虛作假還有什麼意義呢？是的，讓你覺得我的心是殘忍的吧，然而不要讓我在我崇拜的男人面前說謊！我在生活中受的騙已經太多了。去吧，如果你不愛我了，我也原諒你。我沒空重讀自己的信。我寧願用生命來交換那些在你懷抱裡度過的幸福時光！

這在我眼裡不算什麼。你知道，它們要我付出的代價還不止此呢。

chapter 21 與一家之長的談話

于連快樂得像個孩子，把那些詞湊在一起，整整用了一個鐘頭。他走出房間，正碰上他的學生和他們的母親；她自然而勇敢地接過信，其鎮靜令于連害怕。她接過那封信時，顯出直率而勇敢的神情，她的鎮定讓于連感到驚訝。

「膠水已經乾了嗎？」她問。

「這就是那個被悔恨搞得瘋瘋癲癲的女人嗎？」他想。「她此刻有什麼打算？」他自尊心太強不願問她。但也許她從來不曾像現在這樣令他喜歡。

「如果壞了事，」她補充說，神情依舊那麼冷靜，「我就一無所有了。把我這點積蓄埋在山上比較隱蔽的一個地方吧，也許某一天這就是我僅存的一點依靠了。」

她遞給他一個用紅摩洛哥皮製成的首飾盒，裡面塞滿了金子和幾粒鑽石。

「馬上就去辦吧。」她對他說道。

她親了親孩子們，最小的那個她親了兩遍。于連愣愣地站著。她看也不看于連一眼，決絕地轉身離開了，腳步很快。

自從拆開匿名信那一刻起，德·雷納先生的心緒就變得可怕極了。自一八一六年幾乎與人決鬥以來，他從來沒有這樣激動過。說句公道話，他就是挨一搶也比現在好受些。

他從各個方面來研究那封信：「這應該是一個女人的筆跡吧？」他心裡想，「如果是，那麼，寫信的女人會是誰呢？」

他把在維里埃他所認識的女人，全都想過了，也無法推斷他懷疑的人。「也許是個男人口授了這封信？那是誰呢？」

想到這兒，他同樣毫無把握。他遭人妒忌，而且，無疑地，大部分他認識的人都討厭他。「應該問問我的太太去。」他自言自語道，和平時的習慣一樣，一邊從小沙發椅上站了起來，他原本是整個陷在那裡的。

他剛站直，「天哪！」他拍著腦袋說，「我首先要提防的就是她呀，她現在是我的敵人了。」他不由得大怒，眼淚都湧上來了。

靈魂枯竭，是外省人處世之道的基礎。正是由於對靈魂枯竭的合理補償，德·雷納先生此時最害怕的恰好是他的兩個最要好的朋友。

「除了他們倆，也許我還有十幾個朋友。」他一個個地數了一遍，依次估計能從他們那裡得到多少安慰。

「一個也靠不住啊！」他忽然咆哮起來，「**我痛苦的遭遇將變成他們所有人莫大的歡樂！**」幸虧他覺得自己很受人嫉妒，這並非沒有道理。他有全城最豪華的房子，最近更因國王在那裡過夜而榮耀無比。除此以外，他還把他在維爾基的城堡修繕了一番。房屋的正面粉刷成白色，窗戶統統裝上了美麗的綠色窗扉。想到別墅的豪華。他得到片刻的慰藉。的確，這座別墅三、四法里之外就能看見，周圍那些鄉下宅邸或所謂的別墅都任憑歲月侵蝕，一派灰暗寒酸的樣子。

德．雷納先生想到他能夠得到一個朋友的眼淚和憐憫——他就是教區的財產管理委員，可是這人是個蠢材，總是愛心氾濫，動不動就掉眼淚。不過在這時，可以說這個人是他唯一的安慰了。

「什麼樣的不幸能與我的不幸相比！」他憤怒地喊道，「又有誰能與我分憂？」

「這怎麼可能？」這個非常可憐的人暗自說道：「這怎麼可能？當我處在逆境時，連一個征求意見的朋友都找不到嗎？我知道，我的腦子已經糊塗了，啊！法爾科茲！呵！杜克羅斯！」他痛苦萬分地喊道。這是他童年時期兩個朋友的名字，但從一八一四年起，由於他有了地位，他就和他們疏遠了。他們不是貴族，他就想改變自童年起一直存在於他們之間的那種平等的氣氛。

兩個人當中，法爾科茲是一個機敏而有魄力的人。他在維里埃做紙張生意，曾從省城裡買來一台印刷機，創辦了一期報紙。聖會決心讓他破產，於是報紙被查封，印刷許可被吊銷。

萬般無奈，便硬著頭皮給德．雷納先生寫過一封信，這是十年來給他寫的第一封信。維里埃的市長覺得該用古羅馬人那種強硬的態度回答他：「如果有幸讓國王的內閣大臣前來徵求我的意見的話，我會這樣回答：「讓外省所有印刷廠主破產，無須憐憫，讓國家壟斷印刷業，如煙草專賣一樣。」給這位童年好友的回信在當時的確博得了維里埃全城人的稱讚。可是現在德．雷納先生回想起來，卻感到有點毛骨悚然。

「以我當時的地位，財產和榮譽，誰料想我有一天會後悔寫這封信呢？」他在瘋狂的氣憤中度過了可怕的一晚，他時而怨恨自己，時而又怨恨他周遭所有的人。但幸運的是，他竟沒有想到要去探查他夫人的行動。

「我習慣了路易絲，」他心裡說，「我的事她都知道；假使我明天能再結婚，我還找不到能頂替她的人呢。」他沾沾自喜地以為他的女人是清白的，有了這種想法，他又感到沒必要發脾氣。而且他感覺十分妥當，「有多少女人遭人誣陷啊！」

「什麼！」他忽然大聲喊道，兩腿抽搐著走了幾步，「我能像無恥之徒、像叫花子那樣容忍她和她的情夫取笑我嗎？難道要讓全維里埃城的人指著我的鼻子譏諷我的怯懦無能嗎？大家對沙米爾——一個本地人盡皆知的受騙的丈夫——什麼不堪入耳的話沒有說過呢？每當提起他的名字時，大家不都抿著嘴笑嗎？儘管他是一個好律師，但誰還會想起他出色的辯論才能呢？啊！沙米爾！那位沙米爾．德．貝爾納，人們就是這樣用一個蒙受恥辱的人的名字來稱呼他。」

「謝天謝地，」德．雷納先生緊接著又說道，「我沒有女兒，我要懲罰這位母親的方式絲毫不會妨害我的兒子們的前程；我可以當場捉住那個小鄉下佬和我的妻子，把兩個人統統置於死地；在這種情形下，悲劇的結局也許可以洗掉這件醜聞所帶來的恥辱！」這個念頭使他得意的微笑了，他順著這個念頭，去作詳細的打算。「刑法會維護我的，不管發生什麼事情，聖會和陪審員中的朋友們，都是會營救我的！」想到這裡，他起身去檢查他打獵用的刀，他檢查了獵刀，很鋒利；然而，一想到血，他又害怕起來。

「我可以把這個膽大妄為的教師痛打一頓，然後趕走；可這會在維里埃甚至在省裡引起多大的轟動啊！法爾科茲的報紙被封後，當那主編從牢裡出來時，我從中作梗使他失掉了一個六百法郎的工作。聽說這個惡劣的文人最近又在貝藏松露面了，他會巧妙地攻訐我，使我無法將他拖到法庭上去。把他拖上法庭！……這個無禮之徒會千方百計的暗示他說的是真話。像我這樣一個出身貴族而又有地位的人，總會遭到所有百姓的嫉恨。我將看到自己的名字出現在可怕的巴黎報紙上。啊！天哪！多麼恐怖的災難啊！眼見德．雷納這個古老的姓氏墮落在譏笑的污泥裡……」

「萬一出門旅行，我就得改名換性；什麼！放棄這個使我得到榮譽和力量的姓氏！真是災上加災啊！」

「如果我不把她殺死，只將她羞辱一番，趕出家門，她在貝藏松的姑媽會把全部財產不經任何手續地直接交給她。我妻子會去巴黎和于連生活在一起；維里埃的人始終會知道這事的，我仍然被認為是個受騙的丈夫！」

燈光暗淡，這個不幸的人發現天開始亮了，他到院子裡呼吸點新鮮空氣，這時，他差不多已經決定不驚動任何人，因為他覺得如果聲張出去，他在維里埃的「朋友」們會樂壞的。

在花園裡走了一會，使他稍微安靜了一些。

「不，」他忽然大聲嚷道，「我不能沒有我的太太，她對我太有用了！」想到妻子走了之後家裡的情景，他不寒而慄，除了侯爵夫人以外，他沒有其他親戚，而那位侯爵夫人，不但年邁，而且愚蠢又凶惡。

他有了一個意義重大的主意，然而其實現所要求的性格力量遠非這可憐的人所能有。

「假如我留住我的妻子，」他暗想，「有一天她讓我忍無可忍的時候，我就會指責她的過失，我肯定會這樣做的。她很驕傲，我們就會鬧翻，而這一切發生的時候她還沒有繼承她姑媽的遺產。人們將多麼激烈地諷刺我啊！我妻子最愛她的孩子，結果一切都歸他們所有了。而我呢，卻成了維里埃的大笑話！『怎麼，』人們會這樣說道，『他甚至沒有辦法對他的女人施行一下報復！』這樣說來，我只懷疑而不去證實，那不是更好嗎？這樣，什麼也不能責備她了。」

過了一會兒，德．雷納先生又被自己受傷的自尊心攫住，他費了好大力氣想起在維里埃的遊樂場或貴族俱樂部裡，某個能說會道的傢伙如何停下賭局使用種種方式拿一個受騙丈夫來開心。到那時，這種嘲笑戲謔也將落到他的頭上，而這對他而言是何等殘酷啊！

「天哪！我的妻子怎麼不死呢！那樣我就不會遭人恥笑了。我怎麼不成個鰥夫呢！那樣我就會去巴黎，在最高貴的圈子裡過上六個月。」鰥居的念頭給了他片刻的歡樂，隨後他又想如何察明真相了。是不是該在半夜裡，當大家都已熟睡時，在于連的臥室門口，撒一層薄薄的麩皮呢？到第二天早上，就可以看出他的腳印了。

「這方法行不通！」他突然又氣呼呼地叫了起來，「艾麗莎這個壞傢伙會發現的，這座房子裡的人立刻就會知道我嫉妒了。」

在遊樂場裡，有人還講過這樣一個故事：一個丈夫，用一根頭髮，抹上些蠟，把它當封條分別黏在他妻子和風流情夫的臥室門上，結果他最終證實了他懷疑的事情。

經過了那麼長時間的猶豫後，他覺得上面這個偵察真相的辦法一定是最好的！他決定採取這個方法。這時，在小路的拐彎處他碰見了他恨其不死的那個女人。

她剛剛從村裡回來。她去維爾基的教堂裡望彌撒，根據一個在冷靜的哲學家看來極不確實而她卻信以為真的傳說，今日人們使用的這座教堂就是當年韋爾吉領主城堡裡的小教堂。在德．雷納夫人計畫到這個教堂去祈禱時，這個念頭一直纏繞著她。她的腦海中總是浮現她的丈夫在打獵時，因一時失手而殺死了于連。到了晚上，他又逼著她將于連的心吃下去。

「我的命運，」她暗想，「取決於他在聽完我的話以後，有什麼想法。也許在這要命的一刻鐘之後，我就沒有機會跟他說話了。他並不是聰明而理智的一個人，或許我能運用我微薄的理智，預先猜到他將說的話，和將會做的事。」

「他將決定我們共同的命運，這是他的權力！不過這命運也還取決於我的巧妙和如何引導這個反覆無常的人的思想，憤怒已使他盲目，事情的真相他已經看不清楚了。天啊！我需要聰明和冷靜，可是我到哪裡去尋找這些呢？」

當她走入花園、遠遠望見她丈夫時，說來奇怪，她又變得鎮定起來。他頭髮散亂，衣履不整，一看就知道一夜未眠。

她把一封打開然而折起的信遞給他。他並不展信閱讀，只是兩眼發狂地盯著她。

「這是一封令人痛恨的信，」她對他說道，「我從公證人的花園後面經過時，一個面目可憎的人交給我的，他說他認識您，受過您的恩惠。我要求您一件事，立刻把這位于連先生打發回家。」

德．雷納夫人連忙說出這句話，目的是要儘快擺脫那種精神負擔。

當她發現自己的丈夫聽了她的話並不生氣時，她心裡真是高興極了。從他盯住她看的目光中，她知道于連所料不差。

「他遇到這種極為不幸的事毫不發愁，」她心想：「一個多麼有天分的人啊，他有著多麼高超的機智啊！他現在還不過是個沒有生活經驗的年輕人！將來他會攀升到怎樣的地位呢？日後他什麼事情做不到呢？唉！他成功便會把我忘了。」

對心愛的人的這種由衷的敬佩，使她的緊張情緒蕩然無存了。她對自己的行為，也表示讚賞：「我不愧為于連的情人。」她想，心中充滿了溫柔甜蜜的情趣。

德·雷納先生擔心要表態，便一言不發，仔細察看這第二封匿名信，如果讀者還記得的話，這封信是用一些印好的字黏在一張淺藍色的紙上的。「人們想出各種方法來嘲笑我！」德·雷納先生已經筋疲力盡，自言自語道。

「又有新的侮辱要仔細研究，而且全是因為我女人的緣故！」他正要用最粗魯的詞語辱罵他的妻子，但一想到繼承貝藏松遺產的事，他才勉強遏制住憤怒。他必須找點什麼事發洩一番，就把那封信揉成一團，大步走開了，他覺得他必須離這個女人遠一點。幾分鐘以後，他又走回到她身旁，情緒平靜了一些。

「現在需拿定主意，把于連辭掉！」她立刻向他說道，「說到底他不過是個工人的兒子罷了。給他幾個埃居賠償損失，再說他有學問，找地方很容易，何況他很有學識，另外找個工作也不難。比如到華勒諾先生家裡，或在莫吉隆專區區長家裡，他們也都是有孩子的人家。你把他辭退了，一點也傷不著他……」

「你說這樣的話，簡直是個糊塗蛋！」德·雷納先生用一種可怕的聲調叫嚷道，「還能指望女人有什麼好主意嗎？您從來不留心什麼合理什麼不合理；您如何才能明白點事兒呢？您懶懶散散，無所用心，就是在撲蝴蝶上使勁，軟弱的人啊，我們家有這樣的人真是不幸……」

德·雷納夫人沒有言語，任由他叫下去，他說了很久。正像本地人常常說的——他的火總算是發光了。

的女人所說的話。」

「先生，」她終於回應道，「女人的名譽就是女人最寶貴的東西，我的話就是一個名譽受到損害

在這次痛苦的談話中，德．雷納夫人一直保持冷靜的態度。這次交談，關係到她是否仍然能和于連在同一個屋簷下生活。為了引導她丈夫的盲目怒火，她尋找著她認為最合適的種種看法。她丈夫講了許多侮辱她的話，但她對此沒有任何反應。她根本沒有聽那些話，她只是一心在想：「于連會對我滿意嗎？」

「我們對這小鄉下佬關懷備至，甚至送他禮物，他也許是無辜的，」她終於說道，「可是畢竟因為他我才生平第一次受到侮辱……當我看到這封噁心的匿名信時，我已經決定好了，這個家有他，就沒有我，有我就沒他，總要有個人離開你家。」

「難道你也願意把事情傳出去丟我的臉嗎？那就相當於給維里埃的先生們提供了笑柄。」

「這倒是真的，人人都嫉妒，您的明智的管理使您、您的家庭、城市都興旺發達……好吧，我會吩咐于連跟您告假，叫他到山裡那個木材商人家去待一個月，他們是夠交情的老朋友。」

「您先別忙，」德．雷納先生說，態度相當鎮定，「我只要求你務必要做到不要跟他說話。你的態度會激怒他，使我跟他鬧翻，您知道這位小先生多麼敏感。」

「這個年輕人一點也不機靈，」德．雷納夫人答道，「他可能有學問，這您是清楚的，但說到底這不過是個道道地地的鄉下人。至於我，自從他拒絕娶艾麗莎，我對他就再沒有好印象了，他竟然把一筆可靠的財產拋棄了。據說是因為艾麗莎偶爾秘密地拜訪華勒諾先生。」

「哦！」德．雷納先生眉毛一挑說道，「什麼？這件事是于連告訴你的嗎？」

「不，沒有明說。他總是和我談起要獻身神職人員的願望，但是，請您相信我，對這些下等人而言，最大的心願就是要賺得麵包。他沒有明說，可我聽出來他不是不知道這些秘密的來往。」

「可是我不知道呀！」德．雷納先生怒氣沖天，咬牙切齒地說，「我家裡有這種事連我都不知道……怎麼？在艾麗莎和華勒諾之間，還有過這種事？」

「嘿！這可是一段老故事了，親愛的朋友，」德．雷納夫人笑著說道，「不過這也許沒什麼大不了的損失。那時，您的好華勒諾先生也不會感到什麼不安。雖然維里埃的人以為在他和我之間，已經產生了一種柏拉圖[37]式的愛情。」

「我一度有過這樣的想法。」德．雷納先生大聲說道，同時用手用力敲著自己的腦門，想發現一些新的跡象。「可您怎麼一點兒也沒跟我談起？」

「為了我們親愛的所長那一份小小的虛榮心，就要使你們兩個好朋友傷了和氣嗎？哪個上層社會的女人沒有收到過他幾封附庸風雅、甚至有些殷勤獻媚的信呢？」

「可他給你寫過嗎？」

「寫過很多。」

「我命令你立刻把這些信拿給我看！」德．雷納先生神氣十足，身軀好像一下子增高了六尺。

「現在可不行，」她回答他，那一分溫柔簡直快要變成撒嬌了，「哪一天您更有理智了，我再給您看。」

37. 柏拉圖，西元前四世紀的希臘哲學家。柏拉圖式的戀愛即精神戀愛。

「我現在就要看，該死的！」德·雷納先生怒氣沖沖的嚷道，不過，十二個鐘頭以來，他還從未這樣高興過。

「您得向我保證，」德·雷納夫人非常嚴肅說道，「您絕不要因為那些信就去和收容所的所長吵嘴。」

「吵也好不吵也好，我總可以不讓他管理那些棄兒；但是，」他生氣地繼續說道，「我現在就要那些信，在哪兒？」

「在我寫字台的抽屜裡，但我一定不會把鑰匙給您的。」

「我會敲碎它！」他喊道，同時向妻子的臥室跑去。

他果然用一把鑿子把那張有輪紋的桃花心木寶貴寫字台弄壞了，桌子是從巴黎買來的，德·雷納先生平常要是發現那上面有一丁點髒東西，就會用他衣襟立即去把它擦淨。

德·雷納夫人這時候快步奔上那一百二十級的梯級，登上閣樓。她將一塊雪白的手帕繫在小窗戶的一根鐵杆上。此刻，她是世界上最幸福的女人。她朝山上的那片森林望去，眼裡充滿了淚水。

「無疑，」她暗自想道：「在那邊某棵茂盛的山毛櫸下，于連正在望著這個幸福的信號。」她久久地側耳傾聽，咒罵單調的蟬鳴和鳥雀的啁啾，沒有這討厭的聲音，肯定會有一陣快樂的歡呼從大岩石那邊一直傳到這裡來。她恨不得將這一大片蒼翠的斜坡一眼看到底。這斜坡像草坪一樣整齊，是由無數翠綠的樹梢組成的。

「他怎麼就沒想到給我個信號呢？」她十分惆悵地暗自想道，「他為什麼不告訴我他和我一樣高興呢？」要不是害怕她丈夫會跑上來找她，她才不會從閣樓上下來呢。

她看見她的丈夫正在生氣。他將華勒諾先生信裡無味的言語讀了一遍，在這樣激動的情緒下，是不適於閱讀這種東西的。

她看見他怒不可遏。他正瀏覽華勒諾先生的那些無傷大雅的詞句呢，這原是不適於帶著這樣的激動來閱讀的。

「我還是回到我剛才的想法，」德．雷納夫人說道，「最後叫于連走。不管他在拉丁文方面有多少天賦，他也只是個鄉下人。他經常是粗魯的，缺少分寸。他每天都對我說一些誇張的、俗不可耐的恭維話，還以為是彬彬有禮呢，那都是從什麼小說裡看來的……」

「他從來不看小說，」德．雷納先生高聲嚷道，「這一點我可以擔保。你們還以為我是個瞎了眼的家長，家裡的情況什麼也不知道嗎？」

「就算是吧！如果他不是在什麼地方讀過這些可笑的恭維話，那就是他自己編的，那樣更糟。說不定他在維里埃，也是用這種口吻議論我的。不說遠的，」德．雷納夫人說道，表現得一種好像要發現什麼秘密似的神情，「他說不定跟艾麗莎也是這麼說的，那就幾乎是和華勒諾先生說了一樣。」

「對！」德．雷納先生叫道，一拳砸在桌子上，桌子與房間都震動了。「那封印刷的匿名信和華勒諾先生的信用的是同一種紙。」

「總算撐過來了！……」德．雷納夫人心想，她裝出被這個重大發現嚇壞了的模樣，再也沒勇氣去多說一句話，不敢多說一句話，遠遠地退到客廳盡頭，在一張沙發上坐下。

這一回合可以說是勝利了。現在她要想方法來阻止德．雷納先生，不讓他與寫匿名信的嫌疑人進行交流。

「您難道不覺得沒有充足的證據，就跑去和華勒諾先生大吵大鬧，這是很不明智的嘛。您怎麼沒想到這一點呢？其實，先生，您是被人嫉妒的，但這又能夠怪誰呢？您的才幹，您的明智的管理，您的趣味高雅的房屋，我給您帶來的嫁妝，尤其是我們有望從我那善良的姑母繼承的可觀遺產，這筆財產已經被人家說得天花亂墜。這一切，都讓您成了維里埃的頭號人物。」

「還有門第，您忘了！」德．雷納先生說這句話時，臉上露出了一絲笑容。

「您原是本省的紳士裡最出色的一個！」德．雷納夫人連忙接著說道，「假使國王是自由的，能夠公正對待門第，您肯定會當上貴族院議員。有了這樣高貴的地位，難道您願意給嫉妒您的人以口實去談論您嗎，您願意引起大家的議論嗎？」

「您若是去和華勒諾先生提他的匿名信，那無疑是向全維里埃城，甚至是向貝藏松全省宣稱，這個小小的市民，被德．雷納家的先生一時不慎認作好友。至於您剛才看到的那些信，如果您得到的這些信證明我回報過華勒諾先生的愛情，您可以殺死我，我是罪有應得，但不要為他生氣。您應當想到，您周圍的人都在等著看您的笑話，他們巴不得抓住你的把柄呢。由於您的優越地位，他們都要來對您進行報復。您還應當想到，在一八一六年，您曾經干預過一些逮捕事件。那個藏在屋頂上面的人……」

「我想您對我既無敬意也無友情了，」德．雷納先生被回憶所激發，不勝感慨道，「我還沒當上貴族院的議員呢！」

「我想，我的朋友，」德．雷納夫人微笑著說道，「我將來會比您更富有。我已經做了您十二年的伴侶，以這樣的名義我有權說話，尤其是對今天這件事。假若您寧要一位于連先生而不要我的話，」德．雷納夫人裝出氣憤的樣子補充道，「我已經準備好到姑母家去過一個冬天。」

這句話說得恰到好處，它表現出一種很有禮貌的堅強意願，柔中帶剛。這令德．雷納先生立即拿定了主意。不過，依照外省的習慣，他還說了很久，把所有的理由又過了一遍。他的妻子由他說去，他的口氣中還有餘怒未消。兩個鐘頭的廢話終於耗盡了這個一整夜都在發怒的人的力氣。最後終於將他對付華勒諾先生、于連以及艾麗莎等人的行動計畫確定下來了。

在這場緊張的鬥爭中，有時，德．雷納夫人對這個人所遭遇的這一極其真實的不幸，幾乎產生了惻隱之心。因為這十二年來，他曾經是她的朋友。然而，真正的激情是自私的。再說，她時刻都等著他招認昨晚接到了匿名信，而他隻字未提。德．雷納夫人還不清楚旁人究竟會給掌握她命運的這個人提供什麼建議。因為在外省，她的丈夫是輿論的主人。丈夫抱怨便會找來多方的嘲笑，這種事在法國是越來越少了，然而他若不給妻子錢花，妻子就會陷入一天掙十五個蘇的女工的境地，而那些好心人要雇用她還得考慮考慮呢。

一個土耳其後宮裡的女奴可以全力愛她的蘇丹，蘇丹是萬能的，她想施點小詭計竊取他的權力，那是枉費心機。主人的報復是可怕的，血腥的，但也是勇猛慷慨的——一刀就結束了一切。而在十九世紀，丈夫如果想利用公眾的輕蔑來毀掉自己的妻子，只要讓所有的沙龍都對她關起大門來就行了。

當她回到自己臥室時，害怕會不幸發生的感覺又糾纏在她的心頭了，她見到室內混亂不堪，她大吃一驚。她那些漂亮小匣的暗鎖，全部被撬壞了。細木嵌花的地板有好幾塊也被撬起來了。

「看來他對我毫不留情了！」她暗想，「他竟然這樣毀壞這些嵌花的細木地板，在平時他是多麼喜歡它們啊！當孩子們中有一個穿著潮濕的鞋走到房裡來時，他總是氣得漲紅了臉。現在他卻將它永遠毀掉了！」見到這種粗暴的場面，她那剛才的內疚瞬間消失得無影無蹤了。

在午飯鐘聲響起前的一段時間，于連帶著孩子們回家來了。在吃飯後果品的時候，僕人們都退出去了，德．雷納夫人冷冷地對他說：「您曾經對我表示，你願意去維里埃待半個月。德．雷納先生願意准您的假了，您願意什麼時候走都行。不過，為了不讓孩子們虛度光陰，他們的作業每天都會派送給您批改。」

「當然！」德．雷納先生用一種很苛刻的語氣補充道，「我給您的假期不超過七天。」

于連發現他滿面愁容，彷彿飽經憂患似的。

「他還沒有拿定主意呢。」他對他的情婦說道，當他們倆單獨在客廳時。

德．雷納夫人急忙向他敘述了從早晨起她所做的一切。

「晚上再詳細講吧。」她笑著補充道。

「這就是女人的邪惡啊！」于連想，「什麼樣的快樂，什麼樣的本能驅使她們欺騙我們呀。」

「我覺得您被愛情弄得時而明白，時而糊塗了，」于連冷談地說道，「您今天的行為值得佩服，可我們今晚還設法見面，這難道是謹慎的嗎？這座房子裡到處都是敵人；請您想一想艾麗莎對我的刻骨仇恨吧。」

「那種強烈的憎恨，就如同您對我強烈的冷漠。」

「即使是冷漠，我也要把您從因我而陷入的危險境地中解救出來。萬一德．雷納先生跟和艾麗莎談起，只消一句話，她就能什麼都告訴他。他為什麼不能藏在我的房間周圍，帶著傢伙……」

「什麼？居然一點膽量都沒有了？」德．雷納夫人說道，顯示出一個貴族小姐的傲慢神情。

「我永遠不會卑鄙到談我的膽量，」于連冷冷地說道，「那是一種可恥的行為。讓大家根據事實來評判吧，但是，」他握住了她的手，補充道，「您想像不出我是多麼地愛慕您，而在我們這次殘酷的離別前，能夠前來跟您告別，這對我而言又是多大的快樂。」

chapter 22 怪癖行為

于連剛到達維里埃，就不住地責怪自己對德·雷納夫人的不公平。「如果由於軟弱，她在這場跟德·雷納先生的鬥爭中沒有取得勝利，我會把她看做一個嬌滴滴的女人來鄙視的！她處理這件事，如同一個老練的外交家，從我的觀點出發，我都要開始憐憫那個可憐的手下敗將了，即使我是那麼討厭他，他現在又是我的敵人。在我的行動裡，有一種市民階級的小家子氣。我的自尊心受到了傷害，因為德·雷納先生到底也是個男人！我有幸和他同屬這個稱為男子漢大丈夫的廣大人群，但充其量是傻瓜一名而已。」

不久以後，謝朗先生已經被革職，當他從教士住宅裡被驅逐出來時，當地最具名望的自由黨人，都爭著將房子讓給他住，可是他沒接受。他自己租的兩間屋子裡面堆滿了書籍。于連為了使維里埃的人瞭解當神父的遭遇，便去他父親家取來十二塊松木板自己扛在背上，在大街上走著。然後又從他的一個老朋友那兒借來木匠工具，很快就為謝朗先生製作了一個書櫥，將他的那些書規整好放在裡面。

「我本以為你沾染上了世俗奢侈的惡習，」老人激動得流著眼淚對他說道：「現在看來，這可以與你前次參加儀仗隊時身著漂亮制服的孩子氣功過相抵了，雖然你曾因此招來許多敵人。」

德・雷納先生早已吩咐于連住在他家。誰也沒覺察到發生的事。在他來的第三天，于連看見專區區長莫吉隆先生這個有些分量的人物，上樓一直走到他寢室。經過整整兩個鐘頭的廢話和深沉的歎息，如人類的罪惡、管理公款人員的腐敗和可憐的法國的各種危機等事之後，于連終於發覺了他來訪的目的。他們已走到樓梯口，他長吁短歎，說著一些令人乏味的大道理，什麼人心險惡啦，更嚴厲公款的人收繳不安靜啦，這個可憐的有些失寵的家庭教師，頗有禮貌地送走這個將做某個幸運的省的省長。

這時，這位客人突然關心起于連的前程，並且讚揚他考慮個人利益時的謙遜態度。後來莫吉隆先生還用慈父一般親熱的雙手抱著于連，建議他離開德・雷納先生，到另一個有小孩要受教育的官員家裡去。這位官員，跟國王菲力浦一樣，必會感謝上天！而這些所謂的感謝並不是因為他有幾個孩子，而是因為他讓這些孩子成長在于連先生身邊。這位教師將來會領取八百法郎的薪俸。而且還不是一個月一付，那樣太不氣派了，莫吉隆先生說，而要一季度一付，並提前支付。

這時輪到于連說話了，一個多鐘頭以來，他一直不耐煩地等著說話的機會。他的回答很是巧妙，尤其是說得和主教訓示一樣，什麼都說到了卻又含含糊糊，什麼也不說清楚。人們能從這裡找到他對德・雷納先生的尊敬和對維里埃公眾的崇尚，以及他對著名專區區長先生的感激。這位區長萬萬沒有想到于連會比自己還虛偽狡猾。他竭力想獲得一些具體的東西，但是白費力氣。于連高興至極，趕緊抓住這個練習講話的機會，把他用來回答的另外一套詞句又說了一遍。一個口若懸河的大臣會在一會的會議即將結束，議員官們似乎正紛紛醒來之際，鼓起勇氣說出來的話也比不上于連的話那樣冗長而又空洞無味。而真正有意義的內容又那麼少。莫吉隆先生一出門，于連便像瘋子似的大笑了起來。為了盡享他那虛偽欺騙的興致，他給德．雷納先生寫了一封長達九頁的信，向他報告剛才別人向他說的一切，還很謙虛地向他請示指示。

「那個混蛋還沒告訴我要請我去教書的人的姓名呢！他一定是華勒諾先生！他從我被遣到維里埃這件事情上，已看到他那封匿名信的作用了。」

他的快信發出後，此時他的心情高興得像一個獵人。他出門找謝朗先生求教去了。當他到了那位善良教士家之前，上天好像特意為他安排好了似的，又讓他遇見華勒諾先生。他絲毫也不向他隱瞞內心的痛苦。像他這樣一個窮小子既然得到了上天的眷顧，就必須全力以赴，但在這個世界上，光有志向可是不行的，為了在天主的葡萄園中老老實實地勞作[38]，無愧於眾多學識淵博的同仁，他必須受教育。他必須花些本錢在貝藏松的修道院裡待上兩年。這樣一來，存點積蓄就十分必要了，甚至可以說是一種任務！

為了達到這個任務，接受一季一付的八百法郎的薪俸，當然比一月一付的六百法郎的薪俸好得多。不過從另一個方面，上天既然將他安置在德．雷納家的孩子們旁邊，而且讓他對他們產生了一種特殊的愛，不就是告訴他，不應該為了另一份教育工作而拋棄當前的教育工作嗎？

于連辭令的運用已達到爐火純青的程度，甚至最後連他聽到自己說話也厭煩起來了。

回到家時，于連看見華勒諾先生家中的僕人，身著制服，手拿一張邀他出席當日午餐的請帖，

38. 即當教士。

正在找他，這僕人把全城各處都跑遍了。

于連從沒有去過他家裡，就在幾天前，他還想用什麼辦法可以毒打他一頓又不受到法律的懲罰。雖然午餐定在午後一點，但是于連覺得十二點半就到收容所所長辦公室顯得比較恭敬些。他看到所長架子十足、神氣活現地坐在那兒，周圍放滿了公文紙夾。他那又黑又粗的頰髭、一堆堆的頭髮，歪戴在頭上的希臘式便帽、巨大的煙斗、繡花拖鞋、縱橫在胸前的粗大金鏈子，一整套外省銀行家用來包裝自己，顯示自己家財萬貫，鴻運當頭，但是他的這些裝扮都沒有引起于連對他的尊重，反而使于連更想去揍他一頓。

他請華勒諾先生把他推薦給華勒諾夫人。但是她還在梳洗打扮，不能接待，雖然很遺憾，但卻使他有機會觀看華勒諾先生本人的梳洗更衣。後來他們一起到華勒諾夫人的閨房裡，她把孩子們介紹給了于連，夫人含著眼淚向他介紹自己的孩子，夫人是維里埃最受人尊敬的一名貴夫人，生著一張男子般的寬臉，為了這頓隆重的午宴，她搽上胭脂，她的整個面龐，表現出了母性的生動。

于連想到了德．雷納夫人。他滿腹狐疑，眼前不禁湧現因對比而陷入的種種回憶中，一時間他被這回憶攫住了，感動得甚至要流淚。這種心情在見到收容所所長那華麗寬敞的房子時變得更加嚴重了。主人帶他去參觀房子，室內的擺設非常華美，並且是嶄新的。主人還告訴他各件傢俱的價格，但是于連總是覺得裡面有什麼不光彩的思想和一股奇特的骯髒氣味，那都是不義之財的氣息，這裡所有的人，包括僕人在內，都表現出輕蔑的樣子。

收稅官、間接稅徵收官、憲兵軍官和其他兩三個官員，都帶著他們的妻子來了。接著又來了幾名有錢的自由黨派裡響噹噹的人物。

僕人宣佈筵席準備好了。于連心裡早就覺得不自在了，此時更有一個想法，覺得在餐廳的隔壁就關著那些可憐的囚犯們。

「也許他們現在正在挨餓。」于連想道，他的咽喉發緊，食不下嚥，並且幾乎無法講話了。一刻鐘以後，情況更糟糕了，隔壁隱隱傳來了斷斷續續的歌聲，越來越近，唱的是民歌，說老實話，這些歌詞聽起來的確有些下流。是一個囚犯唱的。華勒諾先生向一個穿制服的僕從看了一眼，這僕從就走開了，過了不久人們就聽不到歌聲了。這時，一個僕人給于連遞上一杯萊茵河葡萄酒。華勒諾夫人特意提醒于連這種酒每瓶價值九個法郎，而且都是直接從原產地運來的。于連舉著綠色酒杯對華勒諾先生說道：

「那首下流的歌曲不唱了。」

「當然！我想是這樣，」所長先生洋洋得意地回答道，「我已經命令這幫叫花子安靜一會兒。」

于連一聽就受不了了，這句話對他的刺激太大了，于連的舉止雖然變了，但是他的心可是沒變，雖然他的虛偽經常得到鍛煉，可他還是覺得有一大顆淚珠順著臉頰流下來。他努力用綠色酒杯遮住自己的眼淚，但要他在此時為萊茵美酒而舉杯致敬，是絕不可能的。

「不許別人唱歌！」他暗自想道：「啊，天哪！而你竟容忍這樣做？」

幸虧誰也沒有注意他這種怨恨的情緒，稅收官哼起了一首王家歌曲，當大家亂糟糟的合唱曲中疊句之時，于連撫心自責道：「看！這就是你要交的不光彩的好運，享受這種好運就要接受這種條件，和這樣的人相處，你或許會獲得一個兩萬法郎的官職，可是當你大口吃肉時，你得禁止可憐的囚犯唱歌。你用從他們可憐的口糧裡偷竊來的金錢大擺筵席，在你意興正歡時，他的命運將更加悲慘！啊，拿破崙！在你那個時代，飛黃騰達要靠戰場上的出生入死，你那個時代是如此美好！而現在卻要採取加深窮人的災難這種卑鄙的手段了！」

我承認，于連在這段獨白中表現出的軟弱使我對他產生了不好的看法。他只配與那些戴黃手套的陰謀家為伍，他們聲稱要改變一個國家的全部存在方式，卻不願意讓自己的名聲受到一點點損害。

于連猛地想起要執行任務了，被請來跟這樣的一些貴客們共進午餐，絕不是要他來胡思亂想，一言不發的呀。

一位退休的印花布製造商，身兼貝藏松和於澤斯[39]兩個學士院的院士，從餐桌的另一端向他發話，問大家都說他在《新約》的研究中取得驚人進展是否真有其事。

一下子誰都不說話了；一本拉丁文《新約》神奇地出現在這位博學的兩院院士的手中。于連在回答時偶然念出了半句拉丁文，於是接著背誦下去，他的記憶力一直是可靠的。這種天才使全席的人都嘆服起來，激起了席終時一陣強烈的喧嘩。于連看見了夫人們的臉頰緋紅，其中有的長得還不錯。他還注意到那位會唱歌的稅務官的妻子。

「當著這些夫人的面說了這麼久拉丁文，真不好意思，」他一邊說，一邊看著稅收官的夫人。「如果呂比紐先生（就是那位兩院院士）肯隨意念一句拉丁文，我不接著用拉丁文回答，看能不能即席翻譯出來。」

39. 於澤斯，法國地名。

這第二個測驗使他出盡了風頭。

在座有不少富有的自由黨人，他們是走運的父親，因為他們的孩子都有可能獲得助學金。故而，他們在上次佈道之後，突然改變了信仰，儘管這種做法手段高明，但德．雷納先生從不願意在自己家裡接待他們。這些老實人只是耳聞于連的大名，在國王駕臨本城那天看見他騎在馬上，於是就成了最熱烈的崇拜者。

「聖經的文章風格，他們其實一點也不清楚，」于連心裡暗自想道，「這些傻瓜，要到什麼時候，才會感到厭倦不想再聽下去了呢？」但恰好相反的是正因為這種文章風格特別古怪，他們才覺得非常有意思以至於笑得不亦樂乎，但是于連卻早已感到厭倦了。

六點的鐘聲響了，他嚴肅地站了起來，談起利戈里奧[40]的新神學的一章，他得把它記牢，第二天背給謝朗先生聽。「因為我的職業，」他愉快地補充說，「是讓人背書給我聽，也讓我背書給別人聽。」

大家盡情地嬉笑，盡情地讚歎，這就是維里埃流行的風氣。突然于連站起身來，大家也都跟著站了起來，顧不得什麼禮節，這就是天才的魅力，華勒諾太太把他多留了一刻鐘，請他務必聽聽孩子們背誦教理問答；他們背得顛三倒四，滑稽透頂，只有他一個人聽得出。這些于連心裡都很清楚，但他卻不願糾正他們的錯誤。「對宗教的基本原理多麼無知啊！」他想。最後，他鞠了一躬，以為可以脫身了，然而不，他還得領教一篇拉封丹[41]寓言。

40.利戈里奧（一六九六至一七八七），那不勒斯主教，一七三二年建立以救贖靈魂為宗旨的修會。
41.拉封丹（一六二一至一六九六），法國著名寓言詩人。

「這是個沒有道德的作家。」于連向華勒諾夫人說，「當他在一篇寓言詩裡提到約翰．舒阿爾大人時，他竟然嘲笑最虔誠的最令人尊敬的事物。最優秀的評論家對他提出了尖銳的抨擊！」

于連在離去之前收到四、五份午宴的請帖。

「這年輕人為本省增了光，」賓客們很高興，齊聲說道。他們甚至談到從公共積金中撥出一筆津貼，讓他去巴黎深造。

當這個未經思索的想法還在餐廳裡迴盪的時候，于連已經快速走出了大門。「啊！一群流氓！一群流氓！」他低聲連續讀了三四遍，同時深深呼吸了幾口新鮮的空氣。

此刻他覺得自己完全是個貴族，長期以來，他覺察到在德．雷納先生家裡人們對他表示各種禮貌的背後有一種蔑視和嘲諷的微笑，那微笑背後，是他們自以為是、高不可攀的驕傲，而這也讓他極不高興。此刻他卻明顯地感到一切和以往更加的不一樣。

「忘掉吧，」他邊走邊對自己說，「甚至忘掉他們從可憐的被收容者身上偷錢，還禁止他們唱歌！德．雷納先生招待客人時，根本就設想過要把每瓶酒的價錢都向他們介紹。可是這位華勒諾先生，經常在不斷地列舉他的財產，例如說他的房子、他的產業等等，如果他老婆在場，就總是說您的房子、您的產業。」

這位夫人看來對財產的快樂很敏感，午餐中間，她還跟僕人大吵，因為他打碎了一隻高腳杯，讓她那十二個一套的杯子少了一只；而那位僕人也反唇相譏，極不客氣。

「都是一幫什麼人啊！」于連暗自想道，「即使他們把偷來的財物分給我一半，我也不想和他們在一起生活。有朝一日，我會暴露的；我不能不讓他們在我心中引起的輕蔑表現出來。」

但是，依照德·雷納夫人的吩咐，此類午宴必須參加多次；于連走紅了；人們原諒了他那身儀仗隊服裝，或者更可以說，那種冒失正是他成功的真正原因。很快，在維里埃，問題只是看誰在這場爭奪博學的年輕人的鬥爭中獲勝，是德·雷納先生還是收容所所長。這兩位先生和馬斯隆先生一起三頭執政，這麼多年來，他們一直在這城裡稱王稱霸。人人羨慕市長，自由黨人卻是怨恨他，但他畢竟出身顯貴，生來就是高人一等。至於華勒諾先生，他的父親遺留給他的財產還不足六百法郎。對於他，人們得從憐憫過渡到羨慕，憐憫的是他年輕時穿著一套蹩腳的蘋果綠衣服，羨慕的是他的諾曼第馬、金鏈、巴黎買來的衣服和眼下的飛黃騰達。

在這個新世界的芸芸眾生中，他覺得發現了一個正直的人，那是一位幾何學家，姓格羅，被看做是一個雅各賓黨人。于連決心扮演偽君子，不再說真實的話語。他也就附和著別人，堅持了對格羅先生的懷疑。有人勸他經常去看看他的父親，他無奈只好履行了這令人愁苦的義務。一句話，他相當成功地挽回了名譽。一天早上，他大吃一驚，醒了過來，覺得有兩隻手捂住了他的眼睛，原來是德·雷納夫人，她進城了，讓孩子們去管那隻一路上帶著的可愛的兔子，自己大步登上樓梯，先到了于連的房間。這一刻充滿了甜蜜，只是時間過得太快了一點兒：當孩子們抱著兔子上樓來給他們的老師觀看時，德·雷納夫人早已迴避了。于連接待了包括那小兔子在內的全部客人。像一家人又團聚一樣。他覺得自己實在太愛這些孩子們了，他非常願和他們一起嘰嘰喳喳地說話。他們的聲音之溫柔，小小舉止之單純和高貴，都讓他感到驚奇；在維里埃，他是在粗俗的行為方式和令人不快的思想中呼吸，他需要把這一切從他的想像中清除出去。在城市裡永遠是失敗和滅亡的恐懼鬥爭，永遠是富貴奢華和窮困潦倒的鬥爭。在他赴宴的那些人家，會吐露出一些心裡話，使說的人蒙受恥辱，聽的人感到噁心。

「你們這些貴族，你們有理由感到驕傲，」他對德·雷納夫人說。接著他就給她講那些他不得不參加的宴會。

「那麼，您簡直已經成為紅人了！」她一想到華勒諾夫人每次等候于連時總是覺得自己應抹上點胭脂水粉的情形便笑個不停。「我相信她在打您的主意呢。」她補充道。

這天的早餐是溫馨的。儘管表面上看孩子們在跟前有些礙事，但是實際上氣氛更加融洽了。這些可愛的孩子，再次見到于連，真不知道如何來表達他們心裡的喜悅之情。僕人們一定告訴他們了，有人多給他二百法郎，要他去教育那些小華勒諾。

早餐中間，大病之後還有些蒼白的斯坦尼斯拉—克薩維埃突然問母親，他的銀餐具和喝水用的高腳杯值多少錢。

「為什麼問這個呢？」

「我要把它賣了，把換來的錢交給于連先生，這樣他和我們待在一起便不會受騙了。」

于連抱住了他，熱淚盈眶。他母親的眼淚已經下來了，于連把斯坦尼斯拉放在膝上，解釋這裡為什麼不能用「上當」這個字眼，只有當差的才這樣說。于連看見自己已博得德·雷納夫人的歡心，便找了些叫孩子們聽了感到有趣味的生動例子，解釋「受騙」二字的含義。

「我明白了！」斯塔尼斯拉斯回答道，「就是那愚蠢的烏鴉聽信了狐狸的花言巧語，讓嘴裡的乾酪掉在地上，最後被狐狸搶走。」

德·雷納夫人欣喜若狂，一個勁兒地吻她的孩子們，她這樣做時身子略微靠在于連身上。

忽然門開了，原來是德・雷納先生。他一臉嚴厲而不高興的神情，和這裡迷散的溫柔歡樂，形成了鮮明的對比。德・雷納夫人面如土色，心知否認也沒有用了。

于連搶先開口，高聲向德・雷納先生講述斯坦尼斯拉要變賣銀高腳杯的故事。儘管心裡知道這故事不會受到歡迎。首先，由於德・雷納先生長期養成的習慣，聽到「銀子」這個字眼就要皺眉頭。

但現在除了錢財利益之外，還增加了他的疑心。他不在場時家裡興高采烈的樣子，對他這個虛榮心容易受到傷害的人來說，絕非息事寧人的做法。當他的妻子向他稱讚于連怎麼優雅而巧妙地給他的學生們傳授新知識時，他說道：

「對，對！我知道，他這樣做使我在孩子們面前變得討厭，他讓我的孩子們厭惡我，他用簡單的方法就能使他自己在孩子面前，比我顯得可愛很多。可我才是這一家之主！在這年頭，一切都傾向於把合法的權威加以醜化，可憐的法蘭西！」

德・雷納夫人並沒覺察她丈夫看見她時所呈現出的複雜態度。她隱隱感到她很可能與于連一起待十二小時。她有很多東西要買，並聲稱她今天一定要到酒館裡吃飯，無論她丈夫說什麼或做什麼，她都堅持她的意見。孩子們一聽到「酒館」兩個字，都高興得不得了，現代的正人君子說出這兩個字時是多麼興味盎然啊。

德・雷納先生在妻子進入第一家時裝店時就離開了她，去拜訪幾個人。他回來時，比早晨還沮喪，他深信全城人都在關注他和于連兩人的事。但事實上，還沒有人向他讒言公眾議論中那些最不堪入耳的部分。人們一再向市長先生提起的，只是于連留在他家裡拿那六百法郎呢，還是接受收容所長提出的八百法郎。

這位所長在社交場所碰見了德．雷納先生，有意冷落了他一下。此舉可稱巧妙；在外省，輕率之舉本屬少見：引起轟動的事情如此之少，有了也讓它石沉大海。

華勒諾先生是距巴黎百里之外的人所說的「不可一世」的那種人；那是一種生性無禮而粗魯的人。一八一五年以來，他的飛黃騰達更突出了他的這些美妙品質。這麼說吧，他是奉德．雷納先生之命統治維里埃；但是他更為活躍，寡廉鮮恥，插手一切，不停地走動，寫信，說話，從不記得對他的侮辱，也沒有任何個人的抱負，他終於在教會的勢力中動搖了他的主人的信譽。華勒諾先生幾乎是對當地雜貨商們說：把你們當中最愚蠢的兩個人給我；對法官們說：告訴我你們當中最不學無術的兩個人是誰；對醫生們說：把你們當中最騙人的兩個指給我看。他把各行業最無恥的人集合起來，對他們說：讓我們一道統治吧。

這人的作風使德．雷納先生感到很不高興。粗魯的華勒諾毫不在乎，甚至小馬斯隆神父當眾揭穿他的謊言，他也毫不在乎，一切一如既往。

然而，在這種左右逢源的時候，華勒諾先生還需要不時地搞些小小的獨斷專行，用來抵制他感覺到人人都有權向他端出的事實真相。阿佩爾先生的來訪使他大為恐懼，打那以後他的活動變本加厲，他去了兩趟貝藏松，每班郵車都寫好幾封信，他還託付過夜裡到他家去的陌生人帶過幾封。也許他不該參與解除謝朗神父的職務，因為這一報復性行為，使得好幾位出身高貴的信徒把他視為惡毒的人。再說，這一次效勞使他完全依附於代理主教德．弗里萊，使得他接受了一些令自己都感到奇怪的使命。

正當他的政治生涯達到這一時刻的時候，他就情不自禁地寫了一封匿名信。然而棘手的是，他妻子宣布要把于連請到家裡來；她的虛榮心使她對此念念不忘。

在這種情形下，華勒諾預見到他和舊日盟友德．雷納先生之間必有一場決定性的爭吵。德．雷納先生會對他說些嚴厲的話，但這他倒不在乎；然而德．雷納先生可以往貝藏松或巴黎寫信，某位大臣的表親，可能會突然到維里埃，奪走他的收容所所長職位。華勒諾先生於是想到接近自由黨人，正是為此，幾位自由黨人被邀出席了于連背書的那次午宴。他若反對市長，本來是可以得到強有力的支持的。然而選舉可能突然舉行，收容所的職位和投反對票二者不可得兼，這太明顯了。德．雷納夫人早已猜透這種政治上的明爭暗鬥。當于連挽著她的胳膊逛商店時，德．雷納夫人把這些情況慢慢地都講給他聽。不知不覺中，他們已經走到忠義大道，他們在那裡待的好幾個小時和在維爾基時一樣寧靜。

這時，華勒諾先生正試圖避免跟他的老上司發生決定性的衝突，同時主動對他拿出一副大無畏的神氣來。當天這種戰術獲得成功，但也加深了市長的不滿。

虛榮心碰上了愛錢所能有的最貪婪最猥瑣的東西，兩者之間的搏鬥從未使人陷入德．雷納先生走進酒館時那樣難堪的境地。相反，他的孩子們卻從來沒有更快活更開心過。這種對比，終於刺痛了他。

「看來，在我的家裡，我倒是多餘的了！」他走進來裝腔作勢地說。

他妻子沒有回答，只是把他拉在一邊，對他說必須讓于連離開。她剛剛度過的幸福時光使她獲得了為執行考慮了半個月的行動計畫所必需的自如和堅定。

全城人對市長公開的嘲笑使得這位可憐的市長的精神完全陷入混亂和幾乎崩潰的精神狀態。華勒諾先生大方得像一個小偷，而他呢，在聖約瑟會、聖母會、聖體會等團體最近五六次募捐活動中，則表現得過於謹慎，不夠慷慨和闊氣。

在募集捐款的修士的登記冊上，維里埃及附近的紳士們都按捐款數目被巧妙地加以排列，人們不止一次看見德・雷納先生的名字佔據最後一行。他說自己沒賺什麼錢，但是沒有用。教士們在這方面絕不含糊。

chapter 23

當官的煩惱

讓我們這個小氣的人暗自擔心吧。誰讓他需要的是奴性，卻把一個有骨氣的人雇到家裡來呢？他應該不可能不知道如何去選擇僕從。按十九世紀通常的做法，一個有權勢的貴族遇到一個勇敢的人，他就會殺死他，或放逐他、監禁他、侮辱他，致使那個大傻瓜在憂傷悲痛中憂鬱而死。然而在這裡卻是相反的。幸好這裡痛不欲生的並非勇者。法國的小城和眾多如紐約那樣的民選政府的最大不幸，乃是不能忘記世界上還存在著德・雷納先生那樣的人。

在一個兩萬人的城市裡，是這些人製造輿論，而在一個擁有憲章的國家裡，的確人言可畏。即使你曾經有一個有高尚品質、慷慨而熱情的朋友。但他今天和你相距百里，因此他常常只能依據你所在的城市的輿論來對你作出判斷，而輿論恰恰是那些碰巧生下來就成為富有穩健的貴族傻瓜們製造的。所以即使你才能出眾，那你也就活該倒楣！

午飯後，大家就立刻準備回維爾基。但在第三天早上，于連看見全家人又回到維里埃來了。

不到一小時，于連十分詫異地發現德・雷納夫人似乎隱瞞他什麼事。他一出現，她就中斷了丈夫的談話，好像還希望他走開。他馬上知趣，裝出一副冷淡而矜持的態度。德・雷納夫人早已注意到這一點，卻沒有去做任何解釋。

「難道她要解聘我嗎？」于連心裡想，「前天她還跟我那麼親密！有人說這些貴婦人就是如此行事。簡直像國王一樣，一個大臣剛剛還是恩寵尤加，可是當這位首相退朝回到自己家裡時，卻發現一份罷貶他的詔書。」

于連覺察到在他走近時突然中止的談話中，常提到屬維里埃區公所的一幢房子。房子很老，但是寬大、舒適，面對教堂，地處最繁華的商業區。

「在舊房子和新情郎之間能有什麼聯繫呢？」于連暗自想道。他躊躇滿懷，吟誦著弗朗索瓦一世[42]的兩句美麗的詩。這兩句詩，他覺得非常新鮮，德．雷納夫人教給他到現在還不到一個月。當時，這兩行詩的每一行都受到他多少誓言和多少撫愛的駁斥啊！詩是這樣寫的：

女人水性楊花，
只有傻子信她。

德．雷納先生乘車去了貝藏松。這次旅行，是在兩小時內決定的，他好像特別煩惱苦悶。回來時，他把一個一個灰色大紙包裹著的東西扔在桌子上。

「這就是那吃力不討好的玩意兒！」他向德．雷納夫人說道。

42. 十六世紀法國國王，提倡文學藝術，促進法蘭西文藝復興，本人亦風雅能文。

一個鐘頭後，于連看見那個大包裹被一個貼廣告的工人給拿走了。他趕忙緊隨其後，心想：

「我在頭一個街角就能知道這個秘密。」

于連焦急地在貼佈告的人身後等著，那人用大刷子在佈告背面刷滿糨糊。于連驚奇地看到廣告上寫著準備用競租的方式出租一所舊大房子的詳細情形。大房子的名字正是德．雷納先生和他夫人在談話中經常提到的。出租招標定在次日兩點鐘，在市政府大廳，以第三支蠟燭熄滅為時限。

于連非常失望，他覺得競租的時間太過於倉促，參加競租的人根本就沒有足夠的時間知道這則消息。再說，佈告是十五天前簽署的，他在三個地方仔細看過全文，看佈告是看不出什麼名堂的。

他去看那座待租的房子。看門的沒看見他走近，對一個鄰居神秘地說：

「算了！白費心力。馬斯隆先生已經答應用三百法郎把它租下，由於市長堅決沒有答應，他被代理主教德．弗里萊先生請到主教官邸去了。」

于連的突然到訪，使這兩個聊天的朋友有些措手不及，他們立即中止了談話，不再說下去了。于連豈能錯過這次出租招標。大廳裡人頭攢動燈光很暗，人人都以一種奇怪的方式互相打量著，所有人的目光都凝視著一張桌子，于連看見那上面有個錫盤子，裡面燃著三支小蠟燭。管理人叫道：

「各位先生，三百法郎！」

「三百法郎！未免太便宜了。」一個人小聲又小氣地向他旁邊的人說道。于連剛巧站在他們之間。

那人說：「這值八百多法郎，我要出更高的價。」

「自討沒趣。你這是在跟馬斯隆先生、華勒諾先生、主教和他那可怕的代理主教德．弗里萊先生以及他們整個集團作對！有什麼好處？」

「三百三十法郎。」那個人大聲叫道。

「大笨蛋！」他旁邊那個人回答他道：「你看，這正好是市長的密探。」他手指著于連補充道。于連急忙轉過頭來，想要去為自己辯駁，但那兩個弗朗什－孔泰人已經不再注意他了，他也就冷靜了。這時，第三支蠟燭滅了，執達吏用拖長的聲調宣佈房子租給某省科長德·聖吉羅先生，為期九年，租金是三百三十法郎。

市長一出大廳，便引起譁然大波。

「這三十法郎，是格羅諾的衝動行為給市長賺來的。」一個人說。

「但是德·聖吉羅先生，」一個人答道，「會報復格羅諾的，夠他受的。」

「真是沒有道德！」于連左邊的一個胖子說，「這所房子，即使用八百法郎把它租下來當廠房用也是很便宜的。」

「哼！」一個年輕的製造商、自由黨人答道，「德·聖吉羅先生不是聖會[43]的嗎？他的四個孩子不是都領助學金嗎？可憐的人！維里埃市又得多發他五百法郎的補助了，就是這麼回事。」

「這就是說連市長也沒有辦法去阻擋他！」第三個人插嘴道，「因為他是極端保王派，不過他並不做偷雞摸狗的事。」

「他不偷？」另一個人說，「他不偷誰偷！不！一切都屬於公共財產，然後年底分紅，所得的

43. 法國波旁王朝復辟時期左右政權的宗教組織。

利益每個人都有。可要注意小索海爾就在這裡，我們走開吧。」

于連回來時情緒十分低沉，他發現德．雷納夫人也十分愁悶。

「您是從競租那回來的吧？」她問道。

「是的，夫人。在那裡，我很自豪也很幸運地被別人稱為市長先生的密探。」

「如果他聽我的話，出家門躲開就好了。」

這時德．雷納先生從屋裡出來了，他的表情十分抑鬱。

晚飯時，沒人說過一句話。德．雷納先生吩咐于連陪孩子們回維爾基去，這趟旅行毫無疑問是愁悶的。

德．雷納夫人安慰她丈夫道：

「親愛的，這樣的事你應該看開一些。」

晚上，大家靜靜地圍坐火爐旁，唯一的消遣是聽燃燒的山毛櫸柴劈啪作響。這是最和諧一致的家庭常常出現的發愁苦悶時刻。

一個孩子忽然興奮地叫起來：「門鈴響了！門鈴響了！」

「見鬼！如果是德．聖吉羅先生以道謝為由來糾纏，」市長歎道，「我就對他不客氣；這也太過分了。他該去感謝他的華勒諾，我是被連累的。如果被那些該死的雅各賓派報紙抓住這件小事，我又無話可說了！」

這時，一個非常俊俏的男子，跟著僕人進來了，他臉上有著兩片黑而粗的頰髯。

「市長先生，我是傑羅尼莫。這裡有一封信，是那不勒斯大使館參贊德．博韋騎士先生，讓我轉交給您的。是九天前托我帶的，」傑羅尼莫神情愉快，高聲補充道，同時看了看德．雷納夫人，「夫人，您的表兄即是我的朋友德．博韋先生，他說您懂義大利語。」

那不勒斯人的好興致一下子使這個愁悶的夜晚變得歡樂愉快。德．雷納夫人執意要請他吃夜餐，她動員了全家人。無論如何都要給于連解悶，從而使他忘掉白天兩次被別人指責的密探稱號。傑羅尼莫先生是個有名的歌唱家，很有教養，同時又是個樂天派，在法國，這兩種品質已不大能並存了。宵夜後，他和德．雷納夫人合唱了一曲之後，他又講了幾個令人感動的故事。

到了凌晨一點鐘，于連吩咐孩子們去睡覺時，孩子們還是不肯離去，賴在客廳裡笑著連連稱讚這位不勒斯客人。

「再講一個故事吧！」年紀大的孩子說。

「就講一個關於我自己的吧。」傑羅尼莫先生回答道，「八年前，我像你們一樣是那不勒斯音樂學院的一個年輕學生，我的意思是說像你們一樣大；不過我可沒有你們那樣的福氣做美麗的維里埃著名市長先生的公子。」

德．雷納先生聽了這話，歎了口氣，同時又看了看他的夫人。

「金格雷利先生[44]——」年輕歌唱家繼續說道，他故意加重語調，使孩子們噗哧一聲笑了出來，「金格雷利先生是個對學生非常嚴格的老師。在學院裡並不受學生的愛戴，但他偏偏要大家裝出愛

44. 當時的那不勒斯音樂學院院長。

戴他的樣子。感覺就像別人很喜歡他似的。我一有機會就走出校門，跑到聖卡爾利諾小劇院去，因為在那裡我能聽到天籟般的音樂。但是，天哪！我怎麼才能湊足八個蘇買一張正廳的座呢？這可不是一筆小數目呀，」他看了看孩子們，孩子們笑了。

「聖卡爾利諾劇院的經理吉奧瓦諾尼先生聽我唱過歌。那時我才十六歲。『這孩子是個好材料啊。』他說道。」

「『你願意我雇你嗎，親愛的朋友？』他來對我說。」

「『那麼，您打算給我多少錢呢？』」

「每月四十個杜卡托！孩子們，四十杜卡托就是一百六十法郎！我當時彷彿看見天堂的大門向我敞開了。」

「『這條件的確是很好！』我向吉奧瓦諾尼先生說：『我怎麼做才能讓金格雷利先生允許我離開呢？』」

「讓我去辦！」最大的孩子大聲說道。

「正是！我的小公子！吉奧瓦諾尼先生向我說：『小歌唱家，先來簽一個小小的合同吧。』我簽了字，他於是給了我三個杜卡托[45]。我從來沒見過這麼多的錢。後來，他告訴我應該怎麼做。」

「第二天，我請求拜訪了那可怕的金格雷利先生，一個老僕人讓我見了他。」

「『你找我做什麼？壞東西！』金格雷利說。」

45. 義大利古金幣名。

「我回答說：『我對我的過失感到後悔，我再也不翻欄杆離開學院了。我要加倍努力學習。』」

「『如果我不是怕糟蹋了我聽到過的最美麗的男低音，我早就把你關個十五天，僅給你麵包和清水當飯，小流氓！』」

「『老師，』我說，『我將成為全院的榜樣，請相信我。但是我向您求一個恩典，如果有人來求我到外面唱歌，替我拒絕他。求求您，說您不能同意。』」

「『見鬼，誰會要您這樣一個壞蛋？難道我會允許你離開音樂學院嗎？你想取笑我嗎？滾！滾！』他一邊說一邊要朝我屁股上踢一腳，『不然的話，當心去啃乾麵包蹲監獄。』」

「一個多小時以後，吉奧瓦諾尼先生來找院長：『我來求您照顧一下我的劇院生意，』他向他說，『請您同意把傑羅尼莫讓給我。如果他能來我的劇院為我唱歌，今年冬天我就可以嫁掉我的女兒。[46]』」

「『你要這個壞蛋來幹什麼？』金格雷利向他說道：『我不願意，您得不到他，再說，就是我同意，他也不會離開音樂學院的，他剛對我發過誓。』」

「『如果僅涉及到他個人的志願的話，』他嚴肅地回答道，一面從口袋裡抽出我的合同，『請看他的簽字。』」

「金格雷利先生立刻大發雷霆，拚命拉他的小鈴：『把傑羅尼莫趕出音樂學院！』他怒氣沖沖地叫道。於是我就理所當然地被趕出了學院，樂得我哈哈大笑。」

46. 意思是女兒的嫁妝有著落了。

「當晚，我就出台表演，小丑想結婚，掰著指頭計算成家需要的東西，老是算不清楚。」

「啊！懇求您，先生，把這首詠歎調唱給我們聽聽吧！」德．雷納夫人說。

傑羅尼莫唱了，大家都笑出了感動的淚水。

直到早晨兩點，傑羅尼莫先生才去睡覺，他高雅的舉止和親切愉快的性格使德．雷納全家人都感到很興奮。

第二天，德．雷納先生和夫人給了他所需要的——給法國宮廷的介紹信。

「看來，世界到處都是虛偽的，到處都需要耍手段，」于連說道，「請看傑羅尼莫先生，他現在要去倫敦接受一個六萬法郎薪俸的職位了。如果當初沒有聖卡爾利諾劇院經理的獨具慧眼，能識千里馬，他那神奇的聲音也許晚十年才能為人所知和欣賞……真的，我的天，我寧願做傑羅尼莫先生也不願做德．雷納市長。他在社會上雖沒有市長那樣受人尊敬，但是他最起碼沒有由於競租而引起的憂傷。他的生活幾乎總是愉快的。」

有一件事讓于連感到很奇怪，反倒是對在維里埃德．雷納先生家度過的那寂寞的幾周，他覺得那是最幸福的一段時光。他僅對被邀請參加的幾個宴會感到厭惡和愁悶。

在這座寂寞的房子裡，他不是可以讀、寫、思考而不受打擾嗎？他可以浮想聯翩，神馳千里，而不必時時研究一顆卑鄙靈魂的活動並用虛偽的言行去對付。

「幸福難道就在我的身邊嗎？……這種生活所需的費用，其實算不了什麼。我可以跟艾麗莎結婚，或者和富凱搭夥，這些都由我選擇。一個旅行者，當他剛爬上一座陡峭的山峰，在山頂上坐下來休息的時候，他便可以感受到其中有無限的樂趣。可要是強迫他永遠休息，他會感到幸福嗎？」

德・雷納夫人的頭腦裡出現了一些不祥的想法。她不顧自己的一切決定，向于連坦白了競租的全部情況。

「這麼一來，他會使我忘卻我所有的誓言呀！」她心裡暗想。

如果她看見她丈夫身處在危險中，肯定會毫不猶豫地犧牲自己的生命去拯救丈夫。這是個對生命既擁有崇高的責任，又在現實的生活中充滿幻想的人，對她來說，認為見到該管的事而不仗義去管，必將遺憾終身，與犯罪的悔恨無異。可是也有一些情緒不對頭的日子，她不能驅散那幅她細細品味的極度幸福的圖景：那就是如果她突然變成寡婦，就可以嫁給于連，那時，她就可以嘗到一種享受不盡的幸福滋味了。

于連對她的孩子的愛遠勝於孩子們的父親。雖說他管教很嚴，他卻很受到孩子的愛戴。她覺得如果她和于連走到了一起，就必須離開維爾基，儘管她那麼喜歡它的綠蔭。她彷彿覺得自己已經置身於巴黎，繼續給她的孩子們以令人羨慕的教育。她的孩子們，她自己和于連，大家都過得非常幸福！

這就是十九世紀的婚姻所導致的奇特後果！如果婚前有愛情的話，婚後夫妻生活的苦悶，定會毀滅愛情。然而，一位哲學家曾說，在富裕得不必工作的人那裡，對婚後生活的厭倦很快帶來對平靜快樂的厭倦。只有那些心靈枯竭的女人婚前才不懂愛情。

這位哲學家的看法使我原諒了德・雷納夫人。但是在維里埃，人們卻不會這樣違背倫理綱常地去寬恕她，她沒想到全城的人都在忙著議論她的談情說愛。由於出了這件大事，今年秋天過得比往年秋天少了些煩悶。

秋去冬來，日子過得很快。德・雷納先生全家也該遠離維爾基的樹林了。維里埃的上流社會已經感到氣憤，但他們的批評為什麼對德・雷納先生產生的影響這麼少？不到一星期，以完成此類任務取樂來減少平時之嚴肅的正人君子們便讓他起了最殘酷的疑心，然而他們使用的詞句卻最謹慎不過。

經過華勒諾先生精心策劃，他把艾麗莎安置在一個受到尊重的貴族家裡，這家有五個女人。據艾麗莎說，因為擔心冬天找不到工作，所以到這個人家去，工錢比在市長家少差不多三分之一也不在乎。

她自己還有一個絕妙的主意，同時去謝朗本堂神父和新本堂神父那裡去做懺悔，這樣她就可以以恰當的方式把于連戀愛的詳細情形統統告訴他倆。

在于連回來的第二天早晨六點鐘，謝朗教士就派人把他叫去了。

「我不追問你什麼，」他向于連說道：「我只是請求您，必要的話，我命令您什麼也不要對我說；我要求您三天內，離開這裡到貝藏松的修道院去，或搬到您的朋友富凱家去，這也是時刻準備著給您一個美好的前程的。我什麼都預見到了，也什麼都安排好了，您必須走，一年以內不要回維里埃來。」

于連沒有立刻回答，他考慮了一下謝朗先生給他安排的這個計畫是不是有損他的自尊心——謝朗終究不是他的父親。

「明天在同一時間，我再來看您，」最後他對本堂神父說。

謝朗先生想用自己的身分制服這個如此年輕的人，說了很多。于連裹在最謙卑的態度和表情裡，始終不開口。

最後他出去了，跑去通知德・雷納夫人，他發現她已經陷入了失望中。她的丈夫不久前用相當坦率的態度和她談了。他天生性格軟弱，又對來自貝藏松的遺產抱有希望，這終於使他認為她完全地清白無辜。他把他所發現的維里埃輿論界的所有奇怪現象，都坦白地告訴了她。他堅信輿論是錯誤的，它被嫉妒者誤入了歧途，但這已經無可奈何了。

德・雷納夫人曾很天真幻想于連可以接受華勒諾先生聘請，因而長期居住在維里埃。但是德・雷納夫人已經不是一年前那樣一個單純而怕事的女人了。致命的癡情和內疚已使她變得聰明起來。一會兒過後，她痛苦地感覺到，為了聽從她丈夫的意見，一次短暫的別離迫在眉睫。

「離開我以後，于連會重新投入他那野心勃勃的計畫，對一個一無所有的人來說，這計畫是再自然不過的。」

「可我呢，偉大的上帝啊！我這樣富有，可是對我的幸福又這樣地無用！他會忘掉我的。他那麼可愛，會有人愛他，他也會愛別人。啊！不幸的女人……我還能抱怨誰呢？蒼天是公正的！我沒有能力也沒權利去阻止這樁罪惡，我的判斷力已經被剝奪了。當時，我完全可以用金錢收買艾麗莎，這是再容易不過的事了。我甚至不肯想一想，愛情產生的瘋狂的想像占去了我全部的時間。我完了。」

令于連感到詫異的是，當他把這可怕的離別消息告訴德・雷納夫人時，他竟然並沒有遭到任何自私的反對。看得出來，她竭力克制，不讓自己哭出來。

「我們都需要堅強，我的朋友！」

說著，她剪下了一縷頭髮。

「我不知道將來會怎麼樣，該怎麼辦。」她向他說道，「但是，如果我死了，答應我永遠不忘記我的孩子們。無論你離得遠還是離得近，請設法把他們培養成有教養的人。若進行二次革命，所有的貴族可能都要被砍頭。德．雷納，因為曾經殺死過的農民，也許會流亡國外。我懇求你一定要好好照顧我的家庭……把你的手伸給我吧。永別了，我的朋友！這是最後的時刻。在做了這個重大的犧牲決定之後，我希望自己在眾人面前，將有勇氣維護我已喪失的名譽。」

于連已經猜測到這絕望的場面。這一簡單的告別，使他大為震撼。

「不，我不能這樣接受您的告別。我要走的，既然他們要我走；您也要我走。可是，我走後三天，我會夜裡回來看您。」

德．雷納夫人的生命突然起了巨變！因為于連是真愛她——因為是他自己想回來看她。她那可怕的痛苦變成了她有生以來所體驗過最強烈的快樂。對她來說，一切都變得容易了。可以再見到她情人的強烈希望，在這最後時刻把她的一切悲痛都驅散了。從這時起，德．雷納夫人的舉動，如同她的面貌一樣，變得高貴、堅定、十分得體。

一會兒過後，德．雷納先生回到家裡，他氣得暴跳如雷！他終於向妻子述說起兩個月以前他收到的那封匿名信。

「我要把它帶到娛樂場去，讓大家都看看，這是卑鄙的華勒諾搞的名堂。這個壞蛋！我把他從貧困中提拔了出來，使他成為維里埃最有錢的人。他卻這樣對我！我要當眾羞辱他，然後和他決一死戰。真是太欺負人了！」

「天哪！那麼我豈不是就有可能做寡婦了！」德．雷納夫人暗自想道。思索的同時，她又想道，「我肯定要阻止這場決鬥的，如果我不阻止，我將成為謀害我丈夫的兇手。」

她從未如此巧妙地照顧他的虛榮心。在一個多小時的時間裡，她已使他清楚地意識到，利用他本人所提出的理由——他應當對華勒諾先生表示更多的友誼，可能的話，甚至應當把艾麗莎也請回來。

德．雷納夫人需要鼓起很大的勇氣，才能決定重新去面對這個造成她所有不幸的女子。但是這個念頭卻是源於于連。

最後，經過三番五次的引導，德．雷納先生終於懷著破財的痛苦認識到，他最難堪的是讓于連在維里埃全城紛紛議論的時候，讓于連去華勒諾先生家當家庭教師。從于連的利益來看，很明顯是接受貧民收容所所長的聘約。但是若從德．雷納先生的名譽考慮，于連最好還是離開維里埃，到貝藏松或第戎[47]的修道院去靜修。可是如何能讓他下定決心呢？此後他在那裡如何生活呢？

德．雷納先生想到自己馬上就要犧牲金錢，心裡比他夫人更加絕望。對德．雷納夫人來說，經過這次談判後，相對於德．雷納先生，她彷彿處於一個勇敢的地位。而德．雷納先生似乎對生活失去了興趣，只有在別人的幫助下才能有所作為。就像路易十四臨終時所說：想當年我是一國之君。真是絕妙好詞。

第二天一大早，德．雷納先生又收到了一封匿名信。此信的文筆極具侮辱性。對他的處境，在

47. 第戎，法國城市名。

每一行裡用最為粗野的字眼加以於諷刺。這一定是某個嫉妒者的齷齪行為。這封信又使他想要去和華勒諾先生決鬥。很快，他勇氣倍增，想馬上就幹。他獨自出門，到武器店買了幾把手槍，讓人裝上子彈。

「事實上，」他暗自說道，「即使用拿破崙皇帝頒佈的行政管理出來重新約束我們，也查不到我有一文錢來路不明，我沒有什麼應該受到指責的。最多也就說我監管不嚴罷了。而且辦公桌裡有的是信件，足以說明我不過是奉命行事而已。」

德．雷納夫人被她丈夫這種異常冷靜的狀態下的憤怒給嚇壞了。這使她想起她曾極力抵制的當寡婦的不吉利念頭。她和他關在房裡，她跟他談了好幾個鐘頭，沒有用，新的匿名信已使他拿定主意。最後，她終於說服丈夫把要給華勒諾先生一記耳光的想法轉化為六百法郎贈送給于連，以此作為他在修道院一年的生活津貼。德．雷納先生的內心詛咒了千百次，他千百次地詛咒那一天，那一天他竟心血來潮想弄個教師到家裡來，便將匿名信置諸腦後了。

他有了一個主意，心中稍覺快慰，但他未向妻子提起，他想利用年輕人好幻想的心理巧妙地讓他保證拒絕華勒諾先生的提議，而接受一筆數目小些的錢。

德．雷納夫人很費勁地向于連解釋道，為了保全她丈夫的面子，希望于連放棄貧民收容所所長公開提出的八百法郎的職位。現在他總算可以心安理得地接受一點補償。

「但是，」于連連聲說道，「我從未打算接受他的聘請，甚至都沒有想過的念頭。您已使我習慣於上流社會高雅生活，那些人的粗俗我受不了。這種人的粗俗會使我沉淪，以致於把我毀掉的。」

殘酷無情的貧困用它的鐵手迫使于連的意志就範，但是心高氣傲卻給他提供了一個幻想：維里埃市長送給他的這筆錢只能作為貸款把它接受下來。而且應該簽署借條，寫明五年後，連本帶利，一齊歸還。

德・雷納夫人私存了幾千法郎在山間的小洞窟裡。

她戰戰兢兢地把這些錢送給于連，她堅信她會遭到于連憤怒的拒絕。

「您是不是想讓我們的愛情變成可憎的回憶？」他向她說道。

于連終於決定要離開維里埃了。德・雷納先生感到非常高興。在接受他的錢那個要命的時刻，于連覺得這犧牲不堪承受。他斷然拒絕了。德・雷納先生感動得潸然淚下，緊緊抱住他。于連向他要求給他出示一份品行優良的證件。德・雷納先生在熱情的湧動下，簡直找不出再過於美好的詞彙來誇獎于連。我們的英雄，手中早已擁有五個路易的積蓄，他還打算從富凱那裡借來相等的數目。

于連太激動了，因為他在這城裡留下了那麼多的愛情，但是走不到幾里路，心裡便樂滋滋的了，他一心想著看見一個省會時的幸福，一個像貝藏松那樣的戰爭名城的幸福。

在三天短暫的離別裡，德・雷納夫人備受愛情失落的折磨。她的日子還過得去，在她和極端的不幸之間還有最後再見一次于連的希望。她一小時一小時、一分鐘一分鐘地計算著。

終於預約的信號在第三天夜裡從遠處傳來。衝破千萬重危險，于連終於又在她面前出現了！

從這一刻起，她就只有一個念頭，「這是我最後一次見他了。」她沒有對情人的殷勤作出回應，倒像是一具僅存一口氣的活屍。她強打精神對他說自己愛他，可那笨拙的神情幾乎證明了恰正相反。「永別」這個想法已經在她心中刻骨銘心了，使她無法擺脫。多疑的于連甚至懷疑自己已被淡忘。他因此說出一些帶刺的話，他得到的只是靜靜流淌的大滴大滴淚珠和近乎痙攣的握手。

「但是，天哪！您讓我如何相信您呢？」于連態度冷淡地抗議道，「您對戴維爾夫人，或者一個僅一面之緣的人，都會表現得比對我親切！」

德・雷納夫人一下愣住了，她無言以對。

「可能我是這世界上最不幸的人了……我斷定我快死去了……因為我覺得我的心已變成了冰塊……」

這就是他從她嘴裡聽到的最長的回答。

天快亮了，不能不走了，此時，德・雷納夫人的眼淚已完全流盡了。她呆滯地看著于連把一根打了結的長繩繫在窗子上，她沒有說一句話，也沒和他親吻。于連枉然地向她說道：「我們終於到了您那麼希望的地步。從今以後您可以毫無悔恨地生活了。無論您的孩子再生多麼嚴重的病，您也不會感到他們好像已在墳墓裡了。」

「我覺得很遺憾的是您還沒有和我的小斯塔尼斯拉斯吻別。」她冷冷地向他說道。

最後，這具活殭屍的毫無熱情的擁抱深深地震動了于連，他走了幾里地還不能想別的事情，他的心已受傷，在翻過山嶺之前，當他還能看見維里埃教堂鐘樓的尖頂時，他曾不止一次又一次回頭張望。

chapter 24 首府

于連終於從遠處山巒邊望見了無數的黑色圍牆，那就是貝藏松的城堡。他歎了口氣：「如果我來到這座軍事重鎮，為的是在受命保衛它的一個團裡當一名少尉，那是多麼地不同啊！」

貝藏松不僅是法國最美麗的城市之一，它還雲集了許多具有熱情和智慧的名人。但鄉間出生的于連，他根本無法接近那些上等人物。

他從富凱家取來了一套比較紳士點的服裝，他穿著這套紳士服走過那座吊橋。他頭腦裡充滿了一六七四年圍城的歷史，想在被關進神學院之前看看那些城牆和堡壘。有兩三次，他進入工兵部隊為了每年能賣上十二或十五法郎的乾草而讓行人止步的區域內了。

高大的城牆，深闊的壕塹以及令人生畏的大炮，使于連在那裡流忘返，足足待了好幾個小時。最後來到林蔭大道的大咖啡館前面，一下子看愣了，他明明看見兩扇大門上方寫著咖啡館幾個大字，還是不能相信自己的眼睛，他竭力克制膽怯，大著膽子進去，他看見一個長約三四十步的大廳，天花板至少有二十尺高。這一天，他覺得一切都如夢幻。

大廳裡正在進行兩場檯球比賽。侍役們喊著點數，玩球的人圍著桌子跑來跑去，周圍擠滿了看熱鬧的觀眾。一陣陣的煙從人們嘴裡噴出，把他們籠罩在紫色的雲霧裡。這些人高大的身材，笨重的舉動，濃密的頰髯，裹在身上的長長的禮服，都吸引著于連的注意。這些古代Bisontiumi[48]的高貴子孫們，使勁的叫嚷著，裝出一副戰士的英武氣概。

于連看得呆住了。他在那裡想像著貝藏松這樣的大省會所具有的宏偉壯麗景色。他一點勇氣也沒有了，連向那些目光高傲喊著檯球點數的先生們要一杯咖啡都不敢。

但是櫃檯裡的一位小姐，早已注意到這位年輕鄉紳可愛的臉龐。他臂下夾個包袱，站在離火爐三步遠的地方，正在端詳用白石膏製成的國王半身像。這位小姐是弗朗什－孔泰人，長得十分清秀，穿著打扮足以為這間咖啡館生色不少，她已經用只想讓于連一個人聽見的聲音輕輕喊了兩遍：「先生！先生！」他抬頭遇到一雙充滿柔情的藍色大眼睛，這才明白人家是在和他打招呼。

他急忙走近櫃檯和那漂亮女子，彷彿向敵人衝鋒似的。正在跨大步的時候，他的包裹掉了。我們的這位外省人會引起巴黎的年輕中學生們怎樣的憐憫啊，他們十五歲上就已知道氣概非凡地進咖啡館了。而我們這位外省來的先生，豈不是要引起他們的憐憫嗎？不過那些孩子們從十五歲時開始頻繁進去咖啡店，到十八歲便平庸無奇了。但是我們在外省遇到的富有熱情的怯懦者——他們的膽怯心理往往是可以克服的，那時候，就會懂得進取。

當他走向這個願意和自己攀談的年輕女子時，于連心裡想：「我應當把實情告訴她。」于連戰勝了膽怯，變得勇敢了。

48. 古羅馬時代貝藏松的拉丁文名字。

「小姐，我生平第一次來到貝藏松……我想要一塊麵包和一杯咖啡，我會付錢的。」

女子嫣然一笑，隨即臉紅了；她很為這個漂亮的年輕人擔心，因為他的打扮以及羞澀的表情會引起玩檯球的先生們的注意，甚至是嘲弄和戲謔。也許他因此害怕，不敢再來此地了。

「請您靠近我這邊坐下。」她指著一張大理石桌子向他說道。這張桌子差不多完全被突出在大廳中的巨大的桃花心木櫃檯遮住。

那位女子向櫃檯外俯下身來，這就使她將苗條的身段完全舒展開了。于連注意到了這一點，他全部的想法頓時改變。美麗的小姐在他面前放了一隻杯子、糖、一小塊麵包。她沒有立刻叫侍役來送咖啡，因為她知道只要侍役一來，她就不能和于連單獨相處了。

于連墜入沉思，比較著這位快活的金髮美人和常常使他激動的某些回憶。想到那些曾使自己迸發熱情的場景，他幾乎消除了所有怯懦心理。美麗的小姐不多時便在于連的目光中看出他的心思。

「這煙味使您咳嗽。明早八點以前您來這裡吃早點，這個時間差不多就我一個人。」

「您叫什麼名字？」于連帶著羞怯和憐愛的微笑問道。

「艾曼達・比內。」

「您能允許我在一個鐘頭後，給您送來一個跟這個一樣大小的包裹嗎？」

美麗的艾曼達思索了一會兒。

「有人監視我，您要求我做的事可能會連累我；不過，我把我的地址寫在一張紙片上，您貼在包裹上。大膽地寄給我吧。」

「我叫于連・索海爾，」年輕人說道，「我在貝藏松沒有親戚，也沒有朋友。」

「啊！我明白了，」她好奇地說道，「您是來法科學校念書的？」

「唉！不是的，」于連回答道，「我是被送來修道院的。」

艾曼達的臉色變了，蒙上一重最徹底的失望；現在她有勇氣了，她叫來一名侍役。侍役給于連倒滿了一杯咖啡，看也不看他一眼。

艾曼達在櫃檯上收款，于連很得意，他居然敢說話了；這時，一張檯球桌上吵起來了。打檯球的人的爭吵和抗辯聲在大廳裡迴盪，嘈嘈雜雜響成一片，使于連感到驚奇。艾曼達低下了眼睛，顯出沉思的樣子。

「如果您願意的話，小姐，」于連忽然很有把握地向她說道，「我想成為你的表親。」

這小小的專斷神氣，博得了艾曼達的歡心。

「這人看起來挺有出息的！」她心想。因為正在注意是否有人走近櫃檯，她的眼睛也不去看他，急忙回答道：「我是冉利人，在第戎附近住。您就說您也是冉利人，是我的母系表親。」

「我會牢牢記住的！」

「夏天，每逢星期四，五點鐘，神學院的先生們從咖啡館門前走過。」

「如果您想念我的話，每次當我走過時，請您手裡拿一束紫羅蘭花。」

艾曼達很驚奇地望著他，她的目光把于連的勇敢變成了魯莽；不過，他說話的時候還是漲紅了臉：「我覺得我已經深深地愛上了您。」

「請低點聲吧。」神色驚恐的她提醒他。

于連竭力回憶《新愛洛伊絲》[49]中的句子。這本書是他以前在維爾基找到的。他的記憶力很好使，他對著心醉神迷的艾曼達背了十分鐘的《新愛洛伊絲》，正當他為自己的勇氣高興時，這個弗朗什—孔泰的美麗小姐忽然露出冰冷的臉色——她的一個情夫出現在咖啡館門口。

那人吹著口哨，搖擺著肩膀，向櫃檯走來，他看了于連一眼。于連的想像力總是走極端，此刻只裝著決鬥的念頭。他的臉色變得非常蒼白，推開他的杯子，顯出堅定的神態，雙眼死死地盯著情敵。那情敵低下頭，隨隨便便在櫃檯上給自己斟上一杯燒酒。艾曼達給于連遞了個眼色，叫他把頭低下，他服從了。而且足足有兩分鐘之內，他一動不動地待在座位上，神態仍那樣堅決，臉色蒼白，一心只想著將要發生的事；在這會兒，他的表情實在糟極了。

那情敵看到于連那樣的眼神，感到驚訝，他一口氣喝完他那杯酒，向艾曼達說了幾句話。看了一眼于連，把手插進寬大的禮服兩側的口袋裡，走近一張檯球桌，一邊還喘著粗氣，看了于連一眼。于連站起身子，憤怒極了，因為他的情敵的舉動，不屑一顧激怒了他，他感到受到了侮辱，卻不知該怎樣動手。他放下他的小包裹，極力做出大搖大擺的樣子——也向球台那邊走去。

剛來到貝藏松就跟人決鬥，那麼，教士生涯就完了，儘管他提醒他自己要謹慎小心，但這也是枉然。

「管它呢，日後不會有人說我放過了一個無禮之徒。」

艾曼達看出了他的勇氣，這勇敢和他舉止的天真形成有趣的對照；一時間她喜歡他更甚於那個

49. 十八世紀法國作家盧梭的書信體長篇小說。內容描寫一對年輕戀人的故事。

穿禮服的高個子青年。她站起身來，假裝去看從大街上走過去的某個客人的樣子，很快地站到于連和球台之間，說道：「別斜著眼看這位先生，他是我姐夫。」

「這和我有什麼關係？他瞪了我一眼。」

「您想讓我倒楣嗎？他瞪了您一眼，這毫無疑問，也許他還要來找您說話呢。我已告訴他，您是我娘家的親戚，從冉利來的。他是弗朗什－孔泰人，他從來沒有去過比多爾[50]更遠的地方；因此您想說什麼就說什麼，不必害怕。」

于連還是有些躊躇，她又趕快接著說，那女子做慣了櫃檯，滿肚子謊話：

「是的，他瞪了您一眼，但這正是他向我打聽您是誰的時候。他是一個喜歡尋事的人，其實他並沒有侮辱您的意思。」

于連的眼睛始終沒有離開那個所謂的姐夫，看見他買了一個號碼牌，到兩張球桌中較遠的那一張上去玩。于連聽見他那粗大的嗓子氣勢洶洶地喊道：「現在瞧我的吧！」于連敏捷地走到艾曼達的背後，然後朝著球台走去。艾曼達趕緊拉住他胳膊，說道：

「先把錢付給我，」

「好的，」于連暗想道，「她怕我不付錢就走了。」

艾曼達和他同樣的激動，臉色通紅，她盡可能拖延時間，慢吞吞地把錢數還給他，並低聲向他說道：「您立刻離開咖啡店，否則我就不愛您了，其實我是很愛您的。」

50. 多爾，法國地名。

于連確實出去了，但是慢慢悠悠的，「我也吹著口哨瞪闊少一眼，緩解一下心中的怨氣。」他反覆地向自己說道，但仍然拿不定主意。在咖啡館前的大街上轉了一個鐘頭；他注意瞧著他的情敵是否出來，但他始終等不到他出來，於是于連也就離開了。

他來貝藏松不過幾小時，就已經發生了這件叫人懊悔的事情，那個老外科軍醫，曾經不顧自己的風濕病，教給他一套劍術，這是于連可以用來發洩怒氣的全部本領。假使他知道除了打耳光還有別的方式表示生氣的話，劍術欠佳也就沒什麼了。假如真的動起手來，他的情敵，那樣的一個大漢子，很可能早就把他打翻在地。

「像我這樣的可憐蟲，」于連暗想道：「沒有保護人，沒有錢，神學院和監獄區別不大。我得把我的便裝存在某個旅館裡，然後穿上黑衣服。萬一我有機會從修道院裡出來待幾小時，就可以十分方便地穿上我的普通服裝去看艾曼達小姐。」于連想得挺美，可是他走過所有的旅館，一家也不敢進。

最後，當他經過欽差旅館門前時，不安的目光和一個胖女人的目光相遇。這女人肌膚光滑，臉上總掛著幸福的笑容，使她看起來很年輕。他走近她，講了他的事情。

「當然可以，我漂亮的小教士。」欽差旅館的女主人向他說道，「我保存您的便裝，還經常撣撣灰塵。像這種天氣把衣服扔在那裡不去動它，那是不行的。」她取出了一把鑰匙，親自帶他到一個房間裡，讓他把留下的東西寫一個清單。

「天哪！索海爾教士先生，您的氣色真好啊！」當于連走向廚房時，那個胖女人這樣向他說道，「我這就去給您準備一頓好晚飯。」接著她又低聲說道，「您只需付二十個蘇就行了，別人要付五十個蘇的，就這樣說定了，去坐下吃飯吧，我親自伺候您。」

「我不想吃了，」于連向她說道，「我心情太激動了。謝謝你的熱情款待，當我跨出您的家門，就要進修道院了。」

善良的女人，直到把他的口袋裝滿了可吃的東西，才放心的看著他離開。于連終於取道去那個可怕的地方，老闆娘站在門檻上給他指路。

chapter
25
神學院

他遠遠望見門上鍍金的鐵十字架，他慢慢走向前去，兩條腿好像灌了鉛一樣的沉重。

「這兒就是進去就出不來的那座人間地獄了！」

最後他鼓起勇氣，決定去按門鈴。門鈴的聲音，陰暗嘈雜，好像在一個寂寞而又深邃的空谷裡迴響似的。過了十分鐘，一個臉色蒼白身穿黑衣的人來給他開門。于連一看到這人，便立刻垂下雙眼。他發現這個守門人相貌古怪：有著突出的、滾圓的、綠色的瞳孔，像貓的眼睛。眼皮邊線固定不動，表示他沒有絲毫的同情。嘴唇薄，呈半圓形，裹在前突的牙齒上。然而，這相貌顯示的並非罪惡，而是那種徹底的冷漠，它遠比罪惡更讓年輕人感到恐怖。于連迅速打量著，在這張虔誠的長面孔上所能發現的唯一的感情——那是鄙視別人將要向他說起的一切不屬於天國利益的話語。

于連鼓了鼓勁，抬起眼睛，說他想求見神學院院長彼拉先生，那聲音由於心跳而顫抖。黑衣人一句話也不說，只向他做了個「請進」的手勢，叫他跟隨進來。他們順著有木頭欄杆的寬闊樓梯，登上了二樓，歪曲的梯級偏斜在與牆壁相反的一邊，好像就要坍倒的樣子。一扇小門，上面有一個被塗黑了的白木頭做的大十字架。守門人很費勁地把門打開了，把于連領進一個陰暗低矮的房間。

塗了石灰的牆上掛著兩幅因年代久遠而變黑的畫像。黑衣人走了，于連一個人直發怵，心劇烈地跳動；他要是敢哭出來倒可能舒服一些，死一般的沉寂籠罩著整座房子。

一刻鐘以後，于連覺得這一刻鐘就像一整天那樣難熬。臉色陰森的守門人在房間另一端的門檻上出現了。他不屑於開口講話，只是做了個手勢，叫于連走過去。於是于連走進一間更大更暗的房間。牆也刷成白色，但是沒有傢俱。只是在靠門的一角，于連經過時見有一張白木床，兩把草墊椅子，一把沒有坐墊的樅木小扶手椅。在房間的另一端，他看見一個人。那人身穿破舊的黑色道袍，坐在一張桌子前面。他好像很生氣，面前一大堆方紙片，他一張張拿起，寫上幾個字，然後理好放在桌子上。他好像沒有注意于連來到他面前。于連一動不動，站在屋子中間。守門人把他安置在那裡後早已把門關好走掉了。

十分鐘就這樣過去了，穿著破舊的那個人一直不停的寫字。于連又激動又害怕，好像立刻就要倒下。看到這種情況，一位哲人可能說：這是醜給予一個生來愛美的靈魂的強烈印象。當然這種看法可能不一定對。

寫字的人終於抬起頭來，于連並沒有立刻注意到。過了一會兒，于連才覺察到，甚至他看見了之後，依然呆立不動，好像遭到那可怕目光致命的襲擊似的。于連開始兩眼模糊，勉強看見一張長面孔，上面有許多紅斑痕，只是在前額上顯出一種像屍體一樣的蒼白色。紅色的臉頰和白色的前額之間，閃動著兩隻黑黑的小眼睛，足以令最勇敢的人也毛骨悚然。

「請您過來好不好？」這人很不耐煩地說道。

于連蹣跚地向前走了一步，好像快要摔倒，並且露出他有生以來很少有過的蒼白臉色。終於在距擺滿方紙片的小白木桌三步遠的地方停下了。

「再靠近些。」這人說道。

于連再向前走去，他伸出手好像在尋找可以依靠的東西。

「您的名字？」

「于連．索海爾。」

「您來得太遲了。」這人向他說道，同時用他可怕的、令人發抖的眼睛，再次打量著他。

于連受不了這目光，伸手像要扶住什麼，一下子直挺挺地倒在地板上。

這人急忙按鈴。于連聽見有許多腳步聲向他走來，可眼睛怎麼也睜不開，想挪動一下身體，根本就是徒勞。

有人把他扶起來，安置在那張帶扶手的白木小靠椅上。他聽見可怕的聲音向守門人說道：「他顯然是羊癲瘋發作，這下可完了。」

當于連可以睜開眼睛時，紅臉人還在繼續寫字，守門人已經不在場。「應該拿出點勇氣來！」我們的英雄暗自說道，「尤其要藏住我的感覺（他感到一陣強烈的噁心）；如果我出了意外，天知道人們會把我怎麼想。」

最後那人擱筆不寫了，從旁邊看了于連一眼：「您能回答我的問話嗎？」

「是的，先生。」于連聲音微弱地答道。

「啊！這就好。」

黑衣人半直起身，吱地一聲拉開樅木桌的抽屜，很不耐煩地找一封信。這抽屜打開時，發出一陣吱呀的聲音。他找到一封信後，又慢慢地坐下來，重新看了于連一眼，好像要把他僅存的一點生命力奪去似的：「您是謝朗先生薦來的，他是教區最好的本堂神父，世上僅有的有德之人，我三十年的朋友。」

「啊！我是在很榮幸地和彼拉爾先生談話嗎？」于連有氣無力地說道。

「正是，」神學院院長回了他一句，生氣地看了看他。

這時他那兩隻小眼睛亮了，緊跟著嘴角露出一種很不自然的微笑。這種表情，好像一隻老虎在品嘗著牠的捕獲物時所流露出的快樂。

「謝朗先生的信很短。」他說道，好像跟他自己說話一樣。

「Intelligenti Pauca，[51]」於是他高聲誦讀著，「我向您介紹于連·索海爾，他生長在我這個教區裡。他是一個富裕木匠的兒子，然乃父什麼也不給他。二十年前，我給他施過洗禮，于連將是天主的葡萄園裡一名出色的工徒。此子志在神職，聰慧而能思考，將來必成大器。然能否持之以恆？能否出自至誠？」

「出自至誠！」彼拉爾神父帶著一種驚奇的神氣重複道，看了看于連，不過神父的目光不像剛才那樣嚴峻了。

「真誠的！」他把聲音放低又重複了一遍，然後繼續念信：「我懇求您給于連·索海爾一份獎學金，經過必要的考試以後，他將有資格獲得獎學金。我已教他學了一點神學，就是博敘埃[52]、阿爾

51. 拉丁文：明人不用細說。
52. 十七世紀法國高級神職人員、作家，以善寫訃辭聞名。

諾[53]和弗勒里諸人撰寫的經典神學。如果此人不合適，請即送回我處；您很熟悉的那位乞丐收容所所長願出八百法郎聘他為孩子們的家庭教師。靠天主的恩賜，我的內心一直是恬靜的。我已經習慣於人間可怕的打擊，Valeetmeama[54]。」

彼拉爾神父放慢了聲調念信末的簽名，歎著氣讀出「謝朗」二字。

「他是平靜的，」他說，「的確，他的德行當得起這個酬報；但願到了那一天，天主也能給我同樣的酬報。」

他仰望屋頂，在胸前畫了個十字。看到這神聖的標記，于連感到那種一進入這座房子就讓他周身冰涼的極度恐懼開始緩解了。

「在我這裡有三百二十一個立志獻身聖潔事業的人。」彼拉爾神父向他說道，他的聲音是嚴肅的，但已不再凶惡，「只有七、八個是謝朗神父那樣的人推薦來的，因此，在這三百二十一個人當中，您將是第九位。不過我對您的保護，既不是恩惠，也不是軟弱。那是為了抵抗罪惡而作出的加倍關懷和鞭策。現在您去把這道門鎖上吧。」

于連走得艱難，總算沒有倒。他注意到門旁有一扇小窗戶，開向田野。他從那裡可以看見綠色的樹木。這大自然美麗的景色使他感到舒適，好像見到多年不見的老朋友。

「您會拉丁語嗎？」當他鎖好門回來時，彼拉爾神父用拉丁語問他。

「是的，我尊敬的神父。」于連用拉丁語回答道。

---

53. 指十六、十七世紀天主教冉森教派的著名家族。
54. 拉丁文書信結束語，可意譯為：專此，即候台祺。

這時他的神志已經清醒了一些。不過，可以肯定，這一個鐘頭以來，在于連心中，彼拉爾神父是世界上最不值得尊重的人了。

拉丁語的談話繼續進行著。神父眼睛裡流露出的深情也變得溫柔了，受到這種感染，于連的思維也漸漸的清晰起來了。

「我真沒出息，」他心裡想，「竟讓這美德的外表嚇住了：此人不過是馬斯隆先生一類的騙子罷了。」于連暗自慶幸，他所有的錢財都藏在了他的長筒靴子裡。

彼拉爾神父考察了于連的神學，于連知識很淵博。當他問起有關《聖經》的問題時，于連對答如流，這令彼拉爾神父更是感到驚訝。但是，問到那些教宗的學說時，他發現于連差不多連聖哲羅姆、聖奧古斯丁、聖博納旺蒂爾、聖巴齊勒等人的名字都不知道[55]。

「事實上，」彼拉爾神父心想，「這就是抗議宗教的不良傾向，我曾多次為此責備過謝朗。對《聖經》不宜過深的研究。」

于連本來還想和他談起《聖經》中的《創世紀》[56]和《摩西五經》[57]著作年代時，不過，可惜的是，彼拉爾神父沒有問及這個題目。

「這種對《聖經》無窮無盡的研究，」彼拉爾神父想，「除了把人們引向那可怕的抗議宗教的思想以外，還有什麼其他的結果呢？而且除了這種輕率的學問之外，對於能夠抵消這種傾向的教宗一

55. 聖熱羅姆，古羅馬教父，《聖經》學家。聖奧古斯丁，古羅馬教父，神學家，哲學家。聖博納旺蒂爾，法國神學家。聖巴齊勒，古希臘教父。
56. 《舊約》的首卷。
57. 《舊約》的首五卷。

無所知。」

問到教皇的權威時，神學院院長的驚訝更是沒有邊際了。原來他只是問到古代高盧派教會的一些格言訓誡，沒想到這個年輕人竟把德．邁斯特先生的《教皇論》全書背誦了一次。

「這謝朗真是個怪人，」彼拉爾神父想：「讓他看這本書是為了教他如何嘲笑這本書嗎？」

他耗費了許多功夫去考問于連，想弄清楚于連是不是真正相信德．邁斯特先生的學說。年輕人回答了他的問題，但全是憑藉記憶的知識。這時于連心情舒暢多了，他覺得能夠控制自己了。經過長時間的考試，他覺得彼拉先生對他的嚴厲不過是做做樣子罷了。

實際上，如果不是十五年來，他給自己制定了一種原則：對待學生必須嚴肅穩重，他早已和于連擁抱了。他覺得于連的回答何等清晰、準確、而且乾淨俐落。

「這是一個勇敢而健全的心靈，」彼拉爾神父暗想道，「就是體質有點虛弱。」

「您常這樣摔倒嗎？」他用法語向于連說道，一面指著地板。

「這是我生平第一次，守門人嚇壞我了。」于連面頰緋紅，像個孩子似的。

彼拉爾神父幾乎要笑出來。

「這就是世間浮華所產生的後果；看來您已習慣了笑臉，那是謊言的真正舞台。先生，真理是嚴肅的！我們在人世間的工作，不也是嚴肅的嗎？您要用良心去抵制這種天性。不要太追求那些無謂風流韻致。」

「假如您不是謝朗神父這樣一個人推薦來的。」彼拉爾神父再度用拉丁語講話，臉上露出笑容，我就用人世間的您過於習慣的那種浮華的語言跟您談話了。我看您被世俗社會上的惡習薰染得太厲害了。我可以告訴您，您所請求的全額獎學金，是世界上最不容易獲得的東西。不過如果謝朗神父在修道院裡連安排一份獎學金的權利都沒有的話，他五十六年的修道工作就得不到認可了，那也太說不過去了。」

說完這段話後，彼拉爾神父囑咐于連──如果沒有他的允許，不得參加任何團體或秘密修會組織。

「我用名譽保證，」于連說，像個正直的人那樣心花怒放。

修道院院長第一次露出了笑容。

「此話在這裡說不合適。」他向于連說道，「它太讓人想起世間人們的虛榮了，正是這種虛榮引導他們犯下那麼多錯誤，常常還犯下罪惡。根據聖庇護五世[58]的**Unam Ecclesiam**[59]諭旨第十七段，您應該對我有絕對服從的義務。我是您的長輩，您是我最親愛的兒子。聽著，在修道院裡，聆聽就意味著服從。您錢袋裡有多少錢？」

「我明白了，」于連暗想道，「原來是因為這個原因才叫我『最親愛的兒子』。」

「我有三十五法郎，親愛的神父。」

「仔細記下錢是怎麼用的，要向我彙報。」

這個恐懼交加的會談，歷時三小時之久，最後于連才奉命叫守門人進來。

「您去把于連．索海爾安置在一〇三號小屋裡。」彼拉爾神父向這人說道。

58. 西元一五六六年至一五七二年任羅馬教皇。
59. 拉丁文：一個教會。

他讓于連單獨住一間屋子，這已是格外施恩了。

「您把他的箱子也搬去。」他又補充道。

于連垂下眼睛，看見他的箱子就在門前；他三個鐘頭以來一直在看它，居然沒有認出它來。

一〇三號房間是一間八步正方的小室，位置在最高的一層樓上。于連注意到小室的窗子對著城牆，越過城牆可以看見美麗的平原，杜河在它和市區之間流過。

「多麼美好的風景啊！」于連不禁叫出來。

雖然在貝藏松的時間還很短暫，但他所受到的強烈刺激已使他耗盡了所有的精力。他靠近窗子，坐在小室裡唯一的木椅上，立刻沉沉地睡去了。他沒有聽見晚餐的鐘聲，也沒有聽見聖體降福儀式的鐘聲；大家已經把他忘了。

第二天早晨，當他在晨光的熹微中醒來時，他才發現自己竟睡在地板上。

chapter 26

曠世稀缺

他急忙刷乾淨衣服走下樓去，但還是遲到了。一位學監狠狠地責備他。于連並未設法為自己辯解，反而雙手交叉，放在胸前。

他懊悔地說道：「我的神父啊，我犯了罪，我願認錯。」

這個開端，是很成功的。學生中的那些精明人一眼便看出，他們要與之打交道的人可不是個初入道的新手。休息的時間到了，于連覺得自己成為眾人注意的目標。然而他們從他那裡得到的只是克制與沉默。根據他給自己定下的格言，這三百二十一個同學，在他眼裡都是敵人，都存有敵意，修道院裡最危險的敵人便是彼拉爾神父。

幾天後，有人交給他一張名單，于連需要選定一個懺悔神父。

「啊！天哪！他們把我當成什麼人了，」於是他選定了彼拉爾神父。

他完全沒想到，他的這個行動是有決定意義的。

一個維里埃出生的年輕修士，從第一天看到于連就把他當成了朋友。他告訴于連，如果他選定副院長卡斯塔奈德先生，也許更妥當些。

「卡斯塔奈德神父是彼拉爾先生的對手，」他挨近于連的耳邊補充道，「有人疑心彼拉爾先生是冉森派的。」

我們的主人公自以為謹慎，可是他開始時走的那幾步，例如選擇懺悔神父，全都是魯莽之舉。富於想像的人都很狂妄自大，這種狂妄自大使他看不清方向，把願望當作了現實，相信自己已是一個老練的偽君子了。可是假裝軟弱，雖勝不武。

「唉！這是我唯一的武器！換一個時代，」他對自己說，「我會面對敵人用有力的行動來掙我的麵包。」

于連，對自己的行為感到滿意，重新觀察了他周圍的人，似乎人人都恪守清規，道貌岸然。有八到十個修士的確生活在聖潔的氣氛中。他們整天與幻想為鄰，像聖德肋撒[60]，又像在亞平寧山脈的韋爾納山峰上接受五傷時的聖方濟各[61]那樣。不過這是一大秘密，他們的朋友絕口不談。這幾位見過幻象的年輕人幾乎總是待在醫務室裡：另外還有百來個人是在堅強的信念中毫不疲倦地苦修苦練。工作幾乎使他們生病，但他們學到的東西甚少。兩三位真有才能者脫穎而出，其中有一位叫夏澤爾，不過于連覺得與他們有距離，他們也不和他親近。

在三百二十一個修士中，剩下的都是些粗俗的人，他們整天誦讀拉丁文，但他們其實並不懂得其中的含義。他們幾乎都是農家子弟，寧肯靠背拉丁文掙麵包而不願意在土圪垃裡刨食吃。根據這一觀察，于連從最初幾天起就發誓迅速取得成功。在進修道院的初期他就有信念他自己會迅速獲得

60. 十六世紀西班牙修女，據傳曾其見上帝顯靈。
61. 義大利修士，於一二〇九年建立方濟各托缽修會。

成功。「一切事業中都需要聰明人，總之，大有可為。」他暗想道：「在拿破崙的統治下，我會是一個士官；在未來的神父中，我將會是一個代理主教。」

「所有這些可憐蟲，」他繼續想道，「從小就是幹粗活的，他們在來這裡以前，一直吃黑麵包，啃的是有凝塊的牛奶，住的是茅草屋，一年只能吃五、六回肉。這些粗野的農民，簡直被修道院裡的幸福生活迷了心竅。」

從他們憂鬱的眼睛裡，于連只看到飯後被滿足的肉體需要和飯前焦急難耐的肉體快樂。他就是應該在這樣一些人中間脫穎而出，然而于連不知道，他們也不肯告訴他，——就是他們在修道院裡學習的教義、教會史等各項課程中，考上第一名的，在他們看來是出風頭，是罪惡。

自從出現了伏爾，自從實行了兩院制政治，而歸根究柢這種政府不過是懷疑和個人探討的產物，給各國人民的思想造成了懷疑的惡習。教大家養成了互相不信任的壞習慣，法國教會好像已經瞭解到書本是它真正的敵人。在它看來，只有心靈的屈服，才是一切！在學習、甚至聖潔的學習中取得成功，更認為是可疑的，而且也並非沒有充分的理由。誰能阻止西埃耶斯或者格雷古瓦[62]那等傑出的人投奔另一方！嚇得發抖的教會依附教皇，把他當作是拯救自己的唯一的希望。只有教皇才能設法麻痹個人的反省精神，用教廷裡那些儀式的虔誠盛大來影響上流人士的厭倦病態的精神。

對真理的理解，于連只相信其一半。而在神學院裡說出來的話又都力圖使之成為謊言，他陷入深深的苦悶之中。他拚命工作，很快就學會了對將來做神父非常有用的東西。其實他對這些東西絲

62. 格雷古瓦係格勒諾布爾一神甫，曾於一八一九年被選為議員。

毫沒有興趣，並認為好多的東西是錯誤的。但他覺得除了學習這些東西之外，沒有其他的事情做。

「難道全世界的人都把我忘了？」他暗自想道。他不知道彼拉爾神父已經收到好幾封從第戎寄來的信，只是看過後就扔在火裡燒掉了。信的用詞十分得體，字裡行間卻流露出強烈的感情。嚴重的悔恨好像正在和愛情搏鬥。

「也罷。」彼拉爾神父心裡想，「至少這個年輕人愛過的那個女人，也是一個信神的人。」

一天，彼拉爾神父拆開一封信，有一半已被淚水浸得字跡模糊，這是一封訣別的信。最後，寫信人向于連說道：「上天終於賜我恩典，使我懂得了恨，但不是憎恨罪過製造者。因為他將永遠是我在世上最親愛的人。而是憎恨我那罪過本身。親愛的朋友，犧牲已經做出，並非沒有眼淚，您看到了。我應該為之獻身、您也曾那樣地愛過的那些人，他們的永福得到了保證。一個公正然而可怕的天主不會因他們的母親犯了罪而對他們施行報復了。再見！我的于連，願您公平正直地對待世人吧！」

這封信末尾的幾行，差不多認不清楚。寫信人給了一個在第戎的通信地址，但希望于連永遠不回信或至少不要說出讓一個幡然悔悟的女人聽了臉紅的話。

于連的憂鬱，加上修道院裡午餐的簡陋食物，使他的健康開始受到影響。一天早晨，富凱突然出現在他的房間裡。

「我總算進來了！絲毫沒有責備你的意思……為了看你，我已經來過貝藏松五次。修道院的大門總是緊緊關著。我派了一個人守在神學院門口，見鬼，你怎麼總是不出來？」

「這是我給自己的一種考驗。」

「我發現你變多了。我總算又見到了你。我剛才花了兩枚五法郎漂亮銀幣，才知道自己真是很蠢，沒在第一次來這裡時就走這條門路。」

兩個朋友沒完沒了的談話。「對了，你知道嗎？你的學生的母親現在可虔誠啦。」于連的臉色立刻變了。

他說這話時神情輕快隨便，但是這種神情卻在一顆充滿激情的心靈上留下奇特的印象，因為說者無意中攪動了聽者最珍貴的隱衷。

「是的，我的朋友，最狂熱的虔誠。有人說她去朝聖呢。不過，讓馬斯隆神父丟臉的是，他長時期以來偵察著可憐的謝朗先生。可是德·雷納夫人不願找他，她寧願跑到第戎或貝藏松來做懺悔。」

「她來到了貝藏松！」于連說時，額頭都漲紅了。

「次數夠多的。」富凱回答著。

「你身邊有《立憲主義者報》嗎？」

「你在說什麼？」富凱摸不著頭腦。

「我問你是不是有《立憲主義者報》。」于連繼續說，他的聲音很平靜，「這裡有得賣，三十蘇一份。」

「怎麼！在修道院裡也有自由黨人！」富凱驚叫了出來，「可憐的法蘭西！」他學著馬斯隆神父那偽善的聲音和甜蜜的腔調，補了一句。

這次富凱的來訪本可以使我們的主人公有很大的觸動，但第二天，被于連當孩子看待，來自維里埃的那個小學員的一句話使他發現了一件重要的事。自進入神學院以來，于連的行為不過是一連串的做假罷了。他時常痛苦地自嘲。

其實，他一生中的那些重大行動都實施得很巧妙，但他不注意細節，而神學院裡那些精明人卻只盯著細節。因此，他已在同學中被認作自由思想者了。一大堆瑣細的行動出賣了他。

在他們看來，于連肯定要犯一次大的罪過。他思考，他全憑自己去判斷，而不盲從權威和先例。彼拉爾神父沒有幫過他一點忙，他在告罪亭之外沒有跟他說過話，就是在告罪亭裡也是聽得多，說得少。如果當初他選定卡斯塔奈德神父，情形也許完全不同了。

于連一旦覺察到自己的毛病，便再也不敢掉以輕心了。他想知道這種毛病造成的損失究竟有多大，為此，他略微打破了他用來拒絕同學們的那種孤高而執拗的沉默。於是大家就趁機向他進行報復，他的趨奉遇到了近乎嘲弄的輕蔑。他這才知道，自打他進入神學院，沒有一個鐘頭，尤其是休息的時候，無時無刻不產生對他有利或不利的後果，亂子闖得太大，要挽救這一局面就有一定的困難了。從今以後，于連時刻都提高警惕，他要為自己勾畫出一種全新的性格來。

比如，他眼睛的活動就給他帶來了很多麻煩。在這種地方，人們應該眼睛低垂著，這並不是沒有道理的。

「在維里埃時，我是多麼自負呀！」于連暗想道，「我以為這就是生活，其實只是為生活做準備，現在我已踏入這個世界，一直到我演完這個角色為止，每分鐘都要裝出虛偽，實在太難了。」

他補充道，「這是要讓赫拉克利斯[63]的功績黯然失色啊。現代的赫丘利就是西克斯特五世[64]。他一連十五年用謙虛謹慎的態度，欺騙了四十個大主教，他們曾經看見過他年輕時的暴躁和高傲。」

「學問在這裡沒有用武之地！」于連帶著憤懣的情緒暗想道，「學教義、教會史的成績不過是表面功夫，這些課程講述的東西對所有像我一樣的傻子，不過是請君入甕的手段，唉！我唯一的優點，是我的進步快。關於領會那些無稽之談的含義，他們會真正重視這些東西的真實價值嗎？他們會像我一樣地去判斷嗎？」

「這麼說，學問在這兒什麼也不是啦，我真愚蠢，我經常考第一名，居然自以為了不起！其結果只能使我離開修道院出去賺錢糊口時，得到一個不利於工作安排的壞成績。沙澤爾比我知識豐富得多，但在作文中總加進去一兩句不合時宜的話，因而他被降到第五十名。如果他偶爾考得第一名，那便是他心不在焉的結果。啊，要是彼拉先生能指點我一句話，僅僅一句，我便受益匪淺了。」

于連醒悟過來以後，先前厭煩得要命的那些長時間的苦行修煉，如每週數五次念珠、在聖心教堂唱聖歌，等等，如今都變成最有興味的行動時刻。他嚴格審視自己的行為，儘量的隱藏自己的才華。他不像院內那批模瓦納修士，一上來就要做出一些有意義的行為，來證實自己是十全十美的基督徒。在神學院，有一種吃帶殼溏心蛋的方式，更表明在宗教生活中取得的進步。

看到這裡，讀者也許會笑起來——那麼就請他回憶一下德利爾神父在路易十六宮廷的一位貴婦人家午餐時吃雞蛋所犯的錯誤吧。

63.希臘神話中半人半神的英雄，即羅馬神話中的赫丘利。
64.十六世紀羅馬教皇。

于連首先努力做到和一個年輕修士匹配的舉止動靜、胳膊的動作、眼睛的表情等。實際上已無任何世俗氣，但尚未表明他已全神貫注於來世的觀念和今世的純粹虛無。

于連在走廊牆壁上，經常發現用木炭寫著這樣一些詞句：「與永恆的快樂或地獄裡永恆的沸油相比，六十年的考驗算什麼？」他不再蔑視這些句子了，他明白應該不斷地將其置於目前。

他開始注意那些詞句，他認為應讓它時時刻刻展現在自己眼前。

「我這一生將要做點什麼呢？」他暗想道，「我將向信徒們出售天堂裡的位子。這位子如何能讓他們看見呢？通過我別於凡俗的外表唄。」

經過好幾個月的不懈努力，于連還不能達到目的。他轉睛動嘴的方式仍未表明隨時準備相信一切、支持一切、甚至證之以殉道者的那種內在的信仰。于連憤怒地發現自己在這方面竟被那些最粗野的鄉下佬超過了。其實他們沒有思考的神態倒是合情合理的。

那種流露出一種隨時準備相信一切容忍一切的狂熱而盲目的信仰的面容，我們經常可以在義大利的修道院裡看到，——虔誠的信徒為了我們這些世俗的人，圭爾契諾[65]已把他作為典瓦納描摹在教堂的壁畫上。

在重大的節日裡，修士們可以吃到臘腸燒酸白菜。于連的鄰座注意到他對這種幸福無動於衷；這是他最主要的罪行之一。

他的同學們從這裡看出了他最愚蠢的偽善，再沒有比這件事給他招來更多敵人了。

65. 圭爾奇諾（一五九一至一六六六），義大利宗教畫家。

「看這個資產者，看這個倨傲的傢伙，」他們說道，「他假裝看不起這最好吃的食物，臘腸酸白菜！這可是多麼珍貴的食物啊！哼！這個壞蛋！這個傲慢的傢伙！這個該下地獄的人！」

「唉！這些年輕的農民，我的同學，對他們來說，無知乃是一種巨大優點，」，他完全可以由於贖罪而不去吃那酸白菜，並且本著犧牲的精神指著酸白菜向某一同學說：「如果這不是甘願承擔的痛苦，一個人還有什麼可以獻給造物主的呢？」

但是于連缺少經驗，想看清這類事很不容易的。所以，現在的情況對我的學友們來說愚昧無知倒是一個極大的優點了，「唉！這些年輕的鄉下人，」于連在失望中大聲叫道，「他們進修道院之後，教師完全沒有必要從他們身上去掉像我這麼多大量的世俗思想。而不管我在做什麼，他們都會從我的臉上看出來。」

于連以一種近乎嫉妒的專注研究那些進神學院的年輕鄉下人中最粗俗的人。當有人叫他們脫下他們的粗布短衣、穿上黑道袍之後，他們受的教育，僅限於像弗朗什－孔泰人所說的，乾淨俐落的現錢。

這是對現金這個崇高觀念的神聖而豪邁的表達方式。

對這些修士們來說，也許心中最大的人生幸福就是飽餐一頓。于連發現他們幾乎每一個人都對穿一件細料衣服的人有種天生的崇敬。有這種觀念的人對公正分配，例如法庭給予我們的那種公正分配，進行恰如其分的估價，甚至低估其價值。他們私下裡常說：「跟一個大佬打官司能有什麼好處呢？」

大佬是汝拉山區的土話，是富翁的意思。我們可以想像他們是最富有者，也就是內閣，他們是多麼受尊敬！

在這群人中間，如果有人提到省長先生的名字而你不報以含有敬意的微笑，在弗朗什－孔泰的一些農民眼裡，那就算是輕率失禮。對於窮人，很快就要受到沒有麵包吃的處罰。

一次，于連聽到一個富有想像力的年輕修士問他同伴說：「為什麼我不能當上教皇，像西克斯特五世那樣，他原來是個看豬的呀？」

「只有義大利人才能當教皇，」他的朋友回答道，「不過代理主教、議事司鐸、甚至主教，這些職位肯定可以用抽籤來決定。沙隆[66]的主教P先生，不過是個箍桶匠的兒子，和我父親同一職業。」

一天，于連正在上教義課，彼拉爾神父派人把他叫去了。可憐的年輕人，能夠離開這個使他身心備受煎熬的環境，十分高興。

于連發現院長先生接待他時和他進修道院那天同樣可怕。

「給我解釋這張紙片上寫的是什麼，」他說道，一面瞪了他一眼，恨不得把他吃掉。

紙片上是這樣寫的：艾曼達．比內，在長頸鹿咖啡店，八點鐘以前。就說你是冉利人，我母親方面的表親。

于連覺得事情嚴重，這個地址是卡斯塔奈德神父的密探從他那裡偷去的。

「我到這裡來的那一天，」他回答道，同時看著彼拉爾神父的額頭，因為他不敢正視他那可怕的眼睛，「我心驚膽戰，謝朗神父曾對我，這個地方佈滿了密探和各式各樣的壞人，他們窺視和告

66. 法國馬恩省首府。

發。而這種行為在同學之間，並不認為是羞恥的。目的是要讓這些年輕的教士們看到生活的真實情況，引起他們對人世繁華的厭惡。」

「你這個壞東西！」彼拉爾神父氣沖沖地說道，「竟敢當著我面這樣花言巧語。」

「在維里埃，」于連冷靜地繼續說道，「我哥哥要是找到理由嫉妒我時，他們就要打我……」

「廢話少說，廢話少說！」彼拉爾神父大聲叫道，差不多控制不住自己了。

于連絲毫沒被嚇壞，他極力說服自己平靜下來，然後繼續敘述事情的經過：「我到貝藏松的那一天，差不多已經是中午了。我肚子餓了，走進一家咖啡店，雖然我的心裡對這樣一個世俗的地方心裡充滿了嫌惡。可是我想在那兒吃飯要比在旅館便宜。一位太太，看上去是鋪子的老闆，她可憐我人地生疏，便說：『先生，貝藏松有好多的壞人。我有點替您擔心，如果您碰上什麼倒楣的事，就來找我吧，八點之前打發人到我這兒來。給我送個信兒就可以。如果修道院的門房拒絕給您方便，您就說我們是表親，生長在冉利……』」

「我們不相信你這些鬼話，但是，也不能完全憑我們的主觀臆斷，所以我們要調查你說的這些話！」彼拉爾神父叫嚷道，他氣得坐立不安，在房間裡來走去。

「現在回房間去。」

彼拉爾神父跟在他後面，在他進去後，拿把鎖把他鎖在了小屋裡。于連立即檢查他的箱子，那張要命的紙牌就是極細心地藏在箱底的。箱子裡什麼東西都不缺，只是翻得亂了一些，不過箱子的鑰匙是一直在身上，沒有離開過。

「我真是幸運呀，」于連心裡想道，「我還蒙在鼓裡時，卡斯塔奈德先生曾多次給我機會，允許我出去，我一直沒有注意到，所以從來沒有接受過，我現在才懂得了他的慷慨。要是我抵擋不住誘惑，換了衣服去會美麗的艾曼達，我可就完了。他們未能用這種辦法從所獲情報中得到好處，又不想放過我，就採取了告發的辦法。」

兩個鐘頭以後，院長又派人將于連叫去。

「您沒有說謊。」他向于連說道，他的眼神和氣了許多，「不過，保留這樣的地址是不謹慎的，其嚴重性您還想像不出。不幸的孩子！也許十年以後，它會給您帶來不幸。」

chapter 27 初次經歷

有關于連這個時期的生活，我們只能簡單明瞭的略談一二。並非無事可說，恰恰相反。但是，他在神學院的所見所聞對於本書所竭力保持的溫和色調來說也許是過於黑暗了。雖然需要克服的困難並不大，哪怕是外界最微小的幫助，都會使他堅定起來，增強他的信心，只是他現在太孤單，有時他覺得他就像大海裡漂泊的一隻小船。

「就算我能獲得成功，」他心裡想，「但是和這幫人生活一輩子那也太難了！一群饕餮之徒，一心只想著他們在餐桌上狼吞虎嚥肥肉煎蛋，或者一群卡斯塔奈德神父，在他們眼裡，任何罪惡都不是完全骯髒的！都有它們合法的理由，不過這代價確實太大了，天哪！」

「人的意志是堅強的，這一點處處可見，但是單憑它就可以克服這種從心裡生出的厭惡嗎？那些偉人的任務倒好辦；無論危險多麼可怕，他們總覺得它是美的；然而除了我，誰又能理解包圍著我的那一切有多醜惡呢？」

這是一生中對他考驗最嚴峻的時刻。對他來說，到一個駐紮在貝藏松的漂亮團隊去當兵，那是何等容易的事！或者他還可以當拉丁語教師，生存下去，他並不需要太多的東西！不過這樣一來，就談不上他想像中的事業和前程，這等於是死了一樣。下面就是他度日如年的一點情況：

「我是何等自負啊，經常慶幸自己與那些農家子弟不同！這下好了，日子一長才發覺，差異產生仇恨，」一天早晨，他暗想道。

這個偉大的真理，是他從一次最富於刺激性的失敗中看出來的。

他克制住內心的厭惡感，做了八天工作，目的是想博得一個生活在所謂聖潔氣氛中的同學的歡心。那天，他跟他一道在院子裡散步，附耳貼首的傾聽著那些讓人站著都能睡著的蠢話。突然，暴風雨來了，響起一記悶雷，那位聖潔的修士粗暴地推開他，大叫道：「你聽著，在這個世界上，每個人都是為了自己，我可不想遭雷劈！可是天主有可能會用雷把您擊斃，像對付一個不信神的伏爾泰那樣。」

于連心裡憤怒到了極點，他咬緊牙關，望著雷電交加的天空憤恨地說道：「如果我在暴風雨中仍然執迷不悟，就活該被淹死！」于連叫道。「還是去嚇唬別的書呆子吧！」

卡斯塔奈德神父的聖史課鈴聲響了。

這一天，卡斯塔奈德神父在給那些被貧窮和艱苦工作嚇壞了的年輕鄉下人講課時說：「在他們看來如此可怕的東西，也就是內閣——它只有根據上帝派到地上的代理人的授權，才具有真實合法的權力。」

「那麼要以聖潔的生活和無條件的幸福來報答教皇的恩典！你們好比是他手裡的一根指揮棒，」他補充道，「你們將得到一個出色的職位，你們可以發號施令，不受任何監督。一個終身的職位，薪酬的三分之一由政府支付，其餘的三分之二由受過你們的佈道培養的信徒支付。」

卡斯塔奈德先生離開講台，來到院子裡，在他的學生中間停住了腳步，這一天他們的注意力顯得特別集中。

「關於一個本堂神父，完全可以這樣說：什麼樣的人就有什麼樣的職位，」他向圍繞著他的學生們深情激動說道，「對於這些我瞭解得很清楚，有些山村的教區，那裡教士的額外收入，比城裡許多教士的收入要多很多。他們除了領取同樣的薪俸外，還有肥大的閹雞、雞蛋、新鮮奶油和許多雜七雜八的小玩意兒，那些都是他的教徒們奉獻給他們的呢。在那裡，教士是大家公認的第一號人物，每一頓好酒席都會邀請到他。」

卡斯塔奈德先生剛上樓回到自己的房裡，學生們就三五成群地分開了。于連哪一堆也不是，他們把他丟在一旁，彷彿一隻長疥的羊。在每一個小組裡，于連看見都有一個人把一枚銅幣拋向天空，如果猜中了正反面，同學們就說他很快將得到某個額外收入豐厚的本堂神父職位。

這個故事接著就在群眾中間傳開了。

故事是這樣的：有一個年輕教士，儘管他接受聖職不到一年，但他給老教士的女僕送去一隻兔子，於是就得到了做他的候補人的許可，幾個月以後，老教士死去了，他就接替了那位老教士的職務。另有一位，頓頓飯陪著一位癱瘓的老本堂神父，細細地為他切雞，終於被指定為一個很富的大鎮的堂區繼承人。

這些修士們，和其他職業中的年輕人一樣，都充滿了對任何小事的幻想

「我得參加這些談話，」于連想。他們若是不談香腸和好堂區，就談教理中的世俗部分，談主教和省長、市長和本堂神父之間的糾紛。于連看到有一個第二上帝的觀念出現，這第二天主遠比另

一個上帝更可怕更強大，這第二天主就是教皇。按他們的說法，如果教皇不願費神去任命法國的所有省長和市長，那是因為他已任命法國國王為教會的長子，委託他去辦了。但他們說這話時，把聲音放低了，而且確信不會被彼拉爾先生聽見。

chapter 28

聖體瞻禮

于連儘量裝傻，儘量謙卑，但還是不能討得別人的歡心——他實在跟眾人格格不入了。

「不過，」他想，「這些老師都是些精明人，千裡挑一挑出來的，為什麼不喜歡我的謙卑呢？」其中只有一個，似乎對于連的逢迎有所表示。于連所有的詭計，他好像都相信了。這就是大教堂的司儀長夏斯—貝爾納神父，十五年前，人家讓他覺得有望得到議事司好的位置，他就一邊等，一邊在神學院裡教授佈道術。于連還未開竅的時候，在他班上常考第一。因此，每逢上完課後，他總是熱情地挽著于連的胳膊，在花園一同散步。

「他要幹什麼？」于連暗想道。他感到奇怪，夏斯神父跟他談大教堂擁有的飾物，一談就是幾個鐘頭。

除了喪事用的飾物，大教堂共有十七件鑲有飾帶的祭披。曾有人想從呂邦普雷會長夫人身上打點主意，這位九十歲的老太太七十年來一直保存著她的結婚禮服，那件禮服是用里昂最名貴的夾金線綢料做成的。

「我的朋友，您想想看，」夏斯神父突然停下來，瞪著一雙大眼睛說道，「這種料子穿起來身材筆挺，也許那裡面有很多金子，所以才會這樣。但是我有理由相信會長夫人會留給我們八個精美的銀質鍍金燭台。據說是勃民第公爵大膽查理從義大利買回來的，她的一位先人曾經是一位公爵的寵臣。」

「此人跟我講這些舊衣服的故事到底有何用意呢？」于連心想道，「這項工作是如此巧妙，他準備了那麼長的時間，每天都小心翼翼的，所以什麼也沒有暴露出來。他比那些人都機靈，那些人的秘密目的我只用兩個禮拜就猜出來了。我知道了，此人十五年來一直受著野心的折磨！」

一天晚上，正在上劍術課，彼拉爾神父把于連叫去，對他說：「明天是聖體瞻禮節，夏斯神父需要您幫他裝飾大教堂。去吧，聽他的吩咐！」

彼拉爾神父，把他叫了回來，帶著關心的神色向他說道：

「這是一個進城走走的機會，就看您願意不願意了。」

「有很多隱藏的敵人會注意我。」于連回答道。

第二天一大清早，于連去大教堂時兩眼低垂著。但街上的景象和城裡活躍的氣氛，讓他看了很舒服。人們都在自己的房屋門前懸掛彩幔。看著這些景象，他突然覺得他在神學院度過的全部時光，彷彿只是一瞬而已。

他想起維爾基，又想起那個美麗的艾曼達，她的咖啡店離這裡並不遠。他可能遇見她。他遠遠地瞧見夏斯－貝爾納神父站在大教堂門口，那是一個面相快活神情開朗的胖子，但是在這天他得意極了。

「歡迎，歡迎，我在等您，我親愛的兒子。」他老遠望見于連就叫了起來：「今天的活兒很重，時間又長，我們先吃頭頓早飯，添些力氣，不要客氣，儘量吃飽點的。第二頓飯大概在十點鐘，在大彌撒期間。」

「先生，我希望時刻有人和我在一起。」于連嚴肅地向他說，「勞您大駕，請您記著我到這裡的時間是五點差一分。」他補充道，同時把牆上的一座掛鐘指給他看。

「啊！修道院裡的那些小壞蛋使得您這樣謹慎！」夏斯神父說，「您能夠想到他們的指責，這樣的態度是正確的。不過別擔心，一條道路因為兩旁的籬笆有刺就不那麼美麗了嗎？旅人趕路，讓扎人的刺在原地枯萎。還是幹活吧，親愛的朋友，幹活吧！」

夏斯神父說得不錯，這一天的活是很艱苦的。因為大教堂前一天舉行過盛大的葬禮；任何準備工作都沒有做，今天卻要在一個上午把支撐教堂三個中心部分的所有哥德式大柱子都罩上長達三十尺的紅錦緞彩套。主教先生用郵車從巴黎請來四個帷幔匠，但人手仍不夠，這幾位師傅對本地不熟練的工人不僅不鼓勵，反而嘲笑他們，使他們的手腳更不利索了。

于連看到非親自上梯子不可，他敏捷的身手派上了用場。他自告奮勇，負責指揮本城掛彩幔的工匠。夏斯神父高興地看著他從這個梯子攀登到那個梯子。不一會兒，所有的柱子都罩上錦緞彩套，接下來要把五個巨型的羽毛束放在主祭壇上方的大華蓋上。但是如果要走到華蓋中心，還必須走過一個古老的木頭飛簷，那個木頭飛簷看上去不太結實，飛簷也許已被蟲蛀壞了，而且離地有四十多尺高。

看著眼前這條艱險的道路，巴黎的幾位掛彩幔的工匠剛才那種興高采烈的神情瞬間化為烏有。個個傻了眼；他們從底下往上看，嘰嘰喳喳地議論，就是不上去。

于連拿起羽毛花球，跑著登上梯子。他把羽毛束穩穩地放在華蓋中心的冠狀飾物上。當他從梯子上順利地下來時，善良的夏斯神父把他抱在懷裡叫了起來：「我要把你的勇敢這情況講給我們的主教大人聽。」

十點鐘的早餐充滿了快樂的氣氛。于連把夏斯神父的教堂裝扮得十分氣派。

「親愛的門徒，」他向于連說道：「我母親以前是這個可敬的大教堂租椅子的人。我就是在這偉大的建築物裡長大的。每天沐浴在神聖的氛圍中，那時我只有八歲，我已經在別人家裡輔助做彌撒，遇到這樣神聖的日子，那些人家就供給吃喝。但是羅伯斯比爾的恐怖卻使我們傾家蕩產。要說折祭披，誰也沒有我折得好，飾帶從未斷過。自從拿破崙恢復法國的宗教信仰，這可敬的大教堂的一切事務就由我就來管理了。一年五次，我親眼看見它用這些如此美麗的飾物裝扮起來。但是它從未像今天這樣富麗堂皇，錦緞的幅面從未像今天這樣平展，這樣緊緊貼著柱子。」

「他終於要向我吐露他的秘密了。」于連心裡想，「他說起他自己的豐功偉績，總是會有點情不自禁。但是這個激動的人還沒有說出什麼不謹慎的話來。不過他做過很多工作，他是幸福的，」于連暗想道，「好葡萄酒也沒少喝。怎樣的一個人啊！對我來說，怎樣的榜樣啊！」他有點暈乎了。

當大彌撒的鐘聲響起的時候，于連想披上白法衣，跟著主教去參加這莊嚴的聖體遊行。

「我的朋友，您還不能去，你忘記了還有小偷呢！」夏斯神父提醒他，「您也許還沒想到這一點。遊行的佇列就要出發，教堂裡就會沒有人的，您和我要負責看守。如果圍繞在大柱子腳下美麗的金線緣飾丟失兩奧納[67]的話，那我們就算觸黴運了，我們會受到最嚴厲的懲罰，這是呂邦普爾夫人贈送的禮物，那是從她的曾祖父、那個著名的伯爵那裡得來的。這都是純金的呀！我親愛的朋友，」神父貼著他的耳朵，顯然很激動地補充說，「一點都沒有摻假啊！所以我誠懇地委託您看守教堂的北半部，您可不能離開那裡！我負責看守教堂南半部和正廳。您在看守時特別要注意那些懺悔座，就是從那兒，給小偷做耳目的女人盯著我們轉身的那當兒。」

當他說完話時，十一點三刻響起來，緊跟著那口大鐘也響了。鐘聲大作，如此飽滿，如此莊嚴，使于連深受感動。鐘聲把他帶到了遙遠的天堂了。

神香的香味混合著聖體前面拋拂的玫瑰花瓣的香味，于連的精神完全陷入激動狂熱的狀態中。那口鐘的聲音如此莊嚴，本來只應讓他想到二十個人的勞動，他們的報酬只有五十個生丁，也許還有十五或二十個信徒幫助他們。他們的勞動是那麼的辛苦，雖然也許還有十五到二十個虔誠的信徒在幫助他們。他還應想到那繫鐘的繩子和大橫木日趨損壞，這有可能就是一種潛在的危險，據說每隔兩世紀它必定會落下來一次。他應該考慮圖什麼辦法降低打鐘人的工錢，考慮用赦罪或用取自教會的財富而又不使其錢袋癟下去的其他恩寵來支付他們的工錢。

然而，于連卻沒有這些明智的考慮，他的靈魂被雄偉洪亮的鐘聲所激蕩，已經迷失在幻想世界裡了。由此看來，他永遠不可能做一個好神父，也不能做一個好官吏。像這樣容易激動的心靈頂多適於作藝術家。

67. 古法尺，相當於今天的一點二米。

這一天，天氣晴朗，聖體遊行的佇列慢慢地走過貝藏松，不時停留在地方上有權威的人爭先恐後搭建起來輝煌祭壇前面。教堂則沉浸在一片幽深的寂靜之中。半明半暗，一片宜人的清涼；整個教堂還瀰漫著神香和玫瑰花的香氣。

沉寂、幽靜以及正廳裡蘊含著的清爽，使得于連的夢想更加漫長。他無須擔心夏斯神父會對他造成干擾，他正在另一個地方忙著呢。于連的靈魂幾乎拋棄了肉體的外衣，在歸他查看的北翼慢步徜徉。確信在懺悔座裡只有幾個虔誠的女人正在祈禱，他漫不經心地瞧了一眼。

就是這漫不經心的一眼，卻使他那散漫的心收回了一半：兩個女人衣著非常華麗，跪在那裡。一個跪在懺悔座裡，另一個緊挨著前一個，跪在一把椅子上。

也許是由於他模糊的責任感，也許是由於他對她們那華麗而高貴的衣著的欣賞，他再次仔細看了一下，發現懺悔座裡並沒有神父。

「這就怪了，」他想，「她們若是虔誠的，為什麼不跪在街頭的祭壇前面去誠心祈禱呢。或者，如果她們是貴夫人，那應該舒舒服服地坐在陽台的第一排座位上。她們為什麼跪在這裡呢？看看這衣服剪裁得體，是多麼雅致啊！」他放慢了腳步，為了瞧她們一瞧。

于連的腳步聲在深邃的寂靜中響起，跪在懺悔座裡的女人聽見了，略微偏了偏頭。突然，她輕輕叫了一聲，頓感渾身無力。

這跪著的女人支持不住了，往後便倒；她的朋友緊挨在她身邊，立即起來扶住她。與此同時，于連看見了向後跌倒的那個女人的肩膀。一串他所熟悉的用精美的大顆珍珠穿成的絞線形項鍊映入了他的眼簾。當他認出了那是德・雷納夫人時，他心裡是怎樣一種感覺啊！他是多麼激動啊！

就是她！那個努力扶著她的頭、不讓她摔倒的女人就是戴維爾夫人。

于連這時完全控制不住自己，一個箭步跨上去，德·雷納夫人倒下去，還會拖上她的朋友。他看見德·雷納夫人臉色蒼白，完全失去知覺，她的頭在肩膀上搖晃著。他幫助戴維爾夫人把她放在一張椅子的靠背上，自己則跪在地上。

戴維爾夫人轉過頭來，認出他了。

「走開，先生，走開！」她對他說，口氣中帶著最強烈的憤怒。「無論如何，她不能再看見您。事實上，您的出現只會讓她感到恐怖。也只會增加她的罪惡感，把她陷入不堪的地步，您沒有出現之前，她是何等的幸福啊！您太殘酷了！快走，離開這裡，如果您還有一點良知的話。」這期間，他一直在跪著。

這句話說得那麼強硬，于連此時無力抗拒，只好離開。「她還是那麼恨我。」在想到戴維爾夫人剛才的話時，他自言自語道。

這時，教堂裡響起隊伍前排的教士們哼哼呀呀的歌聲，他們回來了。夏斯神父叫了于連好幾遍，他卻沒有聽見，後來神父在一個大柱子後面找到了有氣無力的他，拉了出來。夏斯神父想把他介紹給主教。

「您不舒服，我的孩子？」夏斯神父和藹地向他問道。他臉色是這樣蒼白，而且幾乎連路也走不動了。「您是工作得太累了。」神父挽著他的胳膊。「來，就坐在灑聖水的小凳子上，在我背後，我把您遮著，這樣，他們就不會注意到您了。」這時遊行行列已經到了教堂的大門口旁。

「您要儘快恢復過來，他經過時，我扶您起來，我雖年老，但還強壯有力。您鎮靜一些。在主教大人駕到之前，我們足足有二十分鐘時間。」

但是當主教打那裡走過時，于連仍顫抖得那麼厲害——夏斯神父只好打消了這個念頭。

「您不要太難過了，我們還可以再找別的機會，您這樣優秀，隨時都有機會認識主教大人的。」神父向他說道。

晚上，他讓人給神學院的小教堂送來十斤蠟燭，說是于連細心和熄滅蠟燭動作迅速節省下來的。其實根本不真實。

這個可憐的孩子，自從看見德·雷納夫人後，他的腦子便一片空白。他處於瀕臨窒息的狀態了。

chapter 29 初次升遷

于連還沒有從大教堂那事件把他投入的深沉的夢想中覺醒過來。一天早上，嚴厲的彼拉爾神父就派人來叫他。

「這是夏斯－貝爾納神父寫給我的信，他極力地讚揚您！他對您整個的行為，相當滿意。只是……他說您的性格中有著極不謹慎的因素，所以您的行為有時會有點輕率莽撞，雖說還沒有完全表露出來。不過到目前為止，您的心是善良的，甚至是寬宏大量的，智力過人。總之，我在您身上看到了不容忽視的星星之火。」

「我已經做了十五年的工作了，我現在快要離開這裡了。我的罪過是讓神學院的學生們自由判斷，沒有保護也沒有破壞您在告罪亭裡對我說的那個秘密組織。在離開這裡之前，我願意為您做點事。如果沒有發生從您房裡找出艾曼達．比內住址那件事，在兩個月以前就可以實現了。您理應得到。我現在委派您做《新約》及《舊約》的輔導教師。」

于連感激得不知說什麼好，真想跪下，感謝上帝；但是他油然而生的另一種更為真實的感情。——他走到彼拉爾神父身邊，拿起他的手，送到自己唇邊吻著。

「這是幹什麼?」彼拉爾院長大叫起來，顯出生氣的樣子。但是于連的眼睛比行動說明得更多。彼拉爾神父驚異地看著他，這種神情洩露了彼拉爾院長的內心激動，他的聲音也改變了。

「好吧！是的……我的孩子，我承認我很愛你。我相信上天也知道這是一件無可奈何的事。我身為神父，本應是公正的，對任何人，我應該是無愛也無恨的。但是，我就是這樣的愛你，這是不由自主的。你的事業將會充滿薪荊，我在你身上看到了某種使俗人不悅的東西。嫉妒和誹謗將對你窮追不捨。無論上帝將你放在什麼地方，你的同伴都會懷著憎恨看著你；假如他們裝出愛你的樣子，那只是為了更方便更有效地出賣你。唯一的補救辦法，就是求救於上帝，上帝為了懲罰你的驕傲，它不得不使你遭人嫉恨。孩子，你必須要記住，你的行為要純潔，這是你唯一的出路。如果你以一種不屈不撓的精神堅持真理，你的敵人遲早會無計可施的。」

長期以來，于連沒有聽到過這種友善、友愛的聲音，他感動得淚如雨下……而從這點看來，我們應該原諒他的軟弱。彼拉爾神父伸開雙臂，把他抱在懷裡，這片刻，對他們兩人來說都是十分溫暖與信任的。

于連高興得發狂，這是他第一次高升，帶來的好處不可言喻！要想得到這些好處，就必須一連好幾個月得不到一分鐘屬於你個人的時間，並且跟一些至少是討厭的而大部分是不堪忍受的同學直接接觸。

單是他們的叫喊，就足以使一個敏感的心靈躁動不安。這些鄉下人，吃飽了，穿暖了，只有在使出兩肺的全部力量大叫才能感到那種吵吵鬧鬧的快樂，才能覺得表達得完全。

現在于連單獨用餐，大約要比其他修士晚一小時。他有一把花園門的鑰匙，當那裡沒別人時，他可以進去散步。

使于連大為奇怪的是，大家現在不那麼嫉恨他了。他原想著會招引更多的敵人，現在的情況倒出乎意料了。原先他私下不願別人跟他說話，給他招來不少敵人，現在大家覺得這只是他高傲可笑的標記。在他周圍那些粗俗的人看來，這是他身分所應有的感覺。仇恨明顯減少了，尤其是在他那些最年輕的同學中間，他對他們也是很有禮貌的。漸漸地，他居然也有了擁戴者，這時，再稱他為馬丁·路德已經不合乎時宜了。

然而，說出他的敵友的名字，有什麼用呢？所有這一切都是醜惡的，描繪得越真實時，這一切就越顯得醜惡了。不過這些人都是向民眾向宣講道德的教師，如果沒有他們，民眾將會變成什麼樣呢？難道新聞報紙能代替神父嗎？

自從于連獲得新職以來，彼拉爾院長就擺出了高姿態。要是沒有第三者在場，他絕對不和于連講話。這種謹慎的做法對師徒二人都有好處，但尤其是一種考驗。嚴厲的冉森派教徒彼拉爾不變的原則是：在考驗一個人是否有價值，那就把障礙設在他的一切欲望和行動前面。如果他的才能是真的，他就一定會推倒或繞過障礙。

這是打獵的季節。富凱以于連家屬的名義，贈送給修道院一隻牡鹿和一頭野豬。兩頭死獸擺在廚房和食堂之間的過道上。神學院的學生吃飯時從那裡經過，都看見了。大家十分好奇。野豬雖已經僵硬，但牠的表情還是非常恐怖的，卻還使那些最年輕的人感到恐懼，他們中大膽的還用手去摸摸牠的長牙。

這份禮物把于連的家庭歸入社會中受人尊敬的那一部分，給了嫉妒者一次致命的打擊。這是財富所具有的一種優越性。沙澤爾和那些最出色的修士，都來向于連獻殷勤，甚至抱怨他以前怎麼沒向他們談起他父親的財富，致使他們對金錢不免失敬。

當時正在招募新兵，因為于連是修道院的學生，就免除了兵役。這件事雖然使他感慨萬千，但他的心裡卻也留下深深的遺憾。要是在二十年前，他早就開始了一種英雄的生活。而今，這樣的時光卻永遠消逝了！

他獨自一人在修道院的花園裡散步，他聽到幾個正在修補圍牆的泥瓦匠在談話。

「得，這回該走了，徵兵又開始了。」

「在那一位統治的時期，日子真不錯！一泥瓦匠能當軍官，當將軍，這事兒見過。」

「你瞧瞧現在……只有那些叫花子才去當兵。手裡有幾個的人都留在家鄉。」

「生來窮，一輩子也窮，就這麼回事。」

「喂，這難道是真的嗎，大家都說那個人已經死了？」第三個泥瓦匠說道。

「這是那些有錢的人說的。那個人曾使他們害怕！」

「多不同啊，在那個時候，活兒幹得也順！說他是被他的元帥們出賣的，叛徒才這麼幹呀！」

這番對話使于連得到點兒安慰。當他離開那裡時，歎著氣重複說道：

「唯此國王，百姓乃念！」

考試的日期到了，于連對答如流。他瞧見沙澤爾也力圖把自己的全部知識都表現出來。

考試的第一天，代理主教德．弗里萊委派的考官們就感到十分惱火。因為在考試成績單上，于連的成績總是很好，他們不得不在名單上一再將于連列為第一名，至少是第二名，有人向他們指出，于連是彼拉爾神父的寵兒。

在修道院裡，有人打賭說將來在考試的成績榜上，于連一定名列第一。凡是名列第一的人，這將給他帶來與主教大人一道進餐的光榮。但是在一堂考試快要結束時，那堂考試的考題是教會的教父。他是一個精明狡猾的考官，當他問過了于連關於聖哲羅姆及其對西塞羅[68]的愛好等之後突然向他談起賀拉斯、維吉爾[69]和其他一些不信神的作家。于連早把這些作家的作品中的許多段落背得爛熟，但他的同學們並不知道。由於先前幾門考試成績的鼓舞，他一時忘乎所以了，完全忘記了他所處的環境，在考官的再次要求下，他熱情洋溢地背誦了賀拉斯的幾首短歌，還加以解釋。但他還沒有明白，這是考官設下的陷阱，而現在無疑地，他已經自投羅網了。二十多分鐘後，主考人突然變了臉，尖刻地責備他在這些世俗作家身上浪費了時間，腦子裡裝了不少無用的，或者罪惡的思想。

「先生，您說得對，我是個糊塗蟲。」于連低聲下氣地說道，他明白了這是考官的計謀，使他成為犧牲品。

在修道院裡也認為這種詭計很不光彩。但這並沒有能阻止德．弗里萊神父這個精明狡猾的人。他曾經極其周密地在貝藏松建立了聖會組織，其發往巴黎的快報令法官、省長，直至駐軍的將領膽戰心驚。他這樣地侮辱他的敵人、詹森派信徒彼拉，感到很高興。

利用手中的權力，他在于連的名字旁邊寫下一百九十八號。他高興地看到他的敵人——冉森派教徒彼拉爾就這樣被挫敗了。

68. 西塞羅（前一〇六至前四三），古羅馬政治家、哲學家及著名演說家。
69. 維吉爾（前七〇至前一九），古羅馬詩人。

十年以來，他的主要工作，就是謀奪彼拉爾神父的院長職位。這位彼拉爾神父，他為于連規定的行為準則自己也遵循不悖。他真摯、虔敬、不搞陰謀、熱愛自己的業務。但是上天一時興起，給了他一副暴躁易怒的脾氣，對侮辱和仇恨特別敏感。人們對他的侮辱，在這個熾熱的心裡從來不會忘卻。他不止一百次想辭職，但是他仍相信留在上帝給他安排的這個職位上是有用的。

「我能阻擋耶穌會和偶像崇拜的發展。」他暗自說道。

在考試期間，差不多有兩個月，彼拉爾神父沒和于連講過話。可是當他收到報告考試結果的公函時，看到這個學生的名字旁邊寫著一九八這個數目，他氣得病了一個星期，他是把這個學生看做本神學院的光榮的呀。

對於這個性情嚴厲的人來說，唯一的安慰就是使用各種方法來監視于連。他驚喜地看到于連既不發怒，更不懷恨，更不灰心喪氣。

幾個星期後，于連收到了一封信，這信蓋有巴黎郵戳，使他打了個寒噤。

「德・雷納夫人到底想起她的諾言了。」于連暗想道。

一個署名保羅・索海爾的人，聲稱是于連的親屬，給他寄來了一張五百法郎的匯票。那人還附筆寫道——如果于連繼續研究那些優秀的拉丁作家，並且卓有成績，將每年寄給他一筆同樣數目的錢。

「這是她，這就是她的恩情！」于連十分肯定地說，「她想安慰我，但為什麼一句友好的話也沒有呢？」

事實上他誤會了。德・雷納夫人，在她朋友戴維爾夫人的勸導下，完全沉浸在悔恨裡了。但仍然往往不由自主地想到那個不尋常的人，與他相遇攪亂了她的生活，但她很注意不給他寫信。

話題再回到修道院，從寄來五百法郎這件事上見到一個奇蹟。並且可以說，正是由於利用德・弗里萊先生其人，老天爺才把這份禮物贈給了于連。

遠在二十年前，德・弗里萊先生僅攜帶了一個小小的行囊來到貝藏松。根據傳聞，那裡面裝著他的全部家當。如今他是本省最富有的地主之一。在他發財致富的過程中，曾把一塊土地買下了一半，另外那半，則作為遺產，落入了德・拉摩爾先生的手裡。這樣，在這兩位大人物之間就發生了一場激烈的訴訟。

雖說德・拉摩爾侯爵先生在巴黎過著榮華的生活，又是身居要職。但是他感到在貝藏松與一個被認為有權委派或撤換省長的代理主教作鬥爭是一件危險的事情。侯爵先生本來可以請求批准一筆賞賜，以預算允許的隨便什麼名義為掩蓋把這場區區五萬法郎的小官司讓給德・弗里萊神父，可他有點不服氣。他認為自己有理，而且理由充足得很！

可是，如果允許我們這樣說的話：哪個審判官沒有一個兒子、至少是一個堂兄弟需要提攜進入社會的呢？

為了讓最盲目的人也看得清楚，在得到第一次判決書八天以後，德・弗里萊神父就坐著主教大人的四輪馬車，親自把一枚榮譽團騎士勳章送給他的律師。對方的這種排場把德・拉摩爾先生搞得不知所措。他感到他的律師沒有盡力！他去徵求謝朗神父的意見，於是謝朗神父就把彼拉爾先生介紹給他。

在我們的故事發生的時候，他們的關係已持續了好幾年。彼拉爾神父帶著強烈的感情參與這件訟事。他不斷地會見侯爵的律師，研究案情，確認侯爵的案子有理之後，他公開成為德·拉摩爾侯爵的辯護人，反對那萬能的代理主教。代理主教感到受到侮辱，況且這侮辱還是來自一個小小的冉森派教徒呢！

「你們看看這個自以為那麼有權勢的宮廷貴族是什麼東西吧，」德·弗里萊神父向他親密的朋友們說道，「德·拉摩爾先生連一個可憐的勳章都不曾送給他在貝藏松的代理人，而且還要讓他灰溜溜地被撤職。但是，有人寫信給我說：這位貴族大臣，每個禮拜都要穿上他的禮服，佩上藍色綬帶到掌璽大臣的客廳去炫耀一番，不管遇到什麼情況。」

但儘管彼拉爾神父積極活動，而且德·拉摩爾先生和司法大臣，尤其是和他的下屬關係好得不能再好，六年的苦心經營也只落得個沒有完全輸掉這場官司。

為了他們兩人都熱烈關注的案子，侯爵不斷地和彼拉爾神父通信，這使他終於對彼拉爾神父的性格表示有所欣賞了。漸漸地，儘管社會地位懸殊，他們的通信有了一種親切的口氣。彼拉爾神父告訴侯爵，有人使用各種欺侮的方法強迫他辭職。由於那個用來反對于連的可恥陰謀所引起的憤怒，他認為是針對于連的，也就向侯爵講了于連的事情。

這位大貴人雖然很有錢，卻一點兒也不吝嗇，他始終未能讓彼拉爾神父接受他的錢，包括支付因辦案而花去的郵費。他靈機一動，就給神父心愛的學生匯去五百法郎。

德·拉摩爾先生不辭辛勞，親自寫匯款的信，這使他想起了彼拉爾神父。

有一天，彼拉爾神父接到一張便條，為了一件緊急的事請他立刻到貝藏松郊區的一家旅館裡去。在那裡他遇見了德·拉摩爾侯爵的管家。

「侯爵先生派我帶了他的四輪馬車來接您。」那人向他說道，「他希望您在讀了此信後能在四、五天後前往巴黎。請您告訴我時間，到弗朗什－億泰侯爵的領地去一趟。這以後，我們就在您方便的日子動身去巴黎。」

信不長，是這樣寫的：

我親愛的先生，請您擺脫一切無謂的煩惱吧，我歡迎您來到巴黎，在這裡您會呼吸一點寧靜的空氣！如果您願意，我派我的馬車來接您，我已命人在四天內等候您的決定。我本人在巴黎恭候直至星期二。只要您點頭答應，先生，我就可以用您的名義幫您接受一個在巴黎郊區最好的教區。您未來的本堂區教民中最富有的一位從未見過您，但對您比您能想像的還要忠誠，他就是德．拉摩爾侯爵。

嚴厲的彼拉爾神父沒有料到，他居然很愛這座遍佈敵人的神學院，十五年來，他為它用盡了心思。侯爵先生的信，對他來說，好像一個來給他做一次必需而又殘酷的手術。他最終還是決定辭職了。於是，他和管家約好，三天後再見。

在四十八小時內，他一直遲疑不決。後來他給德．拉摩爾先生寫了封信。同時還寫了一封信給主教大人，這封信完全按照教會文體的結構，只是略長了一些。要想找出更無懈可擊、流露出更真誠的敬意的句子，也許是件困難的事。信中逐條陳述那些使人嚴重不滿的原因，甚至提到了些卑劣的小麻煩，這都是六年以來彼拉爾神父所儘量忍受的，而這一切最終使他不得不離開了這個教區。

他寫完那封信後，叫人把于連叫醒。于連和其他修士一樣，晚上八點就上床睡覺了。

「您知道主教官邸在哪裡嗎？」他用漂亮的拉丁語向他問道，「您把這信送給主教大人。我毫不隱瞞地對您說，我是把您派到一群豺狼中去了。注意看，注意聽。您的回答中不許有半點謊言，但是您要想到，盤問您的人也許會體會到一種終於能加害於您的真正的快樂。我的孩子，我十分高興，能在離開您以前給您介紹這點經驗。我可以明白地告訴您，您送去的這封信是我的辭職書。」

于連聞言一愣，他著實愛彼拉爾神父。他的謹慎徒然使他聯想到：「這個正直的人離去之後，聖心派會貶損我，也許會趕走我。」

他不能只想自己。他感到難辦的是，如何想出一句得體的話，老實說，他的心思也不在這上面。

「怎麼？我的朋友，您不去？」

「先生，我聽說，」于連怯生生地說，「您長期任職以來沒有一文錢積蓄。我這裡有六百法郎。」他眼淚盈眶，說不下去了。

「這也得登記上，」前任院長冷冷地說道，「快去主教官邸吧，時間不早了。」

碰巧這天晚上，德．弗里萊先生在主教官邸的客廳值班，主教大人到省府參加晚宴去了。因此于連恰好把信交給了德．弗里萊先生。其實他並不認識他。

于連大吃一驚，他看見這位神父公然拆開了給主教的信。代理主教漂亮的容顏不久就表現出驚異中夾雜著明顯的快樂，但同時又變得很嚴肅。當他閱讀信札時，于連被他的漂亮面容所吸引，不慌不忙地觀察了一番。這張臉氣色很好，于連印象極深，如果不是某些線條顯露出一種極端的精明，這張臉會更莊重些；鼻子向前，形成一道十分平直的線，而且，不幸得很，它使這個非常出色的側面和狐狸的面貌有著極高的相似度。此外，這位看起來如此關心彼拉爾先生辭職的神父穿戴高雅，于連很喜歡，他從未見過別的教士如此穿戴。

于連在後來才知道德·弗里萊神父具有一種特殊才能。他知道如何逗主教開心。主教是一個可愛的老人，生來就是要住在巴黎的，把來貝藏松視為流放。他的眼力很差，偏偏他又喜歡吃魚。每次主教吃魚時，德·弗里萊神父總是先把魚刺挑個乾淨。

于連悄無聲息瞧著德·弗里萊神父重讀那封辭職信。忽然嘩啦一聲，門打開了。一位穿著華麗的僕人急匆匆走過。于連剛把身子轉向門口，就已看見一個小老頭兒，胸前佩戴著主教十字架。他連忙俯伏跪下。主教向他慈祥地笑了一笑，隨即走過去了。那位漂亮的神父緊跟在他的後面。于連獨自留在客廳裡，從容地欣賞起室內虔誠的豪華。

貝藏松主教是個風趣的人，飽嘗流亡之苦，但並未被壓垮；他已然七十五歲，對十年後發生的事情極少關心。

「我走過時看見的那個眉清目秀的修士是誰呀？」主教說道，「根據我的規定，這個時候他們不是該睡覺了嗎？」

「這一位可清醒著哪，我向您保證，主教大人，而且他帶來一個大新聞：這就是您教區裡那個唯一的冉森派教徒的辭職書。這個固執的彼拉爾神父總算懂得了隨便說話的下場了。」

「得了！」主教笑著說，「您是否能找到一個抵得上他的人來代替他，我且拭目以待。我明天請他吃晚飯，讓您看看這個人的分量。」

代理主教想趁機說句話，談談選擇繼任者的事。主教不準備談公事，就向他說道：「在把另一個人安插進來之前，我們還是先瞭解一下這個人是怎樣離去的。替我把那個修士叫進來，孩子嘴裡會說真話。」

于連被叫進去了。

「這下我要處在兩個審問者中間了，」他想。他覺得他從未這樣勇氣十足。

當他走進去時，兩個身材高大、穿得比華勒諾先生還漂亮的侍從，正在替主教脫衣服。主教想在談到彼拉爾先生前，應該考問一下于連的學業。

他問了他一點教義，這讓他感到驚奇。很快他又轉向人文學科，談到維吉爾、賀拉斯、西塞羅。

「這些名字，」于連暗想道，「讓我得了個第一九八名。我沒什麼可失去的了，且讓我出個風頭。」他成功了，主教大喜，他本人就是個優秀的人文學者。

在省府參加晚宴時，一位頗有名氣的年輕女子在席間朗讀了詩篇《馬大肋拉》[70]。主教正在談論文學，他很快就把彼拉爾神父和一切有關的事忘得一乾二淨，現在主教和這個修道院的學生討論起賀拉斯是貧是富的問題了。主教引證了好幾首頌歌，不過他的記憶力有時不大聽使喚，于連馬上就把整首詩背出來，神情卻很謙卑。使主教感到驚奇的是于連從不脫離那種隨口回答的語調。他朗誦了二十到三十首拉丁文詩歌，他的神情是那麼輕鬆，彷彿是在談他那修道院裡所發生的事情一樣。他們還用了許多時間談論維吉爾和西塞羅。最後，主教不能不誇獎年輕的神學院學生了。

70. 此詩為法國女詩人德爾菲娜・蓋伊所作。

「如果說還有人比您學得更好，那簡直是不可能的了！」

「主教大人，」于連說道，「您的神學院可以向您提供一百九十七個更配得上您的盛讚的人。」

「這話是什麼意思？」主教對這數字很奇怪。

「我可以用一份官方的證件來說明我很榮幸地要在主教大人面前陳述的事實。在神學院的年度考試中，我回答的正是此時此刻獲得大人讚賞的題目，我得了第一百九十八名。」

「啊！您就是彼拉爾神父的寵兒！」主教笑嘻嘻地高聲說道。同時，他向德·弗里萊先生看了一眼，「我們早該料到的；您是光明磊落的。我的朋友，」他問于連，「是不是人家把您叫醒，打發到這兒來的？」

「是的，主教大人！我生平只有一次單獨從修道院裡出來，那就是在聖體瞻禮那天，為幫助夏斯－貝爾納神父去裝飾大教堂。」

主教說道：「怎麼，表現出那麼大的勇氣，把幾個羽毛束放在華蓋上的就是您嗎？這些羽毛束年年讓我膽戰心驚，我總怕它們要我一條人命。我的朋友，您有遠大的前程！我不願阻擋您的前進，讓您餓死在這裡，您的事業和前程將是輝煌的。」

在主教的吩咐下，僕人端來了一些餅乾和馬拉加酒[71]。于連大快朵頤，德·弗里萊神父吃得更多，因為他知道他的主教愛看別人高高興興地吃得津津有味的。

主教對他這一夜的談話，越來越感到滿意！

71. 西班牙港口城市馬拉加出產的葡萄酒，以香醇濃郁馳名於世。

這位教會裡的高官當晚興致勃勃，他談了一會兒教會的歷史，他發現于連並不理解。主教又談到了君士坦丁[72]時代羅馬帝國的道德風尚。異教的結束產生了一種不安和懷疑的氣氛，在十九世紀使具有厭倦憂鬱情緒的人陷入了悲觀失望的境地。主教大人注意到于連竟至於不知道塔西陀[73]的名字。

于連直率地回答道：「在修道院的圖書館裡沒有收藏這個作家的作品。」這使得主教有點驚訝。

「我的確很高興，」主教快活地說，「您幫助我解決了一大難題：十分鐘以來我一直想辦法感謝您讓我度過一個可愛的夜晚，當然是意料之外的啦，我沒有想到在我修道院裡的學生裡發現了一位博學之士。雖說這件禮品，不是太符合教會法規，我還是願意送您一部《塔西佗全集》。」

主教叫人拿來八冊書，裝幀十分精美，他還要親自在第一冊的標題上，用拉丁語為于連．索海爾題詞。主教向以寫得一手漂亮拉丁文自炫；最後，他以一種與談話截然不同的嚴肅口吻對他說：「年輕人，如果您聽話，有一天您會得到我管轄區內最好的教區，並且離我的主教官邸不到一百里。但是必須謙虛謹慎。」

于連抱著他那幾本書，從主教官邸裡出來，心裡百思不得其解，這時午夜的鐘聲正好響起。

主教大人壓根兒沒有向他提起彼拉爾神父的事。

于連尤其感到驚奇的是，主教極其客氣。他沒有想到如此溫文爾雅的風度和這樣尊嚴的氣概可以結合在一起。

于連看到彼拉爾神父正沉著臉不耐煩地等著他，那對比給他的印象尤其深刻。

72.指西元四世紀的羅馬皇帝君士坦丁大帝（約二八〇至三三七），他統一西方，允許基督教自由傳播。
73.羅馬歷史學家和文學家，曾任執政官和亞細亞行省總督。

「他們向您說了些什麼呀?」彼拉爾神父用粗大著急的聲音向于連叫道,當他遠遠地望見了他。

于連結結巴巴地把主教所說的話用拉丁文轉譯出來。

「說法文吧!把主教大人親口講的重述一遍,要不折不扣的,也不要添油加醋!」前任修道院院長說道,語氣生硬,根本不講修辭。

「身為主教,送給一個神學院的年輕學生這樣一份禮物,多麼奇怪呀!」他一邊翻著精美的塔西陀全集,一面說道。但燙金的切口似乎使他感到厭惡。

在聽完詳細的彙報後,兩點的鐘聲已經響了。他才允許自己寵愛的學生回到房裡去。

「請您把《塔西佗全集》的第一卷留下給我,那上面寫有主教大人的題詞。」他向于連說道,「我走後,這一行拉丁文將是您在這所學校裡的避雷針。因為對您來說,我的孩子,繼任者將是一頭憤怒的獅子,牠正在尋找可吞噬的人。」

第二天早上,同學們和他談話時的態度有些不同尋常。他於是更加小心謹慎。

「看,」他想,「這就是彼拉爾神父辭職的後果。整個學院都知道了,我被看做是他的寵兒。」在這種方式中一定含有侮辱。但他又看不出來。可事實上,情況恰恰相反,他在寢室的通道上遇見的那些人的眼睛裡已沒有仇恨的影子了。

「這是怎麼回事?這肯定是個圈套。可別讓他們鑽空子啊。」最後維里埃的那個小修士終於笑嘻嘻地向他吐露了真情:「《塔西佗全集》啊!」

一聽到這話,所有的人都爭先恐後地來向于連道賀。不僅僅是因為他從主教那兒得到這份精美的禮物,也因為他榮幸地與主教談話達兩個鐘頭之久。他們連最小的細節都知道。從此,不再有嫉妒，他們卑怯地向他獻殷勤：卡斯塔奈德神父，頭一天還對他粗暴無禮，此刻卻跑來拉住他的胳膊，還要請他吃午飯。

于連天生不吃這一套，這些粗俗的人的無禮曾經給他造成許多痛苦，他們的卑躬屈膝又引起他的厭惡，一絲兒快樂也沒有。

將近正午時，彼拉爾神父在和他的學生們告別前，向他們作了一次嚴肅的講話：「你們是想要世間的榮譽，社會上的一切好處，發號施令的快樂，」他對他們說，「還是永恆的獲救？即使你們中最不上進的，只需睜開眼睛，也會區別這兩條道路。」

他剛走出大門，耶穌聖心派的信徒們就到小教堂唱 Te Deum 去了。神學院裡沒有人把前院長的訓話當回事兒。「他對自己被免職極感不快，」到處都有人這麼說，神學院的學生中沒有一個人會天真的相信有人會自願辭去一個與那麼多大施主有聯繫的職位。

彼拉爾神父搬出去後住在貝藏松最漂亮的一家旅館裡。他以處理一些事務為藉口，還要在那裡待一兩天。

主教請他吃過飯了，為了打趣代理主教，還竭力讓他出風頭。在端上飯後小吃時，從巴黎傳來了一道奇特的新聞，說彼拉爾神父已被任命為離京城四里路遠的有名的N教區的教士。善良的主教真誠地祝賀他。主教把整件事看成是一場玩得巧妙的遊戲，因此情緒極好，極高地評價了神父的才能。並且他還給了彼拉爾神父一張拉丁文的華貴證書，上面寫著對彼拉爾神父的才能給予的最高評價。當德．弗里萊神父要提出異議時，主教命令他不要開口。

當晚，主教大人專程拜會了呂邦普雷侯爵夫人。這在貝藏松的上流社會中是一大新聞；人們越猜越糊塗，怎麼會得到這樣不尋常的恩寵。有人已經看見彼拉爾神父當了主教了。一些機靈鬼則認為德．拉摩爾侯爵當了大臣。於是在這一天，他們都敢於嘲笑德．弗里萊神父平時所表現出的傲慢態度了。

第二天早晨，街上差不多到處都是為彼拉爾神父送行的人。彼拉爾神父去見審理侯爵案子的法官們，人們幾乎在街上尾隨他，商人們也站在自家店鋪的門口。這還是第一次，他被這樣熱烈地接待。這個嚴厲的冉森派教徒，對這一切卻都並不領情，跟他為侯爵挑選的那些律師們仔細地討論了一番，就啟程去巴黎，只有兩、三個中學時代的朋友一直送他到馬車旁，對馬車上的紋章讚歎不已。彼拉爾神父情不自禁地告訴他們：他當了十五年修道院院長，今天離開貝藏松，身邊只有五百二十法郎積蓄。他的那些朋友們和他擁抱時都流下了眼淚。這幾位朋友流著淚擁抱了他，私下卻說：「善良的神父本可以不說這謊話，這也太可笑了。」

財迷心竅的凡夫俗子，他們對彼拉爾神父十五年以來從個人的誠意中獲得必要的力量單槍匹馬地去和瑪麗．阿拉科克[74]、耶穌聖心會、耶穌會教士以及他的主教作鬥爭這一點，是無法理解的！

74.瑪麗．阿拉科克（一六四七至一六九〇），聖母往見會修女，宣揚對耶穌聖心的崇拜，受到冉森派的反對。

chapter 30

野心勃勃

凡是大人物都有點惺惺作態，明眼人知道，這是表面上彬彬有禮，骨子裡壓根就瞧不起人。神父對侯爵高貴的態度和差不多是歡樂的聲調倍感詫異。不過這位未來的大臣接待彼拉爾神父時，一點也不注意一般大人物特別重視的那些小禮節。何況侯爵已投入在他的大事業裡，他確實沒有時間可以浪費了。

六個月來以來，他一直忙於策劃，想讓國王和全國接受某種內閣，這內閣出於感激，會讓他當上公爵。

多年以來，侯爵要求他在貝藏松的律師能就弗朗什－孔泰的訴訟案件上給他一份簡明扼要的工作報告，但毫無結果。那位有名的律師自己都弄不明白，如何能給他解釋清楚呢？

彼拉爾神父交給他的那張小方紙片，解釋了這一切。

「我親愛的神父……」侯爵用了將近五分鐘說了一大套客氣話，又問了問私人生活情況。然後向他說道：「我親愛的神父，在我的所謂飛黃騰達中，我沒有時間去關心兩件雖小卻重要的事：我的家庭和我的買賣。雖然我非常關心家庭的前途，我想使它進展很快。我還關心我私人的享樂，這原本是一切事中最重要的，至少在我看來是如此。」他補了一句，無意中發現彼拉爾神父眼中的驚訝。

儘管彼拉爾神父是個通情達理見過很多世面的人，但當他看到一個老年人如此坦率地說到自己私人的享樂時也不能不感到意外了。

「在巴黎，幹活的人肯定是不缺少的。」這位官老爺繼續說道，「不過他們都住在六層樓上。有一次我雇用了一個人，他就在三樓租了一套房子，而他的妻子每週定出一天接待客人。結果他不再工作，不再努力，無非為了成為或顯得像個上等人。這是他們有了麵包之後唯一的事情。」

「關於我的訴訟問題，確切地講，我的每一件案子都有律師為我賣命。就在前天，又有一個害肺病死了。不過為了處理我的事情，先生，您能相信三年以來，我竟找不到一個人，在他為我寫東西的時候，肯多少認真的想想他在幹什麼。不過，剛才說的這些不過是個開場白而已。」

「我尊敬您！而且我可以說，儘管我們是初次見面，我很喜歡您。您願意做我的秘書嗎，薪水八千法郎或者加倍？我跟您打賭，即便如此您還可以撈到許多好處。我負責替您保留您那個好教區的職位，在我們不能繼續合作時，您可以去。」

彼拉爾神父立刻就謝絕了，但是在談話快結束時，他看出來侯爵確實有點為難，於是想起了一個主意，便說道：

「我在神學院裡丟下一個可憐的年輕人，如果我沒有弄錯的話，他在那兒將受到殘酷的迫害。

如果他是個一般的教士，也早就inpace[75]了。」

「迄今為止，這個年輕人只對拉丁文和《聖經》比較熟悉，不過有一天，他很可能表現出偉大的才幹，不是傳道宣教，就是指導靈魂。我還無法確定他將來要做什麼，但是他有熱烈的宗教信仰，他的前程無限光明。我本來打算萬一遇見一位主教在對人對事的看法上，哪怕和您有一點相像，便把這個年輕人交給他。」

「那個年輕人是什麼出身？」侯爵問道。

「很多人說他是我們山裡一個木匠的兒子。但我認為他大概是某個富人的私生子。我曾見他接到一筆匿名或化名的信，其中有一張五百法郎的匯票。」

「啊！原來是于連．索海爾呀！」侯爵吃驚地說道。

神父驚訝地問道：「您怎麼知道他的姓名呢？」說完又覺得有點不好意思，臉都紅了。

「這件事我就不能告訴您了……」侯爵回答。

「那好！」神父說，「您可以試試讓他做您的秘書，他有魄力，有頭腦；一句話，值得一試。」

「當然可以啊！」侯爵說，「不過這個人會不會接受警署署長或其他什麼人的收買，到我這裡做間諜工作呢？這就是我反對的原因。」

在神父做出有利的擔保之後，侯爵取出一張一千法郎的鈔票，說道：

「您把這路費寄給于連．索海爾，叫他快點到我這裡來工作吧！」

75. 拉丁文：在牢裡。

「一看就知道您住在巴黎。」彼拉爾神父說，「您不知道專橫暴虐是如何壓在我們這些可憐的外省人身上的，尤其是那些不以耶穌會士為友的教士們。受到耶穌會教殘酷統治。他們肯定不會讓于連離開那裡，他們會編造出一套最巧妙的藉口。他們會回答我說他生病了，或者說郵局把信件丟失了……」

「這兩天，我請大臣寫封信親手交給主教就行了。」侯爵說。

「還有一件重要的事我要告訴你，」彼拉爾神父說，「這年輕人儘管出身卑微，但心高氣傲，如果傷了他的自尊，他非但不會為你盡心辦事，反而會裝呆賣傻。」

「我就喜歡這樣的人！」侯爵高興地說道，「我讓他做我兒子的朋友，這樣總沒問題吧？」

過了幾天，于連收到一封字跡生疏的信，蓋有沙隆地方的郵戳。信內附有一張在貝藏松某家銀號取款的匯票，還有一份立即前往巴黎的通知，信的落款是個假名，但是當于連打開信時，不禁打了一個寒戰：一片樹葉落在腳下，這就是他和彼拉爾神父私下約好的暗號。

僅僅不到一小時，于連被召到主教官邸去了。他在那裡受到了助教慈父般親切的接待。主教大人一邊背誦賀拉斯，一邊恭維他，說在巴黎等待他的是遠大的前程。而這些恭維話說得很巧妙，于連要感謝，可他一句話也沒說上來，因為他壓根就搞不清楚這是怎麼回事，主教大人仍對他表示非常尊敬。過了一會兒，市長急忙親自送去一張簽好的通行證，旅行者的姓名空著待填。

當晚，十二點鐘以前，于連已經在富凱家裡了，富凱頭腦冷靜，對等待著他朋友的前程所抱的態度，更多的是驚異而不是高興。

「這件事的結果，」那位自由黨的選民說道，「無非是安排一個內閣職位給你，使你不得不參加某些活動，不得不為政府出主意，並在報紙上受到公開侮辱。等我知道你的消息時，你已經丟盡了面子。你應該記住，單從經濟方面來說，在自己做主的正當的木材生意中賺一百路易，也比從一個政府那裡接受一千法郎強，哪怕是所羅門王[76]的政府。」

于連覺得這不過是鄉下人的鼠目寸光。他終於要在偉大事業的舞台上展翅騰飛了。在他的想像中，巴黎到處是玩弄陰謀、極其虛偽卻像貝藏松的主教和阿格德的主教一樣彬彬有禮的才智之士。他寧願少過一些穩定的生活，也要多冒風險！在他的心裡，根本不存在餓死的恐懼。到巴黎去的幸福已經掩蓋了他眼前的一切。但他們卻都像貝藏松的主教和德．阿格德主教那樣的文雅有禮。他在他的朋友面前，總是顯出謙卑的樣子，好像彼拉爾神父的信已經使他六神無主似的。

快到第二天中午時，他到了維里埃，這時他是世界上最幸福的人了！他打算好了要去見德．雷納夫人。他首先到了他的第一位保護人善良的謝朗神父家裡。他受到的接待是冷冰冰的。

「你以為欠我什麼情嗎？」謝朗先生說，沒有理他的問候，「您跟我一道吃飯，這期間有人去為您另租一匹馬，您離開維里埃，什麼人也不要見。」

「謹聽遵命。」于連作出一副神學院學生的樣子；於是除了神學和拉丁語以外，他們沒涉及到其他問題。

于連騎上馬，大約走了一里路，遠遠望見了一片樹林，當時沒有任何人看見他，他就鑽了進

76. 所羅門王，西元十世紀的以色列王，以治國有方著稱。

去。日落時分，他把馬送回。稍晚，他走進一個農民的家裡，那個農民同意賣給他一個梯子，跟著他走。一直送到一個小樹林裡。那裡能俯瞰維里埃忠義大道。

「他一定是個可憐的逃避兵役的人……或者是個走私犯，」那農民跟他告別，「但這沒啥關係，我的梯子賣了很好的價錢，再說我自己，這一輩子也不是沒有幹過這種勾當。」

夜很黑。快到凌晨一點鐘的時候，于連扛著梯子進了維里埃城。他儘早下到急流的河床裡，這河流有十來尺深，兩岸都立著高牆。于連利用梯子很輕易就爬上去了。

「看園子的狗將會有何反應呢？」于連想。果然，狗叫了起來，向他飛奔過去；他輕輕吹了聲口哨，牠們就對他表示親昵了。

他登上一塊台地又一塊台地，雖說所有的鐵柵都深鎖著，但他仍然很輕鬆走到了德·雷納夫人睡房的窗子下面，這間屋子面向花園，離地面只有八到十尺高。

在百葉窗扉上于連所熟悉的，有個心形小窗口。可是這個小洞並沒有像往常那樣，被一盞守夜燈從裡面照亮，這使于連大失所望。

「我的天哪！」他暗自說道，「今夜，德·雷納夫人沒有住在這屋子裡。那麼，她又會睡在哪兒呢？他們全家都應該在維里埃，因為我已發現了這些狗。可是在這間沒有守夜燈的房子裡，我可能會碰上德·雷納先生本人或另一個陌生人，那將會引起怎樣的一場風波啊！」

最謹慎的辦法是離去，但這使于連感到厭惡！

「如果是一個陌生人，我就丟下梯子撒腿跑掉；如果是她呢，等待我的是什麼樣的接待？她正沉浸在悔恨和極度的虔誠中，這我不能懷疑；可她總是還記得我，因為她剛給我寫過信。」這番推理使他下了決心。

他心驚膽戰的決定豁出去了！要麼看到她，要麼就死亡。他撿起幾顆小石子，就朝護窗板扔了幾下，沒有回音。他把梯子靠近窗子，親自去敲那百葉窗格，起初是輕輕地敲，後來是使勁地推。「不管天多麼暗，他們還是能朝我開槍，」他心裡嘀咕。這一想法，使他那瘋狂的企圖變成了一個敢不敢行動的問題了。

「這間臥室今晚怎麼沒有人住呢。」他心想，「不然的話，無論誰睡在裡面，現在也該醒了。因此不必再瞻前顧後的了，只是要注意別讓睡在別的屋子裡的人聽見。」

他下來，把梯子對著一扇護窗板放好，又上去，把手伸進心形小洞，幸運地很快摸到繫在關住護窗板的小鉤子上的鐵絲。他把鐵索一拉，感到一種說不出的快樂，因為這扇百葉窗上的插銷已經打開了。要慢慢把它推開，她會認識我的聲音。他把百葉窗推開了一點，足夠使他把頭伸進去，同時低聲說道：「是自己人。」

他仔細聆聽，不見房間裡有任何動靜。但是在壁爐架上，肯定沒有守夜燈，連一點半明半滅的燈光也沒有，這是個不祥之兆。

「小心槍子兒！」他考慮了片刻，然後鼓起勇氣用手指敲了敲窗戶：沒有回答；他使勁敲了敲。

「就算是把玻璃敲碎了，我也得把這件事幹完！」

他加大了力度，忽然間他好像看見在極端黑暗的夜色裡有一個白色的影子從室內穿過。是的，再沒有什麼可懷疑的了，他的確看到一個影子，這個影子非常緩慢地向前移動。突然，他看見半個臉貼在他的眼睛湊得很近的那塊玻璃上。

他哆嗦了一下，身子往後便退。但是那天夜晚是那麼昏暗，即使在這麼一點距離之間，他也無法辨認這是否就是德．雷納夫人。他害怕對方會發出驚叫，耳旁又傳來那幾條狗在梯子旁邊轉來轉去和低吼，牠們發狂似的地咆哮著。

「是我，」他反覆地說，聲音相當大，「一個朋友。」可是沒有回答，那個白色的幻影消失不見了。「求您把窗子打開，我有話要跟您講，我太不幸了！」他使勁敲那窗子，快把玻璃都敲碎了。

一記輕而脆的聲音傳來；窗子的插銷拔開了，他推開窗戶，輕輕一跳，進了屋子。

白色的幻影走開了幾步，他一把抓住那胳膊，他肯定這是一個女人。他的勇氣頓時一落千丈。

「如果這是她，她會說什麼？當他從一聲輕輕的叫喊中聽出那正是德．雷納夫人時，他是何等地激動啊！

他把她緊緊地抱在懷裡，她戰慄著，幾乎沒氣力推開他。

「壞蛋！您要幹什麼呀！」

她那顫抖的聲音勉強說出了這幾句話。于連看出了她是真的憤怒了。

「十四個月不見，我受盡了折磨，現在是特地來看您。」

「出去，立刻離開我！啊！謝朗先生為什麼阻止我給他寫信呢？這樣可怕的事情本來是可以避免的啊。」她用一種強大的力量推開他。

「我對我的罪孽感到悔恨，蒙上天垂顧，讓我迷途知返。」她反覆說，聲音斷斷續續。「出去！快走！」

「在悲慘的十四個月以後，我得和您談幾句才能離開。啊！我愛您愛得夠深，我配聽到您的知心話……我要知道一切。」

不管德．雷納夫人怎樣拒絕，于連那強有力的聲調還是在她心裡產生了不小的影響。于連滿懷激情地緊緊抱住她，不讓她掙脫，然後稍稍鬆了鬆胳膊。這個動作使德．雷納夫人稍微安定了一些。

「我去把梯子拉上來，」他說道，「要不然它連累我們。如果有個僕人被驚醒了，要到花園裡去巡邏的話……」

「啊！那就連累吧，您出去，出去，」她對他說，「真的生氣了。您跟我一點關係都沒有！跟我有關係的只有上帝，天主會親眼看到您對我表演的這一幕，而且還要懲罰在我身上！您真卑鄙，竟濫用我對您曾經有過的感情，這種感情我現在已經沒有了。您該明白了吧，于連先生？」

他慢慢地把梯子拉了上來，以使它不發出響聲來。

「你的丈夫在城裡嗎？」他問她，倒不是要冒犯她，實在是出於舊有的習慣，脫口而出。

「不要這樣對我說話……我求求您，否則我就去叫丈夫。不管發生什麼事，單單我沒有把您趕走這件事來說，我的罪過已夠嚴重了！我實在看您可憐。」她繼續說道，試圖刺傷他的自尊，她知道這自尊是多麼的敏感。

她拒絕「你」、「我」這樣的親密稱呼，就是為了擊碎他還抱有的希望。這反而使于連的愛情達到了瘋狂地步。

「怎麼說！您不再愛我了，這不可能？」他向她叫道。那發自內心的聲音，讓人聽了很難再保持冷靜。

她不作答，他則淒苦地哭了。

的確，他沒有力氣說話了。

「那麼……我被唯一曾經愛過我的人完全忘記了！從今以後……我活著已經沒有什麼意義了！」自從他不再擔心遇見的是個男人，他所有的勇氣都離開了他。除了愛情，一切都從他心中消失了。

他幽幽地哭了許久。他抓起她的手，她想抽回，然而，幾番痙攣地動了動，還是隨他去了。夜黑極了，他們並排坐在床上。

「這和十四個月前的情景是多麼大的差別啊！」于連心裡想，他的眼淚加倍地流著，「看來離別真能毀滅人類的一切情感！我最好還是離開吧。」

「請告訴我您所經歷的一切。」于連痛苦極了，終於泣不成聲地說。

「無疑地，」德．雷納夫人厲聲說道，語氣之間，含有對于連的責備：「我失足的事情在您走後已經鬧得全城沸沸揚揚的。您的行為實在太不謹慎！不久以後，在我完全處於絕望的時候，那可敬的謝朗先生來看我。很長一段時間，他想讓我坦白，然而沒有用。」

「有一天，他把我帶到第戎的教堂裡去，這恰好是我第一次領聖禮的地方。這一次，他主動地談起來了……」德．雷納夫人講到這裡時候，她的話被眼淚打斷了。

「我那時是多麼羞愧啊！我承認了一切。這個心地如此善良的人，承他關照，沒有對我厲聲斥責，而是同我一起感到痛心。」

「在這段日子裡，我每天都給您寫信，但我不敢把它們寄給您。我小心地把它們藏起來，當我痛不欲生的時候，就躲在臥室裡重讀那些信。」

「後來，謝朗先生要求我把這些信交給他……其中有幾封，寫得略微謹慎些，就寄給了您；您一封也不回。」

「從來沒有！我可以發誓，我在修道院裡從沒有收到過你寄來的任何信件。」

「天哪，誰把這些信截了？」

「你想我有多痛苦吧，在大教堂裡看見你之前，我甚至不知道你是不是還活著。」

「上帝開恩！使我懂得了我對上帝、對我的丈夫、對我的孩子們犯了多麼嚴重的錯誤。」德．雷納夫人繼續說道，「我丈夫從來沒有愛過我，像以前您那樣熱烈地愛過我……」

于連不由自主倒在了她的懷裡。但是德．雷納夫人把他推了出去，繼續堅定地說下去：「我那可尊敬的朋友謝朗先生使我認識到，當我和德．雷納先生結婚時，就等於把我所有的感情都交給他了。甚至包括我不知道的、在一次不祥的關係之前從未體驗過的那些……自從我把那些信交給了他，這些信對我來說是那樣地寶貴，我的生活，即便是不幸福，至少也是非常平靜。我懇求您不要再擾亂我的生活，我們可以成為朋友……一個我最好的朋友吧！」于連在她手上印滿了吻；她感覺到他還在哭。

「別哭了，這真讓我難受……該您告訴我您的事了。」于連根本說不出話來。

「我想知道您在修道院裡的生活。」她繼續說道，「說完您就離開這裡吧。」

于連說到他最初遇到了無數的嫉妒和陰謀，後來又說到他在被提拔為輔助教師和以後比較平靜的生活，但他的心卻不在他敘述的這些上面。

「很久沒有您的消息，」他補充道，「我以為是想讓我明白，您已不愛我了，我對您無關緊要了……」德．雷納緊緊地捏了一下他的手。「就在那時，您給我寄來了五百法郎的款子。」

「沒有的事！」德．雷納夫人說道。

「那是一封蓋有巴黎郵戳的信，是保羅．索海爾簽的字。為的就是要避免一切懷疑。」

他們中間起了一陣小小的爭論，爭論那封信可能的來源。他們的思想一分散，不知不覺，德．雷納夫人和于連都放棄了嚴肅的語調，重新使用溫柔友愛的語調開始交談了。夜色深沉，他們彼此都看不清對方的臉，但他們說話時柔情蜜意的聲調可以說明一切。于連伸開胳膊，摟住了情人的腰，這舉動很危險。她試著推開于連的胳膊，而他想當巧妙地用敘述中一個有趣的場景引開她的注意力。於是，這隻胳膊似乎被遺忘了，仍舊停留在她的腰間。

關於那封附有五百法郎的信件的來歷，經過他們多方猜測後，于連又轉回到他的敘述上來了。他變得略微鎮定一些，敘述他過去的生活，他多少增加了點自信，其實，和眼前發生的情況相比，他對過去的生活並沒有多大興趣。他的注意力完全在這次拜訪將如何結束。「您快走吧，」夫人總是時不時這樣跟他說，口氣也很生硬。

「如果我就被她這樣趕走了，該是多大的恥辱啊！我將在懊悔中度過我一生。」他心裡暗自想道，「她永不會給我寫信了。誰知道我何時再回到這個地方！」

這時，于連心裡所有聖潔的觀念，很快都全部消失了。

在這個他曾經是那麼幸福的臥室裡，在沉沉黑夜之中，清楚地知道她一直在哭，感覺到她抽泣時胸脯的起伏，于連卻不幸成了一個冷冰冰的政治家，冷靜自持，精心計算。差不多和他當年在修道院時發現自己成為一個比他厲害的同學嘲笑的對象時一樣。于連繼續敘述，還談到他離開維里埃後不幸的遭遇。

「那麼……」德·雷納夫人暗自想道，「分別了一年，幾乎沒有任何還被懷念的表示，他卻只想著在韋爾吉度過的那些幸福的日子，可我卻把他忘了。」她抽泣得更厲害了。于連看見他的敘述獲得成功。他認為到了施行最後一招的時候，於是忽然他提到剛收到的從巴黎寄來的信。

「我已向主教大人告辭了。」

「怎麼？您不再回貝藏松去了嗎！您要永遠離開我們嗎？」

「對！」于連用異常堅定的口吻回答道，「是的，我要離開這個連我一生最愛女人都把我忘記的地方，我要離開它，永遠不再見到它。我要上巴黎……」

「你要到巴黎去！」德·雷納夫人不禁叫了出來。

她的聲音幾乎被眼淚噎住，極端的慌亂暴露無遺。于連需要這種鼓勵：他正要採取一個可能對他極為不利的舉動；在她的驚叫以前，他沒有看見這一點，他完全不知道能產生這樣的效果。他不再遲疑了，擔心悔恨的心理支配著他，他站起來冷酷地說道：「是的，夫人，我要永遠地離開您了，祝您幸福，永別了。」

他朝窗子走了幾步，正在把窗子打開的時候。德·雷納夫人向他撲了上去。他感到她的頭靠在他肩上。並且把他抱在懷裡，用她的臉頰貼在他的臉頰上。

就這樣，經過三個小時的對話，于連得到了他在最初兩小時裡渴望得到的東西。

如果愛情的回歸來得更早一些，那麼德·雷納夫人心中悔恨的消退，若是稍微早一些，那可能是一種無上的幸福，然而似這般通過手段才得到，那就只能是一種快樂了。

于連不顧情侶的勸阻，堅持要點燃那盞守夜明燈。

「那麼，」他向她說道：「你願意我心裡沒有半點兒和您約會的記憶嗎？您要徹底否定我將永遠消失在你這明媚眼睛裡的愛情？難道我再也不能看見，你這雙手漂亮嫩白的膚色嗎？想想吧，我可能離開您很久呀！」

「真羞死我了！」德・雷納夫人心裡想道。但是永別的意念使她潸然淚下，想想就什麼也不能拒絕他了。晨曦已開始清晰地在描繪維里埃城東邊山上松樹輪廓。陶醉在歡情裡的于連不但不離去，反而要求德・雷納夫人把他藏在她的臥室裡再度過一天，第二天夜裡才離開她。

「為什麼不可以呢？」她回答說，「我再度失足，實在是命中註定，要使我的人格完全破產，我現在連我自己也看不起我自己，你這造成我終身不幸的人啊。」說著，她把于連緊緊擁在胸前。

「我丈夫跟從前大不一樣了，他起了疑心；他認為我把他耍得團團轉，對我動不動就發火。他只要聽見一點聲音，我就完了，他會像趕走一個壞女人那樣把我趕走，我可也是個壞女人。」

「噢！這是謝朗先生的口吻！」于連說道，「在我萬般無奈去修道院這個殘酷的道路之前，你不會這樣跟我說話的，因為那時候你還愛我！」

于連的話說得很冷靜，他得到了補償，他看見他的情人很快忘記了丈夫的在場會給她帶來的危險。而她心中卻蹦出了一個更大的危險，是看見于連對她愛情的不信任。

白日迅速地誕生了，把房間照得通亮，于連又獲得了驕傲給予他的一切歡樂。當他再次看見一個美麗的女人躺在他懷裡，甚至依偎在他的腳邊時，他真是得意忘形。而這個他唯一愛過的女人，幾個鐘頭之前還整個兒沉湎在對那個可怕的天主的恐懼之中，沉湎在對自己的職責的熱愛之中。一年來，堅持自守的決心，被于連的勇氣全部瓦解。

過了一會兒，屋裡傳來了聲音，一件不曾想到的事，使德．雷納夫人受到萬分驚擾。

「那個討厭的艾麗莎要到這間屋子裡來了，梯子這麼大，怎麼辦？」她對她的情人說：「把它藏在哪兒呢？我去把它搬到頂樓上吧，」她突然叫道，那種活潑勁兒又上來了。

「這才是你當年的面目！」于連喜出望外地說道：「不過你得經過僕人的房間啊。」

「我把梯子放在走廊上，把僕人叫來，讓他去辦。」

「你得準備好一句話，如果僕人走到梯子跟前，發現梯子時好做解釋。」

「沒錯，我的寶貝！」德．雷納夫人說道，同時吻了他一下，「你呢，得趕快躲到床底下去，我不在的時候，艾麗莎會進來的。」

于連對她這種突如其來的興致感到驚奇。

「看來，」他心裡想，「突如其來的危險，沒有讓她感動慌亂，反而使她快活起來，這是因為她已忘了悔恨！的確是個出類拔萃的女人！啊！她，能夠獲得這顆心，是何等光榮呀！」于連感到高興極了。

德．雷納夫人拿著梯子，顯然是太沉了。于連去幫她，果然是一副優美的好身材，看上去那麼柔弱無力，誰知突然間，她不用幫忙，一把抓住梯子，像一把椅子似的舉了起來，愛情讓她此刻充滿了力氣，她迅速地把梯子搬到了四樓過道裡，將它靠倒在牆上。然後叫喚僕人，並且利用僕人穿衣服的短暫時間，上了閣樓。五分鐘以後，她再回到過道時，卻發現梯子不見了。梯子到哪兒去了呢？如果于連已經離開了這所住宅，她倒不覺得這是什麼大不了的危險。如果她丈夫看見了梯子！這件事可就糟透了。

德・雷納夫人到處都跑遍了，後來才發現梯子被放在屋頂下面，是僕人把它搬過去藏起來的。這種情況很特別，若在過去，會讓她驚恐不安的。

「二十四小時以後可能發生的情況，跟我有什麼關係呢？」她心裡想，「那時于連早已不在這裡了。到那時候，對我來說一切不都是恐懼和悔恨嗎？」

她模模糊糊地想到，該結束生命了，可那又有什麼關係！她以為是永別了，可是後來他又被還給了她，她又看見他了，而且他為了來到她身邊所做的那些事表現出多少愛情啊！

在向于連敘述梯子的事時，她說道：「我將怎樣回答我的丈夫呢，如果僕人向他說起發現梯子的事？」她沉思了一會兒，「不過，這沒關係，即使他們發現了，他們要把賣給你梯子的那個鄉下人找出來，至少也得二十四小時，」說到這裡，她情不自禁投入了于連的懷裡，痙攣般地抱緊他：「啊！死吧，就這樣死吧！」她一邊叫，一邊頻頻吻他，「但是總不能讓你活活餓死吧。」她笑著說道。

「來吧，你先到戴維爾夫人的房間裡藏起來，這個房間經常是鎖著的。」她去守望過道的另一端，於是于連趕快跑了過去。

「如果有人敲門，你千萬不要打開，」她一面把門鎖上了，一面說，「總之，這不過是孩子們在玩耍時開的一個玩笑。」

「你把他們請到花園裡來，就在這窗下。」于連說道，「假如能看見他們，我會感到很愉快的！」

「是呀，是呀！」德・雷納夫人向他喊著走開了。她很快就回來了，抱著餅乾、橘子和一瓶馬加拉酒，她只是偷不到麵包。

「你的丈夫在幹什麼呢？」于連追問道。

「他在起草跟鄉下人做生意的計畫書。」

八點的鐘聲已經悄然響起，城堡裡多了一些喧雜的聲音。如果在這時還看不見德．雷納夫人，大家會到處尋找她的，所以她只好離開于連。很快她又冒冒失失地回來，端來一杯咖啡；她生怕他餓壞了。早餐後，她成功地把孩子們都帶到戴維爾夫人寢室的窗子下。他感覺到他們都長得很高了，但是讓他失望的是，他們的樣子卻變了，變得平凡了，要不然就是他自己的思想已經轉變了。德．雷納夫人向他們講起了于連。老大的回答還有對過去的家庭教師的友情和懷念，可兩個小的已差不多把他忘了。

德．雷納先生這天早上待在門口，他一會兒上樓，一會兒下樓，忙著和幾個鄉下人達成交易——要把今年收穫的土豆賣給他們。一直到吃午飯前，德．雷納夫人簡直拿不出一分鐘時間去照顧她的情人。午餐的鐘聲響了，而且午餐已經擺好。德．雷納夫人這時才想起要去偷一盤熱湯給他吃。她可憐的于連已經好久沒有吃過東西了，當她小心謹慎地端著湯，輕輕地走向他躲藏著的房間門口時，她迎面地撞見了這天早晨藏梯子的僕人。這時，他也無聲無息地在過道裡走，彷彿在聽什麼。也許于連走動時不小心。這個僕人尷尬地走開了。德．雷納夫人才大膽地走進了于連的房間裡。她和僕人的不期而遇，使他不寒而慄。

「你怕了，」她對他說：「我嘛，我可以蔑視世界上任何危險，眉頭都不皺一皺。我只害怕一件事，那就是在你離開我之後，我將是孤苦伶仃的一個人。」她說完立刻跑著離開了。

「啊！」于連激動不已，自言自語道，「悔恨是這顆崇高的靈魂所害怕的唯一危險。」

最後的黃昏來臨，德・雷納先生出門到俱樂部去了。

德・雷納夫人裝作頭痛得厲害，她回到自己寢室裡，趕忙把艾麗莎遣走。然後又很快爬起來，去給于連開門。

事實上，于連真的餓壞了。德・雷納夫人趕忙跑到食品室，給他找麵包。于連聽到一聲驚叫。德・雷納夫人回來後跟于連說，她進入沒有點燈的配餐間，走近一個放麵包的碗櫥，一伸手，卻碰在一個女人的胳膊上，原來是艾麗莎，她嚇得驚叫了一聲，聲音大到連于連都聽見了。

「她在那裡幹什麼呀？」

「偷糖或者監視我們，」德・雷納夫人說道，顯出滿不在乎的樣子，「不過總算好運氣，我找到了一塊麵包和一個大餡餅。」

「那裡是些什麼東西呀？」于連指著她圍腰的口袋說。

德・雷納夫人差點忘記了，她怕她可憐的情人餓，從吃晚飯時起，她的圍腰口袋裡就已塞滿了麵包。

于連用最強烈的熱情把她緊緊抱在懷裡！在他眼裡，她從沒有今天這樣美麗。

「就是在巴黎，」他面露愧色地自言自語道，「我再也不會遇見比這更偉大、更讓我著迷的性格了。」

她有著一個不慣於此類體貼的女人的全部笨拙，同時又真的很勇敢，一般的危險根本不在她的話下。

正當于連吃得津津有味，他的情人就飯食的簡單跟他開玩笑，因為她害怕一本正經地說話。——忽然有人在外面使勁推門。德・雷納先生來了。

「你為什麼把房門鎖著？」他向她大喊道。

時間緊迫，于連剛好躲到長沙發下面去藏起來了。

「怎麼！您竟然穿得整整齊齊，」德・雷納先生說著走進了門，「您怎麼會鎖著房門在吃宵夜！」

若是在平時，做丈夫的如此生硬的提問，是會使德・雷納夫人驚惶不安的。但此刻她特別擔心的是她丈夫只要稍一低頭就會看見于連。因為德・雷納先生一進門直接坐在于連剛才坐過的椅子上，椅子正好面對著那張沙發。

頭痛可以用來說明一切。隨後，她丈夫滔滔不絕地向她詳細敘述他在俱樂部的彈子房是如何贏得賭注的。

「真的！一個十九法郎的賭注。」他補充道。

正在這時，她突然看見在她前面三步遠的一張椅子上，于連的帽子正擺在那裡。她本來應該驚慌失措的，但此刻她卻表現得更加冷靜。她開始脫去衣服，過了一會兒，迅速從她丈夫身後走過去，隨手把一件連衣裙扔在那把放帽子的椅子上。

德・雷納先生終於走了。

她請求于連繼續為她敘述他在修道院裡的生活情形：「昨天我沒好好聽你說，你說話的時候，我只想著如何迫使自己把你打發走。」

她根本不做防範。他們說話聲音太高；以至於在凌晨兩點鐘時，他們的談話被一陣凶猛的敲門聲打斷了。這回還是德．雷納先生。

「快把門打開，家裡有賊！」他說道，「聖約翰今天早上發現了他們的梯子！」

「一切都完了，」德．雷納夫人高聲說道，同時也投入于連的懷裡，「他會把我們兩人都殺死，我知道，以他的性格來說，他決不會相信有賊，就算死了也好，我要在你懷裡死去，我死了比我過去活著更加幸福。」她不理她那大發雷霆的丈夫，她熱情地親吻于連。

「你是斯塔尼斯拉斯的母親，你要活著！」他向她說道，並且命令式的看著她，「我從小房間的窗戶跳到院子裡，然後逃進花園，狗還認得我。把我的衣服打成一個包，立刻扔進花園。要盡可能的快！你就讓他破門進來吧。你記住，千萬不要慌，也千萬不要承認今天的事！我禁止你這樣！寧可讓他產生懷疑，也不能讓他有證據。」

「跳下去你會摔死的呀！」這是她唯一的答話，並且也是她唯一的顧慮。

她跟他一起走到小房間的窗前，然後她藏好他的衣服。最後她才給她暴跳如雷的丈夫開門。他衝進屋仔細看了看寢室，又搜查一下盥洗室，他並沒有發現什麼，然後怒氣沖沖一句話也不說地離開了。于連的衣服被扔了下去，他拾了起來，朝著杜河那邊花園的低處快速跑去。

他正跑著，聽見一顆子彈呼嘯而過，隨即聽見一聲槍響。

緊接著又是一聲槍響子彈從頭頂飛過去。

「這不是德．雷納先生，」他心裡想，「他的槍法沒這麼準。」

幾條狗在身旁奔跑，也不叫，又是一槍，看來打斷了一條狗的爪子，因為牠嗷嗷地慘叫起來。

于連用盡力氣翻過一座平台的牆，在樹林的掩護下跑了五十步左右，然後朝著另一個方向逃跑了。

他聽見幾個聲音在彼此呼喚，清清楚楚地看見了那個僕人，也就是他的敵人，打了一槍；一個佃農也從花園的另一端開起槍來。但是這時于連已到達了杜河岸邊，在岸邊，他才把衣服穿好。

一個鐘頭以後，他已離維里埃一法里遠了，上了去日內瓦的大路；「如果有人起疑，」于連想，「他們會到去巴黎的大路上追我。」

下卷

chapter 31

田園記趣

于連來到一個客店打尖，「我想先生是等候到巴黎去的驛車吧？」早餐店的主人微笑著對于連說道。

「今天的，明天的，無所謂。」于連說。

就在他裝作毫不在乎的時候，驛車來了。上面空著兩個位子。

「怎麼！是你？我可憐的法爾科茲！」一個從日內瓦那邊來的旅客，對和于連同時上車的那個人說道。

「我還以為你已經在里昂[77]附近，羅納河[78]畔一個迷人的山谷裡安頓下來了呢？」

「說得好，定居下來？可是我在逃亡。」

「怎麼！你在逃亡？你，聖吉羅，你這樣一張老實的面孔，你沒犯了什麼罪吧？」法爾科茲微笑著說道。

77. 法國南西部城市，紡織業中心。
78. 羅納河，流經瑞士和法國的河流。

「老天爺，和犯罪差不多，我在逃避外省那種令人厭惡的生活。我愛的是樹林裡那清新的空氣和田園裡幽靜和諧的情趣，這你是知道的，你常常責備我想入非非。我一輩子都不想再聽人談政治了，可政治還是把我趕了出來。」

「你屬於哪個黨派？」

「我不屬於任何黨派，這就是我倒了楣的地方！我全部的政治就是：我愛繪畫，愛音樂；一本好書，對我就是一件大事。我快四十四歲了，我還有幾年活頭呢？十五年，二十年，頂多三十年吧。我想三十年後的部長，總會比較能幹一點，但他們和時下的正人君子也沒有什麼兩樣，英國的歷史我看就是我們未來的鏡子，從那裡可以看見我們的將來。將來總會有一個不斷將自己特權擴大的國王。想當議員的勃勃野心，對虛名的嚮往，像米拉波那樣賺上十萬法郎的欲望使外省的有錢人難以入寐，他們卻把這叫做自由思想，熱愛民眾。國家猶如是一條大船，大家都爭著當掌舵人，因為這個職位報酬最多。那麼，在這條船上永遠也不會有一個可憐的小職位留給一個平凡的乘客！」

「是啊，那對你這個性情平和的人來說倒是很有意思的。是最近的選舉把你趕出了外省嗎？」

「我的不幸由來已久。四年前，我四十歲，我有五十萬法郎。現在我的年齡增長了四歲，而我的財產卻減少了五萬法郎。那就是我變賣蒙弗勒里城堡給我帶來的損失，這城堡在羅納河畔，位置好極了。」

「在巴黎，你們所謂的十九世紀的文明使人人都不得不演著沒完沒了的喜劇，對此我已經感覺到厭惡，我渴望過一種淳樸簡單的生活。於是，我在羅納河附近的山區買了塊土地。在天底下，再也找不出比這更美麗的地方了。」

「足足有六個月，村裡的代理神父和縉紳們都來巴結我，我請他們吃飯，我告訴他們，我離開巴黎的原因，就是為了這一輩子再也不用談政治，也不想聽別人談政治。你們看到了，我什麼報紙也沒訂，郵差給我送的信越少，我越高興。」

「可是助理神父卻不以為然，不久，種種不客氣的請求和煩人的事情紛至遝來，使我應接不暇，我本來打算每個月捐款二三百法郎給窮人，他們卻要我把這筆錢統統捐給宗教團體。比如，聖母會、聖約瑟會等。我斷然拒絕了，於是我飽受凌辱。我真愚蠢，我竟因此感到萬分惱怒。我再也不能在早晨出去享受山上美麗的景色了，在那裡我可能會遇到一件件麻煩事，那將打斷我的夢想，這使我很不愉快，也會讓我想起某些人以及他們的惡劣行徑。」

「拿祈禱豐年的巡遊來說吧，我很喜歡巡遊時唱的歌曲，很可能是一種希臘時候的旋律，但現在巡遊卻不祈禱我的天地豐收了，因為助理神父說，這些地屬於一個不信神的人。一個虔誠的老農婦死了一頭母牛，就說是因為附近有我的一口池塘，而我是一個從巴黎來的不信神的哲學家。一星期以後，我發現池塘裡的魚肚朝天，全都被人用石灰毒死了。各種各樣的麻煩事紛至遝來，治安官員原本是一個正派人，但因為擔心他的職位會失掉，他總是判我不對。田野的寧靜對我來說成了一座地獄。由於村裡聖會的頭目、助理神父、拋棄了我，自由黨的頭目，一個退休的上尉也不支持我。大家便一齊湧來欺侮我，甚至一年來靠我養活的那個泥瓦匠也和他們一起欺侮我，甚至為我修犁的車匠也想白白地欺騙我。」

「為了找個靠山，使我也能贏得幾場官司，我就參加了自由黨。但是，正如你所說的，選舉這種鬼把戲來了，要我投某人的票。」

「這個人你認不認識？」

「不，不認識了，我不幹，這一來便闖下了大禍，從這時起，我又被那些自由黨人搞得焦頭爛額，我實在是忍無可忍了。我相信，假如副本堂神父想控告我殺了我的女僕，在兩個黨派裡，至少會有二十個人站出來作偽證，發誓說他們親眼看見我犯了謀殺罪。」

「你想住在鄉下，卻又不為你的鄰居們的欲望效勞，甚至不聽他們的高談闊論。多大的錯誤啊……」

「你說得對啊！我正在彌補這個錯誤。我的蒙弗勒里城堡標價出售了，如果必要的話我情願損失五萬法郎。不過我感到很高興，我可以離開這個充滿虛偽和醜陋的地方了。在法國只有一個地方是寂靜與和平的，那就是巴黎愛麗舍田園大街臨街的五層樓上，我將到那裡去住！不過我也還在考慮，現在我會不會在魯爾區通過給教區送祝福麵包來開始我的政治生涯了。」

「在拿破崙時代，你是不會遇到這一切的！」法爾科茲說這話時兩眼發亮，憤怒中含著惋惜。

「但願如此，可你那波拿巴為什麼自己都站不住腳？今天我的一切痛苦都是他造成的。」

聽到這裡，于連更加集中注意力了。從他的第一句話，于連就知道這位拿破崙分子——法爾科茲是德·雷納先生童年時期的好友，後來在一八一六年被他拋棄。還有那個哲學家聖吉羅應該是某省政府長官的兄弟，這位省政府官長很懂得經營，而哲學家聖吉羅應該是知道如何通過招標為自己廉價租到公房的那個某省科長的兄弟。

「所有這一切，都是你的拿破崙造成的！」聖吉羅繼續說道，「一個正直的人，從不傷害別人，已經四十歲了，又有五十萬法郎的積蓄。他卻不能在外省安頓下來，過平靜安定的生活，因為那裡的教士和貴族容不下他。」

「啊！不要講他的壞話！」法爾科茲生氣地叫起來了，「法國從未像他統治下的十三年中那樣受到各國人民的尊敬。那時候，人們所做的一切都透著偉大。」

「啊！讓你的皇帝見鬼去吧！」那個四十四歲的人繼續說道，「他只是在戰場上以及在一八〇二年整頓財政的時期是偉大的。但是後來他又有什麼作為麼？他的那些侍從顯貴、他那煊赫的儀仗以及在杜伊勒里宮中的召見禮——實際上是在翻版封建王朝所有的愚蠢行為。」

「真是出自一個老印刷廠主的論調啊！」[79]

「是誰把我從我的土地上趕走的？」印刷廠主怒火中燒地嚷道，「就是那些教士們！拿破崙簽訂了和解協定把他們請了回來，但既不像政府對待醫生，律師和天文學家那樣對待他們，又不把他們看做普通老百姓，普通老百姓的生機政府是不管的。假如你的拿破崙沒有封那麼多男爵和伯爵，今天還會有這麼多傲慢無禮的貴族嗎？不！那時代已經不復存在了。除了教士，就是那些鄉村小貴族了，他們最讓我惱火，強迫我當了自由黨。」

「不錯，年輕人，您說得一點不錯！」法爾科茲高聲說道，「還有就是不要為了不做鐵砧，就把自己造成一個鐵錘。不過我看他對華勒諾已毫無辦法了，您認識那個流氓嗎？那可是個真的呀。一旦您的德．雷納先生被罷職，華勒諾就會代替他，他將說什麼呢？」

「他將和他的罪行面面相覷，」聖吉羅說。「這麼說您是瞭解維里埃的囉，年輕人？您瞭解維

79. 實際上是法爾科茲當過印刷廠老闆。

里埃？好吧！就讓拿破崙和他那些破爛王朝一齊遭到毀滅吧。正是他使得謝朗和德·雷納的統治成為可能。而他們的統治又導致了華勒諾和馬斯隆之流的統治。」

這次有關一種黑暗政治的談話使于連感到驚訝，把他從那些撩人的非分之想中拉了出來。

他遠遠望著巴黎的外景，心裡並沒有太大的反應。正在和他建築在未來命運上的海市蜃樓進行搏鬥。

他發誓：永不拋棄他情人的孩子，如果教士們帶來了一個共和國並迫害貴族的話，他寧可犧牲一切也要保護這些孩子。

如果他到達維里埃那天夜裡，把梯子靠到德·雷納夫人臥室的玻璃窗上時，發現房間裡竟是個陌生人或者是德·雷納先生本人，那情況又該怎樣哪？

最初的兩個鐘頭，當他的情人真的想把他趕走而他在黑暗中坐在她身邊為自己申辯的時候，那又是多麼的甜蜜啊！

對于連這種人，此類回憶會跟他一輩子的。這次相會餘下的部分已經和十四個月前他們相愛的最初時光融為一體了。

于連從深沉的夢想中猛然驚醒，車子停下來了，剛進入盧梭路驛站的院子。

「請帶我去瑪律美宗。」于連向一輛走近他的輕馬車慢聲說道。

「這時候嗎？先生，您去那兒幹什麼呀？」

「不關您事，走吧！」

一切真正的激情都是只想著自己。這就是為什麼我覺得在巴黎激情是那麼可笑，一個人總是聲稱鄰居多麼想著他。于連到了瑪律美宗時興奮的哭了。儘管今年修建的那些可惡的白牆把這公園分割成一小塊一小塊的。但是，對于連來說，正如對後來後世人一樣，在聖赫勒拿島、阿爾柯拉[80]和瑪律美宗[81]之間，是沒有什麼區別的。

晚上，于連幾番猶豫，方才進了劇院，他對這種使人墮落的地方有些奇特的想法。

深刻的猜疑阻止了他去欣賞活的巴黎，僅僅是他心中的英雄遺留下來的許多紀念碑，就使他感動不已了。

「我已來到偽善和陰謀的中心了！這裡就是德・弗里萊神父的保護人所統治的地方。」

第三天晚上，于連去拜訪彼拉爾神父。這位神父用一種極其冷漠的聲調向于連說明他在德・拉摩爾先生家裡將會過著怎麼的生活。

「如果幾個月後，人家不要您了，您還可以堂堂正正回到修道院去，您未來的居停主人是位侯爵，是法國最大的貴族之一。您要像一個居喪的人那樣，每天穿著黑衣，而不是像一個教士。我要求您每星期到修道院去三次，繼續搞您的神學研究，我將介紹您到那裡去。每天中午，您就坐在侯爵的圖書室裡，他要讓您寫些有關訴訟和其他事務的信件。有些是為了其他事務，有些是為了訴訟問題。在他收到的每封信的白邊上，侯爵都要用一兩句話把應該答覆的內容寫下來。我說過，不出三個月，您就能寫回信了，呈給侯爵簽字的十二封信中他可以簽上八、九封。他只需要簽上字就可以郵寄出去了，晚上八點鐘，您得把他的辦公室收拾得整整齊齊，然後十點後您就獲得自由了。」

80.義大利城市。
81.法國塞納至瓦茲一地名。拿破崙的王后約瑟芬的產業，約瑟芬離婚後即在此居住。

「將來可能，」彼拉爾神父繼續冷漠地說道，「某位態度溫和的人或有某位年老的太太，為了能看一看侯爵接到的信件，他們會甜言蜜語的哄騙您，答應給您一些讓人豔羨的好處，或者乾脆就直接給你錢……」

「啊！先生！」于連高聲叫道，臉漲得通紅。

「這就怪了。」神父面帶著苦笑說道，「您貧窮到這種地步，又在修道院待了一年，居然還生氣，不願意做這樣缺德的事情，您準是瞎了！」

「這也許是一股血氣在作怪吧？」神父低聲自言自語道。

「使我感到奇怪的是，」他繼續說，同時抬頭看了看于連：「侯爵認識您……我也不明白是怎麼回事。您剛來他就給您一百路易，他這個人做事情都憑一時任性，他的缺點就在這裡。如果他感到滿意的話，您將來的薪金可以提高到八千法郎。」

「不過你要明白，」彼拉爾神父繼續用尖酸的聲調說，「他給您這些錢，不是為了您那雙漂亮眼睛。要是我，我就少說話，尤其是絕不說我不知道的事情。」

「啊！」神父繼續說道，「侯爵家有兩個孩子：一個十九歲的兒子和一個女兒。那個兒子高雅非凡，不過有點狂妄，是那種中午還不知道下午兩點鐘幹什麼的瘋子。他勇敢、聰明，參加過西班牙戰爭。我不知道侯爵希望您做這位年輕伯爵諾爾貝的朋友的原因。我聽說你是個了不起的拉丁語專家，也許他打算要您教他的兒子幾句有關西塞羅和維吉爾的現成句子吧。」

「要是我，我絕不讓這位年輕人拿我開玩笑；他的主動接近會是彬彬有禮的，但稍許摻雜有嘲諷，我要是接受，就非讓他重複好幾遍不可。」

「實話跟您說，這位年輕的德・拉摩爾伯爵，在開始時一定會蔑視您，因為您只不過是個小小平民而已。他的祖上曾在宮裡走動，並且有幸因一次政治陰謀於一五七四年四月二十六日在格萊沃廣場被斬首。您卻出生在是維里埃一個木匠的家裡，何況您是他父親雇來的一個僕人。」

「您要好好地權衡一下這些差別，並且要多研究莫雷里拉[82]著作裡有關這個家庭的歷史。所有在他們家吃飯的阿諛奉承之輩，都往往會巧妙地做這方面的暗示。」

「您特別要留心在諾爾貝伯爵先生嘲笑您時，您回答他的方式。他是輕騎兵上尉，並且是未來法國貴族院的議員。您不要事後又跑來向我訴苦。」

「我覺得，」于連說，滿臉通紅，「我甚至無須回答一個看不起我的人。」

「這種看不起您是看不出來的，表現出來的都是些誇張的恭維。如果您是個傻瓜，您就會上當；可您若想發跡，您就還得上當。」

「那麼如果有一天，這一切對我都不合適了。」于連說道，「如果我回到我的一〇三號小屋去，我會被看成是個忘恩負義的人嗎？」

「很可能，」神父答道，「所有對這個家庭獻殷勤的人，都會誹謗您的，不過，我會出面的。Adsumquifeci[83]，我說這是我的主意。」

彼拉爾先生的這種尖酸的、甚至是凶惡的聲調，使他感到萬分痛心，這讓他不知道該回答些什麼了。

82. 莫雷里拉（一六四三至一六八〇），法國史學家，曾編纂《歷史大辭典》。
83. 拉丁文：包在我身上。

事實上，神父因愛于連而感到良心不安，他是懷著某種宗教的恐懼如此直接的干預他人的命運啊。

「您還會看見，」他繼續說道，仍然是剛才那種惡劣的腔調，好像有一項艱難任務要完成似的，「您還會看見德．拉摩爾侯爵夫人。她是一個身材高大的金髮女人，高傲、虔誠，十分有禮貌，但她的角色卻無足輕重。她是肖納老公爵的女兒，這個公爵以他的貴族偏見著稱。這位貴婦是她那個等級女人性格中最突出的縮影。她並不諱言只尊重那些祖先參加過十字軍的人，至於金錢卻並不重要，這一點您覺得奇怪嗎？咱們已經不是在外省了，我的朋友。」

「您在她的客廳裡會看見好幾位大貴人，他們以一種奇怪的輕慢口吻談論我們的親王們。至於德．拉摩爾夫人，每當她提到某位親王，尤其提到的是一位郡主的名字時，為了表示敬意，總是把聲音放得很低。我勸您當著她的面不要說菲力浦二世[84]或亨利八世[85]是怪物。因為他們都曾經坐過國王，永遠有權收到所有人，特別是像你我這樣出身寒微的人的尊重，不過，」彼拉爾先生補充道，「因為我們都是教士，她也會把您看做教士，在這一名義下，她會把我們都看做是她求得永生所必不可少的僕人。」

「先生，」于連說道，「我覺得我在巴黎待不長的。」

「好極了，但是請您注意，像咱們這種穿教士袍子的人，要出頭非得走達官貴人的道路不可，在您的性格裡，至少我覺得，好像有一種令人猜不透的東西，如果您不能出人頭地，別人就會迫害

84. 法國國王，在位時文治武功均有卓越建樹。
85. 英國國王（一四九一至一五四七）。

您。對於您，是沒有其他道路的。您不要心存幻想。在今天這個社會裡，如果您不能取得別人的尊敬，就註定要倒楣。」

「如果不是德．拉摩爾侯爵一時衝動想提拔您的話，想想您自己在貝藏松的境況？有一天，您會知道他為您所做的是一件多麼奇異的事！如果您不是像草木一樣無情的話，就一定會永遠感謝他和他一家人對您的大恩大德，多少可憐的神父，他們比您更博學，他們在巴黎生活了多少年，就只能靠和在索邦宣講得來的十個蘇和做彌撒賺來的十五個蘇過日子！……想想去年冬天我跟您講的紅衣主教杜布瓦[86]那個窮困潦倒的早年吧。難道您竟自負到自認比他還有才幹嗎？」

「拿我來說吧，我是一個生性淡泊，人也平庸，打算終老空門的人，我思想幼稚，一心如此。可是，當我就要被撤職的時候，我卻主動提出了辭呈，您知道我有多少財產嗎？總計有五百二十法郎！不少也不多。我，只有兩三個熟人卻沒有朋友。那時我還沒有遇見德．拉摩爾先生，他把我從困難處境中解脫了出來。他只說了一句話，就有人把一個教區送給了我。在那裡，其居民都是些富裕的人，從沒有粗俗的惡習，而我的收入令人慚愧，因為它和我的工作實在太不相稱了。我之所以反覆告誡您，就是要您心中有數，做事慎重一些。」

「還要補充一句：我不幸脾氣暴躁，你我之間將來很可能會發展到無話可說的地步。如果侯爵夫人的傲慢，或者她兒子的惡意取笑，使這座房子變得對您來說確實不堪忍受，我就向您建議到巴黎三十里外的一個修道院去完成你的學業。寧可到北面去也不要去南面，北方文明多一些，那些不

86. 醫生之子，曾擔任路易十五的攝政王沙特爾公爵的家庭教師，路易十四去世後，隨攝政王進入政界。曾於一七二二年成為紅衣主教兼首相。

平的事情比較少，此外，」他放低了聲音慢慢說道，「我還得向您坦白承認，只要接近這些巴黎的報紙，常常令那些小暴君們感到恐懼。」

「如果咱們還樂意見面，而您又不願意繼續在侯爵府上待下去的話，我就建議您做我的助手，我分給您這個教區一半的收入。我該報答您的還不止這個。」他打斷于連感謝的話繼續說道，「因為您在貝藏松為我作了一個奇異的貢獻。假使除了那五百二十法郎之外我一無所有的話，您就救了我啦。」

彼拉爾神父這時改變了他那冷酷的聲調。于連感到十分羞愧的是他覺得眼淚居然上來了；他恨不得一下子投入他朋友的懷抱；他再也壓抑不住，盡可能地裝出男子漢的氣概，對他說：

「我最大的不幸是，我父親從我出生起就憎恨我。但是先生，我不再對命運抱怨，因為從您身上，我重新找到了一個父親。」

「好，好，」神父不好意思地說，正好這時他想起做修道院院長時，他常說的一句話，「絕對不能說『命運』這個詞，我的孩子，您應該永遠說『天意』。」

出租馬車停了，車夫拉起一扇巨大的銅門環：馬舉起銅錘用力敲門。這就是德．拉摩爾府邸，為了不引起路人懷疑，這幾個字鐫刻在了大門上的黑色大理石上。

于連很不喜歡這種裝腔作勢。

他們是那麼害怕雅各賓派！他們在每座籬笆後面都會看見有個羅伯斯比爾和他帶來的囚車，他們這種情況常使人感到非常可笑。然而他們卻又這般炫耀地來顯示他們的府邸，好讓暴民們在發生騷亂時認出來，進行搶劫。

于連把些想法告訴了彼拉爾神父。

「啊！我的孩子，不久您就會成為我的副手了。您怎麼會有這種可怕的思想呢！」

「我覺得這種想法再普通不過了。」于連說道。

看門人的嚴肅，尤其是庭院的整潔，使他讚歎不已。那天是個陽光明媚的日子。

「多壯觀的建築呀！」于連向他朋友說道。

其實這是聖日耳曼區那一批正面平淡無奇的府邸，建於伏爾泰[87]逝世前不久。雖然時髦，但絕說不上美。

87. 法國作家伏爾泰死於一七七八年。

chapter 32

初見世面

于連地站在院子裡感到驚惶失措。

「要裝得像樣一點！」彼拉爾神父說道，「你的想法太可怕了，不過，你還是個孩子呀！賀拉斯的話難道您忘記了嗎？他所說的『千萬別激動』到哪裡去了？您要想著，這些僕人看見您住在這兒，會千方百計地取笑您的，他們把您看做同等之人，只是不公平地被安置在他們之上罷了。表面上對您和顏悅色，指點幫助，多方關照，實際上他們暗地裡會想盡一切辦法讓您上當出醜。」

「我才不在意這些人呢！」于連說著輕輕咬了咬自己的嘴唇，他又感到對一切都不能信賴了。

這兩位先生到達侯爵的辦公室之前，穿過了二層的幾個客廳，這是個發表無聊的議論和打呵欠的地方，但它們卻迷住了于連。

「住在這樣富麗堂皇的客廳的人，」他暗自想道，「怎會感到不幸福呢！」

這兩位先生終於到了這所華麗住房中最簡陋的一間——那裡幾乎沒有陽光，一個瘦小乾枯的人坐在那裡，然而他眼睛灼灼有神，戴著金黃色的假髮。神父把身子轉向于連，向他介紹：「這就是侯爵。」于連覺得他非常謙恭，簡直感覺不出他是侯爵。這已不是在博萊．勒奧修道院裡那些極其傲慢的大老爺了。于連覺得他的假髮太密了，有了這種感覺，他便一點也不害怕了。剛開始，他覺得亨利三世[88]的朋友的後代，舉止動靜太不大方了，他太瘦，而且特別容易激動。但是不久後，他注意到侯爵謙恭有禮，比起貝藏松的主教來，和他交談的人感到很愉快。接見不到短短三分鐘。出來時，神父向于連叮囑道：「您那麼全神貫注地看侯爵，好像要為他作一幅畫像似的。對於這些人所說的禮貌，我並不是內行，不久你便會比我知道得更多。不過，您這種大膽的注視，我總覺得有點失禮。」

他們又登上出租馬車，車夫把車子停在林蔭火道旁；神父領著于連進入一連串大客廳。于連注意到在這些大廳裡什麼傢俱裡都沒有。他看到一座鍍金的華麗擺鐘，上面飾著一座雕像，在他看來題材十分猥褻。這時一位風度翩翩的先生笑盈盈地走過來。于連略微點了點頭。

那位先生微微一笑，把手放在他的肩膀上。于連一驚，朝後跳了一步。氣得臉都漲紅了。雖說彼拉爾神父平時非常嚴肅，此刻也忍不住笑了出來，原來這位先生是個裁縫。

「您會有兩天的自由時間，」出來時，神父向他說道，「兩天後，您才可被介紹去見德．拉摩爾夫人。在您最初住進這個新巴比倫[89]的日子，要是其他人，也許要把您像一個年輕女子那樣關起來。如果你必須墮落，就立刻墮落吧，省得我再為你操心，後天早晨，裁縫會做好兩套衣服，您給那個為您試衣服的徒工五個法郎。還有，不要讓這些巴黎人聽見您的說話聲。您一開口，他們就掌握了取笑您的秘密。這就是他們最大的本事。」

88. 亨利三世（一五五一至一五八九），法國國王，一五七四至一五八九年在位。
89. 巴比倫，西元前二十世紀中亞幼發拉底河畔古城，後成為亞述王朝的國都，以奢侈繁華出名。此處指巴黎。

「後天正午，您到我這裡來……去吧！去毀掉自己吧……我還差點忘了告訴您，您應該按照這些地址去定購長襯衣、統靴和帽子。」

于連從神父手中接過紙條，上面寫好了地址。

「這是侯爵親手寫的，」神父說道：「這是個非常積極、具有遠見的人。他不願命令別人，總是喜歡自己去幹。所以就是為了省掉這類麻煩，他把您安置在他身旁。他這個人很乾脆，就看你夠不夠機靈，他說半句話，你便能心領神會，把所有的事情辦妥。你有這樣足夠聰明的頭腦嗎？這就要看您將來的表現了，要當心呀！」

于連照按指定的地址走進那些商店，一句話也不說。他注意到商店裡的人接待他都很恭敬。尤其是那個靴匠，在帳簿上記顧客的名字時，寫的是于連．德．索海爾先生[90]。

在拉雪茲神父公墓裡，一位熱心而言談更為隨便的先生自告奮勇，主動把奈伊[91]元帥的墓指給于連看，由於政治原因的複雜性，這位元帥被剝奪了樹碑立傳的光榮。當他們握著手告別時，這個自由黨人兩眼淚花，幾乎把他抱在了懷裡，可他自己的錶卻不翼而飛了。不過這件事倒使他增長了見識。第三天正午，于連去拜見彼拉爾神父。彼拉爾神父定睛地看了他很久。

「也許您會成為一個公子哥兒。」神父用一種極其嚴肅的態度向他說道。于連的樣子十分年輕，卻像戴重孝似的，穿一身黑衣。他也確實很帥，不過善良的神父自己太土氣，看不慣于連走動時還甩動肩膀，其實，在外省，那是瀟灑和身分的象徵，他的判斷和神父完全不一樣，侯爵覺得于

90. 按法國人習慣，姓氏前加德是貴族身分的表示。
91. 奈伊（一七六九至一八一五），拿破崙帝國的元帥，屢立戰功，王政復辟後被處死。

連風度翩翩，以致向神父提出了這樣的問題：

「我讓于連先生去學跳舞，您會反對嗎？」

彼拉爾神父半晌沒反應過來，最後終於才回答：

「不反對，于連並不是教士。」

侯爵三步併作兩步走上一條小小的暗梯，親自把于連帶進一個漂亮的小閣樓裡，閣樓的窗子正朝向府邸那座大花園。他問于連在內衣店裡買了幾件襯衣。

「兩件。」于連文雅地回答道，一位這樣大的官老爺竟過問這些瑣碎事，于連有點不自在了。

「很好，」侯爵一本正經地繼續說道。而他那種命令式的乾脆口吻，確實把于連引入了深思：「很好！再去買二十二件襯衣。這是您頭一個季度的薪水。」

從閣樓下來時，侯爵叫來一位年老的僕人，向他說道：「阿塞納，您今後就是于連先生的侍從。」

幾分鐘以後，于連一個人待在一間豪華的圖書室裡；樂得心花怒放。他很激動，為了不讓人撞見，他躲進一個陰暗的小角落裡；從那裡，他興致勃勃地觀賞著閃閃發光的書脊。

「我可以讀這裡所有的書呀！」他高興地自言自語道：「在這裡，我怎麼會不快樂呢？德・雷納先生如果看到侯爵剛才為我所做的百分之一，他便會無地自容。」

「不過，還是先看看你要抄寫的東西吧。」活兒幹完後，于連大著膽子走向藏書，忽然發現一套伏爾泰的作品，高興得近乎發狂了。他趕緊跑去打開圖書室的門，生怕有人進來撞見，然後興致勃勃地翻閱八十卷書中的每一卷。這些書都裝訂得非常精美，是倫敦最優秀的工人的傑作。其實用不著這麼漂亮，也能讓于連歎為觀止。

一小時後，侯爵進圖書室來看了看于連抄錄的東西，驚異地發現于連把「Cela」寫作「Cella」，多寫了一個l。「神父關於他的學問所說的那些話難道都是無稽之談嗎！」失望之餘，他和顏悅色的對于連說：

「您在拼寫方面不太有把握吧？」

「這倒是。」于連回答說，他壓根兒沒有想到這會給自己帶來很大的損害。侯爵的恩惠使他倍受感動，他想起了德．雷納先生粗暴的聲音。

「試用這個從弗郎什－孔泰來的小神父真是白費工夫，」侯爵想，「然而我多麼需要一個可靠的人啊！」

「Cela這個詞只能寫一個l，」侯爵向他說道，「往後，如果有些字的拼寫不太清楚的話，可以去查查字典。」

六點時，侯爵叫人把他請來，他看見于連腳上還穿著長靴子，顯得很不高興地說：「這都怪我，沒告訴您，每天到了五點半時，應該穿得整整齊齊的。」

于連不解地看著他。

「往後阿塞納會提醒您的，您應當穿上襪子，今天我就向您道不是吧。」

說完，德．拉摩爾先生讓于連到一間金碧輝煌的客廳裡去。在類似的場合，德．雷納先生總要加快腳步，搶先進門。于連受舊東家這點小小虛榮的影響，走得太快，踩到了侯爵的腳。因為侯爵有痛風病，這使他感到十分疼痛。

「啊！」他暗自心想，「此外他還是個笨蛋！」

他把他介紹給一個身材高大、外表威嚴的女人。這是侯爵夫人。于連覺得她傲慢無禮，有點像維里埃專區區長莫吉隆的夫人的神氣。看著客廳裡富麗堂皇的陳設，于連感到心慌意亂。德．拉摩爾先生說了些什麼話，他都沒聽清楚。侯爵夫人幾乎不屑於瞧他。客廳裡有幾個男人，于連認出了年輕的阿格德主教，不禁喜出望外。幾個月前，在博萊．勒奧修道院舉行的典禮上，這位年輕的主教曾和他交談過，于連用他那雙靦腆溫柔的眼睛盯著他看，大概心裡有點吃驚，但卻懶得去認這個外省人。

于連看著這些聚集在這個客廳裡的男人，多少有點拘謹和憂鬱。在巴黎，人們習慣低聲說話，而且不把吹噓誇大。

一個漂亮的年輕人，臉色蒼白，身材瘦長，上唇留著小鬍鬚，快到六點半時才走進客廳，他的腦袋非常小。

「您老是要人家等您。」侯爵夫人說，這時他正吻著侯爵夫人的手。

于連知道這就是德．拉摩爾伯爵，他覺得伯爵非常可愛。

「他能是那種愛開玩笑而出口傷人，使我在這裡待不下去的人嗎？」

由於詳細地觀察，他注意到伯爵穿的是帶有馬刺的長筒靴子。

「而我則應該穿普通的鞋，顯然我是下人。」于連暗自地想。

大家開始用晚餐了。于連聽見侯爵夫人稍稍提高嗓門，說了一句非常嚴厲的話。幾乎就在同時，他瞧見一位年輕女士，身材非常勻稱，金栗色頭髮，走來恰好坐在他對面。他並不喜歡這位女郎，但仔細審視之下，覺得她的眼睛很美，簡直見所未見，但是這雙眼睛透出一種可怕的冷酷。隨後，于連從她的眼睛裡發現，她觀察周圍的時候眼睛裡流露出厭倦的表情，但又覺得必須擺出一副儼然的姿態。

「德．雷納夫人，」他暗自說道，「也是有一雙非常美麗的眼睛，大家都曾稱讚她，「但它們和這一雙毫無共同之處。」

于連還沒有足夠的經驗使他能辨認出，瑪蒂爾德小姐眼裡不時閃耀著的是機智的火花。而德．雷納夫人的眼裡，在激動時卻是熱情的火焰。

晚餐快結束時，于連才找到一個恰當的詞來描繪德．拉摩爾小姐美麗的眼睛。

他心想：可稱得上是星眸閃爍。除此之外，她的相貌酷似她的母親，而她的母親于連是越來越不喜歡了，也就不再看她了。相反地，他倒覺得諾爾貝伯爵在各方面都值得讚賞。于連簡直覺得他太迷人，以致沒有想到因為他比他富足，比他高貴而去憎恨他、嫉妒他。

于連覺得侯爵的神情似乎有點厭煩。

快上第二道菜了，侯爵對他的兒子說：

「諾爾貝，我希望你好好看待于連．索海爾先生。他是我新近請來給我當參謀的，如果可能的話，我想把他培養成一個人才。」

「這是我新的秘書，」侯爵向坐在他旁邊的人說，「他寫cela這個字，寫了兩個l。」

大家都看于連，他向諾爾貝深深地點頭致意，動作稍稍有點過火；不過總的來說，他們對他的眼神感到滿意。

想必侯爵一定是談到了于連所受的教育，因為有一位客人又把賀拉斯搬出來考他。

正因為談到賀拉斯，我才在貝藏松的主教面前獲得成功，于連心裡想，「看來，他們只知道這個作家。」從這時起，于連已能很從容地控制自己了。他覺得，德．拉摩爾小姐永遠不會是個真正的女人。自從在修道院那時起，他已經學到了一個男人應該具備的膽量和虛偽，他不會讓自己輕易被他們嚇倒。如果飯廳的陳設沒有那麼華麗，他就會變得更加安靜。事實上，飯廳裡各有兩座八尺高的穿衣鏡，他大談賀拉斯時，從鏡裡看著向他質疑的對方，更顯得氣概非凡。對一個外省人來說，他的話很簡短。他有著一雙美麗的眼睛，在他回答得很好時，那快樂和戰慄羞怯的表情更增加了它們的光彩，大家都覺得他是個使人愉快的人。

這種考試給一頓嚴肅的晚餐增添了些許樂趣。侯爵做了個手勢，要那個提問的人對于連狠狠地考。心想：「難道他真的有點學問？」

「他也許瞭解我的具體情況，這是可能的嗎？」他心裡暗想道。

于連回答得很有創見，他的羞怯之情逐漸減少，倒不是為了賣弄自己的聰明，這對一個不善於運用巴黎語言的人來說是做不到的。他有的是新的看法，雖說表達得不優雅也不恰當，但大家已看出他精通拉丁文。

于連的對手是個院士碑銘研究院的，恰好他也懂拉丁文。他發現于連是個很好的人文學者，他不再擔心于連會感到不好意思，而要認真的考他一下。在他們舌戰最激烈的時候，于連終於忘記了飯廳裡豪華的設置，就拉丁詩人陳述了一些對話者在任何地方也不曾讀過的看法。對方是個正派人，他把這一切都歸功於這位年輕的秘書了。

說也湊巧，這時人們開始討論賀拉斯是富還是窮的問題，于連認為他是一個縱欲的、無憂無慮的、可愛的詩人，寫詩只是為了使自己快樂。像拉封丹和莫里哀的朋友夏佩爾[92]一樣，還是像拜倫勳爵的對頭騷塞[93]那樣隨侍宮廷，為君王做生日宴歌的可憐巴巴的桂冠詩人呢？

人們還談到喬治四世統治和奧古斯都[94]大帝下的社會，這兩個時代，貴族的權力很大；但在羅馬，貴族親眼看到自己的權力被梅塞納斯[95]活生生剝奪去了，而他僅僅是個普通騎士。而在英國，它迫使喬治四世[96]幾乎處於威尼斯的一個大公的地位。晚飯開始時，他一直悶悶不樂，這場爭論似乎使侯爵擺脫了麻木狀態。

但是每一個人都可以注意到，只要談到羅馬歷史上的事蹟時，于連就會變得無可爭辯。他極其自然地襲用了他從貝藏松主教那裡學來的一些論點，這些論點是大家極其欣賞的。

侯爵夫人給自己定下的一條原則，凡是讓她丈夫開心的事情，她都無例外地加以讚賞。因此，大家談詩人談厭了，侯爵夫人才屈尊看了看于連。

「這個年輕教士外表顯得笨拙，但也許隱藏著學問。」坐在侯爵夫人旁邊的院士對她說；而于連也隱約聽見了。女主人的聰明才智就適合聽這種現成的話，她接受了院士有關于連的評語，私下慶幸沒白請院士來赴晚宴。「此人真能逗我丈夫開心。」她心裡暗暗這樣想。

92. 夏佩爾（一六二六至一六八六）法國詩人。
93. 騷塞（一七七四至一八四三），英國湖畔派詩人，散文家。
94. 奧古斯都（前六三至一四），即凱撒之養子屋大維。
95. 喬治四世（一七六二至一八三〇），一八二〇至一八三〇年的英國及愛爾蘭國王。
96. 梅塞納斯（前六九至八），奧古斯都時代的羅馬政要。以保護文學藝術聞名於世，曾資助維吉爾、賀拉斯等著名詩人。

chapter 33 第一步

第二天一大早，于連正在書房抄寫信件，瑪蒂爾德小姐從一扇用書脊掩藏得嚴嚴實實的小旁門進來了。于連對這種新穎的構思頗為欣賞，而瑪蒂爾德小姐卻為在這個地方遇見于連感到吃驚和不悅。于連覺得這位帶著卷髮紙卷兒的小姐，帶著男性般的嚴厲與高傲。

德·拉摩爾小姐有個秘密，就是常趁她父親不在時來到他的圖書室裡偷著看書。于連的出現，使她今天早晨白跑了一趟。更使她惱火的是，她此來要找的伏爾泰的《巴比倫公主》的第二卷並不在書架上。這部著作是卓越的宗教教育和王家教育的適當補充讀物，是聖心教派的傑作！這個十九歲的可憐女孩，之所以對小說感興趣，完全是因為精神上已經有尋求刺激的需要了。

諾爾貝伯爵在快到三點鐘時來到圖書室，他要研究一份報紙，晚上好能談談政治。他遇見于連很高興，其實他早已把他給忘了。他對于連態度好極了，還邀請于連去騎馬。

「我父親讓我們自由活動到吃晚飯前。」

于連懂得所謂「我們」所表達的什麼意思，並且他非常喜歡這個詞。

「天哪，伯爵先生，」于連說，「要是放倒一棵八十尺高的樹，把它劈方正，破成板子，我可以說能做得很好；可是騎馬，我這輩子總共還不到六次。」

「好吧，這就算是第七次吧！」諾爾貝笑著回答說。

事實上，于連一直記得那次國王駕臨維里埃的事，而且相信自己騎馬技術非常好。但是，當他們從布洛涅樹林回來時，正走在巴克街正中央，猝不及防，想躲避一輛雙輪輕便馬車，就從馬上摔了下來，弄了一身泥。幸虧他有兩套衣服可以更換。晚餐時，侯爵很想同他說話，問問他散步的情況，諾爾貝趕忙含混地回答了。

「伯爵先生對我百般關照，」于連接著說道，「我要感謝他，而且我也可以體會到這種關照的全部意義。承蒙他給了我一匹最漂亮、最馴良的馬。但他總不能把我捆在馬鞍上吧，由於疏忽，走到靠近橋邊那條特長街道正中心時，我從馬背上摔了下來。」

瑪蒂爾德小姐忍不住哈哈笑了起來，接著又不顧冒昧，細細地問下去。于連用很簡單的話語交代清楚了，他有著優雅的風度，然而自己並不知道這些。

「我看這個小教士將來必成大器，」侯爵後來曾向那位院士談道，「一個普通的外省人在這樣的場合居然有如此多的表現，真是聞所未聞，以後也不會見到的，在夫人們面前，竟然敘述起他自己的倒楣事來！」

于連講述他的倒楣遭遇，讓聽的人那麼愉快；飯都快吃完了，大家的話題也已轉了，以致晚餐結束後，瑪蒂爾德小姐還向她哥哥追問了許多關於這一不幸事件的詳細情形。于連有好幾次和她的眼睛相遇，雖然問題不是向他提，但他也敢果斷地回答，最後三個人都開懷大笑了，好像在樹林深處一個村莊裡的三個年輕鄉下人一樣。

第二天，于連聽了兩堂神學課，然後回去抄寫了二十多封信。他發現在圖書室裡，他的身邊，坐著一個年輕人，穿著十分講究；但是形容猥瑣，臉上帶著嫉妒的表情。

侯爵進來了。

「唐博先生？您在這裡做什麼？」侯爵用相當嚴厲的口吻質問那新來的人。

「我以為……」年輕人說，奴顏婢膝地笑了笑。

「不，先生，您不要以為……這僅僅是一次試用，但是沒被錄取。」

年輕的唐博怒氣沖沖地站了起來，走了。

他是侯爵夫人的朋友院士先生的侄兒，有志於文學。院士早已徵得侯爵同意，讓他當秘書。唐博原來在一間偏僻的房間裡工作，因為知道于連得到侯爵的寵愛，很想分一杯羹，當天早上，便把自己的文房四寶搬到了圖書室。

午後四點鐘，于連經過一番考慮後，仗著膽子去見諾爾貝伯爵。此時，伯爵正要去騎馬，他感到為難，因為他是十分講究禮貌的。

「我想，」他向于連說道，「我想您最近可以去練馬場練一練，過幾星期，我們可以很愉快地一道騎馬出門。」

「我想有此榮幸，感謝您對我的關懷；請相信，先生，」于連態度嚴肅接著說：「您對我的關照我將銘記於心，如果您的馬沒有因為昨天我的笨拙而保持健康，而且牠又是閑著的話，我希望今天能再騎牠一次。」

「我的天，親愛的于連，出了事您可得自己負責了。您要知道，出於謹慎，我把所要求的各種反對意見都說過了，事實上，現在已四點鐘了，我們沒有時間再耽誤了。」

于連一騎上馬，便向年輕的伯爵請教說：

「怎麼樣才不會從馬上跌下來呢？」

「辦法很多，」伯爵開心地哈哈大笑地回答，「比如說，身體要靠後。」

于連縱馬疾馳。他們很快就到達路易十六廣場。

「喂！您不要命了，」諾爾貝說道，「這兒車子太多了，而且趕車的都是些不謹慎的傢伙！一旦摔下來，他們的馬車會從您身上壓過去；他們絕不會冒險猛停而把馬的嘴勒壞。」

足足有二十次，諾爾貝看見于連幾乎要從馬上摔下來，但這次騎馬出遊總算平安地結束了。

「我給你介紹，這個不要命的傢伙。」

晚餐時，他從桌子的另一頭向他父親大談于連如何大膽無畏，他對于連的勇敢採取了非常公正的態度，于連的騎術是值得稱讚，也因為他的勇敢。年輕的伯爵在早晨已經聽到刷馬僕人在院子裡拿于連墜馬的事當話題，對于連肆意嘲笑。

于連雖然受到照顧，但很快便覺得他在這個家庭裡是完全孤獨的。所有的習慣，在他看來都是稀奇古怪的，他動不動就會受處罰，他的過失成為全府僕人的笑柄。

彼拉爾神父動身去他的本堂區了。「如果于連是一棵柔弱的蘆葦，就讓他毀滅吧；如果這是個勇敢的人，就讓他自己走出困境吧，」他想。

chapter 34

侯爵府

如果說于連覺得在德．拉摩爾府邸高貴的客廳裡的一切都是那麼不平常。那麼，換個角度來說，那些自願降低身分留意于連的人，覺得于連這個臉色蒼白、身穿黑衣的年輕人，也是很特別的。德．拉摩爾夫人向她丈夫提出建議，每逢家裡要招待顯貴的客人時，就派于連出去辦別的事。

「我很想把我的試驗進行到底，」侯爵回答道：「彼拉爾神父認為不應該傷害我們周圍人的自尊心。有骨氣的人才值得依靠，這個人除了他那張讓人覺得生疏的面孔外，全都是合適的地方，而且他愛多管閒事。這個人除了面孔陌生之外，沒有什麼不妥；再說他不多說也不多聽，與聾啞人無異。」

「要做到心裡有數，」于連心裡想，「我應把所有到客廳裡來的人的姓名記下來，並且用幾句話來形容他們的性格。」

他首先記下了五六個經常來侯爵家作客的朋友，他們對于連百般殷勤，認為他是任性的侯爵跟前的寵兒。其實他們都是些窮貴族，大都缺乏骨氣。但是，應該替這樣的人說句好話，因為在侯爵的客廳裡這種人也不是對誰都一樣的恭維。他們中有的人甚至寧願受到侯爵的懲戒，而對德．拉摩爾夫人向他說出的一句不客氣的話，他們聽了就不高興。在這家主人們的性格裡，有著太多的煩悶和傲慢，他們為了使自己不再煩悶，特別喜歡凌辱別人。而他們的這種性格導致了他們缺乏真正的朋友。不過，除了下雨天和極少的特別煩悶的日子外，人們總是覺得他們彬彬有禮。

假如這五六個諂媚者，一旦離開了德·拉摩爾府邸，侯爵夫人就要陷入長時間的孤獨。而在她這種地位的女人眼中，孤獨是可怕的：這是失寵的標誌。

侯爵對他妻子非常體貼，他常常會留心客廳裡的人數，注意保證客廳有足夠的客人。倒不一定非得是貴族院議員，因為他覺得新同僚們出身不夠高貴，如果作為朋友到家裡來的話，他們還不合適，如果作為屬員到家裡來，又缺乏趣味。

很久以後，于連才搞清這些秘密。當權派的政治是資產階級家庭的談資，但在侯爵這一階級的家庭裡，只在危急時刻才被提及。

即使在這個煩悶無聊的年代，人們仍然有娛樂的需要，因為，就算是宴飲的日子，只要侯爵一離開客廳，大家便溜之大吉。只要不嘲笑國王、上帝、有地位的人、教士朝廷保護的藝術家以及一切已被大家認可的事物，只要你不讚揚伏爾泰、貝朗瑞[97]、盧梭、反對派的報紙以及所有敢於說點實話的人——而在侯爵這個階級的家庭中，只有在身處困境之中才會論及。

即使藍綬勳帶和有十萬金幣收入，也無力抵抗這樣的客廳法規。哪怕是一小點的活潑思想，也

97.貝朗瑞（一七八〇至一八五七），法國歌謠詩人。

會被毫不留情地看作是野蠻的表現。儘管禮貌周到、態度和藹、力求讓人滿意，但是從每個人額頭上還是映著厭倦的跡象。

年輕人來此盡義務，害怕說到什麼可能被懷疑為有思想的東西，或者害怕洩漏讀過什麼禁書，就說幾句關於羅西尼[98]和今天天氣的漂亮話，隨後即鉗口不言。

于連注意到能夠維持客廳裡談話活躍氣氛的，是五個男爵和兩個子爵。他們都是德．拉摩爾侯爵在大革命流亡時期認識的。這些先生們，每人每年享有六千到八千法郎收入。其中有四個是《每日新聞》的支持者，有三個是《法蘭西報》[99]的支持者。其中的一個每天都講一些宮廷秘史，在他講的故事裡，「了不起」這個詞從來沒省略過。于連注意到這人竟然有五枚十字勳章，其餘的人，一般只有三枚。

另外，前廳裡可以看見十個穿便服的僕人。整個晚上每過一刻鐘都要吃一次熱茶或冰製食物，在半夜時，還有一套帶香檳酒的宵夜。

正是因為這個緣故，有時于連一直待到談話結束。再說，他幾乎不明白，一個人怎麼能在這樣金碧輝煌的客廳裡靜下心來一本正經的去聽這樣平凡的談話。有時候，他望著說話的人，看他們是否對自己所說的話也覺得可笑。我能把德．邁斯特先生的作品背誦出來，他說的要比他們優秀一百倍。他心裡想，「然而他也是十分令人厭倦的。」

感到精神上壓抑的並非只有于連，有些人，為了使自己得到安慰，吃了大量的冰製食物。另外

98. 羅西尼（一七九二至一八六八），義大利作曲家，寫過大量歌劇。
99. 一六三一年在首相黎塞留支持下創辦的日報。

還有一些人，則在夜談快要結束時津津有味地說道：「我從德．拉摩爾府邸出來，從那裡我瞭解到了我羅斯……」

有一個善於巴結的人告訴于連說，不到六個月前，德．拉摩爾夫人為報答可憐的布林吉尼翁男爵二十年來的朝夕追隨，特地提拔他出任省長。

這件重大的事情，重新鼓舞了這些先生們的熱情，過去，他們經常為一點小事就大動肝火，但是現在，他們不會了。對客人們的怠慢失禮，大多是間接表現出來的。但是于連在飯桌上有兩三次無意中聽見侯爵夫婦間的閒談，很簡短，卻對坐在他們身邊的人很殘酷。

這些高貴的人物並不掩飾他們對所有那些不是坐過國王馬車的人的後代所懷有的真誠的輕蔑。于連觀察到只有提起十字軍這個詞，他們臉上才立刻顯出一種含有無限敬意的深沉嚴肅表情。至於那些極其普通的所謂敬意，永遠帶一點殷勤獻媚的成分。

在這種煩惱和華麗的環境中，于連對德．拉摩爾先生特別感興趣。有一天，他饒有興趣地聽到侯爵公開申明他與可憐的布林吉尼翁的提升毫無關係。他沒出過一點兒力。這分明是對侯爵夫人表示的尊重，于連從彼拉爾神父那裡知道了真相。

一天清晨，神父和于連在侯爵的圖書室裡正研究德．弗里萊那樁沒完沒了的官司。

「先生，」于連突然說，「每天和侯爵夫人一起吃晚飯，這是我的一個義務呢，還是人家對我的一種厚愛？」

「這當然是一件殊榮了！」神父說道，表現出有點氣憤：「那位院士N先生，十五年以來殷勤備至，都還沒有能為他的侄兒唐博先生爭取到這特殊待遇呢！」

「不過，先生，對我來說，這卻是我的職務中最難以忍受的部分。我在神學院裡也沒有這麼煩。我有時看見連德．拉摩爾小姐都在打哈欠，理應說她應該早已習慣於府邸裡這些朋友們的親切關懷了。我經常擔心我會睡著的。請您開恩，替我說說情，讓我到不起眼小飯店飽飽的去吃四十個蘇的一頓晚飯吧。」

彼拉爾神父覺得能和大人物在一起共進晚餐感到十分榮幸，當他正要努力使于連可以體會這種心情時，一個輕微的聲音使他倆都轉過頭來了。于連這才看見德．拉摩爾小姐在那兒聽他們的談話。他的臉漲得通紅。她來找一本書，什麼都聽到了；她對于連有了幾分敬意。

「此人非賤骨頭，」她心裡想，「和這個老神父不一樣。天哪！這老神父是多麼醜陋啊！」

晚餐時，于連簡直不敢正視德．拉摩爾小姐，她卻親切地跟他說話。那一天人很多，她要他留下。

巴黎的年輕女子，一般不大喜歡上了年經的人，特別是他們衣冠不整時。于連不必多加觀察便發現，留在客廳裡的布林吉尼翁先生的同僚們非常幸運，恰好成了德．拉摩爾小姐經常嘲笑的對象。這晚，不管她是否有意造作，她對待這些討厭的先生們確實很不客氣。

德．拉摩爾小姐是一個小團體最重要的人物，這個小圈子幾乎每天晚上都在侯爵夫人那把大安樂椅的後面。其中有凱律伯爵、呂茲子爵、克羅茲諾瓦侯爵和三兩個年輕軍官，不是諾爾貝的就是他妹妹的朋友，這些先生們坐在一張藍色大沙發上。在沙發的一端，于連不聲不響地坐在一把相當矮的小草墊椅子上，正對著坐在沙發另一端神采飛揚的瑪蒂爾德。這個位置並不起眼，但所有獻殷勤者都喜歡這個平凡的位子，諾爾貝很合禮地讓他父親的年輕秘書坐在了那裡。就算不和他講話，一個晚上最少也要提到他一兩次。這天晚上，德．拉摩爾小姐問他貝藏松城堡所在的那座山的具體高度，于連從來就說不清這座山是不是高過蒙特瑪爾高地。于連有時聽了這個小團體裡的言談，常忍不住大笑起來。但是他覺得自己絕對想不出類似的話來。這好比一種外語，他能聽懂，也能欣賞，但就是不會說。

瑪蒂爾德的朋友們這一天持續不斷地和來到這個豪華客廳的人作對。一切都讓于連很感興趣，包括事物的底蘊和對它所採取的嘲笑態度。

「啊！這裡就是德庫利先生。」瑪蒂爾德笑著說道，「他不戴假髮了；難道他想憑著才華當上省長嗎？他炫耀他那光禿禿的額頭，說那裡面裝滿了高超的思想。」

「此人的相識遍天下，」克羅茲諾瓦侯爵繼續說道：「他也常常到我的叔父——樞機主教那裡去。他能連續幾年，在他的每位朋友身邊編一套謊言，而他有兩三百個朋友。他會維持友誼，這是他的才能所在，在冬天早晨七點鐘，他可以渾身是泥地冒著寒冷等候在一個朋友的家門口。」

「他時不時地跟人鬧翻，然後又寫上七、八封信。隨後又和解了。為了表達他熱烈的友情，他恐怕又要寫上七八封信。他把心情誠懇坦白的傾瀉出來，心裡不藏有任何秘密。他最出色的本事就是裝老實人，對你推心置腹，毫無保留，每當他有事需要請求別人幫忙時，這種表演就出現了。我叔叔的那些代理主教中有一位講起德庫利先生復辟以來的生活，真是精彩極了。我以後把他帶來。」

「我才不相信這些呢，這是一些小人在職業上的忌妒。」凱律伯爵憤怒地說道。

「德庫利先生的名字一定會名垂青史。」侯爵繼續說道，「他同塔萊朗[100]先生、普拉德[101]神父、波佐・迪・博爾戈[102]先生一同參加了王朝復辟活動。」

「此人曾經經管過幾百萬的錢財。」諾爾貝伯爵繼續說，「我想不出他為什麼來這兒忍受我父親的那些刻薄的冷嘲熱諷。有一天，我父親從桌子一端向另一端對著他說：『我親愛的德庫利先生，您賣友求榮有多少回了？』」

「他真的曾經賣友求榮？」德・拉摩爾小姐說，「可是，誰又沒出賣過別人呢？」

「什麼！」凱律伯爵向諾爾貝說道，「難道你們家裡今天把聖克雷爾先生也請來了，這個著名的自由黨人，也常到你們家來；見鬼，他來做什麼？我得到他那兒去，和他說話；聽他高論，據說他腦子很靈。」

「但是你的母親將如何接待他呢？」克羅茲諾瓦先生說道，「他的思想是那樣的熱烈、荒誕，那樣的與眾不同……」

「你們看！」德・拉摩爾小姐說道，「就是這個與眾不同的人向德庫利先生鞠躬，都挨著地了，還握住了他的手。我幾乎要以為他會把這手舉到唇邊去吻。」

「德庫利一定是和掌權者好到我們不能想像的程度。」克羅茲諾瓦先生不客氣地說道。

「聖克雷爾到這裡來的目的是為了當上法蘭西學院的院士。」諾爾貝說道，「克羅茲諾瓦，您看

100. 塔萊朗（一七五四至一八三七），拿破崙的司祭神甫，後為復辟王朝服務，繼而成為自由派。
101. 普拉德（一七五九至一八三八），法國外交家，以善變多詐著稱。
102. 波佐・迪・博爾戈（一七六四至一八四二），義大利外交官，反拿破崙的狂熱分子。

他向男爵敬禮的樣子。」

「即使他跪下來，也不會顯得他有多麼卑賤。」呂茲先生說道。

「我親愛的索海爾，」諾爾貝說道：「您有才智，但您是從您那個山裡來的，您要努力做到，千萬別像這個大詩人那樣向人致敬，哪怕是對上帝。」

「啊！這是巴彤男爵先生，一個無比聰明的人！」德．拉摩爾小姐模仿著剛才通報名字的僕人的聲音說道。

「我相信您家的僕人也嘲笑他。什麼名字啊，巴東男爵！」凱呂斯先生說。

「名字有什麼關係？他這樣對我們說，」瑪蒂爾德說道，「依我看來，這只不過是大家還沒習慣罷了。」

于連離開了大沙發旁邊。他對輕鬆的嘲笑所具有的那種動人的微妙還不大敏感，他認為一句玩笑話必須合情合理，才能引人發笑。在這夥年輕人的交談中，他感到的只是一股誹謗的語氣，他對此是厭惡的。他從外省人甚至可以說是英國人那種一本正經的心理出發，甚至認為那不過是他們的嫉妒在作祟，對於這一點，當然是他弄錯了。

「諾爾貝伯爵，」于連心裡暗想道，「我曾看見他給他的上校寫一封二十行的信，居然起了三次草稿。他若是一生中能寫森克雷爾那樣的一頁，肯定會感到很高興的。」

由於自己的地位不太重要，于連沒有引起別人注意。他陸續經過了好幾群客人，遠遠地跟著巴彤男爵，想聽他講話。這個頗具才情的人看上去神色緊張不安，于連見他只是找到三、四句風趣的話之後，才略微恢復正常。于連覺得此類才智需要時間才能施展。

為了顯示自己的才智，男爵不能說一句空話，他至少得講四句話。而每句話寫下來必須有五六行那麼長。

「此人是在做論文，不是在聊天，」有人在于連背後悄悄說道。他回過頭來，當他聽見有人居然叫他沙爾韋伯爵時，他高興得臉都快紅了起來。這是當代最聰明的人！于連在拿破崙口授的事蹟片斷中和《聖赫勒拿島回憶錄》，常見到他的名字。沙爾韋伯爵言簡意賅，他的俏皮話猶如閃電，生動、準確，有時是深刻的。他一開口，討論便向前一步，他言之有物，聽他講話是一種享受。不過在政治方面，他卻毫無疑問是個玩世不恭的厚臉皮。

「我是獨立的，」他對一位佩帶二枚動章而他顯然不放在眼裡的先生說，「為什麼人們要我今天的意見和六個星期前一樣呢？如果那樣的話，我的意見就成了壓制我的暴君啦。」

四個圍繞在他周圍的年輕人，顯出了懊惱的樣子。這些先生們討厭這一類的詼諧，伯爵感覺到自己的話太過火了。

幸虧他一眼瞥見了巴朗先生，這是個假裝誠實的虛偽者。伯爵開始和他講話，客人都圍攏過來，大家都知道這個可憐的巴朗要倒楣了。巴郎雖說相貌奇醜，但由於循規蹈矩，德行卓著，經歷了一言難盡的艱苦奮鬥，終於進入了社交界。他娶了一個很有錢的女人。這個女人死後他又娶了另一個很有錢的女人，可這個女人從來沒有在社交場中出現過。他極謙卑地享用著六萬法郎的年金，自己也有些奉承者。沙爾韋伯爵毫不留情地當面揭他這些底。

很快，在他們周圍已經聚集了三十多個人了。所有的人都面帶微笑，甚至代表著時代希望的那些一本正經的年輕人也笑了。

「他來德·拉摩爾府邸的原因是什麼？明擺著他在這裡是要受人揶揄的！」于連心裡暗想道。

他走到彼拉爾神父身邊時，巴朗先生已經悄悄溜走了。

「好的！」諾爾貝笑著說，「看看，偵察我父親的一個密探走了，只剩下小瘸子納皮埃了。」

「難道這就是謎底嗎？」于連想，「既然如此，為什麼侯爵要接待巴朗先生呢？」

嚴厲的彼拉爾神父板著臉，待在客廳的一個角落裡，聽著僕人的通報。

「這簡直就是個賊窩！」他像巴齊勒[103]那樣生氣地說道，「我看這裡都是些道德敗壞的傢伙。」

這是因為嚴厲的神父還不清楚上流社會的特點。但是，他從冉森派的朋友們那裡對這些人已經有了一些精確的看法。他們之所以能到貴族的客廳裡來，全靠他們對各個政黨八面玲瓏，或者憑藉他們所發的不義之財。

在這天晚上，他花了好幾分鐘，毫無隱晦地回答了于連向他提出的迫切問題。幾分鐘後又突然打住，因總是說所有人的壞話而深感痛苦，並且看成是自己的罪過。他脾氣很急躁，再加上他又是冉森教徒，深信基督的仁慈，他也把這當作自己所肩負的責任，因此他在這個世界上的生活似乎就是一種戰鬥。

「瞧彼拉爾神父這張臉多難看呀！」當于連正走近大沙發時，德·拉摩爾小姐這樣說道。

于連聽了很惱火，不過她說得倒也有理。毫無疑問彼拉爾先生是這個客廳裡最正直的人。但是他那長滿了難看的紅色疹子的臉，再加上內心痛苦的折磨，他顯得更加激動——此刻確實使他顯得

103. 十八世紀法國戲劇家博馬舍的名劇《費加羅的婚禮》中的人物，但這句台詞實際上是霸爾多洛提到巴齊勒時說的。

非常醜陋。

于連心裡想，「彼拉爾神父為了一點小過就自責，這時他的臉色讓人看了害怕；至於在那個眾所周知的奸細納皮埃的臉上，卻有著一副寧靜而純潔的幸福表情。」不過彼拉爾神父出於職務的需要，已作出了很大的讓步，他雇傭了一個僕人，衣服也穿得非常整齊。

于連注意到客廳裡的氣氛有點異常——所有的眼睛都朝向門口，談話的聲音也驟然低了一半。僕人通報了鼎鼎大名的托利男爵的名字，最近剛結束的選舉引起了大家對他的注意。

于連走上前去，把他看了個清清楚楚。男爵當時分管一個選區：他想出一個高明的主意，把投某一黨派票的小方紙片偷出來，再把同樣多的小方紙片補進去，上面寫著他願意選的人的姓名。這一絕招被幾個選民看見了，紛紛跑來向男爵表示祝賀，這一重大事件使他臉色至今還是那麼蒼白。一些搗亂分子還嚷出了「服苦役」這個字眼。德．拉摩爾侯爵接待他時態度也是那麼冷淡，可憐的男爵只好溜了。

「他這麼快離開我們，就是要到孔特[104]先生家裡去。」沙爾韋伯爵笑著說道，大家都跟著笑了。

這晚，有幾位大人物沒有說話，還有幾個專門搞陰謀的，大部分是壞蛋，但都善於鑽營。他們陸陸續續地來到德．拉摩爾先生的客廳裡。就是在這些人之中，那個小唐博第一次露面了。雖然他還沒有精細的眼光，但是他有激烈的言辭，諸位在下面就會看到，足以彌補這個缺點。

「為什麼不把這人關在監獄十年呢？」他說這話時，正是于連走近他那一群人的時候，「關毒

104. 當時的著名魔術師。

蛇的應該是地牢；應該讓牠們在黑暗中死亡，否則其毒液會變得更猛烈更危險。他窮，是的，那更好嘛！但是他的黨派可以替他付錢。應該是十年地牢監禁和五百法郎罰金。」

「啊，天哪！他們說的這個惡人究竟是誰呢？」于連暗想道。

他很欣賞他同僚那種慷慨的聲調和激動的手勢。院士心愛的侄子的小臉枯瘦憔悴，這時顯得很醜。于連很快就知道了他說的是當代一位最偉大的詩人[105]。

「啊，惡人！」于連喊道，聲音挺高，憤慨的淚水湮濕了眼睛。「好呀，小無賴！」他想，「我非讓你為這番話付出代價不可。」

「然而事實上，」于連心想道，「這就是侯爵領導的政黨敢死隊！被他誣衊的那個著名的人，如果他肯出賣自己的話，有多少閑差、多少勳章他都會輕易得到手。我不是說出賣給無作為的內閣，而是出賣給我們看見一個接一個上任的勉強算正直的部長們，多少十字勳章、多少清閒職位得不到呢？」

彼拉爾神父在遠處向于連招手，因為德．拉摩爾先生剛向他說了一句話。但是于連這時正低著頭聽一位主教傾吐苦水。當他終於能脫身走到他的朋友身邊時，他發現彼拉爾神父被那令人厭惡的小唐博糾纏住了。這小壞蛋恨他，認為他是使于連得寵的根源，便過來向他獻殷勤。

「我們什麼時候才能擺脫這老朽的臭皮囊呢？」那個小文人這時正在以這種無比激烈的言辭詛咒可敬的霍蘭勳爵[106]，他的特長是精通當代人物的身世，並且剛剛對英國新王朝統治下可能會角逐權

105. 指貝朗瑞，一八二八年十二月曾被判罰款一萬法朗，監禁九個月。
106. 霍蘭勳爵（一七七二至一八四〇），英國自由派記者，曾為被俘的拿破崙鳴不平。

勢的所有人物匆匆做了一番論述。

彼拉爾神父轉身走到隔壁的客廳裡。于連跟著走過去.神父說，「我提醒您注意，侯爵不喜歡耍筆桿子的人；這是他唯一的反感。要懂得希臘文、拉丁文，如果可能的話，還要懂得波斯歷史和埃及歷史……他這樣將把您當作一位學者來尊敬您，保護您。」

「您千萬不要寫法文文章，哪怕一頁也不行，尤其不要寫重大、超出您的社會地位的問題，不然他會把您稱作耍筆桿子的，讓您交一輩子厄運。您住在一個大貴人的府上，難道還不知道加斯特里公爵關於盧梭和達朗貝爾[107]的一句名言：這種人沒有一千金幣年金，可是他什麼事都要議論！」

「這裡什麼都藏不住，」于連心想，「這裡如同修道院一樣！」他寫了一篇八到十頁的東西，相當誇張，是一種對老外科軍醫的歷史性讚頌，依他所說，是這位老外科軍醫把他教養成人的。

「這個小本子，」于連心想，「從來都是鎖起來的！」

他上樓回到自己房間，燒了手稿，又回到客廳。那些聲名顯赫的混蛋已經離去，只剩下那些戴勳章的人了。

在僕人剛剛搬來的擺滿吃食的桌子旁，圍了七、八個三十到三十五歲很高貴、很虔誠、很做作的女人。漂亮的德·費瓦克元帥夫人一走進來就請求大家原諒，說她來得太晚了。午夜已過，她在侯爵夫人身邊坐下。此刻于連心中萬分激動，因為她那顧盼的神情和美麗的眼睛簡直同德·雷納夫人一模一樣。

107.達朗貝爾（一七一七至一七八三），法國作家、哲學家、數學家，百科全書派奠基人之一，對宗教抱懷疑態度，主張科學精神。

德・拉摩爾小姐的那個小團體人數依然是那麼多。她正忙著和她的朋友們嘲笑那不幸的德・泰賴爾伯爵。他是那個大名鼎鼎的猶太人的獨子，這猶太人的出名是靠了借給國王們錢而鎮壓人民。這個猶太人不久前死了，他給他兒子留下了一個貴族姓氏和每月十萬金幣的進賬。說起這個貴族姓氏，那就太出名了！這種特殊地位的人具有單純的性格和堅強的意志力。

不幸的是伯爵只是個好人而已，由於有人吹拍，產生了許多不切實際的想法。

德・凱律先生說，有人曾支持他下決心向德・拉摩爾小姐求婚，而這時那個可能當公爵，而且有十萬法郎年薪的德・克羅茲諾瓦侯爵也正在追求這位小姐。

「哎！有決心就不錯，你們別責怪他了！」諾爾貝帶著同情和憐憫的表情說。

「德・泰賴爾這個可憐的伯爵，他最大的毛病就是優柔寡斷。就他的性格這一面來說，他無愧於當國王。國王不斷徵求大家的意見，卻沒有勇氣採納一種意見而堅持到底。」

「就憑他那副容貌就足夠使他感到無窮的快樂。」德・拉摩爾小姐說道，「那是不安和失望的一種奇怪的混合，但作為法國的首富，尤其是身材相當不錯，年齡還沒有到三十六歲的時候。」

「他既傲慢又怯懦。」德・克羅茲諾瓦先生說道。凱律伯爵、諾爾貝和兩三個蓄小鬍子的年輕人在隨意地嘲笑他，而他好像並沒覺察到下午一點的鐘聲響了。他們打發他回家：

「這樣的天氣，在門口等您的是您那些阿拉伯馬嗎？」諾爾貝問他。

「哦，不是的，是新買的馬，價錢要便宜得多。」德・泰賴爾先生回答道，「左邊那一匹花了我五千法郎，而右邊的一匹卻只值一百個路易。但是我請您相信，這匹馬只是夜間才套車。牠小跑起來和另一匹一般無異。」

諾爾貝的提醒使伯爵想到，像他這樣的人理應愛馬，他不應該讓他的馬被雨淋著。他離開了一會兒後這些先生們也都離開了，他們一邊走一邊嘲笑著他。

在樓梯上聽到他們的嘲笑聲，于連不禁暗想：「我終於見到了我所處的環境的另一個極端！我沒有二十路易的年金，卻跟一個每個鐘頭就有二十路易收入的人站在一起，而他們嘲笑他……此情此景，還有什麼可豔羨的呢。」

chapter 35 敏感的心與虔誠的貴婦

經過幾個月的考驗，當府裡的管家給他送來了第三季的薪水時，于連的地位已經發生了下述的變化：德．拉摩爾先生曾派他管理家族在布列塔尼和諾曼第兩個地區的產業。于連也經常到那兩個地方去旅行，而且他又負責和德．弗里萊神父之間訴訟有關的通信工作，而且是事情的主要負責人。彼拉爾早已把這件事告訴他了。

侯爵在各種文件邊上只是寫了比較簡短和潦草的批語，于連根據批語而草擬的信件，侯爵幾乎都簽字照發。

在神學院裡，他的老師們都抱怨他不太用功。但是他們還是把他看成最出色的學生。于連懷著痛苦的野心激發出的全部熱情抓緊各種各樣的工作，很快便失去了他從外省帶來的那種鮮嫩的臉色。而他蒼白的臉色，在他同學們看來正代表一種良好的品德；他覺得他們遠不像貝藏松的同學那樣壞，那樣拜倒在一個埃居面前；他們都相信于連肯定是得了肺病。侯爵贈給了他一匹好馬。

于連怕騎馬時被他的同學們看見，曾告訴過他們，這樣的運動是醫生要求他做的。彼拉爾神父帶他到過好幾個冉森派團體。于連感到驚奇；原來在他心裡，宗教的觀念是和偽善的觀念、有望發財的觀念緊密聯繫在一起的。他欽佩這些虔誠、嚴厲的人，他們不想錢。他們竟完全不擔心自己的收入與支出。好幾個冉森派的人把于連當做朋友，給他很多忠告。一個新的世界在他面前展開了。在那些冉森派的教徒中，他認識了一個身高約六尺的阿泰咪拉伯爵，他是一個在他自己的國家裡被判處死刑的自由黨人，而且篤信宗教。他這種篤信宗教與熱愛自由的奇異融合使于連感動。

于連和年輕伯爵的關係開始有些疏遠了，諾爾貝覺得，于連回答他幾位朋友的玩笑過分尖刻。于連在一兩次失態之後，決定不再和瑪蒂爾德小姐說一句話。在德·拉摩爾府邸，大家一直對他都是極有禮貌的，但他卻總覺得自己沒有被重視。他用外省人的邏輯出發，用一句俗諺來解釋這種現象，就是：新鮮勁兒過去了。

也許，現在他比剛開始來的時候略微清楚了一些，要不然就是巴黎文明最初產生的魅力已經過去了。

他一放下工作，就感到百無聊賴；這是上流社會特有的禮貌所產生的一種使一切都變得枯燥乏味的結果，這種禮貌是令人讚賞的，卻又根據地位分得極為細膩，極為有序。一個稍敏銳感性的人，很快就能看出這是矯揉造作。

無疑，我們可以指責外省人談吐平庸，或者不夠禮貌，但和你應對，多少還動點真情。在德·拉摩爾府邸中，于連的自尊心從來就沒有受到過傷害。但是通常，在做完了一天的工作後，每當他走過大堂拿起他的蠟燭時，他就覺得自己想要哭一場。

在外省，當你隨意走進某個咖啡店遇到一件突然發生的事時，咖啡店的服務生會馬上向您表示關心。但如果這個意外損害了您的自尊心，他一面向您表示同情，一面還會把您聽了很難過的那句話重複說十來遍。在巴黎，人們會注意躲起來笑，不過您永遠是個外來人。于連地位卑微，談不上什麼丟人現眼，否則早鬧出一大串笑話了。這些，我們在這裡暫時不談。他每天練習槍法，他是許多最著名武術教師眼中的好學生。他一有空，不像從前那樣用於閱讀，而是跑練馬場，並且要最劣的馬。他跟騎術教師騎馬出去，幾乎總要從馬上摔下來。

由於他努力工作，沉穩而且聰明，侯爵覺得他很有價值，就逐漸把他那些沒有辦完的、難以解決的事都交給他去處理。侯爵公事繁忙，稍有餘暇，他便精明地涉及商業，處理幾件自己的私事。因為消息比較靈通，搞公債投機得心應手。他買進房屋、森林，但是易動肝火。他可以放棄數百個路易，可是卻會因為幾百個法郎和別人打官司。很多有錢的人，胸懷豁達，他們在經濟糾紛中所追求的是娛樂，而不一定是結果。侯爵需要一位參謀長，能把他的財務安排得井然有序，一目了然。

德．拉摩爾夫人，雖是個很有分寸的人，但有時她還是會嘲笑于連。名媛貴婦討厭由於敏感而作出的唐突舉動，她們認為是失禮。侯爵一再替于連辯解：「他在您的客廳裡是可笑的，可他在辦公室裡卻是成功的。」于連則相信他已經抓住侯爵夫人的秘密。只要僕人通報德．拉如馬特男爵的名字，夫人便放下架子，霎時間對一切都會感興趣的。男爵是冰冷的人，臉上毫無表情，又高又瘦又醜，可是穿著十分講究，他的一生都是在宮廷度過的。一般情況下，通常是對任何事情都三緘其口。這是他的思想方式。如果能把女兒嫁給他，將是侯爵夫人有生以來最大的幸福。

chapter 36 說話的口氣

于連初來乍到，而且由於性格高傲，他從來不去過問別人的事，也就沒發生太大的麻煩。

有一天，一陣急暴雨把他請進了聖奧諾雷街的一家咖啡店。有個穿海狸皮小禮服、身材高大的男人，對他陰鬱的目光感到吃驚，於是用眼瞪了他一下，完全跟以前在貝藏松時艾曼達小姐的情人瞪他的眼神一樣。

于連對於上次受辱而沒有報復一直都耿耿於懷，這次別人又這樣看他，當然不能善罷甘休，他上去打那個男人，要求解釋，但那穿小禮服的男人立刻就用他所能想到的最骯髒的話罵他。全咖啡店的人都因為罵聲走來圍住了他們，幾個過路的行人也在門前停下了腳步。因為外省人的謹慎，于連身上總是帶著一把手槍，他的手在口袋裡握住槍，直發抖。不過他很謹慎，只是不斷地對那人說：「先生，請示尊址，本人必將奉陪。」

他不斷重複這幾句話，圍觀的人終於看不下去了。

真是的！那個只顧罵人的傢伙該把他的地址交出來。穿禮服的人聽他一再重複，便把五六張名片憤怒地向于連的鼻尖扔去，幸虧沒有一張打在他臉上，按于連自己的原則，只有在他的身體受到了侵犯時，他才開槍。那個人走了，不時地轉過身來，揮動著拳頭威脅他，罵他。

于連出了一身汗。「這樣一個微不足道的人也使我緊張到如此程度！」他憤憤地想著，「怎樣才能出這口惡氣呢？」

到哪兒去找證人[108]？他沒有一個朋友。他認識幾個人，可他們都在六個禮拜的交往之後無例外地離去。「我是個難以相處的人，看看，我受到了殘酷的懲罰，」他想。最後，他想到了去找一個第九十六團的前中尉，叫列萬，是個常跟他一起練射擊的可憐蟲。于連待他很真誠。于連把實話告訴了他。

「我很願意做您的證人。」李埃旺說：「但有一個條件：如果您傷不了那個人，您得跟我決鬥，當場。」

「同意！」于連一面說著一面熱情的同他握手。於是他們按照名片上的住址，來到聖日耳曼區最遠的地方找德·博瓦西先生。

這時是早晨七點。于連叫僕人通報時才猛然想起，此人很可能是德·雷納夫人的一個年輕的親戚。他以前在羅馬和那不勒斯大使館做過工作人員，曾寫過一封介紹歌唱家傑羅尼莫的信。

于連在頭天扔給他的名片中取出一張，還有他自己的一張，一同交給一個身材高大的男僕。

他和他的證人等了足足三刻鐘才被僕人領到一間陳設十分華麗的房間。他們看見一個穿得像洋娃娃一樣的高個子年輕人，臉部輪廓完全是希臘式的，雖美卻毫無意義。他的頭十分小，最漂亮的

108. 指打鬥時自己一方的證人。

金色頭髮像金字塔似的隆然高起，整燙的非常精細，沒有一束頭髮翹起來。

「這該死的花花公子，」中尉暗想道，「原來是為了擺弄這個頭髮才讓我們等這麼久呀！」花花綠綠的睡袍，晨褲，甚至繡花拖鞋，都是合乎規矩的，收拾得一絲不苟。他的容貌高貴而沒有表情，顯示出一種端正得體卻又不同尋常的思想。他是和藹可親的典範，討厭唐突無禮和開玩笑，舉止十分莊重。

中尉向于連示意，如此粗暴無禮地把名片扔在他臉上，又讓他等這麼久，是對他的又一次冒犯。所以于連立刻就闖入了德．博瓦西先生的房間。想顯出一副桀驁不馴的樣子，但他原也想同時顯得很有教養。

德．博瓦西先生那種舉止溫文爾雅，神情矜持，高傲又自滿，周圍是令人讚歎的雅致，驚訝之餘，桀驁不馴的念頭剎那間無影無蹤了。

這肯定不是昨天那個人！他非常奇怪，在他面前的這個人不是在咖啡店裡遇到的那個粗暴無禮的傢伙，而是一個如此優雅的人——他簡直說不出話來。于連把人家擲出的名片遞了一張給他。

「這是我的名字，」優雅的人說道，他看到于連在早晨七點就穿上黑禮服，心裡多少有點瞧不起他。

「但我不明白，說老實話……」

他說這話的語氣，讓于連不禁怒火中燒。

「我是來要求和您決鬥的，先生。」於是他一口氣把整個事情的全部經過都講清楚了。

夏爾．德．博瓦西先生一陣沉默以後，對于連穿的黑色服裝的剪裁水準感到相當滿意。「這一看就知道是出自斯托布公司的裁縫手藝。」他一面暗想道，一面聽他講述著。「這件背心很有品味，長筒靴子也很不錯。不過，一大清早就穿上這身黑衣，一定是為了更好地躲過子彈。」德．博瓦西騎士心想。

他這樣一琢磨，便回覆彬彬有禮的態度，他幾乎是完全平靜地看著于連。雙方交談的時間很長，問題是微妙的，但于連終究承認了這個明顯的事實——他面前的這位出身如此高貴的年輕人和昨天侮辱他的那個粗野之徒毫無相似之處。

于連覺得他無論如何也應該做點什麼，他繼續和他交談著。

他留意到了德．博瓦西騎士的自負情緒。他談到他本人時就自稱為德．博瓦西騎士，他對于連簡單地稱他為「先生」頗為不悅。

于連欽佩他的莊重，雖然摻雜進某種有節制的自命不凡，但他確實無時無刻不莊重。他說話時舌頭的轉動很特別，于連對此感到好奇。但不管如何，他找不出一絲理由和他吵鬧。

年輕的外交家非常優雅的主動提出決鬥，然而第九十六團的前中尉一個鐘頭以來一直坐著，兩腿叉開，胳膊肘朝外，手放在大腿上，此刻忍不住開腔說，他的朋友于連無意尋釁，因為他知道對方的名片被人盜用了。

于連垂頭喪氣地走了出來。德．博瓦西騎士的馬車停在院子裡的石階前等著他。于連忽然一抬頭，就認出了那車夫便是昨天那個人。

于連一看見他，便上前揪住他的短上衣，把他從座位上拽下來，用皮鞭狠狠地抽了過去，這不過是一瞬間的事。另外兩個僕人要保護他們的夥伴，于連挨了不少拳頭，就在同時，他把手槍頂上火，朝他們射擊；他們逃了。這一切也只是一分鐘的事。

德．博瓦西騎士帶著一種可笑的莊重神情從樓上走下來，他用貴族老爺那特有腔調重複地問道：「發生了什麼事呀？發生了什麼事呀？」

雖然他想知道是怎麼回事，但外交家的重要身分卻不允許他表現出更多的興趣。當他知道是怎麼回事之後，依然徘徊在高傲的表情和那種永遠不應離開一個外交家的臉的有些可笑的鎮靜之間。

中尉從眼神中已看出博瓦西先生有了想要決鬥的念頭。他想著使用外交家的方式為自己的朋友爭取提要決鬥的優先權，他大聲說道：「這下可有了決鬥的理由了！」他喊道。

「我也是這麼想的。」德．博瓦西騎士回答道。「給我攆走這流氓，」他向另一個僕人說道：「讓另外的人來趕我的馬車。」

車門打開了。騎士堅決要求于連和中尉坐上他的馬車。他們一同去找德．博瓦西先生的一個朋友，這位朋友說有一個僻靜的地方。一路上談笑風生，確實不錯。奇特的是外交家還穿著睡袍。

于連心裡想：「這些先生們，雖然出身很高貴，卻一點不像德．拉摩爾府邸來吃晚飯的那些人這麼討厭。現在我看清楚了，」過了一會兒又想，「他們敢幹些不成體統的事。」他們談論昨天演出的芭蕾舞中觀眾看好的女角兒。那兩位先生還提到一些頗具刺激性的東西。這都是于連和他的證人完全不知道的。于連絕不會那樣愚蠢，以不知為知，他虛心地承認自己孤陋寡聞。騎士的朋友喜歡于連的坦率，他非常詳細地給于連講這些故事，而且講得很生動。

決鬥頃刻間便告結束，于連胳膊上中了一彈；他們用燒酒浸濕手帕把他的傷口紮好了。德．博瓦西騎士很有紳士風度地要求于連坐騎士的馬車回去。而當于連說出德．拉摩爾府邸地址時，年輕的外交家和他的朋友相互遞了個眼色。于連的車子本來也在，但是他覺得那兩位先生的談話比善良的第九十六團中尉的談話有更多的趣味。

「一場決鬥，也就不過如此嘛！」于連暗想道，「真走運，我居然找到這個該死的車夫，如果我還要繼續忍受咖啡店裡那種恥辱，我該多麼倒楣啊！」

有趣的談話幾乎不曾間斷。于連此時明白了，外交上的矯揉造作還是有些用處的。

「看來，那些出身高貴的人說的笑話，」于連暗想著，「也並不一定就教人乏味的。這兩位拿迎聖體開玩笑，敢講極猥褻的趣聞，而且纖毫畢露，繪聲繪色。他們欠缺的絕對只是對政治事務的議論，不過因為他們談論時聲調的優雅，上面所說的那些缺陷也就得到了完美的彌補。」于連對他們產生了強烈的愛慕之心，「如果我能常見到他們，那該多麼幸福！」

他們剛分開，德．博瓦西騎士就去打聽消息，但這消息並不光彩。

他很想認識他的對手，他能否體面地拜訪他？他能得到的情況很少，其性質也不令人鼓舞。

「這一切都顯得很糟糕！」他向中尉說道，「要我承認我是和德．拉摩爾先生的一個普通秘書決鬥，這是不可能的，況且還是因為我的車夫偷了我的名片。」

「的確，這會讓人家笑話的。」

當天晚上，德．博瓦西騎士和他的朋友到處對人說，「這位索海爾先生是德．拉摩爾侯爵一個親密朋友的私生子，不過倒是一個很不錯的年輕人。」這件事毫不困難地傳開了。一旦大家相信實有其事，年輕的外交家和他的朋友方肯前往拜訪他幾次。

在于連還在家休養期間，他們來拜訪了他幾次。

于連承認他出生以來，只去過一次國家歌劇院。

「這太可怕了，」他們對他說，「現在大家只去這個地方；您第一次出門，應該是去看《奧利伯爵》[109]。」

在國家歌劇院裡，年輕的外交家把于連介紹給了傑羅尼莫一位著名的歌唱家。這時他已獲得了巨大的成功。

于連差不多把德·博瓦西騎士當成眷戀的對象了，騎士的這種神秘的自尊，神秘的傲慢和年輕人的自命不凡混在一起，使于連著迷。

比如說，騎士有點口齒不清楚，那是因為他時常榮幸地和一位有這種毛病的大貴族在一起。

人們時常看到于連和德·博瓦西騎士在國家歌劇院，這個結交使貴族們提到他的名字。

一天，德·拉摩爾侯爵向于連說道：「您真是我的密友弗朗什—孔泰一位有錢貴族的私生子嗎？」

于連想要辨明這一流言並非他所散布，但侯爵打斷了他的話說道：

「我知道，我知道，」德·拉摩爾先生說道，「現在，應該由我來證實這一謠言了，因為這一謠言正合我意。但是我要請您幫個忙，這只花費您短短的半個鐘頭，凡是歌劇院有演出的日子，您在

109. 十九世紀義大利作曲家羅西尼根據法國劇作家斯克里和普瓦松的劇本創作的兩幕歌劇。一八二八年在巴黎上演。

十一點半鐘，上流社會人士散場出來時，到前廳去看看。我看您還是有一些外省人的習慣，應該把它改掉。再說，認識認識那些大人物，並不會給您帶來壞處，說不定有朝一日您還要和他們打交道呢。您可以到票房裡去走動走動，讓大家認識認識您，入場券已經給您送來了。」

chapter 37

痛風病發作

侯爵因為痛風病發作，待在家裡已經有六個星期，這期間他一直沒有出過門。德．拉摩爾小姐和她母親去耶爾[110]看望她的外祖母了。諾爾貝伯爵不時地來看看他父親，稍坐片刻便走。父子間關係非常好，但彼此沒有什麼話說。

德．拉摩爾先生只有于連朝夕相伴。他沒有想到于連竟是一個十分有思想的人。他叫于連每天給他念報紙。不久，于連已經能為他選擇一些有趣的片段了。有一份新報侯爵很是痛恨，發誓永遠不看，卻每天都要談到。

于連對伯爵這種行為感到好笑，他覺得思想與權力之間的鬥爭未免太平庸了。德．拉摩爾先生的這種小氣量，使于連恢復了冷靜。侯爵對當前的日子感到煩躁，他叫于連誦讀李維[111]的作品給他聽，于連當場便把拉丁文譯成法文，這使德．拉摩爾先生很感興趣。

一天，侯爵用極有禮貌的語氣對于連說，而這種語氣是于連常常無法忍受的：「親愛的索海

110. 法國在地中海的群島，為旅遊勝地。
111. 即蒂特－李維（前五九至一九），古羅馬歷史學家，著有《羅馬史》。

爾，請允許我送給您一套藍色的衣服。在您認為適合的時候，穿著它到我這兒來。這樣您在我的眼中，就是雷茲伯爵的弟弟，也是我的老朋友公爵的兒子。」

于連不懂到底是怎麼回事，當晚，他試著穿上藍禮服去見侯爵。侯爵待他果然視若平等。于連能夠感受到真正的禮貌，但是細微的差別，還是分辨不出。他在侯爵起了這個怪念頭之前，可以發誓說，侯爵待他好得不能再好了。

「這是多麼值得讚歎的才能呀！」于連心想。

當他起身離開時，侯爵抱歉地說他有痛風病，不能送他出去了。

于連生出一個古怪的念頭：「他是在嘲弄我嗎？」他百思不得其解，便去請教彼拉爾神父。彼拉爾神父不像侯爵那樣的有禮貌，只是一個勁的吹口哨，顧左右而言他，根本不予回答。然後便談起別的事來了。

第二天清晨，于連穿著黑衣，帶著資料夾和待簽的信件去見侯爵，他受到的接待又跟以往一樣了。晚上，換上藍禮服，接待他的口吻全然不同，跟前一天晚上一樣地客氣。

「既然您一番好意，不厭其煩地來看望一位生病的老人，」侯爵向他說，「您就應該跟他講講您生活中的各種小事情，但要坦率，不要想別的，只想講得清楚、有趣。因為我們得尋開心啊，」侯爵繼續說道：「生活裡只有娛樂是真實可見的。一個人不能每天都在戰場上救我的命，或者每天都送我價值上百萬的禮物。但是如果黎瓦洛爾[112]坐在我長椅旁陪著我，他就會每天為我解除一小時的疼

112. 黎洛瓦爾（一七五三至一八〇一），法國作家和新聞記者，常寫針對大革命的諷刺文章。

痛和無聊。我流亡漢堡時和他經常有來往。」

於是，侯爵向于連講述著黎瓦洛爾和漢堡人的奇文趣事，他們要四個人在一起才能很好的參透他的俏皮話。

德．拉摩爾先生和于連這個小教士朝夕相處時，總想使他更加活躍一些。他極力誘惑于連，刺激出他的傲氣。既然人家要他講真話，于連就決定什麼都說出來；但有兩件事情他不說：他對一個人的狂熱崇拜，侯爵聽見這名字會發脾氣的；還有他那徹底的不信神，這對一個未來的本堂神父不大合適。

他和德．博瓦西騎士的故事來得恰到好處。當侯爵聽到聖奧諾雷街咖啡店裡的那一幕時，一個粗魯的馬車夫辱罵于連，他笑得連眼淚都流出來了。這正是賓主之間肝膽相照的時候。

德．拉摩爾侯爵對于連奇特的性格很有興趣。起初他是為了個人樂趣，而對于連可笑的舉動加以憐惜。很快，他覺得慢慢地糾正這年輕人看人看事的錯誤方式更有意思。

「其他的外省人，來到巴黎會讚美巴黎的一切是多麼美好。」侯爵心裡想，「這一位卻什麼都看不慣。他們造作得太過分，而他則造作的不夠，所以笨蛋都把他當傻子。」

痛風病的發作因為冬季的嚴寒，一直拖著，持續了好幾個月。

「有人對一隻很漂亮的西班牙獵犬發生了眷戀。」侯爵暗想道，「我喜歡這個小教士為什麼就有愧於心呢？他是個有性格的人，我把他當兒子看待，那又怎麼樣！有何不妥？這個怪念頭，如果持續下去，我就在遺囑中付出一粒值五百路易的鑽石。」

德．拉摩爾先生瞭解受他保護的人的剛強性格以後，每天便交給他一件新的任務。

于連發現這位侯爵大人在同一件事上經常給他兩種互相矛盾的指示，這使于連有些不安。這樣下去很可能對他不利，從此，于連同德．拉摩爾先生一起工作時，總要帶上一個筆記本。于連把德．拉摩爾先生的一切決定都記錄下來，並請他簽字。于連找了一個文書，由他把有關每件事的決定抄錄在一個特殊的登記簿上。這個登記簿也抄錄了所有的信件。

這個主意開始時好像荒唐之極，然而不出兩個月，侯爵就感到了它的好處。于連還向他建議聘請一個從銀行出來的傢伙，讓他用複式賬登記好于連負責經管的地產的所有收入和支出。

這樣一來，侯爵覺得對自己的財產一目了然，更引發了他去做兩三件新的投機生意的樂趣，而且不需要那些偷盜的代理人幫助。

「您取三千法郎給您自己使用吧。」一天德．拉摩爾向他的年輕管理人說。

「先生，那樣我會給人留下話柄。」

「那麼，您說應該怎麼處理呢？」侯爵有點氣憤地問道。

「請您做一個決定，親手寫在登記簿上；這個決定寫明給我三千法郎。而且，這種記帳方法完全是彼拉爾神父的主意。」侯爵只好寫著這個決定，滿臉苦相。

當天晚上，當于連穿著藍衣出現時，侯爵就不再談公事了。侯爵的慈祥撫慰著我們的主人公老是痛苦的自尊心，使他很快就不由自主地對這個可愛的老人產生了好感。這並不是說于連先生重感情，如同巴黎人所知道的那樣，但他也不是個怪胎，自從老外科軍醫逝世以後，確實沒有一個人和他說話如此這般地親善。他驚奇地注意到，侯爵很有禮貌地照顧他的自尊心，而他在老外科軍醫那裡卻從未見過。

他終於瞭解到，老軍醫對他的十字勳章比侯爵對他的藍綬勳帶還要感到自豪，而且侯爵的父親還是一個大貴族呀。

一天早晨，于連穿著黑衣。為了處理公務，在商談公事時，侯爵覺得于連很有意思，就把他留下了整整兩個小時。一定要把出面人剛從交易所送來的鈔票送幾張給他。

「侯爵先生，我懇求您允許我說幾句話。我希望這不會對您有失敬之處。」

「請說吧！我的朋友。」

「我懇求侯爵先生，能允許我拒絕接受您的這份禮物。因為穿黑禮服者無權接受，它會完全毀掉您對穿藍衣人所給予的待遇。」他畢恭畢敬地行了個禮，看也不看一眼就走了。

侯爵覺得這件事挺有意思的，當天晚上就把這件事講給彼拉爾神父聽了。

「有一件事我得向您承認了，我親愛的神父。我知道于連的身世，而且我允許您不為這段隱情保守秘密。」

「今早他的行事頗有貴族風範。」侯爵心想，「我要使他成為一名新的貴族！」

多日後，侯爵病癒，終於可以出門了。

「到倫敦住上兩個月，」他對于連說，「特別信使和其他信使會把我收到的信連同我的批語送給您。您寫好回信，連同原信再給我送回來。我算了一下，要耽擱也不過五天工夫。」

在大路上奔馳時，于連感覺到派他去處理的那些事都是雞毛蒜皮的事。

于連踏上英國土地時是懷著怎麼樣的憤怒，甚至厭惡的情緒就不細細說了。我們知道他對拿破崙狂熱地崇拜。他把每個英國的軍官都看做是哈德遜．洛甫先生，把每一個英國的貴族都看做是巴瑟斯特——正是他們進行了對聖赫勒拿島的可恥的污蔑[113]，他得到的酬報就是當了十年內閣大臣。

在倫敦，于連終於見識了上流貴族社會的高傲。他結交了幾個俄國的年輕貴族，他們對于連講述了他們英國的社會生活經驗。

「親愛的索海爾，您真是令人羨慕。」他們對他說道，「別人要你怎麼樣，您就一定偏不怎麼樣。您有一種與生俱來的冷靜態度。您對現實好像毫無觸覺，這是我們無論怎樣也做不到的。」

「您還不清楚您所處的時代。」柯拉索夫親王對于連說道，「您天生一副冷臉，距現時的感覺千里之遙，我們用盡千方百計而終不可得。」

「您必須得永遠做和別人的期待相反的事情。坦率地講，這就是這個時代唯一的真理！我勸您不要感情衝動，也不要矯揉造作，否則別人就等著您作出感情衝動的事和矯揉造作之態，那您的原則便再也難以實行了。」

一天，菲茲—弗爾克公爵邀請柯拉索夫親王和于連吃晚飯，于連在客廳裡很受大家歡迎。當地人們等一個小時。在二十個等候著的人中，于連的舉止行為，至今還為駐倫敦大使館的年輕秘書們所津津樂道。簡直神采飛揚，千金難買。

于連也不管那些花花公子對他的冷嘲熱諷。堅持要去拜訪著名的菲力浦．瓦納，他是自洛克[114]以來，英國唯一的哲學家。于連找到他時，他剛好坐滿第七年監獄。

113. 哈德遜．洛甫（一七六九至一八四四）英國軍官，拿破崙被囚禁在聖赫勒拿島期間，他是該島的總督。巴瑟斯特，當時英國的殖民事務大臣，曾授意哈德遜．洛甫苛待拿破崙。

114. 洛克（一六三二至一七〇四），英國唯物主義哲學家，分權學說的創導者。

「在這個國度裡，貴族是不開玩笑的。」于連心想道，「何況瓦納已經聲名狼藉，遭人遺棄……」

于連發現他精神飽滿，貴族惱火，他反而開心。「瞧，」于連走出監獄時對自己說，「這是我在英國看見的唯一的快活人。」

「暴君們動不動就搬出上帝來，對他們來說，這是最有用的。」瓦納對于連說過這樣的話。其餘那些被看做是玩世不恭的理論，就略而不談了。

「您從英國給我帶回什麼有趣的思想？」……他不說話。

「您帶回什麼思想了，有趣還是沒有趣？」侯爵又急急問道。

于連說道：「第一，哪怕是最明智的英國人，一天也要瘋狂一小時。總想著要自殺，而自殺這個魔鬼就是這個國家供奉的神。」

「第二，無論什麼人，一踏上英國，他的聰明才智便會失去四分之一。」

「第三，世界上沒有什麼東西比英國風景更美麗、更動人，那樣使人賞心悅目。」

「現在換我說了。」侯爵說道。

「第一，為什麼您要到俄國大使的舞會上去說法國有三十萬二十五歲的年輕人渴望戰爭？您以為這種話是國王們愛聽的嗎？」

「我不知道和這種大外交家們說話應怎麼辦才好，」于連說道，「如果說些報紙上的老生常談，您就會被當成傻瓜。如果膽敢說些真實的、新鮮的東西，他們就會大吃一驚，不知回答什麼好，而在第二天清晨七點鐘，他們又會派大使館的一等秘書來告訴您，說您毫無眼光。」

「很不錯嘛，」侯爵笑著說。「儘管如此，先生，您雖然學問高深，但我敢打賭，您並沒有猜到我派您去英國的原因。」

「請您原諒。」于連說道，「我去那裡應該是為了每星期在大使館陪他吃一頓晚飯，這位大使是一個非常有禮貌的人。」

「是為了這枚十字勳章去的，您看，就在這兒！您拿著吧！」侯爵對他說道，「我不想讓您脫下黑禮服，但我已經習慣了與穿藍衣人說話時的那種有趣的語調。在沒有我新的命令以前，請您一定記住：當我每次看見這十字勳章時，您就是我的好朋友雷茲公爵的小兒子。六個月之前就被雇用在外交界工作，不過自己並不知道。請您注意，」侯爵打斷了他的謝恩，用極其嚴肅認真的態度繼續說，「我不希望看到您忘記您的身分，否則這對保護者和被保護者都將是永遠的不幸和過錯。等您對我的訴訟感到厭煩，或者我不需要您的時候，我就給您申請一個好的教區。像我們的老朋友彼拉爾神父現在的教區那樣。此外，您就什麼也不會有了。」侯爵相當冷靜地補充道。

這枚勳章讓于連的自尊得到滿足，話也多得多了。他自以為不那麼經常地受到一些可能引起不禮貌解釋的話的冒犯了，也不像以前那樣常被當作容易引起一些不太禮貌詞語的影射對象。在談話興趣濃厚時，這種詞句並不是所有人一聽就明白的。

這枚勳章給他招來了一次不尋常的拜訪，拜訪人是華勒諾男爵先生。他來巴黎是感謝內閣授予他男爵的爵位。他即將被任命為維里埃市的市長，代替離任的德·雷納先生。

華勒諾先生告訴于連，不久前，有人發現德·雷納竟是個雅各賓派。于連不禁笑了。

事實是這樣的：選舉正在準備中，新男爵是內閣推薦的候選人，而在實際上受極端保王派控制的選舉大會上，德．雷納先生卻獲得了自由黨人的支持。

于連很想瞭解一點關於德．雷納夫人的資訊，但是沒有成功；男爵看來對他們的舊怨還耿耿於懷，一點兒口風也不露。最後，華勒諾男爵只好請于連去疏通，讓于連的父親在即將要舉行的選舉中投他一票。于連答應往家裡回信。

「騎士先生，您應該把我介紹給德．拉摩爾侯爵先生。」

「是的，我應該介紹。」于連心想，「可是像你這樣一個大壞蛋！……」

「說實在的，」他回答，「我在德．拉摩爾府是個太小的夥計，沒有資格介紹。」

當晚，于連把這一切事情都告訴了侯爵，他又向侯爵說起華勒諾的想法以及從一八一四年以來他的一切行為和表現。

「您明天不但要把這位新男爵介紹給我，」德．拉摩爾先生用十分認真的態度說道，「我後天還要請他吃晚飯。他將是我們的新省長中的一個。」

「既然這樣，」于連冷靜地說道，「我就要為我的父親請求貧民收容所所長的職務了。」

「好極了，」侯爵說，神色又變得快活，「同意。我還以為你要來一通說教呢。您開始成熟了。」

于連從華勒諾男爵那裡得知維里埃區的彩票局局長死了。于連覺得把這個職位給德．肖蘭先生倒很有趣，這個老蠢蛋他從前曾在德．拉摩爾先生住過的房間裡拾到過這個老笨蛋的請求書。侯爵在向財政大臣請求這個職務的信上簽字時，聽到于連講述那份文件的來歷，開心得哈哈大笑。

德．肖蘭先生剛被任命，于連才知道省議會曾為格羅先生要求過這一位置。格羅先生是著名的幾何學家，為人很慷慨，每年只有一千四百法郎薪水。可是他每年要拿出六百法郎借給剛死去的局長，幫他養活他的家人。

于連才對自己剛做的事情感到十分震驚。「這個局長的家庭現在怎麼生活呢？」這不免使他心裡感到難過。「這沒什麼，」他對自己說，「如果我想出人頭地，還得幹出許許多多不公道的事來，而且還要學會用一套動人的言辭把它掩飾起來。可憐的格羅先生！配得上這勳章的應該是他，而實際上佔有勳章的卻是我。我必須感恩圖報，為政府辦事。」

chapter 38 與眾不同

一天，于連從塞納河邊的維勒基埃回來，那是一塊可愛的土地。德．拉摩爾先生對它十分關注，因為那是他所有的地產中唯一一塊屬於博尼法斯．德．拉摩爾家族的地產。于連在府中看到侯爵夫人和她女兒正好從耶爾回來。

于連現在已經成了風流少年，他瞭解巴黎的生活藝術。他對德．拉摩爾小姐採取了非常冷淡的態度，似乎已完全忘記她曾經非常興奮的詢問他墜馬的詳細情形。

德．拉摩爾小姐覺得于連長高了，臉色依舊蒼白。他的身材，他的舉動，再也沒有一點外省人的痕跡。可是他的談吐則不一樣，他的談吐總是過於認證，過分嚴肅，過分正經。因為他的自尊心，他在談吐中絲毫顯不出他是個下級人員。人們只覺得他把很多事看得太嚴重了，但是，大家都知道他是個說話算數的人。

「他缺少的是瀟灑和風度，而不是智慧。」德．拉摩爾小姐對她父親說道。一面拿送給于連的十字勳章來調笑她的父親。

「我哥哥向您要一枚勳章，都已經要了十八個月了，而且他還是拉摩爾家族的人！」

「是的，但是于連有急智，這是您向我所述說的拉摩爾家族的人從來沒有遇見過的。」

僕人通報雷茲公爵到了。

瑪蒂爾德不禁打了個呵欠。看到他，她好像又想到了她父親客廳裡那些古老的鍍金裝飾物和常來常往的賓客。她可以想像到她在巴黎又要過那種無聊透頂的生活了。可她在耶爾時卻惦記著巴黎。

「我居然十九歲了！」她暗歎道，「這是幸福的年齡，所有那些領口鍍金的蠢蛋都這麼說。」

她的目光停滯在八到十本新詩集上，這是她到普羅旺斯旅遊時堆積在客廳小桌子上的。不幸的是——她比德．克羅茲諾瓦、德．凱律、德．呂茲先生和其他的朋友們聰明。她完全可以想像得出他們可能要向她說些什麼話，如普羅旺斯的美麗、詩歌、南方……

這雙美麗的眼睛，流露出深沉的悶煩。而更壞的是，欲尋快樂而不可得，失望之餘，這雙眼睛卻停滯在于連身上。「至少，這個人和別人不完全一樣！」

「索海爾先生，」她說道，她的語調是活潑、簡潔的，不帶一點嬌氣，完全不是那種上等社會的年輕女人經常用的語氣，「索海爾先生，您願意同我一起參加今晚德．雷茲先生家的酒會嗎？」

「小姐，我還不曾榮獲這種幸運，被介紹給公爵先生。」這句話和這個頭銜，簡直是被這個驕傲的外省人齜牙咧嘴擠出來的。

「和我哥哥一起來參加舞會吧。」她非常直接地補充道。

于連恭敬地鞠躬。「這麼看來，就是在酒會上，我也得向她家的每一個成員彙報我的工作。我也難怪，我不是她家聘來辦事的嗎？」接著他又生氣地說，「誰知道，我要對這個女兒說的話會不會和她父親、哥哥、母親的計畫發生矛盾！」

「這個大小姐真叫我不愉快！」他暗想道，同時注視著德．拉摩爾小姐走過去，因為她的母親在喊她，要把她介紹給自己的一批女友。

「她太時髦了，上衣露出了她整個的肩頭……她比旅行前的臉色還要蒼白……金栗色頭髮簡直淡到沒有色彩！人們還認為那是陽光在其間閃耀呢！她那行禮的姿態，看人的樣子，多麼驕傲呀，簡直是王后的做派！」

在她哥哥即將要離開客廳時，她把他又拉了回來。

諾爾貝伯爵靠近于連身旁說：

「親愛的索海爾，為了參加雷茲公爵的舞會，半夜時，您願意我到哪兒去接您呢？」

「承蒙錯愛，本人心中銘感。」于連回答說，同時深深地向他鞠躬。

于連很不舒服，但是他從諾爾貝那種禮貌，甚至是極為關心的話調中找不到任何問題，只好拿自己那句回答的話來解氣，他覺得諾爾貝話雖客氣，仍有些看不起他的味道。

當天晚上，他來到舞會上，雷茲公爵府邸的豪華富麗使他大為震驚。府邸前院的上側，覆蓋著用深紅色細布製成的巨大帳篷，上面綴滿了金色的星星——再沒有比這更別致的了。在帳篷下，院子佈置成了一片正在開花的橘樹和夾竹桃樹林。花盆很小心細緻地埋在地下，而且埋得很深。所以，看起來這些花樹好像是從土壤中長出來似的。

在于連眼裡，這一切都顯得很特別。他從未想到世界上會有如此這般奢華的地方！頃刻間，他那激動著的想像力，已經把他的惡劣情緒拋到九霄雲外去了。

在赴酒會的途中，諾爾貝是快樂的；于連卻悶悶不樂，他們剛一走進院子，兩種截然不同的心情又相互換化了。

諾爾貝在如此的富麗豪華中，只注意幾件被大家忽略的細節。他計算出每一件東西的費用，當達到一個相當高的總額時，他便露出了近乎嫉妒的神色，情緒也越來越壞了。

至於于連呢，剛走進第一個跳舞的客廳，就眼花繚亂了。他到處觀賞，差不多激動得有點膽怯了。大家都擁擠在第二間客廳的門口，人數之多，以致于連都不能向前移動一步。這間客廳是仿製阿爾罕布拉宮[115]佈置的。

「不得不承認——這就是舞會中的王后呀！」一個留有小鬍子的年輕人說道，他的肩頭已撞到于連的胸部了。

「整個冬天，富爾蒙小姐在這裡都是最美麗的。」一個在他旁邊的人應聲答道，「她現在看到自己排到第二位了，你瞧她那副怪樣子。」

「真的，她在竭盡全力讓人喜歡她。你瞧，跳獨舞時她獨自出場，她的微笑多麼迷人。真是千金難求呀！」

「德·拉摩爾小姐好像在克制她勝利的心情，她分明感覺到了自己的勝利。簡直可以說，她好像怕和她說話的人情難自己。」

「了不起！這才是使人銷魂的手段！」

---

115. 摩爾人佔領西班牙時在格瑞那達建造的宮殿，裝飾豪華，園林美不勝收。

于連想看這個誘惑人的女人是什麼樣子，可是七八個身材比他高大的男人擋住了他的視線。

「在如此高貴的矜持中，卻帶有一股俏勁兒！」小鬍子年輕人說道。

「還有這對藍色閃亮的大眼睛，在它好像要洩漏真情時，是如此緩慢地低了下來。」旁邊的人說道，「真的！再沒有比這更美妙的了！」

「你看，在她身邊的富爾蒙小姐顯得多麼的平凡！」第三個人說道。

「這種矜持的姿態好像在說：『如果您是個配得上我的男人，我對您將是多麼崇拜啊！』」

「誰能配得上高貴矜持的瑪蒂爾德呢？」第一個人說道，「也許是個君主，俊俏、機智，身材勻稱，是戰場上的英雄，年紀不到二十歲。」

「俄國皇帝的私生子……通過聯姻，可以為他建立一個君主國。或者肯定就是泰賴爾伯爵，他簡直是個衣冠楚楚的農民……」

這會兒，門口人已經不多了，于連可以進去了。

「既然在這些人眼裡她是這樣的迷人，那就值得去研究研究了！」于連思考道：「可以瞭解一下這些人的審美觀點是什麼。」

當他用眼睛去搜尋她時，她正注視著他。「我的責任在驅使我。」于連想道，不過，除了臉色以外，他的氣已經消了。他的好奇心使他輕鬆地走上前去，瑪蒂爾德穿著領口很低的上衣，這使他的輕鬆感很快有所增強，但那並不怎麼能迎合他強烈的自尊心。

「她的美麗有著青春的魅力。」他暗想道。

五六個年輕貴族把于連和瑪蒂爾德隔開了，于連認出了那是剛才在門口談話的那幾位。

「先生，您整個冬季都在這裡嗎？」她向他問道，「在這個季節裡，今晚的舞會真要算最迷人的吧？」他不回答。

「我覺得很美，庫隆[116]的方形舞，這些夫人們舞得很熟練。」年輕的貴族們都回過頭來，觀看最幸福的男人是誰。她是堅決要得到他的回答，可是，那回答未免令人失望。

「我不是一個高明的裁判員，尊敬的瑪蒂爾德小姐，我過的生活就是抄抄寫寫。像這樣奢華的舞會，我還是第一次來。」

留小鬍子的年輕貴族甚至感到于連有失體統。

「您是一位聖哲學者，于連先生。」她繼續說道，她對他更感興趣了，「您像一個哲學家一樣注視所有這些酒會，所有這些慶祝會，像盧梭一樣。這些瘋狂的事情使您驚奇，但是不能引誘您。」

瑪蒂爾德小姐這句話把于連的幻想都從心裡驅逐出去了。他的嘴角露出了也許有點過分的輕蔑表情。

「盧梭，」他答道，「就我看來，不過是個傻子。他敢於評論上流社會但不瞭解上流社會。」

「他寫過《社會契約論》。」瑪蒂爾德用崇敬的語氣說道。

「雖然說他宣傳共和政體，反對君主專權。但是如果有一位公爵，改變他飯後散步的方向，和他的平民朋友走一走，這個暴發戶會異常滿足的。」

116. 庫隆，帝國和復辟時期著名的舞蹈家。

「是的！盧森堡公爵曾伴送一位庫安德先生向著巴黎那邊走去……[117]」德．拉摩爾小姐說道，帶著初次指導別人的快樂和洋洋得意。

她為自己這點學識感到無比興奮，就好像一個法蘭西學院的院士發現了費爾特里烏斯國王[118]的存在一樣。

于連注視著她，目光敏銳而嚴肅。瑪蒂爾德的興奮立即消失了，對方的嚴肅已使她茫然失措。她特別驚奇的是，她習慣使別人難堪，而她現在也嘗到這種滋味了。

克羅茲諾瓦侯爵這時急急忙忙地向德．拉摩爾小姐跑過來。但到了離他兩三步的地方，由於人太擠，怎麼也過不來，隔著人群，看著她微笑。年輕的魯弗雷侯爵夫人正在他的身旁，她是瑪蒂爾德的表姐。她挽著丈夫的胳膊，他們的新婚只有十五天。魯弗雷侯爵也非常年輕，他能夠接受一樁完全由公證人安排的門當戶對的婚姻，而又覺得他妻子無比美麗。等到他年老的伯父一死，魯弗雷先生就是公爵了。

克羅茲諾瓦侯爵無法穿越過人群，只能笑嘻嘻地看著瑪蒂爾德，瑪蒂爾德也正用一雙天藍色的大眼睛看著他和他周圍的貴族們。

「真是一群庸人！」她心想著，「瞧這個想和我結婚的克羅茲諾瓦吧，他溫和、懂禮貌，舉止談吐和魯弗雷先生一樣無可挑剔。如果不讓人膩煩，這些先生們倒很可愛。將來，他也會帶著這種

117. 典出盧梭的《懺悔錄》。
118. 有一位學者，法蘭西學院院士誤把Jupiter Feretrius譯為「朱比特與費雷特里烏斯王」，其實費雷特裡烏斯是朱比特的外號。

沾沾自喜跟我到舞會上去。在我們結婚一年後，我的車輛馬匹、我的衣服，我距離巴黎二十里路的別墅……這一切都將使一個叫德．魯瓦維爾伯爵夫人那樣的暴發戶嫉妒得要死，但在這以後，又能怎樣呢？」

瑪蒂爾德對這想像的遠景厭倦了。克羅茲諾瓦侯爵終於走到她身旁，他對著她說話，但她在想自己的事情，沒注意聽。他講話的聲音和舞會上的聲音，對她來說，沒什麼差別。她目光自然地跟著于連，這時于連已經帶著一種恭敬、自豪而不滿的神情離開了她。

在另一個角落，遠離來往的人們，瑪蒂爾德看見了阿泰咪拉伯爵，他在自己的國家裡已經被判處死刑，這是讀者早就知道的。在路易十四時代，他有一位親戚嫁給了孔蒂親王，這件舊事使他或多或少可以避免聖會暗探的仇視。

「我看只有被判死刑才能抬高一個人的身價。」瑪蒂爾德心想道，「這是唯一用金錢不能買到的東西。」

「剛才我想到的簡直就是句絕好的俏皮話！可惜它想起來的不是時候，我沒能當眾表演一番。」瑪蒂爾德太講究情趣，她不願把提前準備好的俏皮話在交談中使用。但她又有極大的虛榮心，想出妙句也會沾沾自喜。這時，在她充滿愁容的面貌上已呈現出一層幸福的臉色。克羅茲諾瓦侯爵一直不斷地和她講話，以為可以獲得美人青睞，越發說個沒完。

「我這句驚人妙語有哪個惡棍能不以為然？」瑪蒂爾德暗暗思考。

「誰不同意，我就可以回答，子爵、男爵的稱號可以用金錢購買，十字勳章可以贈送，我的哥哥不就才弄到一個嗎？但是，他有什麼功勞呢？頭銜也是可以得到的。十年的兵營生活還不如有陸軍大臣這樣的親戚。像諾爾貝這樣的人就能當輕騎兵上尉而且還有一筆大的財產……這本來是最難得的，因而也是最有價值的。這說來也奇怪！這和書本上講述的一切完全不一樣……好吧！想成為有錢人嗎，只要跟路特希爾德先生的女兒結婚就可以了……」

「我那句妙語講的實在是深刻，唯有死亡才是人們不願看到的事。」

「您認識阿泰咪拉伯爵嗎？」她問克羅茲諾瓦先生問道。

她彷彿剛剛把思想從遠處拉回來，而提出問題和侯爵嘮叨了五分鐘的話毫無關聯。這使性情和藹的克羅茲諾瓦侯爵也不免感到有些不知道該怎麼處理了。不過他是一個聰明人，而且以聰明著稱。

「瑪蒂爾德的性格真是不一樣。」他心想道，「這無疑是個壞毛病，但是她卻能把最漂亮的社會地位帶給她的丈夫！我真搞不弄德．拉摩爾侯爵到底是怎麼辦到的，他可以和各個政黨中最優秀的人物往來，他是一個永遠不會沉沒的人。瑪蒂爾德這種不一樣的性格還可能被認為是天才的表現呢。有這樣高貴優秀的血統，又有這樣龐大的財富，那是多麼出色的一個人呀！個性、智慧和靈活，她把它們很恰當地糅合在一起，就給人以十分可愛的印象……」由於一心不能兩用，侯爵神態茫然，像背書那樣回答瑪蒂爾德：

「誰不認識那可憐的阿泰咪拉呢？」於是他把他那個尚未成功的、荒唐可笑的陰謀向她講述了一遍。

「荒唐到了極點！」瑪蒂爾德回答道，好像是自言自語似的，「可他到底還是做了。我要認識這一個有大丈夫氣概的人，請您把他帶到我這裡來。」她向侯爵補充道，侯爵十分不情願。

阿泰咪拉伯爵也曾公開誇耀過德・拉摩爾小姐，他讚美她高傲，而且近乎沒有禮貌的態度。在他看來，她也是巴黎的美人。

「坐在王位上的她，肯定是很美的啊！」他向克羅茲諾瓦先生說道，他沒有任何抗議就跟著他來了。

世上的人認為壞事莫過於搞政變的大不乏其人，搞政變就有雅各賓派的嫌疑。有什麼比失敗的雅各賓派更叫人噁心的呢？

瑪蒂爾德和克羅茲諾瓦先生一樣，都在嘲笑和諷刺阿泰咪拉的自由主義，但她卻愉快地聽著。

「一個陰謀家竟然來參加舞會，真是有趣！」她心裡想。

她發現這人留著小黑鬍子，有一張在休息中的獅子一樣的臉，但不久她便覺察到他只抱有一種概念：實用，崇尚實用。

在他的國家裡除了成立兩院制的內閣以外，再也沒有能值得年輕的伯爵關注的了。當他看見一位秘魯的將軍走進來時，這個在舞會中最迷人的人兒——他高興地離開了瑪蒂爾德。

一群蓄著小鬍子的年輕人擠到瑪蒂爾德身邊來了。她十分清楚地看到阿泰咪拉絲毫沒有受到自己的迷惑，她對他的離去感到很不高興。她注視著阿泰咪拉和秘魯的將軍談話時那一雙閃閃發光黑眼睛。德・拉摩爾小姐用一種嚴肅而深邃的目光看了看這些法國年輕人，那種神態，是她的任何一位競爭者所不能模仿的。

「他們當中有哪一位，」她心想，「甘願被判處死刑呢？」

她這奇特的目光，使愚蠢的人感到飄飄然，但使其他的人感到惴惴不安。他們害怕瑪蒂爾德會說出什麼諷刺的話，使人難以回答。

「出身高貴自然有許多優秀品質，缺了這些品質會讓我看了不舒服。這從于連身上就可以體現出來。」瑪蒂爾德暗想道，「但是高貴的出身卻又使被判處死刑者的那些優點沒落。」

這時，有人在她身旁說道，「阿泰咪拉伯爵是聖納札蘿——比蒙泰爾的第二個兒子。他的一位祖先曾經打算營救一二六八年被斬首的康拉德[119]。這是那不勒斯最高貴的家族。」

瑪蒂爾德心裡想：「這就更加地證明了我的格言！出身高貴使人沒有魄力，而沒有魄力，就不敢殺身成仁。我今晚中邪了，淨胡思亂想，得了，既然我和別的女人一樣，只不過是個女人，那麼，我就得去跳跳舞。」

她接受了克羅茲諾瓦侯爵的請求，他在這一小時裡，曾幾次請求她能和他跳一次加洛普舞。瑪蒂爾德為了排除自己的苦悶，盡力現出迷人的樣子，這使克羅茲諾瓦先生興奮極了。

但是，不論是跳舞，還是取悅於一個漂亮的宮廷青年，都無法舒展瑪蒂爾德的心情。她不可能有比這更大的成功了。

她是舞會上的王后，但她對此的態度是十分冷淡的。

「和克羅茲諾瓦這樣的人在一起，我將過著一種黯淡無光的生活呵！」她暗想道，「假如離開巴黎六個月，在一個使所有巴黎女人都羡慕的舞會上我都不可能找到快樂，那還能到哪兒去找呢？再說，我在這裡受到了整個社會的尊敬，這個社會的成員，沒有誰比他們更好的了。除了幾個貴族

119.即日耳曼皇帝康拉德五世，曾企圖收復那不勒斯王國，兵敗被俘處斬。

院議員和一兩個像于連這樣的人以外，便再沒有其他市民階層了。因此還有什麼優越的命運條件沒有給我呢？榮華、財富、青春，唉！除了幸福，我擁有了一切。」

「在我的優點中，最大的問題仍然是他們整夜都在向我談論我的智慧。我相信我有，因為很明顯，他們都怕我了。如果他們敢談論一個嚴肅的話題，不過五分鐘，他們便會緊張得喘不過氣來，好像從我這一小時中所談的事件上可以獲得一項重大發明似的。我的美麗是德・斯塔爾夫人[120]寧願犧牲一切來換取的。可是事實上，我卻苦悶得要死。假如我把我的姓氏換成克羅茲諾瓦侯爵的姓氏，我是否就會有理由不像現在這樣苦悶呢？」

「但是，天哪！」她繼續想道，幾乎快哭出來了，「他難道不是一個十全十美的人嗎？他是當代的傑出人物。你看他時，他總會找些可愛的、甚至聰明的話來和你搭訕，他是個值得尊重的人……不過索海爾這個人真是奇怪，」她自言自語道，這時她眼中的憤怒代替了憂鬱：「我已經明示他我有話要和他講，可是他就是不肯再露面了！」

120. 斯塔爾夫人（一七六六至一八一七），法國大革命時期女作家，浪漫派的先驅，因思想自由，曾遭拿破崙流放。

chapter 39 舞會

「你情緒不好。」德・拉摩爾侯爵夫人對女兒說：「我提醒你，在舞會上這樣可不夠優雅。」

「我只是有點頭疼。」瑪蒂爾德隨意地回答道：「這裡實在太熱了！」

正在此時，似乎是為了證實德・拉摩爾小姐的話——托利老男爵突然頭暈，昏倒了，不得不被抬出去。有人說是中風，真是一件掃興的事。

瑪蒂爾德絲毫不關心這些，她早有打算，絕不理會那些老年人和所有慣於述說悲慘事情的人。她跳舞，避開關於中風的談話，其實男爵並沒有中風，因為他第二天又露面了。

「為什麼索海爾先生總是不來呢？」她跳過舞之後又在想。她不免四下張望，突然發現他在另一間客廳裡，怪事，他好像失去了對他來說如此自然的那種不動聲色的冷淡態度，也不像英國人那樣古板了。

「他在同阿泰咪拉伯爵談話——那位被判了死刑的人！」瑪蒂爾德暗自想道，「他的目光裡暗暗燃燒著火焰，還喬裝出一副親王的派頭，他眼中流露出來的顧盼神情顯得越來越驕傲了。」

于連一面走近她站的地方，一面老是不斷和阿泰咪拉伯爵談話。她凝視著他，研究他的表情，想從中發現那些使一個人有幸被判死刑的高超品質。

正經過她跟前時，他對阿泰咪拉伯爵說道：

「不錯，丹東是條好漢！」

「天呀！他將來會是丹東嗎？」瑪蒂爾德自忖道，「可是他的面孔是那麼高貴，而那個丹東卻醜得可怕，我覺得簡直是個屠夫。」于連走得更近了，她毫不猶豫地把他喊住，帶著驕傲的心情，理直氣壯的向他提出了一個問題。

「丹東[121]不是個屠夫嗎？」她問道。

「是的，在某些人的眼裡是的。」于連回答道，表現出一副不可掩飾的輕蔑表情。同時，由於正和阿泰咪拉談話，他眼裡還充滿了火花。

「不過，對於出身高貴的人來說，不幸的是，他卻是塞納河畔梅里地區的律師。也就是說，小姐，」他惡狠狠地補充道，「他的開始跟我在這裡看見的好幾位貴族院議員完全一樣。的確，在一個美人的眼中，他長得奇醜，這是事實。」

這最後幾句話，于連說得很快，語氣特別，當然也很不客氣。

于連等了片刻，上身微微前傾，神態謙卑卻又透著傲氣。似乎在說：「我拿了工資，必須回答你，而我靠我的工錢生活。」他不願抬起頭來看一眼瑪蒂爾德。而她呢，睜著一雙清亮的大眼睛看著他，好像是他的奴僕一樣。最後，由於她一直不說話，于連抬起頭望著她，好像是僕人為了接受

---

121. 丹東（一七五九至一七九四），法國大革命時期雅各賓派主要領導人之一。一七九四年以反叛罪被處死刑。

命令，注視著他的主人似的。儘管他的雙眼迎面看著瑪蒂爾德的眼睛——因為她老是奇異地注視著他——他仍故意匆匆忙忙離開了那裡。

「他長得真漂亮！」瑪蒂爾德終於從幻想中醒過來，暗自忖道，「他對醜陋竟然做出如此的讚揚！不留任何餘地！他和凱律、克羅茲諾瓦都不一樣。這個索海爾的神態有點兒像我父親在舞會上模仿得那麼像的拿破崙。」這時她完全不記得了丹東。「的確，我今晚煩透了！」她猛地抓住她哥哥的胳膊，拖著他陪她在舞場裡飛舞於不同的圈子，這完全是出於無奈。忽然，她腦子裡出現了一個想法，她要去傾聽于連和那個被判死刑者的談話。

人非常多，瑪蒂爾德終於趕上了他們。在距她兩步遠的地方，阿泰咪拉正準備走近一張茶盤，去取一杯冰水。他在跟于連說話，身子轉過來了一小半。他看見一隻穿著繡花衣服的胳膊正在拿旁邊的一杯冷飲。繡花衣服似乎引起了他的注意；他完全把身轉過來了，看看這隻胳膊究竟屬於何人。一看不要緊，他那雙天真而高貴的黑眼睛頓時流露出一絲厭惡的神情。

「您看這個人……」他對于連低聲說道，「這就是某國的大使，阿拉斯利親王。今天早晨，他把想引渡我的事對你們法國外交大臣德．納瓦爾先生正式提了出來。看，他就在那兒打惠斯脫牌。德．奈瓦爾先生也準備把我交出去，因為我們在一八一六年交給你們三個陰謀分子。如果他把我交給了我的國王，在二十四小時內我就會被絞死。」

「卑鄙小人！」于連差點高聲喊了起來。

瑪蒂爾德靜靜地聽著他們的談話，沒漏掉半個字。她的愁悶已消失得無影無蹤了。

「還不是最無恥的。」阿泰咪拉先生繼續說道，「我跟您談我是為了給您一個強烈的印象。您看看阿拉塞利親王，每隔五分鐘，他就要看一眼他的金羊毛勳章；看到自己胸前的這個小東西，您簡直難以想像他有多愉快。說到底，這可憐蟲生不逢時。這種勳章在前一百年，是一個無上的榮譽，但在那個時期，他肯定是無法援用的。今天，在出身高貴的人中間，只有阿拉塞利這種人才對它心醉神迷。他為了得到它，可以把全城的人都絞死。」

「他就是用這個代價去得到的嗎？」于連急迫地問道。

「不完全是那樣。」阿泰咪拉冷肅地回答，「他也許是把他的國家裡被認為是自由黨人的三十來個有錢的產業主扔進了河裡。」

「簡直是魔鬼！」于連又說道。

德．拉摩爾小姐帶著濃厚的興趣在他們身旁側耳傾聽，由於她離于連太近，以致她那美麗的髮絲幾乎要擦到他的肩膀了。

「您還太年輕！」阿泰咪拉伯爵說，「我向您說過，我有個妹妹，嫁在普羅旺斯。她還很漂亮，善良、溫柔，是個極好的賢妻良母，忠於她的一切職責，虔誠但不裝假。」

「他說這些話，是要表達什麼意思呢？」德．拉摩爾小姐暗自思考著。

「她此刻很幸福，」阿泰咪拉繼續說著，「在一八一五年她也是幸福的。那時我藏在她家裡，在昂蒂布[122]附近的莊園裡。您瞧，當她聽說奈伊元帥被處決時，竟高興地手舞足蹈！」

「這可能嗎？」于連大為驚恐。

122. 法國南部城市，有海濱浴場。

「這是黨派精神，」阿泰咪拉拉著又說道，「十九世紀不再有真正的激情了，因此人們在法國才這麼厭倦。人們做著最殘忍的事，卻沒有殘忍的精神。」

「見鬼！」于連說道，「要犯罪也該痛痛快快的，犯罪只有這點好處。我們也只能用這個理由來為犯罪辯護了。」

德．拉摩爾小姐聽得入神，完全忘記她對自己的要求，她差不多整個人都站在阿泰咪拉和于連當中了。她的哥哥習慣於聽從她的命令，此時他一面挽著她的胳膊，一面放眼去望廳裡各個角落。他故作鎮靜，裝出被人群阻擋的樣子。

「您說對了！」阿泰咪拉說道，「現在的人做什麼事情都不起勁，隨做隨忘，連犯罪也一樣。我可以給您指出，在這舞會裡，也許有十個人將被判為殺人犯。他們把這件事忘記了，大家也都把這些忘記了。」

「有許多人，如果他們的愛犬腿部受傷，他們會難過得眼淚都流出來。在拉雪茲神父公墓裡，當人們在墳墓前拋下鮮花時，人家會告訴我們說，他們擁有勇敢騎士的一切美德，於是他們就談起生在亨利四世時代祖先的豐功偉績。不管阿拉斯利親王怎樣機關算盡，我仍未被絞死，而且我一旦享用我在巴黎的財產，我願意請您跟八個到十個受人敬重、毫無悔恨之心的殺人犯一塊兒吃飯。」

「您和我，我們將是這頓晚飯上唯一沒有沾上鮮血的人，但是，我將被當作嗜血成性的、雅各賓派的怪物受到鄙視，甚至憎恨，而您將只作為一個混入上流社會的平民而受到鄙視。」

「這話一點也沒錯！」德．拉摩爾小姐說。

阿泰咪拉驚訝地看了看她，于連卻不屑回過頭去。

「您要知道，我帶頭搞的那隊革命沒有成功，」阿泰咪拉伯爵繼續說道：「它沒有成功，只因為我不願砍掉三個人的腦袋，還有發七八百萬現金給我們的黨員。當時存放這筆現金的錢櫃鑰匙，掌握在我手裡。我的國王，恨不得今天就把我吊死，想當年，在暴動前，他卻和我是那麼親密無間。要是我砍掉了那三個人的腦袋，散發了櫃子裡的一部分錢，他會給我最高榮譽的勳章。他會把他的大勳章頒給我，因為我至少可以取得一半的功勞，我的國家也會有一個像樣的憲章……世上的事就是這樣，不過一局棋罷了。」

「這樣說來，」于連眼裡冒著火花說道：「您還不知道如何玩這種遊戲，要是現在……」

「您是不是想說，我會砍掉一些人的腦袋，我不會成為您曾向我解釋的那種吉倫特派？……我要回答您，」阿泰咪拉悲傷地說道，「要是您在決鬥中殺了人，那比劊子手使用的刀殺人光明正大多了。」

「我的天！」于連說道，「為了目的不擇手段。如果我不是這樣卑微，而是有權力的話，為了搶救四個人的性命。我會絞死三個人。」

他的眼睛裡閃爍著真誠的火焰和對世人虛妄評判的輕蔑；這雙眼睛對上站在他身旁很近的德·拉摩爾小姐的眼睛。他那輕蔑的神情，不但沒有變得溫文爾雅，反而加重了。

德·拉摩爾小姐對此非常反感，可是她再也無法忘記于連。她氣憤地拉著她哥哥離開了。

「我該去喝潘趣酒[123]，大跳其舞，」她對自己說，「我要挑一個最好的舞伴，不惜一切代價引人注

123. 一種混和著酒、糖、茶、檸檬等的飲料。

目。好啊，這是那個出了名的無禮之徒，」她暗想道，「好吧，就是這個極端無禮的德·費瓦克伯爵。」她接受了他的請求，一道跳舞去了。

「我現在倒要看看，」她心裡想，「這兩個人當中誰更無禮。不過，如果要充分地嘲弄他，就得先使他講話。」

不久，四組舞餘下的部分只是擺擺樣子，誰也不願意漏掉瑪蒂爾德任何一句尖酸刻薄的妙語連珠。

德·費瓦克先生緊張得說不出一句有意義的話來，只好講一些交際場面上的語言，故作媚態。

瑪蒂爾德憋了一肚子氣，把它都發洩在了他身上，完全把他當作仇人。

她一直跳到天亮，下場時已疲憊不堪。在回去的車子裡，剩下的一點兒力氣還被用來讓她感到悲哀和不幸。她被于連蔑視，卻不能蔑視他。

于連達到了幸福的高峰，他不知不覺地陶醉在音樂、鮮花、美女還有優雅的氣氛中。尤其是想像自己的卓爾不凡還有人類的自由……

「多完美的舞會呀！」他跟伯爵說道，「這裡什麼也不缺。」

「缺少思想！」阿泰咪拉伯爵說。

他面露不屑之情，因為出於禮貌，他不能太露骨，但這樣一來，反而更顯得突出了。

「伯爵先生，您也在場，不是嗎！這思想有造反的味道呢！」

「我能來到這裡，是因為我的姓氏。但在你們的客廳裡是不能有任何思想的，即使有也不能超過幾句諷刺民歌的水準，只有這樣才會受到歡迎。一個有思想的人，如果在言辭裡表現出毅力和新鮮的見解，便會被你們稱作憤世嫉俗。你們偉大的法官老爺們，不是把這個詞扣在庫里埃[124]的頭上了嗎？你們把他投入監獄，像貝朗瑞一樣。在你們這兒，凡是精神方面稍有價值的東西，聖會就將其送上輕罪法庭，上流社會則拍手稱快。」

「這是因為你們繼導著古老社會重視禮節的思想……你們永遠不能在軍威武功之上有所建樹。你們法國可以產生繆拉[125]，但永遠不會出現華盛頓。我在法國只看見了虛榮。一個說話有創見的人脫口說了句不謹慎的俏皮話，而主人就以為是丟了臉。」

剛說到這裡，送于連回去的車子在德·拉摩爾府邸門前停下了。于連很欣賞這個陰謀家，阿泰咪拉曾經給了他這樣一句漂亮的表揚。這顯然是出自於一種深刻的瞭解和信念：「您沒有法國人的輕浮，而且你懂得實用的原則。」正好在前天晚上，于連剛看過加西米爾·德拉維涅[126]先生的悲劇——《瑪里諾·法利埃羅》。

「伊斯拉埃爾·貝爾蒂西奧[127]，軍械廠裡的普通木工，不是比所有這些威尼斯貴族更有性格嗎？」我們這位不服氣的平民暗想道，「然而這些人被證實的貴族血統可以上溯至西元七〇〇年，比查理曼大帝還早一個世紀；在德·雷茲先生的舞會上，最原始的貴族世系，也只能勉強追溯到十三世紀。好！儘管那些威尼斯貴族出身如此高貴，可人們記住的卻是伊斯拉埃爾·貝爾蒂西奧。」

「一次政變，就能毀滅社會偏見所帶來的一切問題。在這種情況下，一個人可以憑著他對生死

124. 庫里埃（一七七二至一八二五）法國作家，曾通過諷刺小冊子和書信的形式，以犀利的筆鋒抨擊法國復辟王朝。
125. 繆拉（一七六七至一八一五）帝國時期的元帥，拿破崙的妹夫，一八〇八至一八一五年曾被封為那不勒斯國王。
126. 德拉維涅（一七九三至一八四三），法國詩人，戲劇家。
127. 《瑪利諾·法里埃羅》一劇中兵工廠一個普通木匠的名字。

的態度立即取得與之相應的地位，思想本身也失去影響……在華勒諾和德．雷納當道的今天，即使丹東復生，又能怎樣？」

「我的意思是，他會賣身投靠教會，當上內閣大臣，但是歸根究柢，這位偉大的丹東畢竟有過盜竊的行為；米拉波也出賣過自己；拿破崙也曾在義大利偷盜了數百萬。不然他會一下子就成為貧窮的俘虜，一籌莫展，如同皮什格呂[128]一樣。只有拉法夷特[129]從沒偷盜過。一個人應該偷盜嗎？應該出賣自己嗎？」于連心裡思考道。

這個問題一下子把他難住了。夜裡剩下的時間裡，他讀大革命的歷史。

第二天，當他在圖書室寫信時還思考著與阿泰咪拉伯爵的談話。

「事實上，」他好一陣出神，然後對自己說，「如果這些西班牙自由黨人把人民牽連進罪行裡去，是不會這麼容易就被清除掉的。這是些驕傲的、誇誇其談的孩子……像我一樣！」于連突然叫道，彷彿大夢方醒，跳了起來。

「我做了什麼了不起的事情而有權來評論這些倒楣的人們呢？他們一生中畢竟有幾次敢幹並已經動手了啊？誰知道在偉大的行動中會遇到什麼呢？因為這類事，做起來並不會像開槍那樣簡單……」德．拉摩爾小姐出其不意的到來打斷了他，他對丹東、米拉波、卡爾諾[130]這些沒有被征服的人的偉大性格是這樣讚賞，以致他的眼睛雖說停留在德．拉摩爾小姐身上，卻對她視而不見，沒想

128.皮什格呂（一七六一至一八〇四），法國將軍，曾與卡杜達爾及莫羅一起陰謀刺殺拿破崙。事敗後死在獄中。
129.拉法夷特（一七五七至一八三四），法國將軍，復辟時期的反對派。
130.卡爾諾（一七五三至一八二三），法國數學家，物理學家，政治家和軍事家。

到她，甚至也不跟她打招呼。當他那雙睜得如此開的大眼睛終於覺察到她的存在時，目光頓時暗了下去。德·拉摩爾小姐看在眼裡，覺得很不是滋味。

她無可奈何，只好向于連要韋利[131]的《法國史》，這本書放在最高的架子上，她夠不著。于連不得不去搬兩架梯子中最高的那一架。他放好梯子，取出她要的那本書給了她，但是心裡仍沒有想到她。當他把梯子放回原處時，因為心思不在那上面，胳膊肘碰在書櫥的一塊玻璃上。咣啷一聲，碎片落在地上，這才驚醒了他。他趕緊向德·拉摩爾小姐道歉，並努力做得有禮貌些，但也僅是有禮貌罷了。瑪蒂爾德看到她顯然打擾了于連，而且他寧肯去想自己的問題，卻也不願和她談話。她注視了他一陣子才慢慢走開了。

于連看著她離開，發現她衣著的樸素和前天晚上的花枝亂顫形成鮮明的對比，兩種容貌之間的差別，同樣地引人注目。這個年輕女子，在雷茲公爵的舞會上那麼驕矜，現在卻表現出了一種懇求的神色。于連暗想道：「這黑色的連衣裙更顯出她腰身的美。她有女王的做派，可是她為什麼要穿孝服呢？」

「如果我去問別人她為什麼穿喪服，肯定又要鬧笑話了。」于連完全從極度興奮的狀態中走出來了。「我得重新讀一讀早晨寫的信，誰知道我會找出多少漏掉的字和愚蠢的錯誤，」當他正勉強注意看第一封信時，忽然聽見身旁有絲綢衣衫的聲音，急忙轉過頭——德·拉摩爾小姐已站在離書桌兩步遠的地方，她對著于連嫣然一笑。他的工作第二次被打斷，心裡著實有氣。

131. 韋利（一七〇九至一七五九），法國歷史學家。

至於瑪蒂爾德，她剛才強烈地感覺到她在這年輕人眼中無足輕重；那笑是為了掩飾她的窘迫，這她倒是成功了。

「索海爾先生，您肯定是在想一件很有意思的事……是不是關於阿泰咪拉伯爵謀反的奇異故事呢？正是那椿陰謀把阿爾泰咪拉伯爵先生送到巴黎來的。告訴我是怎麼回事，我很想知道；我會嚴守秘密的，我向您保證！」她對自己講出的這些話也感到非常驚訝。怎麼？自己竟向一個下人哀求起來了！這使她顯得更加狼狽了，於是用一種輕率的語氣說道：

「您平時那麼冷靜，是什麼一下子把您變成了一個富有靈感的人？一個像米開朗基羅那樣的先知呢？」

這種尖銳而唐突的詢問深深地傷了于連，重又激起他全部的瘋狂。

「丹東的偷盜行為是正當的嗎？」他猛地向她說道，而神色也變得越來越惱火了。「皮埃蒙特[132]革命黨人和西班牙革命黨人應當用犯罪的方法來危害他們的人民嗎？難道應該把軍隊裡所有的職位和勳章都送給那些毫無意義的人是正當的嗎？戴上這些勳章的人難道不怕國王回來嗎？應該讓都靈[133]的金庫遭到搶劫嗎？所以，小姐，」他狠狠的逼近她說道，「想把愚昧和罪惡逐出地球的人應該像暴風雨一掃而過茫無目的作惡嗎？」

瑪蒂爾德慌了，她經受不住他的目光，倒退了兩步。她看了看他，對自己的慌亂感到羞恥，匆匆走出了圖書室。

132. 義大利西北地方。
133. 古撒丁王國首都，皮埃蒙特工商業的中心。

chapter 40

瑪格麗特王后

于連把他寫的信重讀了一遍。晚飯的鈴聲響了，他對自己說：「我在這個巴黎小姐眼中一定很可笑！我簡直瘋了，居然把我想的如實告訴了她！不過，也瘋不到哪裡。在那種情況下，我理應說真話。」

「她為什麼問我的私事呢？她提出這個問題肯定沒有經過思考，她太不懂人情世故了。我的關於丹東的想法並不包括在她父親花錢雇我的工作之中。」

于連來到餐廳看到德．拉摩爾小姐身穿重孝。這使他一時忘記了生氣，不過特別引起他注意的是在這一家人中，除了她以外再沒有第二個人是穿喪服的，這更使他感到驚訝不已。

吃過晚飯，于連激動了整整一天的心情才完全平靜下來。碰巧，那位懂拉丁文的院士也在座。

「如果像我所想像的那樣，」于連心想，「詢問一下德．拉摩爾小姐穿孝的問題如果是件荒唐的事情的話，這個人對我的嘲笑也會是最輕的。」

瑪蒂爾德神情古怪的看著他。

「這就是地方女人賣弄風情的表現。這就像德．雷納夫人曾向我描述的那樣，」于連暗想道，

「今早我對她很不禮貌，她一時心血來潮想要和我談話，我沒有搭理她，這樣在她眼裡，我便抬高了身價。肯定只有魔鬼才不會放過這個機會。不久，她那看不起人的高傲就會好好地報復我。」

「這和我失去的那一個是多麼的與眾不同啊！她有著多麼可愛的性格啊！她是多麼天真爛漫啊！她的想法，我比她還先知道；我看著它們如何產生；在她心裡，除了擔心孩子早夭以外，我便是她的一切；這是一種合理並且自然的感情，甚至對我也是可愛的，雖然它給我帶來痛苦。那時候我真傻。從前對巴黎所持有的憧憬使我不能理智地欣賞這個心靈高尚的女人。」

「多麼不同啊，天哪！在這兒我看到的是什麼呢？冷酷而高傲的虛榮心，各種程度的自尊心，除此之外一無所有。」

晚餐結束後，大家就都離開了。

于連暗想道：「別讓那位院士被別人請走，」當大家都到花園去的時候，他來到院士身邊，表現出溫柔恭順的樣子，院士對《艾那尼》[134]上演的成功表示憤慨，他表示也有同感。

「如果現在國王還能下密旨該多好……」他說道。

「那他就不敢了！」院士叫道，並且作了一個塔爾馬式的誇張手勢。

在談到一朵花時，于連引用了維吉爾《農事詩》中的言辭。並且認為沒有什麼詩能和德利爾神父[135]的詩比美。總之，對院士百般討好。接著，又裝作漫不經心地說道：

「我想德．拉摩爾小姐是繼承了她的某一位伯父的遺產，所以才為他服喪戴孝的吧。」

134. 雨果的著名詩劇，一八三〇年二月廿五日在巴黎法蘭西劇院首演成功，標誌著浪漫主義對古典主義的勝利。
135. 德利爾（一七三八至一八一三），十八世紀法國詩人，法蘭西學院院士，曾翻譯維吉爾的詩。

「什麼！」院士突然停下來，對他說：「您待在這個家庭裡，居然不知道她的怪脾氣？讓我感到奇怪的是她母親也願意她這樣做。這只在我們之間談談，這家人並不全部都是以意志堅強著稱的。瑪蒂爾德小姐一個人的性格力量抵得上他們所有的人，她牽著他們的鼻子走。對了，今天是四月三十日！」院士說到這裡便停住了，意味深長地瞧著于連。

于連心領神會的笑了笑，心裡納悶：「支配全家、穿著喪服，還有四月三十日，這二者之間到底有什麼關係呢？」他暗想道，「我一定是比自己所想像的還要愚蠢很多。」

于連的眼睛繼續在發問。

「我們去花園轉轉吧……」院士說道，看到有機會講一個長長的風雅故事，便美滋滋地說道：「什麼?你難道不知道一五七四年四月三十日發生的事，這怎麼可能？」

「發生在哪裡？」于連驚奇地問。

「在沙灘廣場。」

于連非常驚訝，他還不是很明白。他天生好奇，想聽到悲劇性的下文，因而兩眼閃爍著期待性的光芒，而這樣的眼睛往往是說故事者最喜歡從聽故事的人那裡看到的。

院士很高興找到了這一雙從未聽過這故事的耳朵，於是，他很詳細地告訴于連：「一五七四年四月三十日，當時最英俊的青年博尼法斯·德·拉摩爾和他的朋友，一位名名叫阿尼巴爾·德·科科納索皮埃蒙特的紳士，在沙灘廣場被斬首。拉摩爾是瑪格麗特·德·那瓦勒王后[136]崇拜的情人，請

136.法王亨利二世及卡特琳娜·德·梅迪契之女，後來的亨利四世的妻子。

您注意，」院士補充道，「德．拉摩爾小姐的名字就叫『瑪蒂爾德—瑪格麗特。』拉摩爾是德．阿朗松公爵[137]寵幸的人，同時又是德．那瓦勒國王的密友。德．那瓦勒國王，自亨利四世時起，便是德．拉摩爾情婦的丈夫。一五七四年這一年封齋前的星期二那天，當時宮廷在聖日耳曼，可憐的國王查理九世快死了。卡特琳．德．美第奇王后曾把王子們囚禁在王宮裡，而這些王子都是拉摩爾的朋友。為了劫走他們，他派遣了二百名騎兵，進逼宮牆之下。由於德．阿朗松公爵害怕了，便把拉摩爾交給了劊子手。」

「但是，真正打動瑪蒂爾德小姐的，是七、八年前她親口對我承認的，那時她才十二歲，因為那是個人頭啊，是個人頭啊！……」院士抬起眼睛望著天空。「在這場政治災難中真正打動她的，是瑪格麗特．德．納瓦爾王后藏在倍萊沃廣場的一所房子裡，竟敢派人向劊子手索要情人的腦袋。第二天午夜，她捧著那顆頭顱，坐上車，親手把它葬在蒙特瑪爾山腳下的小教堂裡。」

「這是可能的嗎？」于連叫起來，深受感動。

「瑪蒂爾德小姐看不起她哥哥，因為正如您所看到的那樣，她的哥哥絲毫不在意這段古老的歷史。每逢四月三十日，也不戴孝。從那次有名的行刑以後，為了紀念拉摩爾對科科納索的親密友誼，因為這位科科納索是義大利人，名字叫阿尼巴爾，因此這個家庭的所有男人都叫這個名字。而且，」院士放低聲音說：「而且這位科科納索，據查理九世本人說——就是一五七二年八月二十四日大屠殺事件[138]中最殘酷的兇手之一！但是我親愛的索海爾，您和這家人同桌共餐，為什麼不知道這些

137.即卡特琳娜．德．梅迪契的第四子，後又封為安茹公爵。
138.指聖巴托羅繆之夜天主教派對胡格諾派（即法國新教）的大屠殺。

事呢？」

「這便是為什麼德．拉摩爾小姐曾經兩次在餐桌上用阿尼巴爾這個名字叫她哥哥的原因。我當時還以為自己聽錯了呢。」于連暗自想著

這是一種責備。奇怪的是侯爵夫人竟容忍這樣瞎鬧……將來這個高個女子的丈夫可真有好受的呢！

說完這番話後，又說了五六句譏諷的話。院士眼中所表現出的歡樂和親昵引起了于連的反感。

「我們同是這家的奴僕，我們卻專門在說主人的壞話。」于連自忖道，「但這位院士什麼都做得出來，不必大驚小怪。」

有一天，于連無意間撞見他跪在德．拉摩爾侯爵夫人面前；他在為他的一個外省的侄子求一個煙草收稅人的職務。德．拉摩爾小姐的一個年輕侍女像從前的艾麗莎一樣追求于連，晚上她讓他明白，她的女主人戴孝絕不是為了引人注目。這個古怪的行動紮根在她性格的深處。她真的愛那個拉摩爾，他是那個時代最有才智的王后的心愛情人，他為了想讓朋友們獲得自由而死。而且是怎樣的朋友啊！王族的首位親王和亨利四世。

于連對於德．雷納夫人表現出的自然淳樸很習慣。他在所有巴黎女人身上看到的只有裝腔作勢。只要他心情稍微有些憂鬱，就找不出話來跟她們說。但是，德．拉摩爾小姐卻是個例外。

他開始不再把舉止高貴所具有的那種美看做是心腸冷漠的表現。他和德．拉摩爾小姐有過多次的長談——在春季美好的天氣裡，她經常和于連在花園裡沿著客廳敞開的窗子下散步。有一天，她

告訴他，自己在閱讀歐比涅[139]寫的歷史和布蘭多姆[140]的某些著作。

「讀這些書真怪，」于連想，「而侯爵夫人連瓦爾特．司各特[141]的小說都不准她看！」有一天，她講給他聽她剛在艾圖瓦爾[142]的《回憶錄》中看到的一段故事：「在亨利三世王朝時期，有一位少婦發現她的丈夫不忠，於是就把他刺死了。」她的眼睛裡閃爍著喜悅的光芒，證明她的傾慕是真誠的。

于連的自尊心得到了滿足。一個處處受人敬重的，用院士的話說，牽著全家人鼻子走的女人，居然肯用一種近乎友誼的口吻跟他說話。

「我弄錯了！」一會兒于連又暗自想道，「這不是親密，我只不過是悲劇中的一個知情人而已，這是因為她需要說話呀！我在這裡被認為是有學問的人。我應該去讀布蘭多姆和德．歐比涅的書以及艾圖瓦爾的《回憶錄》，我可以對德．拉摩爾小姐談到的那些逸聞軼事中的幾則提出反駁。我必須從這種被動的心腹人的角色中擺脫出來。」

逐漸地，他和這位外表矜持，同時又容易接近的小姐談得比較投機了，他忘記自己扮演了一個具有反抗性的平民的苦惱角色。他覺得德．拉摩爾小姐很有學問，而且通情達理。她在花園裡發表的見解和她在客廳裡的言談截然不同。有時她跟他在一起，興奮、坦率，和平時如此高傲、如此冷淡的態度完全對立。

139.歐比涅（一五五二至一六三〇），法國歷史學家，作家。
140.布蘭多姆（一五四〇至一六一四），法國回憶錄作家。
141.司各特（一七七一至一八三二），蘇格蘭歷史小說家，其作品在法國頗具影響。
142.艾圖瓦爾（一五四六至一六一一），法國編年史家。

有一天她熱情洋溢地對于連說：「聯盟戰爭是法國歷史上的英雄時代！」眼中閃耀著一種才智和熱情的光芒。

「神聖同盟[143]的戰爭時期是法國的英雄年代，在那個時代裡，每個人都為了獲得他所嚮往的事物而戰鬥！為使他的黨派獲得勝利而戰鬥！而不只是為獲得一枚十字勳章——就像在你們的皇帝時代那樣。您得同意，那時的人不這麼自私，不這麼卑劣。我愛那個時代。」

「博尼法斯·德·拉摩爾便是那個世紀的一位英雄。」他向她說道。

「至少他被人愛，而那樣被人愛也許是一種享受。今天的女子，有誰願意去摸自己情人被砍下的頭顱呢？」

德·拉摩爾夫人把女兒叫進去了。為了偽善，就要隱瞞真相。然而于連，正如同人們所看到的，已經隱隱約約把自己崇拜拿破崙的感情向德·拉摩爾小姐透露了一半。

「這就是他們占盡了上風的地方，憑著祖先的李氏，他們便能超凡脫俗，」于連獨自在花園裡暗想道，「他們祖先的歷史使他們脫離了庸俗的情感，他們不用時時刻刻去想生活的問題。多麼深重的苦難啊！」他痛苦地補充道：「對這些大事我是沒有發言權的。也許是我看錯了。我的生活只是一連串的偽善，這是因為我沒有一千法郎來購買麵包。」

「先生，您在這兒想些什麼呢？」瑪蒂爾德跑回來，向他問道。

這個問題有親密的意思，她氣喘吁吁地跑回來，就是為了和他待在一起。

143. 十六世紀法國天主教為反對新教而結成的聯盟。

于連對老是蔑視自己也感到厭倦了。出於驕傲，他坦率地談了自己的想法。他對一個如此富有的人談自己的貧窮，臉憋得通紅。他試圖通過自豪的口氣清楚地表明他不求什麼。瑪蒂爾德覺得他從未這樣漂亮過；她發現他有一種敏感和坦白的表情，這實在是他常常缺乏的。

不到一個月後，于連在德．拉摩爾府邸的花園一邊散步，一邊沉思。但是他臉上不再有那種哲學家的嚴峻和驕矜，那種表情是他內心裡長期的自卑感在臉上留下的痕跡。德．拉摩爾小姐這時也在花園裡和她哥哥一起跑步，她突然說自己的腳擦傷了，於是于連扶著她走到客廳的門口。

「她靠在我胳膊上的方式真奇怪！」于連對自己說。「是我自作多情，還是她真對我有興趣？她聽我說話時是如此含情脈脈，即使我對她承認自尊心所遭受的痛苦時也是如此。但是她對其他所有人卻又是何等的驕傲！如果現在有人在客廳裡看見她這種表情，定會驚訝異常的，她對別人肯定不會有這種溫柔善良的神情。」

于連竭力不去誇張這種不尋常的友誼。這種友誼被他比作武裝交往。每天他們見面後，在繼續前一天見面所使用的親密語氣之前，他差不多總要問自己：「我們今天是朋友還是敵人？」開頭的一些話總是沒有什麼內容。于連知道，只要任由她頂撞自己一次而不去報復，那就一切都完了。

「如果我對我個人的尊嚴稍有放棄，隨之而來的將是她明目張膽的看不起，難道不是嗎？」

有許多次，在她心情不佳時，瑪蒂爾德試圖對他擺出一種貴婦的派頭，她在這方面確實做得非常巧妙，可是于連卻一下子把它頂回去了。

一天，他突然打斷她的話，向她說：「德．拉摩爾小姐有沒有什麼命令要給她父親的秘書？他應該聽候她的吩咐，並且恭恭敬敬地執行，除此之外，他並沒有話要對她說。他絕不是花錢雇來向她談思想的。」

于連的這種行為和莫名其妙的懷疑，使他開始幾個月在這華貴客廳裡所出現的愁悶都消失了。在那裡，人人都膽戰心驚，拿任何東西開玩笑都有失體面。

「她若是愛我，倒挺有趣！無論她愛我與否，」于連繼續想，「我有了一個有才智的女孩子作為親密的知己。我看見全家人都在她面前發抖，尤其是克羅茲諾瓦侯爵。這個年輕人如此禮貌，如此溫柔，如此勇敢，兼有出身和財富帶來的種種好處，而我只要能有其中的一種，就會心滿意足！他瘋狂地愛她，他應該娶她。德・拉摩爾先生曾經讓我給擬訂婚約的兩位公證人寫過多少信啊！而我呢，手上握著筆，地位如此低下，兩個小時之後，卻在這花園裡戰勝了這個如此可愛的年輕人，因為她的偏愛究竟是明顯的，直接的。也許她恨他是她未來的丈夫。她相當高傲，會這樣做的。而她對我的親切，我是以一個地位低下的心腹的身分得到的。」

「不對！不是我瘋了，就是她在追求我，我越是對她冷淡和敬而遠之，她就越是要找我。這可能是事先有準備的，是假裝出來的。可是每次當我意外地出現在她面前時，我看見她的眼睛便亮了起來。難道巴黎的女人能裝假到這種地步？管它呢！表面上看來對我有利，我且享受這表面吧。天呀！她是多麼的美麗啊！她那雙藍色的大眼睛，那樣出神地看著我的時候，是多麼討人喜歡啊！今年的春天和去年的春天有這麼大的區別，那時候，我在三百個惡毒骯髒的偽君子中間，過著悲慘的生活，全靠性格的力量支撐。我幾乎跟他們一樣可惡。」

在那些懷疑的日子裡，于連會想：「這個女子在和我開玩笑。她和她哥哥約好一起來捉弄我。不過，她的神態好像又很鄙視她哥哥那種缺乏個性的性格。『他的確是勇敢的，但是此外便一無所長。』她曾對我說過：『再說，他也就是在西班牙人的寶劍面前才是勇敢的。巴黎的一切都使他感到害怕，他看見到處都有被嘲笑的危險。他沒有一種思想是能夠脫離世俗的，我常常不得不出面保護他。』一個十九歲的女孩！在這個年紀上，一個人能在一天的每時每刻都忠於為自己規定的虛偽嗎？」

「可是在另一方面，每次德．拉摩爾小姐帶著那種奇異的表情，用她那藍色的大眼睛注視我時，諾爾貝伯爵總是走開。他難道不該為自己妹妹特別看得起家裡的一個『僕人』而生氣嗎？因為我曾經聽到公爵曾這樣稱呼過我。」

想起這件事，憤怒就取代了任何別的感情。「是這位有怪癖的老公爵喜歡陳舊的語言嗎？」

「不管怎樣，她是個漂亮的女子！」于連目光如虎的又說道。「我一定要把她弄到手，然後溜之大吉，誰敢給我找麻煩不讓我脫身誰就倒楣！」

這個念頭是于連心中唯一所想，他簡直不能去想其他任何事了。日子過得很快，一整天就像一個鐘頭。

每次，他想找些正經事來做，可是腦子總是集中不起來。一刻鐘以後，他又清醒過來，心裡撲撲地跳，頭昏腦脹，老想著那個問題：「她愛我嗎？」

chapter 41 小姐的權威

假如于連能夠把誇大瑪蒂爾德美麗的時間，或為她的出身高貴而懷恨生氣的時間，都拿來研究客廳裡發生的事，他一定會明白瑪蒂爾德為什麼能夠主宰她周圍的一切事物了。

有人讓她不高興，她就會用一句玩笑懲罰他，她的玩笑那麼有分寸，選得那麼好，表面上那麼得體，來得那麼適時，讓人越想越覺得傷口每時每刻都在擴大。漸漸地，它會變得讓受傷的自尊心感到殘忍。家裡其他人真心渴望的許多東西，她都看不上眼，因此在他們眼裡她總是冷酷無情的。

毫無意義的議論，特別是那些迎合虛偽心的言詞的那種陳腐氣味，實在叫人無法忍受。經過最初的興奮之後，于連對這點是感覺得到的。

于連暗想道：「禮貌，不過是舉止不雅引起的憤怒暫時缺席罷了。瑪蒂爾德時常感到煩悶，實際上也許她會處處感到煩悶。於是說一些諷刺別人的話，就成為她的一種消遣和快樂了。」

也許是為了得到比她的長輩、院士和五、六個向她獻殷勤的下屬稍更有趣的犧牲品，她把矛頭全部對準克羅茲諾瓦侯爵、凱律伯爵以及兩三個出身特別高貴不凡的青年。但那又怎樣？這些人也不過是接受諷刺的新對象罷了。

因為我們愛瑪蒂爾德，所以我們痛苦地承認，她接到過他們中間幾位的信，有幾次還寫了回信。不過她不是個會受時代風氣所影響的特殊人物，我們不能籠統的用「不慎重」二字去責備這位聖心修道院的貴族女學生。

一天，克羅茲諾瓦侯爵交還給瑪蒂爾德一封寫給他的信，信的內容若有洩露，對她相當不利。他以為這種極其謹慎的行為會大大促進他的婚事。但是瑪蒂爾德所喜歡的卻是在她的書信中隨便寫。她的樂趣就在於玩弄自己的命運，於是在這以後，她有六個星期沒再和他交談。

她拿這些年輕人的信消磨時間，但是據她看，這些信都是大同小異，總是表示自己一往情深和如何為情顛倒。

「他們都說自己是個完人，準備去朝拜巴勒斯坦聖地，」她向她表妹說道。「您還知道比這更乏味的事嗎？這就是我這一輩子要收到的信。這種信大概每隔二十年，根據當時風行的活動的不同，改變一次。它們在帝國時代一定不這樣沒有色彩。那時候上流社會的年輕人見過或有過一些確實偉大的行動。我的伯父德．N．公爵就去過瓦格拉姆[144]。」「揮舞戰刀需要有什麼樣的智力呢？他們如果遇到這種事，就要說個沒完沒了！」瑪蒂爾德的表妹德．聖埃雷迪泰小姐說道。

「我就喜歡聽這些故事——真正的戰爭，像拿破崙的那樣，一次就殺死成千上萬的士兵，那才能表現出勇敢來。不怕危險才可能提高人們的思想境界，詩人擺脫煩悶和無聊。這苦悶是有傳染性的。他們中有哪個能想到要去做點不平凡的事呢？他們都想跟我結婚，想得美！我富有，我父親又

144. 奧地利村莊，一八〇九年七月六日拿破崙曾大敗奧軍於此。

會提拔他的女婿。啊！但願我父親能找到一個稍微有趣些的女婿！」

瑪蒂爾德對生活的這種銳利、鮮明而又生動的看法，使她的言語不免受到感染。在她的那些有禮貌的朋友眼中，她的某些話，常常成了白璧之瑕。如果她不是個風雲人物，她的朋友們差不多都要認為，她有點潑辣，沒有女人應有的細緻。

她呢，則對充斥著布洛涅森林的那些漂亮騎士有欠公允。她瞻望未來並不感到恐懼，那就是一種強烈的情感了，而是感到一種厭惡，這在她那個年紀是很罕見的。

她還有什麼可希求的呢？財富、身世、智慧以及值得誇耀的美麗，在她看來，上天都已把所有這一切集中在她身上了。

這就是這位聖日耳曼區最令人羨慕的女繼承人開始感到跟于連一起散步很愉快時的種種想法。她對于連的驕傲感到驚異，她欣賞這位小市民的才幹。「他將來會像莫里神父[145]一樣當上主教的。」她心裡想。

我們的主人公對她的許多想法表示異議，態度誠懇而非出自兒戲，引起她極大的關注和思考。她把他們談話的細節告訴了自己的女友，可發現自己怎麼也不能維妙維肖地把它表達出來。

突然間，她恍然大悟：「我得到了愛的幸福，」一天，她對自己說，不可思議的喜悅讓她興奮不已。

她異常興奮地對自己說道：「我在戀愛！我在戀愛了！這是明擺著的事！一個聰明而又美麗的

145. 莫里神父（一七四六至一八一七），鞋匠之子，後成為宣教家，並當選為法蘭西學院院士。

女子，在我這樣的年齡的少女，如果不戀愛，那令人魂牽夢縈的樂趣該往何處去尋找呢？我簡直是在白費氣力！我永遠不會同克羅茲諾瓦、凱律產生愛情。他們都是些完美的人，也許是因為太完美了，總之，使我厭煩。」

她曾讀過《曼儂．萊斯戈》[146]、《新愛洛伊絲》和《葡萄牙修女的書簡》，現在她又把那些書裡有關熱情的描寫回顧了一遍。她所嚮往的是那偉大的熱情，不是輕率的愛情。當然，都是偉大的激情，輕浮的愛，與她這個年紀、她這樣出身的女子不配。愛情這名稱，她只給予在亨利三世和巴松彼埃爾[147]時代的法國能夠遇到的那種壯烈的感情。這種愛情絕不在障礙面前卑劣地退卻，甚至遠甚於此，它能使人完成偉大的事業。

「如今再也不會有像卡特琳．德．美第奇[148]或路易十三那樣真正的宮廷，這對我來說是多麼的不幸呀！我覺得我能幹出最大膽、最偉大的事情。如果有一位英勇的國王，例如路易十三那樣的，拜倒在我腳下，我什麼壯舉不能讓他做出來呢！如同德．托利男爵經常說的那樣，然後再去重新征服他的王國。那麼，就不會有憲章了……而且于連還會協助我！他究竟缺少什麼？頭銜和財產。他能為自己贏得一個頭銜，他能獲得財富。」

「克羅茲諾瓦什麼都不缺，他一輩子也就是個半保王黨半自由黨的公爵。他這個猶豫不決的人，用語言代替行動，永遠不走極端，因此到處都屬於第二流。」

146.十八世紀法國作家普萊沃（一六九七至一七六三）所寫的一部曲折離奇的愛情小說。曼儂．萊斯戈為女主角
147.巴松彼埃爾，十七世紀法國元帥及外交家，曾因密謀反對紅衣主教及首相黎希留而被關進巴士底獄。
148.十六世紀法王亨利二世之王后，查理九世朝之攝政，以善耍權術聞名。

「有哪一個偉大的行動在開始幹的時候不是一種極端呢？只是在完成的時候，一般人才認為是可能的。是的，在我的心中佔有統治地位的，是愛情及其所產生的一切奇蹟；我在激勵著我的火焰中感到了它。上天應該給我這個恩惠。它不會白白地把所有的優點集中在一個人身上。我的幸福將是配得上我的。我的每一天將不是冷冰冰地相似於過去的一天。敢於愛一個社會地位距我如此之遠的人，這已經有其偉大和勇敢了。讓我們看看，他能不能繼續配得上我？我只要一看見他身上有弱點，便立刻拋棄他。一個像我這樣出身的女孩子，而且具有公認的騎士性格（這是她父親的話），就不應該像個傻丫頭那樣行事。」

「如果我真愛上了克羅茲諾瓦侯爵，那豈不是在做蠢事嗎？那我就是把我極端鄙視的、我的表姐妹們所享受的那一套幸福翻印過來了。我事先都知道這個可憐的侯爵要向我說些什麼，我要向他說些什麼。和一個沒有感覺的人談戀愛算什麼戀愛？那和出家當修女又有什麼不同？說不定我也會簽訂像我最小的表妹簽的那樣一個婚約，長輩們大為感動，除非他們心裡窩火，因為對方的公證人頭一天在婚約裡又加了最後一個條件。」

chapter 42

難道他是個丹東？

「于連和我不需要簽訂婚約，也不需要公證人來為我們舉辦市民階級的儀式。這些都是英雄美人式命運的產物！除了他缺少貴族的身世之外，可以說完全就是瑪格麗特・德・瓦羅亞和當時最傑出的青年拉摩爾式的愛情。這難道是我的錯嗎？宮裡那些年輕人那麼堅決地擁護禮儀，一想到稍微有些出格的冒險行動就嚇得臉色發白。那麼旅行希臘或非洲，對於他們而言就是勇敢的表現，而且前提是必須結伴同行。假如他們一旦發現自己是孤單的，就害怕了，不是怕貝督因人[149]的長矛，而是害怕成為笑柄，這種恐懼簡直讓他們發瘋。」

「我的小于連卻相反、他只喜歡單獨行動。這個得天獨厚的人從無一點兒從別人那裡尋求支持和幫助的念頭！他蔑視別人，正是為此我才不蔑視他。」

「假如于連出身貧窮但卻是個貴族，我和他的愛情不過是粗茶淡飯一樣平凡，一樁門不當戶不對的婚姻而已。我不喜歡這樣的愛情，因為它缺乏偉大的愛情所具有的特徵：即需要克服的巨大困

149.中東及北非地區沙漠中的遊牧民族。

難和吉凶難料的變故。」

德·拉摩爾小姐思前想後，覺得自己分析的不錯，以至第二天在克羅茲諾瓦侯爵和她哥哥面前，竟然不知不覺地稱讚起于連來了。她說得滔滔不絕，終於引起他們的不滿。

「您得當心這個精力充沛的青年啊！」她哥哥叫道，「如果再發生一次革命，我們都會被他送上斷頭台！」

她避而不答，忙就精力引起的恐懼打趣她的哥哥和克羅茲諾瓦侯爵，其實是害怕遇到意外，而無力解決。

「哎呀呀，先生們，你們老是害怕成為笑柄，可惜笑柄這個妖魔已於一八一六年死了。」德·拉摩爾先生曾說過這樣的一句話：「在有兩個政黨的國家裡，再沒有什麼可以嘲笑的了。」他的女兒早已懂得這句話的含義。

「先生們，」她向于連的敵人們大喊，「看來你們這輩子都要害怕，事後會有人告訴你們說：『這不是一隻狼，只不過是狼的影子。[150]』」

瑪蒂爾德隨即離開了他們。她哥哥的話，令她感到恐懼和不安。但從第二天起，她忽然發現那些話是對于連最好的頌揚。

「在這個任何精力都已死亡的世紀，他的精力讓他們害怕。我要告訴他我哥哥的話；我想看看他如何回答。可是我得選個他兩眼放光的時候，那時他就不能對我說謊了。」

150. 引自拉封丹寓言詩《牧羊人和羊群》。

「他會是一個丹東式的人物！」她在長久的不清晰的夢想以後繼續想道。「好！革命會再度發生，克羅茲諾瓦和我哥哥將扮演怎樣的角色呢？那是事先就定了的：崇高的逆來順受。那將是英勇的綿羊，任人宰殺而不吭一聲。可笑的是他們臨死前唯一的恐懼，卻是怕有傷風雅。我的小于連則不然，他如果有一線逃走的希望，就一定會開槍打死逮捕他的雅各賓黨人。他不會害怕有傷風雅！」

這最後一句話使她陷入沉思，喚醒了痛苦的回憶，並挫傷了她全部的勇氣。這讓她想起了德．凱律、德．克羅茲諾瓦、德．呂茲和她哥哥的譏諷。他們一直對于連教士不滿，說他卑微而虛偽。

「但是，」她突然又想，眼睛裡閃爍著喜悅，「不管他們願意不願意，他們那尖酸頻繁的取笑恰恰證明了他是我們這個冬季見到的最出色的人。他的缺點，他的可笑，有什麼關係？他大氣磅礴，這使他們不快，儘管他們是那麼善良，那麼寬容。當然，他窮，他念書是為了當教士；他們是輕騎兵上尉，不需要念書，當然舒服多了。」

「可憐的小夥子，為了生存，不得不身著黑衣，臉上也總是裝出教士的神情，但除了這些不利因素以外，顯而易見的是他的長處引起了他們的恐懼，所謂教士的那種神態，只要我們單獨相處時，它便消失得無影無蹤。當這些先生們說出他們自以為是一句巧妙而驚人的話時，他們不是首先要瞧著于連嗎？我非常瞭解他們。然而他們也很清楚，除非是他們主動發問，不然他是永遠不會和他們交談的。他只同我一人交流，因為他堅信我的靈魂是高尚的。他回答他們的異議僅以禮貌為限，恰到好處，然後立即敬而遠之。如果同我在一起，他們能談上好幾個小時，只要我提出一點小疑問，他也會堅持自己的意見。總之，整個冬天我們沒有交過火，只以言語引起別人的注意。而且，我父親是個出類拔萃的人，能使我們家興旺發達，他也敬重于連。所有的人都恨他，唯獨我母親的教友除外，沒人敢蔑視他。」

德·凱律伯爵假裝對養馬有很大的興趣，把時間都花在馬廄裡，常常在馬廄裡面吃早餐。他這種偉大的精神，這種酷愛，再加上從來不笑的習慣，使他在朋友中間頗受尊敬：他是這個小圈子裡的一隻鷹。

第二天，他們剛聚集在德·拉摩爾夫人的椅子背後，德·凱律得到克羅茲諾瓦和諾爾貝的支援，於是趁著于連不在，便猛烈攻擊起瑪蒂爾德對于連的偏袒。開始行動的時候他們就看見德·拉摩爾小姐向這邊走過來。她遠遠地就看出他們的用意，心裡暗暗好笑。

「他們聯合起來，」她心想，「反對一個有天才的人，他沒有十個路易的年金，只有問到了才能回答。他穿著黑衣，他們尚且害怕。他若戴上肩章，又會怎樣呢？」

她從來沒有像現在這樣出色過——對方的攻擊一開始，她便給予凱律和他的盟友以詼諧的諷刺。這些傑出軍官玩笑的炮火一被打啞，她向德·凱律先生說道：「假如明天有位弗朗什－孔泰山區的鄉紳發現于連是他的私生子，而且給他一個貴族姓氏和幾千法郎，六個星期後，他就會與你們一樣蓄起小鬍子來了。不出六個月，他就會像你們一樣，先生們，當上輕騎兵軍官。這時就沒人把他當作笑柄了。未來的公爵先生，我看您現在又要搬出那套陳詞濫調，外省的貴族永遠比不上朝廷貴族。但是，如果我想把您逼入絕境，如果我心存狡獪硬說于連的父親是一位西班牙公爵，拿破崙時代作為戰俘被囚禁在貝藏松，出於良心的譴責，臨終時才承認于連是他的兒子，看你們還有什麼辦法？」

所有這些不合法的身世假設，在德．凱律和德．克羅茲諾瓦看來，都有傷風雅。這就是他們在瑪蒂爾德的議論中看到的一切。

儘管諾爾貝多麼沉得住氣，可是妹妹的那些話說得實在太露骨，他不能不掛上一副嚴肅的神色，應該承認，這與他那張笑容滿面、和善溫厚的臉相極不協調，他壯起膽子說了幾句話。

「我的朋友，你是不是病了？」瑪蒂爾德裝出一本正經的神態反問道，「您一定很不舒服，才滿口仁義道德，把開玩笑當真。」

「仁義道德，您！難道您想謀得一個省長職位嗎？」

瑪蒂爾德很快忘記了德．凱律伯爵的憤怒、諾爾貝的納悶和德．克羅茲諾瓦先生沉默的失望。她必須在剛才攫住了她心靈的那個致命念頭上拿定主意。

「于連跟我夠真誠了，」她對自己說，「在他那個年紀，地位低下，又被一種驚人的抱負搞得那麼不幸，他需要一個女朋友。也許我就是這個女朋友；可是我看不出他有什麼愛情，以他那大膽的性格，他早該向我吐露這愛情了。」

瑪蒂爾德的這種疑惑和自我爭辯幾乎佔據了她的所有時間。于連每次和她談話，她都為此找出新的理由。於是，她平時難以解脫的厭倦時刻被驅散得一乾二淨了。

她的父親是個非常聰明的內閣大臣，因此她在聖心修道院時受到最為過分的阿諛奉承。這種不幸是永遠無法彌補的。人們讓她相信，因為她的身世和財產等原因，她應當比其他所有人更幸福。這便是王親貴族的煩惱和他們做出一切瘋狂行為的根源。

瑪蒂爾德未能逃脫這種想法帶來的有害影響。無論一個人多麼有才智，他也不能在十歲的時候就警惕全修道院的恭維，何況看起來又那麼有根有據。

自從她愛上于連的那一剎那始，她便不感到煩悶了。她每天都慶幸自己已決定投身到偉大的愛情之中。

「這玩意兒是很危險的！」她心裡想，「很好，簡直太好了。」

「沒有偉大的激情，我在從十六歲到二十歲這段人生最美好的時光裡，被厭倦折磨得憔悴不堪。我已經失去我最美好的歲月了；我沒有別的快樂，只好聽我母親的那些女友胡說八道，據說，她們一七九二年在科布倫茨[151]，並不完全像今天她們說起話來那麼正兒八經。」

正當瑪蒂爾德困擾於這些不穩定情緒時，于連卻不明白她的目光為什麼總是長久地停留在他身上。他覺察到諾爾貝伯爵對他的態度愈加冷淡，德·凱律、德·呂茲和德·克羅茲諾瓦這些先生們的態度也愈加傲慢，好在他已習以為常。那一次晚會上他顯露與他的地位不相稱的才華。他就有可能受到那種令人不快的對待。若不是因為瑪蒂爾德給予他的特殊接待和這個小圈子引起了他的好奇心，他絕對不會在晚餐後跟著這些留小鬍子的漂亮年輕人陪同德·拉摩爾小姐到花園去的。

「是的！我不能不承認了……」于連暗想，「德·拉摩爾小姐看我時的眼神實在特別。但是就在她那雙美麗的藍色大眼睛最無拘束地睜大凝視著我的時候，我也總是在其深處看到了考察、冷酷和惡毒。這難道可能是愛情嗎？這和德·雷納夫人的目光是多麼不同呵！」

151. 德國城市，法國大革命後，路易十八曾流亡至此。

一天晚餐後，于連隨著德・拉摩爾先生到書房裡去，隨即很快又回到了花園裡。瑪蒂爾德那一夥人沒注意他走近，他聽見了幾句話，聲音很高。她正在折磨她哥哥。于連清楚地聽見他的名字被提到兩次。他出現在他們面前時突然一片沉寂，他們努力打破這死一般的沉寂。德・拉摩爾小姐和她哥哥都過於激動，所以都有些尷尬。德・凱律、德・克羅茲諾瓦和德・呂茲和他們的一位朋友，對于連表現出冰冷的態度，看到這樣的情況後他就立刻離開了。

chapter 43 陰謀

第二天，他又撞見諾爾貝和他妹妹正在談論他。他一到，又是像昨天一樣，一片死一般的沉默。他的疑心沒了邊際。

「這些可愛的年輕人是在想辦法嘲弄我嗎？應當承認，對一個窮秘書這比德．拉摩爾小姐虛偽的熱情要自然得多。首先，這些人能有激情嗎？愚弄是他們的拿手好戲。他們嫉妒我那點可憐的口才。善妒又是他們的弱點之一。他們那一套完全可以這樣解釋。德．拉摩爾小姐讓我相信她看中了我，只不過是想要在她的情人面前拿我開心罷了。」

這一殘忍的懷疑完全改變了于連的精神狀態。這個念頭在他心中發現了愛情的萌芽，輕而易舉地把它扼殺了。這種愛情僅僅建立在瑪蒂爾德罕見的美貌上，或者更建立在她王后般的舉止和令人讚歎的打扮上。像他這樣聰明的鄉下人，來到了社會上層，最使他感到驚異的，莫過於貴族社會的漂亮女人了。在前些日子，使于連追慕的絕不是瑪蒂爾德的性格。他有足夠的理智，知道自己還不瞭解這種性格。他所看到的可能只是一種表像。

譬如說，瑪蒂爾德絕對不肯缺席在禮拜天舉行的彌撒，她幾乎每次都要陪伴她母親到那裡去。

假如在德．拉摩爾府邸的客廳裡，竟敢對王室或者教會的史記或想當然的利益含沙射影地企圖開個什麼玩笑，瑪蒂爾德便會立刻擺出一副冰冷嚴厲的面孔。這時她那鋒利的目光，猶如古老畫像一樣表情高傲。

然而于連確信，她的房間裡總是放有伏爾泰的一、兩卷最具哲學性的著作。他本人也時常偷取幾卷這類裝幀精美的書。每當他取出一冊，便把鄰近的書放得稀疏點。為了使其他人取書籍時不露出痕跡來；但是他很快發現，另有一人也在讀伏爾泰。他使用神學院的一種詭計，——故意把幾根鬃毛放在他認為可能引起德．拉摩爾小姐興趣的書上面。果然，一連幾星期，這幾本書都不見了。

德．拉摩爾先生無法忍受書店老闆給他送來一些假回憶錄，心裡非常惱火，所有的假回憶錄都給他送來了，就命令于連把所有略具刺激性的新書都買回來。為了不讓這些書的毒素在家裡傳播開，於是就奉命把這些書安放在侯爵本人臥室的一個小書櫥裡。但不久，他很快就發覺，只要這些新書與王座或祭壇的利益相敵對，很快便不翼而飛。肯定不是諾爾貝在讀。

于連誇大了這種體驗，他認為德．拉摩爾小姐正在玩馬基雅弗利那套口是心非的把戲。這種臆斷的險詐，在他眼裡卻有其可愛之處，幾乎就是她精神上的唯一可愛之處。對於偽善和道德言辭的反感，使他走向了另一極端。

他這種看法完全出自想像而非出自愛情。

德．拉摩爾小姐窈窕的身材、精緻的衣裙、白皙的手指、美麗的胳膊以及高雅的舉止，曾使于連產生種種幻想。正是因這些幻想之後，他才墜入了情網。為了使她所擁有的可愛更加完美，他還把她想像成了卡特琳．德．美第奇。對於他所設想的她的性格來說，深則不厭其深，惡則不厭其惡。這就是他年輕時代羨慕的馬斯隆、德・弗里萊和卡斯塔奈德之流所追求的理想。簡單地說，就是他心目中巴黎人的理想。

還有什麼比認為巴黎人城府深廣和性情邪惡更可笑的嗎？

于連暗想：「也許他們可能聯合起來嘲笑我。」假如不是看到過他與瑪蒂爾德談話時眼裡所流露出的冰冷，是不會對他的性格有任何瞭解的。一種苦澀的譏諷拒絕了瑪蒂爾德的友誼，這友誼是她在兩三次談話時大膽地向他表示的。

這個女孩子的心素來冷漠，厭倦，對精神的東西很敏感，受到這種突如其來的古怪態度的刺激，一變而為熱情洋溢，流露出自然的本性。不過在瑪蒂爾德的性格裡，還有許多驕矜的成分。因此，把自己的幸福寄託在別人身上的這種感情從一開始就帶著一種淡淡的憂鬱。

自從于連來巴黎以後大有長進，完全看出那絕非純粹的心煩。他不像從前那樣貪戀舞會、觀劇和其他各種娛樂，而是以逃避的方式來解決問題。

法國人唱的歌讓瑪蒂爾德厭煩得要死，然而把歌劇院散場時露面當作職責的于連注意到，只要她能，她就讓人帶她上歌劇院。他自認為看出她已經失去了一些原本閃耀在她各種活動中的那種完美的分寸感。有時她過於逞強，用侮辱人的笑話回應她的朋友。他覺得德・克羅茲諾瓦特別討厭。

只有貪財的人，才會放棄這位小姐，于連暗想道。

至於他本人呢，瑪蒂爾德對男性的侮辱使他非常氣憤，於是他的態變得度更加冷酷了，有時他甚至用不敬的話去回答她。

于連決心不為瑪蒂爾德感興趣的表示所騙，然而有些日子裡這種表示畢竟是很明顯的，他的眼睛已經開始睜開了，發現她是那樣地漂亮，有時不免心慌意亂。

「上流社會這些年輕人的機敏和耐心最終會戰勝我的缺乏經驗，」他對自己說，「我得走，讓這一切有個了結。」侯爵在朗格多克有不少小塊地產和房產，剛剛交給他管理。去一趟是有必要的，德．拉摩爾先生勉強同意了。除了與他那勃勃野心有關的事務外，于連已經成了另一個他了。

「到底我還是沒有上他們的當！」于連在準備行裝時暗想道，「德．拉摩爾小姐對這些先生們的玩笑不管是真是假，或只是為取得我的信任，我總算開心過了。」

「如果這不是對付木匠兒子的陰謀，那麼德．拉摩爾小姐的態度便很難解釋。但是她對德．克羅茲諾瓦的態度也同樣無法解釋，至少和對我的一樣，譬如昨天，她真的發了脾氣，我很高興她為了對我好而強迫一個年輕人做他不服做的事，他是既高貴又富有，而我是既貧窮又卑賤，恰應對比。這是我打得最漂亮的一次勝仗；它會使我在朗格多克平原上旅行時，即使坐在馬車裡也會感到心情舒暢的。」

于連對他的動身保密，但是瑪蒂爾德比他知道得還清楚，他第二天將離開巴黎，而且時間很長。她推說頭疼得厲害，客廳裡空氣太悶，更加劇了她的頭疼。她向諾爾貝、德．克羅茲諾瓦、凱律、德．呂茲以及另外幾個來府邸用晚餐的年輕朋友發出一陣陣傷人的嘲笑，所以他們不得不了離開這裡。她注視著于連，眼神非常奇怪。

「這目光也許是在演戲吧……」于連暗想道，「可這急促的呼吸呢，還有這心慌意亂的種種表現呢！算了吧，」他對自己說，「我是什麼人，居然想判斷這些事？這可是巴黎女人中最高尚最細緻的一位呀！這種急促的呼吸差點使我動了心，那也許是從她心愛的萊奧蒂納．費伊那裡學來的吧。」

花園裡就剩他們倆了，談話顯然已無法進行。

「不！于連對我根本無動於衷。」深感不幸的瑪蒂爾德痛苦地暗想道。

正當于連向她告別時，她用力握住他的胳膊說道：「您今晚將收到我的一封信。」她的嗓音都變了，簡直聽不出是她的聲音。

此情此景立刻感動了于連。

「我的父親，」她繼續說，「他非常欣賞您為他做的工作。明天您必須留下，隨便找一個藉口。」她說完就跑了。

她的身材多迷人呀……她的腳也最漂亮，跑起來姿態優雅，把于連都看傻了；然而，誰能猜得到，她的身影完全消失之後，于連又想了些什麼？他認為她剛才說「必須」這個詞時使用的命令語氣，對他是種侮辱。「路易十五臨終時，也曾深受『必須』這個詞的刺激，這個詞是他的御醫不該使用的，不過路易十五可不是暴發戶。」

一小時後，僕人交給于連一封信，信裡直截了當地表達了自己的愛情

「文筆還不太做作，」于連心想，他想用文字的評論控制喜悅，然而他的臉已經抽緊，禁不住笑了。

「我呀！」他忽然高聲叫道，無法控制自己難以抑制的熱情。

「一個窮鄉下人，居然得到一位千金小姐的愛情表白！」

「至於我，幹得還不壞，」他想，盡可能壓住心頭的喜悅。「我知道如何保持我性格的尊嚴。

我從未說過我愛她。」

他開始對她的字體來了興趣，德．拉摩爾小姐寫得一手漂亮的英國式小字。他需要做點體力上的事，好從那快要使他發狂的喜悅中解脫出來。

「……您要走了，我不得不說上幾句……不能再和您見面是我無法忍受的！」

一個想法突然襲上他的心頭，彷彿一大發現，打斷了他對瑪蒂爾德的信的研究，使他感到加倍的快樂。

「我打敗了德．克羅茲諾瓦侯爵！」他大聲說道，「我只會談正經事！而他生得英俊！他有小鬍子和一身可愛的軍服，他常常在最恰當的時候找出一兩句聰明巧妙的話來說。」

于連有了美妙的一刻，他在花園裡信步來去，幸福得發狂。

後來，他上樓回到自己的辦公室，並且讓僕人傳話說他要見德．拉摩爾侯爵，幸虧侯爵沒出門。他讓侯爵看幾份標明來自諾曼第的文件，很容易地證明了諾曼第的訴訟要處理，他不得不推遲到朗格多克的行期。

「我很高興您不必走了！」當他們談完工作後，侯爵向于連說道，「我喜歡看見您。」于連退下，這句話使他有點不好意思。

「而我？要去誘惑他女兒！也許因此使她和德．克羅茲諾瓦侯爵的婚事弄吹了。這可是他的未來最迷人的一件事啊，如果他當不了公爵，至少他的女兒會有一個凳子。」

于連忽然想要去朗格多克了，他忘記瑪蒂爾德的情書，甚至向侯爵做的解釋。不過，這道德的光輝一閃即逝。

「我的心太好了，」他對自己說，「我，一介布衣，居然憐憫起一個這種地位的人家了！我，一個被肖納公爵稱為僕人的人！侯爵是如何增加他那巨大的家產的？侯爵是怎樣迅速地聚攏起巨大的財富呢？當他在宮廷裡得知第二天有可能發生政變，就預先拋售了他的公債券。而我呢，則像後娘養的，被老天爺扔到社會的最底層，雖然給了我一顆高尚的心，可是卻沒有給我一千法郎的進賬，確切地說，就是沒有麵包！我居然要拒絕已在我面前的歡樂！我正艱難地在這個平庸炙熱的沙漠裡旅行，怎麼會拒絕可以解我口渴的清泉呢？毫無疑問！我絕不該這樣愚蠢，在這個自私的沙漠裡，每個人都為自己做著打算。」

這時他想起了德．拉摩爾夫人，特別是她的朋友，那些貴婦們向他投來的滿含著輕蔑的目光。戰勝德．克羅茲諾瓦侯爵的喜悅終於使這種道德的回憶敗下陣來。

「我真希望他生氣！」于連說道，「我現在多麼有把握給他一劍啊。」他擺了個姿勢，作二次進攻狀。

「在這之前，我不過是一個書生，雖有勇氣，無處可使。如今有了這封信，我便是與侯爵平等的人了。」

「是的，」他懷著無限的欣喜悅悠悠地對自己說，「侯爵和我，我們倆的價值已經衡量過了，汝拉山區的可憐木匠占了上風。」

「好了！」他高聲喊道，「我就在我這封絕妙的回信上簽字——德．拉摩爾小姐，我忘了自己的身分。我要讓您明白並且清楚地感覺到，您是為了一個木匠的兒子而背棄了曾經跟隨聖路易出參加十字軍東征的大名晶晶的居伊．德．克魯瓦繹努瓦的一個後裔。」

于連難以抑制自己的歡樂，於是他就下樓到花園裡去。覺得關在房間裡，空間實在是太狹窄，使他呼吸困難。

「我，汝拉山區的窮鄉下人，」他不斷地重複著，「我，註定一輩子穿這身慘兮兮的黑衣服！唉，早二十年，我會像他們一樣穿軍裝，那時候一個像我這樣的人，要麼陣亡，要麼三十六歲當上將軍。」他緊緊握在手裡的那封信，給了他一個英雄的個頭兒和姿態。「現在，確實如此，穿上這身黑衣服，到了四十歲，也可以像博韋的主教先生那樣有一萬法郎的薪水和藍綬帶。」

「可不是嗎？」他暗想著，臉上露出獰黠的笑。

「我比他們有更多的聰明才智，我知道怎麼選擇我這個時代的制服。」他覺得自己的雄心和對法衣的眷戀更加強烈起來。「有多少紅衣主教出身比我還低，而他們掌過大權！例如我的同鄉朗倍維爾[152]。」

于連內心的激動漸漸地平靜了下來，謹慎的念頭又在腦子裡出現了。就像他的老師達爾丟夫一樣，他暗自吟誦下面這段台詞：

這些話我認為只是赤裸裸的詭計。

……

我決不相信，任她軟語溫柔，

152. 朗倍維爾（一五一七至一五八六），出生在貝藏松，後成為查理五世和腓力二世的大臣。

除非這些話能夠向我保證，
我能從她那裡得到點我所企盼的甜頭。

——《偽君子》第四幕第五場

「達爾丟夫也是被女人毀了！他並不比別人壞……我的回信也可能被出示……我們找到了下面這種辦法來對付，」他緩慢地說道，語調中帶著有一點被抑制著的凶殘。

「在回信的開頭，可以引用幾句崇高的瑪蒂爾德信中最熱情洋溢的句子嘛。」

「對！不過，德．克羅茲諾瓦先生的四個僕人會向我撲來，把原信搶走的。」

「不會，因為我武裝得很好，誰都知道我有朝僕人開槍的習慣。」

「好吧！也許他們中的一個有勇氣向我撲來，因為有人給了他一百個金幣作為賞金。我打死或打傷他，那就熱鬧了！活該！他們可以按照法律把我送入監獄。我在輕罪法庭受審，經法官們公平合理的判決，把我拘禁在普瓦西，和馮唐先生與馬加隆先生[153]做伴。我便要在那裡和四百個窮鬼亂橫七豎八地睡在一起……而我倒可憐起這些人來了！」

他突然站起來大聲說道：「他們憐憫落在他們手裡的第三等級的人嗎？」這句話是他對德．拉摩爾侯爵最後一聲感恩的歎息，因為侯爵一直在不停地折磨著他。

「慢著，貴族先生們，我知道這種不擇手段的小伎倆；馬斯隆神父和修道院的卡斯塔奈德

153. 馮唐和馬加隆均為刊物主編，因抨擊當局，一八三〇年被捕，囚禁於普瓦西中央監獄。

先生加起來也不會比你們更高明。一旦你們把這封教唆信搶去，我就會成為科爾馬的卡隆上校[154]第二了。」

「等一等，先生們，我要把這封要命的信裝在小包裡密密實實的封好，托彼拉爾神父保管。他是個正直的人，他是個虔誠的冉森派教徒，他不會被金錢誘惑。不過他會拆開我的信件，我還是把這封信寄給富凱吧。」應當承認，這時，于連的目光是凶狠的，臉上的表情是醜惡的，顯示出純粹的罪惡。這是一個正在和整個社會作戰的不幸的人。

「拿起武器來！」[155]于連叫嚷道。

他一步跳下德．拉摩爾府邸門前的石階，他走進街角一個代書人的鋪子，那人害怕了。他把德．拉摩爾小姐那封信給代書人，說道：「抄寫一份。」

當代書人抄寫時，他自己寫信給富凱，求他替他保存好這珍貴的物品。

「不過，」他忽然停下筆來自言自語道，「郵局的書信檢查處會拆開我的信，把你們要找的那封信給你們……不，先生們。」他立刻走到一家新教徒開的書店，買了一本《聖經》，偷偷地把瑪蒂爾德的信放在書皮底下。包裝好後，這個包裹就交給了載客的馬車，被富凱的一個工人帶去了。在巴黎是沒人知道這個工人的名字的。

這件事辦完之後，他輕鬆愉快地回到德．拉摩爾府。「該我們了！現在，」他大聲嚷道，把自己鎖在房裡，脫掉了外衣，開始給瑪蒂爾德寫回信：

154.卡隆上校，曾為拿破崙麾下軍官，一八二二年被控陰謀反對復辟王朝，遭槍決。
155.《馬賽曲》的歌詞。

「怎麼！小姐，竟是德．拉摩爾小姐命令她父親的僕人阿塞納給汝拉山的窮木匠送來一封極富誘惑性的情書，一個可憐的木匠，無疑是為了玩弄他的單純……」這然後他把信中明顯表示愛情的詞句抄了下來。

他這封信真可以為德．博瓦西騎士先生的外交謹慎增光了。此刻剛剛十點鐘，于連陶醉在幸福和對自己的力量的感覺之中，這種感覺對一個窮光蛋來說是那樣地新奇，他走進義大利歌劇院，傾聽他的朋友傑羅尼莫唱歌，音樂從來沒有令他如此意氣風發，他感到他簡直就是一位天神。

chapter 44

少女情懷

瑪蒂爾德寫完信後，心裡也不是沒有思想鬥爭的。不管她最初是如何對于連產生興趣的，反正這種興趣很快便壓倒了一直統治她內心的驕傲。這驕傲從她懂人情世故時就是她內心的唯一主宰。她這冷酷、高傲的心靈，還是第一次被熱情所融化。不過即使這熱情征服了她的驕傲，但她卻仍難以擺脫驕傲的習慣。兩個月的鬥爭和新的感覺可以說使她在精神上完全變了一個人。

瑪蒂爾德以為看見了幸福。對於那種既有勇氣又有極高才智的心靈來說，看見了幸福乃是一件具有無上權力的事情，然而這仍要和尊嚴及一切世俗的責任感進行長久的鬥爭。一天，她早晨剛七點就走進她母親的房間，求她准她躲到維爾基埃去。侯爵夫人甚至不屑於理她，勸她回到床上去。這是世俗的智慧和對傳統觀念的尊重所做的最後一次努力。

怕違背凱律、德．呂茲、克羅茲諾瓦之流所謂的神聖見解，怕做錯事，這些在她精神上並沒有多大的壓力，她覺得他們這種人不配理解她，要是買一輛車或一塊地，她早就去找他們商量了。她真正害怕的是于連對她不滿意。

「他高人一等也許只是表面現象！」

她最憎恨缺乏個性，這是她對圍繞在她身邊那群英俊少年唯一不滿意的地方，越是文雅地譏諷脫離時代的風尚或是追隨時代風尚而又追隨的人，越是被她瞧不起。

「他們是勇敢的，僅僅如此而已。再說，他們該如何表現他們的勇敢呢？」她暗想道，「他們勇於決鬥，但決鬥已不是一種形式罷了，一切都預先設定好了，甚至包括決鬥者跌倒時應說的話。直挺挺躺在草地上，手放在胸口上，應該寬宏大量地原諒對方，還要給一位美人兒留下一句話，這美人兒常常是虛構的，而她在您死去的那天依然要去參加舞會，以免引起別人的疑心。」

「他們可以率領一隊刀光閃閃的騎兵去冒險犯難，然而那種孤身面對的、特殊的、意外的、真正醜惡的危險呢？」

「唉！」瑪蒂爾德暗想道，「只有在亨利三世的朝廷上，才能找到個性和身世都出眾的人啊！假使于連曾經在雅爾納克和蒙孔圖爾[156]兩地服過兵役，我就不會懷疑什麼了。在這個精力旺盛的時代，法國人不是任人玩弄的木偶。戰爭的日子幾乎可以說不能有半點猶豫。」

「那時人們的生活，就和埃及的木乃伊一樣，裹在和大家一樣的屍布裡，永遠不變。」她補充說道，「那天夜裡十一點，從蘇瓦松宮出來獨自回家，比去阿爾及爾[157]旅行還需要更多的勇氣。在那個時代，一個人的生活，就是一連串的偶然。現在，文明取代了冒險，一切都按部就班，如果思想不規範，諷刺挖苦就沒完沒了的。如果它出現在重大的事件裡，那麼，就不會有比我們的恐懼更令人鄙視的了。這是一個多麼倒退而煩悶的世界呵！要是波尼法斯·德·拉摩爾從墳墓中探出他被

156. 均為法國地名，十六世紀中葉，當時的安茹公爵（即日後的亨利三世）曾率軍在此擊敗新教徒。
157. 阿爾及利亞首都，十九世紀三〇年代為法國所攻佔。

砍掉的腦袋，看到他的十七名後代子孫在一七九三年像綿羊一樣任人逮捕，兩天以後就被送上斷頭台，會作何感想呢？死是肯定的，然而進行自衛，至少打死一、兩個雅各賓分子，那就是有失體統。哎！在法國的英雄時代，在波尼法斯．德．拉摩爾的世紀，于連準會當上騎兵上尉。至於我哥哥，他倒是該做個合乎時宜的青年教士，眼中有智慧，嘴上有理性。」

幾個月之前，瑪蒂爾德已經不指望能遇見一個稍微不同凡響的人了。她大膽地給上流社會的幾個年輕人寫過信，從中得到一點兒樂趣。一個女孩子的這種如此不相宜、不謹慎的大膽妄為，可能在德．克魯瓦爆努瓦先生、她的外祖父德．肖納公爵以及全肖納府的人眼裡損害了她的名譽，他們看到這樁擬議中的婚事告吹了，一定想知道是什麼原因。那時候，遇到寫信的日子，瑪蒂爾德就睡不著覺。

這一次，她敢於大著膽子表達自己的愛。她主動（多麼可怕的字眼兒！）給一個處在社會最底層的男人寫信。

如果被人發現，這將是一個永久的恥辱。凡是來過她家的女人，有誰能表示容受這樣的事情呢？還能找到什麼詞句可以減輕客廳裡那種可怕的輕蔑呢？嘴上說說已經很可怕，何況寫成文字！口頭上說已經可怕，何況動筆寫？拿破崙獲悉拜蘭[158]的投降消息之後高聲說：「事有不可寫在紙上的呀！」而這句話正是于連告訴她的！好像事先給了她一個警告。

但這一切對她來說還算不上什麼，瑪蒂爾德還有其他的憂慮。她忘記了給社會造成的惡劣影

158.西班牙城名，一八〇八年法國將軍杜邦在此兵敗，與西班牙軍簽訂降約。

響，使自己蒙受永遠不能洗刷的、備受蔑視的汙點，因為她污辱了自己的門第，因為瑪蒂爾德背叛了自己的階級，她寫信給一個和克羅茲諾瓦、德·呂茲、凱律的地位有天壤之別的人。即便跟于連作普通交往，其性格之幽深、之不可知，也會令人害怕。而她卻要他作情人，也許做主人！

「萬一我被他控制，有什麼狂妄的意圖他不會提出來呢？好吧！那時我將像美狄亞[159]那樣對自己說：『任他千難萬險，我自巋然不動』」。

她認為，于連對高血統的人根本看不上眼。更有甚者，也許他對她不存絲毫的愛情。

在這些可怕的懷疑背後，女性的驕傲思想又出現了。

「在一個像我這樣的女孩子的命運中，一切都該是獨特的，」瑪蒂爾德急躁不安地高聲說道。於是她從小就受到鼓動的驕傲在這裡遇到對手了。

就在此時，于連的啟程加速了事態的發展。

夜已很深，于連心生一計，把一個很重的箱子送到樓下門房那兒；他叫來一個跑腿的僕人把箱子運走。這個打雜的就是被德·拉摩爾小姐女僕看中的人。

「這舉動也許不會有任何作用。」他暗想道，「不過要是成功的話，她必然相信我已離開了。」他開了這個玩笑，然後十分得意地睡去了。可憐的瑪蒂爾德卻徹夜未眠。

第二天一大早，于連神不知鬼不覺地溜出了府邸，但在八點前，他又轉了回來。

159. 希臘神話傳說中科爾喀斯王的女兒，精通巫術。

他剛走進圖書室，德・拉摩爾小姐就出現在門口。他把回信交給了她。他想他應該跟她說句話，至少這最方便，但德・拉摩爾小姐在他沒有開口之前就走開了。于連倒也願意這樣，因為他實在不知道該對她說些什麼。

要是這一切不是和諾爾貝伯爵商量好的把戲，很明顯，那就是我極其冷酷的目光點燃了這個出身如此高貴的少女竟敢對我懷有莫名其妙的愛火。要是我因此就對這個金黃頭髮的女孩子發生興趣，那就太傻了！這番推論，把他變得比以往更冷酷、更機警了。

「在即將進行的這場戰鬥中，」他補充道，「因出身而產生的驕傲，就像一座高山，是橫亙在我和她之間的一座堡壘。正是在這個問題上，我應該使用策略。我留在巴黎是一個錯誤，行程的推遲讓我被人輕視，而且暴露了自己。如果這一切不過是個玩笑的話，那我推遲行期就會使我遭人輕視，並暴露在危險面前。走了有什麼危險呢？如果他們拿我開玩笑，我也拿他們開玩笑。如果她真的對我有幾分情意，那麼我的離開就會使這同情增強百倍。」

德・拉摩爾小姐的信，使于連的虛榮心痛快淋漓地得到了滿足，以致他在嘲笑自己的遭遇時，竟忘了認真考慮一下該走還是不該走。

對失誤極端地敏感，這是他性格中的致命之處。這個失誤使他大為惱火，幾乎不再想這次小小的挫折之前那個令人難以想像的勝利了。

大約在九點鐘，德・拉摩爾小姐又出現在圖書室門口，她拋給于連一封信便跑開了。

「這好像是本書，簡體的愛情小說。」他拾起這封信時說道，「敵人虛晃一槍，我將應之以冷漠和道德。」

人家要他作出決定性的答覆呢，口氣的高傲更增加了他內心的快樂。他乘興寫了兩頁紙，愚弄那些想看他笑話的人，並且在信的末尾又開了個玩笑，說他決定第二天早晨動身。

「信寫完了，花園便是交信的地方。」他心裡想，便立刻到花園裡去了。他望望德·拉摩爾小姐房間的窗戶。

臥室在二樓，緊挨著她母親的那個房間，但是一樓和二樓間有個很大的夾層。

這二樓相當高，當于連手裡拿著信在栽有菩提樹的小路上徘徊時，從德·拉摩爾小姐房間的窗子裡是望不見他的。椴樹修剪得極好，形成一個拱頂，擋住了視線。

「怎麼搞的！」于連生氣地對自己說，「又是不慎之舉！如果他們想嘲笑我，讓我在眾目睽睽之下手裡拿著信，這可幫了我敵人的忙了。」

諾爾貝的房間恰在他妹妹房間的正上方。一旦于連從菩提樹枝葉形成的穹頂下走出來，伯爵和于連的朋友們都會把他的一舉一動都看在眼裡。

德·拉摩爾小姐出現在了她的玻璃窗後，他稍稍舉起信，把頭低下了。于連立即跑回他的寢室，正巧在樓梯上遇上了美麗的瑪蒂爾德，她動作敏捷的把那封信接過去，眼裡滿含笑意。

于連對自己說，「就是在有了親密的關係六個月之後，德·雷納夫人敢於接受我的一封信，那眼睛裡該洋溢著多少激情啊！我相信，她從來不曾這樣眼睛裡笑盈盈地看過我。」

他那封回信，寫到後來，連詞意都不怎麼清楚了。他對那些無聊的動機感到慚愧了嗎？

「但是，」他繼續想道：「晨裝的高雅，儀態的高雅，也是多麼不同啊！一個富有審美觀的人，在三十步以外看見德・拉摩爾小姐，就可猜出她的社會階層。這就是人們所謂的顯著優點。」

儘管開玩笑，于連仍未將自己的全部思想說出來。德・雷納夫人沒有德・克羅茲諾瓦侯爵為她犧牲。而在當時，他的情敵只有那個卑鄙的專區區長夏爾科先生，他用了德・莫吉隆這個姓，因為姓德・莫吉隆的人現已絕跡。

五點鐘，于連收到第三封信，是從圖書室的門口扔進來的。德・拉摩爾小姐依舊是一溜煙兒跑了。

「真是寫上隱了，其實當面說也方便得很，」于連笑著暗想道，「偏要耗費這麼多筆墨！足見敵人需要獲得我的書信，而且要許多書信，這是很明顯的事！」他並不急於拆開這一封。「又是些漂亮的句子，」他想，可是，他讀著讀著，臉色發白了。信只有幾行字：

> 我需要和您談話，我必須在今晚和您談話，深夜一點鐘時，您來花園裡。您把放在井邊的園丁大梯子搬來，搭在我的窗口上，爬到我屋裡。有月光，沒關係。

chapter 45 巧設陷阱

「此事非同小可！」于連心裡想，「這未免也太明顯了吧！」

想了一會兒他又補充道：「這位美麗的小姐可以在圖書室裡跟我談，感謝天主，她有完全的自由；侯爵怕我讓他看賬，從不到圖書室來。德．拉摩爾先生和諾爾貝伯爵，是兩個唯一可能到這兒來的人，可他們幾乎整天都不在家，他們什麼時候才回府邸，那是很容易知道的。高貴的瑪蒂爾德，姿容絕代，即使嫁給王侯也不為過，現在居然要我去幹這可怕的不謹慎的事！」

「很明顯，是有人想害我！起碼是想拿我開玩笑，最初是誘使我寫信，但我在心中並沒有任何不當之處，於是，便想讓我幹一件具體的行動。這些漂亮的年輕先生們把我看得太愚蠢、太狂妄了。見鬼去吧！頂著最亮的大月亮，爬梯子上二十五尺高的二層樓！而且要在皎潔的月光裡！他們將有充分的時間看見我，即使是鄰近府邸裡的人也能看見我。那樣，我在梯子上真夠是有意思的！」于連回到自己的房間裡，一邊整理箱子，一邊吹著口哨。他決定要走了，甚至不寫回信。

但是，這個明智的決定並沒讓他平靜下來。

「萬一瑪蒂爾德是真心實意的呢？」

他把箱子蓋好了，突然心想：「那我就在她的眼中扮演了一個十足的懦夫角色了。而我，我沒有高貴的出身，我必須具備偉大的品質，這可是現錢，不是娓娓動聽的言辭；由響噹噹的行動證明過了的……」

他在房裡徘徊了一刻鐘。

「否認有什麼用？」他終於喊出來，「我在她眼裡，會成個膽小鬼！我不但會失掉高等社會裡的一位絕世佳人，就像大家所公認的在雷茲公爵的舞會上那樣，而且也失去了極大的快樂，看不見德．克羅茲諾瓦侯爵為了我而被犧牲了。不久就要成為公爵的德．克羅茲諾瓦侯爵將成為我的犧牲品。這位可愛的年輕人，他擁有一切優點：機智、出身、財富……這些都是我所沒有的。」

「這種後悔將令我抱憾終身，倒不是為了她。『天下情婦到處都是！……但是榮譽卻只有一種！』年老的唐．迭戈[160]曾說。事情十分明瞭，我在第一個危險面前退卻了，而現在，顯而易見的是，我在遇到的第一個危險面前退卻了，因為跟德．博瓦西先生的決鬥不過是個玩笑罷了。這一次可完全不同了。我可能成為一個僕人射擊的靶子，不過這還是最小的危險，我可能名譽掃地。」

「這樣一來就嚴重了，孩子！」他學著加斯科涅人[161]的地方口音快樂地補充道，「事關名譽呀。一個被命運拋到像我這麼低的地位上的可憐蟲，絕不會再找到這樣的機會了；我以後會交上好運的，但總會差些……」

他思考了很久，快步地踱來踱去，並時不時地站住。房裡放著一座黎塞留樞機主教的精美大理

160.高乃依的名劇《熙德》中主人公羅德里的父親。
161.加斯科涅人以性格開朗，愛吹牛皮著稱。

石半身像，于連不自覺地被它吸引了目光。這雕像在燈光下嚴厲地注視著他，責備他缺乏在法國人的性格中如此自然的那種大膽。

「偉人啊，若是在你那個時代，我還會這樣猶豫嗎？」

「往壞裡說，」于連對自己說，「假定這一切是個圈套，那對一個女孩子來說也是很危險、很麻煩的。他們知道我不是一個鉗口不言的人。要我不說話，得殺了我才行。在一五七四年，博尼法斯・德・拉摩爾的時代，是可以這樣做的。可是今天卻沒人做。德・拉摩爾小姐讓人如此善於嫉妒啊！明天，她的恥辱就會傳進四百個客廳，而且是怎樣地津津樂道啊！」

「僕人們私下裡嘰嘰喳喳，議論我受到明顯的偏愛，我知道，我聽見過……」

「另一方面，她的信！……他們可能以為我會把信隨身帶著。他們在她的臥室裡把我抓住，把信搶走。我可能要對付兩個人、三個人、四個人，誰知道呢？可是他們到哪兒去找這樣的人呢？在巴黎什麼地方能雇到嘴嚴的人呢？法律讓他們害怕……當然羅！一定是凱呂斯們、克羅茲諾瓦們、呂茲們自己來幹。」

「等著瞧！先生們，我會讓你們臉上掛彩。讓你們永遠記得我，像凱撒的士兵在法薩勒[162]戰場上那樣……至於信件，我會把它們放在安全的地方。」

于連把最後兩封信抄下來，夾在圖書室裡那套精美的伏爾泰全集的一卷裡，原信則親自送到郵局。

---

162. 古希臘地名，西元前四八年，凱撒在此擊敗龐培。

「我要投身於一件多麼瘋狂的事呀！」在返回時，他不勝驚駭地想道。于連竟然有一刻鐘沒有去想他當晚要做的事了。

「但是如果我拒絕了，以後我一定會看不起自己！這會成為我畢生反覆懷疑的對象，而這樣的懷疑乃是不幸中最大的不幸。而這種懷疑是最難以忍受的痛苦，我不是曾為了艾曼達的情人有過體驗嗎？要是一樁很明確的罪行，我相信我會比較容易饒恕我自己；一旦承認了，我就置諸腦後。」

「什麼？這回的對手是法國一個名門望族的世家子弟，而我卻心悅誠服地甘拜下風？說到底，不去就是膽小怕事，充當法國一個具有最光輝姓氏的人的情敵，我怎麼心甘情願地承認自己比不上他一句話？」

「不去就是懦弱！這一句話會決定一切，」于連起身嚷道，「再說她的確非常漂亮呀！」

「如果這不是背叛，那她為我幹出的是怎樣的瘋狂啊！……如果這是愚弄，當然囉，先生們，是否認真對待這種玩笑，那就在我了，而我會認真對待的。」

「可是如果當我走進她房裡時，他們立即捆住我的胳膊，他們很可能是已設下了什麼精巧的機關的！」

「簡直像場決鬥！」他含笑暗自說道，「我的劍術老師曾經說過，什麼都可以用來防禦的。只是善良的天主願意結束爭端，會讓其中一方忘記了防禦。再說，我會用這個來回敬他們的。」他從口袋裡掏出兩把手槍，儘管火藥還有效，他還是換過了。

還要等好幾個鐘頭，為了找點兒事情做，于連給富凱寫信：「我的朋友，只有在發生意外的情況下，你聽人說我遇到了怪事，才可以拆開所附的信件。到那時，把我寄給你的手稿上的專名去掉，抄八份寄給馬賽、波爾多、里昂，布魯塞爾等地的報館。十天以後，把手稿印出來，先寄一份給德．拉摩爾侯爵先生，半個月後，把餘下的在夜間撒向維里埃的大街小巷。」

這份是用故事形式來寫的，除非發生意外，富凱才能拆開的短短備忘錄，于連為自己辯白，他盡可能讓它不牽到連德．拉摩爾小姐，非常清楚地把自己的地位描寫出來。

于連包好郵件，當晚餐的鐘聲敲響時，這鐘聲讓他心跳得厲害。腦子裡還回想著剛才那番敘述，覺得悲劇即將發生。于連似乎已經看到自己被僕人抓著，捆綁起來，嘴裡塞上衣服似的東西，扔進了地窖裡，地窖裡還有個僕人專門來監視他。

如果為了貴族家庭的榮譽，需要讓這個冒險故事有個悲劇結局的話，那麼使用毒藥，一切便不會留下痕跡。於是他被宣佈是病死的，他的屍體被裹衣服抬到自己生前的房裡去了。像個悲慘故事的作者一樣，于連也被自己編的故事打動了，進入餐廳時竟真的感到了恐懼。他一個個看過那些穿著華麗號衣的僕人。他研究他們的相貌。

「哪些人已被選定去執行今晚的任務了呢？」他暗想。

「在這個家裡，總是念念不忘亨利三世的宮廷，也常常提及，若是他們認為受到了冒犯，做起事來要比其他同等地位的人更為果斷。」他注視著德．拉摩爾小姐，想從她的眼神裡看出已經謀劃好了的計畫。她臉色蒼白，看起來和中世紀的人完全一樣。他沒想到她會有這樣崇高的氣質，她不僅美麗而且有威嚴，他愛上她了。

晚飯後，他裝作散步，進了花園，但是枉費心機，德．拉摩爾小姐始終沒有出來。如果這個時候，他能和她聊上幾句，那就可以解除心中的鬱悶了。

為什麼不承認呢?他害怕。由於他決心行動，他就無所顧忌地沉浸在這種感覺裡了。

「只要到了要行動的時候，我會拿出十足的勇氣！」他心裡想，「此刻我心裡怎麼想，與這又有什麼關係呢？」他去察看地勢和梯子的分量。

「我命中註定要使用這種工具！」他笑著對自己說，「在這裡如同在維里埃。多麼不同啊！那時候，」他歎了口氣，「我不必懷疑我為之冒險的那個人。而且危險也多麼的不同啊！」

「如果我死在德·雷納先生的花園裡，我不會丟臉的。人們很容易就會把我的死說成是原因不明。在這兒，什麼可惡的故事不會編造出來啊，都會在德·肖納、德·凱律、德·呂茲的府邸以及其他所有地方傳播出來呢。下一代人會把我看成一個十足的惡魔？」

「在兩、三年內，」他笑著說，不免自嘲一番。但是這個想法讓他洩氣。「誰能替我辯白呢？就算富凱把我留下的小冊子印出來，不過是又多了一種恥辱罷了。怎麼！一個人家收留了我，我得到殷勤的接待，無微不至的關懷，可是作為回報，我卻刊印小冊子，抨擊那裡發生的事，敗壞女人的名譽！啊！萬萬不行，我們寧願蒙在鼓裡！」

這一夜實在難熬！

chapter 46 半夜一點

當十一點的鐘聲響起時，于連正準備給富凱寫一封信，他故意弄響他房門上的鎖，把自己關在屋裡。他躡手躡腳地去觀察整座房子，尤其是僕人們住的五樓。沒有任何異常。德·拉摩爾夫人的一個女僕在招待訪客，其他僕人歡樂地喝著潘趣酒。

「這些人如此喝酒取樂，」于連想，「大概不參加夜裡的行動，否則不會這樣輕鬆。」

最後他站在花園裡一個黑暗的角落裡：「如果他們的計畫是瞞著家裡的僕人，他們會讓負責抓我的人從花園的牆上爬過來。

「如果德·克羅茲諾瓦先生更冷靜一些，他應當在我還沒進入她的房間前就把我捉住，讓他想娶的人的名譽少受些損害。」

他做了一翻仔細的軍事察看。

「這可是事關我名譽的事啊，」他心想，「如果我幹出什麼蠢事，我自己都認為沒有理由對自己說，我沒有想到。」

夜色晴朗得讓人絕望。十一點，月亮已掛高空，十二點半的時候，月光已經把向著花園的那整座府邸的正面照得通亮。

「她真是瘋了！」于連暗想道。一點的鐘聲響起的時候，諾爾貝伯爵的窗子裡還亮著燈。于連一輩子還沒有這麼害怕過，他只看到這次出擊的種種危險，沒有絲毫的熱情。

他去搬那架巨大的梯子，等了五分鐘，看看她會不會改變主意；一點五分，他把梯子靠在瑪蒂爾德的窗口上。他手上拿著槍，慢慢地往上爬，奇怪居然沒有受到攻擊。他到了窗前的時候，窗子無聲地開了。

「先生，您可來了……」瑪蒂爾德十分感動地說，「這一小時，我一直注意著您的行動。」

于連感到很侷促，不知如何是好，他根本就沒有愛情。窘迫中，他想應該大膽，就試圖擁抱瑪蒂爾德。

「不！」她推開他叫喊著。

他很高興遭到拒絕，急忙向周圍掃了一眼；月光很亮，照得德．拉摩爾小姐房間裡的影子分外的黑。「很可能那邊藏著一些人，而我看不見。」他想。

「您上衣旁邊的口袋裡放著什麼？」瑪蒂爾德問道，很高興找到了話題。她感到不同尋常地痛苦，一個出身高貴的女孩子自然具有的那種矜持感和羞怯感又占了上風，折磨著她。

「我有各式各樣武器和手槍。」于連回答說，他也很高興找到了話題。

「應該把梯子拉上來了。」瑪蒂爾德說道。

「梯子很長，會碰碎下面客廳或夾層的玻璃窗。」

「當然不能打碎玻璃窗。」瑪蒂爾德回答道。

她試圖用平常的語調來說話，但沒有做到。

「我看您可以用繩子拴在梯子的第一蹬上，把梯子放倒。我屋裡經常準備著繩子。」

「這女人是動了真情了？」于連心裡在想，「她竟然愛上了他！她竟然敢說出她心中的愛，在這一切安排裡，她表現得如此冷靜且明智，這足以證明，我並沒有戰勝了德·克羅茲諾瓦先生，我僅是成了他的接班人罷了。不過這對我又有什麼關係呢？難道我愛她嗎？他有一個接替者，這會讓他大為惱火，這個接替者是我，就更讓他惱火，在這個意義上我戰勝了侯爵。難道他會因為有了一個接班人而大大生氣？碰巧，這接班人不是別人就是我啊，他會更生氣的。昨晚在托爾托尼咖啡店和我見面時，他是那麼驕傲，他裝作沒認出我，後來當他躲不過去時，他又會擺出一副多麼凶惡的樣子！」

于連把繩子繫在梯子的一端，慢慢地放倒。身子儘量探出陽台外，不讓梯子碰著玻璃窗。「這可是個殺死我的好機會，如果有人藏在瑪蒂爾德的房裡。」然而到處依然是一片沉寂。

梯子觸到地面，于連設法讓它順臥在牆邊種著奇花異草的花壇裡。

但是周圍一片死寂。

梯子緩緩接觸到了地面，于連沒法把它放在牆邊栽滿花卉的花壇上。

「我母親看見她美麗的花草都被壓壞了，」瑪蒂爾德說，「會說什麼呀！……得把繩子扔掉，她又極其冷靜地說，「如果有人看見繩子直通到陽台上，那可就說不清了。」

她用極端冷靜的態度補充著：「如果讓別人看到這繩子一直牽到陽台上，那可就不好說了！」

「我怎麼出去?」于連學著克里奧爾語,開玩笑地說。(家裡有個女僕出生在聖多明哥[163]。)

「您嗎,可以從房門出去。」瑪蒂爾德回答道,她對自己的這一意見感到十分高興。

「呵!」她心想,「這可真是一個值得我用心去愛的人呀!」

于連把繩子扔下去,瑪蒂爾德抱著他的胳膊。他以為自己被敵人捉住了,急忙轉過身,立刻抽出一把匕首來。她聽到了窗子有動靜。兩個人大氣也不敢出,一動不動站在那裡。月光籠罩在他們身上,聲音沒有再響起,沒有可擔憂的。

這時,窘迫又開始了,雙方都深有所感。于連看了看,門上的插銷都插上了;他還想看看床下,但是不敢;那底下可能安置了一、兩個僕人。最後,他害怕日後會責備自己不謹慎,還是看了看。

瑪蒂爾德陷入了因為極端膽怯而產生的憂慮中,她感到她自己的處境太恐怖了。

「您把我的信怎麼處理了?」她終於問道。

「多好的機會啊,如果這些先生們在偷聽,他們可該為難了,戰鬥也能避免了!」于連想。

「第一封藏在一本很厚的《新約全書》裡,昨夜的郵車已把它帶到很遠的地方了。」

這些細節,他侃侃而談,清晰明快,如果有人藏在那兩個大衣櫃裡,一定能聽見。這兩個櫃子他沒敢前去查看。

「其餘兩封也已經郵寄出去,寄往同一個地方。」

163. 即今之海地。

「天哪！為什麼要有這麼多的戒備？」瑪蒂爾德驚訝地問。

「為什麼我會撒謊呢？」于連完全認同了他的懷疑。

「原來這就是你的信寫得那麼冷淡的原因啊！」瑪蒂爾德叫道，口吻中瘋狂多於溫柔。

于連注意了這一細微的差別。用「你」這種親密的稱呼，讓他飄飄然了。至少使他胸中的懷疑煙消雲散了。他覺得他的地位已經提高了，他竟然敢把這個如此美麗且又引起他無限敬意的女子抱在懷中。他沒有遭到完全地拒絕。

他搜索著自己的記憶，和以往在貝藏松同艾曼達在一起時一樣，背誦了很多來自《新愛洛伊絲》的美麗句子。

「你真是個大丈夫！」她向他說，沒太留意他背誦的詞句。

「我承認，我曾經想考驗考驗你的勇氣。你最初的那些猜疑和你的決心證明了你比我想像的還要勇敢。」

瑪蒂爾德努力用「你」來稱呼他，注意力集中在這種異乎尋常的說話方式而不是多說的內容。這種稱呼，在語調上一點兒都不親切，一會兒後，于連並沒感覺到一點兒快樂。

這種剝除了溫情的你我相稱沒有使于連感到一點點快樂；他奇怪怎麼一點兒幸福也沒有，最後，他為了有所感，就求助於理智。

他感覺他已經受到一個如此驕傲的年輕女子的尊重，而能得到她的稱讚是很不容易的。如此這般，他終於感到一種自尊心得到滿足的幸福。

這並不是他以前在德．雷納夫人身邊所得到的那種心靈上的快感。

「天哪，是這樣啊！」在這最初時刻萌發的情感中，一點兒柔情的東西也沒有。那是一種野心實現後感到的狂喜，而于連恰恰是有野心的，他談起他懷疑的那些人和他發明的防禦措施。他一邊說，一邊思考著怎樣充分利用自己的勝利。

瑪蒂爾德仍然十分窘迫，她對自己這樣似乎也感到害怕了，當她找到一個談話的題目時，很開心。

他們還談到了以後會面的方法。于連對自己在討論中再次表現出的智慧和勇敢感到非常欣慰。他們要對付的人都很有頭腦，小唐博一定是個奸細，不過他和瑪蒂爾德也並不是笨蛋。

「府裡什麼地方我都可以去，沒有任何人會懷疑，」于連喊道，「甚至在德・拉摩爾夫人房間。」要到她女兒的臥室必得經過她的臥室。如果瑪蒂爾德認為還是爬梯子好，他會懷著一顆欣喜若狂的心來冒這個小小的危險。

瑪蒂爾德對他說話時那種勝利者的神氣，頗為反感。

「難道我就得聽他的？」她暗想道。她已經被懊悔抓住靈魂。出於理智，她對自己所做的荒唐事非常不以為然，要是能辦到，她願意自己和于連同歸於盡。當她的意志力讓懊悔平靜下來時，羞怯的情緒和貞操的觀念又讓她痛苦不堪。她無論如何不曾料到自己會落到這種可怕的境地。

「我一定要和他談！」她最後對自己說道，「和情人談話是理所當然的事情。」

為了達到目的，她把這幾天來，自己為于連的問題做出的決定一股腦都說了出來，但她的溫情多半表現在她所用的言辭裡，而不是表現在她的聲音裡。

她曾經決定，如果他敢於像規定給他的那樣，借助園丁的梯子爬進她的房間，她就把自己給了他。但是，把這種溫情脈脈的話說出口，不會有人比她的口吻更冷淡、更客氣了。到此為止，這次幽會一直是冷冰冰的。這簡直是把愛情當成了仇恨。對於一個不謹慎的女孩子來說，這是怎樣的道德教訓啊！為了這樣的一刻，值得毀掉自己的未來嗎？

經過長時間猶豫，瑪蒂爾德終於做了他的可愛的情婦。

實際上，他們的狂熱有些勉強。熱烈的愛情與其說是現實，不如說是一種模仿的式樣。

德·拉摩爾小姐認為她是在為她自己和自己的情人共同力行一項義務。

「可憐的小夥子，」她對自己說，「他表現出了十足的勇氣，他應該幸福，否則我就言而無信了。」然而，她寧願以永恆的不幸為代價，擺脫她正在履行的殘酷職責。

不論怎樣強烈地逼迫自己，她還是履行了所有諾言。

沒有任何悔恨，也沒有任何責備，來破壞這個夜晚，對于連來講，這一夜與其說是幸福，不如說是奇異。這和他在維里埃最後的二十四小時相比，有多大的不同啊！

「巴黎的這些高雅規矩找到了敗壞一切甚至愛情的秘訣，」于連暗想著，心裡感到極端的不平衡。

他站在一個大桃花心木櫃子前考慮著這些事情——聽到隔壁德·拉摩爾夫人房裡有了響聲，他鑽進了櫃子裡。

早晨瑪蒂爾德要跟著母親去做彌撒，女僕們也紛紛離開了屋子，于連在她們回來繼續幹活之前出來了。

他騎上馬，到巴黎附近找個一個最僻靜的地方，心裡與其說是高興，倒不如說是吃驚。幸福不時地佔據他的心，就像一個年輕少尉有了什麼驚人之舉，一下子被司令官提升為上校了。

在昨晚高於他之上的一切，現在卻和他並列，甚至說在他的腳下。在他越走越遠時，他的幸福感也逐漸增加了。

瑪蒂爾德感覺不出什麼溫馨，儘管溫馨這個字眼有些奇怪。她之所以和于連共效於飛，僅僅是履行一種責任而已。一夜風流倒沒有什麼出乎她的意料之外，瑪蒂爾德發現的並不是小說裡所描繪的那種圓滿的快樂，而是羞愧與不幸。除此之外，便沒有什麼她料想不到的東西了。

「難道我弄錯了？難道我對他並沒有愛情？」她心裡想道。

chapter 47 一把古劍

她沒有來吃晚飯，晚上她到客廳裡待了一會兒，但沒有看一眼于連。他覺得這種態度太奇怪了。

「不過」，他想，「我不瞭解他們的習慣，以後她會把這一切給我解釋清楚的。」

然而，出於極度的好奇讓他仔細觀察了一下瑪蒂爾德臉上的表情，他不得不承認她態度冷酷，而且是含有惡意的。顯然她和前天晚上不是同一個人。顯然，這不是同一個女人了，昨天夜裡她洋溢或假裝洋溢著幸福的狂熱，只是那狂熱太過分，不可能是真的。

第二天、第三天，她依然冷若冰霜，她不看他，好像是沒有看到一樣。于連受著最強烈的不安煎熬，第一天他還只覺得受到勝利感的鼓舞，現在卻相距千里之遙了。

「難道她幡然改悔，講起道德來了？」他心想道，「但是這個詞兒，對高傲的瑪蒂爾德來說未免太俗了。」

「在日常生活中，她並不太信教，」于連心想道，「她喜歡宗教，那是因為宗教能夠維護她的階級利益。」

「但是，她會不會僅僅由於脆弱就強烈譴責她所犯的錯呢？」于連相信自己是他的初戀情人。

隨後他又暗想，「但，我必須承認，從她的舉動來看，她一點也不憨厚、單純和溫柔，我從未見過她像現在這樣高傲，如此高傲的女王。她會輕視我麼？僅僅因為我出身低微，她就責備自己對我幹下的事，這也是她做得出的。」

于連腦子裡充滿了書本中的理論和從維里埃的回憶中得來的不滿。幻想著一個溫柔的情婦，她使情夫得到幸福的那一刻起就不再考慮自己的存在，——瑪蒂爾德的虛榮心在他心目中，簡直是到了無法控制的地步。

兩個月後，她不再無聊，也不再害怕，可是，于連卻不知不覺地失去了他最有利的條件。

「我給我自己找了個主人！」德．拉摩爾小姐在她的房間裡激動地踱著步子自言自語。「他很看重名譽，這好極了；但是如果我把他的虛榮心逼進絕境，他就會報復，他會採取什麼樣的報復行為呢？將我們的關係公之於眾。如果那樣子的話，就是我們這個世紀的不幸，什麼也醫治不了我們的煩悶。」

瑪蒂爾德從不曾有過情人，在這種甚至最冷漠的心靈也會滋生某種溫柔夢幻的生活境況裡，她陷入最苦澀的沉思。

「我完全受他支配，因為他採取的是高壓手段，如果我把他逼急了，他會狠狠的懲罰我的！」單單想到這裡，足以讓瑪蒂爾德去觸犯于連，因為勇敢是她最重要的個性。除了這個念頭用自己整個的生命當賭注來孤注一擲外，沒有什麼能刺激她，醫好她那不斷再生的根深蒂固的厭倦。

第三天，因為德．拉摩爾小姐還是執意不看他，于連不顧忌她的意見，在晚餐後跟隨她到了檯球房。

「喂，先生，您以為您對我有多大的權利？」她強壓住怒火跟他說道：「你竟然不顧我的明示，一定要和我說話？告訴您，天底下，還沒有人敢這樣做！」

這對情人的談話再可笑不過了。他們誰也沒有料到，彼此都恨得牙癢癢的，他們雙方都沒有忍耐的性子，卻都擁有上流社會的習氣，因此他們很快就明確宣佈永遠斷絕關係。

「我向您發誓，會永遠保守秘密！」于連說道，「我甚至還可以發誓永遠不同您說話，只要您的名聲不因這種過於明顯的變化而受到損害。」他恭恭敬敬地行了禮，走了。

他給自己安排的任務不費吹灰之力便完成了，但他遠遠沒有料到自己會深深愛上了德·拉摩爾小姐。

很顯然，三天前，在被藏在大桃花心木櫃子裡時，他還是沒有愛上她。但是當他們永遠決裂時，在他的心靈裡便迅速的發生了變化。

記憶無情，他回想起那天夜裡的詳細經過，其實，當時他根本就沒有動情。

在宣佈永遠決裂的第二天夜裡，于連幾乎瘋掉了。因為他不得不承認他確實已經愛上了德·拉摩爾小姐。

隨著這一發現而來的是可怕的鬥爭：他的種種情感全都被攪亂了。

兩天後見到德·克羅茲諾瓦先生時，他覺得他不但對德·克羅茲諾瓦先生驕傲不起來，反而是想抱著他大哭一場。

痛苦之餘，他逐漸恢復了點兒理智，就決定去朗格多克，打好箱子去了驛站。

到驛站的時候，他感到他快要支持不住了。有人告訴他恰好第二天開往圖盧茲的車子裡還有一個位置時，他差點兒昏了過去。他訂下這個座位，回到德．拉摩爾府邸，準備向侯爵先生稟報。德．拉摩爾先生出門了。半死不活的于連去圖書室等他。哎呀，德．拉摩爾小姐在那兒，這可怎麼辦？

她看見他走進來，她的臉色很不好看。

于連心中痛苦，又被這意外的相遇弄昏了頭，心一軟，竟用最溫柔的、發自內心的口吻對她說：「這麼說，您不愛我了？」

「我恨自己太隨便，一失足成千古恨！」瑪蒂爾德一邊說，一邊卻悔恨萬分地哭著。

「太隨便？」于連叫道，同時撲向那當作古董掛在圖書室的一把中世紀的古劍。

他和瑪蒂爾德說話時已經痛苦萬分，當他見她流出羞愧的眼淚時，痛苦更是增加了百倍。如果能殺死她，他就是世界上最幸福的人了。

當他吃力地從古老劍鞘裡把劍抽出來時，他被一種異樣新奇的感覺所吸引著。就在這時，瑪蒂爾德感到了幸福，一種如此新奇的感覺油然而生，她高傲地朝他走去，眼淚也不流了。

于連突然想到有恩於自己的人——德．拉摩爾侯爵。

「我要殺死他女兒？太可怕了！」他作勢把劍扔掉，但轉念一琢磨，她看到我這個滑稽的動作，一定會樂壞了。這個念頭，立刻讓他恢復了冷靜。他好奇地注視著古劍的鋒口，好像看看有沒有鏽斑，然後插入鞘中，極其沉著地掛回到那顆鍍金的青銅釘子上。

這個動作越來越慢，花了足足一分鐘。

德．拉摩爾小姐驚異地看著他。「我的情人差點殺了我！」她暗想。

這個想法，把她帶回查理九世和亨利三世那美好的歲月中去。

她站在剛把劍掛回去的于連面前，一動不動，凝視著他，眼睛裡不再有仇恨了。應該承認，此刻的她是很迷人的。

「我又要對他心軟了。」瑪蒂爾德對自己說，「剛才我的話那麼堅決，如果現在又軟下來，他就更會對我作威作福了。」

於是她逃走了。

「天哪！她真夠美麗呀！」于連看著她跑開時說道，「就是這個女人在一個星期前，她不顧一切投入我的懷抱，唉，良辰不在，而這都怪我自己，這樣千載難逢、千金難買的機會，我竟然絲毫沒有感覺。……應該承認，我天生是個凡夫俗子，無藥可救。」

侯爵回來了，于連急忙向他彙報自己擬定的行程。

「您要去哪裡？」侯爵問。

「朗格多克。」

「不行，對不起，我還有更重要的事情讓您做，如果要走，也是去北方……甚至，用一句軍事術語，我命令您在府中待命。您外出不得超過兩個或三個鐘頭，我可能隨時需要您。」

于連行了個禮，一言不發地退下，這讓侯爵感到驚訝。他一句話也說不出來，回到房中把自己關起來。在那裡，他可以隨意誇大命運的殘酷。

「這麼說……」他對自己說，「我走開都不行了！天知道侯爵要把我留在巴黎多久啊！天哪！我會變成什麼樣子呀？現在，都找不到個商量的人。彼拉爾神父不會讓我說完第一句話，阿泰咪拉伯爵為了讓我散散心，可能會要求我參與什麼陰謀。」

「但我覺得，我簡直瘋了！我瘋了！」

「誰能引導我？我將會落到什麼地步呢？」

chapter 48 備受煎熬

德・拉摩爾小姐欣喜若狂，一心只想著差點兒被情人殺掉。

她甚至對自己說：「這才是值得我甘拜下風的男子，他險些把我殺了。得把多少漂亮的上流社會青年融合在一起，才會產生這種熱情情不自禁的舉動呢？」

「應該承認，他實在太漂亮！反正，我還不曾這樣瘋狂的愛過他。」

此時如果有大大方方和他重歸於好的機會，她是絕對不會放過的，可惜于連待在自己房裡鎖上門，在痛苦的絕望中掙扎。一時被瘋狂的思想所左右，他腦子裡轉著種種瘋狂的念頭，他想到去撲倒在她的腳下。如果他不是躲在一個偏僻的地方，而是在花園裡和府邸中到處轉轉，他可能刹那間就把他那可怕的不幸變成最強烈的幸福。

但我們不要怪他不夠機靈，否則他就做不出英雄蓋世的拔劍動作，恰恰他的這個舉動，當時在瑪蒂爾德眼裡，確實讓于連顯得漂亮極了！這種反覆無常的對于連的癡情，讓瑪蒂爾德興奮了一整天。瑪蒂爾德陶醉了，一心只想著差點兒被情人殺死的幸福。而且對它的消逝感到很惋惜。

她對自己說：「事實上，在這個可憐的小夥子看來，我對他的愛情施與半夜一點，當時我看見他從梯子上爬進來，外衣口袋側兜帶著手槍，但這熱情只持續到早晨八點鐘。當我聽到聖瓦賴爾望彌撒的鐘時聲，才想到他會相信他自己就是我的主宰，可能要用恐怖的手段讓我服從。」

吃完晚飯後，德．拉摩爾小姐不但沒有躲避于連，反而找他說話，差不多是催促他跟她到花園裡去；他服從了。他畢竟沒受過這種考驗。瑪蒂爾德甚至還沒察覺，她在被于連重新挑動起來的愛情面前讓步了。

她覺得和他並肩散步，竟如此賞心悅目，她好奇地注視著那雙早晨曾要拔劍殺死她的手。

然而，在這樣一個動作和隨後發生的一切之後，他們過去那樣的談話不會再有了。

瑪蒂爾德漸漸對于連放下防備，談到她的感情的歷程。她在這種談話裡發現了一種奇異的快感，她甚至還冗長地向他描述她從前對德．克羅茲諾瓦和德．凱律等人發生過的短暫感情衝動呢。

「怎麼，還有德．凱律先生？」于連叫了起來，一個被冷落的情人所感到的痛苦和嫉妒，全在這句話裡爆發出來了。瑪蒂爾德已經看到這一點，但她一點也不生氣。

她繼續折磨于連，細細地講她的舊情，講得有聲有色，盡是推心置腹的由衷之言，他看得出來，她描繪的是歷歷在目的事。他痛苦地注意到，她一邊說，一邊在自己心中有了新的發現。

於是爐火中燒苦不堪言。

懷疑情敵仍被愛著，這已經很殘酷了；如果看到心愛的女人詳細地向他承認情敵在她心裡所引起的愛情，那無疑到達了痛苦的頂點！

以前，他心高氣傲，德．凱律和德．克羅茲諾瓦之流都不放在眼裡，此時經瑪蒂爾德一說，猶如五雷轟頂，心裡難受之餘，又誇大了他們僅有的幾種優點，自愧不如，一個勁兒地自怨自艾。

他覺得瑪蒂爾修是值得崇拜的，任何語言都無力表達他對她的極度崇拜。他在她身邊走著，偷偷地望著她的手，她的胳膊，她那女王般的儀態。

他已完全被愛情和不幸搞垮，差不多就要跪在她面前向她呼喚：可憐我吧！

「這樣一個美麗又高高在上的女人……在愛過我之後，無疑會緊接著愛上德·凱律先生了！」就是在他的胸中灌滿熔鉛，他也沒有這麼痛苦。

可憐的年輕人心如刀割，他怎麼會猜到德·拉摩爾小姐的心思呢？

正是由於跟他談話，德·拉摩爾小姐才會很有興致地回憶以往對德·凱律先生或是對德·克羅茲諾瓦先生有過的那點兒愛情。

這讓于連很痛苦。在幾天前，不多天以前，他在這條椴樹成蔭的小路上等著一點鐘敲響，爬進她的屋裡，而今在這同一條小路上，他卻聽著對別人的愛情鉅細無遺的傾訴。一個人是不能承受比這更強烈的不幸的。

此時此地，真是情何以堪啊！

一個人怎麼會有更大的毅力來承受這種痛苦！

九點半後瑪蒂爾德才和于連離開花園，她的母親曾喊過她三次……「今天我愛上的人，比我前幾天快要愛上的人強多了！」她暗想道，但她也不是特別確定。這種殘酷的親昵，竟然有八天！

可以看出，于連沒有任何人生經驗，甚至沒有讀過小說；他若不那麼笨，若能稍許冷靜地對受到他如此崇拜又向他說了些如此奇特的知心話的女孩子說：「您得知道，雖說我沒有那些先生高貴，但終究您愛的還是我呵！」

「您現在不再愛我了，但我是愛您的呀！」一天，于連散了好長時間步，基於愛情和痛苦的雙重刺激，跟她叫嚷著。這差不多是他所能幹的最大蠢事了。

此話一出，德．拉摩爾小姐便醒悟索然地不願意再和他說心裡話了，她一開始覺得奇怪，于連在經歷過和她那段感情後，他可能已經不愛她了。

「驕傲無疑已經扼殺了他的愛情。」她對自己說，「他不是那種人，能眼睜睜地看著自己白白地被置於凱律、德．呂茲、克羅茲諾瓦這般人之下。雖說他也承認他們的地位確實比他高很多。」

他的話如此坦率，也如此愚蠢，頃刻間改變了一切：瑪蒂爾德確信自己被愛上，就徹底地鄙視他了。

于連一點兒也不明白瑪蒂爾德的內心活動。但是他敏感的自尊心已讓他覺察到她很鄙視他。她立即離他而去，臨走那一道目光裡流露出最可怕的鄙視。他很知趣的，盡可能不在她面前露面，而且從不看她。

如果在晚餐後，他看見她和德．凱律、德．呂茲或另一個她曾經對他表示過一點愛情的人一起散步，于連會是什麼心情呢。

凡是所有和德．拉摩爾小姐有關的想法，于連都覺得很可怕，他連那些最普通的書信也看不下去了。

「您瘋了！」一天早晨，侯爵對他說。

于連害怕自己被識破，只好推說有病，侯爵竟然相信他了。晚餐時，對他來講，真是幸運到了極點。侯爵先生拿他將要旅行一事和他開了幾句玩笑，只有瑪蒂爾德心裡知道：這次旅行不會太短。于連躲避她已有好幾天了，而那些年輕人，雖然如此出色，擁有她曾經愛過的這個蒼白陰沉的人所缺少的一切，也已無力把她從夢幻中解脫出來了。

「普通的少女……」她對自己說，「會在客廳裡那些引人注目的漂亮年輕人當中尋找她中意的人，然而天才的特徵之一，是不讓自己的思想踏上凡夫俗子走過的老路。」

「于連只是沒有財產，而我卻有，如果我嫁給這樣一個人，一輩子都會引人矚目，不會寂寂無聞。我絕不像我的表姐妹們那樣，老害怕革命再次發生。由於她們對民眾的恐懼，甚至不敢去抱怨一個不為她們趕車的馬車夫。而我肯定會扮演一個角色，一個偉大的角色，因為我選擇的人有性格，野心勃勃。他缺什麼呢？朋友？錢？我都可以給他。」

但她在思想上總有點把于連當下人，只要願意，要他怎麼樣愛自己都行。

chapter 49 滑稽歌劇

瑪蒂爾德一心想著未來，想著她所希望扮演的角色，她甚至還想念以前和于連進行過的枯燥和不著邊際的討論了。由於厭倦這種深邃思想了，有時她又懷念她同他在一起有過的幸福時刻。回憶總摻雜著悔恨，有些時候她確也感到難以忍受。

「但是，如果說人人都有弱點……」她對自己說，「僅僅為了一個有才華的人就忘了自己的責任，倒也配得上我這樣的女孩子。人家絕不會說，迷住我的是他那漂亮的小鬍子和騎馬的姿勢。而是說他那些關於法國前途的深刻議論，以及認為即將降臨我們頭上的那些事以及和一六八八年英國革命頗有相似之處的看法。這些都讓我那麼傾心！」

她這樣回答自己的悔恨思想：「我是一個軟弱的女人，但是我至少沒有像一個玩偶被表面的長處弄昏了頭。」

「因為它表現出一個偉大靈魂突出的特徵，所以我愛他的容貌。」

「如果發生場革命，為什麼于連・索海爾不能扮演羅蘭[164]的角色呢？為什麼我就不能扮演羅蘭夫人角色呢？比起斯塔爾夫人，我更喜歡羅蘭夫人。在我們這個時代，行為上傷風敗俗總是塊絆腳石，我絕不會再度失足，遭人唾罵，否則，連我自己也會羞愧死了。」

應該承認，瑪蒂爾德的這些胡思亂想，並不都是像我們剛才描寫的那麼嚴重的。

她看看于連，覺得他的任何一個細小的動作都可愛極了。

「毫無疑問的，」她對自己說，「我已經打消了在他心裡認為他有這個權利的大大小小的一切想法。」

「八天前，在花園裡，這個可憐的少年痛苦而又深情地對我吐露愛的心曲，證明他是真誠的，應該承認，我這個人的確不知好歹，聽了一句這麼情深義重的話居然生氣起來。難道我不是他的妻子嗎？他的話很有道理，而且他是個招人喜歡的人，在我和于連多次漫長的談話中，我應該承認，我的生活百無聊賴，非常殘忍地向他敘述我對他所嫉妒的那些上流社會年輕人表示過一點點的愛情。但他仍然是愛我的啊！他哪裡知道，他們是毫無威脅性的對手，跟他比起來，他們是多麼蒼白無力，我覺得他們都是一個模子裡印出來的！」

瑪蒂爾德想著想著，信手在她的紀念冊上用鉛筆塗抹起來。她剛畫成的一個側面像，使她大吃一驚，繼而又使她心花怒放：這側面像和于連驚人地相似。

「真是天意，愛情所創造的奇蹟！」她欣喜若狂地叫道，「我想都沒想，畫出了他的肖像。」

164. 羅蘭（一七三四至一七九三），法國大革命中共和政府的內政部長，傾向吉隆特黨，其妻羅蘭夫人因支持吉隆特黨人被上台執政的雅各賓派送上斷頭台，羅蘭營救未果，憤而自殺。

她回到自己的房間裡，關上門，取出顏料，專心致志想要畫一幅于連的肖像，可是卻怎麼也畫不好。瑪蒂爾德反倒高興起來，從中看出了偉大激情的一個明顯證據。

直到很晚的時候，侯爵夫人打發人來叫她上義大利歌劇院，她才放下手中的紀念冊。她只有一個念頭，用眼睛尋找于連，要她母親邀他陪她們一道去。

但是于連根本沒有露面，在包廂裡陪同這些女眷的只有幾個庸俗之輩。整個第一幕歌劇演出時，瑪蒂爾德懷著最強烈的熱情想著所愛的人，但是演到第二幕時，一句愛情的絕句，應該承認，配上不愧為出自西馬羅沙[165]的樂曲。女主角唱道：「應該懲罰我對他的過分崇拜，我愛他愛得太過分了！」

從她聽到這一壯麗的美妙旋律那一刻起，世界上現存的一切對她瑪蒂爾德來說都消失了，跟她說話，她不應，她母親責備她，她也只是勉強抬頭望望母親而已。她心醉神迷，興奮的心情可以與于連近幾天來對她產生的狂暴熱情相比了。這句愛情的格言，彷彿與她契合無間，因此對于連的想念沒有佔據她全部思想時，她整個人被這一歌頌愛情的神聖優美的旋律所吸引住了。由於她喜歡音樂，這天晚上她變得和德．雷納夫人一樣思念于連。心靈之愛當然比現實之愛更有理智，但激動的時間不長；它太瞭解自己，不斷的審視自己；它不會意亂神迷，相反，卻建築在思想之上。

瑪蒂爾德回到家中，不管德．拉摩爾夫人說什麼，瑪蒂爾德藉口發燒，她整夜在鋼琴上反覆彈奏那段旋律，唱著使她著迷的那段著名詠歎調：

165. 西馬羅沙（一七四九至一八〇一），義大利著名作曲家。

我愛他太過
該受折磨，該受折磨……

一夜瘋狂之後，瑪蒂爾德終於相信自己已控制住了自己的愛情。

我也不認為人們會責怪她們太看不起榮華、富貴、車馬、地產那些足以保證人們社會地位的東西。這些好東西不會讓他們討厭的，而一般都是人們朝思暮想、求之不得的東西，如果說她們心裡有激情的話，那就是要獲得這些東西。

能為于連這樣有幾分才華的年輕人提供前程的，也絕非愛情，他們緊緊地依附一個小集團，如果小集團發跡，社會上的好東西就紛紛落在他們身上。

倒楣的是那些不屬於任何集團的學者，哪怕不被肯定的小小的成功都要受到指責。道德高尚者靠偷盜他而聲名大振。喂，先生，一部小說是沿著大路往來的一面鏡子。第二天，瑪蒂爾德都在尋找機會向自己確定她是否戰勝了她那瘋狂的熱情。她的最大目的就是要讓于連處處不開心。但是于連在盯著她的一舉一動。

于連內心痛苦，情緒過分激動，竟猜不出這是一種如此複雜的愛情把戲，更看不出其中包含的一切對他有利的東西。他更看不到一切她對他有利的思想情況，反倒成為這個詭計的受害者，他的不幸或許從來沒像現在這樣嚴重過。他的行動已經很少接受理智的引導。

如果有哪位愁眉苦臉哲學家告訴他：「趕緊設法利用對您有利的情況吧，在這種巴黎可以見到的有頭腦的愛情中，同一種態度不能持續兩天以上，」他聽了也不會懂的。

他儘管激動，依然良知未泯。他懂得他的第一職責就是謹慎小心。隨便找個人討主意，傾訴痛苦，這可能是一種幸福。就像橫穿火辣辣的沙漠，突然從天上接到一滴冰水。但他也認識到如果有人遇見他冒失的問他，他會淚如泉湧。於是他把自己關進了房裡。

他看見瑪蒂爾德在花園裡散很長時間步了，終於離開了，他從樓下來，到她摘過一朵玫瑰花的花叢那裡去。

夜色陰暗，他可以完全沉浸在不幸之中。德．拉摩爾小姐愛上了那些年輕軍官中的一位，她剛才一定和此人談得眉飛色舞。她是愛過他，但是她已經知道他也沒什麼出息。

「的確，我沒什麼出息！」于連篤信不疑地自言自語道，「總之，我是一個平淡無奇的人，讓別人討厭，連自己都受不了。」

他對他身上所有的優點，對所有他曾經熱烈地愛過的那些東西，厭惡得要死；在這種顛倒的想像的狀態中，他開始用他的想像來判斷人生。聰明人往往會犯這樣的錯誤。

有好幾次他想到了自殺，那種情景充滿了迷人的力量，那是片刻愉快的休息，那是獻給沙漠裡將要渴死的可憐人的一杯冰水。

「死不要緊，但她便更看不起我了！」他喊道，「我將會留下多壞的印象呀！」

一個人跌進不幸的最後一道深淵，除了勇氣，再無別的辦法。于連智不及此，想不到應當敢字當頭。然而當他望了望瑪蒂爾德房間的窗戶時，他透過百葉窗看見她熄燈了，他不禁回想起自己曾經一度涉足這個香閨繡閣，唉！只見過一次的可愛的房間，他的想像到此為止。

一點的鐘聲響了，他聽見了，對自己說：「我要用梯子爬進去！哪怕只待一分鐘。」真是靈機一動，正當的理由紛紛湧來，「我還能比現在更倒楣嗎！」

他跑去搬梯子，園丁已把梯子鎖住了。于連此時好像擁有了超人的力量，用擊鐵把鏈子上的一個鏈環擰斷，不多時他就拿走了梯子，靠在瑪蒂爾德的窗前了。

「她一定會生氣，對我更加蔑視！那又有什麼關係？我吻她，最後一個吻，然後就回到自己的房間裡自殺……總之，我的嘴唇將在我死之前接觸到她的臉頰。」

他飛也似地攀向梯子，他敲打著百葉窗，過了一會兒，瑪蒂爾德聽見了，她想要打開百葉窗，但是卻被梯子擋住了。于連緊緊抓住用來固定打開的百葉窗的鐵鉤子，冒著隨時會被摔下去的危險，猛地一推梯子，令其稍稍挪動。瑪蒂爾德持終於能打開窗子了。他跳進房間裡去時，已是個累得半死不活的人了。

「果然是你呀！」說著她一頭撲進了他的懷抱……

誰又能描寫出于連這種說不盡的幸福呢？瑪蒂爾德此刻的幸福感和他是差不了多少。

她向他訴說她的不是，她在譴責她自己。

「懲罰我那殘忍的驕傲吧，」她對他說，緊緊地摟住他，他都快喘不過氣來了；「你是我的主人，我是你的奴隸，我要跪下求你饒恕，因為我竟然想要反抗你。」

她掙脫他的擁抱，撲倒在地。

「是的，你是我的主人，」她對他說，仍舊陶醉在幸福和愛情之中，「永遠地主宰我吧，嚴厲地懲罰你的奴隸吧，如果她想反抗。」

過了一會兒後，她從他的懷裡掙出來，點燃蠟燭，于連費了很大的勁才阻止她剪去自己的那一邊頭髮。

「我要記住了，」她向他說，「我是你的奴僕，萬一可憎的驕傲讓我昏了頭，你就把這頭髮給我看，而且說道：『已經不再有愛情了，也不管您心有什麼感受，您曾發誓要順從，那就以名譽擔保順從！』」

迷亂和快樂達到這種程度，簡直無法難以描寫。

于連在歡樂之中尚未喪失理智。「我必須從梯子下去了。」當他看見曙光已經出現在花園東邊時，他對瑪蒂爾德說：「我不得不做出犧牲才配得上您。我作出了犧牲，不負您的愛，這種豔福雖然銷魂蝕骨，非常人所能享有，但我必須暫時割捨，為了您的名譽而作出犧牲：如果知道我的這顆心，你就該明白我是如何克制自己的。您會永遠像現在這樣對我嗎？如果讓榮譽講話，這就夠了。您要知道，自我們第一次相會之後，所有的懷疑並不都是針對小偷的。德．拉摩爾先生已經在花園裡安置了一個看衛。德．克羅茲諾瓦先生周圍也佈滿密探，他每天晚上做什麼大家都知道……」

這種想法使瑪蒂爾德不禁大笑起來，弄醒了她母親和一個僕婦。

她們隔著門問她怎麼了。于連望著她，她的臉白了，斥責那個侍女，不理她母親。

「不過如果她們打開窗子，她們就會看見梯子了！」于連跟她說道。

他又一次把她抱在懷裡，然後跳上梯子，不是下，簡直是滑，一轉眼便到了地上。

三秒鐘以後，梯子已安放到菩提樹下的小路上，瑪蒂爾德的榮譽保住。于連緩過神來，才發現自己渾身是血，幾乎沒穿衣服，他從梯子上滑下來時，不留神受了傷。

極度的幸福讓他精神抖擻，渾身是勁，如果此刻他孤身面對二十個人，不過是又給他添一樁樂事罷了。幸好他的武藝沒有受到考驗。他把梯子安放到原處，重新鎖上鏈子，瑪蒂爾德窗下那方種著奇花異草的花壇裡留下了梯子的痕跡，他也沒有忘記回去除掉。

他在黑暗中用手在鬆軟的地上摸著，看那些痕跡是不是完全都被擦掉，他覺得有件東西落在了手上——原來是瑪蒂爾德剪下的那一束頭髮，她把它扔了下來。

她在窗口望向他。

「這是你的奴僕送給你的，」她對他說，聲音相當大，「這是永遠服從的標誌。我不要理智了，做我的主人吧。」

這叫于連如何招架，幾乎又要去拿梯子，再次爬到她房間去。然而，最強的還是理智。

從花園回到府邸，也不是一件容易的事。他把一間地下室的門撞開了，到了府中，他不得不盡可能輕地撬開他的房門。他離開那間小屋那麼匆忙，慌亂中連裝在衣服口袋裡的鑰匙都忘了。

「但願她想到把我丟下的那件衣服藏好！」他心想。

此刻疲乏已戰勝了幸福，當太陽升起時，他沉入夢鄉。

午餐的鐘聲好不容易才把他叫醒。他來到餐廳，很快，瑪蒂爾德也進來了。看到這個如此美麗、如此受尊敬的女人眼中閃爍著綿綿的情意，于連的驕傲得到很大的滿足，然而很快，驚慌便取代了謹慎。

瑪蒂爾德推說時間少，不能好好整理。于連一眼就能看出她昨夜剪去頭髮為他作出的重大犧牲。假使有什麼能夠破壞這樣一張美麗的臉的話，瑪蒂爾德已經做到了——她那美麗的、略帶灰色的金髮整個一邊幾乎被剪掉，只剩下半寸長。

午餐時，瑪蒂爾德的一舉一動，都和她的不謹慎相應。可以說她正竭力讓大家知道她對于連的瘋狂迷戀。幸好那天德．拉摩爾先生和夫人正忙著即將舉行的藍綬勳帶頒發典禮，但是德．肖納先生並沒有包括在這次典禮之內。

快用完餐時，瑪蒂爾德跟于連說話時竟然稱呼他為「我的主人」，于連的臉霎時紅到了耳根。

或是偶然，或許是德．拉摩爾夫人故意的安排，在這一天瑪蒂爾德簡直沒有一刻獨自一人待著。直到晚上，從餐廳到客廳去的路上，她才找到了和于連說話的機會：「我的計畫全都被擾亂了。他會認為這是我的藉口嗎？媽媽剛決定讓她的一個女僕住到我的套房裡來。」

這一天過得快如閃電。于連幸福到了極點。第二天早晨剛七點，他就坐在圖書室裡，他希望德．拉摩爾小姐也能來，他為她寫了一封沒完沒了的長信。

他幾個鐘頭以後才看見她，是吃午飯的時候。這一天，她非常細心地梳了頭，極其巧妙地遮掩住頭髮被剪掉的地方。她瞟了于連一、兩眼，但是目光禮貌而平靜，「我的主人」這稱呼也不提了。

于連驚訝得喘不過來了……瑪蒂爾德幾乎在後悔自己為于連所做的一切。

深思熟慮，她斷定于連即使不是個常人，至少也不夠超群，不配她大著膽子做出那些奇特的瘋狂之舉。總之，她已經不怎麼想愛情了。這一天，她已經厭倦了愛情。

而于連，他的心翻騰得像個十六歲的少年。這頓飯似乎永遠吃不完，懷疑、驚異和失望輪翻地折磨他。

他一旦能不失禮貌地離開餐桌，就立即不是跑而是衝向馬廄，自己動手給馬裝上鞍子，躍馬飛奔而去，他怕心一軟壞了名譽。

「我必須用肉體的疲勞來代替心靈的痛苦！」他一邊在默東樹林裡馳騁，一邊想著，「我做了什麼，說了什麼，竟遭此不幸？」

「我今天應該什麼也不做，什麼也不說了。」他回到府邸時對自己說，「讓肉體和心靈都像死了一樣。」

于連已經死了，只是一具還會走動的殭屍而已。

chapter 50

日本花瓶

晚餐的鐘聲響了，客廳裡，于連看見瑪蒂爾德正在勸說她哥哥和德·克羅茲諾瓦侯爵晚上不要去敘雷訥參加德·費瓦克元帥夫人家的晚會。

對他們來說，她真是極盡迷人、嫵媚之能事。晚餐後，德·呂茲、德·凱律和其他幾個朋友全來了。德·拉摩爾小姐重新重視兄妹之情並注意了禮節。儘管那晚天氣非常好，她還是堅持不去花園，她希望大家不要遠離德·拉摩爾夫人坐的那張安樂椅。於是像冬天一樣，那張藍色的長沙發又成了眾人聚集的中心。

瑪蒂爾德對花園很是反感，至少她覺得花園十分討厭，因為花園使她想到于連。

人逢不幸，腦子也不靈了，我們的主人公竟糊塗到又站在那把小草墊椅子旁邊了，即使它曾經是他那麼輝煌的勝利的見證。今天卻沒人跟他說話，他待在那裡沒人理會，甚至比這還要糟糕。德·拉摩爾小姐的幾個朋友，像是故意把背向著他，至少于連自己是這麼想的。

「這就是宮廷上的失寵啊，」他想。

他真想研究一下那些故意瞧不起他的人。

德・呂茲先生的伯父在宮廷裡擔任要職，這位漂亮軍官每逢與人交談，開頭總要加上這麼一種特殊的佐料：他的伯父早晨七點鐘就動身去聖克盧[166]，並且打算在那裡過夜。這一情況好像是隨口說出的，但是它從沒被忘記過。

于連在失意之中用嚴厲的目光觀察著德・克羅茲諾瓦先生，發現這個可愛而善良的年輕人認為神秘原因具有非常的影響力。如果他看見一個稍許重要些的事件被歸結為一個簡單而十分自然的原因，他甚至會傷心，生氣。

「這可能有點發瘋了，」他心裡想，「這種性格跟柯拉索夫親王向我描述過的亞歷山大皇帝[167]的性格有明顯的聯繫。」

剛到巴黎的第一年裡，因為剛從修道院裡出來，這些可愛的年輕人的情誼對于連來說，是那麼新鮮。都使他著了迷，他對這友誼只有讚賞。然而，他們真實的一面，此刻才開始在他的心中清晰起來。

「我在這裡實在是多餘，」他突然想到。問題是如何離開那小草墊椅子，又不顯笨拙，他想找出個辦法，他被別的事情占得滿滿的想像力要求點新東西。應該求助於記憶，然而他的記憶中，應該承認，此類資源並不豐富。這讓人同情的孩子沒有太多的經驗，因此當他站起來離開時，顯得窘態十足，而且大家都注意到了。他的困窘在舉手投足中太明顯了。足足三刻鐘，他一直扮演著一個討人嫌的下屬角色，他們甚至懶得掩飾對他的看法。

166. 聖克盧，位於巴黎西南，法國王宮所在地。
167. 指俄國亞歷山大一世。

他剛才對他情敵的批評性觀察，最終使他樂觀地看待自己的不幸，他擁有對前兩天發生的事情的回憶來支撐他的自豪感。

「與我比較，」他暗想：「他們縱有千百個優點，但是，瑪蒂爾德卻沒有對他們中任何一個，像對我一樣，曾兩次降格以從。」

但是，他完全不能瞭解這個怪人，是命運之神使她成為他全部幸福的主宰嗎？

第二天，他堅持要用疲勞毀掉他自己和他的馬。晚上，他不想再靠近那張藍色長沙發了，瑪蒂爾德依舊坐在那兒。他注意到諾爾貝伯爵在房子裡碰見他時，甚至不肯看他一眼。

「他一向是那麼有禮貌的……」他暗想，「此人素來彬彬有禮，這樣做實在難為他了。」

對于連來說，睡眠可能是最幸福的事了。儘管身體疲憊不堪，回憶畢竟誘人，又開始侵入他的全部想像之中。他已把他自己交付給了命運之神。

他覺得只有一件事會給自己帶來無限慰藉，那就是和瑪蒂爾德談話。不過，對她說些什麼呢？

一天早晨七點鐘，他想得正深，突然見她到圖書室來了。

「先生，我知道，您想和我談話。」

「天哪！這是誰告訴您的？」

「反正我知道！這和您有什麼關係？如果您不講信用，大可以使我名譽掃地，或者至少可以試一試。然而我不相信這種危險是真實的，它當然不能阻止我說真話。我不再愛您了，先生！我的瘋狂使我走錯了路……」

于連被愛情和不幸攪得狂亂不能自制，受此可怕的一擊，想為自己辯白幾句。荒謬絕倫。惹人討厭是可以辯白的事嗎？然而良知已經不再對他的行動有任何的威力了。一種盲目的本能驅使他延緩對命運做出決定。他覺得只要他在說話，一切就還沒有結束。瑪蒂爾德聽不進他的話，他說話的聲音激怒了她，她想不到他竟敢打斷她。

道德和驕傲所產生的悔恨，使她也覺得很不幸。想到把自己完全交給了一個小教士——農民的兒子，她感到簡直抬不起頭來。

「這簡直和失身於一個僕人差不多。」這是她誇大了自己的不幸。

對一個勇敢而驕傲的人來說，從對自己生氣到對別人憤怒，只有一步之遙。在這種情況下，暴跳如雷乃是一種強烈的快樂。

頃刻間，德·拉摩爾小姐竟然把最難堪的蔑視強加在于連身上。她有無窮的智慧來傷害別人的自尊心，使之受到嚴重的創傷。

生平第一次，于連被迫在一個對他充滿最強烈仇恨的高超才智面前屈服了。他這時不但一點兒沒有想到替自己辯護，反而開始輕視自己了。她那些輕蔑的表示如此殘酷，經過如此巧妙的算計好來摧毀他可能對自己有的一切好看法，朝他劈頭蓋臉地壓下來，他覺得瑪蒂爾德說得很有道理，甚至還不夠。

這樣去對待前幾天她對他的崇拜，不僅懲罰了自己，也懲罰了于連。但是她覺得其中有一種輕快而驕矜的快感。

沒有經過過多的思考，她一股腦地把那些辱罵他的刻薄話說了出來。她只是在重複反對愛情的一方的辯護士一周來在她心裡說過的話。

她所說的每一句話都如一把利劍刺入于連的心，使他極端痛苦。他想逃跑，德·拉摩爾小姐卻一把拉住他的胳膊。

「請您注意！」他向她說，「您說話聲音太高，隔壁房間的人會聽見的。」

「有什麼關係！」德·拉摩爾小姐滿不在乎地回答，「誰敢說他聽見我說的話？我就好好地治治他的自尊心！」

當于連終於能夠離開圖書室的時候，他感到驚奇，他居然不那麼強烈地感到不幸了。

「她不再愛我了，」他反覆對自己說，而且聲音很高，好像要努力使自己明白自己的處境，「看來她只愛了我八九天，而我呢，我卻要愛她一輩子。」

「這可能嗎？就在幾天前，她在我的心裡還算不了什麼！完全算不了什麼！」

快樂淹沒了瑪蒂爾德的心，她和他一刀兩斷了！這樣徹底乾淨地斬斷這段舊情，使她無比欣慰。這位小先生一下子全明白他從來沒有取得、而且也永遠不會取得任何支配她的權力。她感到如此幸福，以致此時此刻，她心裡連愛的影子也沒有了。

經過如此殘酷、如此令人屈辱的一幕之後，換了一個不像于連那麼熱情洋溢的人來說，愛情會變得不可能。德·拉摩爾小姐一刻也不曾離開過她對自己的責任，她那些令人難堪的話，那麼有條理，即使在冷靜的時刻回憶起來，也會覺得真實。

于連一開始從這驚人的一幕中得出的結論是：瑪蒂爾德太驕傲了。他堅信他們之間的一切都完了。可是第二天午餐時，在她面前他又笨拙又膽怯。他在此前還不曾犯過這樣的錯誤。不論遇到大事還是小事，他總是明確地知道自己要說什麼做什麼，而且總是堅決地去執行。

這一天，吃過中飯，德．拉摩爾夫人要他遞給她一本煽動性的但頗罕見的小冊子，那是她的本堂神父早上偷偷帶給她的。于連從靠牆的小桌上拿起小冊子時，碰倒了一個藍色的舊瓷瓶，這瓷瓶可真是要多難看有多難看了。德．拉摩爾夫人痛苦地喊起來，她站起來走過去看看她那心愛花瓶的碎片。

「這是日本古瓶，」她說，「是從我那當謝爾修道院院長的姑婆那裡得來的，這是荷蘭人送給攝政王奧爾良公爵的一件禮物，他又給了他女兒……」

瑪蒂爾德注視著母親的一舉一動，看到自己一向討厭的藍花瓶被打碎了，倒非常高興。于連沒有說話，也不恐慌，此時他知道德．拉摩爾小姐就站在他跟前。

「這花瓶，」他對她說，「永遠地毀了，曾經主宰我的心的一種感情也永遠地毀了；它曾使我做出種種荒唐的事情，請您接受我的道歉。」他說完便走了。

他離開客廳時，德．拉摩爾夫人說道：「這位索海爾先生打碎了我的花瓶，好像倒很得意啊。」

這句話擊中了瑪蒂爾德的心。「不錯，」她暗忖，「母親說得對，他就是這種心態。」

這會兒她才不為昨天那一幕而快樂。

「好吧，一切都結束了，」她對自己說，表面上很平靜，「我得了一個大教訓；這個錯誤是可怕的，令人感到屈辱！它會讓我在以後的生活裡變得聰明。」

「我說的話確定不是真心話嗎？」于連心想，「為什麼以前對這個瘋狂女人的愛到現在還在折磨我呢？」

這愛情的大火，不但沒有如他希望的那樣被熄滅，反而更加熾烈地燃燒起來。

「她瘋瘋癲癲，不錯，然而她因此就不那麼可愛了嗎？一個女人還能比她更漂亮嗎？最高雅的文明所能呈獻的給人以最強烈快樂的那些東西不是都搶著聚集在德・拉摩爾小姐身上嗎？」

過去的這些幸福回憶，佔據了于連全部的身心，並且很快使他喪失了全部理性。只是與回憶徒勞地作著鬥爭，然後回憶的力量就會更加強大。

那只古老的日本花瓶被打碎以後，于連毫無疑問地成了世界上最不幸的人。

chapter

51

秘密記錄

侯爵派人把于連叫來，此時的德·拉摩爾先生眼睛閃閃發光，好像變得年輕了。

「我們來談一下您的記憶力吧……」他對于連說：「據說神乎其神！您能記住四頁東西再到倫敦背出來嗎？但是要一字不差！……」

侯爵悻悻地揉搓著當天的《每日新聞》，試圖掩飾他那極為嚴肅的神情，但是徒勞。于連從來沒有見過他這種神態，即使是在研究德·弗里萊神父訴訟案件時也沒有。

于連經驗已經足夠，他感到對侯爵這樣的人，輕鬆的語調完全足夠了。「這一期《每日新聞》也許不太有意思，如果侯爵先生允許，明天早晨我將非常榮幸地全部為先生背出來。」

「怎麼！就連廣告也可以能背出來嗎？」

「完全正確，一字不漏。」

「能向我保證嗎？」侯爵忽然嚴厲地說。

「是的，先生，只有對於食言的恐懼才能干擾我的記憶力。」

「我不求您宣誓。我不要求您發誓絕對不把您將聽見的東西說出去，我已深知您的為人而不願對您提出這種污染性的要求。我替您做擔保，我要帶您到一個客廳去，那裡有二十個人在集會，您要把每一個人所說的話都記下來。」

「您不必擔心，那絕不是亂糟糟的談話，大家輪流發言，當然我不是說有先後次序，」侯爵恢復了常態，神色狡黠而輕鬆。「我們討論時，您差不多可能記錄二十多頁，回到這裡以後，把它們減成四頁，就是這四頁而不僅僅是那一整份《每日新聞》，您明天早上要向我背誦出來！然後您馬上出發，像一個熱情旅行的年輕人去乘車。您必須做到不引起任何人的注意，到一個偉大人物身邊。在他那兒，您要更加機靈一些。要把他周圍的人都瞞過，因為他那些秘書、僕人中有投敵的人，他們沿途守候並截住我們的使者。您隨身帶一封無關緊要的介紹信。」

「我還要給您一封介紹信，雖然不很重要。閣下看您的時候，您把我這支錶拿出來，我把它借給您在旅途中使用。您把它帶在身上，它對您是有用的，現在把您的錶給我吧。」

「公爵本人會在您的口述下，親自寫下您默記在心的那四頁記錄。」

「然後，千萬注意，不是在此之前，如果閣下問您，您就把會議情況講給他聽。」

「您路上不會寂寞的，在巴黎和這位大臣的住所之間，有人巴不得朝索海爾神父打上一槍，如果他們完成了他們的使命，我將等待很長一段時間。因為，親愛的索海爾，我們怎麼才能知道您已經死了呢？您縱然熱情無限，也不可能把自己死亡的消息帶給我們的。」

「立即去買一套衣服，」侯爵嚴肅地說，「按照兩年前的式樣穿戴起來。今天晚上您得拿出點不修邊幅的樣子。而在路上，您要像平時一樣。您感到奇怪嗎？您疑心到什麼了嗎？是的，我的朋友，您聽到發言的那些可敬的人物中間，很可能有一位把情報送出去，根據這些情報，他們就會在您吃晚飯的那家好客店裡至少給您來點兒鴉片。」

「最好，」于連說道，「是多走三十里，不必走直路。我想是要從羅馬……」

侯爵立刻顯出盛氣凌人的樣子，自從在博萊－勒奧瞻仰聖骸以來，于連還不曾見過這種態度。

「我認為合適的時候會告訴您，先生，您會知道的，我不喜歡別人多問。」

「我不是問，先生，我發誓，」于連情不自禁地說，「我想著想著就出了聲，我是在心裡找一條最穩妥的路。」

「您想得倒挺多的。不過，千萬不要忘記一個使者，特別是像您這樣年齡的，不應當總讓別人相信您。」

于連深感屈辱，是他錯了。他為了自尊心想找個藉口，可是沒有找到。

「現在，您應當知道……」德．拉摩爾先生補充道，「人一旦犯了錯，就應當時常自我反省。」

一個鐘頭之後，于連來到侯爵的前廳，一副下屬模樣，舊時的衣服，白領帶不白，整個外表透著幾分學究氣。

侯爵一看見他就哈哈大笑起來，這時他才相信于連是完全值得信任的。

「如果這個年輕人出賣我，」德．拉摩爾先生心想，「那還相信誰呢？然而，只要行動，總得相信什麼人。我兒子和他那些朋友品格均為一流，絕對勇敢，絕對忠誠；要是戰鬥的話，他們會在王座階前戰死，他們什麼都會做得……除了眼下需要幹的這件事。如果我看見他們中間哪一位能記住四大頁，跑一百里路不被發現，那才見鬼呢。諾爾貝會像他的祖先一樣臨危不懼，這就是一個青年軍人應有的品德。」

侯爵陷入深思：「至於臨危不懼，」他歎了口氣說，「也許這個索海爾同樣也能做到……」

「上車吧，」侯爵說，像是驅除心底一個討厭的念頭似的。

「先生，」于連說，「人們為我準備這身衣服時，我已經把今天的《每日新聞》默記在心了。」

侯爵拿起報紙，于連一字不錯地背了出來。「好，」侯爵說，今晚他很像個外交家，「這段時間裡，這個年輕人不會注意我們經過的街道。」

他們走進了一間大客廳，這間客廳牆壁陰暗，有一部分裝有板壁，一部分掛有綠絨帷幕。大廳中間，一個僕人沉著臉，擺好一張大餐桌，又鋪上一大塊有墨水漬的大綠毯，把它變成一張會議桌。那塊綠毯子是某個政府部門遺留下來的。

屋子的主人身材高大，但沒有人告訴于連他的姓名。于連觀察他的容貌及談吐，發現他極為深謀遠慮。

遵照侯爵的意思，于連在桌子的下首落座。為表現出鎮靜，他開始削羽毛筆尖。他用眼角數了數，有七個人說話，但是他只能看見他們的後背。其中有兩個人用平等的口吻同德．拉摩爾先生說話，其餘的人言談中則表現出或多或少的尊敬。

又來了一位，未經通報。「這就怪了，」于連心想道，「在這裡，人們進來可以不通報。難道是為了我才這麼謹慎的嗎？」眾人都起身迎接新來的人。他佩帶著和客廳裡的三個人相同的級別很高的勳章。他們說話聲音非常低。為了判斷這個新來的人，于連只好從他的容貌和舉止加以觀察。這個人矮而粗壯，面色緋紅，眼睛發亮，除了滿臉野豬式的凶惡神氣以外，沒有別的表情。

緊隨其後的是一個完全不同的人。一下子緊緊地吸引住了于連的注意力。這個人很高很瘦，穿著三、四件背心。他的目光和藹，舉止彬彬有禮。

「這絕對是貝藏松老主教的扮相，」于連暗想，「顯然這個人屬於教會，看上去不會超過五十歲到五十五歲，神情再慈祥不過。」

年輕的德·阿格德主教來了。他環望四周，目光落到于連身上，神情非常驚異。自從博萊勒奧典禮以來，他從沒有與于連說過話。主教驚異的目光使于連發窘，並感到氣惱。「怎麼！」于連暗想，「認識一個人老是讓我倒楣嗎？這些大人我從未見過，可我一點兒也不害怕，這年輕主教的目光卻讓我不知所措！應該承認，我這個人很怪，很倒楣。」

很快，一個頭髮極黑的小個子風風火火地進來了，進門就說話；他嘴裡喋喋不休，面色發黃，神態略顯瘋狂。這傢伙進門後，聚集在一起聊天的人便各自散開了，顯然是要避開這嘮叨的傢伙。

大家離開壁爐，走近于連坐的地方。于連越來越不自在，因為不管他多麼努力，他也能聽見，雖然他經驗不足，但是聽得出他們所討論的事情至關重要。本來這些事情應該守口如瓶的，但卻被毫無掩飾地說了出來！

于連盡可能慢地削，也已削了二十來支了，這個辦法快用到頭了。他看看德·拉摩爾先生，希望他給自己某些暗示，但德·拉摩爾先生卻沒有注意他，顯然，已經把他拋在腦後了。

「我現在做的事真可笑，」于連一邊削筆，一邊暗想著，「然而這些相貌如此平庸的人，別人或他們自己把如此重要的事情委託給他們，該是一些敏感的人。我這倒楣的目光有種詢問的意味，不大恭敬，肯定會刺激他們。如果我老是低頭不看他們，又好像是搜集他們的言論。」

他很不自在，但聽到的話卻很離奇。

chapter 52

討論

僕人慌慌張張地跑來報告：「某公爵到了。」

「住嘴，您這個傻瓜，」公爵說，一邊走了進來。他這句話說得那麼好，那麼威風凜凜，于連聽了不由想到，知道如何對僕人發脾氣，就是這位大人的所有本事了。于連抬起眼睛，隨即又垂下了。他猜出了新來的人的重要性，擔心盯著他看是不謹慎的舉動。

公爵五十來歲，卻像個花花公子，走路趾高氣揚。此人尖頭大鼻子，一張臉像鉤子似的向前凸出著，要比他的神情更高貴、更空洞，也難。他一到，會議就開始。

于連正仔細觀察著那人，突然被德．拉摩爾先生的聲音打斷。「我向各位介紹教士索海爾先生，」侯爵鄭重其事地宣佈，「他的記憶力驚人，一個鐘頭之前我才跟他談到他有幸擔負的使命，為了證明他的記憶力，他背出了《每日新聞》的第一版。」

「啊！就是關於那個可憐的某人消息……」屋主人驚詫道。他急忙拿起報紙，想表現自己的重要性，滑稽的看著于連，「開始吧，先生。」

一片寂靜，所有的眼睛都盯著于連；他背得滾瓜爛熟，背了二十行，「夠了，」公爵說，那個目光如野豬樣的小個子坐下了。他是主席，因為他剛落座，就指了指一張牌桌，示意于連把它搬到他身邊。于連帶著書寫用具坐下了。他數了數，十二個人坐在綠台布周圍。

「索海爾先生，」公爵說，「請你到隔壁屋子去，一會兒有人請你進來。」

房主人顯得頗不安，「護窗板沒有關上，」他稍稍壓低聲音對旁邊的人說。

「至少我現在在別人的慫恿下參與一個陰謀，」于連心想，「幸好這個陰謀不會把我送到格雷沃廣場。萬一有危險，應主要由侯爵負責。但願我有機會彌補我的瘋狂行為對他造成的痛苦！」

他一邊想著他那種種的瘋狂和他的不幸，一邊察看周圍的環境，直看得牢記在心，永遠不忘。直到這時，他才想起來，他根本沒聽見侯爵對僕人說街道的名字；侯爵乘了一輛封閉的馬車，這在他是從未有過的。

于連反覆思索了很久。牆上張著紅色天鵝絨帷幔，飾有很寬的金線。靠牆的小桌上放著一個很大的象牙十字架，壁爐架上豎著一本裝訂非常精美的德．邁斯特的《教皇論》。于連翻著書裝作沒有聽到。隔壁屋子裡談話聲音忽高忽低。最後，門開了，有人請他進去。

「請你們記住，先生們，」主席說，「從現在起，我們是在德．某某公爵先生面前說話。這位先生，」他指向于連說，「是一位年輕的教士，他忠於我們的神聖事業，且具有奇異的記憶力，能把我們談話輕易背出來。」

「請先生發言，」他說，指了指態度慈祥、穿著三、四件背心的那個人。于連覺得直呼背心先生更來得自然。他攤開紙，寫了很多。

（作者很想在這裡留下一頁空白。「這未免也太不雅觀？」出版家說，「像這樣的作品，不雅就意味著死亡。」）

「政治，」作者回答道，「**是掛在文學脖子上的一塊石頭，不出六個月，就會讓它沉下去。在妙趣橫生的想像中有了政治，就好比音樂會中放了一槍。聲音不大，但很刺耳，與任何樂器的聲音都不一樣**。這種政治會得罪一半的讀者，使另外一半讀者生厭，因為他們在報紙上已經看過這種和政治有關的更特殊、更有力量的敘述了……」

「如果您的人物不談論政治，」出版家說，「那他們就不是一八三〇年的法國人了，您的書也就不像您要求的那樣是一面鏡子了。」

于連已記錄了二十六頁之多，但他也記錄的只不過是一些無聊的摘要。按照慣例，他必須刪減掉那些令人感到可笑的部分，而這裡有很多令人討厭，而且不太真實的東西。（請參閱《審判公報》）。

穿好幾件背心、態度慈祥的那個人（可能是位主教）常微微一笑，於是他那包著晃晃蕩蕩的眼皮的眼睛就射出一種奇特的光，表情也比平時來得果斷。這個人，人家讓他第一個在公爵（「什麼公爵呢？」于連心想。）面前發言，顯然是要陳述各種觀點，履行代理檢察長的職責。于連覺得他遊移不定，沒有明確的結論，人們也常常這樣指責那些法官們。討論中，公爵甚至就此責備他。

做了一番有關道德和寬容哲學的翩翩大話之後，穿背心的人說道：

「高貴的英國，在一個偉大人物、不朽的皮特[168]的領導下，為了阻止革命，已經花費了四百億法郎。今天請允許我坦白地提出一個令人驚奇的看法，我認為英國還不大懂得如何對付像拿破崙這樣的人，尤其是他只是依靠道德來進行抵制的時候，唯有個人手段才具有決定性……」

「呵！又在讚美暗殺了！」屋主人不安地譁然。

「饒了我們吧，您那一套感傷的說教，」主席生氣地叫道。他野豬式的眼睛射出凶惡的光芒，「繼續說下去。」他向穿背心的人喊道，他的腮幫和前額都氣得發紫了。

「高貴的英國，」那位發言人繼續講，「如今已被拖垮，每個英國人在付麵包錢之前，必須先支付用來對付雅各賓黨人的那四百億法郎的利息。它不再有皮特……」

「但它還有威靈頓公爵[169]。」一個神氣十足的軍人嚷道。

「肅靜，先生們，」主席叫道，「要是繼續這樣的爭論，我們就沒有必要請索海爾先生進來了。」

「我們知道先生有很多想法，」公爵一邊有點生氣地說著，一邊注視著那個打斷他說話的人，這人曾經是拿破崙部下的一位將軍。于連感覺這句話與個人私事有關係，帶有強烈的攻擊意味。大家都微微一笑，將軍看來要大發雷霆了。

「再也不會有皮特了，先生們，」報告人又說，一副泄了氣的樣子，就像一個對於說服聽眾已然完全不抱希望的人。「即使英國再出來一個皮特，也不可能再用同樣的方法欺騙自己回家兩次……」

168. 皮特（一七五九至一八〇六），法國大革命時期的英國首相，曾組織各國聯軍對抗法國。
169. 威靈頓公爵（一七六九至一八五二），曾在滑鐵盧一役，率領歐洲聯軍擊敗拿破崙，後任英國首相。

「就像拿破崙這樣的常勝將軍不會在法國出現就是這個原因。」那位打岔的軍人嚷著。

這一次，主席和公爵都不敢發怒，儘管于連相信他從他們的眼睛裡看出，他們很想發怒，他們都垂下眼睛，公爵只是歎了口氣，聲音響得讓大家都聽得見。

但是那位發言人憋不住了。

「你們都希望我趕快講完，」他激動地喊著，完全不顧禮貌性的微笑和語氣的分寸，「有人急著要我趕快講完，根本不考慮我作了多大努力不刺痛任何人的耳朵，不管有多麼長。好吧，先生們，我講得簡短些。」

「我要用非常通俗的語言對你們說：英國再無一個蘇來為這種高尚的事業服務。就是皮特本人回來，用上他全部的天才，也不能欺騙英國的小業主了，因為他們知道，短短的滑鐵盧戰役就花了他們十億法郎。既然有人要我把話說明白，」報告人越來越激動，「那我就告訴你們：你們自己幫自己吧。因為英國沒有一基尼給你們，要是英國不出錢，奧地利、俄羅斯、普魯士只能跟法國打一場或兩場戰役，他們只有勇氣，沒有錢。」

「你們也許希望雅各賓黨人徵集的年輕士兵，在第一個戰役裡就被擊敗，可能會在第二個戰役裡，但在第三個戰役裡，你們會碰到一七九四年的士兵，他們不再是一七九二年招募來的農民了。」

這時，三四個人一齊打斷了他的發言。

「先生，」主席向于連說，「到隔壁房間去把記錄的開頭部分謄清。」于連十分遺憾地出去了。發言人剛剛提到的那些問題，正是他經常思考的。

「他們害怕我嘲笑他們。」他暗想道。再叫他進去時，德．拉摩爾先生在發言，那股嚴肅勁兒，對於瞭解他的于連來說，顯得很滑稽：

「……是的，先生們，尤其是對這個不幸的民族，我們可以這樣說，是刻成神像，桌子還是臉盆？[170]」

「它將是神！寓言家叫道。先生們，這句至理名言，應該是屬於你們的。抓緊行動吧！依靠你們自己的力量行動吧，如此高貴的法國會再度出現，差不多就像我們先人創建的那樣，就像我們在路易十六逝世前看見的那樣。」

「英國，至少是英國的貴族，和我們一樣憎恨那卑鄙的雅各賓派，但沒有英國的黃金，奧、俄、普三國只能打兩三次仗。這足以導致一次有效的軍事佔領，就像黎塞留先生在一八一七年那樣盲目地佔領呢？我卻不那樣想。」

這時，有人打斷他，但被所有人的「噓」聲壓住了。這次打岔的仍然是那位帝國時代的將軍，他希望得到勳章，並且說明自己也是秘密照會的編寫人。

「我卻不那樣想。」一陣騷動之後，德．拉摩爾先生再次重複。他強調那個「我」字，那股傲慢勁兒迷住了于連。「這才叫高明，」他心想，于連一邊想，一邊揮毫，寫得幾乎和侯爵說的一樣快，「侯爵一句很恰當的話，就戰勝了這一位變節將軍指揮的二十個戰役。」

「一次新的軍事佔領，」侯爵極其審慎，繼續講道，「我不單單依靠外國。在《環球報》上寫煽

170. 引自十七世紀法國作家拉封丹的寓言詩《雕刻家和朱庇特像》。

動性文章的那些年輕人，其中會有三四千名青年軍官，其中也許會有一個克萊貝爾，一個奧什，一個儒爾當和一個皮什格魯那樣有才幹的將領[171]，不過最後一位則居心不良。」

「我們沒有表彰他，」主席插了一句，「而他應說永垂不朽。」

「總之，法國必須有兩個政黨，」侯爵繼續說道，「不是徒有其名的兩個黨，而是立場鮮明、判然有別的兩個黨。讓我們弄清楚應該打垮誰吧。一方是記者，選民，一句話，輿論；青年和所有崇拜青年的人。當他們被自己的空話搞得暈頭轉向時，我們就享有國家這一預算的實際好處了。」此時又有人打岔。

「您，先生，」侯爵對插嘴的人說，那高傲，那自得，真叫人佩服，「您沒有花費，這個字眼您聽起來可能感到刺耳，可您貪汙了國家預算支出中的四萬法郎，還有從王室中領來的八萬法郎。」

「好吧，先生，既然您逼我，我就大膽地拿您舉個例子。您說您像那參加十字軍遠征的高貴祖先那樣，您高貴的先人曾跟隨聖路易參加十字軍東征，為了這十二萬法郎，您就應該至少組建一個團，一個連，我怎麼說呢！哪怕是五十個人組成的半個連，準備好去打仗，不顧一切地忠於我們的事業。而現在您身邊只有一些僕人，遇到暴亂時，只有害怕。」

「先生們，朝廷、祭台和貴族，明天都會被消滅，只要你們不在每個省建立一支擁有五百個忠誠的人的力量如我所說的忠心的人，不僅有法國人的勇敢，而且還有西班牙人的堅定。」

「這支隊伍的一半要由我們的孩子，我們的侄子，總之要由真正的貴族子弟組成。他們每一個

171. 均為法國大革命時代平民出生的將軍。

人的身邊都要有一個人，不是誇誇其談的、一旦一八一五年[172]重現就戴上三色帽徽的小資產者，而是像卡特利諾[173]那樣單純而坦率的農民；我們這些貴族將會想要教育他，他可能是我們的好兄弟。我們每個人大可以貢獻收入的五分之一，用作在每個省組織五百人的忠誠的資金。那時候你們就可以指望一次外國人的軍事佔領了。外國士兵如果沒有把握能在每個省裡找到五百名友好的士兵，是連第一步也不會邁出的。」

「外國的君王不會聽你們的話，只有當你們告訴他們有兩萬貴族子弟隨時準備拿起武器打開法國的大門，才會聽你們的。他們也許會覺得這件事很難，但是，先生們，為我們的生命著想這是值得的。在言論自由和我們貴族的存亡之間，將會有一場殊死惡戰。當廠主，或者是農民拿起槍桿，這由你們選擇。他們的膽子可以小一些，但千萬別太愚蠢，還是睜開眼睛好好看看吧。」

「組織起你們的隊伍[174]，我要用雅各賓黨人的這句歌詞對你們說；那時候就會有某個高貴的居斯塔夫－阿道爾夫[175]，有感於王政原則的燃眉之急，衝向距家園三百里以外的地方，為你們做出居斯塔夫為新教諸親王所做的事情。你們還想繼續空談而不行動嗎？五十年後，在歐洲將只有共和國的大總統，沒有國王。隨著ROI（國王）這三個字母的消失，僧侶和貴族也要一同消失。我只能看見一些候選人向骯髒的群眾獻媚。」

「你們說，法國此刻沒有一位人人信賴、熟悉、愛戴的將軍，組織軍隊是為了王座和祭壇的利

172. 指一八一五年拿破崙的百日事變。
173. 法國大革命中旺代反叛農民軍的領袖，在進攻南特時被擊斃。
174. 法國《馬賽曲》歌詞。
175. 瑞典國王（一五四九至一六三二），以文治武功著稱，在百年戰爭中曾力挫奧凶帝國，維護新政。

益，老兵都被清除了，所有有經驗的老兵都被遣散了，而普魯士和奧地利的每一個團隊裡都有五十個上過前線的下級軍官。」

「有二十萬小資產階級的青年熱衷於戰爭……」

「不要再提這些不愉快的事實了，」一個表情莊重的人說，口吻頗自負，顯然在教會裡地位極高；因為德·拉摩爾先生沒有生氣，反而討好地笑笑，這對于連來說是一個重大的跡象。

「終於說出了重要的話，」于連心想道，「今晚我要快馬加鞭趕去，就是……」

chapter 53

教士、林產、自由

神情凝重的那個人繼續說，看得出，他熟悉情況；他的雄辯溫和而有節制，于連非常欣賞他，他陳述了下列重大事實：

「一，英國沒有一分錢來幫助我們，節約和幽默在那裡同樣時髦。就算是那些聖者，也不會給我們錢，而且布魯漢姆[176]先生會取笑我們的。

二，沒有英國的黃金，就不能讓歐洲那些國王打兩個戰役；而兩個戰役還不足以對付小資產階級。

三，我們必須在法國組織一個武裝政黨，捨此歐洲的王政原則連這兩個戰役也不敢打。

還有第四點，我向你們明確指出的就是：

沒有教士階級的支持，就不可能在法國建立一個武裝的政黨。我敢於向你們提出，因為我將向你們證明，先生們。應該將一切給予教士。

176. 英國國務活動家和歷史學家。

因為他們日夜忙於處理自己的事務，而且有許多有才能的人們指導，這些人遠離時勢風雲，距離你們的國境有三百里……」

「啊！羅馬，羅馬！」屋主人叫了出來。

「是的，先生，羅馬！」紅衣主教自豪地說。「不管你們年輕時流行過什麼巧妙的笑話，我在一八三〇年要大聲說，只有羅馬指導下的教士能對老百姓講話。」

「五萬個教士，在其首腦指定的日子裡，說出同樣的話時，而老百姓呢，說到底畢竟是他們提供士兵，比起世界上所有的歪詩來，他們更容易被教士的聲音打動……」（這人的講話引起了喃喃的低語聲。）

「教士們比你們的才能大得多，」樞機主教提高嗓音繼續說道，「為了這個主要目標，即在法國建立武裝政黨，你們做過的，我們都做過了。」說到這裡，他羅列出許多事實……把八萬支槍送到旺代去的是誰等等。

「教士沒有樹林[177]，就一事無成。一打仗，財政部長就給辦事的人寫信，通知他除了給本堂神父的錢之外，別的錢一概沒有。**法國不信神，她卻偏愛戰爭**。不管是誰，只要給她戰爭，就會加倍地有名；因為用通俗話來說，戰爭就是在使耶穌會的教士們挨餓的罪魁禍首；打仗就是讓法國人這驕傲的怪物擺脫外國干涉的威脅。」

主教的講話得到聽眾的深切認同……「我認為德．納瓦爾先生，」他繼續講道，「應該離開內

177. 大革命時，教會的林產被沒收。

閣，他待在內閣實在是沒有必要。」

聽到這句話，所有的人都站起來，七嘴八舌地嚷嚷。

「又該讓我走了，」于連暗想著，但是那位明智的主席早已經忘記了于連的存在。所有的眼睛都在搜尋德．納瓦爾先生。于連曾經德．納瓦爾先生的舞會上見過他。一片混亂，如同報紙談到議會時所說。過了整整一刻鐘，才稍許靜了下來。隨後德．納瓦爾先生站起來，用一種信徒的聲調講話：

「我不會向你們保證，說自己一點也不留戀首相的職位。」

「事實向我證明，先生們，我的名字使許多溫和派反對我們，從而加強了雅各賓黨人的力量。因此，我樂意引退，然而上帝的道路只有少數人才看得見，」他兩眼盯著紅衣主教，補充道，「上帝對我說：你要麼上斷頭台，要麼重建法國君主制度，把議會的權力降低到路易十五時代高等法院的水準，而這件事，先生們，我將去做。」

說到這，他停住，重新坐下，屋子裡一片寂靜。

「真是一個好演員。」于連暗想。像往常一樣，他想得太聰明了。德．納瓦爾先生被一夜如此激烈的辯論所打動，尤其是討論的誠懇態度的激勵，此刻對他的使命深信不疑。此人勇氣可嘉，但沒有頭腦。

在「我一定會做到」那句名言說出後的片刻寂靜中，午夜的鐘聲響了。于連覺得時鐘的聲音中有一種莊嚴而陰鬱的東西。他被打動了。

討論很快重新開始，越來越活躍，尤其那股天真勁兒簡直令人難以置信。「這些人會讓我中毒，」于連暗想道，「他們怎麼能當著一個平民的面說這些話呢？」

兩點的鐘聲響了，他們還在說。房主人早已睡著；德・拉摩爾先生不得不搖鈴叫人來換蠟燭。總理德・奈瓦爾一點三刻離去，沒少從他身邊的鏡子裡研究于連的相貌。他的離去讓大家感到輕鬆了許多。

當僕人更換蠟燭時，穿背心的人向他旁邊的人輕聲說道：

「這個人會向國王說些什麼呢？只有天知道！他可以和我們開玩笑，也可以破壞我們的前途。」

「應該承認，他上這兒來，真是少有的自負，甚至厚顏無恥。居然來到這裡。在當首相以前，他常常到這來，但是職位可以改變一切，但是總理職位到手，什麼就都變了，個人的興趣也蕩然無存，他應該感覺到這一點。」

首相剛走出去，拿破崙手下的那位將軍閉上了眼睛。隨後，發表了一番評論之後，看了看錶，也離去了。

「我敢打賭，」穿背心的人說，「這位將軍去追首相了，他會向他道歉，說他不該到這兒來，並且聲稱他領導我們。」

人們迷迷糊糊的，已經換完了蠟燭。

「我們磋商吧，先生們，」主席說道，「但我們不要再彼此爭論了。請注意，考慮考慮記錄的內容吧，四十八小時之後我們外面的朋友就要讀到了。剛才有人提到各位總監。既然德・納瓦爾先生已經離開了，我們可以繼續討論吧，總監先生們又怎樣？有什麼關係？他們以後還不是得聽我們的。」

紅衣主教狡黠地笑笑，表示同意。

「我覺得，最容易的是概括我們的立場，」年輕的阿格德主教說，強壓住一股由最激昂的狂熱凝聚而成的烈火。他一直保持沉默，于連注意到他的眼睛從討論一個鐘頭以後，就由溫和平靜一變而為烈焰飛騰。現在他的心靈簡直如維蘇威火山熔岩一樣噴湧四溢了。

「從一八〇六年到一八一四年，英國只犯了一個錯誤，」他講道，「那就是沒有對拿破崙採取直接的、個人的行動。當這個人封官賜爵、登基為帝後，天主賦予他的使命便宣告結束，除了毀掉他，再無其他用處。《聖經》裡也不只一處告訴我們怎樣剷除暴君。（在這裡他引用了許多句拉丁文。）

「今天，先生們，要獻作祭品的不是一個人，而是整個巴黎。全國都在仿效巴黎！巴黎用它的報紙和沙龍製造了這個災難，讓我們這個新巴比倫滅亡！」

「祭壇和巴黎之間的矛盾必須結束。這場災難甚至與王座的利益有關。為什麼巴黎在波拿巴統治下竟大氣也不敢出呢？向聖羅克[178]的大炮去請教吧……」

直到早晨三點鐘，于連和德·拉摩爾侯爵才離開那裡。侯爵既疲倦又慚愧。他在跟于連說話的時候，生平第一次口氣中有了懇求的味道。他要求于連保證絕不把他剛才碰巧見到的過分的狂熱，這是他的原話，洩露出去。「不要對我們的外國朋友談起這件事，除非他們堅決想要知道我們那些瘋狂的年輕人的情況。內閣被推翻，和他們又有什麼關係？他們將來都會當上樞機主教，能到羅馬

178.巴黎的一座教堂，大革命時期保王黨暴亂分子總部所在地。

去避難，而我們卻只能在城堡裡遭到農民的屠殺。」

根據于連所記錄的二十六頁會議記錄材料，直到四點三刻，侯爵整理好一份秘密照會。

「我疲倦死了，」侯爵說道，「從這份記錄的結尾部分缺乏明晰性就可以判定；我一生做過的事情中，這一件最讓我不滿意了。好吧，我的朋友，」他補充說，「趕緊去休息幾個鐘頭，為了您的安全，我親自把您鎖在您的屋子裡。」

第二天，侯爵把于連帶到一座離巴黎相當遠的、孤零零的古堡裡。那裡的人很是奇怪，于連判斷他們都是教士。他們交給于連一張護照，上面寫著一個假名字，但卻強調他一定要假裝不知道這次旅行的真正目的地。他孤身一人登上一輛敞篷四輪馬車。

侯爵一點也不擔心他的記憶力，他已經聽到于連背誦了好幾次秘密照會內容，他最擔心的是于連中途遭遇攔截。

「要特別注意，只可用出門旅行消磨時間的旅行狂人，」于連離開客廳時，侯爵用友好的態度對他說道，「昨晚我們的晚會，也許會有好幾個叛徒。」

旅行迅速而淒涼。于連一離開侯爵，就把秘密記錄和使命忘了，一心只想著瑪蒂爾德的鄙視。

在距梅斯[179]幾里路外的一個村莊裡，驛站長告訴他沒有馬匹了。時已是晚間十點鐘。于連很生氣，讓人準備晚餐。他在門前蹓躂，趁人不注意，慢慢地步過馬廄的院子，果然沒有馬。

「這個人的模樣真奇怪，」于連暗想道，「他用他那粗野的眼光打量我。」

179. 法國東部城市，摩澤爾省省會，鄰近德國。

正如人們所看到的，他已經開始不相信他們對他說的話了，他考慮晚飯後溜走，為了瞭解一點當地的情況，他離開房間到廚房去烤火。他忽然看見著名的歌唱家傑羅尼莫先生也在那裡時，真是高興得無法形容。

這位那不勒斯歌手，叫人把靠椅搬到火爐旁坐下，長吁短歎，他一個人說的話，比圍著他的二十個驚訝的德國農民加起來說的還多。

「這群人簡直要把我毀了，」他向于連叫嚷，「我明天在美因茨[180]演唱，有七位親王遠道而來聽我演唱。我們出去呼吸一點新鮮空氣吧。」他意味深長地說。

他在大路上走了百步，估計不會被人聽見時，向于連說道：

「您知道他搞的什麼名堂嗎？」他對于連說，「這個驛站長是個騙子，我在散步的時候給了一個小頑童二十個蘇，他告訴了我真相。在村子另一頭的馬廄裡至少有十二匹馬。他們想延誤一個信使的行程。」

「真的嗎？」于連裝作很天真驚訝道。

僅僅發現是騙局還不夠，關鍵是要離開這裡，這就是傑羅尼莫和他的朋友沒有辦到的。「等到天亮吧，」歌唱家最後說道，「他們懷疑我們了。他們要找的大概是您或者我。明天早晨我們要一份豐盛的早餐；我們就出門散步，趁機逃走，另外雇馬，趕到下一個驛站去。」

「那您的行李怎麼辦呢？」于連說道，心想被派來攔截他的或許就是這位傑羅尼莫先生。晚餐

180. 德國西部城市名。

後他們就睡了。于連還在睡頭一覺，突然被兩個人說話的聲音驚醒，他們倒不大顧忌什麼。

他認出了驛站長，他手裡提著半照燈，燈光落在于連叫人替他搬到房間裡來的旅行箱上。驛站長身旁有一個人，正不慌不忙地翻箱子。于連只能看出那人衣服的袖子，黑色，很緊。

「這是教士的會衣。」他反應過來，輕輕地抓住枕頭下的手槍。

「教士先生，不用擔心，他不會醒過來的，」驛站長說，「我們給他們喝的酒，就是您親自準備的那種。」

「我什麼也沒找到，」教士回答道，「內衣、香水、髮蠟、亂七八糟的小東西倒不少；這是個尋歡作樂的當代青年。密使大概是另一個，他裝作說話有義大利口音。」

這兩個人走近于連，在他的旅行裝的口袋裡搜尋，他真想把他們當小偷打死。絕不會有什麼危險的後果。

「不會有什麼危險的。那我真成了一個傻瓜，」他想道，「那樣做就會破壞我的使命。」

「這顯然不是個外交界的人。」教士把他的衣服搜查完，說：「不是一個外交家，」

他走了，幸虧走了。

「他要是到床上來摸我，他就倒楣了！」于連暗想道，「他可能過來用匕首刺我，我豈能容他這麼幹。」

教士剛轉過頭去，于連的眼睛就半張開了，他大為吃驚，他竟然是卡斯塔奈德神父！其實，儘管那兩個人想低聲說話，他一開始就覺得一個聲音很熟。于連突然被一種強烈的欲望拽住，正想把一個最卑鄙的流氓從大地上清除掉……

「但是我的使命怎麼辦！」他冷靜地想著。

教士和他的隨從出去了。一刻鐘後，于連假裝醒來，大聲呼叫，驚醒了全屋的人。

「我中毒了，」他叫道，「難受得要命！」他設法找了個藉口去營救傑羅尼莫，卻發現他被酒裡的鴉片麻醉，處於半昏迷的狀態。

于連有戒備，晚餐時他只吃了些從巴黎帶來的巧克力。他沒有叫醒傑羅尼莫，勸不動他下決心離開。

「即使有人給我整個那不勒斯王國，」歌唱家哼哼著，「我也不願意放棄此刻安睡的快樂。」

「那七位親王怎麼辦呢？」

「讓他們等著吧。」

于連一個人走了，再沒有出什麼事，就到了那位大人物的住處。他花了一個上午求見，沒有成功。也巧，快到四點鐘時，公爵想透透氣。于連看見他步行出來，毫不猶豫地走上前去，請求施捨。離大人物兩步遠的時候，他掏出德・拉摩爾侯爵的錶，有意讓他看見。「遠遠地跟著我，」那人對他說，並不看他。

又走了一里路，公爵突然拐進了一個咖啡店。就在這個低等客棧的一個小房間裡，于連激動地向公爵背誦了四大頁照會內容。當他背誦完後，公爵對他說：「再背一遍，慢一些。」

這位親王作了些記錄。「步行到鄰近的驛站。把您的行李和馬車丟在這裡，您可以去斯特拉斯堡或其他地方，都隨您的便。這個月二十二號（談話的當天是十號）十二點半再回到這兒。不要說話，半小時您再離開！」

于連僅僅聽到這幾句話，但這已使他極為敬佩。「處理大事就是這樣啊，」他想，「這位大政治家如果聽見三天前那些狂熱的饒舌者說的話，該怎麼說呢？」

兩天後，于連到了斯特拉斯堡，他覺得沒事可幹，就有意地繞了個大圈子。要是卡斯塔奈德神父那個可惡的傢伙認出了我，是不會輕易放過我的。要是我不能完成使命，他就會嘲笑我，那麼他該多得意。

幸好卡斯塔奈德神父，這個聖會安插在北方邊境上的特務頭子，沒有認出他來。斯特拉斯堡的耶穌會教士雖然稽查得很細心，但也沒有注意到于連。他身著藍色小禮服，佩帶十字勳章，儼然是一位熱衷打扮的青年軍官。

chapter

54

斯特拉斯堡

于連不得不在斯特拉斯堡待了八天，只好轉些建立軍功、效忠祖國的念頭，聊以自遣，他這是愛上了嗎？他不知道，只是在他痛苦的心中，感到瑪蒂爾德是他唯一的幸福和思想的絕對主宰。他用所有的毅力來支撐自己，讓自己不至於陷入失望之中。只要與德·拉摩爾小姐無關的事，他已不可能去想了。從前，德·雷納夫人激起的感情，用野心、虛榮心的小小滿足就能排遣；瑪蒂爾德佔據了他的一切，他彷彿看到在他未來的生活中到處是瑪蒂爾德的身影。

將來無論在哪個方面，于連認為自己都不會成功的。在維里埃時的于連，曾是那樣的自負和驕傲，此時卻陷入了一種異常可笑的極度自卑情緒之中。

三天前，他會很高興地殺死卡斯塔奈德神父而不感到愧疚，而今在斯特拉斯堡，倘若一個孩子跟他爭吵，他會認為那孩子對。他重新想想此生遇見的那些對手、敵人，總覺得是他自己錯了。

正是這強大的想像力，以前不斷幫助他描繪勝利的光輝前景，現在卻成了他沒法調和的仇敵。

旅人的生活是絕對孤獨的，他擴大了這黑色想像的我國的版圖。什麼樣的珍寶能抵得上一個朋友！「但是，」于連對自己說，「難道有一顆心為我跳動嗎？即使我有一個朋友，榮譽不是也要命令我永遠沉默嗎？」

他騎著馬在凱爾的郊外悶悶不樂地徜徉。這是萊茵河岸上的一個小鎮，因德塞和古維翁－聖西爾[181]而聞名於世。一個德國農民，把那些溪流、道路以及萊茵河上因兩位勇敢的將軍而出名的，一一指給他看。于連左手牽著韁繩，右手展開聖西爾元帥《回憶錄》中精美的地圖。突然，耳畔一聲快樂的叫喊，他抬起了頭。

原來是柯拉索夫親王，這位倫敦結交的朋友幾個月前曾經向他披露高級自命不凡的基本原則。柯拉索夫忠於這門偉大的藝術，前一天到達斯特拉斯堡，一個鐘頭前到了凱爾，他這一輩子沒讀過一行關於一七九六年圍城戰的文字，此刻卻無所不知地對于連大談起這場圍城戰。德國農民驚訝地望著他，他懂的法國話足以讓他聽出親王犯了多少巨大的錯誤。于連的想法和這個人的想法則完全不同，他用驚異的眼光注視著這位漂亮的親王，欣賞著他那騎馬的嫻雅姿態。

「這人多幸運啊！」于連暗想道，「褲子多麼合身，頭髮剪得多麼漂亮！唉！如果我是這樣，也許她不會愛了我三天就討厭我了。」

這位親王講完攻城的事蹟之後，對于連說道：「您的臉色有點像特拉伯修會修士，您把我在倫敦告訴您的嚴肅原則，理解得太過頭了。愁容滿面不能算有風度，要神情厭倦才行。如果您發愁，這說明您缺了什麼，有什麼東西您沒有成功。」

「您愁眉苦臉表明您的地位。反過來，如果您只是厭倦，那就說明低下的東西百般使您愉悅而

181. 均為法國大革命時期的著名將領。

終屬徒勞。您必須明白，親愛的朋友，誤解是件多麼可怕的事。」

于連拋了一個金幣給那個張著嘴聽他們談話的農民。

「好，」親王說，「有風度，高貴的輕蔑，好極了！」說著，他縱馬疾馳而去。于連緊緊跟上，佩服得像個傻瓜一樣。

「啊！要是我能像他那樣，她就不會把我拋棄了！」他的理智越是受到親王那些可笑之處的衝撞，他就越是鄙視自己不能欣賞它們，還以自己沒有如此風趣為苦惱。他厭惡自己已經到了無以復加的程度。

親王發現他確實很憂傷。「啊，真的發愁了，我親愛的朋友，」回到斯特拉斯堡，親王對他說，「您的錢都丟了嗎，還是愛上了一個小女伶？俄國人熱衷仿效法國的風尚，但總是落後五十年，他們現在還處在路易十五的時代。」

這句關於愛情的戲言，使于連熱淚盈眶：「我為什麼不向這個可愛的人請教一下呢？」他忽然閃過這個念頭。

「是這樣，我的朋友，」他向親王訴苦，「您看，在斯特拉斯堡時我已墜入情網，後來遭到遺棄。住在鄰近城裡的一個迷人的女子熱戀了三天，竟把我甩了，她的變心使我痛不欲生。」

他用了假名，向親王描繪了一番瑪蒂爾德的行為和性格。

「您用不著講完，」柯拉索夫說道，「為了讓您對您的醫生有足夠的信心，讓我替您講下去吧。這位少婦的丈夫家財巨萬，或者更可能是她屬於當地最高的貴族階層。反正是她有點足堪自豪的東西。」

于連點點頭，卻沒有勇氣再說話。

「很好，」親王說道，「我這有三劑苦藥，您必須立刻服用：第一，您心須每天去看望那位夫人……您怎麼稱呼她呢？」

「德·杜布瓦[182]夫人。」

「多怪的名字！」親王放聲大笑，「請您原諒，對您來說，這個姓當然是相當崇高的。每天要去看望德·杜布瓦夫人，別顯得特別冷漠彆扭，特別在她面前，您必須記住，想想你們這個世紀的偉大原則吧，與人們對您的期待背道而馳。您要表現得和您一個禮拜之前有幸蒙她厚愛時一模一樣。」

「唉！那時我很安靜，」于連失望地叫道，「我覺得我那時是在憐憫她……」

「飛蛾撲火，」親王繼續說道，「一個和世界一樣古老的比喻。」

「第一，您每天去看她。」

「第二，您追求她那個社交圈子裡的一個女人，但不要表現出熱情，明白嗎？實不相瞞，您扮演這個角色很難，您是在演戲，但要是別人看出您在演戲，您就沒有希望了。」

「她太聰明，但我又這樣差！沒有希望了。」于連憂傷地說。

「不，您只不過是愛得比我想像的還要深罷了。德·杜布瓦夫人在內心深處只想她自己，像所有那些得天獨厚的女人一樣，或者有太多的尊貴，或者有太多的錢財。她老是看自己，而不看您，

182.在法語中的意思是「木頭」。

因此她不瞭解您。兩、三次愛的衝動之後，她借助想像力的巨大努力，委身於您，她在您身上看見了她夢想的英雄，而不是真實的您……」

「怎麼！這些基本道理您都不明白嗎？我親愛的索海爾，難道您還是個小學生吧？……」

「好吧，咱們進這家商店看看；這家有一條漂亮的黑領帶，簡直就是伯廷頓街的約翰．安徒生的作品。看在我的面子上，您把它買了，把您脖子上的那根可怕的黑繩子丟掉吧。」

當他們從斯特拉斯堡最好一家的金銀絲織品商店裡出來時，親王繼續說道：「偉大的天主，什麼名字啊！別生氣，我親愛的索海爾，我實在沒辦法……她來往的都是些什麼人？我簡直難以想像……您想去追求的是到底誰呀？」

「一個十分正經的女人，富翁襪商的女兒。她有一雙世界上最美麗的眼睛，我非常喜歡她；她無疑在當地地位最高，她樣樣都好，可是只要有人談起買賣和店鋪，她就滿臉通紅，甚至有點狼狽。但不幸的是她父親就是斯特拉斯堡的一個最出名的商人。」

「如果一談起產業就這樣？」親王笑著分析，「那麼可以斷定，您的美人兒想到的是她自己而不是您。這個偏見雖然很神聖，但用處很大，它可以使您在她那美麗的眼睛前面不會有片刻的瘋狂。您必定成功。」

于連忽想到了德．費瓦克元帥夫人經常去德．拉摩爾府邸作客。那是一個外國美人兒，嫁給一位元帥，而元帥一年後就死了。她畢生的目標似乎就是讓人忘掉她是實業家的女兒，為了在巴黎成個人物，她就帶頭維護道德。

于連由衷地欽佩親王，若有他那套逗人發笑的本領，他願意付出任何代價。這兩位朋友談得很投機，柯拉索夫萬分滿足，從來沒有一個法國人花這麼長時間聽自己說話。「看來，」親王很得意，「我可以給我的老師們講課了！」

「我們一致同意，」他第十次對于連說，「您當著德·杜布瓦夫人的面跟斯特拉斯堡的襪商的年輕美麗的女兒說話時，不可有一丁點兒熱情。相反，在您給她寫信時，卻要表現出強烈的熱情。看一封優秀的情書，對一個一本正經的女人來說，是最大的快樂，也是一種短暫的休憩。她不演戲，敢於傾聽內心的呼聲；所以，每天要寫兩封信。」

「辦不到，辦不到！」于連垂頭喪氣地叫道，「我寧肯被人剁成碎塊，也不願意寫什麼情書。我是一具死屍，我親愛的朋友，別再對我抱任何希望，讓我死在路邊吧。」

「誰讓您造句啦？我的包裡有六本手抄的情書。針對各種性格的女人，我還有針對最貞潔的女人的呢。您不是知道，卡利斯基曾在距倫敦三里地的里奇蒙－拉泰拉斯，追求過全英國最漂亮的公誼會教派的修女嗎？」

于連早晨兩點鐘離開他的朋友，感到不那麼痛苦了。

第二天親王雇了一個抄書人。兩天後，于連收到五十三封情書，編號清楚，都是專為最有道德和最憂傷的女人寫的。

「沒有第五十四封，」親王說道，「因為卡利斯基拒絕了。但是，既然您的目的只是征服德·杜布瓦夫人的心，受到襪商女兒的冷落又有什麼關係呢？」

他們天天騎馬，親王發瘋似地喜歡于連。他不知道如何向他證明他這突如其來的友誼，就把他的一個表妹，莫斯科的富有的女繼承人許給他。「一旦結了婚，」他說，「我的影響和您的這枚十字動章可以讓您兩年內當上上校。」

「可這又不是被拿破崙頒佈的十字勳章！」

「那有什麼關係，」親王說道，「那它是拿破崙創立的呀！而且現在它仍是歐洲的第一勳章。」

于連差不多要接受了，但是他的責任要求他回到大人物那兒去。他離開柯拉索夫時，答應寫信，他收到了對他送來的秘密記錄的答覆，朝巴黎飛奔而去；但他剛剛連續獨處了兩天，就覺得離開法國和瑪蒂爾德對他來說是一種比死亡還痛苦的折磨。「我不會和柯拉索夫給我的幾百萬結婚。」

「他專門研究誘惑的藝術，十五年來，他就琢磨這一件事，現在他已經三十歲了。不能說他缺乏才智；他精明、狡黠；熱情、詩意在這種性格裡不可能存在；他是管理財務的教士，這就更不會有什麼差錯了。」

「必須這樣做，去追求德．費瓦克元帥夫人。」

「她很可能讓我感到厭倦，但是我會望著她的眼睛，那麼美，那麼像我在這世界上最愛的那一雙眼睛。她是外國人，一個新的性格，值得觀察。」

「我瘋了，我快沉沒了；我不應只相信我自己，還應聽從一個朋友的勸告，不應當只相信我自己。」

chapter 55

道德的本分

剛回到巴黎，于連會見了德．拉摩爾侯爵，但是他帶回的資訊似乎使侯爵非常為難。然而我們的英雄沒任何耽擱，便立即跑到阿泰咪拉伯爵那裡去了。這位漂亮的外國人，占了被判死刑的好處，又兼有頗為莊重的儀態和信教虔誠的福氣，加上伯爵這樣高貴的出身，對德．費瓦克夫人來說，再合適不過了，因此她常常會見他。

于連鄭重地向他承認他非常愛她。

「她的品德最純潔，最高尚，」阿泰咪拉回答道，「有時候，她用的詞我都懂，可是連成句子我就不懂了。她常常讓我覺得我的法國話不像別人認為的那麼好。認識她，可以使您出名，加重您在社交界的分量。不過，我們去找布斯托斯吧，」這位遵守規則的阿泰咪拉伯爵說道，「他曾經追求過元帥夫人。」

唐．迪埃戈．布斯托斯沒有說話，只是聽他們把事情講出來，好像一個律師在他的辦公室裡那樣。他的臉像僧侶的臉一般又肥又大，有兩片小黑鬍子，態度嚴肅，而且他是一個好燒炭黨人。

「我明白了，」他終於向于連說道，「德．費瓦克元帥夫人有過情人嗎？因此您有成功的希望嗎？我應該對您說，我嘛，我失敗了。現在我不再感到惱火，我這樣說服自己：她常常發脾氣，我很快就跟您講，她還挺愛報復，一會兒我對您詳談。」

「我倒沒有發現她有多膽汁的特質，此種氣質是天才的氣質，是塗在一切行動上的一層激情的光澤。相反，倒是荷蘭人那種冷淡安詳的天性，才使她成了罕有的光彩照人的美人。」

于連對這位西班牙人的傲慢勁兒和頑強的冷淡，非常不厭煩，只是不時無精打采地用單音節詞回應他。

「您還願聽我繼續說下去嗎？」布斯托斯嚴肅地問。

「請原諒法國人的急性子，我洗耳恭聽，」于連說。

「德·費瓦克元帥夫人完全陷在憎恨中，她毫不留情地控告一些她從未見過的人，律師啦，寫像科萊那樣的歌詞的窮文人啦，您知道嗎？」

于連不得不耐心聽他唱完。這個西班牙人十分滿意地用法文唱著。

唱完了以後，布斯托斯接著說，「元帥夫人就把這首歌的作者攆走了：有一天愛情在酒館裡……」

于連擔心他又要把這首歌唱下去。他分析了歌詞，這首歌的確有褻瀆神明的意思。

「元帥夫人對這首歌發怒的時候，」布斯托斯說，「我提醒她，她這種地位的女人根本就不應該讀眼下出版的那些無聊玩藝兒。不管宗教的虔誠和風氣的嚴肅如何發展，在法國總會有一種酒館文學。當德·費瓦克夫人讓人把作者，一個領半餉的窮鬼的一千八百法郎的職位撤掉的時候，我對她說：『您用您的武器攻擊了這個拙劣的詩人，他會用他的詩回擊您：他會寫一首關於道德高尚的女人的歌的。金碧輝煌的客廳會支持您，可是喜歡笑的人卻會把他那些俏皮話到處傳唱。先生，您知道元帥夫人是如何回答我的嗎？『為了主的尊嚴，整個巴黎都會看到我迎難而上，這將是法國的一番新貌。民眾可以從中學會尊重品德。這將是我一生中最美麗的日子。』她的眼睛從來沒有那樣美麗過。」

「是的，她的眼睛好漂亮！」于連叫道。

「我看您已墜入情網了……」布斯托斯繼續嚴肅地說道，「她並沒有那種驅使人進行報復的多膽汁體質。如果說她喜歡傷害人，那是因為她感到不幸，我疑心那是一種內心的不幸，她會對自己的職業感到厭倦嗎？她會是一個偽善的女人嗎？」

說到這裡，西班牙人默默地看著于連足足有一分鐘之久。

「這就是問題的核心，」他繼續說道，「而你的希望也就在這裡，兩年時間裡，我作為她最謙卑的僕人，關於這個問題我想了很多。戀愛中的先生，取決於這一重大問題：她是一個對以衛道為己任感到厭倦、並且因感到不幸而變得凶惡的正經女人嗎？」

「我都對你說過十二遍了！」阿泰咪拉終於打破了沉默說道，「就像我跟您說過二十遍那樣，乾脆就是出於法國人的虛榮心？是對她父親，著名的呢絨商的回憶造成了這個生性陰鬱冷酷的人的不幸。對她來說幸福只有一個，就是她在托萊多受一個懺悔師的折磨。他每天都會向她指出，地獄的門是向她敞開著的。」

當于連出來時，布斯托斯更加鄭重地對他說：「阿泰咪拉告訴我，我們大家都是同路，有朝一日您會幫助我們重獲自由的，因此我願意在這小小的消遣中助您一臂之力。瞭解一下元帥夫人的風格對您有好處，這是她的四封親筆信。」

「主教讓我抄下來，抄完還給你。」于連嚷道。

「我們所說的話，任何一句也不要講啊！」

「絕對不會，我用人格向您擔保！」于連嚷道。

「願上帝保佑您！」西班牙人說道，然後他默默無言地把阿泰咪拉和于連送到樓梯口。

這一幕使得我們的英雄有點興奮起來，差不多要笑出聲來。「瞧，」他心中竊喜，「這位虔誠的阿泰咪拉竟幫助我去幹通姦的勾當！」

他和布斯托斯鄭重地談話時，于連注意到了阿利格爾府邸內的大鐘所報的時刻。

晚餐時間快到了，他又能看到瑪蒂爾德了！回到寢室，他仔細穿好衣服，還特意把自己修飾了一番。

「開始就幹蠢事，」他下樓時心想，「應該嚴格遵守親王的醫囑。」

他又上樓回到自己房間裡，換了一套極其簡單的旅行服。

「現在，」他想，「要注意目光。」這時才到五點半，晚飯是六點鐘，他想去客廳看看，沒有人。一瞧見那張藍沙發，他急忙跑過去跪下，親吻瑪蒂爾德放過胳膊的地方，激動得流下了眼淚，他的臉也頓時灼熱起來。「我這種敏感太愚蠢了，」他對自己說，「它會出賣我的。」他拿起一份報紙，想靜下心來，從客廳到花園走了三、四個來回。

他渾身發抖，在一棵大橡樹後藏好，才大著膽子看德．拉摩爾小姐的窗戶。那窗子緊閉著，他幾乎昏倒在地上。他呆呆地靠著橡樹，過了很長一段時間，才躡手躡腳地走過去看看園丁的鐵鍊。

被他擰斷的鐵鍊子到現在還沒有修復，但此情此景已經大不相同了。于連被一陣瘋狂的熱情所擊中，拿起鐵鍊來吻。

于連在客廳和花園之間徘徊了好久，此時非常疲憊，但在洗禮卻默默祈禱著首戰告捷。「我的眼睛不能有任何神采，否則便會洩露我的秘密。」客人陸續來到客廳，每一次開門，他的心就緊張一次。

大家開始入座。最後德・拉摩爾小姐出現了。讓人等的老習慣堅持不誤。她看見了于連，臉騰地紅了。因為她不知道于連已經回來了。于連遵從柯拉索夫親王的囑咐，一直盯著她的手，那雙手在抖。這個發現也使他慌亂得無法形容，他相當高興，他只顯得疲倦。

德・拉摩爾先生對他讚歎不已。一會兒，侯爵夫人也跟他交談起來，並關切了一番。于連時刻在想：「我不應該過多地注視德・拉摩爾小姐，但我的視線也沒有必要迴避她。我必須表露出不幸發生前八天的那種表情……」他有理由對成功感到滿意，留在客廳不動。他頭一次向女主人獻殷勤，盡力讓她那個圈子裡的男人說話，並讓談話保持活躍。

他的禮貌得到了回報。大約在八點鐘時，僕人通報德・費瓦克元帥夫人來到。于連溜出去，很快重新露面。十分用心地打扮了一番。德・拉摩爾夫人見于連這麼彬彬有禮，感覺非常愉快，為了表示她的滿意，她特意和于連聊起了他旅行的情況。于連在元帥夫人身旁坐下，正好讓瑪蒂爾德看不見他的眼睛。這樣坐定，他完全按照那門藝術的規定，表示對德・費瓦克夫人的極度愛慕。柯拉索夫給他的五十三封信中，第一封即是發一段熱烈洋溢的愛情台詞開始的。

元帥夫人說她要去歌劇院，于連也一起去了那裡。他撞見了博瓦西騎士，騎士把他帶進宮內侍從先生們的包廂，正好挨著德．費瓦克夫人的包廂。于連一個勁兒地看她。回府邸時，他暗想道：「我必須記下攻城日記，否則我會忘記我的突擊戰術。」他強迫自己就這個乏味的主題寫下兩、三頁，這樣他才幾乎不去想德．拉摩爾小姐了，豈不妙哉！

他旅行的這段時間，瑪蒂爾德也差不多完全忘記了他。「說到底，不過是一個常人罷了，」她想，「他的名字將永遠讓我記住我一生中最大的錯誤。應該誠心誠意地回到一般人所謂的明智和名譽上去，一個女人要是忘了這些，就會失去一切。」她對父親說她和克羅茲諾瓦侯爵商量已久的婚約已經可以確定下來了。他高興得發狂，如果有人告訴他瑪蒂爾德使他感到十分驕傲，只能消極地忍受，那他會非常感覺奇怪的。

但再一次見到于連時，德．拉摩爾小姐所有的想法又都改變了。「事實上，他才是我的丈夫，」她心裡認為，「如果我誠心誠意地回到明智的觀念上去，我要嫁給的顯然是他呀。」

她預料于連會糾纏，會顯出不幸的樣子；她已準備好她的回答，因為吃罷晚飯，他肯定試圖跟她說幾句話。恰恰相反，他堅決待在客廳裡，甚至不朝花園看一眼，天知道這有多難！「最好立即把事情搞清楚。」德．拉摩爾小姐心想。然後她獨自走到花園裡去，于連卻沒有出現。瑪蒂爾德在客廳的落地窗前來回踱步，看見他急忙著向德．費瓦克夫人津津有味地描述萊茵河畔山丘上禿禿的古堡，這些古堡給山丘增添了不少特色。對於一些客廳稱為才智的那種感傷的、別致的句子，他已開始用得不錯了。

那時要是柯拉索夫親王在巴黎，一定會倍感驕傲，因為當時情況，完全如他所料。

接下來幾天，于連的表現，也會受到他的贊許。

秘密政府的成員們密謀頒發幾條藍綬帶；德·費瓦克元帥夫人堅持她的叔祖父應該獲得勳帶，德·拉摩爾侯爵也為他的岳父作出了同樣要求。他們聯合進行，元帥夫人幾乎每天都要到德·拉摩爾府邸拜訪。從她那兒，于連知道侯爵快當部長了。他向王黨提出了一個非常巧妙的計畫，三年內取消憲章而又不至引起震動。

如果德·拉摩爾先生進入內閣，于連就有希望當主教；然而，在他眼裡，這些重大的利益都彷彿蒙著一重薄紗，他只能在想像中模模糊糊地看到，而且可以說還離得很遠。那場可怕的失戀，已使他形成了一個怪癖，他覺得生活中所有利益，都將取決於他和德·拉摩爾小姐之間的關係。他估計經過五、六年的細心呵護，他會重新被她愛上。

人們看到，這個那麼冷靜的頭腦已經跌進完全喪失理智的狀態。過去他所擁有的十分出色的特點中，現在只留下了一點兒堅忍。他嚴格地執行柯拉索夫親王囑咐他的行動計畫，每晚都坐在德·費瓦克夫人靠背椅旁，但卻找不出一句話應付她。

他強迫自己，努力在瑪蒂爾德眼中顯出已經痊癒的樣子，這使他的全部精力消耗殆盡。他待在元帥夫人身旁，沒有一點兒活氣；甚至他的眼睛也失去了光芒，彷彿處在極端的肉體痛苦之中。

這幾天，德·拉摩爾夫人竭力讚揚于連的才能。由於她的意見，他才可能成為公爵夫人的丈夫翻版。

chapter 56 道德之愛

「這家人看人看事的方式有點兒瘋狂，」元帥夫人想，「他們都迷上了他們的年輕神父，他就知道聽，眼睛倒真的挺美。」

于連，他卻感到元帥夫人差不多可以說是一個完美的沉靜貴族的典型，透出一種準確無誤的禮貌，還有任何強烈的感情之不可能。意外的情緒波動，缺乏自制，德·費瓦克夫人便以為是受到了奇恥大辱，其嚴重程度猶如在下人面前失去尊嚴。感情方面最小的暗示，在她來看，都是一種道德上的失態，應感到羞愧。因為這種失態會極大地損害一個上流社會人的道德。她最大的快樂就是談起國王最後一次狩獵，她最心愛的書籍是聖西門公爵的《回憶錄》，特別是關於家譜的那部分。

他先到了那裡，小心地把他的椅子調個方向，好讓自己看不見瑪蒂爾德。瑪蒂爾德對于連的這種故意躲避感到驚異，有一天，她離開藍色長沙發，到挨著元帥夫人扶手椅的一張小桌子旁做女紅。這樣，從元帥夫人的帽子下沿，于連反而把瑪蒂爾德看得更加清楚了。這一雙眼睛可以支配他的命運。如此近距離看去，起初使他害怕，接著猛地把他從平時的冷漠中拖了出來；他說話了，而且談鋒極健。

他雖然在與元帥夫人談話，但目的卻在於刺激瑪蒂爾德。他談得異常興奮，但德・費瓦克夫人聽著簡直莫名其妙。這算是初步的成績。如果于連靈機一動，加上點兒德國神秘主義，高超的宗教信仰和耶穌會教義，元帥夫人就會立刻把他列入被召來改造時代的高人之中了。

「他竟能和德・費瓦克夫人談得這麼長，還這麼起勁，真是太奇怪了，」瑪蒂爾德心想著，「我不願再聽下去了。」這天晚上直到人散，她居然說到做到了，儘管費了點勁兒。

午夜，她拿著蠟燭陪她母親回寢室，走到樓梯上時，德・拉摩爾夫人又把于連表揚了一番。瑪蒂爾德很生氣，簡直無法入睡。只有一個念頭使她平靜下來，「我蔑視的東西依然可以造就元帥夫人眼中的出類拔萃之人。」

于連既然已經開始行動了，就不感到痛苦了。他的目光無意間落在那份俄羅斯羊皮文件包上，裡面放著柯拉索夫親王送給他的五十三封情書。第一封中最後附注：初次見面後的第八天寄出此信。

「已經晚了！」于連感歎，「我和德・費瓦克夫人很久以前就見過面了。」他立即動手抄第一封情書，那是一篇說教，充滿衛道的陳詞濫調，討厭得要命；于連抄寫到第二段便沉沉睡去了。

幾個小時後，刺眼的陽光把伏在書桌上的他喚醒了。他一生中最難受的時刻就是每天早晨總要自怨自艾一番，可這一天，他抄完信，差不多要笑出來了。「這怎麼可能？」他自言自語道，「難道可能有年輕人這樣寫信嗎？」他數了數，長達九行的句子有好幾個。在原信下方，有一行用鉛筆寫的批註：

這些信必須親自去送：騎馬，打黑色領帶，穿藍色小禮服；把信交給隨從時，面帶愁容，目光要含著深深的憂鬱，要是遇見女僕，就偷偷地擦眼睛，並和她搭訕。

于連按照說明做了。

「我可真是大膽，」于連從德．費瓦克夫人府邸裡出來時回想，「但是柯拉索夫活該倒楣，竟敢給一個如此著名的有德女人寫信！我將受到她極端的輕蔑，不過倒是再沒有比這更讓我開心的了。事實上，這件事是唯一使我高興的事。是的，這個人如此令人作嘔，卻被我稱作情人，當作揶揄的對象，倒也會令我開心。我要是自以為了不起，為了消愁破悶，我會去犯罪的。」

一個月以來，于連生活中最美好的時刻，就是他把馬牽回馬廄的時候。柯拉索夫明確禁止他在任何藉口下看離他而去的情婦。柯拉索夫曾特別關照他，不論有任何理由，都不要理也不要看那個拋棄他的情婦。但瑪蒂爾德非常熟悉的馬蹄聲以及于連叫人時用馬鞭叩馬廄門的聲音，偶爾會把她吸引到窗簾後面來。細布窗簾很薄，于連可以看過去。從帽根底下想個辦法，他可以看看她的身體而不看她的眼睛。由此，他心想：「她也看不到我的目光，再說，在這裡看她也不合適。」

晚上，德．費瓦克夫人如往常地對待于連，就好像完全沒有收到托門房轉交給她的信，雖然那封信富有神秘哲學思想，且帶著于連的憂鬱神情。于連偶然發現了侃侃而談的訣竅，他於是安排好自己的位置，能夠看見瑪蒂爾德的眼睛。她呢，則在元帥夫人到後不久，離開了藍色長沙發：這是從她那個平時的小圈子裡開小差啊。德．克羅茲諾瓦看到這種新的任性舉動，不免灰心喪氣；他顯而易見的痛苦把于連殘酷的不幸一掃而光。

意外的驚喜讓于連精神抖擻，談得天花亂墜，連最講道德的人聽了也為之動心，因為在最莊嚴的道德心靈裡，一個人的自尊心也會浮現出來。元帥夫人在上車時暗忖：「德．拉摩爾夫人是對的，這位年輕教士確有出色之處。開頭幾天，大概是我的在場把他嚇著了。事實上，在這個家裡遇見的人都很輕浮；我只看見一些因年老色衰才變得有道德的女人，她們很需要年齡結成的冰塊。這個年輕人可能已經看出這一差別，他的信寫得很不錯，但我擔心他在信裡提出要我給他指點迷津，僅僅是一種不自覺的感情流露。」

「不過，多少人的轉變就是這樣開始的啊！這一次，我感到是個好苗頭。他的文體和我所見的其他年輕人寫的信很不一樣。不能不承認這年輕教士的文章中有熱忱、深刻的嚴肅和堅定的信念，他會有瑪西永[183]溫和的美德的。」

183. 瑪西永（一六六三至一七四二），法國著名宣教家，其演說辭娓娓動聽。

chapter 57 最好的職位

於是，主教的職位和于連的名字第一次在這個女人的腦海中聯繫起來了，早晚法國教會裡最好職位是由這位夫人來分配的。但是這種利益並沒有打動于連，在此刻，他不想去想任何和他眼前不幸無關的事：一切都在加深他的不幸，就連看見她的臥室，他也會難受。晚上，當他端著蠟燭回來，每一件傢俱，每一種小飾物，都像是開口說話，尖刻地宣佈他不幸的新細節。

「這一天，我幹的可都是苦差事。」他走進臥室自言自語道。這麼久了，他從未有過這樣激動的心情，希望這第二封信不要和第一封信一樣令人生厭。

果然，它比第一封還要乏味。他覺得他抄的東西那麼荒唐，到後來就一行行寫下去，根本不想是什麼意思。

「這些東西，」他自言自語著，「比外交學教授在倫敦讓我抄寫的《明斯特和約》[184]還要難懂。」

這時他忽然想起德·費瓦克夫人寫給那個嚴肅的西班牙人布斯托斯的信，他忘了把那些信的原

184. 又稱《威斯特伐里和約》，十七世紀歐洲三〇年戰爭結束時簽訂的和約。

件歸還他，他找出來。果然和那個年輕俄國貴族的信一樣地不知所云，模棱兩可，空洞無物，什麼都想說，末了什麼也沒說，這種文體真像風吹的豎琴。于連心想，「在一大堆有關虛無、死亡、無限等崇高的思想裡，我看害怕被人取笑這種可惡的心理才是真實的。」

經過我們刪節的這種獨白連續地被重複了兩個禮拜。抄著類似《啟示錄》注釋的東西酣然入睡，第二天神情憂鬱地去送信，把馬牽回馬廄，希望能突然能看見瑪蒂爾德的衣衫，接著坐下來工作，晚上要是德·費瓦克夫人不去德·拉摩爾府邸，他便去歌劇院，于連就這樣日復一日地重複著每天的生活，很是單調。而當元帥夫人到侯爵夫人家裡時，他的生活就比較有趣了；他可以從元帥夫人帽子底下偷看瑪蒂爾德的眼睛，也就開始滔滔不絕地談起話來。他那華麗感傷的詞句，已經開始形成一種風格，越來越動人，越來越優美。

他清楚地感覺到，在瑪蒂爾德看來，他說的那些東西都是荒謬絕倫的，然而他想以措辭的高雅來打動她。「我說的東西越虛假，越應該討她喜歡，」于連想；於是，他肆無忌憚地誇大自然的某些方面。他很快發現，為了在元帥夫人眼中不顯庸俗，尤其該避免簡單而合理的思想。他或者這樣繼續說下去，或者縮短他的誇誇其談，全憑他在必須討好的兩位貴婦眼中看到的是成功還是冷淡。

總之，他這樣的生活，比起無所作為地過日子，好得多了。

「但是，」一天晚上他暗想，「我正在抄寫第十五封那種可怕的論文式的情書中，之前的十四封，我都妥當地經由其看門人交給元帥夫人。我快榮幸地塞滿她那書桌的所有抽屜了。然而她對待我就像我根本沒有寫過信一樣！這一切會有什麼樣的結局呢？我這樣不懈的努力，會不會令她和我一樣，也感到很厭煩呢？那個俄國人，柯拉索夫的朋友，愛上了里奇蒙公誼會教派美麗的女信徒，必須承認，當時一定是個可怕的人；沒有人比他更討厭了。」

正像一個平庸的人偶然遇到一位名將在指揮作戰，于連一點也不知道這個年輕俄國人對那位嚴肅的英國女子發動了怎樣激烈的一場心理戰。前四十封信的目的，只是針對自己冒昧作書之事請求饒恕。這個溫柔的人兒也許感到無比煩悶，應該讓她養成接到一些信的習慣，這些信也許比她的日常生活少一些平庸。

一天早晨，有人交給于連一封信，他一眼就看出信封上有德．費瓦克夫人的貴族紋章，幾天前他是絕不能如此急切的：不過是一張晚餐的請柬。

他急忙跑去查看柯拉索夫親王給他的告誡。不幸的是這位年輕的俄國人卻叫他像詩人朵拉[185]那樣輕浮。在元帥夫人的宴席上應抱怎樣的態度，于連一時還猶豫不定。

客廳極其富畫堂皇，金光閃閃，一如杜伊勒里宮裡狄安娜畫廊，護壁板上掛著一些油畫。畫上有明顯的塗抹痕跡。于連後來才知道，女主人覺得這些畫的主題不甚雅觀，遂命人加以修改。「好一個道德的世紀！」他想。

在客廳裡，他注意到有三個人曾參加過秘密照會，其中之一，便是某某主教大人，元帥夫人的叔父，他掌管教士的俸祿，據說對他這個侄女是有求必應。「我邁了多大的一步啊，」于連心想，不禁苦笑，「我的興趣才不在於此呢！我居然同著名的某某主教一起進餐。」

晚宴平平常常，談話也讓人不耐煩。「這是一本拙劣的書的目錄，」于連想，「人類思想中所有

185. 朵拉（一七三四至一七八〇），法國七星社的詩人之一。

的大問題都沒涉及到。但聽了三分鐘後，人們禁不住就要自問：『占上風的究竟是言者的誇張呢，還是其可惡的無知？』」

讀者也許已經把那個名叫唐博的小文人忘記了，他是院士的侄兒，未來的教授，好像就是被指派來誣衊敗壞德．拉摩爾府邸的客廳的名聲的。

于連正是從這個小人那裡第一次想到，德．費瓦克夫人不回他的信，卻可能寬容地對待支配他寫信的那種感情。想到于連的成功，唐博先生那卑鄙的靈魂被撕裂了；然而另一方面，一個有才能的人跟一個傻瓜一樣，沒有分身之術，「如果索海爾成為高尚的元帥夫人的情夫，」未來的教授心想，「她會把他安排在教會裡的那個好位置上，而我就會在德．拉摩爾府裡把他擺脫掉。」

彼拉爾神父先生也為于連在德．費瓦克府上取得的成功，大大訓斥了他一番。

在嚴峻的詹森派教徒和道德高尚的元帥夫人的追求風氣改良和鞏固王政的耶穌會的客廳之間，存在著一種宗派的嫉妒。

chapter 58 曼儂・萊斯戈[186]

俄國人指示，切記永遠不要在口頭上反駁寫信的對象。不應以任何藉口背離心醉神迷的傾慕者的角色。那些信永遠以這種假設為出發點。

一天晚上，在歌劇院德・費瓦克夫人的包廂裡，于連大肆宣揚《曼儂・萊斯戈》舞劇。他讚揚這部歌劇的唯一理由，是因為他覺得這毫無意義。

但元帥夫人認為這部舞劇遠趕不上普雷沃神父的小說。

「怎麼！」于連又驚又喜，「一個道德如此高尚的女人竟吹捧一本小說！」德・費瓦克夫人每禮拜總有兩三次對作家極盡輕蔑之能事，因為他們最喜歡用無聊的作品來腐蝕年輕人，而年輕人卻非常無知，極其容易犯低級錯誤。

「在這種不道德的、危險的體裁中，《曼儂・萊斯戈》，」元帥夫人繼續講，「《曼儂・萊斯戈》首當其衝。《曼儂・萊斯戈》深刻而真實的描寫了一個犯罪心靈的軟弱及其所承受的痛苦，不過，

186. 十八世紀法國作家普雷沃神甫的言情小說，曾改編為歌劇及芭蕾舞劇。

您的波拿巴仍然在聖赫勒拿島宣稱這是一部寫給僕人看的小說。」

這句話讓于連的精神緊張地活動起來。「有人想在元帥夫人面前毀掉我，有人告訴了她我對拿破崙的熱情。這件事一定使她不太痛快，所以她才故意這樣說我。」這個發現在當天晚上引起了他的興趣，使他成為一個受人喜歡的人。他在歌劇院向元帥夫人告別時，她對他說：

「您得記住，先生，一個人要是愛我，就不應該愛拿破崙。我們只能把他當作天意強迫我們接受的一件不可避免的事物。而且拿破崙太嚴肅了，他一點也不懂得欣賞藝術。」

「一個人要是愛我！」于連暗自重複著，「這句話可能說明不了任何問題，也可能說明一切問題。我們可憐的外省人就是掌握不了這種語言的奧秘。」當他抄寫著一封冗長的情書時，他十分懷念德．雷納夫人。

「怎麼回事，」第二天元帥夫人假裝很冷莫地對他說道，「昨晚從歌劇院回家後，在您給我寫的信中，為什麼說起倫敦和里奇蒙來了呢？」

于連很尷尬。他逐行地抄，沒有想寫的是什麼，看來是忘了用巴黎和聖克魯替換原信中的倫敦和里奇蒙。他開始了兩個或三個句子，但怎麼也結束不了，他覺得馬上要發瘋般大笑起來。最後，他搜索枯腸，好不容易來了個主意，說：「討論人類靈魂的最崇高、最重大的利益，令我非常激動。寫著寫著，我的靈魂可能一時走神了。」

「我留給她的印象已經很深了，」他暗自欣喜，「在夜談的後半段時間裡，我不會感覺到厭倦了。」他從德．費瓦克府邸跑了出來。

他的話表面上很輕浮，而他的信卻具有崇高的、近乎啟示錄那樣的深刻，這種對比使他不同凡響。長句子尤其令元帥夫人喜歡，「這不是伏爾奉那個如此不道德的人使之風行的那種一蹦一跳的風格！」元帥夫人特別喜歡那些冗長句子，這與伏爾泰宣導的輕快文體大相徑庭，當時的伏爾泰在人們眼中是一個不道德的作家。儘管我們的主人公竭力把一切合乎常情常理的東西從談話中消除出去，他的談話仍有一種反王政、不信神的色彩，她身邊的人雖然都具有崇高的品德，但他們整晚都說不出一句有意義的話來。因此這位夫人很容易被一切表面新奇的事物所深深打動，不過同時她又認為自己理應對這些東西感到憤慨。她把這種缺點稱作「打上了這個輕浮時代的印記」……

但是這類的社交場合，只有在對需要它的時候才值得去看看。由這種枯燥生活而來的苦悶，無疑會博得讀者的同情。我們的旅行，此刻正進入一個荊棘叢生的荒蕪地帶。

于連被德．費瓦克夫人佔據的那一段時光裡，德．拉摩爾小姐必須竭力控制自己不去想念他。她的靈魂中進行著激烈的搏鬥，有時候，她慶幸能夠蔑視這位如此愁苦的年輕人了；然而，她又身不由己地被他的談話俘獲了。最令她不解的是她感覺于連的虛偽了，他向元帥夫人所講的沒有一句是真話，至少他的思維方式極端詭譎，瑪蒂爾德對這一點心知肚明。這種陰險的計謀，引起了她的注意。

「那是多麼深刻呵！」她暗想道，「跟持有相同論調的唐博先生那樣的誇誇其談的傻瓜或者平庸粗俗的騙子相比，又是多麼不同啊！」

于連的日子卻很不好過。他每天必須在元帥夫人的客廳裡，來履行這種最艱苦的義務。他做出一切努力，盡可能表演好這個角色，他為了扮演一個角色而付出的努力終於使他的心靈疲憊不堪。

每天夜裡他走過德．費瓦克府邸寬闊的院子時，常常是依靠性格和理智的力量才不至於陷入絕望的深淵。

「我在神學院裡戰勝了絕望，」他對自己說，「而那時我的前景是多麼可怕啊！我或是飛黃騰達，或是橫遭厄運，無論是哪種情況，我都必須和天底下最可鄙、最可厭的人朝夕相處，度過我的一生。第二年春天，短短的十一個月以後，我成了也許是我那個年紀的年輕人中最幸福的一個。」

但是，這些嚴密的推理碰上可怕的現實，往往不起作用。他每天都在吃午飯和吃晚飯的時候看見瑪蒂爾德。德．拉摩爾先生吩咐他寫過很多信，從這些信中，他得知她快要與德．克羅茲諾瓦先生結婚了。如今這位可愛的年輕人，每天要來德．拉摩爾府邸兩趟：他的一舉一動，都映入了他的失戀情人嫉妒的眼中。

每次他看見德．拉摩爾小姐對求婚者表示好感，在回到自己的房裡後，于連總是凝視一番自己的手槍。

「啊！」他對自己說，「把內衣的標誌去掉，到個距巴黎二十里遠的什麼僻靜的森林裡，結束我這可憎的一生，不是更明智嗎！當地沒有人會認識我，我的死在兩個星期內將是一個謎，兩星期以後，有誰會關心我呢？」

他的這一結論非常明智。然而第二天，隱約看見瑪蒂爾德的胳膊，只消袖口和手套之間那一段，就足以把我們這位年輕的哲人投進殘酷的回憶中去，「好吧！」他暗下決心，「我要把這個俄國人的計畫進行到底。這一切到底應該怎樣結束呢？」

「說到元帥夫人，在抄完這五十三封信後，我就不會再寫信了。」

「說到瑪蒂爾德，如此艱難地演了六個禮拜的戲，或是她的憤怒絲毫無改，或是我得到片刻的和解。天吶！那我會多麼高興啊！」他不能想下去了。

長時間的幻想後，他又開始了他那套理論。「看起來，」他想著，「或許我會得到一天的幸福，然後她的冷酷重新開始，唉！就是因為我不能討得她的歡心；那我就什麼辦法也沒有了，我毀了，永遠地完了……」

「依她這樣的性格，能給我什麼承諾呢？唉！我的卑微可以回答這一切。舉止不夠高雅，說話笨拙而單調。天吶！我為什麼是我呢？」

chapter 59

痛苦與煩惱

德．費瓦克夫人剛開始讀于連這些長信的時候，並不感到快樂，後來她才慢慢有了興趣。但是有件事使她感到懊喪：「可惜索海爾先生，他並沒有下決心當教士！我私下可以和他接觸一下。不過他帶上十字勳章，又穿一套差不多是小市民的服裝，很容易招來負面的評論，這又該怎麼解釋呢？」

她想不下去了：「某個狡猾的女友會猜疑，甚至散佈說他是我娘家方面的小表弟，地位低下，是個得過國民自衛軍勳章的商人。」

在她遇見于連之前，德．費瓦克夫人最大的快樂就是在她的姓名旁邊寫下「元帥夫人」幾個字。後來，出於暴發戶的病態心理，對什麼都不滿意，也就興趣索然了。

「讓他當上巴黎附近某個教區的代理主教，」元帥夫人暗想道，「這件事對我來說是如此輕而易舉的呀！但是這位索海爾先生卻沒有任何頭銜，還是德．拉摩爾先生的小秘書！真是讓人掃興。」

這位謹小慎微的夫人平生第一次為一件事與她身分和社會地位毫無關係的事情操心，而這種興趣和她所希獲得的高等社會地位卻是背道而馳的。她的老門房確實注意到了，他把那位神情如此憂鬱的英俊青年的信送來時，總能看見元帥夫人臉上的心不在焉和不滿一下子消失，而那種神情她一見有下人來到總是立刻就掛在臉上的。她的聲譽日漸提高，是可以抵制那些寫得非常好的匿名信。唐博曾經供給德．呂茲、德．克羅茲諾瓦和德．凱律先生們兩三個極其巧妙的和元帥夫人有關的誹謗性故事。而這些先生們又不問原因地予以傳播，結果毫無用處。元帥夫人的智力是頂不住這種庸俗手段的，她偶爾向瑪蒂爾德談談她的一些懷疑，而且常常得到安慰。

一天，德．費瓦克夫人三次詢問有沒有信送來之後，突然決定要給于連寫回信。

這便是于連奉行厭倦生活的原性則的勝利。

在寫第二封回信時，元帥夫人覺得親筆去寫這樣一個平凡的地址：「德．拉摩爾侯爵府內，索海爾先生收」實在是太滑稽了，幾乎想停下來不寫了。

「您把自己的地址寫好，把信封帶給我。」晚上，她冷漠地向于連說道。

「我這是情夫男僕集於一身了，」于連想，他鞠了一個躬，高興地裝出一副老態，活像德．拉摩爾先生的老僕阿爾塞納。

當天夜裡，他就送來了寫好地址的信封。第二天一大早，他收到第三封信，他看了開頭的五、六行和結尾的兩、三行。信有四頁，字很小，也很密。

漸漸地，她養成幾乎每天都要寫信的良好習慣。于連忠實地照抄俄國人的信札作為回信。這是誇張風格的一大好處：德．費瓦克夫人對回信與她寫去的信在內容上沒什麼聯繫，也不感到詫異。

小唐博自願充當密探，監視于連的行動，他要是告訴她，那些信都原封未動，隨手扔在了于連的抽屜裡，她的自尊心會受到多大的傷害啊！

一天早上，門房把元帥夫人寫給他的信帶到圖書室，被瑪蒂爾德撞見了，瑪蒂爾德恰巧看見那封信上面于連親筆寫下的地址。門房出來後，她進去了，信放在桌子邊上。于連正忙著寫東西，沒有把信放進抽屜。

「我再也忍受不了！」瑪蒂爾德抓住那封信叫道，「您竟然完全忘記了我，我才是您的妻子。先生，您的行為太可怕了！」

說到這裡，她的傲慢一下子被可怕的舉止失當驚醒，使她說不出話來；她淚如雨下，很快地，于連看到她幾乎要停止呼吸了。

于連驚異而慌亂，回過神來後才發現這是多麼寶貴、多麼幸運的一刻。他扶著瑪蒂爾德坐下，她差不多已經倒在他懷裡了。

在做這個動作的一剎那，他真是欣喜到了極點。緊接著，他突然回想到柯拉索夫的教訓：因為一句話我可能會失去一切。

策略迫使他做出的努力何其艱巨。「我甚至不能容許我自己把這個柔軟而迷人的身軀緊貼在我的心上，她會蔑視、虐待我的。她的性格多麼可怕啊！」

但他在咒罵瑪蒂爾德性格時，卻在百倍寵愛著她，他覺得在他臂彎裡的是一位王后。

于連的無情冷酷，加重了她內心中由驕傲而產生的痛苦，于連無動於衷的冷淡更加劇了她的不幸。她太不冷靜，想不到從他的眼睛裡看看他此刻對她是什麼感情。她不願看他，害怕他蔑視她。

她呆呆地坐在圖書室的沙發上，把頭轉過去避開于連，經受著一個人的自尊心和愛情所能經受的最劇烈的痛苦。她剛才做的事多麼可怕啊！

「我多麼不幸啊！我活該看見自己最有失身分的奉迎遭到拒絕！而且遭到誰的拒絕？」她的自尊痛苦得發了狂，「我父親的一個僕人！」

「我忍受不了啊！」她大聲叫道。

她憤怒地站了起來，拉開距離她僅兩步遠的于連的抽屜。眼前八、九封沒有拆開的信，和門房剛送來的那一封完全一樣。她認出姓名地址都是于連的筆跡，簡直被嚇傻了。每個信封的地址，都是于連的筆跡，雖有故意做作的痕跡。

「就這樣，」她怒不可遏地大叫，「您不但同她要好，而且您還瞧不起她。您，一個窮光蛋，瞧不起德．費瓦克元帥夫人！」

「啊，饒恕我吧，我的朋友，」她應聲跪下來，「如果你願意，就蔑視我吧，但是要愛我啊，沒有你的愛情我活不了了。」她真的昏過去了，說到這裡，就癱倒在地。

「看呀！」于連心裡一驚，「這個驕傲的女人，居然躺在我的腳下了！」

chapter 60

劇院的包廂

在這場洶湧澎湃的感情波動中，于連感到的是驚奇多於幸福。瑪蒂爾德的咒罵向他證實了俄國人的計謀是多麼的高明。「少說話，多行動，這就是使我獲得成功的唯一方法。」

他扶起瑪蒂爾德，沒有說話，把她安置在沙發上。漸漸地她抽泣起來。

為了掩飾自己的窘態，她把德·費瓦克夫人的信取過來，慢慢地拆開。當她認出元帥夫人的筆跡時，身子不禁神經質地動了一下，很是明顯。她一頁頁翻看，沒有讀，大部分信都有六頁。

「至少，您得回答我吧，」最後她哀求道，但是不敢看他，「您知道我很驕傲，我承認，我的地位甚至是我的性格造成了我的不幸。所以德·費瓦克夫人這要命的愛情驅使我做出的所有那些犧牲，她也為您做出了嗎？」

憂鬱的沉默是于連全部的回答。「她有什麼權利，」他心想，「拿一個正派人不會有的失態行為來責問我呢？」

瑪蒂爾德想要看這些信，可是她滿眼的淚水，沒法去看。

一個月以來，她極度痛苦，但高傲之下她又不願承認自己的感情。這次事件的發生只是偶然，只是愛情一時戰勝了她的驕傲而已。她坐在沙發上，離他很近。他望著她的頭髮和白皙的脖子；突然，他完全忘了自己應該如何做了，伸出胳膊摟住她的腰，幾乎把她緊抱在胸前。

她的頭轉向他：她的眼睛裡流露出極度的痛苦，已經認不出平時的樣子了。

于連覺得自己再也沒有能力支撐下去，強迫自己去做那樣的事，實在太艱苦了。

「如果我讓自己沉浸在愛她的幸福中，」于連暗自想，「一會兒，她那雙眼睛除了最冷酷的輕蔑外，就不會再有其他表情了。」然而就在這時，她聲音微弱，有氣無力地勉強成句，一再保證，她懊悔太多的驕傲讓她做出那些舉動。

「我也很驕傲呀！」于連喃喃地說道，臉上的表情說明他的體力衰弱到了極點。

瑪蒂爾德急忙回過頭來看他。聽見他的聲音成了她的一大幸福，她原本幾乎不抱希望了。此時此刻，她想起她的高傲，就不禁要加以詛咒。她很想找一個違反常情、出人意料的舉動，向他證明她是多麼崇拜他而又是多麼憎恨她自己。

「也許就是因為這點驕傲，」于連繼續說道，「肯定是因為這種勇氣十足的、與男子漢相配的堅定，您此刻才尊敬我。我可能有情於元帥夫人……」

瑪蒂爾德戰慄了一下，眼睛露出驚異的神色。她似乎準備聽取判決。這個變化沒有逃過于連的眼睛，他感到他的勇氣正在消失。

「唉！」他一邊聽自己嘴裡說出的那些空洞的話，好像是和他毫不相干的聲音，一邊暗想道，「如果我能在這如此蒼白的臉頰上印滿了吻，而你又感覺不到，那有多好！」

「我可能愛上元帥夫人，」他繼續說著，聲音越來越微弱，「但是我還不能確定她一定對我感興趣……」

瑪蒂爾德注視著他。于連任她注視，他希望他臉上的表情沒有出賣他。他感覺愛情滲透了他整個心靈。他越發感到自己從來沒有像現在這樣愛她。此刻他和瑪蒂爾德幾乎是同樣的瘋狂。如果她有足夠的冷靜和勇氣，耍個手腕，他一定會跪倒在她面前，發誓放棄這無意義的做戲。他還有點兒力氣，能夠繼續說話。

「呵！柯拉索夫呵！」他在心裡呼喚道，「您怎麼不在這裡！我多麼需要您的一句話來指點我的行動呵！」他還有足夠的勇氣繼續說下去。

「就算沒有別的感情，感激也足以讓我眷戀元帥夫人；她對我表現出寬容，別人輕蔑我時，她安慰我……我不能把無限的信任，放在那些表面看來極端愉快而實際並不持久的事上去。」

「噢！天哪！」瑪蒂爾德叫道。

「好吧！您能向我保證什麼呢？」于連繼續說道，他的聲音堅定有力，好像他暫時要拋開那種外交上的謹慎態度。「什麼保證，有哪位神明可以向我擔保，您對我的這種愛慕的態度能持續兩天以上呢？」

「我對您無限的愛，如果您不愛我，我會異常痛苦，這就是保證。」她突然把臉轉向他，緊握著他的雙手對他說道。

她剛才動作太猛，短披肩稍稍動了，于連看見了她那迷人的雙肩。她那略微散亂的頭髮又勾起他甜蜜的回憶……

他要讓步了。「一句話不慎，」他心裡說，「我就會讓那一長串在絕望中苦熬的日子重新開始。

德·雷納夫人往往有很多理由去做她心裡想的事，但是這個上流社會的年輕女子，絕不會讓她的心靈有所感動，只有在有充分的理由向她證明她的心應該被感動，她才讓她的心受感動。在一剎那間，他想通了這個真理，而就在一剎那間，他又恢復了勇氣。

他把被瑪蒂爾德緊握著的手收了回來，帶著明顯的恭敬，稍稍離開她一點。男人的勇氣也不能走得太遠了。接著他開始收集散在沙發上的所有德·費瓦克夫人信札，然後他用一種極有禮貌、而在此時又是極為殘酷的態度說道：

「請德·拉摩爾小姐允許我考慮這一切。」他迅速離開，走出圖書室；她聽見他陸續地關上了所有的門。

「這怪物真沉得住氣。」她暗想著。

「我在說什麼？怪物！他明智，謹慎，善良，是我錯了，我犯了想像的錯誤。」

這種想法繼續保持下去。瑪蒂爾德整整一天都是很幸福的，因為她已完全屬於愛情了。簡直可以說，這個心靈從未受過驕傲攪動，而且是怎樣的驕傲啊！

晚間的客廳裡，當僕人通報德·費瓦克夫人駕到時，瑪蒂爾德不禁毛骨悚然。她覺得僕人的聲音頗不祥，她看見元帥夫人覺得受不了，快速離開了客廳。于連並不為他艱難的勝利驕傲，他害怕自己的眼睛洩露秘密，因而他沒有在德·拉摩爾府邸吃晚飯。

隨著戰鬥的時刻過去，他開始感覺到愛情的來臨和幸福的感覺。他開始責備他自己。「我為什麼要去抵制她呢？」他暗想道，「她若不愛我了怎麼辦！一瞬間便可改變這個高傲的心靈；應該承認，我那樣對待她真是太可惡了。」

晚上，他覺得他必須得到滑稽歌劇院德．費瓦克夫人的包廂去。她特意邀請過他。他去或者失禮地不去，很明顯瑪蒂爾德不會不知道的，可是晚會快開始了，他還沒有勇氣跨進這個劇場。他害怕只要開口說話，就會失去他的幸福。

十點鐘響了，無論如何，他必須露面。

幸好，他發現元帥夫人的包廂裡坐滿了女眷，他只好靠門站著，而且臉完全被帽子遮住了。這個位置使他擺脫了一場笑話。那時台上正在演唱，卡羅利娜失望而神聖的聲調，使他淚如雨下。德．費瓦克夫人看見了他的眼淚，這眼淚跟他平時那種男子漢的堅毅面容形成強烈對比，這顆貴婦的心被打動了，但她那僅有的一點女性的溫柔使她開腔了。她想享受一下她自己說話的聲音。

「您看見德．拉摩爾夫人了嗎？」她對他緩慢地說道，「她們在第三層。」于連立刻頗不禮貌地靠在包廂的前面，探出身子。他看見了瑪蒂爾德，她的眼睛裡閃著淚光。

「今晚可不是她們進劇院的時候，」于連暗想道，「她們未免太熱心了！」

儘管一個常上她家獻殷勤的女人熱心提供的包廂不合她們的身分，瑪蒂爾德還是催促她母親去觀劇，因為她想看看這天晚上于連是否和元帥夫人在一起。

chapter 61 威嚇於她

于連跑到了德．拉摩爾夫人的包廂裡。他的眼睛看到瑪蒂爾德含淚的雙眼，她毫不掩飾地哭著。包廂裡只有些地位低下的人，借給她們包廂的那個女友和她的幾個熟識的男人。瑪蒂爾德好像忘記了對她母親的恐懼，把她的手放到于連的手上。但她差不多被眼淚哽噎住了，只對他說了一句話：保證！

「至少我不和她說話，」于連暗想道，但已深受感動。他藉口燈光太晃眼，所以用手遮住眼睛。「如果我說話，她就會知道我非常激動，因為我說話的聲音會出賣我，我還可能失去一切。」

這時他內心的鬥爭比早晨還要激烈，畢竟他不能無動於衷。他害怕瑪蒂爾德的虛榮心再次發作。他陶醉於愛情和快樂，卻極力克制，不跟她說話。

這就是他的性格中最好的特徵：一個人能以這樣的毅力，就一定會有遠大的前程。

德．拉摩爾小姐堅持要帶于連回府邸去。幸好當時雨下得很大，他們才沒有回去。但是侯爵夫人讓他坐在自己的對面，不斷與他說話，他根本不能跟她女兒說話。人們真可以認為侯爵夫人在小心呵護于連的幸福；于連不再擔憂過度的激動會令他喪失一切，整個沉溺在熱情之中了。

還用我說什麼嗎？于連回到房間，竟然跪下來把柯拉索夫親王給他的那些情書吻個不停。

「偉大的人啊！我什麼不是你給的呢？」他在瘋狂中大叫。

漸漸地，他冷靜了些。他把自己比作一位將軍，剛剛贏得了一場大戰役的一半。「優勢是肯定的，也是巨大的，」他暗想道，「但是明天將發生什麼呢？一轉眼間，一切又可能會消失的。」

他激動的翻開拿破崙在聖赫勒拿島口授的《回憶錄》，強迫自己閱讀，長長的兩個鐘頭，他只是眼睛在看，管它呢，他仍然強迫自己讀下去，在這種奇特的閱讀中，他的頭腦和他的心靈進入至高至上的境界，在不知不覺中活動著。「她的心和德．雷納夫人的心大不一樣。」他暗想著，可是他不願往下去想了。

他在小房間裡來回走著，沉醉在歡樂之中。實際上，這種幸福是驕傲多於愛情。

「讓她恐懼！」他驕傲地重複說道，不過他的確有理由驕傲，「即使在最幸福的時刻，德．雷納夫人仍在懷疑我的愛情能否和她的愛情畫上等號。這裡，我制服的是一個惡魔，因此必須制服。」

「她恐懼！」他突然叫道，把書扔得老遠，「只有使敵人恐懼，對方才會服從我，不敢輕視我。」

他清楚第二天早晨八點鐘瑪蒂爾德會準時到圖書室裡來，所以直到九點鐘他才去那裡。雖然他企盼愛情，但他的理智還是戰勝了衝動。幾乎每一分鐘他都重複地對自己說道：「我要使她永遠不能擺脫這個巨大的疑問：『他愛我嗎？』。她那輝煌的地位，包圍著她的種種阿諛奉承，都使她有些過於自信。」

他見她臉色蒼白，安靜地坐在沙發上，顯然十分疲憊，動都不能動了。她向他伸出手來：

「朋友，我確實冒犯了你，你生我的氣應該的。」

于連沒想到她的語氣如此簡單。他內心的防線。差點被擊潰。

「您要保證，我的朋友，」一陣沉默之後，她又說，她真希望打破這沉默呀，她繼續說道，「您是對的。把我拐走吧，我們一起逃到倫敦去……我將永遠喪失名譽，被人瞧不起……」她鼓起勇氣從于連那縮回她的手，蒙住自己的眼睛。女性的矜持和道德觀念又重新回到她的心中……「好吧！來毀壞我的名譽吧，」她歎了口氣，「這就是保證。」

「昨天我是幸福的，因為我勇敢堅強地面對，」于連想。他沉默了片刻，他還能控制他的心，就以一種冷冰冰的口吻說：

「要是前往倫敦，要是您身敗名裂，又有誰能保證您愛我呢？誰又能保證我坐在驛車上，一點也不令您討厭呢？我又不是一個怪物，我只是又多了一個不幸。成為障礙的不是您的社會地位，真不幸，是您的性格。您能向您自己保證愛我一個禮拜嗎？」

「唉！」于連浮想聯翩，「讓她愛我八天吧，就算是八天，然後我就幸福地死去。未來於我何干？生命於我何干？如果我願意，這幸福立刻就能開始，完全取決於我！」瑪蒂爾德看著他，沉思著。

「那樣說，我完全配不上您了。」她握著他的手說道。

于連抱住她，但同時理性的鐵手攫住了他的心。要是她看出我有多麼崇拜她，我又會失去她的。在放開她的胳膊以前，他又拿出了一個男子漢應有的全部尊嚴，推開了她的胳膊。

當天和以後的許多天裡，他知道如何把他那過度的幸福藏住，有時候，他甚至放棄了把她抱在懷裡的快樂。

但有時，幸福的狂熱又戰勝了謹慎的告誡。

過去，于連常跑到花園裡的金銀花花棚裡去站著，一面遠遠地觀望瑪蒂爾德的百葉窗，一面又暗歎她的反覆無常。旁邊有一棵很大的橡樹，樹幹正好擋住他，不讓那些好事之徒看見。

他和瑪蒂爾德走過這個使他如此清晰地回想起他那極度不幸的地方，往日的絕望和眼下的幸福對比太強烈了，對他的刺激實在太強烈了。他飽含熱淚把瑪蒂爾德的手放到他的唇邊說道：「就是在這裡，我常常思念您；就是這裡，我常常探望的那扇百葉窗，幾個鐘頭地等待著我能看見這隻手打開它的那個幸運的時刻……」

他的心完全地軟了。真實而毫無虛假地敘述了他以前的極度失望。簡短的感歎則表明了如今他已經結束了那可怕的痛苦，取而代之的是無限的幸福……

「天吶！我在幹什麼？」于連突然醒悟過來，自言自語道，「我在毀滅我自己啊。」

他極其驚慌，他確信德．拉摩爾小姐眼裡已不至有那麼多的愛情了。這僅僅是幻覺，但是于連臉色的驟然變化，籠罩了一層死人一般的蒼白。他的眼睛一下子暗淡了，一種不無惡意的高傲表情很快取代了最真實、最自然的愛的表情。

「您怎麼啦，我的朋友？」瑪蒂爾德用柔媚不安的神情向他說。

「我在說謊，」于連生氣的自責道，「我在向您說謊。我討厭自己說謊，但是天主知道我非常尊重您也不想說謊。您愛我，您忠於我，我不需要花言巧語討您喜歡。」

「天哪！前兩分鐘您對我講的那些好聽的話，難道全都是謊言嗎？」

「我強烈地譴責這些話，親愛的朋友。那都是我過去為了一個愛我卻討厭的女人編造出來的……這是我性格的缺點，我向您坦白，饒恕我吧。」

瑪蒂爾德的面頰都被痛苦的眼淚淹沒了。

「只要有一點點刺激，我就會回到夢想裡去，」于連繼續說，「我可惡的記憶，就給我提供機會，我也就多說了幾句。」

「那麼我剛才在無意中做了件讓您不愉快的事嗎？」瑪蒂爾德天真地問。

「我記得，有一天，您走過這金銀花廊時摘了一朵花，德·呂茲先生要把它從您手中拿去，您也就讓他拿去了。而我當時離您不到兩步遠。」

「德·呂茲先生？不可能！」瑪蒂爾德帶著她那如此自然的高傲說，「我絕不會那樣做。」

「我非常確定。」于連爭辯道。

「好吧！就算是吧，我的朋友。」瑪蒂爾德一面說，一面愁苦地低下頭。因為她心裡明白，幾個月以來，她從來沒有允許德·呂茲先生有過那樣的舉動。

于連懷著一種無法形容的溫情望著她說道：「不，」他默默地說，「她還是那樣愛我。」

晚上，她笑著責備于連不應對德·費瓦克夫人產生興趣：「一個小市民愛一個暴發戶！也許只有這種人不能被我的于連弄得神魂顛倒，但她已經把您變成一個道地的花花公子了。」她邊說邊玩弄他的頭髮。

于連在自認受到瑪蒂爾德蔑視的那段時間裡，成了巴黎穿戴最講究的男人之一。即便如此，他仍然勝過此類人一籌；他一旦打扮好，就不再想了。

但是有件事仍然使瑪蒂爾德很生氣，于連還在繼續抄寫俄國人信札，送給元帥夫人。

chapter 62
矛盾重重

一位英國旅行者說他和一隻老虎親密相處，他養大了牠，愛撫牠，然而桌子上總是放著一把上了膛的手槍。

于連只是在瑪蒂爾德看不出他眼裡的幸福時才敢放浪形骸，他嚴格履行他的計畫，不時對她說出幾句嚴厲的話。

當瑪蒂爾德的柔情和她的過度忠誠快要使他失控的時候，他鼓起勇氣突然離開了她。

瑪蒂爾德生平之中，第一次墜入愛河。

生活，在她看來，總是像蝸牛一樣，爬得那麼慢，但是她的生活現在卻已開始飛翔了。

不過，驕傲總還是冒出頭，她想大膽地面對愛情能夠讓她經歷的種種危險；倒是于連謹慎從事，也只是在有危險的時候她才不順從他的意志。她跟他在一起時是溫順的，甚至是謙卑的，但是對家裡身邊的人，無論是親屬還是僕人，她是更加傲慢了。

晚上在客廳裡，即使當著六十人的面，她也會叫住于連與他單獨交談，並且談話時間很長。

一天小唐博坐在他們旁邊，瑪蒂爾德叫他去圖書室取一本斯摩萊特[187]的書，那裡面涉及到一六八八年的革命，他遲疑了一下，她便說：「您倒是什麼都不急呀，」表情是一種令人感到屈辱的高傲，這對于連的心是一大安慰。

「你真是個怪物，您注意到他的表情沒有？」他對她說道。「他伯父在我們家侍候了十一二年，讓他繼續待在這兒是看在他伯父的面子上，不然的話，我可以叫人立刻把他趕出去。」

她對德．克羅茲諾瓦和德．呂茲這些先生們，表面上彬彬有禮，內心幾乎是同樣地咄咄逼人。她狠狠地責備自己，不該對于連吐露出自己的秘密，特別不該承認她對那幾位喜歡她的先生們有興趣，其實根本沒這回事，不過是誇大了言辭。

儘管她有過種種美好的決心，她那女性的驕傲仍然每天都阻止她對于連說：「因為是跟您說，我才覺得描述我的軟弱是一種快樂，那一次德．克羅茲諾瓦先生把手放在大理石桌子上，稍稍碰了碰我的手，我竟沒有把手抽回來。」

而現在呢，一旦這些先生中有人和她講上幾分鐘的話，她就會找一個問題來問于連，借此使于連留在她身邊。

她發現她懷孕了，很開心就把這件事告訴了于連。

「現在您還懷疑我嗎？這不就是保證嗎？我已經永遠是您的妻子了。」

187. 斯摩萊特（一七二一至一七七一），英國小說家，著有《藍登傳》。

這個消息使于連深感震驚，他差點兒忘了他的行動準則。「怎麼能對這個為了我而身敗名裂的可憐的女孩子有意地冷淡無禮呢？」只要她有一點點痛苦的樣子，哪怕是在明智發出它那可怕的聲音的日子裡，他也再無勇氣對她說出那些殘酷的話了，儘管根據他的經驗，這種話對他們的愛情之持續是不可或缺的。

「我要給我的父親寫信，」一天瑪蒂爾德對他說，「對我來說，他不但是父親，還是朋友。對於他，您和我不能欺騙他，哪怕是一分鐘，也是不應該的。」

「天吶！您怎麼能這樣做呢？」于連驚恐地叫道。

「履行我的職責，」她說，兩眼閃動著喜悅。

她比她的情人要來得大度。

「但是他是不會顧惜我的名譽的，他會從這兒把我趕走的！」

「這是他的權利，我們應該尊重他。如果他趕您出去，我會勾著您的胳膊，大搖大擺地從正門走出去。」

于連詫異極了，請求她再緩一個星期。

「不能再等了，」她回答說，「我聽見榮譽在說，認真履行職責吧。」

「好吧！我命令您等待。」于連最後說道，「您的名譽不會受損的，我是您的丈夫。因為這個事關重大的決定將使我們的身分發生變化。我也有責任。這樣吧，今天是星期二，下週二德·雷茲公爵舉辦晚宴，當德·拉摩爾先生晚上回到家時，門房將交給他這封決定命運的信……他一心想讓您成為公爵夫人，對此我確信不疑，想想他的不幸有多大吧！」

「您的意思是說要預防到他的報復？」

「我可憐的恩人，傷害他，我會感到痛心。但是我不怕，任何人我都不怕。」

瑪蒂爾德終於服從了。自從她把她的新情況告訴了于連後，這是他第一次用命令的語氣向她講話。他現在比以往任何時候都愛她，充滿著心中的溫柔，他竊喜藉口瑪蒂爾德目前的處境，可以不必對她說狠心的話了。但是要向德．拉摩爾先生招認的事，深深地觸動著他。他將要和瑪蒂爾德分別嗎？她看見他走時會難過嗎？過了一個月之後，她還會想他嗎？

他還有另一種恐懼，那就是侯爵會向他發出一番正義的斥責。晚上，他向瑪蒂爾德承認他憂愁的第二個原因，但是由於被愛情沖昏了頭腦，隨後他承認了第一個原因。

她的臉色陡然變了。

「離開我半年，對您真是一種不幸？」她說。

「很大的不幸，是目前我唯一害怕的。」瑪蒂爾德感到非常幸福。于連投入地進行著他的角色，竟讓她覺得兩個人當中是她愛得最深。

決定命運的星期二很快到來。午夜，侯爵回府，拿著一封信，註明要在身旁無人時親自拆閱。

我的父親：

我們之間的一切社會關係都已破裂，只剩下自然關係了。除了我的丈夫，您現在是，也將永遠是我最親愛的人。我的眼裡滿含著淚水，我想到了我給您造成的痛苦，但是，為了不使我的恥辱公開，為了讓您有時間考慮和行動，我不能把應該向您招認的事情拖下去不說了。若是您的恩情——我明白您對我的恩情是像大海一樣無邊的——如果您願意給我一份小小的年金，我將和我的丈夫去您願意的地方生活，比方說去瑞士。他的姓氏如此卑微，絕不會有人認出索海爾夫人、維里埃木匠媳婦就是您的女兒。我在寫這個姓氏時是多麼無奈呵！

我在替于連擔心，怕他惹您生氣，雖說從情理上講，這是理所當然的。我不願當公爵夫人，我的父親，我愛他，是我首先愛上了他，是我誘惑了他。我從您那裡繼承了一顆高尚的心靈，不會把我的注意力投向庸俗或我覺得庸俗的事情上去。為了博取您的歡心，我曾對德・克羅茲諾瓦先生有過些想法，但都毫無意義。為什麼您要把真正有價值的人置於我的眼下呢？我從耶爾回來時，您自己對我說：這位年輕的索海爾是唯一讓我開心的人；這位可憐的孩子，對這封信給您帶來的痛苦，和我一樣感到痛心。我很清楚，作為父親怎能不生氣，但請您永遠像一個朋友那樣疼愛我吧。

于連素來就很尊重我，有時和我說話，只是出於他對您的感激。因為他性格中天然的高傲使他只在正式場合理會那些遠遠高出於他的人。他對社會地位的差別具有一種強烈的、天生的感覺。我羞於向我最好的朋友承認，而這是絕不能向其他任何人承認的，是我，有一天在花園裡主動抱住了他的胳膊。

二十四個鐘頭之後，您為什麼還對他生氣呢？我的錯誤無法補救。如果您一定要的話，將由我轉達他的深切的敬意和使您感到不快的遺憾。您不會再見到他，然而他去哪兒，我就會去哪兒跟他會面。這是他的權利，也是我的責任，他是我的孩子的父親。

如果您的仁慈願意給我們六千法郎以供度日，我將懷著感激之情接受；不然于連就打算去貝藏松定居，在那裡講授拉丁文和文學。不管他的出身如可卑微，我相信他會飛黃騰達的。同他在一起，我深信會有出頭之日。如果發生革命，我確信他會擔任主要角色。在那些向我求婚的人當中，有哪一個您能這樣說呢？他們的確有數不清的財產！但是我不能單從這方面去找青睞他們的理由。即使在今天的政治環境下，我的于連也能夠獲得很高的地位，要是他有百萬資財和我父親的保護就更有可能了……

瑪蒂爾德知道侯爵很是意氣用事的，於是寫了八頁之多。

「如何是好？」半夜裡，當德．拉摩爾先生正看這封信時，于連在花園裡散步時暗想，「第一，我的責任在哪？第二，我的利益在哪？他對我恩重如山：沒有他我只會是個地位低下的無賴，而且還不能無賴到不受人憎恨和欺侮的程度。他讓我成了上等人，他已培養我成為一個上流社會的人士了。我首先減少了一貫的欺騙行為，其次也不那麼卑鄙了。這比送給我百萬金錢要有價值得多！是他給了我這枚十字勳章和使我出人頭地的表面上的外交服務。」

「要是他用筆來記錄我行為的話，會怎樣寫呢……」

于連正沉思著，突然被德．拉摩爾先生的老僕人打斷了。

「侯爵讓您立刻去見他，不管您是否穿戴整齊。」

老僕人和于連一同走著，低聲對他說：「侯爵正大發脾氣呢，您可得當心啊！」

chapter 63

墮入地獄

于連發現侯爵大怒，也許這位貴人生平第一次顧不上文雅了，他破口大罵于連，嘴上來什麼就罵什麼。我們的英雄吃驚了，不耐煩了，不過他的感激之情絲毫不曾動搖。「這可憐的人，長久以來內心深處盤算著多少美好的計畫，如今竟眼睜睜地看著它們頃刻間垮台了！不過我應該回答他，我的沉默會增加他的憤怒。」回答是達爾丟夫這個角色提供的。

「我不是一個天使……我曾經任勞任怨地為您服務，您也慷慨地給予我報酬……我對您是感激的，當時我只有二十二歲……在這個家中，瞭解我的只有您和那個可愛的人兒……」

「魔鬼！」侯爵吼了起來，「可愛的！可愛的！在您開始覺得她可愛的那一天，我就該叫你滾蛋。」

「我曾經試過，那時，我請求您讓我去朗格多克。」

侯爵氣得走來走去，累了，也被痛苦壓倒，一屁股坐在椅子上；于連聽見他低聲自語：「這倒也不是個壞人。」

「是的，我並不那麼壞啊。」于連嚷道，同時應聲跪了下來。但是他感到這個舉動極為可恥，馬上又站了起來。

侯爵的確是氣糊塗了。看見他跪下，侯爵又百般辱罵起來，罵得凶且俗，與車夫無異。辱罵用詞新奇，也許能化解憤怒。

「怎麼？我的女兒以後叫做索海爾太太！怎麼？我的女兒不是公爵夫人！」每當這兩個念頭同樣清晰地呈現，德·拉摩爾先生就像在受酷刑一般痛苦，無法控制自己的情緒。于連害怕要挨揍。

侯爵漸漸習慣他的不幸了，在清醒的間隙，他也對于連提出相當合情合理的指責：

「您應當逃走，先生，」他說道，「逃走是您的義務……您是世界上最下流的人……」

于連走到桌旁寫道：

很久以來，生活於我已不堪忍受，現在該結束它了。我請求侯爵先生允許我表示無限的感激之情，並允許我因死在府中而給他造成的麻煩深表歉意。

「請侯爵賞臉看下這張字條，」于連說，「殺了我吧，或是叫您的僕人殺了我。現在是凌晨一點鐘，我到花園裡，慢慢朝後牆走。」

「滾吧！」當他走開時，侯爵對他吼道。

「我明白，」于連心想，「看到我不把我的死栽到他僕人頭上，他也許會高興的……讓他殺死我吧，也好，這是我給他的一個滿足……但是，天吶！我愛生命……為了我的兒子，我應該活下去。」

最初他感覺很危險，但是散步幾分鐘之後，這個想法第一次如此清晰地浮現在他的腦海裡，完全佔據了他的心神。

這種關切如此新奇，使他成了個謹慎的人。「我得有個人商量如何對付這個狂暴的人……他毫無理智，什麼事都幹得出來。富凱離得太遠。再說他也不會理解侯爵這種人的感情。富凱離這裡太遠了，並且他也不大瞭解像侯爵這種人現在的心情。阿泰咪拉伯爵……我有把握他永遠保持沉默嗎？我的討主意不應橫生枝節，使我的處境複雜化。唉！只留下沉鬱的彼拉爾神父了……冉森派教義已使他心胸狹窄……一個耶穌會的壞蛋倒是深諳社會，對我或許更有好處……一旦聽到我的罪惡，彼拉爾先生肯定會打我的。」

達爾丟夫的天才挽救了于連：「好吧，我去對他懺悔。」這就是他在花園中散步整整兩小時後所做的重大決定。他不再想他可能挨槍子兒了，他睏得不行。

第二天一大早，于連就到了巴黎兒法里之外，去敲嚴厲的詹森派的門。他大為驚訝，他發現神父對他的懺悔並無過分的驚奇之感。

「也許我應該責怪自己，」神父對自己說，擔心多於氣憤。「我相信我已猜到這樁戀情，我對您的友情，不幸的孩子，阻止我告訴她父親……」

「他會做什麼呢？」于連急忙問。

他很愛這個教士，如果面對一場指責將是很難受的。

「我看有三個辦法，」于連繼續說，「第一，德．拉摩爾先生把我處死。」於是他講述他留給侯爵的那封決定自殺的信。「第二，他或許叫諾爾貝伯爵同我決鬥，把我做槍靶子。」

「您能接受嗎？」彼拉爾教士說著，氣得站起來了。

「您還沒有讓我說完呢。我當然不會向我恩人的兒子開槍。

「第三，他可能讓我離開。如果他對我說：『去愛丁堡，去紐約，』我會服從的，那時候，他們可以掩蓋德．拉摩爾小姐的狀況，不過我不能容忍他們除掉我的兒子。」

「這一點毋庸置疑，這會是那個道德敗壞的人的第一個念頭……」

在巴黎，瑪蒂爾德正瀕臨絕望。她在早晨七點鐘去見過父親。他給她看了于連的絕命書，她發抖了，就怕他以為結束生命才是高貴的：「為什麼您不經我同意就讓他自殺？」她心想道，我的痛苦已經變成憤怒。

「如果他死了，我也死，」她對她父親說。「您將是他的死因……您也許會高興吧……但是我要向他的亡靈起誓，首先我將戴孝，我將公開我的索海爾寡婦的身分，我還要散發訃告，您瞧著吧……您等著吧，我不會膽怯懦弱的。」

她竟愛得如此瘋狂。如今輪到德．拉摩爾先生驚慌失措了。

他開始理智地來審視這一事件。早餐時，瑪蒂爾德沒有來吃飯。侯爵如釋重負。特別是他發現她什麼也沒有對母親說，就更感到寬慰了。

午時，于連回來了，院子裡傳來嗒嗒的馬蹄聲。于連縱身下馬，瑪蒂爾德立即派人來叫他，幾乎當著女僕的面衝向他的懷中。于連並沒對這種狂熱無所適從，與彼拉爾神父進行了很長時間的交談，他變得很機警，而且富有計謀。他再也不胡思亂想了，瑪蒂爾德含淚告訴他，她看到了他要自殺的信。

「我父親會改變主意的，我求您立刻動身去維爾基埃。騎上馬，趕在他們吃完飯前走出府邸。」

由於于連絲毫沒有改變他那驚異且冷靜的神情，她放聲大哭起來。

「讓我來處理這件事吧，」她哭喊著，同時緊緊摟住于連。「你知道我不是有意離開你。給我寫信，寫給我的女僕，讓別人寫信封，我會給你寫很長很長的信。再見！逃吧。」

這最後一句話刺傷了于連，不過他還是服從了。「命中註定，」他想，「就是在最好的時候，這些人也知道如何刺痛我。」

瑪蒂爾德堅決地抵制她父親的各種謹慎的計畫。談判的基礎只有一個，其餘的她都不願意：這個原則就是，她將是索海爾太太，同她的丈夫在瑞士貧寒地生活，或者和她的父親住在巴黎。她堅決反對秘密分娩。「那樣的話就有可能開始對我進行誹謗和侮辱。結婚後兩個月，我和丈夫出門旅行，這樣我們就容易安排我的兒子出世的適當時期了。」

瑪蒂爾德的堅定意願，起初遭到侯爵憤怒的訓斥，但後來他還是有些動搖了。

他心腸軟下來了，向他女兒說：「這有一張一萬法郎年金的存摺，你拿去給你的于連，叫他趕快把錢取出來，這樣我就不可能再收回來了。」

于連知道瑪蒂爾德喜歡發號施令，為了服從她，就趕了四十法里的冤枉路：他在維爾基埃和佃戶們把帳目算清，侯爵的恩惠給了他返回的機會，他去求彼拉爾神父收留他，彼拉爾神父在他不在的那段時間裡已經成了瑪蒂爾德最有用的盟友了。侯爵每次問到他，他都證實公開結婚以外的一切辦法在天主的眼裡都是罪惡。

「幸虧在這裡，」教士補充道，「世俗的道理和宗教的原則是一致的。德·拉摩爾小姐性情急躁，自己都保不住秘密，別人還能指望秘密能保住一時一刻嗎？如果不接受光明磊落的公開結婚，社會將在長得多的時間裡關注這宗奇怪的門戶不當的婚事，將會長時間地議論不休，所以應該把事情一次講清楚，不管是表面上還是事實上，都不讓它有絲毫的隱瞞。」

「不錯，」侯爵沉思後回答，「這樣做了，如果三天以後還議論這樁婚事，那就成了沒頭腦的人的廢話了。應該利用政府採取重大的反雅各賓措施的機會，悄悄地跟著把事情辦了。」

德·拉摩爾先生的兩三位朋友，與彼拉爾神父的意見一致。在他們認為，最大的問題是瑪蒂爾德堅定的性格。但在聽了許多好理由之後，侯爵在內心深處仍然不甘心放棄他女兒即將獲得御賜寶座的機會。

他的記憶和想像中充滿了各種各樣的花招和欺騙，那在他年輕時還是可能的。屈服於需要，害怕法律，他認為對他那種地位的人來說，是荒謬丟臉的事。十年來他為了這個心愛的女兒想入非非，美夢聯翩，如今付出了高昂的代價。

「誰能想到會發生這種事呢？」他心想著，「一個性格如此高傲、天賦如此超絕，對自己的姓氏比我還要驕傲的女孩子，法國最顯赫的人家老早前來求婚的女孩子，竟會出這樣的事！」

「我們應該拋開世俗陳規。這個世紀註定會把一切搞亂！我們正在進入混沌的世界。」

chapter 64
一個聰明人

任何理由也不能摧毀十年的美夢所建立起來的王國。侯爵並不認為生氣是明智的，然而他又下不了決心饒恕。「這個于連要是能出個意外死掉就好了，」他有時候自言自語……就這樣，他那傷心的想像從追逐最荒唐的幻影中得到些許安慰。這些幻影使彼拉爾神父那些明智的道理起不了作用。一個月就這樣過去了，談判沒有前進一步。

家庭事件和在政治事件中一樣，侯爵常有一些獨到的見解，他可以為這些見解連續興奮三天。這時，如果一個行動計畫是建立在正確的推理之上的，他就不喜歡；他認為正中下懷的推理必須支持他心愛的計畫。三天來，他用一個詩人似的全部熱忱從事研究，把問題提高到某一層次時，第四天他就不再去管了。

于連開始還對侯爵的遲緩感到困惑，可是過了幾個禮拜，他開始猜到，德・拉摩爾先生在這件事情中還沒有任何確定的計畫。德・拉摩爾夫人和全家的人都以為于連到外省出差去處理地產的事了。其實他藏在彼拉爾神父的住處，幾乎每天都和瑪蒂爾德會面。她每天早晨要和她父親待個一小時，但一連幾星期，他們都不提起佔據他們整個頭腦的那件事。

「我不想知道這個人在哪裡，」有一天侯爵對她說，「把這封信給他吧。」

瑪蒂爾德念道：「朗格多克的土地，每年收入總共二萬零六百法郎，其中一萬零六百法郎給我的女兒，另外一萬法郎給于連・索海爾先生。當然，土地也一起給你們。告訴公證人擬兩個贈與契約，明天就給我，此後我們就不再有關係了。唉！先生，這一切我真是意想不到啊！」

「德・拉摩爾侯爵，我非常感謝您，」瑪蒂爾德興奮地說道，「我們可以住在荊刺城堡，在阿讓與瑪律芒德之間。據說那裡的風景和義大利一樣美麗。」

這份贈與令于連極為驚訝。他不再是我們曾經認識的那個嚴厲冷漠的人了。兒子還沒出生，其命運已經吸引住他的全部心思。對一個如此貧窮的人來說，這筆意外的財富還是相當可觀的，他不禁生出一份野心。他眼看著他妻子或者說他有了一筆三萬六千利弗爾的年金。對於瑪蒂爾德，她的全部感情都集中在對丈夫的崇拜上，他的高傲使她如此稱呼于連。她最大的、也是唯一的期望，就是使她的婚姻得到社會的認可。她時時都在誇大她表現出的高度明智，把自己的命運和一個出類拔萃的男人的命運結合在一起。

于連幾乎經常不在家，加上事務如此繁重，談情說愛的時間又很少，這一切使得于連以前發明的明智策略獲得了效果。

瑪蒂爾德很少和她心愛的人見面，最後終於忍受不了了。

在她氣惱時，她寫信給父親，信的開頭與奧瑟羅[188]類似的語氣：

188. 莎士比亞的名劇《奧塞羅》中的主人公。

我寧願要于連，而不願要社會給予德·拉摩爾侯爵的女兒的所有娛樂，我的選擇足夠證明這一點，地位和虛榮，對我來說，是一文不值的。我和丈夫快有六個星期沒有見面了，這足以說明我對您的尊敬。在下星期前，我要離開您去找他。您的恩德已使我們富有。除了可敬的彼拉爾神父，沒有人知道我的秘密。我要去他那兒，他將為我們主持婚禮，儀式結束一個鐘頭之後，我們便去朗格多克。除非您同意，否則我們不會在巴黎露面。

然而使我傷心的是，這一切將被編成聳人聽聞的傳聞，用來攻擊我，攻擊您。一個愚蠢的公眾所編造的那些俏皮話，難道不會迫使我們善良的諾爾貝去找于連的麻煩嗎？我瞭解他，在這種情況下，我對他是無能為力的。我們會在他的靈魂中發現一個反抗的平民。我跪下請求您，我的父親啊！來參加我的婚禮吧，在彼拉爾神父的教堂裡，下禮拜四，那些惡毒的傳聞將失去鋒芒，您的獨子的生命、我丈夫的生命將得到保障……

這封信使侯爵的精神陷入極大的困惑中。可是最後還是得拿個主意呀，所有微小習慣，所有一般朋友，都失去了作用。

在這種非同尋常的情況下，他性格中那些受到年輕時種種事件影響的重大特徵，又恢復了它們的全部力量。在享有巨大資產和宮廷特權兩年後，一七九〇年的革命使他捲入可怕的慘境。這個嚴酷的鍛煉改變了一個二十二歲年輕人的心靈。實際上，他是坐鎮眼下的財富之中，而不大為其所制。然而，同一種想像力使他的靈魂免受金錢的腐蝕，卻使他沉浸在希望他女兒獲得貴族稱號的狂熱中。

剛過去的六星期中，侯爵偶爾心血來潮，覺得應該使于連富有；他覺得貧窮是可恥的，對他德．拉摩爾先生來說更是不體面的，而在他女兒的丈夫身上則是不可能的；他女兒的丈夫不應該是貧窮的，於是他贈予大量的金錢。第二天他的想像改變了，他覺得于連會領會他慷慨解囊背後的弦外之音。他會改名換姓，逃亡去美洲，寫信給瑪蒂爾德說他已經為她去死了。德．拉摩爾先生想像這封信已經寫好，並且注意到這對他女兒性格產生的影響……

瑪蒂爾德真實的信把他從這些如此幼稚的夢幻中拉了出來，那一天他想了好久如何殺死于連或讓他失蹤，然後又想如何讓他有個輝煌前程。他讓于連用他的一處莊園的名稱作姓氏；為什麼不能把自己的爵位傳給他呢？他的岳父德．肖納公爵，自從他的獨子戰死西班牙之後，已經跟他說過好幾次，想把他的爵位傳給諾爾貝……

「我們不得不承認于連有一種特殊的辦事才能，也頗有膽量，將來很可能會很優秀，」侯爵暗想道，「但是在他性格的深處，我發現有某種可怕的東西。這是他留給所有人的印象，」

「有一次我的女兒對我說得很好（在一封沒有引用的信裡）：于連不屬於任何客廳，任何黨派。他沒有尋求任何力量的幫助來反對我，要是我拋棄他，他也是毫無辦法的……可這是對社會當前狀況的無知嗎？……有兩、三次我對他說：『要當侯選人，只有客廳的支持才是切實的、有用的支持……』」

「不，他像一個律師一樣不放過任何機會，老奸巨猾……他絕不是路易十一[189]那類的性格。一方

189. 路易十一以詭計多端著稱。

面，我看見他滿口最不寬容的格言警句……我簡直被搞糊塗了……他向自己重複那些格言，是不是為了控制自己的情緒呢？」

「至少有一點很清楚：他受不了蔑視，我從這裡下手掌握他。」

「真是，他沒有上流社會的宗教信仰，他尊重我們並非出自本意的……這是個缺點，不過，一個神學院學生的靈魂忍受不了的應該是享樂和金錢的匱乏。他則完全不同，他絕對不能容忍別人的輕視。」

在女兒來信的催逼下，德・拉摩爾先生覺得必須下決心了。「總之，關鍵的問題在於：于連膽子大到追求我女兒的程度，是不是因為他知道我最愛她，我有十萬埃居的進款呢？」

瑪蒂爾德不這樣認為……「不會的，我的于連，關於這一點我萬分肯定，我不會騙我自己的。」

「這是真正的愛情嗎？還是向上爬的、平庸的欲望呢？瑪蒂爾德是有遠見的，她首先感覺到這種懷疑會在我的心目中毀掉他，所以她才承認她先愛上他的……」

「一個女孩子，性格如此高傲的，竟然會忘掉自己的身分，首先作出那麼樣粗俗的舉動！……一天夜晚在花園裡抱住他的胳膊，多麼可怕呵！好像她沒有千百種稍微體面些的辦法讓他知道她看中了他似的。」

「辯解等於承認；我不相信瑪蒂爾德……」這一天，侯爵的分析比平時更具結論性。不過，還是習慣占了上風，他決定爭取時間，就給女兒寫了一封信。因為在這座府邸裡人們是互相寫信的。德・拉摩爾先生不敢和瑪蒂爾德面對面地談，不敢頂她。他怕突然一個讓步，整個事情便告結束。

不要再做傻事，這裡有一張輕騎兵中尉的委任狀，授予于連·索海爾·德·拉韋爾奈騎士。您看得出我為他做了些什麼。不要違抗我，不要問我。叫他在二十四時內動身去斯特拉斯堡報到，他的軍隊駐紮在那兒。這裡還有一張向銀行取款的支票。他應該服從我。

瑪蒂爾德的愛情和快樂真是無窮無盡，決定趁勝利立刻回信：

如果德·拉韋爾奈先生知道您為他做的這一切，他會非常感謝您，定會感激涕零，誠惶誠恐，匍匐在您的腳下。然而，我的父親如此寬宏大量，卻獨獨把我忘了；您女兒的名譽處在危險之中。一招不慎，就會造成永久的玷污，兩萬金幣的金錢，也無法彌補。除非您答應我下月，婚禮在維勒基埃公開舉行，我才把您的委任狀交給德·拉韋爾奈先生。因為過了這個期限不久，您的女兒就只能以德·拉韋爾奈夫人的名義在公開場合露面了。親愛的爸爸，我是多麼感激你把我從索海爾這個姓氏中挽救了出來……

回信是沒有料到的。

服從吧，否則我將收回成命。發抖吧，不謹慎的孩子。我還不瞭解您的于連是何許人，而您自己比我還瞭解得少。讓他動身去斯特拉斯堡，想著走正道吧。我在半個月內讓您知道我的決定。

這封回信相當堅決，使瑪蒂爾德感到詫異。「我不瞭解于連，」這句話讓她浮想聯翩，很快就得出一些最具魅力的假設、而她認為這些假設是真實的。于連在精神上，還未披上客廳那卑劣的小制服。父親不相信他的優越性，恰好事實證明他具有優越性……

「不過，他這個心血來潮的想法剛剛露頭，我若不服從，就可能導致一場公開的爭吵；張揚出去會降低我的社會地位，可能讓我在于連的眼中也不那麼可愛了。關係破裂以後，我們將面臨十年貧困。因為一個男人有才能而選他作丈夫，這種瘋狂行為，要想不惹人非議，除非你金玉滿堂。如果我離開我的父親到遙遠的地方去生活，像他這麼大歲數的人，很可能把我忘了。諾爾貝將會娶一個如此可愛的、精明的女人，老年的路易十四還曾被勃艮等公爵夫人[190]所吸引……」

她決定服從，但是沒有把她父親的信給于連；他那火爆脾氣會讓他幹出蠢事來。

晚上她告訴于連，他已經是騎兵中尉了，他喜出望外。我們可以從他一生的野心和他對他兒子的熱情中來想像他快樂的程度，不難想像他的快樂。姓氏的改變使他大為驚訝。

「總之，」他想，「我寫完一本小說。所有的成績都是我的。我總算做到讓這個驕傲的怪物愛我了，」他一面想，一面注視著瑪蒂爾德，「她父親沒有她不能活，她沒有我不能活。」

190. 指路易十四的孫媳。

chapter 65 風暴來臨

他完全沉浸在思考中，她向他表示熱烈的感情，只是虛應著。他一直不說話，沉著臉。在瑪蒂爾德眼中，他從未顯得如此偉大，如此值得崇拜。她擔心他的自尊太敏感，稍有不周，就會打亂整個局面。

她看見彼拉爾神父差不多每天早晨都到府邸來。于連不願從他那兒知道她父親的一點旨意嗎？侯爵本人，不會突然一時興起寫信給他嗎？得到如此巨大的幸福以後，于連的神色怎麼還這麼嚴厲呢？她不敢問他。

她不敢！她，瑪蒂爾德！從這刻起，她對于連的感情裡，摻雜了許多模糊的，無法預料的甚至是可怕的成分。這顆冷酷的心感覺到了一個在巴黎人讚賞的過度文明中長大的人所能有的全部熱情。

第二天一早，于連來到彼拉爾神父的住處。驛馬拖著一輛從鄰近驛站租來的破舊車子進了院子。

「這樣的車子已經不合時宜了，」這位嚴厲的神父面帶不悅的神情說道，「這裡有兩萬法郎，是德·拉摩爾先生送給您的，他要求您在一年內花完，但儘量別鬧出笑話。（交給一個年輕人這麼一大筆錢，在神父看來，就是在給他一個犯罪的機會。）

「侯爵還補充說：『于連．德．拉韋爾奈先生的這筆錢是他父親的，他父親是誰就不必說了。德．拉韋爾奈先生也許認為應該送一份禮物給維里埃的木匠索海爾先生，小時候他照應過他……』我可以負責去辦這件事，」神父接著說，「就是終於促使德．拉摩爾先生同意和那個詭計多端的德．弗里萊代理主教達成和解。他的威望實在巨大，影響我們很深，事實上他才是統治貝藏松的人。他對您的高貴出身的默認將是談判的一個心照不宣的條件。」

于連高興得無法自抑，抱住彼拉爾神父，他的高貴出身已經得到了承認。

「呸！」彼拉爾神父說著，把他推開，「這種世俗的虛榮有什麼意思？……至於索海爾和他的孩子們，我將以我的名義每年送給他們五百法郎的贍養費，分別付給他們每個人，只要我願意的話。」

于連冷靜下來，恢復高傲的態度。他向神父表示感謝，但措辭空洞，使自己不受任何約束。「這是真的嗎，」他暗想道。「難道我真的可能是被可怕的拿破崙放逐到我們山區裡的一個大貴人的私生子嗎？」他對自己說。他越來越覺得這並非不可能。「我對我父親的仇恨就是一個證明……我不再是個怪物了！」

在這場談話結束以後，沒過幾天，輕騎兵第十五團，法國最優秀的輕騎兵團之一，在斯特拉斯堡的校場裡演習。德．拉韋爾奈騎士先生騎著一匹最漂亮的阿爾薩斯馬，那是他剛花了六千法郎買的。他被任命為一個他從沒聽說過的團隊的中尉，雖然之前他還未當過少尉。

他那毫無表情的神態，他那嚴厲、近乎凶惡的眼睛，他的蒼白，他的不可動搖的冷靜，從第一天起就樹立了他的聲譽。不久，他周全得體的禮貌，他嫻熟的射擊技能，使他的同僚們放棄了公開嘲笑他的意圖。經過五、六天的猶豫，團裡的輿論表明對他有利。一些喜歡幽默的老軍官說：「這個年輕人，什麼都有，就是沒有年輕人的樣子。」

于連在斯特拉斯堡寫信給謝朗先生——維里埃的老教士，他現在已經老態龍鍾了：

我深信，當您得知我由於成家而變得富裕了，您一定非常高興。這裡有五百法郎，我請求您悄悄地、也別說出我的名字，把它分給那些像我從前那樣貧窮而不幸的人，我相信您一定會幫助他們，就像以前幫助我那樣。

使于連陶醉的是野心，不是虛榮；不過他仍把很大一部分注意力放在外表的修飾上。他的馬，他的軍服，他的隨從的號衣都乾淨整潔，簡直能給一絲不苟的英國大貴人增光了。由於他人的庇護，剛剛當上兩天中尉，他就在盤算，怎樣才能在三十歲以前成為統帥，就像所有偉大的將軍一樣，他得以在二十三歲時，身居中尉之上，現在他眼中只有榮譽和他的兒子。

他正沉浸在最狂妄的野心中，德・拉摩爾府邸的一個年輕僕人送來了一封信，他感到有些不妙。

「一切都完了，」瑪蒂爾德給他寫道，「盡可能快地趕回來，不顧一切，哪怕是開小差。您一到，就在街號的花園的小門旁，在馬車裡等我……我和您談話，或許我可以把您領進花園。一切都完了，而且我擔心無可挽回了；相信我，您看我在逆境中仍是忠誠的，堅定的。我愛您。」

幾分鐘後，于連得到了上校的許可，騎著馬飛快地離開了斯特拉斯堡。可怕的不安吞噬著他，過了麥茨他就騎不動馬了。他跳上一輛驛車，以一種驚人的速度，到達指定的地點，德・拉摩爾府邸花園的小門外。門開了，瑪蒂爾德忘掉了一切尊嚴，立刻投入他的懷抱，幸虧那時剛剛早晨五點鐘，街上還沒有行人。

「一切都完了，我父親怕看見我哭，星期四深夜就走了，誰也不知道去了哪裡！這是他的信，您看吧。」她和于連一起上了馬車。

我什麼都能寬恕，就是不能寬恕那種因為您有錢就誘惑您的計畫。看吧，不幸的孩子，這就是可怕的真相。我發誓，我絕不同意您和這個人結婚。如果他願意走得遠遠的，離開法國，最好去美洲，我保證給他一萬利弗爾的年金。您看看這封信吧，這是我瞭解他的情況而收到的回信。您可以看看，您不必寫回信給我了，只要涉及這個人，哪怕一個字，我也不願看。巴黎和您都令我感到厭惡。我要求您對將要發生的事，絕對保守秘密。痛痛快快地拒絕這個人吧，這樣您可以重新得到一個父親。

「德·雷納夫人的信在哪？」于連冷靜地問。

「在這兒，我本來想等你有所準備後再交給你。」

出於宗教道德與責任感，先生，我不得不告訴您一切。基於一條顛簸不破的真理和為了避免更大的醜聞，我在這一時刻不得不傷害別人。雖然痛苦，但我更應該說負起責任。老實說，先生，您向我打聽那個人的全部真實情況，看起來真是不可思議。一種萬無一失的準則命令我此刻傷害一位鄉人，為的是避免一樁更大的醜聞。我所感到的痛苦應該由責任感來戰勝。

的確，先生，您向我打聽全部真實情況的這個人，他的行為似乎是無法解釋，或竟是正派的。這個貧窮潦倒貪婪虛偽專門誘惑不幸的女人的人，為了改變自己的身分，出人頭地。現於一種責任使我不得不向您補充一句，我相信于連先生是沒有任何宗教信仰的。憑良心說，我不能不這樣想，他為了在一個家庭裡獲得成功，其手段之一就是竭力誘惑這個家裡最有影響力的女人。裝著一副無私的樣子，宣調的諾言，其最終的唯一目的，就是怎樣支配那一家的主人和財產，而他留給他人的只是不幸和永恆的懊悔……

這封信很長，每個字跡都因沾滿淚水而模糊，它確實是德．雷納夫人親筆寫的，而且比平時寫得更要仔細。

「我不能責備德．拉摩爾先生，」于連看完信說道，「他是公正並謹慎的。哪個父親願意把他女兒嫁給這樣一個人呢，再見吧！」

于連跳下馬車，跑向等在馬路一端的驛車，瑪蒂爾德好像被他忘了，追了幾步，然而來到店鋪門口的商人都認識她，他們的目光逼得她急急退回花園裡去。于連在去維里埃的緊張旅途中，不方便按約定寫信給瑪蒂爾德，原因是他不能夠正常的寫字。

星期天上午，他抵達了維里埃。他最近很幸福這件事已經成為了當地的特大新聞，以至於剛進一家武器店老闆就對他奉承了一番。

于連花費了很大的勁兒，才讓老闆知道他需要兩把手槍。在他的請求下，老闆幫他裝上了子彈。

三點鐘響了，這在法國鄉村裡是盡人皆知的信號，它在早晨各種鐘聲響過之後，宣佈彌撒即將開始。

于連走進維里埃剛建成的教堂，教堂裡的所有大窗戶，都用紫色的帷幔遮了起來。于連站在德·雷納夫人身後不遠的地方，她好像正在虔誠地禱告。看著眼前曾深愛過他的人，于連的胳膊發抖了，不能執行計畫。

「我不能，」他對自己說，「我真下不了手啊。」

此刻，輔助彌撒的年輕執事開始為供奉聖體的儀式搖鈴，德·雷納夫人低頭的一刹那，她的披肩完全遮住了她的頭，于連沒有認出她，他對著她開了一槍，沒打中，他接著開了第二槍，她倒在了地上。

chapter 66 悲慘的實情

于連站著不動，眼前一無所見。等到他稍微緩過點神來，他發現信徒們紛紛逃出教堂，教士也離開了祭壇。于連跟在幾個邊喊邊逃的女人後面，慢慢地往外走。一個女人想逃得比別人快些，猛地推了他一把，他跌倒了。他的腳被人群撞倒的椅子絆住了，當他起來時，感到脖子已被人抓住，一個穿制服的員警把他逮捕了。于連本能地想動手中的手槍，卻被另外的員警迅速地抓住了胳膊。

他戴著手銬，被帶到一間上了兩道鎖的屋子裡。而對於這一切，他一點反應也沒有。

「我的天，一切都完了……」他清醒後大聲喊道，「沒錯，半個月以後要被砍頭，或者在這之前選擇自殺。」

他不能再往下想了，他覺得自己的腦袋被猛力地夾住。他看了看是否有人抓住了他。不一會兒，他沉沉睡去了。

幸運的是德．雷納夫人並沒有受到致命的槍擊。第一顆子彈擊中了她的帽子，當她轉身時，第二顆子彈已經發出，打在她的肩上，說來挺奇怪，子彈卻被肩骨彈回去了，把一個哥德式的石柱打碎了一塊。

經過長時間的、痛苦的包紮，外科醫生，一個很嚴肅的人，對德．雷納夫人說：「我可以像擔保我自己的生命一樣擔保您的生命。」她深感痛苦。

一直以來，她都不想活了。聽她懺悔的教士逼她給德．拉摩爾先生寫信，這封信給這個因長久的不幸而變得虛弱不堪的人最後一擊。這不幸就是于連的離別，而她把這叫做悔恨。這位從第戎新來的年輕教士，道德高尚，又熱誠，他的確猜透了她的想法。

「這樣死去，而又不是自殺，就不是罪惡了，」德．雷納夫人暗想道，「上帝或許會寬恕我甘願死去的想法。」她不敢加這一句：「能夠死在于連的手上，真是最大的幸福。」

所有人剛剛離開病房，她就讓人把女僕艾麗莎叫來。

「監獄看守，」她對女僕說，滿臉通紅，「是個殘酷的人，他肯定要虐待他，以為是做了件讓我高興的事……想到這兒我就受不了。您能不能像您自己要去的那樣，去把這裝著幾個路易的小包送給監獄看守？您對他說宗教不許他虐待他……尤其不要談送錢的事兒。」

只有按照上面的方法去做，維里埃監獄看守的才能對于連好點。看守人自然是那個工作盡職盡責的奴沃盧先生，他看到阿佩爾先生非常驚慌。

一位審判官來到監獄。

「我故意傷人，」于連對他說道，「我在某武器店買了手槍，並讓店主人裝上子彈。據民法第一三四二條，我應被判死刑，我等待著死刑。」

一時沒搞清狀況的審判官，接著提出一系列問題，想使被告在回答時相互矛盾。

「您難道沒看見嗎，」于連微笑地對他說道，「我努力按照您所想的來承認我的罪刑，您應該會因為我被判死刑而非常高興吧，請您離開這裡吧。」

「到現在為止，我還有一件事必須去做，」于連心想，「我應該給德·拉摩爾小姐寫封信。」

我已復仇，遺憾地是我的名字將出現在報紙上，我不能悄悄地逃離這個世界。我將在兩個月內死去。復仇是殘酷的，一如與您分別的痛苦。從今以後，我禁止我自己寫和說您的名字。永遠不要說起我，甚至對我的兒子：沉默是尊重我的唯一方式。在普通人的眼裡，我無非是個普通的殺人犯，請您在最後的時刻發個誓：您一定要徹徹底底忘記我。我勸您不要和任何人提起這件事情，因為需要很久才能耗盡我在您性格裡看出的所有幻想和冒險的成分。您生來就該與中世紀的英雄們為伍，那就表現出他們堅定的性格吧。但願應該發生的事到現在為止，但願一切都已經結束了，我只希望不要拖累您。您可以用假名，不要有什麼知情人。如果一定需要一個朋友的話，就把彼拉爾神父留給您。

不要告訴任何人，特別是同屬於您那個階級的人，比如德·呂茲、德·凱律之流。

我死了一年後，您就跟德·克羅茲諾瓦先生結婚，我請求您這麼做，我以您丈夫的名義要求您這樣做，不要給我寫信，我也不會回信的。我覺得我遠不如伊阿果[191]那麼壞，我卻要像他那樣說：「從今以後，我再也不說一句話。」

人們再也不會看見我說話和寫信，您已經得到了我最後的話和最後的愛了。

191. 莎士比亞的名劇《奧賽羅》中的人物，一個兩面三刀的小人。

信送出以後，于連稍稍清醒了些，第一次感到非常不幸。「我將死去」這句偉大的話大概已經把那些生自野心的希望一個個從他的心中拔去了，他覺得死亡本身並不可怕。他的一生不過是為不幸做長期的準備罷了，他不會有意忘記這個被認為是最大的不幸的不幸。

「怎麼！」他自言自語道，「比如在兩個月內，我必須和一個武力高強的人一決高下，難道我會膽戰心驚，心裡總是放不下嗎？」

他用了一個多小時的時間，從這個角度來仔細分析自己。

當他看清楚了自己，真理如同獄裡的石柱一樣明顯地呈現在他面前時，他感到後悔了。

「為什麼我要悔恨？我受到了最殘酷的侮辱，我殺了人，理當被判死刑，不過如此罷了。在和人類算清了賬以後，我將死去。我所有責任都完成了，我不會虧欠任何人；我的死沒有任何可恥的地方，只不過死在刑具下罷了。沒錯，只是這一點，在維里埃的資產階級眼中，就夠恥辱的了；但是理智地看，還有比這更可蔑視的嗎！我只有一個辦法能讓他們敬重我，就是在去刑場的路上向民眾拋撒金幣。想起了我，就想起了金子，這在他們後來就是光輝奪目的了。」

經過六十秒的考慮，他覺得問題已經很清楚了，「我在這個世界上沒有事情可做了。」他暗想道，接著便沉沉睡去了。

晚上九點鐘，看守人送來晚飯，並叫醒了他。

「維里埃的人在議論些什麼？」

「于連先生，我就任這個職務那一天是在王家法院的十字架前宣過誓的，我不能不保持沉默。」他沒有開口但也沒有走開。于連看出這種庸俗的偽善行為，感到很可笑。「我給他五個法郎，他就開口跟我說話，」他心想道，「我得讓他等著。」

待他剛吃完飯，看守人還沒有向他做出誘惑的試探，就使用虛偽並柔順的態度說道：

「出於我對您的友誼，于連先生，我不能不說了；儘管有人會說這有悖於法律的利益，因為這可能對您進行辯護有用……于連先生是個心地很好的人，所以當我告訴他德·雷納夫人已經好些了的時候，他一定會非常高興的。」

「什麼！她還活著？」于連不禁站起來，叫了出來。

「怎麼！您一點兒也不知道！」看守說，愚蠢的表情一變而為興奮的貪婪。「先生應該送點兒什麼給外科醫生，根據法律和正義，他是不應該說出去的。可是我為了讓先生高興，就去了他那裡，他什麼都跟我說了……」

「總之，她還沒有死，」于連很不耐煩地走過去，「你能用你的生命保證嗎？」

看守是個六尺高的巨人，也不禁害怕了，直朝門口退。于連看到他採取了錯誤的手段，這樣是弄不清真相的，於是他又坐了下來，扔了一個拿破崙給奴瓦魯先生。

當那個人的敘述逐漸向于連證明了德·雷納夫人還活著的時候，他感覺自己快要哭出來了。「出去！」他突然對他吼道。

看守服從了。門一關上，于連就叫起來：「偉大的上帝！她沒有死！」他跪了下去，熱淚奪眶而出。

在這緊要關頭，他卻成了有信仰的人。教士們的偽善能算什麼？它能使天主這一崇高無比的真理受到威脅嗎？

也就從這一刻開始，于連才開始後悔犯下的罪。眼前的事對他來說還有希望，從巴黎來到維里埃，他身體上、精神上那種激動不安的心情，到現在才平靜下來。

他的淚水有著高貴的源頭，他對等待著他的判決沒有絲毫懷疑。

他自言自語道：「她現在很好地活著還是為了原諒我，還是為了愛我……」

第二天上午，監獄看守人叫醒他，對他說：

「于連先生，您很有勇氣。我今天是第三次來，前兩次都沒敢打擾您。這有兩瓶美酒，是我們本區教士馬斯隆先生送給您的。」

「什麼！那個流氓還沒有離開這裡嗎？」于連說道。

「是的，先生，」監獄看守人小聲回答道，「您小聲講話，大聲講話對您會非常不利。」

于連大笑起來，「在我目前的情況下，我的朋友，只有您才會壞我的事，如果您不再溫和、仁慈……您會得到很好的酬報的。」于連不說了，臉色又變得專橫。一枚硬幣的贈與立即證實了這種臉色來得多麼適時。

奴瓦魯先生又說起話來，把他所瞭解的有關德・雷納夫人的一切情形都告訴了他，只是沒有提起艾麗莎小姐來過。

這真是個小人。這時一個想法出現在于連的腦子裡，這個醜惡的大漢可能每年只拿到三四百法郎的收入，因為他的牢房裡關的人不太多；我可以保證他有一萬法郎收入，如果他願意跟我一起逃往瑞士……困難在於讓他相信我的誠意。讓于連感到反胃的是，長時間與一個壞傢伙商談，不如暫時想點別的。

就在半夜，于連被一輛驛車帶走了，一路上，他非常滿意那些送他去監獄的憲兵。早上，到達貝藏松監獄的時候，他被安排在哥德式的城堡主塔最頂層。他欣賞它那優雅和動人的輕盈。越過一個深深的院子，從兩堵牆之間狹窄的縫隙望過去，可以見到一片極美的風景。

第二天有過一次審訊，此後一連好幾天，都沒有人打擾他。他的靈魂是平靜的。他覺得自己的案子簡單明瞭：「我蓄意殺人，我應該被殺掉。」他對這個問題沒有太多顧慮，以至於審判員在他面前出現的苦惱、辯護，他都不在乎，而對於那天的儀式也沒花太多時間去想，臨近死亡，他什麼也不想；判決以後再去想吧。

生活對他來說一點兒也不煩悶，他從一個新的角度看待所有的事情，他不再有野心了，他很少想德・拉摩爾小姐。他滿腦子都是懊悔，德・雷納夫人的影子經常出現在他腦海裡，尤其是在夜深人靜，高樓上只有白尾海的啼叫打擾他時。

他感謝上天沒有讓她受到致命傷。「真是怪事！」他心想，「我本以為她用那封給德・拉摩爾先生的信永遠地毀了我的幸福，可從那以後不到半個月，我不再想當時孜孜以求的東西了……兩、三千利弗爾的年金，平靜地生活在韋爾吉那樣的山區裡……我當時是幸福的……可我當時身在福中不知福！」

過了一會兒，他從椅子上跳起來說：「如果我把德・雷納夫人打死了，我也不想活了，正因為這個想法，我才不會感到那麼害怕。」

「自殺！這是個大問題，」他暗想道，「法官們只為了追求法律形式，死揪住可憐的被告，他們甚至為了獲得十字勳章，連最好的公民也會被他們絞死，我要想方設法逃脫他們的這種掌控，免遭他們用拙劣的法語進行的辱罵，外省報紙把那叫做雄辯……」

「我只有五六個星期的日子了，不能就這麼死掉，」幾天以後他想道，「拿破崙還是活下去了，生活非常美好，並且十分有意義。」他又笑著說，並著手列了個單子，讓人把他想看的書從巴黎寄來。

chapter 67 塔樓之囚

樓道裡傳來巨大的走路聲音，跟往常很不一樣，魚鷹叫著飛了起來，門開了，只見謝朗教士拄著拐杖，渾身發抖，一見面便撲在他懷裡。

「啊！偉大的天主，這可能嗎，我的孩子……我應該叫你惡魔呀！」

此刻這位老人已經泣不成聲了。于連見他抖成這樣，趕緊扶他到椅子上坐下。他沉重的手落在這個從前充滿活力的人身上。而他對於于連來說，只是個模糊的印象了。

他緩過氣來、說道：「前天我才收到您從斯特拉斯堡寫來的信，還有送給維里埃的窮人的五百法郎，他們給我送到了山裡的利弗呂村，我退休後住在那裡，在我侄子家裡。昨天我聽說您闖了大禍……天哪！這可能嗎！」老人不再流淚了，只是機械地補充道，「您會需要您那五百法郎的，我給您帶來了。」

「我最希望見到您，神父！」于連感動地說道，「我現在還有錢。」

謝朗不作聲，兩腮旁邊的眼淚滑落下來。神情悲傷地望著于連，當于連親吻他手的時候，老人有點莫名其妙了。這張臉過去是那麼生動，那麼有力地流露出最高貴的感情，而現在卻是一片麻木遲鈍。他很傷心。過了一會兒，一個村夫進來找這位老人，他對于連說：「不能讓他說太多話，他身體受不了。」于連才明白這就是他的侄兒。這次見面使于連沉入一種殘酷的不幸之中，眼淚也不流了。他覺得一切都是悲慘的，無可慰藉的；他覺得他的心在胸膛裡凍住了。

這真是他最痛苦的時候，之前所有美好的憧憬，幻想都被目前的黑暗所代替。

這種可怕的狀況持續了好幾個鐘頭。精神中毒以後，需要在肉體上予以補救，需要喝香檳酒。于連覺得那是怯懦的表現。一整天他都在狹窄的主塔樓裡走來走去，到了這可怕的一天快結束的時候，他突然叫道：「我多傻！看到這可憐的老人讓我感到可怕的悲哀，那是在我應該像別人一樣地死去的情況下呀！」

無論內心怎樣的掙扎，于連都覺得自己非常懦弱，以至於與謝朗神父的見面，讓他痛苦不堪。他覺得自己已經一無是處了，沒有再活下去的理由了，但死亡真正站在面前時，他又很害怕。

「這就是我的溫度計，」他心裡想，「今晚，我在登上斷頭台所需的勇氣以下十度，今天早晨，這勇氣我還有。不過，有什麼關係！只要在最後時刻可以升上去就行了。」溫度計這個想法，讓他覺得有趣，使他終於得到了消遣。

第二天早晨他醒來，他覺得他前一天的沮喪極為可恥。「事關我的幸福，我的平靜。」他差點就要寫信給總檢察長，要求不允許別人來看他。「可是如果是富凱呢？」他心想道，「如果他專程到這裡看望我，看不到我，心裡肯定很難過。」

也許有兩個月他沒有想到富凱了。「在斯特拉斯堡的時候，我真愚，從來都不用大腦思考問題。」他放心不下富凱，所以在屋子裡煩躁地徘徊。「我的心再次冰涼，如果我再懦弱下去，像村學究那樣死掉，恐怕馬斯隆神父和與那幫人要高興壞了。」

富凱來了，這個淳樸而善良的人痛苦得要發狂了。他只有一個主意，如果他還有主意的話，那就是變賣家產引誘看守，讓于連逃走。他詳詳細細地跟他談德·拉瓦萊特[192]先生的越獄。

「您這樣我很難過，」于連對他說道，「我們不同，德·拉瓦萊特先生是無辜的，但我是有罪的。儘管您不願意，但我還是會想到兩者的不同。不過，這是真的嗎？怎麼！您願意賣掉您所有的財產？」于連說道，臉上出現疑惑的神情。

富凱聽見他的回答很高興，便開始仔仔細細把財產賣的錢算清楚，並說給他聽。

「這對一個鄉下業主是多麼崇高的努力啊！」于連想。「多少次節省，多少次斤斤計較的吝嗇，我過去看了覺得那麼臉紅，而今他卻全都為我犧牲了！我在德·拉摩爾府邸裡看見過很多年輕人，他們正認真閱讀《勒內》[193]這本小說，所以絕對不會幹出那麼荒唐的事，可是除了那些年輕、繼承許多財產、但還不明白金錢價值的人以外，又有誰會那麼做呢？」

富凱的所有語法上的錯誤，所有粗俗的舉止，頃刻間消失，于連投入了他的懷抱，他抱著富凱，心裡非常激動，而富凱看見他朋友眼裡的熱情，也非常興奮，認為他同意逃走了。

他被眼前富凱的行為感動了，而與謝郎先生見面時的不良情緒，一掃而光。他還有很好的前途，這是株好苗。他慶幸自己沒有從仁慈變為卑鄙，他不曾像大多數人那樣從溫和走向狡猾，年齡反而給了他易受感動的仁愛之心，使他易於感動，而那種無端的猜疑也許會消除，但是這些空洞的

192. 拿破崙的副官，滑鐵盧之役後被囚，其妻探監，趁看守不備，夫妻易服，終於逃脫。
193. 十九世紀法國浪漫主義前驅夏多布里昂的小說。

預言，有什麼意義呢？

儘管于連拚命想把事情簡化，但是審訊仍舊越來越頻繁，但他所有的回答，都是想讓案情明瞭化：「我殺了人，而且是我故意殺的人。」每次他都這樣說。然而法官首先看重形式。于連的申明非但沒有縮短審訊，反而傷了法官的自尊心。他們想把于連轉移到一個可怕的地牢裡，因為富凱對他們進行了賄賂的緣故，他仍住在好房間裡。

富凱為一些重要人物供應木柴，德．弗里萊神父就是其中之一。善良的木柴商一直找到了這位權力極大的代理主教。他真是喜出望外，德．弗里萊先生對他說，于連的優良品質和過去在神學院的服務，都使他深受感動，他打算在法官面前為他美言幾句。富凱聽後，萬分激動，他覺得救他朋友有希望了，所以出門的時候，便跪在地下懇求代理主教做彌撒時佈施十個路易，祈求被告人被釋放。

富凱在這犯了極大的錯誤，德．弗里萊神父絕不是一個像華勒諾那樣的人。他表示拒絕，並讓他瞭解最好的辦法是把他的錢存著。代理主教不敢把話說得太直白，便讓他用這錢去幫助那些需要救濟的囚犯。

「這個于連的行為真是奇怪，」德．弗里萊先生暗想道，「可是對我來說不該有什麼不可解釋的事……也許有可能使他成為一個殉教者……無論如何，我會知道事情的底細的，我這樣做會帶給德．雷納夫人恐懼，主要是因為她恨我，但或許會找到另一種方法，就是和德．拉摩爾先生和解，主要是他對這個小修士有一種偏愛。」

訴訟的和解，幾星期前就簽了字。彼拉爾神父，恰好在于連槍擊德．雷納夫人的那天離開了貝藏松，在離開之前，他曾說起過于連神秘的身世。

于連在他和死亡之間只看見一件討厭的事情，就是他父親的探訪。他想寫信給總檢察長要求禁止一切探望，他就此徵求富凱的意見。討厭看見父親，而且還是在這樣的時候，這位木材商那顆正直的、市民的心深感不快。

他明白很多人恨他朋友的原因，但為了對他的不幸表示尊重，他把不滿情緒埋在了心裡。

「無論什麼情況下，這一秘密命令總不應該用在您父親身上吧。」他冷漠地回答道。

chapter 68

有權勢的人

第二天清晨，城堡主塔的門被打開了。

于連猛然驚醒，「呵！天哪，」他心想道：「肯定是父親來了。多麼不愉快的場面啊！」

就在這時，一個鄉下人打扮的女人擁入他的懷裡，緊緊地抱著他，他簡直認不出來她就是德．拉摩爾小姐。

「直到收到你的信，才知道你在這裡，你的罪行，其實是一種高貴的報復，它讓我看見了偉大的心跳動在這胸膛裡，我到了維里埃才瞭解這件事。」

儘管他對德．拉摩爾小姐有意見，他還是覺得她非常漂亮，再說這些戒備之心他也未曾明確地承認過。他如何能在她的這些作法和說法中看不到一種高貴的、無私的、高踞於一個渺小庸俗的靈魂所敢做的一切之上的感情呢？過了一會兒後，他用華麗的語言對她說道：

「以後的事情，大家都很清楚。我死了以後，希望你嫁給德．克羅茲諾瓦先生，我想他肯定會要一個寡婦的。這個可愛的寡婦高尚並帶浪漫色彩的心靈，在事情結束之後，您將會願意去全面瞭解那個年輕侯爵。您會過得非常幸福，但是，您這次來如果被別人看到會引起別人的猜疑，也將會對德・拉摩爾先生造成不好的影響，這是我永遠也不能寬恕我自己的。我已經給他造成那麼多的痛苦了！院士要說他在懷裡暖和了一條蛇了。」

德・拉摩爾小姐惱怒地說道，「我非常感謝你那麼冷酷理智的思考以及對我未來的操心。我的傭人和您一樣的謹慎，為了以後方便，他辦了張通行證，這樣我就以米什萊夫人的名義，坐著驛車來到這裡。」

「那麼米什萊夫人怎麼會這麼輕而易舉地來到我身邊呢？」

「啊！你一直是我認為最聰明的人！起初我見到一個審判官的秘書，他不同意我到城堡主塔裡來，我送了他一百法郎，但是錢拿到手後，他又反悔了，接著又提出很多要求，我被他騙了。」說到這裡，她已經泣不成聲。

「那後來又怎麼樣了呢？」于連說道。

「不要著急，我的小于連，」她一邊說著，一邊擁抱他，「然後我把名字告訴那位秘書，他認為我是一個巴黎的年輕女工，喜歡上了英俊的于連……他就是這麼說的。我對他發誓說我是你的妻子，應當允許我每天來看你。」

于連心想道，「我無法阻止她。反正，德・拉摩爾先生是個如此顯赫的貴人，輿論總會找到理由原諒那位娶了這位可愛的寡婦的年輕上校的。我即將到來的死很快會掩蓋一切。」他快樂地沉湎在瑪蒂爾德的愛情裡，是瘋狂，是心靈的偉大，是最奇幻的夢境。她向他認真的提出，也要選擇死亡。

當她與于連相見一段時間之後，一種強烈的好奇心，突然侵入她的心靈。她仔細打量著她的情人，覺得他的精神面貌完全超過了她的想像。博尼法斯·德·拉摩爾像是又復活過來，似乎比以前更威猛。

瑪蒂爾德相繼見了幾個周圍一流的律師，她直接送給他們金錢，結果他們都欣然接受了。她很快明白，只要是不好解決的大案件，在貝藏松只有德·弗里萊神父可以完全解決。她發現，頂著米什萊太太這麼個卑微的名字，要見到聖會中最有權勢的人物，真是難上加難。然而一個時裝店的漂亮女工，瘋狂地愛上了年輕的神父于連·索海爾的這個事情，很快在城裡四處傳開了。

瑪蒂爾德獨自在貝藏松的大街上跑來跑去，她確信這麼做在群眾中會留下深刻的印象，並且不會被認出來，這對她來說非常有幫助的。她甚至想要在于連上斷頭台的途中，鼓動在場所有群眾去營救于連。德·拉摩爾小姐覺得她很普通，但實際上，她已經足夠讓人人都注意到她了。

她已成為貝藏松眾人舉目的焦點，經過八天的請求之後，她才得到德·弗里萊的召見。

儘管她很勇敢，拉主教府的門鈴時仍免不了要發抖。她登上樓梯，走向首席代理主教的房間，幾乎邁不動步了。主教宮邸的空闊寂寥，使她感到渾身發冷。「我可能坐在一張扶手椅上，扶手椅抓住我的胳膊，我就消失了。我的女僕找誰去打聽我的下落呢？憲兵隊長也不會輕易採取行動……我在這座大城市裡孤立無援！」

當她走到主教的房間外時，她懸著的一顆心終於放鬆下來。首先，給她開門的人，是個身著漂亮制服的僕人。她等候召見的客廳，真是富麗堂皇，和庸俗的富貴真是與眾不同，也只有在巴黎最高級的府邸裡才能看得到。當她抬頭看見德．弗里萊先生親切地向她走來時，之前所有負面的想像，都迅速消失了，她幾乎在這張英俊的臉龐上找不出一點剛強、野蠻的、以及不受巴黎歡迎的性格的跡象。此刻這位在貝藏松掌控一切的教士微笑著，表現出他是個上流社會的人，是有良好修養的教士，有聰明才幹的行政官。瑪蒂爾德覺得自己確實是在巴黎了。

短短幾分鐘的時間，德．弗里萊先生就有辦法讓瑪蒂爾德告訴他，她就是他的勁敵德．拉摩爾侯爵的女兒。

「事實上我不是什麼米什萊太太，」她說，完全恢復了高傲的態度，「承認這一點對我並不難，因為我是來向您，先生，詢問有無可能安排德．拉韋爾奈先生越獄。首先，他是一時糊塗才犯了罪，他開槍打傷的那個女人現在身體很好；其次，為了避免其他麻煩，我可以立即拿出五萬法郎，甚至更多。只要可以救出德．拉韋爾奈先生，任何條件我都會答應。」

德．弗里萊先生聽到這個姓名後，顯得有點驚訝。瑪蒂爾德把陸軍大臣寫給于連的幾封信，拿出來給他看。

「您看，先生，我的父親是在培養這個人。主要是我們已經秘密結婚了，我的父親希望在宣佈結婚的消息之前，把他提拔為高級軍官。」

瑪蒂爾德覺察到德．弗里萊先生原本和藹喜悅的表情在知道這些事情之後，馬上就煙消雲散了。現在在他臉上表現出的，是一種極端的虛偽和狡猾。

這位神父有點不相信，再次把那些信件翻看了一遍。

「我能從這奇特的心腹話裡得到什麼好處？」他暗想。「我一下子和德．費瓦克元帥夫人的一位朋友搭上了密切的關係。元帥夫人可是某某主教大人最有權勢的侄女呀，通過她就能在法國當上主教。我過去還只是在未來才能看見的東西，不料想一下子出現在眼前。這可以讓我實現我的一切願望。」

瑪蒂爾德單獨與這個最有權勢的人在一間封閉的屋子裡，她起初對他忽然改變神態感到不解。「哼！」一會兒她又暗想道，「一個殘酷自私、擁有特大權勢和享樂的教士，如果再對他沒有絲毫影響，那豈不就是最倒楣的事嗎？」

對於眼前這條讓他飛黃騰達的方法他真是期待，同時又對瑪蒂爾德的才能非常佩服，德・弗里萊先生漸漸對她失去了戒心，激動得渾身發抖，幾乎要跪在了地上。

「一切都清楚了，」她心想道，「德・費瓦克夫人的女友在這裡沒有辦不到的事。」雖然不免懷有痛苦的嫉妒，她還是不顧一切地說出于連是元帥夫人的密友，他幾乎每日在她家裡與某某主教會面。

「在本省最著名的居民中連續抽籤四、五次，決定一份三十六名陪審員的名單，」代理主教說，目光中流露出強烈的野心，每個字都加重了語氣，「要是在每一次的名單上我找不到八個到十個朋友，而且是那群人中最聰明的，那可真算我交了好運了。我幾乎總能得到多數，甚至比判決所需還要多；您看，小姐，我可以很容易地得到免訴判決……」

可能是教士感覺對本教以外的人說了本不該說的，有點後悔，趕緊閉嘴，不再說話了。

現在輪到他使瑪蒂爾德感到恐慌了，他告訴她在于連的事件中，當時最大的新聞，就是他曾激起了德・雷納夫人巨大的熱戀，而且長時間彼此相愛著。德・弗里萊先生已經看出他的這些話使對方感到極度的不安。

「我終於報復她了！」他心想道，「只能用這種方法來對付他，才不會失敗。」在他看來，此刻這位美人增添了不少姿色，她快要失去理智了。他使自己平靜下來，毫不猶豫地用匕首刺到了她的心臟。

「總之，我不會感到驚訝，」他用輕鬆的態度對她說，「如果我們獲悉于連先生是出於嫉妒才向他曾經那樣愛過的女人開了兩槍，我是不會感到意外的。她絕非沒有吸引力，最近她經常會見一個從第戎來的什麼馬基諾神父，也是一個沒有道德的詹森派，他們都是一路貨色。」

在知道她的秘密之後，德．弗里萊懷著幸災樂禍的心情，更加凶殘地折磨著這個漂亮女子的心。

「為什麼，」他一邊說，一邊不懷好意地盯著瑪蒂爾德，「索海爾先生要選擇教堂這裡，還不是因為他的情敵那時候正好在教堂望彌撒，大家都誤認為您保護的人非常聰明，而且特別謹慎。如果當時他藏在他熟悉的德．雷納先生的花園裡，那就更容易了。最起碼不會被別人發現，甚至抓住，這樣就可以輕鬆地將他忌恨的女人殺死。」

這番推理聽起來那樣地正確，終於使瑪蒂爾德失去理智。這顆高傲的靈魂浸透了那種在上流社會被視為能忠實地描繪人心的乾枯的謹慎，不能很快地理解藐視一切謹慎乃是一種幸福，對一個熱情的靈魂來說，這種幸福可以是很強烈的。在瑪蒂爾德生活的巴黎上層階級中，熱情只能在很少的情況下擺脫謹慎，從窗戶往下跳的都是住在六層樓以上的人。

總之，德．弗里萊神父相信自己很有權勢。甚至讓瑪蒂爾德瞭解（顯然他在說謊），他可以隨意操控那個支持控訴于連的檢察院。

在三十六位陪審員抽籤決定後，最起碼他可以和其中的三十位單獨進行商談。

因為在德．弗里萊先生眼裡，瑪蒂爾德是那麼的美麗，所以在經過幾次見面之後，主動坦白地和她說話。

chapter 69 陰謀詭計

離開主教官邸後，瑪蒂爾德馬上讓人送信給德．費瓦克夫人，她仍然十分害怕。雖然也擔心影響自己的名譽，但是她一秒鐘也未耽擱。她極力要求情敵請某某主教親筆寫一封信給德．弗里萊先生。她又請求她親自到貝藏松去一趟。這一舉動出自她這樣一顆嫉妒並驕矜的心靈，真是勇敢極了。

她聽從了富凱的忠告，為謹慎計，沒有把她進行的一系列活動說給于連聽。單單她來就已經夠讓他不安的了。可能是因為快要死的原因，他變得更善良，不僅對德．拉摩爾先生而且對瑪蒂爾德也感到內疚。

「怎麼！」他對自己說，「我跟她在一起，有時候心不在焉，甚至有時候煩悶無聊。現在她為我犧牲，我怎樣才能報答她呢！我是個壞人嗎？」在他野心勃勃的時候，他很少發現這個問題，那時的他，失敗才是唯一的恥辱。

此時令他苦惱的是，瑪蒂爾德對他的熱情更深重了，為了營救他，甚至可以做任何的犧牲。瑪蒂爾德受到一種她引為自豪的、壓倒她全部自尊心的感情的激勵，真想讓她生命的每時每刻都充滿著某種非凡的舉動。她跟于連的長談中盡是最奇特、對她最危險的計畫。她給了看監獄的人很多賄賂，才得到在監獄自由走動的權利。瑪蒂爾德這樣做不怕犧牲她的名譽，就算全社會都知道了，那又怎樣，她照樣不在乎。跪倒在國王奔馳的馬車前，引起親王的注意，冒死請求赦免于連，這還是她那狂熱勇敢的想像力所虛構出來的最實在的幻想呢，她從她在御前服務的朋友那裡瞭解到自己一定會被准許步入聖克盧王家花園的禁區裡去。

于連覺得自己配不上如此的獻身精神。老實說，他已對英雄主義感到疲倦。要是面對一種單純的、天真的、近乎羞怯的愛情，他會動心的。然而瑪倫爾德那顆高傲的心靈恰正相反，需要時時刻刻想到公眾，想到別人。

她不想苟活於情夫之後，然而在她對他的生命懷有的焦慮和恐懼當中，儘量用自己偉大的愛情和崇高的行動來引起公眾的注目。

于連毫不為這種英雄主義所動，為此頗感惱火。很難想像當他知道瑪蒂爾德向善良的富凱說出一些令人震驚的計畫時會是怎樣的反應呢？

富凱簡直不知該怎樣責怪瑪蒂爾德的忠誠才好，他自己也是為了救于連可以犧牲全部財產，拿生命去冒最大的風險。瑪蒂爾德生活揮霍，這點他也沒有想到。剛開始，富凱也非常喜歡金錢，但現在與瑪蒂爾德相比，他卻更佩服她。

之後，他發現德．拉摩爾小姐時常調整自己的計畫，她很善變，找到一個字眼來形容她這種十分煩人的性格，那就是「女人多變」，幾乎等於外省最厲害的罵人的話，與壞脾氣，幾乎相差無幾。

「奇怪，」有一天瑪蒂爾德離開監獄時于連暗想道，「一種如此熱烈的激情，又是以我為對象，我卻這樣地麻木！兩個月前我卻是崇拜她的！後來我從書裡看到快死的人對一切都無所謂，但是我卻對自己的無動於衷而痛苦。我真的那麼自私自利嗎？我時常責備自己。」

在他心裡已沒有野心了，但另一種情感卻在他心裡重生了，他把它叫做謀殺德．雷納夫人的悔恨。

事實上，他是在狂熱地愛著她。他獨處且不擔心有人打擾的時候，他可以縱情回憶從前在維里埃的韋爾吉度過的美好時光，這時他就感到一種獨特的幸福。在那轉瞬即逝的日子裡，就算它是一點細小的部分，但對他來說，卻是一種無可抗拒的力量。他絕對不會再去想在巴黎的成功，他已經感到厭倦了。

這種心情迅速加劇，已被瑪蒂爾德的嫉妒猜出幾分。她清楚地感覺到她必須和這種對孤獨的迷戀作戰。有時她帶著恐怖的表情說出德．雷納夫人的名字，她看見于連在全身發抖，這樣令她的熱情更無邊無際了。

「他要是死了，我也不活了，」她真心地自言自語道，「要多真誠有多真誠。巴黎的那些客廳看見我這樣地位的一個女孩子對一個行將赴死的情人崇拜到這種程度，會說些什麼呢？類似這樣的情感，只有在英雄時代才會遇到，正是這種愛情，才會使查理九世與亨利三世時代的人心受到觸動。」

她緊緊地把于連的頭摟在心口，沉浸在最強烈的衝動之中。「怎麼！」她驚恐地想道，「這顆迷人的頭註定要落地！那好吧！」她又想，周身燃燒著一種不乏幸福感的英雄氣概，「我的嘴唇現在親吻著這美麗的頭髮，他死後不出二十四個鐘頭就會變得冰涼。」

這些英雄主義和回憶，緊緊地纏住她不放。自殺的想法，居然那麼的強烈，原來她以為他和這個驕矜的心離得還很遠，但現在她發現她已滲入進去了，並且以一種絕對的力量支配著它。「不，我先人的血流到我身上還一點兒也沒有變溫。」瑪蒂爾德驕傲地說道。

「請您按我說的去做，」有一天她的情人對她說，「把您的孩子寄養在維里埃，德・雷納夫人會照看他的。」

「您的話太殘忍了。」瑪蒂爾德頓時臉色變得煞白。

「真的，我請求您一定要原諒我。」于連叫道，從夢中驚醒過來，把瑪蒂爾德抱在懷裡。他揩乾了她的眼淚，又回到原來的想法中去了，不過做得巧妙些了。他讓談話具有一種憂鬱哲學的情調，他談到那即將在他面前關閉的未來。「我們必須默認，親愛的朋友，熱情不過是偶然事件，但是這偶然事件，只會發生在那些超人的心靈裡……我死亡，從根本上或許對您高傲的家庭來說是一種快樂，僕人們都能看得明白。被忽視將是這個不幸與恥辱之子的命運……當然這是我的想像，所以我不願確定，但勇氣卻使我能夠看到不太遙遠的未來，您一定會遵從我最後的勸告，與克羅茲諾瓦侯爵結婚。」

「那簡直就是讓我喪失名譽！」

「喪失名譽落不到您這樣的姓氏上去。您將是寡婦，一個瘋子的寡婦，如此而已。我還要進一步說，我的罪行沒有金錢的動機，絲毫也不是可恥的。也許將來某位賢明的立法者會戰勝同時代人的偏見，取消了死刑，那時會有人以朋友的口吻說：德・拉摩爾小姐的第一任丈夫是個瘋子，但不是一個壞人，把他的頭砍掉是不公正的，於是我在人們的回憶中，就不是一個壞人了，至少在很多人看來是這樣的，您的地位、財產以及才能，請允許我這麼說，都會使德・克羅茲諾瓦先生，在成為您的丈夫之後，他在您的幫助下會幹出一番事業的。他只有出身和勇敢，單靠這兩種長處，可以在一七二九年造就一個完人，可是在一個世紀後的今天，就不合時宜了，結果，只能是一個無法無天的人。想要做法國青年的領袖，還需要很多的其他素質。」

「您要以堅強的性格，支持您丈夫參加的那個政黨。您可以繼承投石黨[194]謝弗勒茲和隆格維爾的事業，但在那時，以前所激發出來的神聖熱情會冷卻下來。」

「請允許我對您說吧，」他說了許多作為準備的話之後，最後補充道：「十五年以後，您會把您之前對我的愛情看作是一種可以原諒的熾熱，但最終是一種瘋狂……」

他突然不說話的，低下頭思考著。他又想起瑪蒂爾德很不好的想法：「十五年後，德・雷納夫人養育著我的兒子，而您卻早已記不得了。」

194. 投石黨，十七世紀以孔代親王為首的貴族叛亂集團，投石黨運動名義上是反對首相馬札蘭，實際是地方貴族反對中央集權的政治鬥爭。

chapter 70

寧靜

這次談話，被一次審訊打斷了，接著她又和請來的辯護律師進行商量。這是一段充滿了漫不經心和溫柔夢幻的生活中僅有的絕對令人不快的時刻。

「這是殺人，而且是預謀殺人，」于連用同樣的語氣向審判官和律師說道，「我很抱歉，」他笑著繼續說道，「這樣就可以減輕你們的工作量了。」

「無論如何，」于連終於擺脫了這兩個人，對自己說，「我得有勇氣，看起來要比這兩個人有勇氣。他們都把這場不幸的結局，看做是滅頂之災，然而我卻要等到那時再去仔細地考慮它。」

「這是因為我遭受過更大的不幸，」于連繼續跟自己探討哲理。「我第一次去斯特拉斯堡，那時我以為已被瑪蒂爾德拋棄，我的痛苦要比現在大得多……不料我懷著那樣的激情渴望的那種完全的親密，今天卻使我冷若冰霜！……事實上，比起讓這個如此美麗的女子分享我的孤獨來，我一個人獨處感到更幸福……」

律師是個循規蹈矩、恪守形式的人，以為于連瘋了，他和公眾一樣認為，是嫉妒讓于連拿起了槍。一天，他試著讓于連明白，不管是真是假，這種說法是一條辯護的途徑。可是被告的態度轉眼間變得激烈而尖銳。

「拿您的生命給我發誓，」他怒氣沖沖地吼道，「請您記住，我以後再也不要聽到那樣的話了。」小心謹慎的律師一時間不知所措，害怕他會傷害他。

律師正在準備他的辯護詞，因為決定性的時刻即將到來。貝藏松整個省府都在議論這件有名的案件，于連也不知道這些細節，因為他曾要求絕對不要在他面前談論這件事。

有一天，富凱和瑪蒂爾德準備要告訴他外面的傳言，因為這些傳言給他們帶來了許多希望，他們剛張口說話，嘴便被于連堵住了。

「讓我過我理想的日子吧。你們那些煩人的小事，你們那些多少總讓我生氣的現實生活的細節，會把我從天上拉下來。一個人能怎麼死就怎麼死，我哪，我只願意按照我的方式去想死亡。別人跟我有什麼關係！」

事實上，他想道，「好像我會在睡夢中漸漸死去。我這樣的無名小卒，用不了多久，世人就會把我忘記，假使要去出演審判那齣戲，也太無知了。」

「**說來也怪了，越是快要死了，就越能認識到應該怎樣享受生活的藝術**。」

最後那段日子裡，他整天在主塔樓頂上的狹小平台上散步，抽著瑪蒂爾德命人去荷蘭弄來的上好雪茄，根本沒想到城裡所有的望遠鏡每天都等待著他的出現。然而他的心卻在維爾基。他從未向富凱談起德·雷納夫人，但有幾次，富凱也告訴過他，她的健康已經恢復，這句話在他心裡引起了強烈的反應。

正當于連的靈魂幾乎無時不沉浸在思想的國度之時，瑪蒂爾德則忙於實際事務，這對一顆貴族的心來說倒也合適，她已經能使德·費瓦克元帥夫人與德·弗里萊先生之間通信發展到相當親密的階段，信裡居然提到主教職位這個詞。

掌管聖職分配的可敬的高級教士，在他侄女的一封信上作為附注添了一句：「這可悲的索海爾不過是個笨蛋，我希望你把他交還給我們。」

德·弗里萊先生看見這句話，真是喜出望外。毫無疑問他能把于連救出來。在抽籤決定三十六個陪審員之前，他向瑪蒂爾德說道：

「如果沒有雅各賓派提出的這條法律，規定要選出許多的陪審員名單，其真正目的不過是剝奪出身好的人的勢力罷了。」在抽籤決定此次開庭的三十六名陪審員的前一天，他對瑪蒂爾德說：我曾讓許多教士成功地獲得赦免。」

改日，在抽籤決定的名單之中，德·弗里萊先生高興地看到有貝藏松聖會的五個人，並且在非本城的人士中，還有華勒諾、穆瓦羅與肖蘭等人。「這八個陪審員確定沒有問題，」他向瑪蒂爾德說道，「前五個沒有實質性的意義。我的代理人華勒諾、穆瓦羅一切都聽我指揮，肖蘭是一個沒有膽量的人。」

報紙將陪審員的名字傳遍全省。德·雷納夫人在她丈夫那種凶殘的恐嚇下，要逃離到貝藏松。德·雷納先生能夠得到的，只是她答應絕不下床，免得被傳出庭作證而心中不快。

「您不瞭解我的處境，」前任維里埃市長說道，「我現在是他們所指的脫黨的自由黨人，毫無疑問，華勒諾那卑鄙的人與德·弗里萊先生肯定會讓總檢察長和審判官逼我做一些難堪的事。」

德·雷納夫人沒做什麼抵抗就接受了她丈夫的命令。「要是我出現在審判庭上，」她暗想道，

「那好像是我要復仇似的。」

儘管她對她的懺悔神父和她丈夫作出種種許諾，她還是一到貝藏松就給三十六位陪審員每人寫了一封親筆信：

審判那一天，我絕不露面，因為如果我出席，會給索海爾先生的案件帶來不利的影響。在這個世上，我只希望一件事：那就是索海爾先生能得救。

請您不必懷疑，一個無辜的人因我而被判處死刑，這可怕的念頭會敗壞我的餘生，並且無疑會縮短我的生命。我還活著，您怎麼能判他死刑呢？

不，毫無疑問，社會絲毫沒有權剝奪一個人的生命，在維里埃，大家都知道他有精神病。這個可憐的年輕人遭到大家的痛恨，他的仇人很多！但是他們當中，沒有人不羨慕他的才華和淵博的學識，先生，請您注意你們要判決的不是一個普通的人，在將近十八個月的時間裡，我們都知道他虔誠，老實，勤奮；不過，每年有兩、三次，他的憂鬱症發作，甚至導致精神失常。維里埃城的所有居民、我們在那裡消夏的維爾基所有的鄰居以及我們全家、還有專區區長先生，都可以證明他是個值得學習的虔誠的人，整本《聖經》他能背得出來。假設他不是一個虔誠的人，又怎麼會長期的學習這部聖書呢？

我的孩子們將給您送上這封信，他們只不過是些孩子，先生，請您屈尊問問他們，他們會把和這可憐的年輕人有關的詳細情況告訴您，為了能使您相信判他死刑是野蠻的，這些情況還是很必要的。如果判他死刑，那就，不是為我報仇，而是讓我去死。

他的仇人怎能否定這一事實呢？對我的傷害，不過是他一時的發病所產生的，這種病症是我的孩子們以前經常看見過的，更何況他對我的傷害並不嚴重，在不到兩個月的休養以後，現在我都能乘車從維里埃到貝藏松來了。先生，如果我獲悉您還有一點點猶豫，不願把一個無罪的人從野蠻的法律下解救下來，我一定不顧我丈夫的禁令，跳下床來，匍匐在您的腳下，替他求情。

先生，請您宣佈此案不是蓄意殺人，那麼您將不會因為一個無辜者的鮮血而受到良心上的譴責。

chapter 71 最後審判

德．雷納夫人和瑪蒂爾德最擔心的這一天終於來到了。

城裡異常的情景使他更加恐慌，甚至連富凱這種堅強的人，也有點坐不住了，全省的人都來到貝藏松看審判這一案件。

幾天前，所有的旅店就都住滿了人。刑事法庭庭長先生受到討旁聽券的人包圍，城裡的女士們都想旁聽審判，街上在叫賣于連的肖像，等等。

好不容易等到這一時刻的到來，瑪蒂爾德保留著某某主教大人的一封親筆信，這位領導法國天主教會，執掌任免主教大權的高級神職人員竟肯屈尊請求赦免于連。審判前，瑪蒂爾德把這封信親自遞交給了那位擁有實權的代理主教。

會晤結束，德．弗里萊先生見她離開時淚流滿面，就說：「我可以擔保陪審團的裁決，」他終於拋掉他那外交家的含蓄，自己也幾乎受了感動。「有十二個人負責審查您要保護的人的罪行是否確實，尤其是否有預謀，其中有六個是朋友，忠於我們的事業，我已暗示他們，我能不能當主教全靠他們了。華勒諾男爵是我讓他當上維里埃的市長的，他完全控制著他的兩個下屬，德．莫瓦諾先生和德・尚蘭先生。當然，抽籤也為我們這樁案子弄出兩個思想極不端正的陪審員，不過，他們雖然是極端自由黨人，遇有重大場合，還是忠實執行我的命令的，我已讓人請求他們投和華勒諾先生一樣的票。我已獲悉第六位陪審員是個工業家，非常有錢，是個饒舌的自由黨人，暗中希望向陸軍部供貨，毫無疑問，他不想得罪我。我已讓人告訴他，華勒諾先生知道我有話。」

「華勒諾先生是誰呀？」瑪蒂爾德不放心地問道。

「如果您認識他，您也不會為這件事而擔心了。這個人能說會道，膽子大，臉皮厚，是個粗人，天生一塊領導傻瓜的材料。一八一四年他交了好運，我還提拔他當省長。如果其他的陪審員不按照他的意旨投票，我想他會有辦法打擊他們的。」

瑪蒂爾德這才放下心來。

晚上還有一場辯論等著她。為了使那個不愉快又已成定局的場面快點結束，于連打算在法庭上不表態。

「我只要我的律師發言，」他向瑪蒂爾德說道，「我在所有這些敵人面前亮相的時間太長了。這些外省人對我靠您而迅速發跡感到惱怒，這些外省人中，沒有人不希望我被判死刑，就算他們看見我上斷頭台會哭得相當傷心。」

「他們希望看見您被侮辱，那倒是真的，」瑪蒂爾德回答道，「但是我不相信他們是殘暴的。我親自來到貝藏松公開，這已經引起所有女人的關切，剩下的將由您那漂亮面孔來完成。只要您在法官面前說一句話，聽眾就都是您的了……」

第二天九點，于連從牢房下來，去法院的大廳，院子裡人山人海，員警們費盡力氣才從人群中擠過去。于連睡得很好，鎮定自若，對這群嫉妒的人除了曠達的憐憫外，並無別的感情，此時他心裡只有一種感覺，就是對那些，雖不殘酷、但對他宣判死刑的消息幸災樂禍的人產生了同情。他在人群中停留了十五分鐘左右，他不能不承認，他的出現在公眾中引起一種溫柔的同情，這是他始料不及的。別人沒有侮辱他。「這些外省人並不是我想像的那麼可惡。」他心想。走進審判庭，建築的優雅使他不勝驚訝。純粹的哥德式，許多漂亮的小柱子，全部用石頭精雕細刻出來。他恍惚到了英國。

過了會兒，他的目光又集中在十二個至十五個漂亮的婦女身上，她們緊挨著審判官與陪審員席位，正好面對著被告的座位。他朝公眾轉過身，看見梯形審判庭高處的環形旁聽席上也滿是女人，大部分很年輕，他也覺得很漂亮。在大廳其他地方，人也非常多，門口甚至發生了鬥毆事件，警衛人員拿他們也沒辦法。

當所有尋找于連的人發現他已經出來，並坐在為被告安排的略微高一些的座位上時，人群中響起了驚異和同情的私語聲。

這一天他看上去還不到二十歲，他穿著非常樸素，卻又風度翩翩；他的頭髮和前額楚楚動人；瑪蒂爾德堅持要親自替他打扮。于連的臉色極其蒼白。他剛在被告席上坐下，就聽見四下裡到外有人說：「上帝！他多年輕！……可這是個孩子啊……他比畫像上還要好看。」

「被告，」坐在他右邊的法警向他說道，「你看到坐在樓座上的六位太太沒有？」他指給他看陪審員們落座的梯形審判庭上方突出的小旁聽席，接著說道，「那就是省長夫人，她旁邊的是某侯爵夫人，她非常喜歡您，我聽見她向預審法官替您說情。再過來的那位是戴維爾夫人。」

「戴維爾夫人！」于連叫道，急得他面額都紅起來了。他心裡想，「她一離開這兒，準會寫信告訴德・雷納夫人。」他怎麼也沒想到德・雷納夫人已經來到了貝藏松。

證人的發言很快聽畢。代理檢察長念起訴書，剛念了幾句，于連正面小旁聽席上的兩位夫人眼淚就下來了。代理檢察長提出了控訴，剛開始講話，于連對面小樓座裡的太太們就有兩個哭了起來。「戴維爾夫人一般是不會哭的。」于連心想道。不過此刻他發現她的臉已經漲得通紅。

代理檢察長做悲天憫人狀，用蹩腳的法語極力渲染所犯罪行如何野蠻；于連看到戴維爾夫人左右幾位夫人露出激烈反對的神色。旁邊幾位太太的強烈反對。其中幾個陪審員顯然認識那幾位太太，又說了一些讓她們放心的話。「看來這件事還有扭轉的餘地。」于連暗想道。

直到這時，于連一直對參加審判的男人們懷有一種純粹的輕蔑。代理檢察長平庸的口才更增加了這種厭惡的感情。但是，漸漸地，于連內心的冷酷在顯然以他為對象的關切表示面前消失了。

他對律師堅定的神情感到滿意。「不要玩弄詞藻，」他對律師說，律師就要發言了。

「他們從博敘埃書中剽竊了許多誇張的詞句，用來攻擊您，倒是幫了您的大忙。」那位律師說。果然，他還沒說上五分鐘，幾乎所有的婦女都把她們的手帕捏在手裡了。律師受到鼓舞，對陪審員們說了些極有力的話。于連不禁為之戰慄，他覺得他都要哭了。「天哪！我的仇人們將會怎麼評價我呢？」

他快要屈服在包圍著他的柔情之中了，幸好這時他發現了德・華勒諾男爵先生傲慢的目光。

「這個混蛋的眼睛炯炯放光，」他心想道，「對這個可惡的人來說，這是多麼偉大的勝利呵！如果我的罪行，只是產生這樣的結果，我就應該詛咒它。天曉得，在冬天的晚上，他會向德・雷納夫人說我些什麼呀！」

這個念頭抹去了其他一切想法。隨後，于連被公眾贊許的表示喚醒。律師剛剛結束辯護。于連想起了他應該跟律師握握手。時間很快過去了。

人們把點心送來給律師和被告。在這時于連才注意到下面這一特殊的情況：所有的婦女都還在原位坐著。

「我確實真的餓了，您呢？」律師說道。

「我也是。」于連回答道。

「您看，省長夫人也在那兒吃飯呢，」律師和他說道，一邊用手指著樓座，「拿出勇氣來，一切都會很順利。」審判又開始了。

當法庭庭長作總結時，午夜的鐘聲響起來了。法庭庭長停下來，在周圍焦慮的寂靜中，鐘聲的迴音充滿了大廳。

「瞧，我的末日到了，」于連心想道。很快，他想到了責任，感到周身在燃燒。到此刻為止，他一直挺住不心軟，堅持不說話的決心，但是當法庭庭長問他還有沒有話要說時，他站起來了。他看見戴維爾夫人的眼睛，在燈光照耀下閃閃發光。「莫非她也哭了？」他想。

「陪審員先生們，我原以為在死亡臨近的時刻，我能夠無視對我的輕蔑，然而我仍然感到了厭惡，這使我必須說幾句話。先生們，我沒有幸成為你們那個階級中的一員，你們或許從我身上看見了一個農村鄉下人，不甘心處於卑微的地位而起來反抗罷了。我對你們不求任何的寬恕，」于連說，口氣變得更加堅定有力。「我絕不存在幻想，等待我的是死亡，而死亡對我是公正的。我居然能夠謀害最值得尊敬、最值得欽佩的女人的生命。德・雷納夫人卻曾像慈母一樣對待我，因此我的罪行是殘暴的，而且有預謀的。陪審員先生們，我是應當被判處死刑的。即使我的罪行沒有如此嚴重，我也看到有許多人，不會因我年輕而憐惜我，他們仍想通過我來懲罰一個階級的年輕人，永遠地讓一個階級的年輕人灰心喪氣，因為他們雖然出身於卑賤的階級，遭受貧困的壓迫，可是有機會獲得廣博的知識，而且敢於闖入有錢人引以為豪的上流社會裡去。」

「先生們，這就是我所犯的罪，我將受到嚴厲的制裁，事實上，因為我不是受到與我同等的人的審判，它將受到更為嚴厲的懲罰。在陪審員席位上，我沒有看見一個富裕的農民，而只是一些憤憤不平的資產者，」

二十分鐘裡，于連一直用這種口氣說話；他說出了鬱結在心中的一切；代理檢察長企盼著貴族的青睞，氣得從座位上跳了起來；儘管于連的用語多少有些抽象，所有的女人仍然淚如雨下。連戴維爾夫人也拿起手帕來擦淚了。辯論結束前，于連再次提到蓄意謀殺、懊悔以及他從前在幸福的時期對德・雷納夫人的尊敬和子女般的無限仰慕，戴維爾夫人一聲叫喊後便昏倒在座位上。

陪審員退到他們的房間的時候，一點的鐘聲響了。沒有一個女人離開座位，好幾個男人眼裡噙著淚。交談開始時很熱烈，但是陪審團的決定久候不至，漸漸地，普遍的疲倦使大廳裡安靜下來。這時刻是莊嚴的，燈光變得暗淡，于連已經非常疲乏，他聽周圍的人在議論這種拖延是好還是壞的徵兆。他高興地看到大家還是都同情著他。陪審團還沒有出來，可是仍沒有一個婦女離開座位。

陪審員們議事的那個房間的小門開了，德・華勒諾男爵先生邁著威嚴的步子走了出來，所有的陪審員都緊隨其後，他清了清嗓子，宣佈說，根據天理良知，陪審團一致認定于連・索海爾犯了殺人罪，而且是預謀的殺人罪。這個宣告的結果必然是死刑，過了一會兒，死刑即被宣佈。于連看看他的錶，他想到了德．拉瓦萊特先生，那時正好兩點一刻。「今天是星期五。」他心想著。

「是的，不過這一天對華勒諾這傢伙是個好日子，他判了我死刑，我受到人們嚴密的監視，以致瑪蒂爾德不能像德．拉瓦萊特夫人那樣來搭救我，就那樣，三天以後，同一時刻，我將會知道該如何對待那個偉大的也許了。」

這時，他聽見一聲喊叫，被喚回到現實世界中來。他周圍的女人哭哭啼啼，他看見所有的臉都轉向一個開在哥德式牆柱頂飾上的小旁聽席。之後他才知道瑪蒂爾德就藏在那裡。因為那叫聲只響了一次，大家又都開始望著于連，憲兵正為他在人群中打出條通道來。

「我不要華勒諾那個壞蛋笑話我，」于連暗想著。「他宣佈導致死刑的聲明時的表情是多麼尷尬和虛假啊！而那個可憐的庭長，雖然當了多年法官，在宣判我死刑時眼裡卻含著淚。華勒諾這個傢伙報復了我，他此刻一定是高興壞了，我再也看不見她了！一切都完了。我們之間連最後的正式告別都不可能了，我已感覺到，要是我能把我憎惡的心情說給她聽，將是多麼幸福啊！」

「只需告訴她這句話就行了：『判我死刑是對的。』」

chapter 72

律師

于連被帶回了監獄，關在一間為死囚準備的牢房裡。平時他總是最細小的情況都不放過，這一次竟沒有發覺他們並未讓他回到主塔樓牢房。他一心想著跟德．雷納夫人說些什麼，如果他在最後的時刻有幸見到她的話。他會對她說些什麼呢？她應該不會讓他開口說話，但他很想向她描述內心的悔恨。到現在為止，我該如何做的？總的來說，我殺她是對她愛的驅使。

他躺在床上，發現單子是粗布做的。他的眼睛睜開了。「啊！我是在地牢裡，」他睜開眼自語道，「我已是一個被判了死刑的人。這很公平。」

「阿泰咪拉伯爵曾告訴我，丹東在他死前，曾用他暴躁的聲音說：『真奇怪，砍頭[195]這個詞，不能有各種時態的變化，如：我們可以說：『我將被砍頭，你將被砍頭』，卻不能說：『我已經被砍頭。』」

「為什麼不能呢，」于連想，「如果有來世的話？……說真的，如果我碰見基督徒的上帝，我

195. 法語動詞的原意是以斷頭機處決。

就完了，那是個暴君，因此，他滿腦子報復的念頭；他的《聖經》說的盡是殘酷的懲罰。我從未愛過他，我甚至從未想相信人你愛他是真誠的。他沒有憐憫心（他於是想起了《聖經》中好幾個段落）。他將以可惡的方式懲罰我……」

「但如果我要遇到費訥隆[196]的天主呢！他也許會對我說：『你將得到特大的寬恕，因為你曾真心地愛過……』」

「我的愛多嗎？啊！我愛過德・雷納夫人，然而我的行為是殘忍的。在這件事上和在別的事上一樣，為了閃光的東西拋棄了質樸平常的東西……」

「但是話又說回來，這是多麼美好的前途呀！戰時是輕騎兵上校，平時是外交使團的秘書，然後是大使……因為我很快會熟諳事務的……因為用不了多久，我就能瞭解官場那一套……就算我只是個傻瓜，德・拉摩爾侯爵的女婿還會有什麼可怕的呢？我的任何蠢事都會被原諒，甚至還會被當作才能呢。有才能的人，在維也納或倫敦過最豪華的生活……我將是一名有名望的人，在維也納或在倫敦過著有錢人的生活……」

「不一定是那樣，先生，三天以內就要被砍頭了。」

于連看到連看守的人都對自己嘲諷，忍不住笑出聲來。

「的確如此，每人都有兩面性，」他暗想道：「見鬼，誰會這樣聰明想到這兒呢？」

「好！是的，朋友，三天以後要上斷頭台。」他回答打斷他說話的那個人：「德・尚蘭先生將跟

196. 費訥隆（一六五一至一七一五），法國作家，曾在宮庭任太子太傅，著有《論子女教育》等。後被選為法蘭西學院並成為康佈雷大主教。

馬斯隆神父合租一個窗口。好，在這個窗口的租金上，這兩位可敬的人物誰將占誰的便宜呢？」

他忽然想起羅特魯的戲劇中的一段：

拉迪斯拉斯

……我的靈魂已準備好。

國王（拉迪斯拉斯之父）

斷頭台準備好了，把您的頭放上去吧。

「多好的回答啊！」于連心想道，隨即沉沉睡去了。

早晨有人緊緊地抱住他，把他弄醒了。

「怎麼，時間已到？」于連睜開眼睛驚駭地說道。

他以為自己馬上要被砍頭了。原來那是瑪蒂爾德。

「幸虧她不知道我的想法。」這個念頭使他平靜下來了。他發現瑪蒂爾德形容大變，像是病了半年，真真讓人認不出來了。

「弗里萊這下流的傢伙出賣了我！」她說道，使勁扭著自己的手，氣得臉煞白。

「我昨天的發言不是很漂亮嗎？」于連回答道，「這是我這輩子第一次即興發言，好像也是最後一次。」

此時此刻，于連玩弄瑪蒂爾德的性格，冷靜得像一位熟練的鋼琴家彈琴……「不錯，顯貴的出身，我是沒有的，」他繼續說，「但是瑪蒂爾德崇高心靈把她的情人抬到了她的高度。您相信博尼法斯·德·拉摩爾在審判官面前有我表現得好嗎？」

這一天，瑪蒂爾德充滿了柔情，毫無做作，就像一位住在六層樓以上可憐的女子，但她從他那裡得到的都是最簡明的話。他不知不覺把她以前常常折磨他的痛苦還給她了。

「沒有人知道尼羅河的源頭，」于連心想，「人類的眼睛不能看見處在普通的溪流狀態的河中之王，因此，任何人的眼睛也將看不到軟弱的于連，首先是因為他不軟弱，但是，我有一顆易於打動的心，最普通的一句話，只要用誠懇的口氣說出來，就能讓我的聲音變得溫和，甚至讓我流淚。有多少次那些心腸冷酷的人因為這個缺點而看不起我啊！他們以為我在乞求寬恕，這就是我所不能忍受的。」

「據說丹東在上斷頭台時，因思念他的夫人而感動了別人。但是丹東曾使一個充滿花花公子的國家振作了起來，阻止了敵人進攻巴黎……只有我自己知道我要做的事情……在別人眼裡，我最多不過是個有待發展的人。」

「如果在這地牢裡的，瑪蒂爾德換成是德·雷納夫人，我能夠保證我自己嗎？我過度的絕望和過度的悔恨，在華勒諾們和當地所有貴族的眼裡，可能被當作對死亡的可恥的恐懼；那些可惡的人，靠他們的經濟地位才避開了犯罪的誘惑，他們是多麼驕傲啊！剛剛判我死刑的德·肖蘭先生和莫瓦羅先生肯定會說：『看看什麼叫生為木匠的兒子！他可以變得博學，機智，可勇氣呢！……勇氣是學不來的。』

甚至面對這個可憐的、正在哭著的、甚至是再也哭不出來的瑪蒂爾德，他還可以如此冷靜地說道，一面望著她那哭紅的眼睛……他把她抱在自己的懷裡，面對這種真實的痛苦，使他忘記了自己的推論……

「她將痛哭，我知道她的；就是我想殺她也沒用，一切都將被忘記。我企圖殺死的那個人將是唯一真心為我的死而哭泣的人。」他心想道，「但是，將來有一天她回想起來時，會感到多麼可恥啊！她會認為自己現在的做法有多麼的不值得，那個克羅茲諾瓦這個人相當軟弱，會娶她的，而且我相信他做得對。她會讓他去幹出一番事業的。」

根據抱負遠大而且堅定的人對常人的粗笨所擁有的權利。

「唉！這倒很有趣。自從被判死刑以來，我以前念過的詩句又記起來了。這是一種衰退的表現……」

瑪蒂爾德有氣無力地向他重複道：「他就在隔壁房間裡。」

最後他終於注意聽這句話了。

「她的聲音是微弱的，」他心想道，「然而口吻中她那專橫的性格分毫無損。她為了壓住火才放低了聲音。」

「是誰在那裡？」他用溫和的態度問她。

「律師，他想請您在上訴狀上簽字。」

「我不要上訴。」

「怎麼？您不要上訴！」她說道，同時站了起來，眼裡射出憤怒的光芒。「為什麼？」

「因為此刻我有赴死的勇氣，不至於太讓人笑話。誰能對我說，兩個月後，長時間待在這潮濕的黑牢裡，我的狀態還這麼好？我預料還要跟教士見面，跟我父親見面……這世界上再沒有比這更讓我不愉快的事了。讓我死吧。」

聽到這樣的話，她怒氣沖天。在貝藏松監獄地牢打開前，她沒能見到德．弗里萊神父，她把怒氣全部發洩在于連身上。她崇拜他，然而在這一刻鐘裡，她卻詛咒他的性格，後悔愛上了他。從前在德．拉摩爾府邸的圖書室裡毫不留情地辱罵他的那個高傲的瑪蒂爾德，又出現在他眼前。

「為了你們家族的光榮，上天應把你生為男人！」他向她說道。

「至於我，」他想，「我要是在這種令人厭惡的日子裡再過上兩個月，成為貴族集團可能編造的卑鄙無恥的誹謗的目標，而唯一的安慰只有這個瘋女人的詛咒，不然我才真是傻子呢……」

「好！後天早晨，我將和一個以冷靜和技術高超著稱的人決鬥……」

「這人非常高超，」魔鬼的這一方說，「他從沒失敗過。」

「好吧，但願如此（瑪蒂爾德仍在滔滔不絕地說）。不，」他對自己說，「我不上訴。」

作出這個決定後，他又沉沉地睡去了。

「六點鐘，郵差經過，照常把報紙送了進來。八點鐘，德．雷納先生看完報紙後，艾麗莎踮著腳尖輕輕地走來，把報紙放在德．雷納夫人床上。過了一會兒她醒了，心情緊張起來。她漂亮的手顫抖著，她讀到了這幾個字：在十點過五分時，他被執行了死刑。」

「她將痛哭，我知道她的；就是我想殺她也沒用，一切都將被忘記。我企圖殺死的那個人將是唯一真心為我的死而哭泣的人。」

「啊！多麼鮮明的對比！」他心想。

在瑪蒂爾德繼續吵鬧的十五分鐘裡，他心裡只有德．雷納夫人。不管他怎麼努力，而且不時還要回答瑪蒂爾德的話，他還是不能把他的心從對維里埃那間臥房的回憶上移開。他看貝藏松的報紙放在橙黃色塔夫綢面的有指縫的被子上，他看見一隻如此白皙的手痙攣地抓住它，看到德．雷納夫人在啜泣……一顆顆淚珠從她可愛的臉頰上流下來。

德．拉摩爾小姐沒辦法從于連那裡得到任何肯定的意見，於是，她把他的律師請了進來。這人是一七九六年遠征義大利的部隊的老隊長，是馬尼埃爾[197]的同事。

他反對犯人的決定，不過是做做樣子。于連打算以尊敬的態度對待他，就向他逐條陳述理由。

「我的天，我的想法和您一樣！」菲力克斯．瓦諾先生終於對他說道，「不過您還有整整三天可以提出上訴，而且每天來是我的責任。如果兩個月內監獄底下有座火山爆發，您就可以得救了。不過您也可能死於疾病，」他說時注視著于連。

于連和他握手。

「謝謝您，您是個正直的人。我會考慮的！」

當瑪蒂爾德陪同律師出去時，他感到他對律師比對她有著更深的友誼。

197. 法國人，一七九六年參加義大利戰役，後因傷退役，成為律師。

chapter 73 最後告別

一點鐘後，他睡得正沉，突然覺得有淚水滴在手上，他醒了。「啊！又是瑪蒂爾德！」他在朦朧的狀態中想道。

「她每次都按自己的做法，用柔情來進攻我的決心。」

他想到一場新的悲愴景象，心中一陣厭煩，便閉目不睜。貝爾費戈爾[198]逃避妻子的詩句浮上腦際。

他聽到一聲奇異的歎息，睜開眼睛一看——竟然是德·雷納夫人。

「啊！我在死之前還能看見您，這不是做夢吧？」他高聲說道，同時跪倒在她腳下。

「但是，夫人，請您原諒我！在您眼裡，我不過是個謀殺犯。」他清醒過來後忙說道。

「先生……我來求您提出上訴，我知道您不願意……」她哽噎著喘不過氣，說不出話。

「如果你想讓我寬恕，」她對他說，站起來投進他的懷抱，「那就立刻對你的死刑判決提出上訴。」

198. 法國十七世紀詩人拉封丹的同名詩《貝爾費戈爾》中的魔鬼。

于連不停地吻著她。

「在這兩個月之內，您能每天來看我嗎？」

「我可以向你發誓。我每天都來！只要我的丈夫不阻止我。」

于連叫道。「怎麼！你饒恕了我！這可能嗎！」

他把她抱在懷裡，他簡直要發瘋了。她輕輕地叫了一聲。

「沒什麼……」她向他說，「只是你把我弄疼了。」

于連的眼淚嘩地下來了。他稍稍離開些，在她的手上印滿火一樣的吻。

「最後一次，我是在維里埃你的寢室看到你的，那時我怎麼也沒想到那是最後一次呢！」

「誰又能料到……我竟然會向德．拉摩爾先生寫那封誣衊信呢?!」

「你要知道我永遠愛的是你，除了你，我沒有愛過別的人。」

「真的！」德．雷納夫人叫道，輪到她喜出望外了。她靠在于連身上，于連跪著，他們淚眼相對，久久不說話。

她靠在跪在她面前的于連身上，靜靜地哭了很久。

于連在他的一生裡，今天是最幸福的時刻。

很長一段時間後，德．雷納夫人說道：「還有米什萊夫人，不如乾脆叫她德．拉摩爾小姐吧，我開始真的相信這個離奇的故事了！」

「那些都是表面上的真實。」于連答道，「她是我的妻子，但卻不是我的情人……」

他們上百次地互相打斷，好不容易把互相不知道的事情講出來了。

寫給德．拉摩爾先生的那封信，是德．雷納夫人的懺悔教士擬的草稿，然後由她抄寫的。

「宗教使我犯了一樁多麼可怕的罪行啊！」她向他說道，「我還已經把信裡最可怕的語句改得溫和了點……」

于連的興奮和幸福向她證明了他已完全原諒了她。他還從未愛得這般瘋狂。

「我仍然相信我是虔誠的。」德．雷納夫人在後來的談話裡對他說，「我真心地相信上帝。我也相信，而且也得到證實，我犯的罪是可怕的，自從我看見你，甚至你朝我開了兩槍之後……」

這時，于連不管她是否說完，便開始瘋狂地吻著她。

「放開我，」她繼續說，「我想跟您講講清楚，免得忘記……我一看見你，所有的責任感都消失了，只剩下對你的愛，或者說愛這個字還嫌太弱。我對你感到了我只應對天主感到的那種東西：一種混合著尊敬、愛情、服從的東西……實際上，我不知道你在我心中喚起的是什麼。你要對我說給看守一刀，我不待想就會去犯罪。在我離開你之前，你把這給我解釋清楚吧，我想看清楚我的心；因為兩個月後我們就要分別了……順便說一句，我們要分別了嗎？」她對他說，嫣然一笑。

「我剛才說的話不算數，」于連站了起來叫道，「如果您想用毒藥、刀子、手槍、火炭或其他任何方法來結束或傷害您的生命，我就堅決不上訴。」

德．雷納夫人的臉色突然由晴轉陰了，最初活潑的柔情，一下子就變為非常深沉了。

「假如我們立刻一起死去呢？」她終於向他問道。

「誰知道另一個世界有什麼？」于連答道，「也許是痛苦，也許什麼也沒有。難道我們不能甜甜蜜蜜地共同過上兩個月嗎？兩個月，那是許多天呀。我永遠不會這樣幸福的！」

「你永遠不會像那時一樣幸福了！」

「永遠不會！」于連高興地重複道，「我對你說話如同對自己說話一樣，天主不容許我誇大事實。」

「你這樣說話，就是命令我，」她說，露出了羞怯而憂鬱的微笑。

「那好！你以你對我的愛發誓，不以任何直接或間接的方式謀害你的生命……你要記住，」他繼續說，「你必須為我的兒子活下去，因為瑪蒂爾德一旦成為德．克羅茲諾瓦侯爵夫人後，就會把我的兒子丟給僕人去撫養。」

「我發誓！」她冷漠的回答，「不過我要把你親筆簽字的上訴書帶走，我要去找總檢察長。」

「當心，這樣會連累到你自己的。」

「自從我到監獄裡公開來看你以後，我就已經在貝藏松和弗朗什－孔泰全省，成為小故事裡的女主角了。」她愁苦地說道。「嚴厲的廉恥的界限已經越過……我是一個喪失名譽的女人，真的，這是為了你……」

她的口氣那麼悲傷，于連擁抱了她，感到一種全新的幸福。那已經不是愛的陶醉，而是極端的感激了。他第一次覺察到，她為他作出的犧牲是多麼的大。

顯然有人通知了德．雷納先生，說他的妻子曾到監獄看望于連，並探訪了很久。所以三天以後，他派車子來接她，要求她立刻回到維里埃。

這殘酷的分離，使于連這天的生活從一開始就變得不愉快。兩三個鐘頭後，有人告訴他，有個詭計多端，但在貝藏松的耶穌會裡未能爬上去的教士，一大早就站在了監獄門外的路上。雨下得很大，那傢伙企圖裝出受難的樣子。于連心緒惡劣，這種蠢事使他大為惱火。

那天早上，他就拒絕了這個教士的探訪，但是這人卻早已下定決心，要于連向他懺悔。以便從他那裡得到秘密，並在貝藏松的年輕婦女面前進行炫耀。

他高聲宣佈，他要在監獄門口度過白天和黑夜：「天主派我來打動這個叛教者的心……」老百姓總是喜歡看熱鬧，開始聚集起來。

「是的，我的兄弟們！」他向門外圍觀的人群說道，「我將整天整夜待在這裡。聖靈對我說過話，我接受了上天的使命來拯救這年輕的索海爾靈魂。咱們一起祈禱吧……」

于連討厭人家議論他，討厭一切能夠把注意力引向他的事情。他想抓住時機悄悄地逃離這個世界；然而他又存著再見德．雷納夫人的希望，他愛得發了狂。

監獄的正門口前面是一條最熱鬧的大街。想到這個一身泥巴的教士招來一大群人議論紛紛，他的心備受折磨，于連就感到渾身難受。「不用說，他嘴裡時時刻刻喊著我的名字，這種情況我都討厭極了。」

每隔一個鐘頭，他就叫那個聽他話的管鑰匙的人到門口去看看教士是否還在門口。

「先生，他跪在泥濘裡……」看守每次都對他說，「他高聲祈禱，為您的靈魂念連禱文……」

「無禮的傢伙！」于連想，這時候，他果然聽見一片低沉的嗡嗡聲，當他看見甚至管鑰匙的人也在不停地誦讀禱詞，他都要瘋了。

門口的人們漸漸議論起來，管鑰匙的人補充道：「您的心腸一定很硬，才會拒絕這個聖潔的人的幫助。」

「噢，我的天！怎麼能這樣強人所難呢！」于連不管周圍是否有人，在那裡瘋狂地喊。

「這傢伙想在報上有一篇文章，他肯定會得到的。」

「呵！這些討厭的外地人！在巴黎才不會發生這樣的事情，這裡騙人的技術也那麼差。」

「讓那個聖潔的教士進來吧，」最後對看守說，額上的汗直往下淌。看守畫了個十字，高高興興地出去了。

那個聖潔的教士醜得可怕，而且還渾身是泥。冰冷的雨水更增加了黑牢的陰暗和潮濕。教士想擁抱于連，說話間拿出了深受感動的樣子。最卑劣的偽善實在太明顯；于連一輩子還不曾這麼憤怒過。

「這種人可真會裝啊，太做作了。」于連生氣到極點了。

大概十五分鐘後，于連突然感覺自己膽小了。他此刻感到死亡真的很恐怖，死後屍體會漸漸腐爛掉。

他正要表現出軟弱，或者撲向教士，用鎖鏈勒死他，這時候突然想。砍頭那天還想請他為自己舉行一個四十法郎的儀式。

教士一直待到中午才離開于連的牢房。

chapter 74 斷頭台

教士剛一出去，于連就大哭起來，為了死亡而哭，漸漸地他對自己說：現在我真想把我的害怕告訴德・雷納夫人。

正當于連想這件事的時候，卻聽見瑪蒂爾德的腳步聲越來越近了。

「監獄裡最大的不幸，」他想，「就是不能把門關上。」

不管瑪蒂爾德說什麼，都只是讓他生氣。

她告訴他在審判的那天，德・華勒諾先生已經當上了省長，所以他才不把德・弗里萊先生放在眼裡，給他判死刑。

「『您的朋友是怎麼想的，』德・弗里萊先生剛才對我說，『居然去喚醒和攻擊這個資產階級貴族的虛榮心！為什麼要談社會等級？他告訴了他們為維護他們的政治利益應該做什麼，這些傻瓜根本沒想到，並且已準備流淚了，這種社會等級的利益蒙住了他們的眼睛，他們就看不見死刑的恐怖了。所以應當說他做事情太欠缺考慮了。如果我們不能用請求特赦的方法救他，他的死將是一種自殺……』」

瑪蒂爾德當然不會把她還沒有料到的事情告訴于連，那就是德・弗里萊神父看見于連已經完了。他在為自己能夠成為于連的繼承人而打著如意算盤。

于連既生氣，又有抵觸情緒，弄得幾乎不能自制。

「您去為我做一次儀式吧。」他對瑪蒂爾德說，「我想自己待一會兒。」

瑪蒂爾德很反感德・雷納夫人探望于連的事情，又聽說她剛離開了貝藏松，感覺自己太委屈了，於是哭成了一個淚人兒。

「她哭得可真厲害！」這樣做，只能讓于連更生氣了。

他非常想一個人待一會兒，但又怎樣才能讓瑪蒂爾德離開這兒呢？

最後瑪蒂爾德對他勸說了一會後，終於走了，但這時，富凱又來了。

「我需要一個人待著，」他對這位忠實的朋友說。因為看見富凱有些猶豫不決，他就繼續說：「我正在寫一篇回憶錄，供請求特赦用……還有……求求你，別再跟我談死的事了，如果那天我有什麼特別的需要，讓我首先跟你說吧。」

于連終於獨處，感到比以前更疲憊懦弱了。這顆已被折磨得虛弱不堪的心靈僅餘的一點兒力量，剩下的所有力量是為了向德・拉摩爾小姐和富凱掩飾自己的情況，但現在已經耗完了。

黃昏時，腦海中突然閃過一個讓他看到一點希望的念頭。

「如果今天早上，就要砍我的頭，我要讓所有人都看不到我的脆弱！」

他忽然感覺自己也不是那麼的慘。

「現在，我是個膽小的人，」他唱歌似的說道，「別人都以為我很堅強。」

第二天，發生了一件不高興的事。很久以前，他的父親便宣佈要來探監，這一天，于連還沒有醒，這個白髮蒼蒼的老木匠便走進了他的牢房。

于連希望父親能夠罵他一頓，這樣他心裡會好受一點，見面那天，他感覺非常對不起父親。「命運讓我們在這世界上彼此挨在一起，」看守略略打掃牢房時于連暗想道，「我們幾乎是盡可能地傷害對方。他在我死的時候來給我最後的一擊。」

別人剛走，父親就開始罵我了。

于連忍不住，眼淚下來了。「這軟弱真丟人！」他憤怒地自語著，「他肯定會見誰給誰說我很膽小，這對華勒諾之流與所有統治維里埃的最平庸的偽善者來說，又將是一個怎樣大的勝利啊！他們在法國勢力很大，占盡了種種社會利益。至此我至少可以對自己說：他們得到了金錢，的確，一切榮譽都堆在他們身上，而我，我有的是心靈的高尚。」

「這個人們以後都會相信，他證明給人們看的是自己面對考驗時是多麼的軟弱，是個十足的膽小鬼！」

于連瀕臨絕望。他不知道如何打發走父親。裝假來欺騙這個目光如此銳利的老人，此刻完全是他力所不能及的。

他努力想盡所有的辦法，最後說了句：「我有錢，」這句話真靈，立刻改變了老人的表情和于連的地位。

「我該怎樣用這些錢呢？」于連比較平靜地繼續談道。這句話使他完全擺脫了自卑感。

老木匠心急火燎，生怕這筆錢溜掉，于連似乎想留一部分給兩個哥哥。他興致勃勃地談了許久。于連可以挖苦他了。

「好吧！關於我的遺囑，天主已經給了我啟示。我給哥哥們每人一千法郎，其餘的都歸您。」

「很好，」老人說，「剩下的歸我；既然上帝降福感動了您的心，如果您想死得像個好基督徒，您最好是把您的債還上。還有我預先支付的您的伙食費和教育費，您還沒想到呢……」

「難道這就是父愛！」當只剩一個人的時候，他傷心地說，一會兒，看監獄的人進來了。

「先生，父母來訪之後，我總是要送一瓶好香檳酒來，價錢略貴一點，六法郎一瓶，不過它讓人心情舒暢。」

「請您拿三個酒杯來，」于連孩子般熱情地說，「讓走廊裡散步的兩個犯人也一起來吧。」看守帶來兩個苦役犯，他們是慣犯，正準備回苦役犯監獄。這是兩個快活的惡棍，精明、勇敢、冷靜，確實非同尋常。

「要是您給我二十法郎，」他們之一對于連說道，「我可以把我的生活詳細地講給您聽。那可真是十分精彩的。」

「您不會說謊吧？」于連問。

「絕對不會，」他回答道，「我的朋友在這兒，他看著我的二十法郎眼紅，我要是說假話，他會拆穿我的。」

「他的人生是可憎的，但卻是個勇敢的人，因為在他心裡只有一種欲望，那就是金錢。」

他們走後，于連變了一個人。他對自己的一切怒氣都消失了。劇烈的痛苦，因膽怯而激化，自從德·雷納夫人離開後，他就陷入被怯懦所激化的痛苦中，現在這痛苦已經轉變為憂鬱了。

「如果我少被表面現象欺騙一點，」他暗想道，「我就能看出，巴黎的客廳裡充斥著我父親那樣的正人君子，或者這兩個苦役犯那樣的狡猾的壞蛋。他們說得對，客廳裡的那些人早晨起床時絕不會有這樣令人傷心的想法：今天我的晚飯該如何解決？然而他們卻在炫耀他們的誠實！而且一旦當了陪審團，就可以洋洋自得地把一個因餓得快要昏倒而偷了一副銀餐具的人判處死刑！」

「假設有一個法庭，專門處理的是丟官或者升官的案子，那便可以發現，沙龍裡的謙謙君子犯的罪和那兩個苦役犯的罪沒有差別了……」

「世界上沒有自然法，這個詞兒不過是過了時的胡說八道而已，和那一天對我窮追不捨的代理檢察長倒很相配，他的祖先靠路易十四的一次財產沒收發了財。到了法律用刑罰來禁止某件事時，才有所謂法權。在有法律之前，只有獅子的力氣，饑餓寒冷的生物的需要才是自然的，一句話，需要……不，受人敬重的那些人，不過是些犯罪時僥倖未被當場捉住的壞蛋罷了。社會派來攻擊我的那個原告，正是由於做了一件骯髒的事才發財的。我犯了殺人罪，對我的這個判決是公正的，但是除了沒殺人以外，那個判我死刑的華勒諾對社會的危害卻要比我多百倍。」

「好吧！」于連愁苦但不憤怒地繼續說，「儘管貪婪，我的父親要比所有這些人強。他從未愛過我。我用一種不名譽的死讓他丟臉，真太過分了。人們把害怕缺錢、誇大的邪惡稱作貪婪，這種貪婪使他在我可能留給他的三、四百路易的一筆錢裡看到了安慰和安全的奇妙理由。他將來會在某個星期天的晚餐後，拿出他的金幣來，給維里埃所有羨慕他的人看，他的目光好像對他們說：『有如此的回報，你們當中哪一個不願意有個上斷頭台的兒子呢？』」

這種哲學可能是真實的，但它卻使人渴望去死。五天如此漫長的日子就這樣過去了。他對瑪蒂爾德的態度，溫和而禮貌，他察覺她已被最強烈的嫉妒心所激怒。一天晚上，于連很認真的在想自殺的問題。德．雷納夫人的離開把他投入到深深的不幸之中，精神變得軟弱不堪。不論在現實生活中，還是在想像中，什麼都不能使他高興起來。缺少活動使他的健康開始受到損害，並把德國學生年輕的那種軟弱而易激動的性格給了他。他已經失去男人的高傲，那種用一句有力的粗話趕走縈繞在不幸者頭腦中的某些不適當念頭的男性高傲，他正在失去。

「我愛過真理……但是現在真理又在哪兒呢？……到處都是偽善，至少也算是欺詐，甚至最有品行、最偉大的人也無一例外，這時他的眼神中流露出極度厭惡的表情……是的，人絕對不可能輕易相信別人。」

「某某夫人為她可憐的孤兒募捐時，對我說某親王剛捐了十個路易，實際上都是謊言。但我在說什麼？聖赫勒拿島上的拿破崙呢！……為羅馬王[199]發表的文告，純粹是招搖撞騙。」

「偉大的天主！如果這樣一個人，而且還是在災難裡應要他嚴格盡責的時候，居然也墮落到招搖撞騙的地步，對其他人還能期待什麼呢？……」

「真理究竟在哪裡？在宗教裡……是的，」他帶著一種極端嘲弄的苦笑繼續說，「在馬斯隆、德．弗里萊、卡斯塔奈德那幫人的嘴裡……也許在真正的基督教裡？在那裡教士並不比使徒們得到更多的酬報。但是聖保羅卻得到了發號施令、誇誇其談和讓別人談論他的快樂……」

199.羅馬王（一八一一至一八三二），拿破崙與奧國公主瑪麗－路易絲之子，出生後封為羅馬王。

「啊！如果有一個真正的宗教的話……我真是太傻了！我看見一座哥德式大教堂，一些令人肅然起敬的彩繪玻璃窗；我那軟弱的心想像著玻璃窗上的教士……我的靈魂會瞭解他，因為我的靈魂需要他……但我發現的卻是一個頭髮骯髒的壞蛋……除了衣著打扮外，他和博瓦西騎士沒有什麼不同。」

「然而真正的教士，一個馬西榮，一個費訥隆……馬西榮曾為杜布瓦祝聖。聖西門的《回憶錄》使我錯怪了費訥隆，他到底還是個真正的教士……那時候，溫柔的靈魂在世紀上就會有一個匯合點……我們將不再孤獨……這善良的教士將跟我們談上帝。但他宣講的是怎樣的上帝呢？絕不是《聖經》裡的上帝，一個氣度狹小的、殘酷的、充滿復仇心態的暴君，而是伏爾泰所指述的正直、仁慈、包羅萬象的天主……」

他回憶起他爛熟於心的那部《聖經》，非常激動……然而，自從成為三位一體[200]，在我們的教士可怕的濫用之後，怎麼還能相信天主這個偉大的名字呢？

「孤獨地活著！……是多麼痛苦啊！……」

「我瘋了，不公正了，」于連心想，用手拍了拍腦門。「我在這牢裡是孤獨的，可我在世上並不曾孤獨地生活，我有過強有力的責任觀念。或錯或對，我為我自己規定的責任彷彿一株結實的大樹的樹幹，暴風雨中我靠著它；我搖晃過，經受過撼動。說到底，我不過是個凡人罷了……但是，我沒有被捲走。」

---

200. 基督教教義認為，上帝只有一個，但有三個「位格」：「聖父」「聖子」「聖靈」，是謂「三位一體」。

「地牢裡陰濕的空氣讓我產生了孤獨的感覺……」

「為何一面詛咒偽善，一面還要繼續偽善呢？令我感到痛苦的，不是死亡、地牢，也不是潮濕的空氣，而是德．雷納夫人的離別。在維里埃，為了能與她相會，一連幾個星期，我只好躲在她家的地窖裡，難道我曾抱怨過嗎？」

「同時代人的影響占了上風，」他帶著苦笑高聲說，「我對自己說話，離死亡不過兩步遠，而我卻還是偽善的……啊，十九世紀啊！」

「……一個獵人在林中開了一槍，獵物掉下來，他衝上去抓住。他的靴子碰到一個兩尺高的蟻巢，毀了螞蟻的住處，螞蟻和牠們的卵散得遠遠的……螞蟻中最有智慧的，也永遠理解不了獵人靴子這個黑色的、巨大的、可怕的東西，它以難以置信的迅速闖進牠們的住處，還伴以一束發紅的火光……」

「……因此，生死，永恆，對於其器官大到足以理解它們的人類來說，都是些很簡單的事物……一個蜉蝣在烈日當空的夏季裡，早上九點鐘出生，晚上五點鐘就死去，牠如何能瞭解黑夜這兩個字的含義呢？」

「讓牠再活五個鐘頭，牠就看見和理解什麼是夜了。」

「我自己也是這樣的，我二十三歲就死了。再給我五年的生命，讓我和德．雷納夫人相聚吧……」

他像靡非斯特那樣獰笑起來：「討論這些大問題真是太愚蠢了！」

「第一，我是虛偽的，就好像有什麼人在那兒聽似的。」

「第二，我剩下的日子這樣少了，我卻忘了生活和愛！唉！德‧雷納夫人不在這裡了，也許她的丈夫不會讓她再到貝藏松來，繼續敗壞自己的名譽。」

「這就是我感到孤獨的真正原因，而不是由於缺少一個正直、善良、全能、毫不凶惡、毫無報復之心的天主……」

「啊！如果他存在……唉！我會跪倒在他腳下。我對他說：我該當一死；然而，偉大的天主，善良的上帝，寬容的天主啊，把我所愛的人還給我吧！」

夜色已沉。在一兩個小時安靜的睡眠後，富凱走了進來。

于連覺得自己堅強又果斷，像一個能洞察自己靈魂的人。

「別讓人把可憐的夏斯－貝爾納神父叫來，我不想要這種惡作劇，」他對富凱說，「他會因為這三天的折磨而吃不下飯。你還是想辦法為我找一個彼拉爾先生的朋友，就是那個不會耍詭計的冉森派的教士吧。」

富凱正焦急地等著他開口呢。凡是外省輿論所要求的種種，于連都做得很得體。由於德‧弗里萊先生的幫忙，即使懺悔的神父選得不好，于連在地牢中還是受到聖會的保護，他若是機靈些，是可以逃出去的。但是牢裡的惡劣空氣起了作用，他的智力減退了。只是在德‧雷納夫人回來時，他才顯得有些活躍。

「我的第一個期盼就是為了你，」緊緊地抱著他，她對他說道，「我是從維里埃逃出來的……」

于連對她沒有一丁點兒無謂的自尊心，把他的種種軟弱和盤托出。她對他既溫柔又可愛。

晚上，她一走出監獄，就讓人把像抓住獵物一樣抓住于連不放的年輕教士叫到她姑媽家；他一心想在貝藏松高等地位的年輕婦女中抬高自己的聲望，因此德．雷納夫人很自然地想到請他去博萊－勒奧修道院做一次九天的禱告。

于連的愛情之過度和瘋狂遠非語言可以形容。

依靠金錢的魅力並且利用極具虔誠而且有錢的姑母的權利，德．雷納夫人每天能夠和于連見兩次面。

聽到這個消息，瑪蒂爾德妒意大發，直至喪失理智。德．弗里萊先生曾向她承認，他的勢力還沒有達到無視一切禮儀的程度，不能讓人准她每日不止一次地去探望她的朋友。瑪蒂爾德叫人跟蹤德．雷納夫人，以便瞭解她最微妙的動作。德．弗里萊先生使盡渾身解數，向她證明于連是配不上她的。

經受著這種種痛苦的煎熬，她反而更愛他了，幾乎每天都跟他大吵大鬧。

對於這個他如此不尋常地連累了的可憐女孩子，于連想竭盡全力做個正直的人，一直到底；但是任何時候，他對德．雷納夫人瘋狂的愛情卻總是占上風，甚至在瑪蒂爾德無法相信她的情敵的探監是無害時，他便想到了拙劣理由：「看來這場戲快要結束了，如果說我不能對她隱瞞得更好一些，如果我掩飾不住我的感情，這倒是我的一個藉口。」

德．拉摩爾小姐得知德．克羅茲諾瓦侯爵的死訊。德．泰賴爾先生，一位相當富有的人，竟敢就瑪蒂爾德的失蹤說了些令人難過的話，德．克羅茲諾瓦先生要求澄清事實，於是德．泰賴爾先生把他收到的匿名信拿出來向他證明，信裡充滿了巧妙地串聯起來的種種細節，可憐的侯爵一定會看到事實真相。

德．泰賴爾又斗膽開了幾句不夠委婉的玩笑。憤怒和不幸令他發狂，德．克羅茲諾瓦先生提出要賠禮道歉的過分要求，致使那位百萬富翁產生了決鬥的辦法。愚蠢占了上風，愚蠢勝利了，巴黎那些最配人愛的人之一，還不滿二十四歲，就這樣死於非命。這個噩耗，對於連日趨衰弱的靈魂產生了一種奇怪甚至病態的影響。

「可憐的克羅茲諾瓦，」他對瑪蒂爾德說，「他對待我們一向非常好，而且為人正派，您在您母親的客廳裡幹出那些輕率的事情之後，他本應恨我，找我的麻煩，因為跟著輕蔑來的仇恨通常都是狂暴的……」

德．克羅茲諾瓦先生的死，改變了于連對瑪蒂爾德所有今後的想法。他花了幾天時間，勸她應該接受德．呂茲先生的求婚。「這個人靦腆，但是不過分偽善，」他對她說，「他肯定會加入求婚者的行列。他有抱負有事業心，比可憐的德．克羅茲諾瓦更沉著、堅忍，他家裡也沒有公爵領地，他不會對娶于連．索海爾的寡婦為妻有任何看法的。」

「而且是一個蔑視偉大的激情的寡婦，」瑪蒂爾德冷冷地答道，「因為六個月的生活，已經足夠讓她看到，她的情人愛的不是她而是另一個女人，而這個女人正是他們一切不幸的根源。」

「您這話可不公道，德．雷納夫人的探監，將給在巴黎的律師提供一些獨特的理由，他將描繪兇手如何受到受害者的關懷。這會產生效果的，也許有一天您會看到我成了一齣情節劇的主角呢……」

一種瘋狂而又無法報復的嫉妒，一種無望的不幸的持續（縱使于連獲救，又如何能挽回他的心？）一種因為死心塌地愛上了不忠實的情人而造成的羞辱和痛苦，使德．拉摩爾小姐完全沉浸在了憂鬱的沉默中，即使是德．弗里萊先生的殷勤照顧和富凱的耿直坦率，也無法讓她從沉默中解脫出來。

至於于連，除去被瑪蒂爾德佔用的時間外，倒是生活在愛情之中，幾乎不問明天的事。當這種熱情是極端的、沒有任何矯飾的時候，就產生出一種奇特的效果，德．雷納夫人幾乎也在分享他那無憂無慮的情趣和甜蜜的歡樂。

「以前我們在維爾基樹林裡散步時，」于連對她說，「我本來可以多麼地幸福啊，可是一種強烈的野心卻把我帶到虛幻之國去了。你迷人的胳膊就在我的唇邊，但我沒有把它緊緊擁在我的懷裡，因為我對未來的幻想，把我從你那裡奪走了。我為了建立巨大的財富，不得不進行數不清的戰鬥……是啊，如果您不到這監獄裡來看我，我到死也不懂幸福是什麼。」

兩件事擾亂了這平靜的生活，于連的懺悔神父儘管是位詹森派，卻沒有逃過耶穌會士的算計，不知不覺中成了他們的工具。

有一天他來對于連說，除非他願意犯下可怕的自殺之罪，否則他應該想盡一切可能的辦法去爭取特赦。祭壇對巴黎的司法部門一直都有影響的，所以有個很容易的辦法，那就是悔過，這樣會引起轟動。

「大張旗鼓！」于連重複道，「啊！我也抓住您了，我的父親，您也像一個傳教士一樣在演戲啊……」

「您的年齡，」冉森派教士嚴肅地說道，「您從上天得來的動人的面孔，您那無法解釋的犯罪動機，德．拉摩爾小姐為了搭救您而採取的勇敢行為，以及您的受害者向您表達出來的驚人友誼，這一切都使您在貝藏松的婦女心中成了英雄。她們為了您，把一切都丟在了腦後，甚至連政治也忘記了……」

「您皈依宗教會在她們心中引起反響，留下深刻的印象。您可以對宗教大有用處，而我，難道因為耶穌會士會在這種情況下採取同樣的做法這種毫無意義的理由，就猶豫不決嗎！耶穌會的教士們在這種情況下也會採取相同的舉動！所以，即使在這個讓他們逃脫貪婪習性的特殊案例裡，他們也還是會搞破壞的！但願這樣的事情不會發生……您的悔過會令人流下眼淚，這將會沖淡伏爾泰十幾版反宗教著作的腐蝕作用。」

「如果我自輕自賤？我曾經野心勃勃，我不願譴責我自己；那時我是根據時代的風尚行動。現在，我過一天是一天。但是，如果我做出某種怯懦的事情，我就在眾目睽睽之下自找不幸……」

更讓于連感到痛苦。不知哪位詭計多端的女友竟把這顆天真而又如此靦腆的靈魂說服了，她們向她指出她的職責是到聖克盧去，跪在查理十世面前求情。

她和于連分開，這對她本是一種犧牲，然而經過這樣一番努力之後，拋頭露面在別的時候可能是一樁比死還要難受的事，現在在她眼裡卻不算什麼了。

「我要去面見國王，我要向全世界公佈你是我的情人，因為一個人的生命，一個于連這樣的人的生命，應該超過任何利弊的權衡。我要說你是因為嫉妒才會想要謀殺我的。有很多同樣可憐的年輕人都是因為陪審員或者國王的慈悲而獲得拯救……」

「我不再見你了，我叫人對你關上監獄的大門，」于連嚷道，「如果你不對我發誓不做任何使我們倆當眾出醜的事，我明天肯定因絕望而自殺。去巴黎的主意，肯定不是你出的。告訴我是哪個女陰謀家向你提出這個建議的。」

「讓我們幸福地度過這短暫人生中為數不多的日子吧！藏起我們的存在吧，我們的罪孽已經太明顯了。德．拉摩爾小姐在巴黎很有影響，相信她會做人力可及的一切事情吧。在外省，所有的有錢有勢的人都反對我。你的行動只會激起這批有錢人的憤怒，特別是態度溫和的人，對他們來說，生活是一件多麼容易的事……不要讓馬斯隆和華勒諾之流以及比他們高明一些的人來嘲笑我們。」

牢裡的惡劣空氣，于連已不能忍受。幸虧在大家通知他去受刑的那天，柔和的陽光使萬物欣欣向榮，于連也鼓起了勇氣。在露天行走，給了他一種甜美的感覺，彷彿久在海上顛簸的水手登上陸地散步一樣。

「來吧，一切順利，」他自言自語，「我一點都不缺乏勇氣。」這個頭顱，從來沒有像在快要落地時這麼富有詩意。以前他在維爾基樹林裡享受那些最溫柔的回憶，極其強烈地一齊湧上心頭。

一切都進行得都簡單又得體，這方面沒有任何矯揉造作的表現。

兩天前，他曾告訴富凱說：「激動，我不能保證；這地牢這樣惡劣潮濕，使我有時發燒，神志不清；但是恐懼，不，人們不會看到我臉色發白的。」

他事先已經準備好，在他末日到來的那天清早，讓富凱把瑪蒂爾德和德．雷納夫人都帶走。「讓她們坐在同一輛車裡，」他曾對他說道，「你要安排好，設法讓驛車的馬不停地奔跑。她們會相互擁抱，或者相互恨得要死。在這兩種情況下，可憐的女人都會從可怕的痛苦中解脫一下。」

于連曾要求德．雷納夫人發誓要好好活下去，以照顧瑪蒂爾德的兒子。

「誰知道？」一天他向富凱說，「或許人在死後，還會有知覺。安息是人生的謎底，我特別願意安息在可以俯瞰的那座維里埃高山上的小山洞裡。我有好幾次跟你講過，夜裡躲進這個山洞，極目遠眺法國那些最富庶的省份，野心燃燒的我的心，那時候這就是我的激情……總之，那個小山洞對我是很親切的，毋庸置疑，它的位置將會引起哲學家靈魂深處的羨慕……好吧！貝藏松的這些聖會分子什麼都拿來賺錢；如果你知道怎麼做，他們會把我的遺體賣給你的……」

富凱居然在這筆悲慘的交易中成功了。他獨自在他的房間裡，守著朋友的屍體度過黑夜。突然他大吃一驚，看見瑪蒂爾德走了進來。幾小時前，他曾把她送到貝藏松十里外的地方。這時她的神色非常慌張。

「我要看他。」瑪蒂爾德對他說。

富凱沒有勇氣說話，也沒有勇氣站起來。他指了指地板上件藍色的大氅，于連的遺體就裹在裡面。

她急忙跑到旁邊跪下。博尼法斯·德·拉摩爾和瑪格麗特·德·那瓦勒的故事，給了她超人的勇氣。她雙手顫抖著，揭開了大氅。富凱把眼睛轉過去。

富凱把眼睛轉向了別處。

他聽見瑪蒂爾德在室內急促地走動著，還點燃了幾支蠟燭。當富凱有勇氣看她時，她已經把于連的頭放在了她面前的一張大理石小桌上，正在吻那前額……

瑪蒂爾德跟著她的情人，一直走到他為自己選下的墳墓。為數眾多的教士護送著棺材，沒有人知道她就獨自坐在她那輛蒙著黑紗的車子裡，膝上放著她曾經如此愛戀過的人的頭。

就這樣，大家到了汝拉山的一個高峰。

黑夜中，在那個小山洞裡，無數的蠟燭照得通明，二十個教士做著安靈的儀式。送殯的行列經過幾個小山村，居民們為這奇特的儀式吸引，紛紛跟著。

瑪蒂爾德身著長長的喪服，出現在他們中間；喪事畢，她命人向他們拋撒了好幾千枚五法郎的硬幣。

她要同富凱單獨留下來，她要親手埋葬情人的頭顱。富凱痛苦得快要發瘋了！

在瑪蒂爾德的關心下，這個荒蠻的山洞用花鉅款在義大利雕刻的大理石裝飾起來。

德·雷納夫人信守諾言。她絲毫沒有企圖自殺；然而，于連死後三天，她擁抱著孩子們去世了。

經典新版世界名著：19

紅與黑【全新譯校】

作者：〔法〕司湯達爾
譯者：楊平
發行人：陳曉林
出版所：風雲時代出版股份有限公司
地址：10576台北市民生東路五段178號7樓之3
電話：(02) 2756-0949
傳真：(02) 2765-3799
執行主編：劉宇青
美術設計：吳宗潔
行銷企劃：林安莉
業務總監：張瑋鳳

初版日期：2021年3月
版權授權：鄭紅峰
ISBN：978-986-352-971-2

風雲書網：http://www.eastbooks.com.tw
官方部落格：http://eastbooks.pixnet.net/blog
Facebook：http://www.facebook.com/h7560949
E-mail：h7560949@ms15.hinet.net
劃撥帳號：12043291
戶名：風雲時代出版股份有限公司

風雲發行所：33373桃園市龜山區公西村2鄰復興街304巷96號
電話：(03) 318-1378
傳真：(03) 318-1378
法律顧問：永然法律事務所 李永然律師
　　　　　北辰著作權事務所 蕭雄淋律師

行政院新聞局局版台業字第3595號 營利事業統一編號22759935

定價：480元

國家圖書館出版品預行編目資料

紅與黑 / 司湯達著；楊平譯. -- 臺北市：風雲時代出版股份有限公司, 2021.02　面；　公分

譯自：Le rouge et le noir
ISBN 978-986-352-971-2 (平裝)

876.57　　109022009